Der Verrat des Ambiorix

Rebellion im Circus Maximus

Hans Dieter Stöver

C.V.T. im Dienste der Caesaren

Der Verrat des Ambiorix

Rebellion im Circus Maximus

Zwei Romane in einem Band

Bocola
Verlag

Die Deutsche Nationalbibliothek verzeichnet diese Publikation in der deutschen Nationalbibliografie; detaillierte Daten sind im Internet über http://dnb.ddb.de abrufbar.

Druck und Bindung: CPI – Ebner & Spiegel, Ulm

1. Auflage

ISBN 978-3-939625-28-5

www.bocola.com

INHALT

✦ ✦ ✦

C.V.T. im Dienste der Caesaren

DER VERRAT DES AMBIORIX — 07 —

ANMERKUNGEN — 174 —

REBELLION IM CIRCUS MAXIMUS — 201 —

ANMERKUNGEN — 444 —

Der Verrat des Ambiorix

»Una salus victis nullam sperare salutem.«

»Die einzige Rettung für die Besiegten ist, auf keine Rettung zu hoffen.«

Vergil, Aeneis 2,354

Dramatis personae

Hauptpersonen

C.V.T., der seinen Sonderauftrag in Germanien anfangs unterschätzt, am Ende aber zwei neue Freunde gewinnt.

CORNIFICIUS, wie immer dabei, diesmal aber auf Befehl des obersten Feldherrn Caesar.

TITUS VOLCATIUS TULLUS, jüngerer Bruder von C.V.T., inzwischen ebenfalls zum Legaten befördert.

ALEXANDER, der nach langer Unterbrechung endlich wieder einmal in Germanien auf Spähtrupp gehen kann und sich wie immer wacker schlägt.

ARCHELAOS, der sich immer weniger von Alexander gefallen läßt.

GAIUS IULIUS CAESAR, der nach acht Jahren Krieg alle Führer Galliens bezwungen hat – nur diesen einen nicht: Ambiorix.

AMBIORIX, Fürst ohne Volk und Land, den nur noch sein Haß auf Rom aufrecht hält.

COMMIUS DER ATREBATE, ein ebenso schweigsamer wie verschwiegener Gallier.

BALVENTIUS und VORENUS, zwei fähige römische Offiziere.

FREI-ATTO, Sohn des Ubierfürsten Atto, tatsächlich blond und blauäugig.

I

»Herhören!«

Gaius erhob sich forsch und maß Alexander, der neben dem Arbeitstisch in einer ungeheuerlichen Geradheit strammstand, mit einem strengen Blick.

»Du wirst das Verladen des Gepäcks beaufsichtigen und bist mir dafür verantwortlich, daß nichts vergessen wird. In der Wildnis da oben sind wir ganz auf uns und das, was wir dabeihaben, angewiesen. Achte besonders darauf, daß Schreibzeug, Tinte, Feder und genügend Papyros vorhanden ist. Wir fahren in einer halben Stunde. Wiederhole den Auftrag!«

Alexander grüßte militärisch, öffnete den Mund, schloß ihn wieder, schluckte – und begann mit seinem tiefem Baß:

»Jawohl, wieder! – Herhören! Du bist verantwortlich! Gepäck vergessen! Ganz auf uns! Wildnis vorhanden! Tinte verladen! Demgleichen Federn, Zeug! Papyros vorfahren! Halbe Stunde! Wiederhole den Auftrag!«

»Sehr korrekt!« nickte Gaius und entließ seinen großen Meister mit einer Handbewegung. Alexander grüßte mit schlagartig erhobener Rechter, machte kehrt und stolzierte mit weiten Schritten aus dem Raum.

Gaius warf einen letzten Blick auf die Schreibplatte, überlegte, ob alles, was er sich notiert hatte, geregelt worden war, nickte sich dann zu und ging langsam aus dem Zimmer. Auf der Treppe hörte er tapsende Schritte: Hector kam ihm entgegen und begann ein aberwitziges Springen, Kläffen, Wedeln und Niesen, als ob er wüßte, daß Gaius das Haus bald verlassen würde.

»Ja doch, mein Junge! Ja! Du fährst auch mit! Nein, ohne dich brechen wir nicht auf!« Er tätschelte ihm die Flanken.
Allmählich beruhigte sich das Tier; es war ein herrlicher Molosser in der Farbe des Löwen. Seine Schulterhöhe erreichte die Platte eines Tisches, und mit seinen gewaltigen breiten Kiefern konnte er mühelos armdicke Hölzer durchtrennen; er erweckte Fremden gegenüber stets den Eindruck, als würde er sich gleich auf sie stürzen, doch gehörte diese Drohgebärde zu seinem wachen Charakter. Gaius hatte ihn streng erzogen, so daß er nur auf Befehl seines Herrn zum tödlichen oder verletzenden Angriff überging – dann aber war ihm kein unbewaffneter Mann gewachsen, und er nahm es auch mit Wölfen auf, was er in Gallien vor drei Jahren unter Beweis gestellt hatte.
»Dann komm mit nach unten!«
Hector begleitete seinen Herrn wedelnd und wich ihm nicht von der Seite, auch nicht, als ein zweites, nicht ganz so großes Exemplar seiner Rasse aus dem hinteren Flur geschossen kam und sich übermütig auf Hector stürzen wollte. Doch da tönte in der Nähe Alexanders Stimme: »Willst du wohl! Willst du wohl! – Blöder Hund!«
Alexander trat ins Atrium. »Oh, durchaus um Verzeihung, Herr. Der Kleine hatte so Sehnsucht als solches nach seinem größeren Bruder.«
»Dann sag ihm, er solle ihn nun in Ruhe lassen!«
»Jawohl!« Alexander wandte sich Aiax zu: »Herhören! Sitz!« – Und was Gaius nicht für möglich hielt – er erinnerte sich der anfänglichen Schwierigkeiten Alexanders, diesem tapsigen Wesen Manieren beizubringen, das trat ein: Aiax ließ von Hector ab und nahm auf den Hinterbacken Platz. Nur sein Blick ging unruhig von einem zum andern.
»Sehr schön!« lobte Gaius und strich Aiax über den Rücken. Alexander jedoch konnte nun nicht umhin, seine Fähigkeiten ins rechte Licht zu stellen: »Meine Erziehung als solches, Herr. Kriege durchaus jeden Hund hin. Auch Wölfe! Gehorchen, daß es eine wahre Freude ist.«
Er hielt inne, überlegte und fragte schließlich mit schräg gehaltenem Kopf: »Herr?«
»Ja...«
»Wir ziehen ja nun für eine durchausige Weile in das unverschämt wilde Germanien. Nicht wahr, Herr?«
»Möglich.«

»Aha! Darum sollten wir nicht ohne Schutz...« Er wies auf Aiax.
Gaius, der schon längst wußte, worauf die umständliche Fragerei seines großen Meisters hinauslief, erklärte: »Und wer kümmert sich um ihn, wenn du einmal dienstlich verhindert bist?«
»Aber Herr! Aiax ist als solches immer im Dienst! Werde ihn auf liebe kleine Germanen dressieren, daß es eine Freude...«
»Meinetwegen. Aber das sage ich dir: Wenn er uns im Wege ist, wirst du ihn persönlich zurück nach Rom bringen! Zu Fuß!«
»Na, dann eben nicht...« Er ließ die Schultern hängen und schickte sich an, davonzuschleichen.
Aber Gaius rief: »Doch, mein Junge. Aber du trägst die Verantwortung.«
»Jawohl!« brüllte er. »Du trägst die Verantwortung! Ich trage immer die Verantwortung.«
»Korrekt! Wegtreten! Weitermachen!«
Hoch erhobenen Hauptes verließ Alexander, diesmal in Begleitung von Aiax, das Atrium, um nach dem Gepäck zu schauen. Im hinteren Teil des Hauses kam ihm Archelaos entgegen – und sofort schnauzte Alexander: »Herhören! Du bist immer im Dienst! Verstanden?!«
»Wie?«
»Keine Widerrede! Du kümmerst dich um ihn, wenn ich dienstlich verhindert bin!« Er wies auf den Hund.
»Warum denn das?«
»Nur reden, wenn gefragt!«
Doch die Zeiten waren längst vorbei, in denen sich Archelaos von Alexander mit derlei Reden einschüchtern ließ.
»Herhören!« bellte Archelaos, und Alexander traute seinen Ohren nicht. »Wenn du dich nicht um den Hund kümmern willst, dann laß es. Ich tu's jedenfalls auch nicht. Verstanden?«
»Wie redest du denn mit mir? He?! Hast du denn deinen Verstand als solchen...?« Doch Archelaos hatte ihn einfach stehenlassen und war weitergegangen.
Alexander holte ihn ein: »Ja, wo willst du denn hin? Wir fahren doch gleich!«
»Eben deswegen! Während du mal wieder große Reden wegen dem... dem... dem Hund da führst, habe ich alles schon geregelt!«
»Dein gutes Recht, dein gutes! Das Leben ist hart, aber ungerecht! Dafür gebe ich dir in Narbo eine Erbsensuppe mit Speck aus!«

»Nein.«
»Wie?«
»Ohne!«
»Was?«
»Ohne Speck.«
»Wieso denn das?«
»Weil ein Hähnchen besser schmeckt.«
»Ehrlich?«
»Aber ja. Also?«
»Meinetwegen. – Nun geh zum Herrn und melde ihm, daß du verladen bist, alldieweil ich mit meinem Weibe noch zu reden habe.«
Sie grüßten einander mit erhobener Rechter und schieden bis auf weiteres – in Frieden.
Archelaos meldete Gaius, alles sei zur Abfahrt bereit.
»Gut. Dann hole Micipsa und Syphax vom Hause am Palatin[1]. Menander ist bereits hier. Sie sollen pünktlich sein.«
Archelaos verbeugte sich und verließ das Haus.
Gaius wandte sich um und ging, begleitet von Hector, in die Bibliothek, wo, wie er wußte, sein Vater auf ihn wartete.
»Es wird Zeit, Vater.«
Lucius Volcatius Tullus unterbrach seine Lektüre am Stehpult, wandte sich um und betrachtete seinen Ältesten. Gaius stellte fest, daß die Gesichtsfarbe des Vaters gesünder aussah als noch vor drei Tagen, als sie von Pompeii zurückgekehrt waren.[2]
»Ich habe eben die Zusammenstellung der Ernte unserer Güter im Picenischen[3] durchgesehen. Es sieht gut aus in diesem Jahr, die Götter waren uns gewogen. Ich habe ihnen auch für deine glückliche Rückkehr geopfert.«
Gaius verbeugte sich leicht vor seinem Vater.
»Mein Auftrag ist diesmal mehr friedlicher Natur, Vater. Ich reise als Gesandter Roms. Und das Leben der Boten ist allen Völkern, auch den Barbaren, heilig.«
Lucius entgegnete sehr ernst: »Schön wäre es. Aber du trittst weniger als Bote Roms denn als der Caesars auf.«
Gaius wollte etwas erwidern, doch Lucius hob beschwichtigend die Hand und fuhr fort: »Du mußt die Dinge sehen, wie sie sind, mein Junge. Es mag schon sein, daß die Gewohnheit, die stetige Wiederho-

lung des römischen Anspruches auf ganz Gallien, auch bei den germanischen Völkern – wie hier in Rom – dazu geführt hat, aus Caesars Alleingang eine anerkannte Tat- und Rechtssache zu machen. Die meisten Rechtszustände kommen aus Gewohnheiten. – Sei vorsichtig! Traue keinem, bevor er seine wahre Gesinnung gezeigt hat! Denn wisse: Niemand kann sich ewig verstellen.«

Lucius kam um den Tisch herum. »Sieh zu, daß du vor Eintritt des Winters wieder in Italien bist; du brauchst einige Wochen, um dich zu erholen und dich auf dein Amt vorzubereiten.«[4]

Gaius nickte.

»Ich nehme an«, fuhr Lucius fort, »daß du deine beiden Brüder treffen wirst. Umarme sie in meinem Namen! Kümmere dich vor allem um Lucius, denn er bedarf bisweilen einer starken, leitenden Hand.«

Gaius versprach es.

»Dann komm! Es wird Zeit.«

In diesem Augenblick kam Menander herein und meldete, Quintus Cornificius sei eben mit seinem Wagen an der Porta Querquetulana[5] vorgefahren und rechne mit dem baldigen Erscheinen von Gaius Volcatius Tullus.

»Wo ist Selenus?« fragte Gaius.

»Hier!« rief der Genannte und trat aus seinem Arbeits- und Schreibzimmer, das an die Bibliothek angrenzte, mit forschem Schritt in den Raum.

»Bitte!« Selenus reichte Gaius ein Bündel verschieden großer Rollen, die von Schnüren zusammengehalten wurden.

»Was ist das?« fragte Gaius.

Selenus erklärte es ihm: »Schriften von Eratosthenes, Poseidonius und einigen anderen, die über Germanien geschrieben haben. Du wirst Gelegenheit finden, ihre Angaben, die, wie wir wissen, meist aus zweiter und dritter Hand stammen, zu überprüfen.«

»Schön, daß du daran gedacht hast.« Gaius gab sie dem Griechen zurück, und Selenus legte sie sehr sorgsam in ein hölzernes Kästchen, aus dessen unversehrter, glänzender Beschaffenheit Gaius schloß, daß der Grieche es augenscheinlich hatte nach Maß anfertigen lassen.

Gaius und Lucius blickten sich kurz an und zwinkerten sich zu, als sie beobachteten, mit welcher Vorsicht und Behutsamkeit Selenus die Rollen langsam verstaute, endlich den Deckel schloß und den kleinen

Riegel vorschob. Nur Alexander war imstande, ebenso akkurat zu hantieren – wenn es sich um Münzen handelte, die es zu verstecken galt.
»Ich hoffe in der Tat«, nahm Gaius den Gedanken wieder auf, »daß ich die Zeit für schriftliche Aufzeichnungen finde. Ob ich euch von da oben allerdings Briefe zukommen lassen kann...«
»Nein, nein«, winkte Lucius ab. »Der Weg ist zu weit. Sieh zu, daß du vor Wintereinbruch wieder hier bist. Und zwar heil und gesund!«
Mittlerweile war das gesamte Personal beider römischer Häuser angetreten: die Knechte, Mägde, Haussklaven hier aus der Domus[6] am Caelius, dem väterlichen Haus von C.V.T. sowie die Leute aus seinem eigenen Hause am Palatin. Bald darauf kam Alexander mit Melitta aus der Küche, und man sah, daß sie geweint hatte. Alexander beugte sich zu ihr hinunter, flüsterte ihr wohl einige tröstende Worte zum Abschied ins Ohr und umarmte sie höchst vorsichtig– denn seit sie schwanger war, nun schon im vierten Monat, behandelte er sie noch liebevoller, als er es ohnehin zu tun pflegte.
»Es wird Zeit« mahnte Gaius.
Da ließ Alexander von ihr ab, trat vor die Versammelten, die er alle um Haupteslänge überragte, und begann.
»Herhören!«
Wie ein Donnergrollen setzte sich dieses Kommando in den Gängen zwischen den Säulen fort. Selenus, der solche Szenen schon des öfteren erlebt hatte, lächelte bereits im voraus.
Alexander fuhr fort: »Wie ihr allhier seht, handelt es sich durchaus um eine längere Verabschiedung, dergestalt euer von euch und euch liebender Herr erst in einigen Wochen in alter Frische vor euch hintritt. Darum erwarte ich von jedem ganzen Einsatz, bei Tage, in der Nacht, ebenso im Dunkeln! Ihr habt die unvergleichliche Ehre, zu einem der edelsten Häuser und ältesten Familien! Anbetracht dessen erwarte ich ganze Arbeit, und es wird euch nicht gereuen. Denkt immer und stets daran: Es braucht solche Männer! Darum schließe ich als solches mit jener alturalten etruskischen Weise: Wer nicht weggeht, kommt nie wieder! Wegtreten!«
Doch zuvor sagte ihnen auch Gaius noch einige Worte, dann wurden sie entlassen. Die meisten von ihnen geleiteten die Reisegesellschaft noch bis zur Porta Querquetulana.

»Ich bringe dir zweifellos etwas Schönes mit, wie du es noch nicht gesehen hast!« sagte Alexander schließlich zu Melitta; dann umarmte er sie ein letztes Mal und nahm Eugenia, der Frau des Selenus, das Versprechen ab, sich um sie zu kümmern.
Selenus bedauerte noch einmal, nicht mitkommen zu können, aber verschiedene Dinge machten seine Anwesenheit hier in Rom und auf den verschiedenen Gütern der Volcatier notwendig; im übrigen war Gaius insofern froh darüber, als er wußte, daß Selenus sich gerade auch um das körperliche Wohlbefinden seines Vaters kümmern würde. Sie machten aus, daß, sollte Lucius, dem Patron, etwas Arges und Unvorhergesehenes zustoßen, berittene Boten nach Norden geschickt würden, um Gaius zu benachrichtigen.
Es war ein Zug von etwa dreißig Leuten, der dem Eichentor zustrebte. Dort umarmte Gaius seinen Vater, und Lucius küßte Gaius auf die rechte und die linke Wange, legte ihm dann, wie segnend, beide Hände auf die Schultern. »Komm gesund zurück, mein Junge! Und grüße deine Brüder!«
Sie nickten sich zu, trennten sich, und Gaius kletterte zu Cornificius in den Reisewagen. Alexander und Archelaos bekamen einen eigenen Wagen, während Menander, Micipsa und Syphax ritten. Sollte ihnen dies zu anstrengend werden, konnten auch sie unter die Plane eines der Gepäckwagen kriechen. Alles in allem waren es vier Wagen, die sich in Bewegung setzten.

2

»Wie geht es deinem Vater?« fragte Cornificius unterwegs den Freund.
Gaius antwortete nicht sogleich, sondern schaute aus dem Fenster und verfolgte, wie drei dunkle Hirtenhunde einer Hammelherde, die die Straße überqueren sollte, scharf in die Flanke fuhren, so daß die Tiere kopfüber davonstoben.
»Es geht ihm besser als vor zwei Tagen.«
»Er müßte unbedingt einmal ausspannen. Jetzt hätte er doch die Zeit dazu. Die Buchführung der Ernte und all diese Dinge kann doch wahrhaftig Selenus allein überwachen.«
»Sicher, aber das kannst du ihm nicht klarmachen.«

Sie hatten Rom längst hinter sich gelassen und fuhren zügig auf der Via Aurelia nach Westen in Richtung Alvium.[7] Von dort ab würde die Straße der Küste nach Nordwesten folgen.
»Wenn wir gutes Wetter und muntere Pferde haben, können wir in zwei Wochen in Narbo sein.«
»Narbo? – Was willst du in Narbo?« fragte Cornificius.
»Hier!« sagte Gaius, griff in die lederne Tasche neben sich und entnahm ihr eine Briefrolle, die er Cornificius reichte.
»Von wem?« fragte dieser.
»Von Aulus Hirtius.«
»So?« Cornificius entrollte das Blatt. »Ich denke, er ist in Rom!«
»Nein, nein«, schüttelte Gaius den Kopf. »Er leitet seit kurzem die gesamte Kanzlei Caesars ...«
»... also auch die Führung des Kriegstagebuches?«
»Ja«, nickte Gaius.
»Kennst du ihn?«
»Nein, nicht persönlich. Aber Selenus hat ihn vor einiger Zeit in Rom kennengelernt.«
»Und?«
»Selenus gebrauchte mit hochgezogenen Brauen die in solchen Fällen übliche Wendung: *Ein ordentlicher Mann!*«
Gaius machte es vor, und Cornificius schmunzelte.. »Das ist«, fuhr Gaius fort, »die höchste Stufe von Lob, deren Selenus fähig ist.«

Sie lachten beide, denn sie sahen Selenus in der beschriebenen Weise vor sich.
Dann machte sich Cornificius an die Lektüre des kurzen Schreibens.

> *Aulus Hirtius grüßt den Legaten[8] Gaius Volcatius Tullus*
> *Wie ich von Caesar höre, wirst Du in Kürze wieder in Gallien eintreffen. Da er zur Zeit mit außerordentlich vielen magistralen Aufgaben beschäftigt ist, bat er mich, Dir diese Zeilen zu schreiben. Wenn Du es einrichten kannst, daß Du gleich nach Empfang dieser Zeilen aufbrichst, würdest Du den Imperator[9] noch in Narbo antreffen. Das wäre von Vorteil für die Durchführung des Auftrages. Sollte es nicht gehen, bitte ich um eine kurze Antwort, damit wir anders disponieren können.*

Darunter hatte Caesar mit eigener Hand geschrieben:
Eile mit Weile. Ich freue mich auf das Wiedersehen.

Cornificius blickte lächelnd auf das Schreiben und sagte leise: »Du scheinst bei ihm ja einen Stein im Brett zu haben.«
»Bei Hirtius?«
»Bei dem vielleicht auch.«
Da hob Gaius schnell den Blick und stellte nicht ohne Schärfe fest: »Wer ist das schon?« Er betonte jedes Wort.
Cornificius wandte sich zum Fenster und lächelte still. Dies war wieder einmal der Punkt, an dem sich sein Freund dadurch grundlegend von ihm unterschied, daß er auf nichts und niemanden außerhalb seiner Familie Rücksicht zu nehmen gezwungen war – Caesar ausgenommen; und dies weniger aufgrund von dessen Machtposition, sondern weil er ihn als Menschen, Künstler, Schriftsteller, Befehlshaber, kurz als allseitig gebildeten humanistischen Geist wie auch als klugen Politiker und Diplomaten bewunderte. Es gab auch andere, die über die eine oder andere Fähigkeit verfügten und auf diese auch zurückgriffen; jedoch kannte er niemanden, der diese Fülle der Gaben in einem so reichen Maße besaß wie Caesar.
Cornificius reichte dem Freund das Schreiben zurück und fragte: »Was meinst du – werden wir dieses Jahr Ruhe im Lande haben?«

»Ich wage da keine Prognose. Wie mir Caelius unlängst erzählte – und Caelius Rufus hört bekanntlich das Gras wachsen –, wissen die Gallier, daß zum gegebenen Zeitpunkt jeder Widerstand gegen Caesar und seine Truppen sinnlos ist. Alles, was sie nach dem Aderlaß der letzten Jahre noch zustande brächten, seien letztlich nur noch Mückenstiche.«
»Hm.« Cornificius wurde durch die Nennung des Namens Caelius unruhig. »Seit wann gibt er derlei objektiv gehaltene Sätze über Gallien von sich? Habe vom letzten Jahr ganz andere, unverschämt anzügliche Äußerungen im Ohr!«
Nun lächelte Gaius. »Seit einige hunderttausend, wenn nicht Millionen Sesterzen den Besitzer gewechselt haben.«
»Du meinst...«
»Nein, ich weiß!«
»Von Clodia?«
Gaius nickte. Dann schwiegen sie beide und wurden allmählich vom stetigen Ruckeln und Schaukeln der Kabine in der Lederaufhängung in einen Halbschlaf versetzt, aus dem sie wohl für ein, zwei Stunden erwachten, dann aber wieder in ihn zurückfielen.
Überhaupt wurden sie in den nächsten Tagen wortkarger, zumal sie die Strecke von mehreren Fahrten der letzten Jahre kannten und diese Gegenden am Tyrrhenischen Meer nicht zu den schönsten der Halbinsel zählten.

3

Schlechtes Wetter hielt sie zwei Tage hinter Pisae[10] auf, und sie befürchteten, Caesar nicht mehr in Narbo anzutreffen. Darum legten sie in den folgenden Tagen an Tempo zu, fuhren größere Strecken und wechselten an jeder Station die Pferde. Dort wurden sie von angestellten Knechten und abkommandierten Centurionen[11] zuvorkommend bedient, da diese sie von vorherigen Reisen im Auftrage Caesars gut kannten. Dennoch war die Fahrt bei den immer noch hochsommerlichen Temperaturen für alle Beteiligten eine Tortur, auch für die Hunde, die den ganzen Tag über hechelten und lieber einige Meilen neben der Kutsche herliefen als, auf dem Gepäck liegend, gefahren zu werden.
So verging Tag für Tag, und erst als sie Ligurien verlassen hatten und sich dem Delta des Rhodanus[12] näherten, kehrten die alten Lebensgeister zurück. Am späten Nachmittag des folgenden Tages erreichten sie Narbo und fuhren sogleich zur Magistratur.
Gaius und Cornificius wurden von den beiden germanischen Posten erkannt und respektvoll gegrüßt. Gleich links hinter dem Eingang saß ein einarmiger Centurio, dem Gaius jedoch noch nie begegnet war.
»Wo finde ich Aulus Hirtius?« fragte Gaius.
»In der Kanzlei! Erster Stock, Zimmer drei!«
Gaius wandte sich um zu Alexander: »Kümmer dich um ein Quartier für die Pferde!«
Alexander stand zum Zeichen des Einverständnisses zwei Sekunden stramm, und während Gaius und Cornificius sich nach oben entfernten, baute er sich vor dem Einarmigen auf und bellte: »Herhören!«
Der Mann merkte sichtlich auf.
»Dann bring deine Jungs immer mal wieder als solche auf Trab, auf daß es dir gutgehe im Lande. Verstanden!?«
Die Selbstverständlichkeit, mit der diese Aufforderung vorgebracht wurde, schien den Mann zu beeindrucken, denn er ging zu einer nach hinten führenden Tür und rief die Namen zweier Legionäre. Sie bewegten sich nicht allzu schnell, und Alexander fand es darum gleich an der Zeit, kundzutun, daß »... ab heute ein neuer Wind in diesem Hause weht! Ich verlange unbedingte Haltung! Sauberkeit! Ordnung! Es braucht solche Männer! – Name!?«
Sie nannten ihn. Nun konnte er natürlich unter den gegebenen Um-

ständen nicht seine übliche Frage »Schon mal gedient?« stellen! Er überlegte daher kurz und fragte dann in einem wißbegierigen Ton: »Warum dient ihr?«

Die beiden schauten sich gegenseitig an und hoben verständnislos die Schultern.

Da trat Archelaos dazu und erklärte: »Der edle Alexander möchte wissen, warum ihr all hier unter den Adlern des edlen Caesar dient.«

»...und ich sage euch: Befleißigt euch einer durchaus gründlichen Antwort, wenn ihr eurer nicht verlustig gehen wollt. Verstanden?«

Diese Unterhaltung – die, wie wir von früheren Begebenheiten wissen, ja noch längst nicht den Höhepunkt ihrer inneren Dramatik erreicht hatte – zog sich noch einige Minuten hin.

Währenddessen hatten Gaius und Cornificius im ersten Stock den Raum »III« erreicht und traten ohne anzuklopfen ein. Es schien sich um ein Vorzimmer zu handeln, denn statt Hirtius fanden sie zwei Schreiber und einen Centurio, dessen Gesicht sie von irgendwoher kannten. Der Mann erhob sich und zog, als er sich ihnen näherte, das linke Bein etwas nach.

»*Loquere, quid velis! Quid me vis?* – Was wünschst du? Was führt dich zu mir?« fragte der Centurio.

Und Gaius: »*Ubi Hirtius? Nusquam apparet.* Wo ist Hirtius? Man sieht ihn nirgends.«

An der Art, wie Gaius fragte, erkannte der Mann, daß es sich um Freunde von Caesars Kanzleichef handeln mußte, und so fragte er sehr höflich: »Wen darf ich melden?«

Gaius nannte die Namen und bemerkte, wie Erleuchtung über den Mann kam: »Sofort, Legat! *Quidni!* – Selbstverständlich!«

Er verließ den Raum durch eine seitliche Tür, und man hörte, wie er nebenan Meldung machte und wie Hirtius rief:, »*Itane?* – Wirklich?«

Mit einem strahlenden Lächeln erschien Hirtius in der Tür, und Gaius sah, daß es keine Verstellung war. Er mochte ihn auf Anhieb. Aulus Hirtius war seit drei Jahren in Gallien als Gefolgsmann und Vertrauter Caesars tätig, hatte einen längeren Urlaub in Italien hinter sich und weilte seit dem Frühsommer wieder in der Nähe des Feldherrn. Seine Familie stammte aus Ferentinum im Hernikerland im mittleren Latium, wo sie in der städtischen Magistratur führende Ämter innehatte. Gaius wußte nicht, wann Hirtius geboren wurde, schätzte ihn aber etwa gleichen Alters wie Caesar. Er hatte ihn nicht oft zu Gesicht bekommen,

wußte auch nicht, welche Aufgaben ihm zugewiesen worden waren, bevor er die Kanzlei in diesem Jahre übernommen hatte – im übrigen eine Tätigkeit, die Gaius bis vor einem Jahr ausgeübt hatte. Als Truppenführer war Hirtius nie hervorgetreten, wenngleich er allerorten nur in militärischem Habit auftrat; aber das hatte nichts zu bedeuten, und Gaius ging davon aus, daß Caesar und Hirtius eine lange Freundschaft verband.
Gaius warf einen Blick in das feine Gesicht des etwa Fünfzigjährigen und bemerkte die deutlichen Lachfältchen an den Schläfen, die weit auseinander stehenden dunklen Augen, das schüttere, an den Seiten ergraute Haar und den fein konturierten, nicht allzu großen Mund.
Sie gingen aufeinander zu und reichten sich die Hand.
»Beim Mercurius! Daß du so schnell hier sein würdest, hätte ich nicht gedacht. Wir rechneten mit deiner Ankunft in frühestens drei Tagen. *Licetne apponere vinum?* – Darf ich euch Wein anbieten?«
»*Cupio.* – Sehr gern«, sagte Gaius, während Hirtius mit gleicher Herzlichkeit Cornificius begrüßte, dann eigenhändig die Becher aus einem Wandschränkchen holte und einen der Leute einschenken ließ.
»Balventius!« wandte sich Hirtius an den Centurio. »Würdest du dich bitte darum kümmern, daß Volcatius, Cornificius und ihre Begleitung gut untergebracht werden?«
»*Scilicet!* – Natürlich.«
Balventius erhob sich und verließ den Raum, wobei er trotz des steifen Beines eine gute soldatische Figur machte.
»Woher hat er das?« fragte Cornificius, und Hirtius sagte: »Das ist ihm vor drei Jahren während der Erhebung des Ambiorix passiert. Ihm wurden, während eines Ritts, beide Oberschenkel mit einer Lanze durchbohrt. Das eine Bein bekam er nach unglaublich hartem Üben wieder in seine Gewalt, das andere blieb steif. Aber er trägt es mit Fassung. Er hat sowieso in diesem Herbst seine zwanzigjährige Dienstzeit um...« Er kam näher heran. »Titus Balventius ist einer der besten Kenner der Germanen. Er wird euch begleiten.«
»So?« staunte Gaius. »Und... ich meine...«
Hirtius lachte: »Werdet euch über seine Flinkheit zu Fuß wie zu Pferde noch wundern!«
Sie tranken sich zu, und Hirtius wünschte ihnen Erfolg für ihren bevorstehenden Auftrag.

»Du hast keine Ahnung, worum es geht?« fragte Cornificius.
»Hm... Eine Ahnung schon, aber das will nichts besagen. Er wird euch das wohl selbst erklären.«
»Wo ist er?« fragte Gaius.
»In der Stadt. Zusammen mit einigen Architekten. Es sind mehrere Neubauten und Erweiterungen geplant: Arenen, Übungshallen für Gladiatoren...«
Cornificius warf Gaius einen schnellen Blick zu: Für diese Dinge gab er ein Vermögen aus!
Hirtius fuhr fort: »Im übrigen sitzt er in jeder freien Minute zu Gericht und entscheidet in Streitfällen, die sich wegen des Krieges jahrelang hinschleppten.«
»*Ad rem!* – Zur Sache!« fiel ihm Gaius eifrig, doch nicht scharf ins Wort. »Ist alles in Ordnung?«
»*Nunc cum maxime!* – Mehr denn je!« rief Hirtius. »Aber das wird er euch wohl selbst noch... Er wird in etwa einer Stunde hier sein. Ihr solltet ein Bad nehmen, euch frisch machen und warten, bis man euch abholt. Ist's euch so recht?«
Sie bejahten und folgten einem Optio[13], der sie in ihr Quartier bringen sollte. Unterwegs lächelte Cornificius: »Aus Hirtius wirst du nie einen Soldaten machen, und sei er zwanzig Jahre bei der Armee!«
»Wozu auch? Wo er doch ein hervorragender Verwaltungsmann ist.«

4

Die Quartiere befanden sich außerhalb der Stadt im militärischen Bereich, einem riesigen Areal, auf dem neben den Unterkünften der städtischen Truppen Platz für drei bis vier Legionen und deren Troß war. Seit Caesar in Gallien amtierte, hatte er begonnen, hier, in der eigentlichen Hauptstadt der Narbonensis[14] und der nördlichen Gebiete, feste Gebäude als Standquartiere für die höheren Chargen zu errichten. Es hieß, später sollte vielleicht ein festes Lager für drei bis vier Legionen folgen. Balventius sorgte selbst dafür, daß die Volcatier schnell ihr Ziel erreichten, und teilte entsprechende Leute zur Bedienung ein, wobei er fein darauf achtete, die Hierarchie der einzelnen Mitglieder der Gruppe einzuhalten: So bekamen Gaius und Cornificius je zwei Legionäre zugeteilt, Alexander als freier Mann einen Sklaven, während Archelaos, Menander, Syphax und Micipsa leer ausgingen. Doch nahmen sie dies gerne hin in dem Bewußtsein, ohnehin bereits in bevorzugter Lage – zusammen mit ihrem Herrn und dessen Freund im gleichen Gebäude – zu wohnen.

Seit seinem letzten Besuch in der Stadt vor knapp einem Jahr – so stellte Gaius fest – hatte allenthalben eine rege Bautätigkeit begonnen, und er war sich zusammen mit Cornificius darüber einig, daß dies ein gutes Zeichen war, an dem man die Befriedung des nördlichen Hinterlandes ablesen konnte.

Ähnlich wie in Ravenna, wo er ebenfalls in einem gerade neu errichteten Gästehaus Caesars einquartiert worden war, strahlten auch dieses Gebäude und seine Einrichtung jene angenehme und intime Sauberkeit aus, die so schnell verlorenging, wenn kurz nacheinander mehrere Bewohner die Zimmer, das Bad, die Toilette benutzt hatten.

Da nur noch eine knappe Stunde Zeit blieb, bis man sie abholen würde, verzichteten Cornificius und Gaius nach dem Bade darauf, eine längere Ruhepause einzulegen. Gaius ließ Alexander, Archelaos, Menander und die beiden Numider kommen.

»Herhören!«

Sie nahmen allesamt Haltung an, wobei sie allerdings von Alexanders strammer Geradheit weit in den Schatten gestellt wurden.

»Syphax und Micipsa werden unter Aufsicht von Menander unser ge-

samtes Inventar durchgehen und alles, was beschädigt ist, instandsetzen und das übrige reinigen.«
Die drei verbeugten sich.
»Alexander und Archelaos werden sich die Wagen ansehen und reparaturbedürftige Stellen von einem Armeeschmied in Ordnung bringen lassen. Die Straßen im Norden sind allenfalls bessere Feldwege. Wiederholung!«
Das galt Alexander, und er dröhnte: »Herhören! Inventar beschädigen! Reparatur bedürfen! Armeeschmied in Ordnung bringen! Straßen sind Wege!«
»*Bene factum!* – Korrekt! Danach haltet ihr euch hier auf dem Gelände auf. Ich muß wissen, wo ihr zu finden seid. Wegtreten!«
Kurze Zeit später wurden Gaius und Cornificius von einem Armeewagen abgeholt und zur Magistratur in der Stadt gefahren. Diesmal sprang der einarmige Centurio sogleich auf, grüßte zackig und meldete: »Der Legat Volcatius Tullus wird auf Raum eins gebeten.« Er verbeugte sich.
»Dann führ uns hin!«
Der Centurio ging voraus, und Gaius sah, wie der linke kurze Ärmel seiner Tunica[15] flach am Körper lag.
Sie erreichten die Tür am Ende des Ganges, und der Centurio klopfte dreimal energisch an.
»Ja – herein!« hörte man Caesars Stimme von drinnen. Der Centurio öffnete und machte Meldung: »Der Legat Gaius Volcatius Tullus und der Praefect[16] Quintus Cornificius aus Rom!«
Statt einer Antwort kam er selbst. Er würde die Brauen leicht hochziehen, die Augen würden lächeln, er würde stehenbleiben und die beiden betrachten. Und so geschah es.
»*Salvum vos advenisse gaudeo!* - Es freut mich, euch wohl zu sehen!« Er reichte Gaius, dann Cornificius die Hand.
»Wie war die Reise? Wart ihr mit den Stationen zufrieden? Was könnte man verbessern?«
Gaius warf Cornificius einen schnellen Blick zu: Das fing wieder gut an!
»Ja. Nur die Straßen...«
»Was ist mit ihnen?« Sie gingen hinein und setzten sich um den kleinen Tisch.
»Sie müßten an einigen Stellen verbessert werden.«

»Wo?« Caesar winkte seinen Schreiber herbei und bedeutete ihm, das Folgende zu notieren. Gaius nannte die Orte, gab auch Anregungen, was im einzelnen zu geschehen habe.
Danach stellte Caesar Fragen zum Befinden von Gaius' Vater und dem der Mutter des Cornificius; und aus der Intensität, mit der er dann zuhörte, schloß Gaius, daß ihn diese menschlichen Dinge tatsächlich interessierten und es keine aufgesetzte, floskelhafte Höflichkeit war. Genauso konnte er einem einfachen Soldaten zuhören, wenn der mit breitem süditalischem Akzent von den Lebensverhältnissen seiner zehnköpfigen Familie in der Campania oder sonstwo berichtete, weil der Feldherr im Laufe eines kurzen Gesprächs vor versammelter Mannschaft danach gefragt hatte. Gaius wußte: Diese Fähigkeit, sich ganz auf die Belange seines Gegenübers einstellen zu können, sei es nun ein Senator[17], ein gallischer Fürst, ein Truppenführer oder ein einfacher Legionär – diese Anteilnahme machte ihm spontan immer wieder Freunde in allen Lagern und Schichten. Und dadurch war er seinen gesamten römischen Mitstreitern, Konkurrenten und Feinden unerreichbar überlegen. Er besaß das, was die Griechen Charisma nennen.
Cornificius hatte über seine häuslichen Verhältnisse alles, was er für nötig hielt zu sagen, mitgeteilt, und Caesar beendete dann den mehr privaten Teil der Unterhaltung nach seiner Art: »*Bene* …« Er nickte ihnen zu. »*Ad rem!* Zur Sache!« Er griff sich aus der Schreibschale einen *Stilus,* den feinen Silberstift, mit dem man auf der Wachstafel Notizen einritzte, und spielte in Gedanken mit ihm. Dabei schaute er Gaius an. Die Backenknochen zeichneten sich scharf ab.
»Du wirst deinen Bruder nach Norden begleiten.«
»Lucius?« fragte Gaius.
»Nein. Titus. Er ist mit seiner Legion schon unterwegs. Du wirst ihn in wenigen Tagen einholen.«
Caesar bemerkte das Erstaunen in Gaius' Auge.
»Dein Bruder hat sich bewährt. So habe ich wegen seines jugendlichen Alters eine Ausnahme gemacht. Wir haben zuwenig Führer seines Zuschnitts: charakterfest, mutig, verantwortungsvoll und im rechten Augenblick bereit, eigene Entscheidungen zu treffen und sie in die Tat umzusetzen.«
Es freute Gaius, diese Laudatio zu hören, und das stand ihm auch im Gesicht. Caesar sah es und ergänzte lächelnd: »Leider habe ich nie einen

Bruder gehabt. Ich wünschte mir immer einen Bruder...« Er drehte den *Stilus.* »Ich denke, ihr habt euch eine Menge zu erzählen. Wie lange habt ihr euch nicht mehr gesehen?«

»Ein Jahr.«

Caesar nickte, schwieg aber.

»Wohin wird er seine Legion führen?« fragte Gaius.

»Zu den Belgern. Ich verteile über den Winter dort noch drei weitere Legionen unter Marcus Antonius, Gaius Trebonius und Publius Vatinius. Der Nordosten ist am gefährdetsten. Wir können uns zum jetzigen Zeitpunkt keine Erhebung leisten.«

Er sagte »wir«, aber er meinte »ich«. Ich werde ihn bei Gelegenheit fragen müssen, dachte Gaius. Ich muß wissen, was er vorhat. Der Krieg ist zu Ende. Die Gallier werden es nicht wagen, wider den Stachel zu löcken. Zumindest nicht in diesem Winter und im nächsten Frühjahr auch nicht. Die entscheidende Frage wird sein: Wie werden sie sich verhalten, wenn Caesar als Proconsul[18] beider Gallien abgesetzt werden sollte? Das Ende der laufenden Amtszeit ruckt näher, der Termin – noch anderthalb Jahre – steht wie eine Drohung über Caesars Aktivitäten.

»Ich glaube, die Gallier können es sich noch weniger leisten«, sagte Cornificius.

»Hoffen wir es!« entgegnete Caesar, setzte dann ein breites Lächeln auf und fragte: »Welche Neuigkeiten gibt es aus Rom?«

»Das kommt ganz darauf an« sagte Gaius, »welche du meinst.«

»*Bene*«, lachte Caesar, »du weißt, mich interessiert alles!«

Gaius und Cornificius gaben ihm einen kurzen Bericht über das gesellschaftliche Leben, über das Wer-mit-Wem, Wer-gegen-Wen, und er hörte geduldig zu. Dann fragte er unerwartet: »Was haltet ihr von Scribonius Curio?«

Er hielt sie beide scharf im Auge. Gaius sagte nach einer Weile: »Wenn er sich im nächsten Jahr als Volkstribun[19] so verhält, wie ich es von ihm erwarte, wirst du zufrieden sein können.«

»Und was erwartest du?«

»Vernunft«

»Hast du ihm das gesagt?«

»Ja, wenn auch nicht so lakonisch direkt.«

»Und er?«

»Er gab mir und meinen Vorstellungen recht, war mit mir der Meinung, daß wir am Rande des Abgrundes stehen, daß es zum Bürgerkrieg kommt, wenn diese bornierten optimatischen Köpfe aus vordergründigen Interessen oder aus konservativem Starrsinn es durchpeitschen sollten, dich vor Ende deiner Statthalterschaft abzusetzen beziehungsweise deinem Wunsche – dich in Abwesenheit um das Consulat[20] zu bewerben – nicht zu entsprechen. Doch bin ich, ebenso wie Cornificius, überzeugt, daß du mit Curio rechnen kannst.«

Die Augen Caesars verengten sich, als Gaius fortfuhr:

»Ich gehe so weit, zu sagen, daß dir seine politische Freundschaft so wichtig sein kann wie die Verfügung uber eine gut ausgebildete Legion. Ich habe ihn kennengelernt und vertraue ihm.[21] Im übrigen ist der Einfluß auf seine Freunde groß, und es gibt keinen zweiten in seinen Alter, der ihm als öffentlicher Redner das Wasser reicht.«

Caesar nickte.

»Mir scheinen« fuhr Gaius fort, »wenn ich das Ganze ins Auge nehme, die römischen Verhältnisse längst nicht so gefährlich, wie gewisse Leute hinter der Hand reden. Vorausgesetzt, das ganze Gallien bleibt im nächsten Jahre ruhig.«

»*Probe!* – Ganz recht!« nickte Caesar, und man sah ihm an, wie er sich über das Engagement von Gaius freute. »Und darum bist du hier! Und du auch, Cornificius!«

Die Freunde nickten ihm leicht zu. Er läutete, gab Befehl, die nächste halbe Stunde nicht gestört zu werden, und begann, ihnen ihren Auftrag zu erklären.

»Ihr wißt«, holte er aus, »daß die vergangenen Jahre auch an der besten Armee des Erdkreises, der unsrigen, nicht spurlos vorübergegangen sind. Viele sind gefallen, viele verwundet, viele ausgeschieden. Und die, die von Anfang an dabei sind, sind am Ende ihrer Kräfte. Ich will ganz offen sein – ihr werdet es ohnehin von anderen hinter meinen Rücken erfahren: Um die Truppe möglichst zu schonen, sah ich mich im vergangenen Frühjahr und Sommer gezwungen, jedesmal andere Legionen mit mir zu führen, um diese oder jene kleine Revolte niederzuschlagen. Wir waren gezwungen, hohe Belohnungen aus der Beute im voraus zu versprechen. Die Kämpfe verliefen wechselhaft. Ich wußte zu jeder Zeit, daß gewisse Köpfe in Rom auf meine Niederlage hofften. Das gab den Ausschlag zum Durchhalten.«

Er lehnte sich zurück und betrachtete den *Stilus,* den er langsam drehte.

Gaius sah, wie die feinen Fältchen um Augen und Mund zugenommen, wie die großen Falten zu seiten der Nase sich zu scharf eingeschnittenen Furchen vertieft hatten. Auch die Denkerfalte zwischen den Brauen zeichnete sich schärfer ab. Ein hartes Jahr lag hinter ihm.
Alle Kenner der Situation wußten: Gallien war noch lange nicht befriedet. Eine gewisse Unruhe konnte man allenthalben spüren. Caesars Legaten mußten gegen verschiedene Stämme ziehen, stießen allerdings nur selten auf Widerstand. Doch diese stetig sich wiederholenden Märsche über Hunderte von Meilen[22] wirkten von Jahr zu Jahr zermürbender. Immer wieder gab es gallische Führer, die meinten, dies sei der letzte Sommer Caesars im Lande; man müsse nur noch ihn überstehen und den von Rom geschickten Nachfolger als Statthalter abwarten, um mit ihm – einem Mann, der die Details nicht kennt – leichtes Spiel zu haben. Um so härter hatte Caesar da zugeschlagen, wo man es nicht erwartete, und dies wiederum wirkte auf den Rest des gallischen Freiheitswillens zermürbend. Nach jedem Sieg wurden die römischen Sicherungsmaßnahmen härter, die Zahl der Geiseln größer; immer wieder wurden führende Persönlichkeiten der besiegten Stämme unter großem Anteil der gallischen Öffentlichkeit hingerichtet. Als die Cadurcer-Stadt Uxellodunum fiel, in die sich ein aufständischer Haufen zurückgezogen hatte, ließ er allen, die Waffen getragen hatten, beide Hände abhacken. Das Leben schenkte er ihnen, damit die Strafe für ihre Schlechtigkeit um so augenfälliger werde – so hatte Hirtius es in seinem Kriegstagebuch notiert. Außerdem bemerkte Aulus Hirtius dazu: Da Caesar gewußt habe, daß seine Milde allgemein bekannt war, habe er nicht zu fürchten brauchen, man schreibe dieses grausame Vorgehen seiner, Caesars, Natur zu.
Diese und ähnliche Gedanken gingen Gaius durch den Kopf, als er Caesars Bericht hörte und die Spuren monatelanger Überanstrengung beobachtete, die nicht zuletzt durch dieses ununterbrochene Drehen und Wenden des Stiftes in seinen Händen augenscheinlich wurde.
Caesar ahnte vielleicht, welche Gedanken Gaius beschäftigten, denn er sagte: »Ganz Gallien ist noch immer jederzeit bereit, den Krieg wieder zu eröffnen. Euer Auftrag ist, dies zu verhindern.«
Gaius und Cornificius blickten sich, dann den Feldherrn mit großem Erstaunen an.
»Sicher«, fuhr Caesar fort, »es klingt überzogen, und doch entspricht

es der Lage: Euer Auftrag verlangt Wissen, Können und Mut. Die letztgenannten Eigenschaften besitzt ihr, das notwendige Wissen werdet ihr euch aneignen. Ihr werdet in den nächsten Wochen rechts des Rhenus befreundete germanische Stämme besuchen und Freiwillige für meine Garde sowie zur Auffrischung und Verstärkung der germanischen Reiterei werben.«

Sie nickten, obwohl sie nicht einsahen, warum sie zu dieser mehr oder weniger geschäftsmäßigen Abwicklung die strapaziöse Reise von Rom antreten mußten. Das konnten auch andere erledigen.

Ihre Gesichter schienen ihre Gedanken auszudrücken, denn Caesar beugte sich lächelnd vor, legte den Stilus in die Schale zurück und sagte: »Dies ist freilich nur der vordergründige Rahmen. Eure eigentliche Aufgabe ist weitaus diffiziler, und ich mochte sie keinem anderen anvertrauen. Ihr sollt herausfinden, wo Ambiorix sich aufhält, was er im Sinn hat, ob er Verbindung zu gallischen Führern, besonders Commius, aufgenommen hat. Sollte er sich in der Nähe aufhalten, sind die Fürsten, bei denen er sich versteckt hält, auf die Konsequenzen dieser romfeindlichen Haltung hinzuweisen. Ihr werdet durchblicken lassen, daß wir Freunde unter den germanischen Führern in angemessener Weise zu belohnen pflegen.

Im übrigen werdet ihr die Stimmung auf der anderen Seite des Stromes auskundschaften und versuchen, euch ein Bild von der geographischen Beschaffenheit des östlichen Landes zu machen. Wenn notwendig, nehmt längere Wege auf euch, um euch mit eigenen Augen von dieser oder jener Besonderheit zu überzeugen.«

Er war aufgestanden und zur großen Wandkarte getreten, winkte sie neben sich und zeigte auf ein nur diffus eingezeichnetes Gebiet östlich des Rhenus.

»Dies alles ist ja weithin Terra incognita. Verschiedene Autoren sprechen vom Hercynischen Waldgebirge, aber niemand ist in der Lage, anzugeben, wie weit es sich nach Osten, Süden und Norden erstreckt.«

Im weiten Bogen fuhr er mit der Rechten über die Fläche. »Irgendwo müßte man wieder auf den Danuvius[23] stoßen und, seinem Lauf folgend, in den Pontos Euxeinos[24] gelangen.«

Er stand einige Augenblicke sinnend vor der vagen, leeren Fläche.

»Fragt sie nach ihren Kenntnissen! Fragt Händler, wo immer ihr welche trefft!«

Gaius und Cornificius waren erstaunt über das hartnäckige Interesse an dieser auf den ersten Blick belanglosen Angelegenheit, die mit Ambiorix, Commius oder anderen gallo-germanischen Führern nichts zu tun hatte.
»Wieviel Mann nehmen wir als Begleitung und Schutz mit?« fragte Cornificius.
»Ich denke, zwanzig Reiter müßten genügen. Es handelt sich dabei ohnehin um eine mehr symbolische Begleitung. Ich könnte euch natürlich eine halbe Cohorte[25] mitgeben, aber das könnte falsch gedeutet werden. Zwanzig Berittene machen einen guten Eindruck. Ihr seid außerdem schnell und beweglich – und sie reichen zu eurem Schutz völlig aus. Außerdem provoziert ihr damit niemanden.«
Gaius fragte: »Ist Balventius dabei?«
Caesar blickte ihn an, und ein leichtes Lächeln huschte über sein Gesicht. »*Sic est!* – So ist es! Balventius gilt in der Armee als bester Kenner der Germanen. Und außerdem...« Sein Lächeln schwand. – »Er hat einigen Grund dazu!«
Sie verstanden und schwiegen.
»Ich empfehle euch, alles zu lesen, was Hirtius in meiner Reisebibliothek findet ...«
»Ich habe selbst den Eratosthenes und den Poseidonius mit«, meldete Gaius.
»*Bene.*« Caesar trat von der Karte zurück. »Ihr solltet zunächst mit nach Nemetocenna[26] kommen, euch dort einige Tage vorbereiten und euch geeignete Leute zusammensuchen. Balventius, der alle kennt, kann euch dabei behilflich sein. Und er wird es gerne tun.«
»Erlaube eine Frage«, meldete sich nun Cornificius zu Wort. Caesar hob einladend die Hand und Cornificius sagte: »Überall auf der Magistratur sahen wir verkrüppelte Männer, die...«
»*Probe!* – Ganz recht!« nickte Caesar ernst. »Und es kann durchaus sein, daß es in den nächsten Wochen noch mehr werden. Wenn diese Männer schon im Dienst des römischen Volkes Gliedmaßen eingebüßt haben oder an den Folgen innerer Verletzungen leiden, dann ist es recht und billig, ihnen, solange sie noch im Dienste der *Res Publica* unter meinen Adlern stehen, ihren Lebensunterhalt nicht nur sicherzustellen, sondern ihn so angenehm wie nur irgend möglich zu gestalten. Sie sollen wissen, daß sich jemand um sie kümmert! Und – sie werden es weitererzählen.«

Gaius blickte über das feine, abgemagerte Gesicht seines Feldherrn und war wieder einmal, wie vor einem Jahr, betroffen: Sätze wie diese verrieten seine wahren Ziele, denn dahinter schimmerte der meist zurückgehaltene Anspruch auf die totale Macht! Und sie zeigten ihn als den großen Taktiker, indem er die gute Tat mit den nächsterreichbaren Zielen vereinte, ohne daß es am Ende verwerflich erschien; und das war letztlich das Entscheidende, daß der Eindruck, den er bei seinen kritischen Beobachtern wie bei seinen Freunden und Untergebenen hervorrief, ihn als den großen Pragmatiker und Praktiker der *Clementia*, der Milde und Güte, darstellte. Caesar erwiderte den Blick, hart, ohne jede Emotion, und Gaius wußte, wie diese dunklen Augen, die immer größer wirkten, als sie waren, in seiner Seele wie in einem Buche lasen.
Nach einer Weile schweifte der Blick ab, verlor sich in scheinbar unendlicher Ferne, und er sagte: »Wenn wir Ambiorix endgültig ausschalten, bleibt die Provinz ruhig.« Er wandte sich ihnen wieder zu. »Im übrigen redet ihr bei allen Gesprächen mit germanischen Führern in meinem Namen. Jeder römische Truppenführer, der euren Weg kreuzt, hat euch mit ganzer Kraft zu unterstützen, wenn ihr es für richtig haltet. Ich werde euch entsprechende Vollmachten mitgeben. – Noch Fragen?«
Sie überlegten, und Cornificius meinte: »Wir – Gaius und ich – sind zwar des Gallischen einigermaßen mächtig; aber wir verstehen nur eine Handvoll germanischer Wörter. Wie sollen wir…«
»*Nihil est dictu facilius!* – Nichts leichter als das!« Seltsamerweise schmunzelte er. »Ich werde euch Gnaeus Pompeius mitgeben.«
Die Freunde starrten erst sich, dann ihn an und begriffen nicht.
»Der beste Übersetzer, den ich je hatte.« Er grinste. »Gnaeus Pompeius!«
Gaius runzelte die Stirn und zwinkerte.
»Ja«, lachte Caesar. »Ein Gallier, der unter Pompeius gegen Sertorius[27] in Spanien kämpfte und aufgrund seiner Verdienste das Recht erhielt, den Namen seines Patrons, eben Gnaeus Pompeius, zu tragen. Er spricht fließend mehrere germanische Mundarten, Latein und auch etwas Griechisch. Er ist in der Lage, simultan zu übersetzen. Ihr werdet sehr mit ihm zufrieden sein.«
Er sah belustigt zu, wie sie aufatmeten.
»Die Einzelheiten werden wir in Nemetocenna festlegen. Entspannt euch, damit ihr morgen in aller Frühe ausgeruht aufbrechen könnt.«

5

Zwei Tage später erreichten sie die marschierende Legion unter dem Befehl von Titus Volcatius Tullus. Titus übergab das Kommando einem seiner Praefecten und ließ sich zusammen mit Gaius seitlich des Marschweges auf einem umgestürzten Baum nieder.
Titus strahlte wie ein kleiner Junge vor Freude, den berühmten Bruder wiederzusehen, und Gaius gratulierte ihm zu seiner Beförderung zum Legaten. Er wußte, welches Aufsehen es im Offizierskorps gegeben hatte, daß nun auch der zweite Volcatier in den Rang eines Legionsbefehlshabers erhoben worden war, und dies wiederum in sehr jungen Jahren, wo doch die Gruppe der gestandenen Haudegen, die als mittlere Chargen schon manche Schlacht geschlagen und Verwundungen hatten einstecken müssen, groß genug war, um einen von ihnen als verdienstvollen, treu ergebenen Mann zu befördern.
Titus sprach den Bruder darauf an: »Ich bin sicher, sie reden hinter meinem Rücken. Es war allerdings auch eine große Überraschung für mich. Ich kann es mir nur so erklären, daß er unseren Vater ehren will.«
Gaius schaute ihn einen Augenblick an, sah seine weit auseinander stehenden, klaren hellblauen Augen, die gerade Nase, den energischen und gut konturierten Mund und während er über die Antwort nachdachte, stellte er fest, daß zwischen ihnen außer der Form und Länge der Nase kaum Ähnlichkeit bestand, allenfalls in der Höhe der schön gewölbten Stirn. Die Form der Augen, des Mundes, des Kinns war anders; Titus hatte blondes Haar, eine hellere Haut, blaue Augen, und er war etwa eine Handbreit größer als er, Gaius.
Auch sein Wesen, sein Temperament und mithin sein Charakter müssen sich in vielem von mir unterscheiden, dachte Gaius. Ich weiß noch, er hat seine Kindlichkeit länger bewahrt als ich; er kam später in den Stimmbruch und schaute auch später nach den Mädchen. Er war introvertierter, konnte sich stundenlang mit Dingen befassen, die mich nach Minuten langweilten; aber er las weniger als ich, zumindest las er anderes: Ich las gerne historische Schriften, er mehr poetische. Seltsam, welche Vorfahren sich im Samen des gleichen Vaters fortpflanzen.
»Selbstverständlich reden sie hinter deinem Rücken, Titus! Wie sie auch hinter meinem reden. Und es kann durchaus stimmen, daß Caesar an

unseren Vater gedacht hat, den er – ich habe es oft von ihm vernommen – für einen integeren Mann, für einen Römer nach der Sitte der Väter hält. Aber...« – er hielt inne und nahm den Gruß einiger jüngerer Tribune[28] entgegen, die vorbeiritten, und grüßte zurück – »...aber du kannst dich darauf verlassen, daß er mindestens ebenso großes Gewicht auf das Können der Männer legt, die er zu sich heranzieht.«
Titus schaute ihn fragend an.
»Caesar belohnt und befördert nie jemanden, nur weil er Volcatius, Antonius oder Licinius heißt.«[29]
Gaius beugte sich zu Titus und sagte leise: »Mir scheint, er verfolgt ein anderes Ziel...«
Titus ergänzte: »Du denkst... an Krieg?«
»Ja. Indem er sich ein junges Offizierskorps schafft, meint er, er könne diese Männer für alle Zeiten an sich binden.«
Titus blickte erstaunt den Bruder von der Seite an. Gaius, der es bemerkte, sagte lächelnd: »Ich habe es neulich noch unserem Vater klarzumachen versucht: Ich diene Caesar, weil ich seine Politik für die bessere halte – und nicht, weil ich mich ihm mit Haut und Haaren preisgegeben habe.«
Titus schwieg und dachte über das Gehörte nach. Sie verfolgten, wie eine Hundertschaft nach der anderen in etwa dreißig Schritt Entfernung in nördlicher Richtung vorbeimarschierte.
Nach einer Weile sagte Titus: »Sie haben's einfacher.«
»Gewiß. Aber sie tragen keine Verantwortung, können nicht in das Geschehen eingreifen.«
»Kannst du's?«
»Ich denke, ja. Und du auch! – Von unserm Tun oder Nichtstun hängt vieles ab.«
»Ich würde dich gerne begleiten. Schade. Es geht nicht.«
»Hm. Warum nicht?« Gaius zog die Stirn in Falten und preßte die Lippen zusammen. »Das müßte sich doch machen lassen, Voraussetzung ist allerdings, daß die Belger und ihre Teilstämme ruhig bleiben. Was meinst du?«
»Das kann niemand wissen.«
»Ich werde mit Caesar reden.«
Dann erkundigte Titus sich nach den römischen Verhältnissen, nach dem Gesundheitszustand des Patrons, nach Selenus, nach seinen in

Rom gebliebenen Freunden und deren Familien und schließlich nach Alexander.

»Wirst ihn noch heute sehen, sofern er nicht den Rest des Tages damit verbringt, den Jungs diverse Mittelchen gegen Haarausfall oder gegen den bösen Blick zu verkaufen.«

Sie lachten beide. Dann ließ Titus zwei Pferde bringen; sie saßen auf und jagten zur Spitze der Legion. Kurze Zeit später ließ Titus anhalten und schickte einen Tribunen mit hundert Berittenen nach vorne, um einen Lagerplatz für die Nacht zu suchen.

6

Natürlich hätte Gaius seinen Bruder gerne mit auf die Exkursion nach Osten genommen, aber er mußte warten, bis sich eine günstige Gelegenheit ergab, um mit Caesar darüber zu reden. Das würde in Nemetocenna, dem Hauptquartier bei den Atrebaten, sicherlich der Fall sein. Man würde sehen.

Caesar, der die marschierende Legion längst schon wieder verlassen hatte, um nach den übrigen Streitkräften zu schauen, hatte den Aulus Hirtius und seinen Stab sowie alle Akten und Papiere der Obhut der beiden Volcatier anvertraut, und Titus fühlte sich wiederum sehr geschmeichelt, vom Oberbefehlshaber bevorzugt zu werden, während Gaius, der seit langem zum inneren Kreis um den Proconsul zählte, diesen Dingen keine besondere Bedeutung mehr beimaß; das Vertrauen Caesars war ihm zur Selbstverständlichkeit geworden.

Während Titus die Abende gerne mit Quintus Cornificius verbrachte und sich dessen neueste Verse vortragen ließ, setzte sich Gaius, sooft sich die Gelegenheit ergab, mit Aulus Hirtius in dessen Zelt zusammen, und manchmal leistete ihnen auch Titus Balventius Gesellschaft.

»Sag mal«, fragte einmal Hirtius, »willst du deinen Alexander eigentlich mit in die germanischen Wälder nehmen?«

»*Ita'st!* – Ja. Warum nicht?«

»Dann schärfe ihm ein, zu den germanischen *Príncipes* – den bäuerlichen Adeligen und Häuptern der Sippen – äußerst höflich zu sein.«

»Ich werd's ihm sagen.« Gaius sagte es fast gelangweilt.

»Nein, ich meine es im Ernst: Diese Barbarenfürsten haben eine ungemein hohe Meinung von sich und ihrem Stamm. Sie können Großmäuligkeit nicht ausstehen.«

»Dein Glück«, lachte Gaius, »daß der große Meister diese Wertung seiner Person nicht hört...«

»Du darfst nicht vergessen«, fuhr Hirtius fort, und an seinem Gesicht erkannte Gaius, daß er ernstlich besorgt war, »daß diese Völker nicht wie die gallischen Stämme sechs, sieben Jahre Krieg hinter sich haben, Krieg und das ganze Elend, was er mit sich bringt. Sie fühlen sich im übrigen den Galliern überlegen.«

»Das ist mir nicht neu«, nickte Gaius. »Aber auch bei ihnen müßte sich herumgesprochen haben, daß die Armee Caesars trotz einiger Zwischenfälle nicht zu schlagen ist.«

Gaius nahm erstaunt zur Kenntnis, daß Hirtius schwieg und den Kopf leicht hin und her wiegte – als ob er überlege, wo er denn anfangen sollte, um sein Gegenüber eines Besseren zu belehren. Darum sagte er in gespielter Entrüstung: »Sag mal... ist das... ist das hier eine Art Unterrichtsstunde: *Verhaltensmaßregeln in Germanien?!*«

»Verzeih!« lächelte Hirtius. »Ich habe – was dich betrifft – nicht vor, Eulen nach Athen zu tragen. Aber wir alle müssen lernen, zu differenzieren. Germanen sind keine Gallier. Und Germane ist noch längst nicht Germane!«

»Ich wäre dir dankbar«, ergänzte Gaius ohne jede Ironie, »wenn du dich genauer erklären würdest. Im übrigen bin ich immer noch der Meinung, daß wir wohl kaum aus Rom in den Norden gerufen wurden, um Land und Leute in Germanien kennenzulernen und so nebenbei die Augen offenzuhalten, um herauszufinden, was denn der liebe Ambiorix so tut und treibt.«

Hirtius lächelte fein, denn er kannte das Temperament aller Volcatier.

»Du hast natürlich recht«, sagte er nach einer Weile. »Und ich bin sozusagen gehalten, dich in die... in die Zusammenhänge einzuweihen.«

»Welche Zusammenhänge?«

»Deiner Frage entnehme ich, daß er darüber noch nicht mit dir gesprochen hat.« Und um einer falschen Interpretation dieser Unterlassung vorzubeugen, fügte er hinzu: »Solange wir unterwegs sind, hat die Sache auch keine Eile; darum schwieg er.«

Hirtius schaute Gaius kurz an, und Gaius nickte ihm zu. »Was weißt du bis jetzt?« fragte Hirtius.

»Es handelt sich um Ambiorix.«

»Das ist schon richtig, denn Ambiorix könnte der Mann sein, der all unsere Pläne über den Haufen wirft. Um dem vorzubeugen, hat Caesar sein Hauptquartier den Winter über ins Gebiet der Atrebaten, den Nachbarstamm des Ambiorix verlegt.«

»...woraus ich schließe, daß Ambiorix sich den Winter über an einem anderen, ihm weniger gefährlichen Ort aufhalten wird.«

»*Ita'st!* – So ist es. Und dieser Ort liegt – davon können wir mit großer Wahrscheinlichkeit ausgehen – jenseits des Rhenus.«

»Der Rhenus ist lang. Habt ihr Anhaltspunkte, wo...«
»Nein. Wir wissen nur, wohin er sich nicht begeben wird. Und das ist genau der Ort, den ihr, du und Cornificius, als ersten aufsuchen werdet.«
»Wie heißt er?«
»Das weiß ich nicht. Du müßtest die Bewohner fragen. Aber ich kann dir genau beschreiben, wo er liegt – was aber nicht nötig ist, da Balventius ihn kennt.«
Zum erstenmal sagte Balventius etwas, da er indirekt angesprochen war: »Der Platz befindet sich etwa fünfzehn Meilen unterhalb der Mündung der Siga[30] auf der linken Seite des Rhenus.«
Das hatte er zu Gaius gewandt gesagt, und Gaius nickte ihm zu. In dieser Gegend war er noch nie gewesen.
»Es wäre gut«, fuhr Hirtius nach einer Weile fort, »wenn du einiges über den derzeitigen... ich meine, wenn du weißt, wie der Stand der Dinge im Augenblick ist.«
»Ja. Natürlich. Bitte!«
Gaius beugte sich etwas vor, und Hirtius führte aus: »Du hast nicht nur den Auftrag, dich sozusagen auf die Fährte des Ambiorix zu setzen, sondern – und das ist der auf lange Sicht viel wichtigere Teil deiner Mission – du sollst die entscheidenden letzten Verhandlungen mit den Ubiern führen über ihre Umsiedlung auf das linke Ufer des Rhenus.«
»Ich denke«, rief Gaius erstaunt, »diese Dinge seien längst erfolgreich zu Ende gebracht worden!?«
»Nein, leider noch nicht zu unserer vollen Zufriedenheit. Und dies wiederum hängt ganz ohne Frage mit den Störungen unseres Freundes Ambiorix zusammen.«
»Verstehe«, nickte Gaius und wurde sich mit einem mal der Größe und Schwere seiner Aufgabe bewußt, zu deren Erledigung man ihn und Cornificius aus dem fernen Italien herbeordert hatte.
»Wenn es dir recht ist«, nahm Hirtius seinen Faden wieder auf, »sollte ich dir nun das Wichtigste über die Lage auf dem jenseitigen Ufer des Rhenus und über das Volk der Ubier mitteilen.«
Hirtius wartete, bis einer seiner Sklaven die Becher reihum wieder gefüllt hatte; sie tranken sich zu, nahmen jeder einen kleinen Schluck, und während Aulus Hirtius leise und konzentriert sprach, fühlte Gaius sich an Selenus, den Sekretär seines Vaters, erinnert, und er konnte sich den

Vertrauten Caesars sowie den feinsinnigen Griechen sehr gut als Freunde vorstellen.
»Ich will dir zunächst einige Erläuterungen geographischer, ethnischer und wirtschaftlicher Art geben... Diese Ubier sind erst nach unserem Feldzug im Osten Galliens in unser Blickfeld gerückt. Sie wohnen seit langen Zeiten auf der rechten Seite des Rhenus. Ihr Gebiet ist nach Osten von uns nicht genau zu begrenzen, wie das aller anderen germanischen Stämme auch nicht. Im Westen trennt das tief eingeschnittene Tal des Rhenus sie vom Gebiet der Treverer. Im Osten wurde ihnen ihr Besitz von den Sueben streitig gemacht, wie der anderer Völker auch...«
Er blickte Gaius an, und dieser nickte: Der Anlaß dieses ganzen Krieges hing ja mit der genannten Westexpansion der Sueben zusammen, die Caesar im ersten Kriegsjahr nördlich der Westalpen vernichtend geschlagen hatte, woraufhin sie sich über den Rhenus nach Osten zurückgezogen hatten und nun, wie schon früher, alle nördlich wohnenden Germanenstämme von Jahr zu Jahr mehr bedrängten.
»Bitte fahr fort!« sagte Gaius, und Hirtius nahm nach kurzer Besinnung die Erzählung wieder auf: »Im Ganzen bewohnen sie ein riesiges Gebiet, das im Süden bis zum Moenus[31] reicht und im Norden von der Lagona[32] begrenzt wird. Darüber hinaus aber ist ein Vortrupp – wenn man es so nennen darf – in jenes große, fruchtbare Becken vorgedrungen, das der Rhenus an der Stelle bildet, an der wir zweimal unsere Brücke über den Strom geschlagen haben.«
Er nickte Gaius lächelnd zu und hatte es nicht nötig, weitere Erklärungen dazu abzugeben, weil Gaius damals mit mehreren Cohorten den Brückenkopf bewacht hatte.
»Ich habe mich in den letzten Jahren intensiv mit der Frage beschäftigt, die auch Caesar bewegt: Was sind die Unterschiede zwischen den links- und rechtsrhenanischen Völkerschaften? Ich stimme weitgehend mit dem überein, was Caesar im sechsten Buch seiner Commentarii geschrieben hat. Du kennst die Stellen...«
»Gewiß.«
»Du solltest diese Abschnitte, aber auch alles andere, was du über jene Punkte findest, noch einmal gründlich lesen und memorieren. Ich werde dir, wenn es dir recht ist, aus Caesars Reisebibliothek einiges in dein Zelt schicken lassen.«

»Danke. Das ist nett von dir. Aber für mich ist im Augenblick wichtiger und interessanter, was du zu sagen hast.«
»Nun«, fuhr Aulus Hirtius fort, und Gaius beobachtete mit einem inneren Schmunzeln, wie Hirtius ganz offensichtlich die Gelegenheit nutzte, einen Bruchteil seines gewiß immensen Wissens vor einem interessierten Zuhörer ausbreiten zu können, »es spricht vieles dafür, daß dieses eben genannte Becken seit Urzeiten Durchgangsgebiet aller Stämme ist, die in den Westen gelangen wollen. Anders gesagt: Die Stämme, die sich hier, von Osten kommend, niederlassen, haben am ehesten Berührung mit den ihnen überlegenen Völkern des Westens und eignen sich das neue, für sie Vorteilhafte schnell an. So auch die Ubier. An erster Stelle ist hier der Handel zu nennen. Gallische, aber auch römische, ja griechische Händler kommen zu ihnen als erste, während sie umgekehrt ihre eigenen Leute weit in den Westen schicken, um einheimische Erzeugnisse wie Felle der verschiedensten Tiere, Leder, Pferde und Schweine – um die wichtigsten Handelsgüter zu nennen, gegen Stoffe, Wein, Salz und andere Dinge einzutauschen. All das hat sie geistig beweglicher gemacht als die ihnen benachbarten Stämme im Osten, Norden und Süden.«
»Aber das gilt doch wohl nur für jene, die in der Nähe oder an den Ufern des Rhenus hausen.«
»Nein – und das ist das Erstaunliche: Diese positiven Einflüsse wirken bis in die östlichen Tiefen ihrer Teilstämme. Du findest die gleichen, uns gegenüber aufgeschlossenen Leute am Rhenus wie auch im Taunus oder nördlich des Moenus.«
»Vielleicht sind sie keine Germanen?«
»Doch, ganz ohne Zweifel! Die übrigen, weitaus barbarischeren Stämme sehen die Ubier als germanisches Volk an. Sie verehren die gleichen Götter und betrachten sich als Blutsverwandte. Die germanische Herkunft der Ubier läßt sich nicht bezweifeln. Freilich sind sie dabei, durch die Berührungen mit den Galliern und mit uns sich ganz allmählich zu wandeln. Und das ist der entscheidende Punkt deiner Mission: Du mußt erkennen, wo hier die Ansätze für die Hebel liegen, damit du die Keile ansetzen kannst.«
»Ich verstehe«, sagte Gaius und er erinnerte sich: Als Caesar sich zu seinem ersten Übergang über den Rhenus entschloß, erhielt er von seiten der Ubier das Angebot, sie seien bereit, ihm genügend Schiffe zum Über-

setzen des Heeres zur Verfügung zu stellen. Nun, im nachhinein, wurde ihm klar: Dies ließ erkennen, daß sie im Besitz eines recht umfangreichen Bestandes an Schiffen waren, der über das örtliche Bedürfnis weit hinausging. Die Fahrzeuge hatten sie keinesfalls irgendwo gekauft, sondern selbst gebaut. Das wiederum ließ erkennen, daß sie einen nicht unbedeutenden Handel mit den Anwohnern des Rhenus und seiner wichtigsten Nebenflüsse, der Lagona, des Moenus, der Mosella, trieben. »Du wirst in den nächsten Tagen reichlich Gelegenheit haben«, schloß Hirtius, »dich mit den Einzelheiten zu beschäftigen. Je mehr du vorher weißt, desto leichter wird dir der Umgang mit Land und Leuten sein.«

7

Von nun an verbrachte Gaius zusammen mit Cornificius jeden Abend bei intensiver Lektüre in seinem Zelt oder dem des Freundes; und je tiefer sie eintauchten in den für sie bisher fast unbekannten Lebensraum, desto mehr wurden sie gefesselt von der Fremdheit, Eigenart und den strengen Sitten dieser Menschen. Manchmal lasen sie sich gegenseitig besonders interessante Stellen aus Werken des Eratosthenes, Poseidonius und anderen vor, warfen auch bei unklaren Antworten einen Blick in Caesars Commentarii, wobei Gaius, der die Redaktion über ein Jahr lang betreut hatte, feststellte, daß er vieles damals einfach überlesen hatte; nun aber konnten einzelne Sätze, ja einzelne Wörter eine ganz neue, wichtigere Bedeutung erhalten. Führte auch dieses nicht zur Klärung, dann diskutierten sie bis in die Nacht mit Aulus Hirtius, der mit großem Wissen und noch größerer Geduld auf all ihre Fragen einging. So hatte sich das Bild, längst bevor sie in Nemetocenna eintrafen, gerundet, und Gaius wäre in der Lage gewesen, vor einem interessierten römischen Publikum aus dem Stegreif einen dreistündigen Vortrag über die Lebensweise der Germanen, insonderheit der Ubier, zu halten.

Und dennoch wußte er: Dies alles war nur angelesenes, totes Wissen; es bedurfte der lebendigen Entsprechung. Die Konfrontation mit den tatsächlichen Verhältnissen konnte vieles als Legende und Mythos verblassen lassen.

Wie es seine Art war, pflegte er vor dem Einschlafen über das Neue, das Fremde, das Aufregende, das bevorstand, nachzudenken und malte sich Szenen und Bilder aus; wie es denn in Wahrheit sein könnte. Dies alles wurde nun ungemein kompliziert durch die eigentliche Aufgabe, mit ebendiesen Ubiern und ihren Führern gleichsam völkerrechtlich gültige Verhandlungen zu führen – mit dem Ziel, endgültig die letzten Unklarheiten zu beseitigen, die einer Übersiedlung des ganzen Volkes auf das Westufer des riesigen Stromes noch im Wege standen. Und wenn möglich, sollten sie – Cornificius und er – versuchen, den Eburonenfürsten Ambiorix ausfindig zu machen, ihn womöglich lebendig zu fangen und vor Caesars Gericht zu bringen.

Er war sich über die Bedeutung seiner Aufgabe im klaren; er wußte auch, daß Caesar von ihm und Cornificius ganze Arbeit erwartete. Vieles war trotz der umfangreichen Lektüre noch unklar geblieben. Gallischer Ein-

fluß sollte sich auch in der Verfassung des ubischen Gemeinwesens geltend gemacht haben; es wurde immer wieder verwiesen auf das Vorhandensein eines *Senates,* den auch Caesar neben den *Príncipes,* den Häuptern, erwähnte. Bei den *Príncipes* mußte es sich um einflußreiche adelige Grundbesitzer handeln; von dem Aufgabenbereich des *Senates* machte Caesar keine Angaben, doch stellte Gaius sich vor, daß in diesem sogenannten *Senat* ein Gegengewicht zu dem Einfluß der mächtigen Adelsbauern zum Ausdruck kam. Und man durfte sich wohl diese Körperschaft nicht ausschließlich aus Grundbesitzern zusammengesetzt denken. Bei der Bedeutung, die Schiffahrt und Handel bei den Ubiern besaßen, konnte man eher annehmen, daß neben den Grundbesitzern ihr auch wohlhabende Kaufleute, Gewerbetreibende, insbesondere Schiffer und Fischer, angehörten.
Gaius ließ die Ereignisse der vergangenen acht Jahre an sich vorüberziehen: Als Caesar das Gebiet des mittleren und unteren Rhenus betrat, drängten alle germanischen Völker rechts des Rhenus über den Strom. Dies war denn auch der entscheidende Grund für Caesar gewesen, im vierten Kriegsjahr[33] zum ersten Mal auf das rechte Ufer überzusetzen. Im gleichen Jahre hatten die Usipeter und Tencterer versucht, auf der linken Seite des Stromes Fuß zu fassen. Nach wie vor drückten aus dem Südosten die Sueben, das wildeste germanische Volk, das er je kennengelernt hatte. Die Ausdehnungskraft der Sueben hatte zunächst durch ihren Einbruch in Gallien unter ihrem Fürsten Ariovist einen Ausweg gefunden, und das rief immer neue Scharen in das Gebiet der Sequaner zur Ansiedlung herbei. Im ersten Kriegsjahr betrug die Zahl schon 125 000, und der schwache Widerstand der Gallier lockte zu weiterem Zuzug.. Caesars großer Sieg über Ariovist beraubte dann die Sueben nicht nur ihres fähigsten und rücksichtslosesten Führers und Organisators, sondern war in Anbetracht der hohen Verluste auch ein entscheidender Schlag gegen ihre Volkskraft. Es war bezeichnend, daß die Sueben keinen ernsthaften Versuch einer direkten Konfrontation mit Rom mehr machten. Ihre Kraft war zweifellos gebrochen.
Trotz dauernder Angriffe war es den Sueben nicht gelungen, die Ubier aus ihren Wohnsitzen zu vertreiben. Und gerade Land und Gemeinwesen der Ubier mochten wegen der vorhandenen Wohlhabenheit ein begehrtes Ziel ihrer Eroberungslust sein.

Als Caesar zum ersten Mal den Rhenus überschritt, zogen sich die Sueben in das Innere des Landes zurück. Er konnte mit Genugtuung feststellen, daß seine achtzehntägige Anwesenheit auf dem rechten Ufer des Rhenus den Germanen Furcht eingeflößt hatte. Bei seinem zweiten Übergang hatten die Sueben ihre Scharen und einige Hilfsvölker anscheinend zu einem Raubzug gegen das Ubierland zusammengezogen. Caesar befahl damals den Ubiern, in den gefährdeten Grenzgebieten alle bewegliche Habe in die *Oppida,* die Wallburgen, zu schaffen. Aber schon bald trafen die Meldungen vom Rückzug der Sueben in die undurchdringlichen Wälder Germaniens ein.

Gaius erkannte, je länger er darüber nachdachte, das kluge Vorgehen Caesars, sein vorausschauendes Planen, sein geschicktes Eingehen auf die Bedürfnisse, Wünsche und Vorstellungen der Ubier: In ihrem Rechtsverhältnis zum römischen Imperium, so wie es sich im Verlauf ihrer Verhandlungen mit Caesar entwickelte, ließen sich zwei Stufen unterscheiden. Zuerst schlossen die Ubier Freundschaft mit dem römischen Volke – *»amicitiam fecerant«* – und unterwarfen sich dann einige Jahre später völlig. Als Caesar vor vier Jahren die Usipeter und Tencterer auf die östliche Seite des Rhenus zurückwarf und sich zum Brückenschlag über den Strom entschloß, da waren die Ubier die einzigen rechtsrhenanischen Germanen, die Gesandte geschickt, Freundschaft geschlossen und Geiseln gestellt hatten.

Während Gaius noch darüber nachdachte, wann genau dies gewesen war, schoben sich andere, schreckliche Bilder davor und lenkten ihn für eine Weile von den Ubiern ab. Er sah die grausam hingemetzelten, verstümmelten jungen Legionäre, die dem Ambiorix in die Falle gegangen waren.

Es war nach dem Abbruch der britannischen Expedition gewesen.[34] Caesar legte seine acht Legionen und fünf Cohorten – insgesamt an die fünfzigtausend Mann – in die gallischen Winterlager, aufgeteilt mit einer größten Entfernung von hundert Meilen voneinander. Dazu gehörten ein und eine halbe Legion, auch etwa neuntausend Mann, die sich im Eburonenland einquartieren sollten. Als Winterlager und Legionsfestung wurde Atuatuca errichtet. Den Oberbefehl hatten die Legaten L. Aurunculeius Cotta und Q. Titurius Sabinus, beide Angehörige uralter römischer Adelsfamilien.

Schon kurze Zeit nach der Errichtung der Lager bei Atuatuca brach der im wesentlichen von Ambiorix geplante Aufstand der Eburonen, die man für befriedet hielt, los.
Die Ereignisse zeigten Ambiorix als gewieften Taktiker und Fuchs, der auf seine Stunde gewartet hatte. Und wie er dann die römischen Legaten hereinlegte – das hätte für eine Groteske des Publilius Syrus[35] ausgereicht. Zuerst inszenierte er einen kleinen Überfall. Er griff römische Holzfällerkommandos an, unternahm dann im zweiten Akt des Dramas einen ziemlich aussichtslosen Angriff auf Atuatuca selbst und erreichte damit ein Palaver zwischen den Fronten, zu dem sich die Legaten herbeiließen. Zunächst stellte er sich erbärmlich dar: Den bösen Atuatucern habe er früher Tribut zahlen müssen, und so bedanke er sich nun bei den Römern, daß sie ihm diese Last vom Halse geschafft hätten. Jetzt möchte er sie, gleichsam im Gegenzug, über eine wichtige Neuigkeit informieren. Es gebe nämlich einen gallischen Geheimplan, all die zerstreuten Winterlager der Caesarlegionen an einem Tag anzugreifen, so daß keine Legion der andern zu Hilfe kommen könne. Er, Ambiorix, sei aber ein Gönner; er gestatte der in seinem Herrschaftsbereich einliegenden erweiterten Legion von Aurunculeius und Titurius den freien Abzug durchs Eburonenland; nur los wolle er sie sein, weil eine solche Besatzung ja eine unerträgliche Sache für sein Volk wäre.
Das alles hätte den beiden Legaten höchst sonderbar vorkommen müssen, überlegte Gaius. Doch ihre Logistik und Feindbeobachtung funktionierten offenbar nur unzureichend. Gaius wußte, was damals nach der Katastrophe von einigen Überlebenden weitergegeben wurde: Man fing sich in der eigenen Feindvorstellung, indem man von dem »unbekannten und schwachen Stamm der Eburonen« faselte, der doch auf eigene Faust eine so große Sache anzuzetteln überhaupt nicht imstande sei, wenn da nicht größere, gefährlichere, und damit meinte man: gesamtgallische Kräfte dahintersteckten.
Sie bedachten also dieses und jenes. Aurunculeius war unbedingt dafür, in Atuatuca zu bleiben; Titurius hielt einen schnellen Abzug zwecks Vereinigung mit den anderen Legionen für die bessere Strategie. Schließlich gab Aurunculeius nach. Der Abmarsch aus dem Lager wurde angeordnet. Und er führte prompt in den schrecklichen Untergang. Bereits

nach zwei Meilen, als die lange Schlange der Cohorten mit dem großen Troß in ein weites Tal hinabgestiegen und die Vorhut schon am Talende angelangt war, fielen die Eburonen aus den seitlichen Wäldern über die Römer her.

Titurius verlor völlig den Kopf. Sein Befehl, den Troß im Stich zu lassen, brachte die Soldaten aus jeder Ordnung; es kam zu einem ungeheuren Durcheinander, zu Kopflosigkeit, zu Panik. Da wurde Aurunculeius Cotta von einem Schleuderstein voll im Gesicht getroffen und fiel praktisch aus. Titurius ließ sich daraufhin auf den nächsten unheilvollen Schritt ein. Er begab sich mit einer kleinen Begleitung zu Ambiorix, um mit diesem zu verhandeln, trat ihm schon entwaffnet entgegen, begann eine von dem Eburonenfürsten nur vorgetäuschte Diskussion, wurde dabei von den unheimlichen Feinden immer dichter eingeschlossen und schließlich einfach niedergemacht. Jetzt brach ein neuer, letzter Angriff der Eburonen mit infernalischem Geheul auf die schon angeschlagenen Römer im Tal los. Aurunculeius Cotta mit dem zertrümmerten Gesicht fiel heldenhaft mit dem Schwert in der Hand. Die meisten Legionäre, die nicht von den Eburonen erschlagen wurden, töteten sich bei Einbruch der Dunkelheit selbst. Nur ganz wenige konnten sich durchschlagen und Caesar von der Niederlage berichten. – Gaius erinnerte sich: Aus dem tiefen Schmerz über den Verlust seiner Soldaten und der beiden Legaten hatte er sich den Bart nicht mehr scheren und das Haupthaar nicht mehr schneiden lassen – bis er die Schmach durch den vernichtenden Gegenschlag, die totale Ausrottung der Eburonen, gesühnt hatte. Danach hatte Caesar Jagd auf den Eburonenhäuptling machen lassen, und am nächsten kam dem damals der Reiteroberst L. Minucius Basilus. Um ein Haar hätte er ihn bei einem Überlandritt vom Rhenus ins Eburonenland gefaßt, aber Ambiorix konnte sich rechtzeitig in die dichten Wälder retten.

Daraufhin rüstete Caesar zu den entscheidenden Vernichtungsschlägen. Er teilte sein Heer in drei Abteilungen und legte den Troß zusammen mit den Verwundeten in die Festung Atuatuca. Der Platz schien ihm aus verschiedenen Gründen besonders geeignet, einmal, weil er ungefähr in der Mitte des eburonischen Stammesgebietes lag, zweitens, weil die Befestigungen vom Vorjahr noch so intakt waren, daß dadurch den Soldaten überflüssige Schanzarbeiten erspart blieben. Als Schutztruppe bestimmte er die XIV. Legion, eine der erst kürzlich in Norditalien frisch ausgehobenen und kaum kriegserfahrenen. Das Kommando übertrug er dem tüchtigen Quintus Tullius Cicero, dem jüngeren Bruder des großen Anwalts und Redners.

Quintus Cicero war ein Mann von zarter Gesundheit, erwies sich aber im Verlauf der Dinge als durchaus verläßlich. Vor allem fiel er nicht auf leere Versprechungen des Ambiorix herein wie seine Vorgänger Aurunculeius und Titurius.

Es waren auch nicht die Eburonen, die die Festung von Atuatuca beinahe erledigten, sondern die aus dem rechtsrhenanischen Gebiet herübergekommenen Sugambrer. Was dann geschah, war beinahe ein Witz – wäre es nicht so ernst gewesen: Caesar hatte es so notiert: »Das merkwürdigste von alldem war der Umstand, daß die Germanen, die über den Rhenus herübergekommen waren, um das Land des Ambiorix zu verwüsten, an das römische Lager gerieten und so dem Ambiorix einen höchst erwünschten Dienst leisteten.«

Dies war geschehen: Als Caesars Kundschafter meldeten, die Eburonen seien offenbar in vielen kleinen Gruppen in den Wäldern, Schluchten und Sümpfen verstreut, ließ er durch Gesandte die rechtsrhenanischen Germanen ermuntern, doch das Eburonenland zu plündern. Also machten sich die Sugambrer auf, überschritten mit zweitausend Reitern auf Schiffen und Flößen den Strom etwa bei der Mündung der Siga, trabten durch das Eburonenland, brachten Versprengte auf, trieben Vieh zusammen und machten riesige Beute. Westwärts ging der Ritt, bis einer der eburonischen Gefangenen sagte: »Weshalb begnügt ihr euch eigentlich mit den Läppereien, die ihr bei uns armen Leuten erbeuten könnt? In drei Stunden könnt ihr doch in Atuatuca sein. Da hat das Römerheer sein ganzes Arsenal aufgestapelt, seine Reserven, seinen Proviant, seine Waffen, seine Kriegskasse. Mit einem Schlag könnt ihr im Reichtum schwimmen, wenn ihr das nur schwach verteidigte Atuatuca einnehmt.« Und so kam es zur zweiten Tragödie von Atuatuca.

Quintus Cicero hatte dort bisher genau nach Caesars Auftrag die Truppe in der Befestigung zusammengehalten. Aber als sieben Tage verstrichen und die Nachrichten über die Lage des Oberkommandierenden zweifelhaft waren, erlaubte sich der jüngere Cicero eine Exkursion, um dringend notwendiges Getreide zu holen. Er ließ dazu fünf Cohorten und etwa dreihundert Rekonvaleszenten aus dem Hospital samt den

Troßknechten ausrücken. Jenseits des Hügels lag, nur harmlose drei Meilen entfernt, die Gegend, wo Getreide gefaßt werden sollte. Und schon geschah es! Das Kommando war kaum über den Hügel verschwunden, da brach am anderen Ende aus der nahen Waldkulisse die Sugambrerreiterei auf Atuatuca los und war im Nu bei der *Porta decumana*[36] des Lagers. Das Tor konnte noch in. letzter Sekunde geschlossen werden, aber die schwachen Verteidigungskräfte gerieten in helle Aufregung und Verwirrung. Schon gab es Stimmen, die zu einem Verzweiflungsausbruch aus dieser Falle rieten.

Wäre nicht ein Mann wie der von Narben bedeckte Centurio Publius Sextius Baculus, ein hochdekorierter Primipilus[37], gewesen, dann hätte das Chaos seinen Lauf genommen. Sextius gehörte zur Gruppe der Verwundeten. Schon vier Tage lang hatte er keine Nahrung zu sich nehmen können. Jetzt sprang er aus dem Krankenzelt, stürzte zum Lagertor, griff sich von den nächsten Besten die Waffen und warf sich so den Sugambrern entgegen. Sein Vorgehen machte Beispiel, mehrere Centurionen schlossen sich ihm an. Sextius wurde erneut schwer verwundet, sank ohnmächtig nieder, konnte aber von seinen Kameraden gerettet werden.

Sein todesmutiges Beispiel hatte den Verteidigungswillen der Männer an den Wällen verstärkt – und sie standen. Atuatuca wurde gehalten, zumal die Getreideholer – nach Stunden – zurückkehrten. Als sie vom Hügel aus das Gerangel am Lager erkannten, entschlossen sie sich zu einem Entsatzangriff.

Nach erbitterten Kämpfen gaben die Germanen schließlich die Hoffnung auf, das Lager erobern zu können. Letztendlich konnten sich die Römer behaupten – wenn auch nur unter hohen Verlusten. Dieser enorme Aderlaß erbitterte Caesar so sehr, daß er eine bisher nicht gekannte Härte walten ließ. Die Eburonen wurden bis auf wenige hundert total ausgemerzt.

Gaius hatte das achte Buch des Commentarius gelesen, soweit es die zurückliegenden Ereignisse dieses Jahres betrafen. Aulus Hirtius hatte es geschrieben, und Gaius war sogleich in die Augen gesprungen, wie oft da die Rede ging von Niedermetzeln, Brandstiftung, Plünderung, Vernichtung von Dörfern, Häusern, Vieh, Verwandlung des Landes in eine Wüste. Und Hirtius hatte dazu geschrieben, »...daß diesem Ambiorix der Haß seiner noch übriggebliebenen Stammesgenossen wegen des ihnen eingebrockten Unheils jede Rückkehr unmöglich machen sollte.«

Und im Gespräch hatte Hirtius heute auf entsprechende Fragen von Gaius gesagt: »Nein, trotz dieser strengen Maßnahmen und Verwüstungen hat kein noch lebender Eburone es für notwendig erachtet, uns das Versteck des Ambiorix zu verraten. Alle bisherigen Fahndungen durch unsere Sonderkommandos waren ohne Erfolg. Wir hofften immer wieder, seiner habhaft zu werden, und unterzogen die Männer unendlichen Strapazen zu diesem Zweck. Aber immer wieder fehlte offenbar nur ein Quentchen Glück zum Erfolg. Ambiorix rettete sich oftmals im Schutze des nächtlichen Dunkels in verborgene Schlupfwinkel, die er häufig wechselte. Dabei hatte er nur eine Bedeckung von vier Reitern bei sich, denen er sein Leben anzuvertrauen wagte.«

Das letzte, was Gaius vor dem Einschlafen durch den Kopf ging, war: »Ich werde ihn finden und zur Rechenschaft ziehen. Es handelt sich hier nicht um einen Vercingetorix. Ich werde ihn finden.«

8

Wie immer, wenn Gaius im Felde war, schlief Alexander im Vorzelt. Und obwohl dieses gleich in der Nähe des *Praetoriums*[38] des Legionskommandeurs – hier Titus Volcatius – stand, hatte Alexander es sich nach den Ereignissen des vergangenen Jahres[39] nicht ausreden lassen, daß es »Anbetracht dessen durchaus nichts weniger als vermessen ist, wenn der edle Archelaos und ich als solches hier im Vorzimmer des Palastes throne. Und die beiden niedlichen Hündchen werden draußen am Pfosten angebunden, damit sie jeden Sterblichen beim Wort nch men und ihm den Weg zum Hades durchaus verkürzen. Nicht wahr, Archelaos?«
»So ist es. Zweifellos!«
»Und nichts auf dem Erdkreis kann uns davon abbringen, unsere Pflicht zu tun. Archelaos?«
»Nein. Niemand! Beim Hercules!«
So kam es, daß Gaius während des Marsches nach Norden jeden Morgen durch das Geflüster seiner beiden Beschützer geweckt wurde, die aus ihm nicht bekannten Gründen, ganz gegen die Regel, stets vor ihm wach waren. Meist kam aber dazu über kurz oder lang das fürchterlichste Gekläff der riesigen Hunde, wenn sich in der Nähe des Zeltes irgend etwas regte.
Sein Bruder Titus hatte ihn schon darauf angesprochen: »Sag mal, ist das nötig mit den beiden Molossern?«
»Warum?«
»*Mehercule! – Beim* Hercules! – Sie lassen niemanden ins Zelt! Was ist, wenn dir wichtige Botschaft geschickt wird?«
Auf eine entsprechende Bemerkung von Gaius hatte darauf Alexander den Archelaos, den Menander, seinen Herrn C.V.T. und schließlich beide Hunde kopfschüttelnd angeblickt, sich gewaltig gereckt und mit Stentorstimme von sich gegeben: »Herhören!«
Beide Doggen hoben die Köpfe, blickten gespannt herüber und hingen an Alexanders Gesicht.
»Ihr laßt euch da von keinem dreinreden, verstanden?! Ihr laßt keinen als solches durch, weder bei Tag und bei Nacht noch im Dunkeln! Außer Alexandros, Sohn des Alexandros aus Theben; Archelaos, Sohn

des Archelaos; Menander, Sohn des Menander, sowie dem Herrn und dem Fürst der Dichter! Verstanden!?«
Er fixierte scharf die beiden Molosser: Sie blickten ihn an und wedelten leicht mit dem Schwanz.
»Na also.« Alexander wandte sich an Titus Volcatius: »Wie du gehört hast, Herr, lassen die beiden niedlichen Hündchen niemanden durch.«
»Ja, aber!« Entrüstet blickte Titus zu Gaius. Doch der kniff nur beide Lippen zusammen und hob die Schultern.
»Ja, aber das darf doch nicht wahr sein!« rief Titus.
»Wahr nicht, aber wahrsam! Nicht wahr, Archelaos?«
»Bitte? Wie?« rief Titus, der allmählich das Gefühl hatte, als ob sich Alexander über ihn lustig machte. Darum erklärte Archelaos:
»Der edle Alexandros meint, sie seien wachsam. Es handelte sich nur um einen kleinen Versprecher.«
»Ja, wer ist das denn?« Titus, der den Archelaos und seine Stellung als Intimus des Sohnes aus Theben noch nicht kannte, wies auf den Kilikier.
Und Alexander: »Das ist der liebe kleine Junge, der früh auf Abwege gekommen ist und der wahrhaftig schon längst als solches im Hades zitterte, wenn mein Herr ihn nicht im letzten Atemzug vor dem Galgen beraubt hätte.«
Du bist ein Fuchs, dachte Gaius, schlau wie Odysseus! Mit diesem »mein Herr« will er Titus klarmachen, daß er von ihm keine Befehle entgegenzunehmen geneigt sei. Gleichwohl war der Punkt erreicht, den Sohn aus Theben in seine Schranken zu wiesen:
»Alexander!«
Alexander reckte sich, schlug die Hacken zusammen und grüßte mit erhobener Rechter.
»Hier, Herr! Zu Diensten, Herr!«
»Du sprichst mit meinem Bruder – und nicht mit einem der hochnäsig eingebildeten Sekretäre Catos! Du wirst dafür sorgen, daß er wie jeder andere römische Truppenführer, vom Centurio aufwärts, jederzeit Zutritt zu meinem Zelt hat.«
Alexander gab ohne Überlegung zurück: »Hat er doch, Herr! Hat er jederzeit!« Er hielt den Kopf schief und blickte Gaius schräg von unten an.
Aber ob er das ernst meinte? Gaius ließ ihn nicht aus den Augen. Alex-

ander, der diesen Blick kannte und fürchtete wie sonst nichts auf dem Erdkreis, ahnte, was kam.
»Herhören!« Alexander erstarrte. »Dann wirst du eben jederzeit zur Verfügung sein, wenn jemand das Zelt betreten will. Verstanden?«
»Jawohl! Verführung? Unverzüglich! Jederzeit! – Es sei denn...«
»Ja?«
»...so ein lieber kleiner Germane mit einem Dolch zwischen seinen faulen Zähnchen...«
»Sehr korrekt! Und nun kümmer dich um die Hunde! Sie können ein erfrischendes Bad gebrauchen. Du übrigens auch. Und nimm Syphax und Micipsa gleich mit!«
»Immer ich!« brummte Alexander. Doch dann sah er Archelaos und schnauzte: »Hast du nicht gehört? Kümmer dich um die Hunde! Baden! Syphax und Micipsa erfrischen! Wegtreten!«
Doch Archelaos rührte sich nicht, sondern betrachtete mit Interesse seine Fingernägel.
»Hast du nicht gehört?«
Alexander starrte ihn mit schräg gehaltenem Kopf von oben an. Archelaos reagierte nicht.
»Das ist... das ist ja Befehlsverweigerung!«
Alexander hatte solches bei Archelaos noch nicht erlebt. Doch plötzlich sagte der Kilikier: »Komm, lieber Junge. Ich glaube, ich habe mit dir zu reden.«
»Wie? – Reden? – Mit mir? – Warum denn das? Ich habe dir zweifellos durchaus korrekt befohlen, daß du...«
»Ja ja... Nun komm, alter Junge!«
Archelaos ging zu den Hunden, knüpfte ihre Leinen los und verließ den Platz vor dem Zelt. Wohl oder übel mußte Alexander ihm folgen. Er erreichte ihn nach wenigen Schritten. Und dann sahen die Zurückgebliebenen, wie Archelaos intensiv auf den Freund einredete. Und hätten sie das Gesicht des Sohnes aus Theben beobachtet, wäre dies nicht ohne ein Schmunzeln abgegangen, denn Alexander schaute in die Welt wie ein Zehnjähriger, dem die Mutter in einem ruhigen Gespräch nachweist, daß man mit einem Erwachsenen nicht wie mit seinesgleichen reden kann, schon gar nicht, wenn es sich dabei um den lieben Bruder des Herrn handelt, den man fünf Jahre lang nicht gesehen hat. So werde man sich auf die Dauer die Gunst des Herrn verscherzen.

»Ehrlich?« fragte Alexander und schaute Archelaos mit weit aufgerissenen Augen an.
»Ja, du solltest darum in den nächsten Tagen zu Titus Volcatius besonders freundlich sein, damit er nur Gutes über dich an den Patron in Rom schreiben kann.«
Cornificius, der ahnte, was der Kilikier dem Alexander alles vorhielt und welche Ratschläge er ihm gab, sagte zu den übrigen: »Ich glaube, die nächsten Tage sind für einige Überraschungen gut.«
Gaius aber nahm lächelnd den Bruder mit in sein Zelt und erzählte ihm mit wenigen Worten, wie er in den Besitz des Kilikiers Archelaos gekommen war.[40]

9

Ohne Zwischenfälle passierte die Legion das Gebiet von Stämmen, die noch vor einem Jahr in erbitterten Kämpfen mit römischen Truppen gestanden hatten. Da die einzelnen Stämme nicht wußten, was die geballte Macht von Caesars Legionen zu bedeuten hatte, schickten sie allenthalben Grußbotschaften, worin sie ihre Unterwürfigkeit, Treue und Hilfsbereitschaft beteuerten; im übrigen ließen sie sich nicht sehen. Gaius aber wußte, daß viele Siedlungen, die sie passierten, leer und unbewohnt dalagen, weil in den gnadenlosen Kämpfen des letzten Jahres ein Großteil der Bevölkerung getötet, versklavt oder vertrieben worden war. Diesen Stämmen war in ihren Zentren das Rückgrat gebrochen.
Darauf angesprochen, stimmte Aulus Hirtius zu, meinte dann ergänzend, daß es gerade darum so wichtig sei, den Norden ruhig zu halten; die Belger mit ihren Teilstämmen seien jederzeit bereit, den Krieg von neuem zu beginnen. Aber auch die eigenen Truppen seien erschöpft, ausgelaugt, müde und ruhebedürftig; da dies jedoch der Feind nicht wisse, sei ihre Anwesenheit im Lande eine permanente Mahnung für ihn, sich klug zurückzuhalten.
Als sie dann das vorgesehene Gebiet erreichten, machten sie sich mit großem Eifer daran, das Lager so mit Wällen, Gräben, vorgeschobenen Hindernissen und Fußfallen zu verstärken, daß es – wenn nicht uneinnehmbar, so doch nur unter Konzentration aller gallischen Kräfte und Hilfsmittel dieses Raumes zu erobern gewesen wäre.
Gaius besuchte zusammen mit Cornificius die um Nemetocenna liegenden Einheiten und begrüßte dabei die Kommandeure, alte Bekannte wie Marcus Antonius, Gaius Trebonius und Publius Vatinius. Das waren jedesmal ganze Tagesausflüge, aber da Caesar noch nicht aus dem Süden mit seiner Garde eingetroffen war, suchten Gaius und Cornificius sich so ein Bild von der allgemeinen Lage wie auch über den Verbleib des Ambiorix zu machen; doch niemand hatte ihn gesehen oder etwas von ihm gehört.
Dagegen erfuhr er von Marcus Antonius, daß ein weiterer Unruhestifter, Commius der Atrebate, sich in letzter Zeit wieder rege. Commius war von Caesar im zweiten Kriegsjahr[41] nach der Unterwerfung seines Volkes als König eingesetzt worden und stand lange hoch in der Gunst des Proconsuls. Zwei Jahre danach[42] schickte Caesar ihn nach

Britannien, um die dortigen Stämme zur Anerkennung der römischen Oberherrschaft zu gewinnen; dort wurde er festgenommen, später aber zu Caesar nach Gallien zurückgeschickt. Und nun leistete er ihm viele Dienste als Reiterführer. Zum Dank dafür gab Caesar den Atrebaten, einem belgischen Teilstamm, Vorrechte vor den übrigen und stattete den Commius mit der Herrschaft über die Moriner aus. Dann kam die große nationale Erhebung unter dem Arvernerfürsten Vercingetorix, und Commius zögerte nicht, die pangallische Sache zu unterstützen; er versuchte Vercingetorix zu helfen, der in Alesia eingeschlossen war.[43] Damals wurde er ein erbitterter Feind der Römer, so daß Caesar schließlich ein Kopfgeld auf ihn aussetzte und dazu aufforderte, ihn zu ermorden. Vor kurzem erst hatte er an der Erhebung der Bellovacer teilgenommen und war anschließend zu den Germanen geflüchtet.
»Heute morgen erst habe ich erfahren«, sagte Marcus Antonius mit ärgerlichem Gesicht, »daß dieser Bursche sich neuerdings als Wegelagerer seinen Unterhalt verdient.«
»Ist er denn so gefährlich?« fragte Cornificius.
»*Ne vivam!*« brauste Marcus Antonius auf. »So wahr ich lebe! Wir werden in dieser Gegend nicht eher Ruhe haben, bis dieser Mensch im Hades oder hinter Schloß und Riegel sitzt!«
»... oder auf seinem Altenteil!« ergänzte Gaius lächelnd.
»*Satin' sanus est?!* – Bist du bei Trost?! – Willst du ihn am Ende auf Kosten des römischen Volkes durchfüttern und bei Laune halten?«
»Das nicht. Aber es kann sein, daß ich seine Dienste noch brauche.«
»Seine...« Antonius lachte laut auf und hieb sich auf den Schenkel. »Das wäre etwa so, als ob du den König der Parther[44] bätest, dir gegen die Syrer zu helfen! Eher fließt das Wasser des Tiber rückwärts! – Aber warte...«
Er schickte nach Gaius Volusennus Quadratus, einem seiner Centurionen der Reiterei.
»Der Mann kann dir mit wenigen Worten deine falschen Vorstellungen... Ha! Den Commius umdrehen? Verzeih, Gaius, aber das ist unmöglich!«
Er blickte Gaius offen an, und Gaius wußte, daß er es ernst meinte. »Ich werde es versuchen.«
In diesem Augenblick betrat Volusennus das Zelt, grüßte und fragte nach dem Befehl.
Marcus Antonius schilderte dem Centurio mit wenigen Worten, wie

wichtig es sei, daß sich der Legat Gaius Volcatius Tullus und der Praefect Quintus Cornificius ein eigenes Bild von der Lage in diesem Teil Galliens machten. Insbesondere gehe es diesmal aber um die Person des Commius.
»Erzähl dem Legaten mal mit wenigen Worten, was er treibt!«
Volusennus überlegte kurz und begann, zu Gaius und Cornificius gewandt, mit kurzen, klaren Sätzen: »Als wir unter dem Befehl des Legaten Marcus Antonius in dieses Lager hier eingerückt waren, blieb zunächst alles ruhig. Die Atrebaten hielten sich treu an die getroffenen Abmachungen. Commius blieb nach seiner Verwundung...«
»Was für eine Verwundung?« fragte Gaius.
»Vor einigen Wochen legte er sich schon einmal mit uns an.«
»Erzähl ihm doch mal, wie das mit der... der ganzen Sache war.« Marcus Antonius nickte ihm ermunternd zu.
Gaius fiel wieder auf, wie sich Antonius gegenüber Untergebenen stets einer einfachen Sprache bediente.
Volusennus fuhr fort: »Nach einigen erfolgreichen Schlägen gegen einzelne Stämme stellten sie in diesem Sommer Geiseln und beugten sich unseren Befehlen. Nur Commius nicht. Er hatte Bedenken, auf Treu und Glauben sein Leben jemandem anzuvertrauen. Der Grund dafür liegt im Jahr davor.
Caesar hielt gerade in Italien die Gerichtstage ab.[45] Da erfuhr Titus Labienus, Stellvertreter und rechte Hand des Feldherrn, Commius wiegele alle Stämme auf; er stifte eine Erhebung gegen Caesar und die Armee an. Labienus beschloß, diesen Mann endgültig unschädlich zu machen, ohne daß er sich dabei eines Vertragsbruches schuldig machte. Wir nahmen aber nicht an, daß Commius auf unsere Einladung hin zu Gesprächen in unser Lager kommen würde. Labienus entschied, jemanden zu ihm zu schicken. Ich übernahm diesen Auftrag. Labienus gab mir ausgewählte, besonders geeignete Centurionen mit. Wir sollten Commius unter dem Vorwand einer Aussprache beseitigen. Als wir zusammentrafen, gab ich verabredungsgemäß Commius die Hand. Das war das Zeichen für einen der Leute, zuzuschlagen. Doch der Mann vermochte in seiner Aufregung nicht – außerdem wurde er vom Gefolge des Commius bedrängt –, ihn zu töten. Er verwundete ihn nur mit einem Schwerthieb schwer am Kopf. Als man jetzt auf beiden Seiten die Schwerter zückte, dachte man nicht so sehr ans Kämpfen wie ans

Entweichen. Wir waren damals allerdings alle der Meinung, Commius sei tödlich getroffen. Später hörte ich aber, daß er überlebt hatte. Und es hieß, er habe geschworen, niemals mehr einem Römer vor die Augen zu treten.«

Volusennus schwieg. Marcus Antonius ergriff das Wort und rief nicht ohne Vehemenz: »Das ist der Grund! Seit damals ist er unberechenbar. Ich weiß, daß er sich irgendwo hier in der Nähe in den Wäldern verborgen hält.«

Antonius blickte abwechselnd von Gaius zu Volusennus. Und der Centurio meinte: »Man müßte ihn hier fangen können. Die Atrebaten stehen nicht mehr geschlossen hinter ihm.«

Antonius nickte. »Wir sollten es versuchen. Volusennus!«

Der Centurio nahm Haltung an.

Marcus Antonius erteilte ihm den Auftrag, mit einer angemessenen Zahl von hervorragenden Reitern sich auf die Spur des Commius zu setzen und ihn, wenn möglich, lebendig herzubringen.

Volusennus zeigte keine besondere Regung, doch Gaius bemerkte an seinen Augen, wie sehr dieser Befehl seinen Rachegelüsten entgegenkam.

Volusennus grüßte und verließ das Zelt.

»Ein außerordentlich tapferer Offizier!« lobte Marcus Antonius.

»Zudem haßt er den Commius leidenschaftlich. Ich denke, er wird Erfolg haben.«

Einige Tage später erfuhren Gaius und Cornificius den Verlauf der Aktion: Durch Spione und bestochene oder erpreßte Atrebaten hatte Volusennus erfahren, in welcher Region sich Commius aufhielt. So überfiel er hier und dort aus einem Hinterhalt wiederholt dessen Reiter und bekämpfte sie erfolgreich. Als es schließlich zu einem heftigen Scharmützel kam und Volusennus in dem Wunsche, Commius gefangenzunehmen, mit nur wenigen Reitern dem Gallier allzu heftig nachgesprengt war – Commius hatte ihn in rasender Flucht ziemlich weit vorgelockt –, da flehte Commius aus Haß gegen Volusennus plötzlich seine Reiter um treuen Beistand an, bat sie, seine ihm heimtückisch und hinterrücks beigebrachten Wunden nicht ungerächt zu lassen, machte mit seinem Pferde kehrt, trennte sich von seinem Gefolge und stürzte sich auf Volusennus. Seine Reiter machten ebenfalls kehrt, warfen sich den Verfolgern entgegen und setzten ihnen nach. Commius

gab seinem Pferd die Sporen[46], holte Volusennus ein, raste Kopf an Kopf neben dessen Pferd weiter und stieß ihm mit großer Kraft seine Lanze mitten durch den Oberschenkel.
Als der Centurio verwundet war, machten seine Reiter ohne Zögern kehrt und verjagten die Feinde. Dabei wurden mehrere von ihnen durch den heftigen Ansturm zu Boden geworfen und verwundet, zum Teil auf der Flucht aufgerieben und gefangengenommen. Diesem Los entrann der Führer nur dank der Schnelligkeit seines Pferdes.
Der in dem dramatischen Gefecht schwerverwundete Volusennus – es drohte ihm Lebensgefahr – wurde ins Lager zurückgebracht. Und von einigen seiner Reiter erfuhren Gaius und Cornificius ebendiese Geschichte von der wahnwitzigen Verfolgungsjagd.
Gaius schaute nach Volusennus, doch der Verletzte lag bei hohem Fieber bewußtlos auf seinem Lager und phantasierte. Der behandelnde Arzt versicherte jedoch, er sei schon jenseits des Höhepunktes der Krise und werde durchkommen. Ob er freilich wieder gehen könne, wüßten die Götter.
Gaius nickte stumm und erinnerte sich seiner Verfassung, nachdem er vor zwei Jahren auf dem jenseitigen Ufer des Rhenus in einen germanischen Hinterhalt geraten und in letzter Sekunde von Alexander herausgehauen worden war. Fast ein ganzes Jahr lang plagten ihn Beschwerden und Schmerzen beim Gehen und er hatte auf den Stock nicht verzichten können. Doch mit eisernem Willen hatte er die Muskeln und Sehnen trainiert, so daß das Bein seine alte Beweglichkeit fast völlig zurückgewann. Nur wenn das Wetter umschlug, verspürte er oftmals ein dumpfes Ziehen im Oberschenkel.
Nach dem Krankenbesuch nahm ihn Marcus Antonius beiseite. »Wird er durchkommen?« Sein Gesicht drückte große Sorge aus, denn Volusennus war sein fähigster Reiterführer.
»Ich denke, ja!« sagte Gaius mit Bestimmtheit.
Marcus Antonius ergänzte: »Ich frage dich, weil du ja ähnliches hinter dir hast.« Er wies auf das Bein von Gaius.
»Ja ja.« Gaius nickte. »In vier Wochen wirst du wissen, ob er noch reiten kann. Das wolltest du doch erfahren?«
»Ja.«
Sie gingen vor dem *Praetorium* des Legaten auf und ab und wurden von vorbeikommenden Legionären, Centurionen oder Tribunen gegrüßt.

»Gaius!«
Marcus Antonius war stehengeblieben und schaute in das Gesicht des ihm gleichrangigen Kameraden.
»Ich habe da einen kleinen... einen kleinen Ausflug zu machen. Da du ja zur Zeit kein eigenes Kommando hast, andererseits aber, wie ich weiß, Land und Leute und ihre Verbindungen nach drüben, nach Osten, kennenlernen willst, könntest du mir einen Gefallen tun.«
Gaius ahnte, worauf das hinauslief. »Verhandlungen?«
»Ja. Commius hat heute morgen Unterhändler zu mir...«
»Was sagten sie?«
»Sie teilten mir mit, Commius werde mir an einem von ihm ausgewählten Ort zur Verfügung stehen. Er werde Geiseln stellen und sich meinen Befehlen fügen.«
»Also Kapitulation?«
»Ich weiß nicht. Nur um eins bat er: Man möge seiner Furcht Rechnung tragen und ihn nicht in das Blickfeld eines Römers kommen lassen.«
»Geschickt formuliert. So kann er seine Ehre wahren. Spricht er unsere Sprache?«
»Leidlich. Gallisch beherrscht er fließend, daneben mehrere germanische Mundarten. Du solltest für alle Fälle den Pompeius als Dolmetscher mitnehmen.«
»Wo ist der Unterhändler?«
»An der *Porta Praetoria*[47]. Anscheinend hält er sich an den gleichen Ehrencodex wie Commius und betritt kein römisches Anwesen.«
»Komm, gehen wir zu ihm!«

10

Der Mann, den Commius geschickt hatte, hieß Vadinus; jedenfalls klang sein Name in Gaius' Ohren so, als er ihn danach fragte. Er sprach Gallisch.

»*Age sane!* – *Na* schön, Vadinus. Ich werde dich begleiten.«

Vadinus schaute ihn lange an und sagte langsam, fast feierlich: »Das ist gut. Du wirst meinem Fürsten genehm sein.«

Gaius überlegte, warum er dies sagte; er fand schließlich nur die Erklärung, daß Commius ihn von irgendeiner Begebenheit her kannte. Oder sollte er am Ende …

Gaius, der nur in Begleitung von Cornificius war, fragte Vadinus: »Warum werde ich deinem ‚Fürsten genehm' sein?«

Vadinus blickte scheu um sich, dann sagte er leise: »Weil du ein Freund des Vercingetorix bist.«

»Wer sagt das?«

»Alle Freunde des Vercingetorix sagen es.«

Gaius und Cornificius blickten sich wieder an. Wer hätte vor einem Jahr ahnen können, daß Gaius' Bekanntschaft mit Vercingetorix solche Folgen haben würde?[48]

»Sagt Commius das auch?«

Vadinus zögerte. »Ich habe es ihn noch nicht sagen hören. Aber ich weiß, daß er so denkt.«

Damit gab sich Gaius zufrieden und kam zur Sache.

»Hast du Geiseln mit?«

»Ja.«

»Wie viele?«

»Das hängt davon ab, wie viele Römer dich begleiten. Für jeden Römer eine Geisel.« Das war zwar unter der üblichen Norm, doch Gaius nickte im Einverständnis. Er war der Freund des Vercingetorix!

»Gut. Ich bin einverstanden. Wo befindet sich Commius?«

»Eine Tagesreise von hier.«

Schnell vergegenwärtigte sich Gaius die Verhältnisse der hiesigen Gegend; das mußten an die zwanzig Meilen sein.

»Wo ist das?«

»Du wirst es sehen«, wich Vadinus mißtrauisch aus.

»Werden wir den Ort heute noch erreichen?«

»Ja.«
Dann konnte er nicht so weit entfernt sein, wie Vadinus es vorgab.
»Bring die Geiseln her und warte! Ich werde vier Begleiter haben.«
Ohne Verbeugung entfernte sich Vadinus, ging zu seinem Pferd, das in der Nähe graste, saß auf und entfernte sich gelassen im Trab.
»Bist du da nicht etwas leichtsinnig?« stellte Cornificius tadelnd fest.
»Was scheren ihn fünf Geiseln, wenn er dich und mich in seiner Gewalt hat?«
»*Vor dem* Gespräch wäre ich deiner Meinung gewesen.«
»Das, was er über dich und dein Verhältnis zu Vercingetorix sagte, kann eine Falle sein. Commius ist unberechenbar. Du hast noch im Ohr, was Marcus Antonius sagte.«
Gaius dachte nach, sagte dann: »Dies ist nicht der entscheidende Punkt. Aus einem Grunde, den wir noch nicht kennen, möchte er einen ruhigen Lebensabend genießen. Vielleicht hat er eingesehen, daß es sinnlos ist, gegen unsere erdrückende Übermacht in seinem eigenen Lande loszugehen. Er würde keinen Anhang finden, zumal ein Teil des ansässigen Bauernadels die Zusammenarbeit mit uns vorzieht, weil wir die Leute und deren Besitz gegen überraschende Angriffe von transrhenanischen Germanen schützen. Noch vor wenigen Wochen waren die Sugambrer mit Feuer und Schwert unterwegs. Solltest einmal das achte Buch von Caesars Commentarius lesen. Hirtius hat mehrere Abschriften machen lassen, da er selbst der Autor ist. – Außerdem könnte etwas ganz Natürliches eine Rolle spielen: seine Schädelverletzung und deren Folgen. Mit wenigen Begleitern zu ihm zu kommen, das bedeutet für ihn schließlich auch, daß ich ihm vertraue. Ich sehe nicht ein, warum wir sein Ehrgefühl unnötig mit einer Hundertschaft beleidigen sollen.«
Cornificius zog die Stirn in Falten, seufzte und sagte langsam: »Tu, was du nicht lassen kannst. Aber mach mir bitte im nachhinein keine Vorwürfe!«
»*Age, inepte!* – Ach, Unsinn! – Wir haben schon andere Dinge erledigt. Wir könnten Commius gut gebrauchen, wenn wir uns auf unsere eigentliche Aufgabe jenseits des Stromes vorbereiten.«
»*Esto!* – Mag sein! Ich wünsche, daß du recht behältst.«
Eine Viertelstunde später waren die Geiseln der Obhut des Legaten Marcus Antonius übergeben, und fünf Reiter machten sich mit Vadinus auf den Weg: Gaius Volcatius Tullus, Quintus Cornificius, Alexander,

Archelaos und Pompeius der Dolmetscher. Wie Gaius es erwartete, führte Vadinus sie unter mehrfachen Richtungswechseln durch dichte Wälder, um sie und ihr Orientierungsvermögen zu verwirren.
»Herr!« meldete sich Alexander. »Soll ich Anbetracht dessen diesem Knaben, der vorgibt, die Gegend zu kennen, etwas Unterricht im Erkennen der Himmelsrichtungen geben? Es könnte ja durchaus sein, daß er uns zum hiesigen Eingang der Unterwelt führt.«
»*Nihil opus.* – Nicht nötig. Längere Wege können manchmal die kürzeren sein.«
»Na, dann eben nicht... Wenn man in dieser Gesellschaft keine Vorschläge als solche, dann kann man ja gehen...« Maulend ritt er langsamer und setzte sich in krummer Haltung an den Schluß des Trupps.
»*Haud erras!* – Du hast recht«, rief Gaius nach hinten, »aber später.«
Dieser Satz bewirkte bei dem großen Meister auf der Stelle – wie immer – eine Wiederherstellung seines seelischen Gleichgewichts; Alexander saß im Nu sehr aufrecht und hatte ein waches Auge für alles, was vor, neben und hinter ihm passierte. Ihm entging so auch nicht, daß sich nach einiger Zeit seitlich im Gebüsch etwas regte, was zu groß für einen Fuchs oder Hasen und zu klein für einen Elch oder Hirsch war. Er ritt nach vorne zu Gaius und meldete ihm leise seine Beobachtung. Gaius nickte ihm zu. »Späher! Sie wollen sich überzeugen, daß sich ihnen keine Cohorte nähert. Gut gemacht!« Alexander strahlte.
Von nun an ritten sie schweigend weiter. Es ging immer tiefer in das riesige Wald- und Sumpfgebiet hinein, aber Vadinus schien das Gelände, besonders die gefährlichen Mooruntiefen, sehr gut zu kennen, denn er ritt ohne zu zögern voraus. Gegen Mittag wurde am Ufer eines klaren Baches Rast gemacht. Wenn gesprochen wurde, dann nur über unverfängliche Themen: über die Landschaft, das Wetter; die Pflanzen- und Tierwelt. Nach einer Stunde ritten sie weiter und erreichten gegen Abend an der Quelle des Baches eine große Lichtung. Vadinus ließ halten und gab den Römern Zeit, das Areal zu überblicken. Wo man auch hinschaute, zeigte sich Zerstörung: Die Häuser, die ganz aus Holz gebaut waren, lagen da als ein Haufen schwarzgrauer Asche; wenn eine Windböe darüberfuhr, flog weiße, feine Asche auf und wurde fortgetragen. Das einzige Haus, das noch stand oder das wieder stand, hatte einen steinernen Sockel. Um ihn herum lagen wie überall verkohlte Reste von

Balken, Sparren, Firstschmuck. Man hatte dieses Haus notdürftig in seinem oberen Teil wiederhergerichtet; das mußte in Eile geschehen sein, denn die Riedgrasbündel lagen nicht in paralleler Ordnung und ragten auch ungleichmäßig über das Dach hinaus.
Gaius betrachtete in Ruhe das Bild der Zerstörung. Es war lange her, daß er solches gesehen hatte. Der Krieg war ins achte Jahr gegangen, und man gewöhnte sich an derlei Szenen und Bilder; er hatte Schlimmeres gesehen, zumal hier die betroffenen Menschen, deren Häuser niedergebrannt waren, nicht mehr da waren. Die Männer, die da um das wieder instandgesetzte Gebäude standen, machten nicht den Eindruck, als ob sie die überlebenden Bewohner des Dorfes waren. Trotzig blickten sie herüber. Etwas abseits, hinter den Resten der Gebäude, war ein Stück Land abgesteckt worden, mit klobigen Pfählen und Ästen, die mit Bast verbunden waren; hier grasten oder ruhten an die dreißig Pferde jener kleinen Rasse, die die Germanen bevorzugten. Der Boden war trocken und abgefressen, nur vereinzelt täuschten Stauden von Brennesseln und anderen ungenießbaren Pflanzen, die die äsenden Tiere hatten stehenlassen, Fülle vor. Gaius sah genau hin und entdeckte mehrere Ballen Heu, an denen sich einige Jungtiere gütlich taten. Überhaupt schienen alle gut im Futter zu sein. Und auch die Männer machten keinen heruntergekommenen Eindruck.
»Sag ihm, daß wir da sind!« befahl Gaius.
»Er weiß es schon«, antwortete Vadinus. »Er erwartet euch.«
Vadinus machte mit der Hand eine einladende Bewegung und ging voraus. Die Männer vor dem Haus betrachteten sie kritisch und feindselig. Sicher, dachte Gaius, hat jeder von ihnen Verwandte und Freunde, die im Laufe des Krieges Haus und Hof oder das Leben verloren hatten. Bevor sie hineingingen, flüsterte Cornificius: »Sei auf der Hut!« Gaius nickte nur.
Das Haus hatte nur zwei Räume, von denen der hintere einmal der Stall gewesen sein mußte. Es roch noch nach Brand, nach angekohltem Holz, nach versengtem Gras und Stoff. Der vordere Raum, den sie betraten, hatte kein großes Fenster, sondern seitlich nur ein kleines Windauge. Der Sack, der wohl nachts davorhing, war hochgezogen und an einem der hölzernen Dübel befestigt worden, die an den Kreuzstellen der Balken aus der Wand ragten. Wände und Fußboden bestanden aus Lehm,

der zwischen einigen Balken abgeblättert war, so daß man das Gewundene der Weidenruten sah, die sich um schlankes Knüppelholz flochten. Der Boden war hart wie gestampfter Mörtel.
Das Licht, das durch das Windauge und die offene Tür in den Raum gelangte, reichte aus, um alle Einzelheiten zu erkennen. Rechts und links an den Außenwänden entlang lief je eine einfache, schmucklose Bank aus dicken Bohlen. An sonstigem Mobiliar gab es nur eine eichene Tischplatte auf zwei Kreuzständern, daneben, zur hinteren Tür hin, die einst zum Stall führte, stand ein sägebockähnliches Gestell, oben mit Leder bespannt. Davor lag ein Fell; es könnte einem kleineren Bären gehört haben. Als Alexander Anstalten machte, seine Größe, Farbe und Qualität näher in Augenschein zu nehmen, bedurfte es eines leisen, jedoch scharfen Kommandos von Gaius, ihn zurück in die Gruppe zu holen.
»Na, dann eben nicht ...« Er sackte in sich zusammen. »Wenn man in diesem Lande schon nicht mehr herumliegende Bärenfelle als solches vor Augen, dann sollte man gehen...«
»Später, mein Junge. Später.«
Alexander strahlte augenblicklich: »Ehrlich?«.
»*Certo!* – Sicher!«
In diesem Augenblick betrat ein hünenhafter Mann – er mochte etwa sechs Fuß[49] groß sein – durch die hintere Tür den Raum und überblickte mit zusammengekniffenen Augen die sechs Ankömmlinge. Er wurde begleitet von zwei riesigen Hunden einer wolfartigen Rasse, die Gaius und die übrigen noch nie gesehen hatten.
»Hübsch, die Hündchen, nicht? Schade, das Hector und Aiax...«
Ein Blick von Gaius ließ ihn verstummen. Die Hunde lagerten sich auf einen kurzen Befehl hin rechts und links zu Füßen ihres Herrn. Er selbst nahm umständlich und langsam auf dem mit Fell bespannten Hocker Platz und lehnte sich gegen die Wand. Sein Blick blieb weiterhin ohne jede Regung auf die Römer gerichtet. Dann sagte er ohne irgendeine Einleitungsfloskel zu Gaius:
»Es war klug von dir, ohne größere Begleitung zu kommen.«
Er sprach das Gallische anders als die Haeduer oder Arverner, härter und schärfer in den Zisch- und S-Lauten, das R wurde weniger gerollt.

»Oder möchtest du lieber, daß ich in deiner Sprache rede?«
Gaius verneinte dies, denn er war des Gallischen mächtig, wie auch Cornificius und die übrigen, von Pompeius ganz zu schweigen.
»Ich ging und gehe davon aus«, erwiderte Gaius, »daß eine größere Gruppe nur hinderlich wäre, in jeder Beziehung. Wie ich sehe, bist du meiner Meinung.«
Wieder kam keine Reaktion auf diese Antwort, die doch immerhin erkennen ließ, gleich zu Anfang einen gewissen Konsens zu schaffen, damit man friedlicher miteinander reden konnte.
Ohne Übergang sagte Commius: »Du hast die Ruinen draußen gesehen.«
Gaius nickte. Was sollte das? War das sein Dorf, dies hier sein Haus? Wollte er Rache? Wollte er materielle Wiedergutmachung? – Gaius warf Cornificius einen schnellen Blick zu, und die Augen des Freundes warnten zurück.
»So wie dieses Dorf«, fuhr Commius fort, »sehen Hunderte aus, wenn du weiter nach Osten reitest. Die toten Menschen siehst du nicht, weil sie bestattet wurden. Aber du wirst noch oft die Tränen der Kinder, Frauen und Alten sehen.«
Er hielt inne, blickte vor sich zu Boden, und auch die Römer schwiegen, weil sie immer noch nicht wußten, worauf das hinauslief. Und wieder kam ein überraschender Satz: »Ich freue mich, daß du, Gaius Volcatius, gekommen bist.« Ein leichtes Lächeln war um seinen Mund.
Endlich hob er die Hand und bot ihnen Platz an, und sie setzten sich rechts und links auf die beiden Bänke. Die beiden riesigen Hunde verfolgten jede ihrer Bewegungen und hielten sie auch weiterhin wachsam im Auge.
Langsam sprach Commius weiter: »Ich habe geschworen, nie mehr einem Römer unter die Augen zu treten.« Er schaute lange in das Gesicht von Gaius: »Und ich werde diesen Schwur nie brechen.« Gaius verstand. Nicht er, Commius, war zu ihm, Gaius Volcatius, gekommen, sondern er hatte die römische Gesandtschaft zu sich bemüht. Gaius wußte, wie sehr alle Barbaren auf solch feine Unterscheidungen bei ihren Handlungen und denen ihrer Gegner achteten; auch wenn dies nach römischem Geschmack eine Lächerlichkeit war – für Commius bedeutete es nichts weniger als die Wahrung seiner Würde und in gewissem Sinne auch seiner Souveränität. Und Gaius wußte: Weil er auf jenes Ansinnen des Atrebaten eingegangen war, stand dieser ihm von

vornherein als Gleichrangiger gegenüber. Mochten die Machtverhältnisse auch anders aussehen – es kam hier zunächst einmal nicht darauf an.

»Du hast die zerstörten Häuser gesehen«, griff Commius sein Thema wieder auf, und Gaius wollte schon scharf darauf erwidern, daß es nicht Schuld der Römer sei, wenn einige Atrebaten sich nicht an die Abmachungen hielten, als Commius schon fortfuhr: »Das ist nun schon das dritte Mal, daß sie ungeschoren herüberkamen und raubten, plünderten, mordeten.«

Gaius warf Cornificius einen schnellen Blick zu. Er meinte offensichtlich die Sugambrer.

»Das muß ein Ende haben.«

Ausgezeichnet, dachte Gaius. Laut sagte er: »Du sprichst aus, was der Proconsul schon lange im Auge hat.«

»Dann hat er seine Meinung geändert. Es ist noch nicht lange her, daß der Proconsul die Sugambrer auf linksrhenanisches Gebiet lockte, damit sie die ansässigen Völker ausplündern sollten.«

»Und du weißt ebenso«, fuhr Gaius scharf dazwischen, »daß die Sugambrer damals zusammen mit den Eburonen römische Truppen überfallen haben.« Er beobachtete des Commius Gesicht, doch es zeigte keine Regung, obwohl er gespannt zuhörte.

»Danach blieb die gerechte Strafe für solch hinterhältiges Taktieren nicht aus.« Der letzte Satz spielte an auf Caesars Racheaktion, die zur fast völligen Entvölkerung des Gebietes der Eburonen geführt hatte. Der größte Teil der Überlebenden hatte sich über den Strom in germanisches Gebiet bei den Sugambrern abgesetzt.

»Was geschehen ist, ist geschehen.« Commius neigte sich nach vorne, um abwechselnd die beiden Hunde zu streicheln, und Gaius bemerkte, daß die Haare des Atrebaten nicht echt waren. Seine Kopfverletzung mußte schlimmer gewesen sein, als er, Gaius, es sich vorgestellt hatte. Auch ein Teil des rechten Ohrläppchens fehlte. Es schien ein fürchterlicher Treffer gewesen zu sein, und Commius mußte schon eine unglaubliche Gesundheit und einen nicht zu bändigenden Lebenswillen besitzen, daß er diese Verwundung überlebt hatte. Außerdem mußte der Hieb damals von hinten geführt worden sein – das jedenfalls glaubte Gaius bei genauem Hinsehen zu erkennen.

Commius schien den Blick von Gaius zu spüren, denn als er sich wieder geradesetzte, sagte er ohne Umschweife: »Du bist zwar ein Römer und denkst im Grunde genauso wie Caesar und wie alle Römer. Aber du bist auch ein Freund des Arvernerfürsten Vercingetorix.« Woher wußte er davon? »Es hat sich herumgesprochen, daß du mit deinem Feldherrn wegen des Fürsten harte Auseinandersetzungen hattest. Solche Dinge sprechen sich herum, zumal in solch schnellen Zeiten wie den unsern.« Wieviel wußte er von den Ereignissen vor über einem Jahr?[50]

Es würde keinen Zweck haben, Commius nach der Herkunft seines Wissens und nach denen zu fragen, die ihm die Dinge weitergegeben hatten. Fest stand, daß dies alles sich positiv auf ihre gegenwärtige Mission auszuwirken schien. Aber zuvor mußte man wissen, was Commius eigentlich von ihnen und somit von Rom wollte.

Vorsichtig ging Gaius einen Schritt weiter: »Es kann sein, daß die Sugambrer für alle Zeiten daran gehindert werden, den Strom zu überschreiten, um wehrlose Dörfer der Atrebaten und anderer Stämme der Belger zu überfallen.«

Commius zeigte wiederum keine besondere Regung, was darauf schließen ließ, daß er durch Spione und Mittelsmänner von den römischen Absichten Kenntnis hatte.

»Ich weiß davon«, sagte Commius nach einer Weile, »daß ihr die jenseitigen Ubier herüberholen und im ehemals den Eburonen gehörenden Gebiet ansiedeln wollt.«

Sein Blick ruhte mißtrauisch auf Gaius und Cornificius.

»Das ist richtig«, stellte Cornificius fest. »Und es ist auch kein Geheimnis.«

»Wie weit...« – Commius schien mit sich zu ringen, und Gaius ahnte, daß er nun doch Skrupel hatte, auf das für ihn selbst Wesentliche zu sprechen zu kommen – »... wie weit nach Westen werdet ihr den Ubiern Land anweisen?«

Gaius warf Cornificius einen Blick zu. Das war es also: Er bangte um seinen und seiner Familie Besitz.

»Das haben wir noch nicht bis ins kleinste festgelegt«, sagte Gaius und erweckte mit dieser Antwort den Eindruck, als ob solche Fragen der Grenzziehung ausschließlich im Ermessen eines römischen Landvermessers lägen, der vor sich eine Karte des ganzen Gebietes liegen habe und nach eigenem Gutdünken und Gefallen eine Linie zöge, bisweilen mal zwanzig Meilen nach Westen, manchmal nach Osten, ohne auf das verwobene System von unsichtbaren Linien einzugehen, die in Jahrzehnten als unverletzbare, heilige Grenzen zwischen den Interessengebieten einzelner Sippen, Stämme und Völkerschaften gewachsen waren.

»Ich will offen zu dir und deinem Freunde Cornificius reden«, fuhr Commius fort. »Ich habe längst eingesehen, daß es sinnlos ist, uns eurer Armee, eurem höheren technischen Können, eurem Willen entgegenzustellen...«

Gaius nickte, schwieg aber zu dem Gesagten; er wußte, wie schwer es dem Atrebaten fallen mußte, so zu reden.

Commius fuhr fort: »Ich weiß aber auch, daß ich euch im nächsten Winter ungeahnte Schwierigkeiten machen könnte. Einige Tausend von euch würden in die Unterwelt eingehen.«

»Das würde dir auf Dauer nichts nützen. Im nächsten Jahre würdest du nicht älter als der Frühling werden.«

»Das mag schon sein.« Commius lächelte, aber es war ein trauriges Lächeln. »Ich weiß jedoch, daß dies Caesar zum gegenwärtigen Zeitpunkt sehr ungelegen kommen würde. In Rom gibt es eine Menge Leute, denen nichts lieber wäre als ein Aufstand in diesem Teil Galliens. Er würde den Proconsul hier binden und ihn hindern, nach Oberitalien zu gehen und von dort aus mit dem Geld, das er aus diesem Lande gepreßt hat, seine Freunde bei Laune zu halten, seine Feinde zu bestechen oder zu beseitigen, die Unentschiedenen mit Geschenken günstig zu beeinflussen.«

Gaius hatte schon öfters festgestellt, daß die gallischen Führer über die politischen Verhältnisse in der Hauptstadt gut unterrichtet waren, aber er hatte noch nie mit einem so intelligenten Gallier gesprochen, der ihm dies und die damit angedeuteten Folgerungen so offen ins Gesicht gesagt hätte; dazu bedurfte es erst dieser besonderen Situation, hier in der halb verbrannten Hütte eines ihm unbekannten Eburonen oder Atrebaten, wo jeder der beiden Parteien wußte, daß sie allein durch ihr Erscheinen am Ort ein großes, vielleicht tödliches Risiko eingegangen waren. Doch nun war es heraus, man konnte es nicht mehr zurücknehmen. Gaius war am Kern angelangt.

»Nun gut, was du sagst, mag stimmen; aber was hat das mit unserem Gespräch hier und jetzt zu tun?«

Die übrigen drei warteten gespannt auf die Reaktion des Atrebaten;

doch Commius schwieg. Nach kurzer Zeit fragte Gaius darum direkt:
»Was willst du von mir?«
»Ich könnte dir bei deinen weiteren Unternehmungen hier im Land behilflicher sein, als du ahnst.«
»Wie meinst du das?«
»Das würde sich im gegebenen Fall...« Er zögerte; dann setzte er sich sehr gerade und stellte klar seine Forderung: »Ich erwarte von Caesar die Wahrung meines Besitzes. Ich möchte die eidliche Versicherung, nie in meinem künftigen Leben gezwungen zu werden, vor einen Römer in einem römischen Lager oder in eine römische Siedlung zu treten. Ich erwarte, daß dies alles in gleichem Maße für meinen Sohn, mein Weib, meine Knechte, meine Mägde und alle, die sonst dazugehören, gilt.«
»Und was versprichst du dafür?«
»Ich werde mich für den Rest meines Lebens von allem vordergründigen Tun und Treiben zwischen euch Römern und meinen Landsleuten fernhalten.«
»Heißt das, daß du darauf verzichtest, über den Stamm der Atrebaten...«
»Ja, nicht nur das! Zum Zeichen meines friedfertigen Willens werde ich Geiseln in angemessener Zahl stellen.«
»Willst du die Antwort Caesars schriftlich haben?«
»Nein. Es genügt mir, wenn du mir dein Wort gibst.«
Und ohne zu zögern sagte Gaius: »Du hast es. Ich gebe es dir im Namen des zukünftigen Friedens zwischen Galliern und Römern.«
Commius nickte. Dann erhob er sich, und die Besucher registrierten, wie plötzliche Röte in das Gesicht des Mannes schoß, der in den letzten Monaten einer der von den Feldherrn und der Armee am meisten gefürchteten und gehaßten Gallier war. Wie es sich Gaius gedacht hatte, waren die Folgen der Kopfverletzung weit schwerer, als er geahnt hatte: Commius mußte sehr an seiner schwindenden Kraft gelitten haben.
Sie gingen aufeinander zu. Einen Augenblick lang trafen sich ihre Augen und maßen einander; sie waren gleichrangig. Dann reichten sie sich die Rechte, und der Händedruck war kurz und fest.
»Wo werde ich dich finden, wenn ich Fragen an dich habe?« erkundigte sich Gaius.
Commius wies auf Vadinus und, sagte: »Er wird euch zurückleiten und

dir sagen, wo er in Nemetocenna zu finden ist. Er wird immer wissen, wo du mich findest.«

»Und wenn es morgen wäre?«

»Er wird es wissen.«

Ohne ein weiteres Wort schieden sie voneinander. Und als sie über die Lichtung zurückritten, wußten sie, daß ihnen die mißtrauischen Blicke der Männer folgten, die immer noch das Haus umstanden.

Als sie am späten Abend das Lager wieder erreichten, schickten sie niemanden mehr zu Marcus Antonius, da sie davon ausgingen, daß er schliefe. Es ging gegen Mitternacht.

Am Tor hatte sich Vadinus schnell verabschiedet und war sogleich in der Dunkelheit verschwunden.

»Soll ich Anbetracht dessen nicht lieber dem Knaben auf der Fährte als solches bleiben, Herr?«

»*Non necesse est.* – Nicht nötig.«

»Und was ist, wenn er seine Leute des Landes aus ihren schläfrigen Strohkisten prügelt und ihnen eine gewisse hübsche Geschichte erzählt, dergestalt ein gewisser Commius mit einem gewissen Gaius Volcatius gewisse heimliche Abmachungen tätigt?«

»Sein gutes Recht. Laß nur!«

»*Age haud sane! – Na,* dann eben nicht!« brummte Alexander. »Wenn man in diesem Lager nicht einmal besorgt um das leibliche Vergehen seines Herrn, dann sollte man gehen ...«

Man sah ihn nicht, aber jeder ahnte, wie er nun mit hängenden Schultern und gesenktem Kopf wie ein geprügelter Hund zurück in Richtung des Tores ging, um anscheinend das Lager wieder zu verlassen. Alle, außer Pompeius, wußten, was jetzt kam, denn der Posten trat ihm im Schein einer Fackel in den Weg. Doch ehe er mit seinen routinierten Fragen beginnen konnte, donnerte Alexander los.

»Herhören! Kennst du mich?« Er hatte sich nun sehr senkrecht vor ihm aufgebaut.

»Jawohl!« grinste der Mann. »Du bist Alexandros, Sohn des Alexandros aus Theben.«

»Aha! Sehr gut!« lobte der Genannte, registrierte aber auch das Grinsen; und da er ohnehin fremde Wachtposten nicht ausstehen konnte – sie gehörten zusammen mit fremden Hausmeistern und senatorischen

Sekretären zu jener Gruppe von ihm höchst verdächtigen Sterblichen, denen ihre Autorität nur geliehen war –, raunzte er: »Haltung, Mann! Dissiplin! Geschmackvoll! Es braucht solche Männer! Du wirst ab sofort ein überaus wachsames Auge auf dein Törchen als solches haben und mir auf der Stelle Meldung, so sich der durchausige Gallier hier blicken läßt! Sonderauftrag! Geheim! Meldung, wenn allhier! Verstanden?«
Der Mann nahm Haltung an. »Jawohl, edler Alexandros!«
»Aha! Na also.« Alexander musterte ihn nun wohlwollend. »Werde dich lobend beim Proconsul erwähnen. Zieh deinen Helm ab!« Erstaunt folgte der Posten; und als Alexander sich an die Begutachtung seines Haarwuchses machte, dachte er schon, es handele sich um eine Kontrolle wegen eventueller Kopfläuse. Doch Alexander nickte zufrieden und brummte:
»Helm auf!«
Es geschah auf der Stelle.
»Werde dir morgen eine Probe schicken. Wirkt Wunder. Habe schon die halbe Armee damit behandelt, daß es eine wahre Freude ist. Caesar gehört zu meinen Stammkunden. Es wächst, daß er jetzt schon drei Barbiere beschäftigt. Na also! Weitermachen!«
Er hob lässig die Hand, winkte dem Posten zu, murmelte im Weggehen noch einmal »Rom braucht solche Männer! Haltung! Dissiplin!« und entfernte sich mit großen Schritten.
Von vorne tönte es: »Jetzt sag nur noch, du hättest wieder einige hundert *Modii*[51] von diesem stinkenden Zeug dabei, mit dem du im letzten Herbst Hector halb vergiftet hast?!«[52]
Doch nun, da er sein Selbstbewußtsein zurückgewonnen hatte, gab er nicht mehr klein bei: »Herr! Du vergißt, daß Caesar selbst als solcher Wert darauf legte, von mir behandelt zu werden...«
»Ja, und sein Haarkranz ist ja auch schöner, nämlich kreisförmiger geworden.«
»*Probe, domine!* – Ganz recht, Herr! Der Rest seiner Haare nähert sich einer zweifellos vollendeten Form an sich. Und er ist – du hast es selbst gehört! – sehr mit mir zufrieden. Was man nicht von jedem in diesem Lande sagen kann. Nicht wahr, Archelaos?«
»Wie? – Sehr wahr, sehr!«
»Überhaupt nur von ganz wenigen! Archelaos?!«

»*Sane.* – Allerdings.«
»Eigentlich nur von zweien. Archelaos!«
»Wie? Ja, in der Tat. Mehr sind's wahrhaftig nicht.«
»Und der eine davon...«
»... hält jetzt auf der Stelle den Mund!« donnerte Gaius, und die beiden wußten, was es geschlagen hatte.
»Na, dann eben nicht...«, murmelte Alexander.
Und Gaius bestätigte ungerührt: »So ist es! Macht euch an die Vorbereitung des Nachtmahls! Seid leise, die Jungs schlafen. Beeilung!«
Wortlos entfernten sich die beiden, aber dann mußte Alexander seinen Unmut loswerden: »Du hältst nächstens den Mund! Verstanden!«
Archelaos schwieg.
»Ob du verstanden hast! Nur weil du nicht deinen Mund halten... Sag mal, hast du die Sprache als solches verloren?«
Archelaos schwieg und ging ruhig weiter, so daß Alexander die Stimme hob: »Also, wenn du jetzt noch motzen willst! Kannst du haben! Mal sehen, wer länger motzt! Ich habe schon gemotzt, da warst du noch...«
»He! Wohl total verrückt geworden, wie!?« dröhnte seitwärts eine tiefe Baßstimme. »Maul halten! Oder ich mache Meldung wegen nächtlicher Ruhestörung! Wenn ihr euch vollaufen lassen müßt, dann gefälligst bei Tage und außerhalb des Lagers!«
Das war denn doch zuviel an Hieben, die er an einem Abend einstecken mußte. Alexander näherte sich langsam der Stelle, von der die Stimme kommen mußte, und dröhnte:
»Sag das noch mal!«
»Warum? Wohl Schmalz in den Ohren, wie?«
»Du bist wohl der größte Fang der Legion. Willst du im Circus auftreten?«
Die Worte tönten hin und her. Archelaos war neben Alexander getreten und sprach mit gepreßter Stimme: »Hör auf! Beim Hercules! Du wirst Ärger kriegen!«
Doch Alexander war nun nicht mehr zu bremsen; er war näher an den Posten – oder wer auch immer das war – herangetreten und fuhr mit seinen Herausforderungen munter fort: »Ihn hat wahrscheinlich ein Esel im Galopp verloren.«
Auch der Posten behielt den Ton bei: »Du hast wohl ein nasses Plätzchen in den Sandalen! Ich sagte: Maul halten!«

Alexander trat noch näher hinzu, und nun flüsterte er: »Habe ich was von Kuchen erzählt, daß sich die Krümel melden? He?«
Man hörte, wie der Posten schniefte. »Na warte, Freundchen! Dir werd' ich's zeigen! Folgen!«
Alexander rührte sich nicht.
»Willst du wohl ...« Er legte an Alexander Hand an, das heißt, er versuchte es; denn er hatte kaum seinen Arm gehoben, als Alexander ihn schon in seiner Pranke hatte und ihn auf den Rücken drehte. Hatte er erwartet, sein Gegenüber würde mit einem Ausruf des Schmerzes in die Knie gehen und winseln, ihn doch bitte wieder loszulassen, so traf ihn fast im gleichen Augenblick die freie Linke des andern mit einer gewaltigen Ohrfeige, daß er vor Überraschung den gedrehten Arm, der ihm sonderbar hart vorkam, losließ. Und nun ging die Schlägerei erst so recht los. Sie wälzten sich am Boden, stöhnten, schimpften, fluchten, gaben die sonderbarsten Laute von sich – und es war klar, daß sie binnen kurzem die in den nächsten Zelten ruhenden Soldaten wecken würden. Dumpf hörte man die Treffer, wenn sie sich abwechselnd mit Fausthieben eindeckten.
Archelaos schüttelte, nun wirklich böse wegen der cholerischen Unbesonnenheit des Freundes, den Kopf und schickte sich an, die beiden Kampfhähne zu trennen – als von der *Via principalis*[53] her eine Stimme schneidend rief: »*Quid hoc novae rei est?* – Was ist da los?!«
Beide Kämpfer hielten auf der Stelle inne, denn sie hatten diese einzige, unverwechselbare Stimme erkannt, und sie würden sie unter Tausenden fremden heraushören: Es war die des Proconsuls Gaius Iulius Caesar!
»*Peream!* – Hol mich der Henker!« flüsterte Alexander, ließ von dem Gegner ab und klopfte sich seine Tunica sauber. Schon war jemand aus Caesars Begleitung in der Nähe und fragte scharf: »Habt ihr nicht gehört?«
»Jawohl!« beeilten sich beide, denn auch dem Posten war der Schreck in die Gliedere gefahren, als er die Stimme erkannt hatte.
»Mitkommen!« befahl der fremde Offizier, und wortlos folgten sie, traten aus dem Dunkel in das Licht mehrerer Fackeln, die von Männern aus Caesars Garde gehalten wurden. Gleich neben dem Feldherrn stand Marcus Antonius.
»Dann muß er als solches um diese mitternächtliche Stunde durchaus hier angekommen sein«, murmelte Alexander.

»Dem werd' ich was erzählen!« knurrte der Posten.
»Abwarten! Maul halten! Nur reden, wenn gefragt, verstanden?!«
Sie befanden sich nun unmittelbar vor dem Feldherrn, und beiden war nicht sehr wohl in ihrer Haut; erst recht nicht, als sie einen schnellen Blick in das Gesicht des Allerhöchsten wagten: So erschien ihnen Iupiter strafend und zürnend im Traum! Allwissend, alles sehend, unbestechlich! Das Herz eines jeden Sterblichen lag offen vor ihm wie eine geöffnete Buchrolle.
Im flackernden Schein der Fackeln blickte Caesar die beiden abwechselnd an, streng, kritisch, ohne Regung, trat etwas näher heran, um ihr Züge besser auszumachen. Dann fragte er den Posten: »Einheit?«
Der Mann verschluckte sich beinahe: »Ach... ach... achte Cohorte, dritte Centurie, erster Manipel[54]!«
»Name?«
»Genetus!«
»Rang?«
»Optio!«
»Auftrag?«
»Jawohl! Wa-wa-wache im mittleren Abschnitt der *Via principalis!*«
»Rühren!«
Sie lockerten ihre Glieder, fuhren aber bei jeder Frage oder Antwort oder auch nur einer Bewegung der Augen des Feldherrn in die alte respektierliche Haltung zurück.
»Was ist hier vorgefallen?«
Der Posten Genetus gab, so gut er das in seiner Aufregung vermochte, einen Bericht, der alles in allem den Tatsachen entsprach, wenn man von seinen eigenen verbalen Beleidigungen absah. Es lief aber am Ende darauf hinaus, der Fremde habe ihn heimtückisch angegriffen.
»Ich werde der Sache nachgehen«, schaltete sich nun Marcus Antonius ein, dem es zunehmend peinlicher wurde, daß der oberste Feldherr ausgerechnet in seinem Lager auf solch eine Undiszipliniertheit stieß.
Währenddessen hatte Caesar den zweiten Mann näher ins Auge gefaßt; er wollte schon Marcus Antonius zunicken und den Ort verlassen, als er stutzte; dann glitt ein heiteres Lächeln über sein Gesicht, er klopfte seinem Gegenüber auf die Schulter und sagte: »Alexandros, Sohn des Alexandros aus Theben!« Er hatte das auf griechisch gesagt; dann fügte

er lateinisch hinzu: »*Nomen est Omen!* – Wie geht es jenem gallischen Knaben, den ich dir vor einem Jahr bei Alesia schenkte?«
Er vergißt durchaus nichts und niemanden als solches, dachte Alexander, freute sich aber himmlisch, vor dem Gegner mit so sicht- und hörbarem caesarischen Interesse behandelt zu werden. (Die Szene wurde denn auch noch Jahrzehnte später staunenden Zuhörern, darunter mehreren Enkeln, in angemessener Weise hinterbracht, wobei die Geschichte freilich an Länge und Tiefe gewann, indem tradiert wurde, Caesar habe damals nur Griechisch mit ihm gesprochen.)
»Es geht ihm durchaus vorzüglich, Imperator!« Er bellte dies in einer ungeheuer senkrechten Haltung, wobei er alle Anwesenden um Hauptеslänge überragte. »Er ist nun schon ein ganzes Jahr älter und der Liebling aller Volcatischen Häuser.«
»Fein. Und hast du ihm mittlerweile auch eine Mutter besorgt?«
Alexander sah im Schein der Fackeln dieses feine, nicht ironische Lächeln, mit dem er jeden Sterblichen, gleich welchen Standes, Alters oder Geschlechtes, um den Finger wickeln konnte.
»Jawohl! *Matrem habet!* – Er hat eine Mutter!«
»Ist sie gut zu ihm?«
»Sie ist es!«
»Wie heißt sie?«
»Melitta, Imperator!«
»Eine Griechin?«
»Jawohl!«
»Woher?«
»Sie war als solche bis zuvor Kammermädchen der edlen Herrin Clodia, Imperator!«
»Aha...« Er nickte zweimal. War das Staunen echt? »Hat sie schon ein Kind?«
»Bald, Imperator. Es ist durchaus unterwegs.«
»Sehr gut. Ist sie schön?«
»Jawohl! Als solches das schönste Kammermädchen von ganz Rom!«
»Ich glaub's dir gern, mein Junge. Weiter so!« Und plötzlich wechselte er, wie Alexander es oft an ihm beobachtet hatte, wenn er mit seinem Herrn Volcatius sprach, das Thema: »Wo ist Gaius Volcatius?«
Alexander wandte sich um, zeigte zum Tor und meldete: »Er ist auf sel-

bigstem Wege nach hiesigem, er muß als solches unbedingt bald allhier erscheinen!«
Caesar hob leicht die Hand, die Audienz war beendet; der Vorfall, der der Anlaß dieses Gesprächs gewesen war, schien vergessen. Alexander wandte sich um, dem Optio Genetus zu, und sah das maßlose Erstaunen in dessen Bauerngesicht.
»Herhören!«
Der Mann schrak zusammen. Er nahm Haltung an und schniefte vor Eifer. Alexander kniff die Lippen zusammen und maß ihn gönnerhaft: »Herhören! Solltest nächstens Anbetracht dessen durchaus nie ohne ein hübsches Laternchen allhier spazierengehen, alldieweil es zweifellos durchaus sein kann, daß edle Freunde des Proconsuls beider Gallien dir über den Weg laufen. Verstanden!?«
»Jawohl, edler Alexandros!«
»Na also.« Er kramte nach seinem Brustbeutel – Archelaos, der solches nur sehr selten erlebt hatte, staunte wieder einmal über die altruistischen Regungen seines Freundes –, entnahm ihm einige Sesterzen und gab sie dem Optio: »Kauf dir dafür eine Laterne! Und stell dein Licht nie unter den Scheffel, verstanden?!«
»Jawohl!«
»Wegtreten!«
Sie grüßten einander, wobei der Optio Genetus allerdings die Linke benutzte. Alexander wollte ihn schon deshalb zur Rede stellen, als er sah, wie der rechte Arm locker an der Seite hing; und als er genauer hinblickte, meinte er im Licht der entfernteren Fackeln eine hölzerne Hand baumeln zu sehen.
»Armer Junge!« murmelte er, und dann fiel ihm staunend ein: »Beim Herakles! Wie langt der erst zu, wenn er zwei Arme hat!«

12

Gaius und Cornificius, die sich auf der *Via principalis* näherten, hatten den Feldherrn und seine Begleitung längst erkannt, zumal die Stimmen von Caesar und Marcus Antonius lachend die übrigen übertönten.
Gaius entließ den Dolmetscher, der sich mit einer tiefen Verbeugung zurückzog und sich dann auf dem karg erleuchteten Wege entfernte.
Caesar hielt mit dem Lachen inne, faßte die beiden kurz ins Auge und sagte ohne weitere Begrüßung: »Kommt bitte in mein Zelt!«
Marcus Antonius verabschiedete sich; er müsse noch die Posten kontrollieren. Doch Gaius wußte: Dies war eine Höflichkeit ihm gegenüber, damit er mit dem Oberbefehlshaber die noch anstehenden Dinge allein besprechen konnte. Nur ein Adjutant begleitete Caesar.
Sie betraten das Zelt. Es war das gleiche wie im letzten Jahr. Einem Vorraum folgten zwei weitere Räume, wovon der erste als Versammlungsraum bei Besprechungen diente. Dann wurden Reihen von Stühlen aufgestellt. Ansonsten pflegte Caesar hier seine Gäste, Freunde oder Legionskommandeure zu empfangen. Der hintere Raum war sein Privatissimum, in das niemand außer seinen Leibsklaven eintreten durfte; dieses Verbot war nie ausgesprochen worden, aber jeder hielt sich daran.
Der Hausherr wies ihnen im mittleren Raum Plätze zu und begann ohne Umschweife: »Ihr solltet morgen aufbrechen.«
Er sah sie an, und sie nickten.
Caesar fuhr fort: »Nach neuesten Berichten unserer Späher hält sich Ambiorix immer noch bei den Sugambrern auf, in der Nähe der Mündung der Segąha. Es ist nicht bekannt, ob er Reiter oder andere Krieger bei sich hat. Ich wiederhole, was ich euch schon sagte: Seid vorsichtig! Solltet ihr in seine Hände geraten, wird es sehr schwierig sein, euch Hilfe zukommen zu lassen. Und wie ich ihn einschätze, würde er, um mich zu demütigen, euch in den Hades schicken. Er wird kein Lösegeld fordern. Dieser Mann lebt nur noch in und von dem Gedanken, Rache für die Schmach zu finden, die wir ihm angetan haben.«
Er hob den Blick und fügte hinzu: »Ich frage euch darum noch einmal, ob ihr diesen gefährlichen Ritt auf euch nehmen wollt. Ich wäre...«
»*Certo*. – Gewiß! Und wir werden gesund zurückkehren«, bekräftigte Gaius.
»*Bene*.« Er nickte. Dann ging er noch einmal mit ihnen alle Punkte

durch, die mit den Führern der Ubier erörtert werden sollten, was nicht lange dauerte, denn sie hatten sich schon intensiv damit befaßt. Er war sehr zufrieden. Plötzlich gähnte er hinter der Hand, wechselte das Thema und fragte: »Und nun erzählt mir von meinem Freund Commius!“ Er grinste. „Marcus Antonius hat mir da einiges gesagt.«
Sie taten es, und Caesar lauschte mit wachem Interesse, obwohl er manchmal den Eindruck eines übermüdeten Mannes machte. »Es wäre am Ende gut, wenn ihr morgen noch einmal mit Commius zusammentrefft. Er ist von Jahr zu Jahr schlechter auf Ambiorix zu sprechen gewesen. Von Freundschaft konnte man nie reden. Für Ambiorix war Commius stets ein Verräter, weil er sich mir vor dem Übersetzen nach Britannien und auch später zur Verfügung gestellt hatte. Aber das überlasse ich euch. Wie ihr überhaupt in allem freie Hand habt.«
Sie nickten ihm im Einverständnis zu. Unvermittelt stand er auf.
»Verzeiht, aber ich habe drei Tage nur im Sattel gesessen. Ihr versteht?« Das Lächeln war mechanisch geworden.
»*Scilicet.* – Natürlich.« Wenn er selbst dies schon zugab, mußten die Anstrengungen mörderisch gewesen sein.
»Solltet ihr morgen bei Commius Erfolg haben, setzt mich kurz davon in Kenntnis. Ein paar Zeilen genügen. Ich wüßte dann, daß ihr etwas weniger in Gefahr seid.«
Sie verabschiedeten sich und verließen das Zelt.

13

Zu ihrer Überraschung trafen sie den Vadinus am nächsten Morgen, kaum nach Sonnenaufgang, vor dem Lager bei den Zelten der Händler. Nicht nur das; er näherte sich ihnen und bat Gaius zur Seite. Gaius tat ihm den Gefallen, winkte aber Cornificius dazu.

»Und?«

»Commius schickt mich.«

»Ja, das kann ich mir denken. Warum?«

»Er bittet dich um eine Unterredung.«

»Die hatten wir bereits gestern!« stellte Gaius fest und machte ein abweisendes Gesicht, obwohl ihm diese Bitte sehr gelegen kam.

»Commius möchte mit dir reden, ehe du nach Osten aufbrichst.«

»Wo ist er?«

»Am Wege.«

»Wie weit ist es bis dorthin?«

»Das kommt ganz auf die Geschwindigkeit an«, wich Vadinus aus, woraus die Freunde schlossen, daß er, Commius, ihnen immer noch nicht traute.

»Gut. Wir werden diese Strecke reiten. Du wirst uns, wie gestern, führen.«

Zuvor aber suchte Gaius den Proconsul auf, der sich für diesen Tag in Nemetocenna angesagt hatte, um mit den hiesigen Stammeshäuptern Verhandlungen über noch nicht endgültig geklärte Fragen zu führen. Er hatte im Lager des Trebonius, das nur einen Ritt von einer halben Stunde entfernt war, die Nacht verbracht.

Gaius fand Caesar im Zelt des Trebonius, da das *Praetorium* des Feldherrn bereits abgebaut und verladen worden war. Die Kolonne befand sich mit dem Material schon auf dem Marsch nach Nemetocenna in das Lager von Titus Volcatius Tullus. Sogleich unterbrach Caesar das Gespräch mit Trebonius und ließ sich von Gaius berichten.

»*Quid ais?*– Ist's möglich?« Er lachte breit, und es wirkte ansteckend. »Aber das paßt zu ihm! Ihm ist alles zuzutrauen!«

Er nahm auf dem nächsten Hocker Platz und winkte Gaius neben sich, während Trebonius das Zelt verließ, nicht ohne zuvor seinem alten Kameraden Gaius Volcatius alles Gute und Erfolg bei der schwierigen Mission zu wünschen.

»*Ad rem!*« Caesar ließ sich von einem seiner Sekretäre einen kleinen Behälter geben, öffnete ihn und entnahm ihm zwei kleine, engbeschriebene Rollen.
Er erklärte: »Die eine enthält den eindeutigen Befehl an alle römischen Einheiten, Truppenteile, Legaten – *et cetera perge, perge!*[55] dir bei der Erfüllung deines Auftrages jeden Wunsch zu erfüllen. Versäumnisse werden strengstens geahndet und kommen vor mein Kriegsgericht! Die zweite Rolle stellt die eigentliche Vollmacht dar, aus der hervorgeht, daß du voll und ganz in meinem Namen befugt bist, die Verhandlungen zu führen und Entschlusse zu fassen. Zugleich stehst du damit ab sofort unter meinem persönlichen Schutz. Jeder Angriff, jede Beleidigung, jede Herausforderung würde mich treffen und in der Strafverfolgung auch in entsprechender Weise geahndet werden.«
Er zeigte Gaius kurz den Text und die Siegel, steckte die Rollen zurück und reichte Gaius den Behälter.
»Du bist berechtigt, jeden römischen Soldaten vom einfachen Krieger bis zum Legaten für die Sache einzusetzen.«
»Ich hoffe, daß das nicht nötig sein wird.«
Caesar ging nicht darauf ein, sondern stellte fest: »Merke dir für dein ganzes Leben, Gaius: Wenn du Feinde hast, mußt du jederzeit mit allem rechnen!«
Man hatte ihnen einen leichten Wein serviert, und sie nippten daran. Sie waren allein, wie vor einem Jahr, als sie vor und nach Alesia wegen der Erörterung von Fragen hinsichtlich des Kriegstagebuches öfters zusammensaßen.
»Und denke daran, Neues über das germanische Hinterland zu erfahren. *Nec nostri saeculi est* – es ist unsrer Zeit nicht würdig, anzunehmen, jenseits des Rhenus sei die Welt mit Brettern zugenagelt.« Warum dieses hartnäckige Interesse an diesen Fragen? »Es muß dort Land in Hülle und Fülle geben, Land, Land und wieder Land!«
Gaius sah, wie das Feuer in seinen Augen sich zu regen begann, wie die Funken der sich jagenden Assoziationen sichtbar wurden. Und er wußte, daß er zu den ganz wenigen im engsten Kreis um diesen einzigartigen Mann gehörte, denen er eine Ahnung davon gab, was ihn in Wahrheit im Innersten bewegte. Es mußten Welten sein, die aufeinanderprallten, und manchmal brodelte es bis an die Oberfläche, so wie jetzt, als er den Blick, der in unendlichen Fernen geruht hatte, von dort abriß und Gaius

frontal ins Antlitz schaute, daß dieser, wie damals, darunter erschauerte und es ihn seinen ganzen Willen kostete, ihm standzuhalten. Schließlich bemerkte Caesar es, und unvermittelt ging der Vorhang aus Höflichkeit, Sorge, Verantwortung vor dem Feuer herunter – und er war wie immer: ausgeglichen, höflich.

»Glaube nicht dem, was die griechischen Geographen schrieben. Sie waren niemals dort.«

Gaius nickte langsam. Er fragte: »Wer begleitet mich?« Und da kam die Überraschung: »Dein Bruder.«

Gaius öffnete staunend den Mund: »Das... das ist... ich danke dir!«

»*Nihil opus.* – Nicht nötig. Die Zeiten sind hier ruhig. Und Titus sollte denn auch etwas von der Welt kennenlernen.« Er schmunzelte, weil ihm die Überraschung gelungen war.

»Wer ist sonst dabei?« fragte Gaius.

»Balventius. So hat Hirtius es doch mit dir abgesprochen.«

»Ja. Und zwanzig Reiter. Was hältst du davon, einige Germanen mitzunehmen?«

»Wenn du meinst, sie könnten dir nützen, dann tu's. Auf unsern Pompeius solltest du nicht verzichten.«

»*Intellego.* – Verstehe.«

»Nehmt aber genügend Packtiere mit, damit ihr im Ernstfall genügend zu essen habt.«

Sie erhoben sich. Gaius verabschiedete sich sehr korrekt mit Gruß und strammer Haltung. Caesars Erwiderung erfolgte in gleicher Weise. Sie mochten es beide, denn es ging um die Sache.

»Ich schicke dir noch Botschaft wegen Commius«, sagte Gaius.

»*Bene.* – Gut.«

Sie trennten sich.

14

Als er ins Lager zurückkehrte, waren dort schon alle Vorbereitungen für den Aufbruch getroffen. Titus ritt ihm entgegen und lachte über das ganze Gesicht.

»Seit wann weißt du es?« fragte Gaius.

»Eben kam der Befehl. Vor einer halben Stunde.« Er freute sich wie ein Junge.

Sie reichten sich von Pferd zu Pferd die Hand.

»Wer brachte ihn?« fragte Gaius.

»Titus Balventius.«

Der Genannte kam heran, Gaius und Titus ließen sich von den Pferden gleiten, und Balventius meldete korrekt: »Titus Balventius mit Lucius Vorenus wie befohlen zur Stelle!«

Er stand stramm, grüßte und erwartete eine Antwort.

»*Bene*. Steh bequem!« Gaius hob zum Gruß die Rechte. Balventius lokkerte sich.

Gaius fragte: »Wo ist Vorenus?«

»Er beaufsichtigt das Verladen des Gepäcks.«

»*Bene*. Laß die Leute in einer halben Stunde antreten!«

Gaius und Titus nutzten die Zeit, um noch ein paar Zeilen des Inhalts nach Rom zu schicken, daß sie nun gemeinsam aufbrächen, daß dies eine Überraschung und freundliche Geste Caesars sei; sie hofften, in spätestens drei bis vier Wochen Nachricht von ihrer glücklichen Rückkehr geben zu können. Gaius schrieb außerdem noch einige Zeilen an Clodia, aber auch an Curio und schloß damit Briefe ab, die schon in den letzten Tagen begonnen worden waren. Man würde sie mit der proconsularischen Post im Laufe der Woche quer durch Gallien nach Italien befördern.

Er war gerade damit fertig, als er vom Antreteplatz her eine lautstarke Ansprache vernahm, die ihm in ihren abenteuerlichen Wendungen, Verballhornungen, Befehlen und Verboten durchaus bekannt vorkam.

»... und nicht nur dieses! Mit besonderer Aufmerksamkeit habt ihr euch um das leibliche Wohl des edlen Titus Volcatius Tullus besorgt zu machen! Und wehe euch, ihr handelt nicht als solche! Merkt euch: Man erzählt hier, ich sei der Bruder des Charon[56]. Falsch! Ich bin der Charon!«

Totenstille herrschte nach diesen schicksalhaften Äußerungen. Gaius trat aus dem Zelt und sah ihn: Alexander hatte die Mannschaften, Römer und Germanen fein sortiert, antreten lassen; nun schritt er die Front ab und begutachtete jeden Krieger, prüfte den Sitz der Riemen, Waffen, Gürtel und kontrollierte ihr Schuhwerk.
»Du willst wohl im Circus auftreten?« schnauzte er einen der Leute an, der auf der Stelle ein Halstuch abnahm und hinter dem Koller verschwinden ließ. Dazu kommentierte Alexander, auf den Mann weisend, zu den übrigen: »Er verspricht mit zunehmender Dienstzeit ein älterer Soldat zu werden.«
Sie lachten.
»Maul halten! Nur reden, wenn gefragt! An der Spitze stehen ist immer noch zu weit hinten! Verstanden!? – Dissiplin! Ordnung! Geschmackvoll! Es braucht solche Männer! Und vergeßt nie: Hier ist man schneller satt, wenn man den Mund nicht aufmacht!«
Gaius ging hinüber und fragte den selbsternannten Centurio: »Ist alles verladen?«
»Jawohl. Alles.«
»Wo sind die Hunde?«
»Bei Archelaos.«
»Sag ihm Bescheid. Wir brechen auf! Wegtreten!« Alexander entfernte sich in einer sehr senkrechten Haltung.
In diesem Augenblick kam Cornificius dazu und sagte leise zu Gaius: »Du mußt ihn etwas kürzer halten. Wenn der Oberbefehlshaber davon erfährt, gibt's Ärger. Er ist kein Soldat und kann nie einer werden.«
Gaius lachte: »Er ist der beste Soldat, der je einer nie war!« Cornificius zwinkerte, denn er verstand nicht gleich. Doch Gaius fuhr schon fort: »Sei unbesorgt! Erst gestern abend noch hörte ich Lob aus Caesars Munde. Es scheint unser Schicksal zu sein, daß dieser Sohn aus Theben Freunde an höchster Stelle hat!«
»Nur nicht bei Wachtposten!« lachte Cornificius.
Gaius teilte den Leuten – es waren, die Germanen inbegriffen, nun doch an die vierzig Mann – mit, daß sie heute noch mit Commius zusammentreffen würden. Weiter schärfte er ihnen ein, sich auf keinen Fall von germanischen oder keltischen Kriegern zu unbedachten Reaktionen verleiten zu lassen. Sollte dies der Fall sein, werde er drakonische Strafen anordnen.

Dann verließen sie das Lager, gefolgt von den Packpferden. Draußen erwartete sie Vadinus. Ohne ein Wort von sich zu geben, setzte er sich an die Spitze des Zuges und ritt los. Ihm folgten auf Gaius' Befehl zehn römische Reiter mit Balventius; anschließend Gaius, Titus, Cornificius; hinter ihnen die Packpferde unter der Obhut von Menander, Syphax und Micipsa; ihnen folgten die übrigen römischen Reiter. Den Schluß bildeten die zehn Germanen, an deren Fersen sich Alexander, Archelaos und Lucius Vorenus hefteten.
Nach zwei Stunden führte Vadinus sie auf abenteuerlichen Wegen unter ständigen Richtungswechseln tiefer in die Wälder, und Gaius war drauf und dran, ihn deswegen scharf zur Rede zu stellen, als sie ein einzelnes Gehöft erreichten, das auf einer Landzunge sicher über der Hochwassergrenze eines Flusses lag, der zur Zeit zwar wenig Wasser führte, an dessen zerfressenen Ufern man aber die Höhe der Fluten ablesen konnte, die der Fluß im Frühjahr und Winter zu Tal schickte. Gaius kannte weder das Gewässer noch die Gegend.
Sie ritten auf das Haus zu. Gaius ließ die Reiter ausschwärmen und taktische Punkte am Fluß, am Hang und am Waldrand besetzen. Dann saß er ab, Cornificius folgte, und beide betraten das Haus, an dessen Tür Vadinus mit unbeweglichem Gesicht wartete.
Anders als gestern empfing sie Commius freundlicher, wenn man das leichte Neigen des Kopfes und eine kurze Geste mit der Hand so nennen konnte. Mehr noch war dies jedoch aus den ersten Worten zu schließen: »Ihr werdet hungrig und durstig sein. Nehmt Platz!«
Er wies zum Tisch, der auf vier Beinen stand und römischen Einfluß verriet. Darauf befanden sich allerlei frische Früchte, Brot, kalter Braten und Wein. Gaius und Cornificius war zwar nicht nach Essen zumute, doch durften sie diese freundliche Einladung auf keinen Fall ablehnen, weil sie damit den Hausherrn und Gastgeber tief verletzt hätten, zumal er über seinen eigenen Schatten gesprungen sein mußte. Sie nahmen Platz, und Commius schien es im Augenblick die größte Freude zu bereiten, den beiden Römern die schönsten und dicksten Fleischstücke auf ihren Teller zu legen, diese und jene Frucht zu empfehlen und selbst die Becher stets randvoll nachzufüllen.
»Ein guter Wein!« lobte Cornificius und schmeckte mit der Zunge nach.
»Chios![57]« sagte Commius und lächelte stolz, denn dieser Wein hatte einen Weg von fast zweitausend Meilen hinter, sich. Obwohl es inter-

essant gewesen wäre, nach Herkunft und Jahrgang des edlen Getränks zu fragen, unterließen sie es, denn man wußte nicht, ob er legal gekauft oder bei einem der letzten Raubzüge aus dem Keller eines römischen Gutsbesitzers oder gallischen Händlers im Süden geraubt worden war. Commius hütete sich auch, eine Erklärung dazu abzugeben, zumal er wußte, wie ungewöhnlich es war, aristokratische Römer in diesen nordöstlichen Teilen des Erdkreises auf solche Art zu bewirten.
So aßen und tranken die Gäste schweigend eine Weile vor sich hin, und sie merkten sehr wohl, daß ihr Gastgeber Wichtiges auf dem Herzen hatte, daß er es kaum erwarten konnte, dies loszuwerden, denn er griff sich alle Augenblicke nach der Perücke, drückte sie an den Schädel, obwohl sie nach dem Augenschein gut und fest saß. Die Freunde taten, als merkten sie nichts, und beschäftigten sich still mit den Speisen.
Dann war die Mahlzeit beendet. Gaius und Cornificius machten Anstalten aufzubrechen, lobten das Essen, die Gastfreundschaft und erhoben sich.
Commius konnte nun nicht mehr an sich halten und sagte nicht ohne Eifer: »Bleibt! Bitte!«
Sie taten erstaunt und ließen sich wieder langsam nieder, blickten neugierig in das Gesicht des Hausherrn.
»Es... es mag euch sonderbar vorkommen, daß ich... daß ich euch mitteilen ließ, ich könne euch vielleicht von Nutzen sein.«
»Nun«, sagte Gaius, »ich will nicht leugnen, daß es mich überrascht hat.«
Commius wiegte das Haupt. »Ich muß euch nun bitten, meine Lage einmal mit meinen Augen zu sehen.« Er schaute sie offen an, und mit einem Mal war alle Bärbeißigkeit aus seinem Gesicht verschwunden, weil Sorge und am Ende gar Angst die Oberhand gewonnen hatten.
Gaius und Cornificius bemerkten es mit großem Interesse, und Cornificius sagte, um es dem Gallier leichter zu machen: »Wenn du mich und Gaius Volcatius für Freunde des Vercingetorix hältst, dann müßtest du wissen, daß wir es uns immer zur Richtschnur gemacht haben, die Lage gallischer Fürsten mit ihren eigenen Augen zu sehen.«
Commius nickte ihnen im Einverständnis zu: »Wäre es nicht so, säßen wir hier nicht zusammen. – Mein Volk und auch andere Stämme, die hier am nordöstlichen Rande Galliens wohnen, werden von zwei Seiten bedrängt. Daß wir euch nicht auf Dauer widerstehen konnten, weiß ich

schon lange, da ich mit eigenen Augen eure überlegene Führung, eure militärische Disziplin, eure Kampftechnik gesehen, bewundert und gefürchtet habe.« Er machte eine Pause, und sie schwiegen, um ihn nicht zu stören. »Viel größer aber ist im Augenblick die Gefahr, die von der anderen Seite des Rhenus droht! Und sie bedroht nicht nur uns, sondern alle gallischen Stämme hier im Norden, und zwar bis zur Küste des Meeres! Letztlich aber bedroht sie euch, die ihr euch hier als die neue Ordnungsmacht einrichten wollt und es zum Teil schon getan habt, am meisten. Wir sprachen gestern kurz von den Eburonen, deren Volk von Caesar grausam bestraft wurde.«
Sie nickten ihm wortlos zu.
»Ihr wißt, daß die wenigen Überlebenden unter Führung des Ambiorix bei den Sugambrern Unterschlupf gefunden haben.«
Wieder nickten sie.
»Was ihr aber nicht wißt...« – er hob den Blick, und große, wilde Entschlossenheit stand ihm im Gesicht – »Ambiorix ist dabei, alle benachbarten Stämme der Sugambrer aufzuhetzen, damit deren Führer sie über den Strom führen.«
Gaius lächelte. »Es überrascht uns nicht, solches zu hören. Aber warum hast du ein so großes Interesse daran, uns zu helfen. Du sagtest ja durch Vadinus, du könntest uns helfen!«
Commius zögerte nicht mit der Antwort: »Weil ich an Ambiorix etwas zu rächen habe!« Er starrte sie an.
Sie verstanden. Es mußte etwas sehr Persönliches sein. Sie wollten ihn aber, seiner Ehre und Würde wegen, nicht danach fragen, als er ihnen zuvorkam: »Ihr solltet es wissen!« grollte er und strich einem der Wolfshunde über den Nacken, so daß dieser mehrmals wedelte. »Ambiorix hat mich einen Verräter genannt und mir meine Tochter geraubt!«
Sie wußten, daß Frauenraub bei germanischen Völkern vorkam, hatten davon bei Poseidonius und anderen gelesen; sie hatten aber noch nie einem Betroffenen gegenübergesessen; doch verstanden sie intuitiv, daß dies eine ungeheure Verletzung des Ehrenkodex dieses Mannes war, der an Kraft, Intelligenz, Herkunft, Vermögen und Beziehungen zu den Mächtigsten ganz Galliens gehörte. Sie verstanden aber ebenso schnell, daß er – der Fuchs! – römische Macht und römische Interessen äußerst geschickt mit seinen eigenen verbinden wollte, und dies in einer Art, bei der er nicht im geringsten Gefahr lief, sein Gesicht zu verlieren. Wie

weit man seinen anderen Äußerungen über die schicksalhafte Unterordnung unter Rom, seine Armee und die bald nachfolgende Verwaltung glauben konnte, mußte sich erst in Zukunft erweisen. Fest stand, sie hatten hier eine Hilfe zu erwarten, mit der sie gestern noch nicht rechnen konnten. Wenn ein Commius sich bei der Durchführung ihres Auftrages mit allen ihm zur Verfügung stehenden Mitteln – und das waren nach wie vor nicht geringe – auf ihre Seite stellte, konnten sie schneller, gründlicher und gefahrloser vorgehen.
Gaius sagte, nachdem ihm alle diese Gedanken durch den Kopf gegangen waren: »Deine Tochter sollst du zurückholen, und deine Rache wirst du finden. Ich danke dir für das Vertrauen, das du mir und meinem Freund Quintus Cornificius entgegenbringst.«
Commius verbeugte sich leicht im Sitzen. Dann sagte er: »Laßt uns nun die Einzelheiten besprechen.«
Dabei stellte sich heraus, daß er eine ganze Reihe germanischer Fürsten kannte, von denen die Freunde noch nicht einmal die Namen gehört hatten; und sie erkannten, daß die Beziehungen zu den jenseits des gewaltigen Stromes wohnenden Barbaren tiefer und weiter reichten, als sie es sich bisher vorgestellt hatten. Im übrigen sagte Commius zu, jede gewünschte Anzahl an Kriegern bereitzustellen. Sie einigten sich dann so, daß für den Augenblick zehn Begleiter genügten. Käme es aber zu Spannungen und Zusammenstößen, sollte er eine angemessene Streitmacht nachkommen lassen. Gaius und Cornificius hatten Mühe, ihm klarzumachen, daß es nicht auf einen Kriegszug, sondern auf einen Erkundungsritt hinauslief, der mit einem Vertragsabschluß enden sollte und der – Ambiorix betreffend – bereits erfolgreich wäre, wenn man seinen Aufenthaltsort, seine Begleitung und seine Stärke genau erführe.
Danach schilderte Gaius in kurzen Worten dem Oberbefehlshaber schriftlich das Ergebnis dieser wichtigen und überraschend endenden Besprechung mit dem Atrebaten Commius und schickte sofort einen der Reiter mit dem Brief in das Lager nach Nemetocenna. Commius ließ es sich nicht nehmen, einen seiner Männer als wegkundigen Begleiter mitreiten zu lassen. Im übrigen übernachtete die ganze Gruppe in den Scheunen des Hofes und im Stall; denn Commius hatte es sich nach dem auch für ihn erfolgreichen Ende des Gesprächs nicht nehmen

lassen, alle auf seinem Grund und Boden zu bewirten, um seinen guten Willen zu zeigen.

Dennoch war das letzte Wort, das Gaius dem Cornificius vor dem Einschlafen zuflüsterte, noch skeptisch: »Dieser Fuchs! Ich verstehe, warum Caesar ausgerechnet ihn damals als Verhandlungsführer nach Britannien geschickt hat.«

»Kannst ihn ja als Verbindungsmann in Rom dem Alten empfehlen. Cicero könnte es nicht besser…«

»*Facile credo.* – Glaub's gern«, brummte Gaius und schlief auf der Stelle ein, den Geruch frischen Strohs in der Nase.

15

Schon vor Sonnenaufgang war am nächsten Morgen alles auf den Beinen, denn man wollte das trockene Herbstwetter nutzen und an diesem Tag so weit wie möglich nach Osten reiten. Immerhin waren es von Nemetocenna bis zum Rhenus an die zweihundertzwanzig Meilen; wenn sie am Tage fünfundzwanzig bis dreißig Meilen ritten, würden sie etwa zehn Tage benötigen. Niemand konnte voraussagen, ob nicht in der Zwischenzeit sugambrische oder andere transrhenanische Scharen den Fluß überschritten hatten und das doch weithin menschenleere und scheinbar herrenlose Gebiet der Eburonen durchstreiften und in Besitz nahmen.

Es war ein Zug von etwa siebzig Reitern, der sich endlich auf den Weg machte. Die Frau des Commius, die sich gestern nicht hatte blicken lassen, winkte ihnen mit ihren Mägden nach.

Die Tage verliefen ohne Zwischenfälle. Sie hatten Nahrung und Wasser in Fülle. Commius' Männer, allesamt erfahrene Jäger, schossen mit ihren Pfeilen manchen eßbaren Vogel von den Bäumen oder trafen wilde Enten und Gänse am Rande der zahlreichen sumpfigen Gewässer. Dies veranlaßte Alexander öfter gegenüber Menander, Archelaos und den beiden Numidern zu Bemerkungen wie: »Anbetracht dessen sollten gewisse Leute in Rom ihr gewisses Maul halten, wenn sie statt dessen über gewisse Barbaren gewisse Bemerkungen als solche! Ihnen würden die Gewässer im Maul zusammenströmen, wenn sie als solche diesem Anblick teilhaftig wären. Archelaos!«

»Wie? – Warum auch nicht!«

»Wie? – Wie redest du denn schon wieder mit mir?!«

»Sehr höflich. Nicht wahr, Menander?«

Menander aber, ein ebenso gewissenhafter wie schüchterner und stiller Mann, wagte keinen Kommentar, wenn sich die beiden »Großen« wieder mal in den Haaren hatten.

Prompt bellte Alexander: »Siehst du! Menander ist auch meiner durchausigen Meinung!«

»Aha!« stellte Archelaos sachlich fest. »Du verstehst also die Taubstummensprache.«

»Wie? – Ich verstehe jede Sprache! Auch die nicht gesprochene! Schon meine Großmutter hat vor staunenden Zuhörern als solche erzählt, daß

mein edler Großvater – die Götter seien mit ihm! – die Sprache der Vögel verstand, insonderheit die der Tiere.«
»Umgekehrt!«
»Wie?«
»Umgekehrt!«
»Wieso? Seit wann verstehen die Vögel die Sprache meines edlen Großvaters? Er ist doch schon seit dreißig Jahren im freudlosen Hades!«
Archelaos stöhnte auf.
Alexander belehrte ihn: »Solltest dich unbedingt zu einem gewissen Athenodoros in Behandlung als solches! Dein Magen scheint in Unordnung.«
»Was geht dich mein Magen an? Hüte deine Zunge!«
Alexander, der spürte, wie die Souveränität Archelaos' von Streit zu Streit an Größe, Gewicht und Selbstvertrauen zunahm, versuchte es ein letztes Mal: »Herhören! Und ich weissage dir, du Sohn eines kilikischen Piraten: Du wirst dein Leben in einer senkrechten Haltung beenden, nämlich am Galgen, so du hinfort in diesen gewissen Tönen mit mir musizieren willst, ohne ihrer kundig zu sein. Aber siehe, schon mancher ist zweifellos zuvor zum Guten bekehrt worden. So gehe denn in dich und bleib, wo du bist.«
Einer der römischen Reiter, die diesen ungewöhnlichen Dialog verfolgen durften, fragte leise den Menander: »He! Sag mal, hat der 'ne Meise?« Er zeigte auf seine Stirn.
Menander aber lächelte fein, beugte sich zum Pferd des Legionärs hinüber und flüsterte: »Wie kommst du denn darauf?! Leg dich nie mit ihm an! Du ziehst immer den kürzeren!«
»Sooo?« staunte der Mann. »Und ich dachte...« Verwirrt schüttelte er den Kopf und sann darüber nach, wie unterschiedlich doch die Götter den einzelnen Sterblichen die geistigen Gaben verliehen haben.
Nach neun Tagen erreichten sie den Ostrand des Gebirges, zu dessen Füßen die große Ebene begann, die sich ohne Unterbrechung nach Norden bis zur Küste des Meeres hinzog. Immer wieder hatten sie in den letzten Tagen Flüsse und Bäche überschritten, die nach Norden oder Nordosten verliefen, und Commius belehrte Gaius, daß sie sich alle an der Mündung des Rhenus vereinigten; denn die Mosa[58], die etwa die Hälfte der Gewässer in sich aufnehme, strebe wenige Meilen vor der Mündung des Rhenus diesem zu und treffe sich mit ihm.

»Wann werden wir den Strom erreichen?« fragte Gaius.
»In etwa drei Stunden. Aber es kommt ganz darauf an, an welcher Stelle du ihn erreichen willst.«
»Der Ort, an dem die Siedlung der Ubier liegt, befindet sich einige Meilen unterhalb der Mündung der Segaha. Du kennst die Stelle?«
»Ja. Sie ist schon seit langem besiedelt. Schon immer überquerten hier Händler den Fluß. Vor den Ubiern wohnten dort Leute aus den verschiedensten Stämmen, auch Eburonen.«
»Warum?« fragte Gaius. »Warum ausgerechnet an dieser Stelle?« »Nun, der Fluß, der in seinem Unterlauf oft seine Richtung geändert hat, kann es an dieser Stelle nicht, weil die Ufer zu hoch liegen. Außerdem hat er an der linken Seite eine langgestreckte Insel gebildet. Der äußere linke Seitenarm ist wegen der geringen Strömung sehr ruhig. Er eignete sich schon immer gut als Ruheplatz für Boote und Flöße. Vor allem aber erreicht man von dort aus gut die Mündungen und Täler der Nebenflüsse auf der anderen Seite.«
Sie verließen die Arduenna Silva[59], überquerten wiederum mehrere Bäche und Flüßchen, deren größter Arnefa[60] genannt wurde, und folgten eine Weile seinem Lauf auf einem seitlichen, tief eingetretenen Trampelpfad, den wohl Tier und Mensch gleichermaßen bei ihren Wanderungen benutzten.
Gaius fiel auf, daß die Wälder hier in der Ebene sehr gelichtet waren, was in keiner Weise seinen Vorstellungen entsprach; hatte er doch befürchtet, sie müßten sich durch undurchdringlichen Urwald kämpfen.
Auf eine diesbezügliche Bemerkung erklärte der kundige Commius: »Man muß sehr viel Wald roden, um von den ausgelaugten Böden auf frische, kraftvolle ausweichen zu können. Aber wie du siehst, verwildert diese Landschaft bereits wieder, da die Menschen fehlen, um sie zu hegen und zu pflegen.«
So war es; überall wucherten wilde, für den Menschen unbrauchbare Pflanzen wie Ginster, Kletten, Dornengestrüpp, Brennesseln, wilde Rosen; und an manchen Stellen hatten die Eichen, Buchen und Eschen schon wieder kleine Waldinseln gebildet. Es war vorauszusehen, daß das Land in zehn Jahren in seinen ursprünglichen, unkultivierten, natürlichen Zustand zurückgefallen sein würde.
An der Stelle, wo von Süden in zahlreichen Schleifen sich ein zweiter Bach der Arnefa näherte und sich schließlich nach einigem Zögern mit

ihr vereinte, verließ der Pfad die Ebene, folgte nach Osten einer sanften Steigung zu einem Plateau, das etwa hundert bis hundertfünfzig Fuß über dem Tal lag, und überquerte es in östlicher Richtung.

»Sie nennen es das Vorgebirge«, erklärte Commius. »Weil es vor der Arduenna Silva liegt. Auf der anderen Seite geht es ziemlich steil abwärts zum Tal des Rhenus.«

Gaius, der dies alles mit großem Interesse in sich aufnahm, um es später schriftlich festhalten zu können, bemerkte, daß der Boden sehr fruchtbar war. Die Erde zerbröckelte zu feinstem Staub, wenn man sie zwischen den Fingern zerrieb. Wenn man hier systematisch Land den Veteranen zuweisen würde, konnte die Gegend in zehn Jahren eine Kornkammer sein.

Auch der Osthang dieses »Vorgebirges« bestand aus dem feinen steinlosen Boden, und Gaius war entschlossen, Caesar für einen großen Agrarplan in dieser Region zu interessieren.

Von der Höhe des »Vorgebirges« hatten sie einen herrlichen Blick gen Osten, weit über die Ebene des Rhenus, die nun im schrägen Licht der späten Sonne lag. Im Dunst dahinter waren die ersten Hügel und Berge zu erkennen, die in die Weite und Tiefe des »Hercynischen Waldes« führten.

Gaius ließ auf der Höhe halten, um zusammen mit Cornificius den herrlichen Blick zu genießen: Keine Ortschaft, keine Siedlung unterbrach den Fluß der herbstlichen Farben, die von vereinzeltem dunklen Grün über helle Brauntöne bis zu Gelb, Gold und feurigem Rot des Ahorns spielten. Und mitten darin, gleich einem silbernen Band, der Rhenus, der größte Strom, den en er je zu Gesicht bekommen hatte; er kam hier, am Beginn der Niederung, noch breiter, noch majestätischer daher, weil die felsigen Ufer des Mittellaufes, die fast senkrecht bis an ihn heranreichten, hier fehlten. Schweigend betrachteten sie die Landschaft, denn sie empfanden beide dasselbe: eine große Ehrfurcht von den Werken der Götter und ihren überall wirkenden Kräften.

Commius rief sie in die Realität des Auftrages zurück: »Wenn wir noch im Hellen dort sein wollen, müssen wir weiter!«

»*Recte iudicas.* – Du hast recht«, sagte Cornificius. Sie ritten weiter, folgten dem Wege, der hier schon breiter sowie in unregelmäßigen Abständen von seitlichen Pfaden gekreuzt wurde und sie schnell wieder in die Ebene brachte.

Hier, am Osthang des »Vorgebirges«, tauchten die ersten Siedlungen auf, Ansammlungen von einigen Häusern, aber auch ganze Dörfer. Doch nur vereinzelt zeigte sich ein Gesicht, verschwand aber direkt wieder, wenn man es näher in Augenschein nahm.
»Was sind das für Leute?« fragte Cornificius.
»Werden wohl Ubier sein«, meinte Commius. »Kann mir kaum denken, daß sich Eburonen vor einer römischen Truppe sehen lassen. Könnten aber auch Talliaten sein, die am Rande der Arduenna Silva siedeln und sich bis hierher vorgewagt haben.«
»Gehörten diese Dörfer und Höfe den Eburonen?«
»Ja.«
Caesar hatte hier ganze Arbeit geleistet; kein lebender Eburone war zurückgeblieben. Und wenn heute hier und da einer wagen sollte, sich wieder niederzulassen, mußte er jederzeit mit dem Schlimmsten rechnen, denn er galt als vogelfrei. Wie sonst aber, dachte Gaius, kann man diesen barbarischen, ungezügelten Menschen klarmachen, daß es eine höhere Ordnung gibt als die ihre, eine Ordnung, an die sich auch die Gallier zu halten gedenken, wenn sie es nicht schon tun, weil sie daraus einen erheblichen Fortschritt für ihr tägliches Leben ziehen.
Zugleich aber wußte er, daß dieser Einsatz der überlegenen römischen Macht brutal, gnadenlos und im innersten Kern ebenso barbarisch war, denn es wurden stets auch die Unbeteiligten, Unschuldigen und Friedlichen getroffen. Aber: War es denn anders gewesen, als Vercingetorix vor einem Jahr mit den gleichen Methoden Römer in Gallien heimsuchte? Es führte kein Weg daran vorbei, daß die höhere Macht, weil sie eine differenzierte Art des Rechtes mitbrachte, mit dem Anspruch der Überlegenheit auftreten mußte, wollte sie sich behaupten. Gewiß, dies war nur die halbe Wahrheit; Caesar hatte vor Jahren die Gelegenheit beim Schopf gepackt, nach der Niederlage der Sueben bei Vesontio als »Beschützer« in Gallien einzumarschieren, auch wenn das einigen Stämmen nicht paßte. Selbstverständlich war dabei – und dies stand nun für Gaius fest – persönlicher Ehrgeiz im Spiel; wie anders hätte sich der Iulier die Stellung aufbauen können, die er nun innehatte als der reichste Mann des gesamten Imperiums, als der Oberbefehlshaber einer Armee, der keine zweite überlegen war, als der Politiker, dessen Einfluß alle Parteien in Rom fürchteten. Und dies alles war nur möglich gewesen, weil er *»im Namen des römischen Volkes«* hier, weit im

Norden, die »*Pax Romana*«, den Römischen Frieden, wie ein undurchdringliches Netz über das ganze riesige Land legte – ja, es kam ihm in diesem Augenblick tatsächlich wie ein gigantisches Netz vor, ähnlich dem, mit dem man die Singvögel fängt: Je mehr sie sich darin regen, um frei zu kommen, um so enger legen sich die Maschen um sie, um so geringer wird ihre Bewegungsfreiheit. Zugleich aber wußte er: Vögel sind keine Menschen, Vögel würden getötet und verspeist werden; diese Menschen würde man aber nach einer gewissen Zeit der Gewöhnung wieder entlassen, und sie würden den Eindruck gewinnen, daß sie sich wieder frei nach allen Seiten bewegen können; und am Ende würden sie es kaum noch begreifen, warum sie früher einmal gegen den Stachel Roms gelöckt hatten. Gaius blickte nach Osten: Welch ein Land! Riesig, fruchtbar, wasserreich – und kaum bewohnt! Und mit einem Mal wurde er sich der Bedeutung seiner Mission fast körperlich bewußt, als er die Schenkel zusammenpreßte und das Pferd zu traben begann.

16

Alles war so, wie Commius es beschrieben hatte. Die Siedlung der ersten Ubier am Westufer des Rhenus war sichtbar dabei, ein *Oppidum Ubiorum*[61] zu werden.
»Wie viele Menschen leben denn schon hier?« fragte Gaius den Commius. Fast mißmutig antwortete dieser: »Ich weiß nicht. Ich war lange nicht hier.«
Sie näherten sich dem Ort von Süden her, in einigem Abstand vom Rhenus. Und dieser Weg war schon kein Trampelpfad mehr, sondern man konnte bereits von einer Straße im römischen Sinne sprechen; die Decke bestand aus festgefahrenem und sehr hartem lehmhaltigen Kies. Man mußte ihn in der Nähe, am Hang des »Vorgebirges«, finden.
»Kennst du hier jemanden?« fragte Gaius.
»Vielleicht. Das hängt davon ab, wer gerade im Ort ist.«
Der größte Teil der Häuser war noch im Bau, und das Material bestand überall aus Holz, zu Fachwerk verarbeitet; einfach in Grundriß und Konzeption, befriedigten die Gebäude menschliche Grundbedürfnisse: Schutz vor Regen, Kälte, Nässe; Räumlichkeiten zum Schlafen, für die gemeinsame Mahlzeit, für das Hausvieh, denn auch hier, in der größeren Siedlung, bildeten Hühner und Gänse, Schafe und Ziegen einen Teil der häuslichen Gemeinschaft. Ob die Straßen nach einem bestimmten Ordnungsprinzip angelegt wurden, ließ sich von der Stelle, an der die Reiterkolonne angehalten hatte, nicht ausmachen.
Sogleich wurden sie von einer Schar Kinder und Jugendlicher umringt, woraus sie schlossen, daß deren Eltern häufig Umgang mit Römern hatten.
»He, du da!« rief Gaius einem vielleicht Fünfzehnjährigen auf gallisch zu. Der Junge kam sofort heran und blieb mit hängenden Armen vor Gaius' Pferd stehen.
»Wie heißt du?« fragte Gaius.
Der Junge schien nicht zu verstehen. Gaius winkte den Pompeius herbei, der sichtlich erfreut darüber war, endlich zeigen zu können, was in ihm steckte. Alexander, den das alles auch sehr interessierte, hatte sich ebenfalls in die vorderste Linie vorgeschoben.
»Gib dir angemessene Mühe als solches! Auf jedes Wörtchen und Silbchen kommt es an!« ermahnte er den Dolmetscher. Aus dem folgenden

Dialog ergab sich, daß der Junge Fiado hieß, daß er selbstverständlich sofort zu Frei-Atto gehen werde, die Ankunft der Truppe zu melden.
»Wer ist Frei-Atto?« fragte Gaius.
»Er ist der Sohn des Fürsten.«
»Wie heißt der Fürst?«
»Atto.«
»Ist der Fürst auch hier?«
»Nein. Atto ist im Tal der Lagona.«
Schon während dieses kurzen Gesprächs waren einige Jungen davongelaufen und hatten Frei-Atto von der Ankunft der römischen Truppe in Kenntnis gesetzt. So dauerte es nicht lange, und der Sohn des Fürsten näherte sich mit einem Gefolge von vielleicht hundert Leuten. Ihm und den Männern war anzusehen, daß sie direkt von ihren Arbeitsstellen kamen; sie waren staubig, verschwitzt, trugen derbe Arbeitskleidung und hielten zum Teil noch ihr Werkzeug in der Hand, einen Hammer, eine Zange, eine Axt, einen Meißel. Seitlich lief eine ebenso starke Gruppe Neugieriger mit. Sie blieben in respektvollem Abstand von etwa zehn Schritt vor den Römern, die immer noch nicht abgesessen waren, stehen. Gaius ließ seinen Blick über sie wandern, und die Gesichter waren nicht anders als in Gallien oder Rom: hier intelligente, wache, dort tumbe, griesgrämige; hier verschlossene, dort offene, neugierige; doch merkte man allen an, daß sie von einer großen Erwartung erfüllt waren und daß dies mit der Ankunft der römischen Truppe in Beziehung stand.
Gaius wandte sich nach hinten und befahl: »Absitzen!«
Er selbst ließ sich von Castor zu Boden gleiten, denn es widerstrebte ihm, von der Höhe herab mit dem Oberhaupt der Siedlung zu sprechen. Doch bevor er auf den jungen Mann zuging, bemerkte er sehr wohl, wie dieser einen schnellen skeptischen Blick an Gaius vorbei auf Commius den Atrebaten warf. Man mußte vorsichtig sein. Was mochte zwischen ihnen nicht alles in den letzten Jahren vorgefallen sein.
Zu seiner Überraschung sprach der Germane fließend Gallisch, allerdings mit dem Akzent der Treverer. Sie trieben mit ihnen ja auch seit langem Handel, und so war es nur natürlich, daß der eine die Sprache des anderen lernte.
Gaius ging auf Frei-Atto zu und sagte langsam und deutlich, daß alle anderen es hören mußten: »Ich bin Gaius Volcatius Tullus und komme, dir und deinem Volk Grüße und gute Wünsche zu überbringen von

Gaius Iulius Caesar, Proconsul des römischen Volkes und...« – er zögerte – »...Freund der Ubier!«
Hellwach registrierte Gaius die Reaktionen auf den Gesichtern der ihm zunächst stehenden Germanen. Es waren nur wenige, die beifällig nickten, manche verzogen keine Miene, andere zeigten ein schüchternes Lächeln.
Aus der Art und Weise, wie Frei-Atto reagierte, schloß Gaius, daß dieser nicht zum erstenmal mit einem hohen römischen Offizier im Rang eines Legaten zu tun hatte, daß er vielmehr des öfteren außerhalb der Grenzen seines Stammes sich aufgehalten haben mußte, denn eine solche Gewandtheit und Selbstsicherheit des Auftretens gewann man nicht, wenn man nur unter den eigenen barbarischen Landsleuten aufwuchs. Der Fürstensohn ging auf Gaius zu, machte eine leichte, keineswegs devote Verbeugung, richtete sich sehr gerade auf und blickte, ehe er antwortete, dem Römer offen in die Augen. Er gefiel Gaius auf Anhieb.
Frei-Atto sagte: »Ich danke dem Legaten Gaius Volcatius Tullus für die guten Wünsche und Grüße, die er von Iulius Caesar, dem Proconsul des römischen Volkes, überbringt.« – Er sprach Namen und Titel fehlerlos aus. Woher weiß er, daß ich Legat bin? dachte Gaius. »Ich nehme sie an«, fuhr Frei-Atto fort, »auch im Namen meines Vaters und meines Volkes.«
Er verneigte sich noch einmal. Seine Souveränität zeigte sich nun besonders darin, daß keine Verlegenheitspause entstand, so als ob er nicht wüßte, wie er sich zu verhalten habe angesichts der berittenen Eskorte. Vielmehr sagte er: »Darf ich euch zum Versammlungsplatz bitten – ihr würdet ihn wohl *Forum* nennen.« Er lächelte, und Gaius lächelte zurück, wandte sich dann um und gab seinen Männern ein Zeichen, ihm zu folgen.
Als sie den Platz erreichten, ein Rechteck mit den Seitenlängen von vielleicht hundert mal zweihundert Fuß, hatten sich dort schon die meisten Bewohner der Siedlung eingefunden, weil sich die Nachricht von der Ankunft der Truppe sehr schnell bis in die äußersten Winkel herumgesprochen hatte. Und aus den von hier abgehenden Straßen näherten sich immer noch Gruppen, so daß es, wie Gaius schätzte, am Ende wohl an die drei- bis dreieinhalbtausend Menschen waren, die sich eingefunden hatten.
Frei-Atto, der neben Gaius stand, beugte sich zu ihm und sagte: »Wenn

du zu ihnen sprechen willst? Du wirst dankbare Zuhörer haben.« Er hatte wie einladend die Hand gehoben.
Gaius, der genau im Gesicht seines Gegenübers forschte, konnte keine Schmeichelei entdecken. Er schwang sich wieder auf Castor, gab Frei-Atto ein Zeichen, ein anderes Pferd zu besteigen, und so zeigten sie sich nebeneinander vor der Menge. Auf der Stelle setzte nun überall Beifall ein, der sich steigerte und erst allmählich wieder abebbte, als Gaius beschwichtigend die Hand hob. Dann legte er ihnen dar, daß sie jede mögliche Unterstützung von Caesar zu erwarten hätten; er lobte ihren Fleiß und ihren Willen, hier an dieser Stelle ein neues Leben in einer neuen Siedlung zu beginnen.
Er schloß: »Da ich den ganzen morgigen Tag hier verbringen werde, um mit dem Sohn eures Fürsten Dinge von einiger Bedeutung zu erörtern, schlage ich vor, daß der, welcher Wünsche, Bitten oder Beschwerden vorzubringen hat, sich damit morgen den ganzen Tag über an den römischen Praefecten Quintus Cornificius und seine Offiziere Balventius und Vorenus wenden kann. Sollte er der gallischen Sprache nicht mächtig sein, ist dies kein Hindernis, da wir einen guten Übersetzer dabeihaben.«
Auf der Stelle gingen einige Hände hoch, andere folgten, so daß Gaius nach kurzer Überlegung anfügte: »Da es, wie ich sehe, mehr Leute sind, als ich dachte, werden wir eine gewisse Ordnung einhalten müssen.«
Er winkte Alexander zu sich. Der hatte es freilich nicht nötig, ein Pferd zu besteigen, da er ohnehin alle Anwesenden um Hauptеslänge überragte, vielleicht einige Germanen ausgenommen.
Gaius fuhr fort, auf Alexander weisend: »Das ist Alexandros, Sohn des Alexandros aus Theben, und er sagt euch, wer jeweils an der Reihe ist.«
Alexander strahlte, während Gaius, Cornificius und Archelaos sich zublinzelten, da Gaius – freilich nur ihnen verständlich – sich einen Scherz erlaubt hatte auf Kosten des großen Meisters. Hatten sie angenommen, jener habe dies nicht mitbekommen, so waren sie freilich im Irrtum, denn in diesen seelischen Dingen hatte er einen sechsten Sinn: »Wenn man in diesem Lande Scherze auf Kosten Vierter als solcher macht, kann man ja gehen!«
Er sackte in sich zusammen und schickte sich an, in der erbärmlichsten

Haltung aus dem Blickfeld der Volcatier zu schleichen, als der erwartete Befehl über den Platz hallte: »Alexandros!«
Aha! Und auch noch auf griechisch! – Er reckte sich in die Höhe, drehte sich um, stand stramm und echote: »Hier! Als solcher wie befohlen!«
»Herhören! Kommando über das Gepäck! Quartiere suchen! Pferde versorgen! Anschließend Meldung! Wiederholung!«
Die Köpfe der zunächst stehenden schwenkten von Gaius zu Alexander, und der, wohl wissend, daß jedes seiner Worte von diesen Leuten zwar nicht verstanden, aber gehört wurde, gab in gewohnter Akkuratesse von sich: »Jawohl! Kommando über die Quartiere! Gepäck suchen! Pferde wiederholen! Meldung versuchen! Versorgung!«
Todernst nickte Gaius sein »Sehr korrekt! *Bene!* Wegtreten!« Und in der bekannten äußerst senkrechten Haltung entfernte sich der Sohn aus Theben, hielt aber den ersten Germanen, der ihm über den Weg lief, an und donnerte:
»He! Stehenbleiben!«
Da der Mann Gallisch verstand, gehorchte er.
Alexander kratzte seinen gesamten germanischen Wortschatz zusammen und begann also: »Du kennen Bär? He? Bär!... Ursus! Sooo groß!« Er machte es ihm vor. Der Mann schien zu begreifen und nickte. Er machte Alexander das zu allen Zeiten und in allen Landen des Erdkreises bekannte Zeichen zu folgen und führte Alexander vom Platz... Wir werden noch erfahren, was dann geschah.
Gaius, der den Vorgang aus den Augenwinkeln verfolgt hatte, rief den Archelaos zu sich und trug ihm auf, dem Sohn aus Theben zu folgen und darauf zu achten, daß er wohl Handel treibe, aber keine Händel beginne.
»Aber sei zart zu ihm!« mahnte Cornificius.
Frei-Atto, dem die Szene eben auch nicht entgangen war, wandte sich voll Verwunderung an Gaius und fragte leise: »Verzeih, Legat! Aber stimmt mit dem großen... dem Mann da... etwas nicht?«
»Wie kommst du darauf?« lachte Gaius zurück. »Einer meiner fähigsten Leute.«
»Soso...« Doch Frei-Atto enthielt sich einer weiterem Äußerung, da er bemerkte, wie sich Cornificius anstrengen mußte, nicht laut loszulachen.

17

Nachdem Alexander für die Unterbringung des Gepäcks im Hause des Frei-Atto gesorgt hatte – der Germane namens Stirro diente ihm als Führer in den unbekannten Straßen –, ließ er sich die Bären zeigen. Es handelte sich dabei um etwa dreißig gestapelte Felle, die man vor Wintereinbruch noch einem gallischen Händler verkaufen wollte.
Er war gerade dabei, einen annehmbaren Preis auszuhandeln, als Archelaos dazukam, die Stirn runzelte und sagte: »Du könntest dir doch selbst so ein possierliches Tierchen jagen!«
»Wie? – Halt du dich da raus! Das ist Männersache!«
Als er dann aber den Preis vernahm – der Mann wollte dafür ein Dutzend Messer, eine Anzahl Schwerter oder die entsprechende Menge Wein – da kratzte Alexander sich am Kopf und nahm nach einigem Zögern Abstand vom Kauf.
»Herhören!« sagte er zu Stirro. »Du mit mir gehen! Du mir zeigen, wo Bär als solches! Verstanden?«
Stirro nickte.
»Morgen abend?«
Stirro war einverstanden.
Alexander wandte sich Archelaos zu: »Du wirst mich begleiten. Man muß das Tierchen hervorlocken. Dazu braucht es stetiger Ausdauer! Umsichtig! Bären spüren als solche durchaus, wenn du dabei bist, dir in die Sandalen zu pinkeln. Das spricht sich bei denen rum. Und dann kannst du dein Leben vergessen. Wenn du also mit willst, reiß dich zusammen, auf daß du den folgenden Tag noch sonnig hinbringst.«
Hatte er diesmal harten Widerspruch von Archelaos erwartet, so schwieg jener jedoch.
»Na also!« schloß Alexander und meinte dann zu dem enttäuschten Stirro: »Ein andermal, mein Junge. Sollte ich in zehn Jahren noch einmal im Kreise meiner Kindeskinder allhier vorbeirauschen, werde ich dir unbedingt so ein Fellchen abkaufen. Also sei auf der Hut und sammle weiterhin so fleißig!«
Er grüßte militärisch und verließ mit Archelaos die Hütte.
Die Dämmerung war schon längst in Dunkelheit übergegangen, und die beiden mußten aufpassen, daß sie sich in den unbekannten Gassen

zwischen den teilweise halbfertigen Häusern nicht verliefen. Plötzlich blieb Alexander stehen.
»Pst!« Sie lauschten.
»Was ist denn?« fragte Archelaos. Sie befanden sich etwa am Westende der Siedlung, bei den Töpfereien. Sie wußten, daß hier, wie am Südeingang, mannshohe Palisaden ganz nach Art der römischen Lagerbefestigung in den Boden gerammt worden waren.
»Herhören!« sagte Alexander, aber er sagte es gefährlich leise. »Da macht sich ein Sterblicher außen an den hübschen Hölzchen an sich zu schaffen, die die hiesigen Jungs in die Erde gesteckt haben. Was hältst du davon?«
Sie spitzten wieder die Ohren. Archelaos bestätigte es: »Kann eigentlich kein Hiesiger sein. Alexander!«
»*Recte!* – Müßte schon sehr lange Arme an sich haben, um außen den Boden als solches zu erreichen. Sollten uns den Knaben mal ansehen. Archelaos!?«
»Warum nicht! Tut man nicht, nachts an den Hölzern knabbern. Könnte ja eines abbrechen. Alexander?!«
»*Sane.* – Allerdings! Komm!«
Sie näherten sich vorsichtig der Umzäunung und stellten zu ihrer Überraschung fest, daß hier niemand auf Wache ging. Statt dessen hörten sie, wie draußen jemand versuchte, über die Palisade zu kommen, wobei ihm, den Lauten zufolge, anscheinend ein zweiter half.
Auf Zehenspitzen näherten sie sich der Stelle, an der außen gesprochen wurde, und erwarteten den Eindringling. Da der Himmel bewölkt war, konnten sie sich nur auf die Geräusche und auf ihre Geschicklichkeit und Kraft verlassen: Sie hörten, wie der Mann, der den Eindringling hochstemmte, stöhnte, wie Hände nach den Spitzen der Hölzer tasteten, um dort einen Halt zu finden, ohne sich zu verletzen, und wie die Gestalt schließlich über die Befestigung kletterte und sich anschickte, an der Innenseite herabzuhangeln. Sie wollten schon zulangen, als Alexander den Freund wortlos, aber mit festem Griff zurückhielt, denn von hinten näherten sich Schritte.
Es schien sich also um eine Verabredung zu handeln. Schnell überschlugen die Freunde, was besser sei: sie zunächst gewähren zu lassen und sie dann in Augenschein zu nehmen oder gleich aus dem Dunkeln zuzuschlagen und beide außer Gefecht zu setzen. Es kam dann

aber zu einer dritten Version: Sie sprangen beide vor, doch im gleichen Augenblick entfernten sich die Unbekannten in Richtung der Siedlung; und obwohl die Freunde ihnen auf der Stelle nachsetzten, vermochten sie sie nicht einzuholen, weil sie keine Ortskenntnis besaßen, über allerlei angelehntes Gerät stolperten, sich die Knie verletzten und schließlich fluchend anhielten.

»*Abite in malam rem!* – Zum Henker mit ihnen!« schimpfte Alexander und streichelte sein Bein. »Es sollte absolut verboten sein, nachts solche Hindernisse als solche herumliegen zu lassen, insonderheit halbfertige Häuser, in denen kein Sterblicher wohnt! Komm, wir müssen dem Herrn berichten!«

Mit ungemein wichtiger Miene drängten sie sich durch die Wachhabenden und betraten ohne anzuklopfen den Raum, in dem Gaius, Cornificius und die römischen Offiziere mit Frei-Atto zu Abend aßen. Seltsamerweise war Commius nicht dabei.

»Ja?« fragte Gaius.

Sie machten Männchen, grüßten, lockerten ihre Glieder, und Alexander begann: »Meldung! Allhier finden nächtliche olympische Wettkämpfe statt! Archelaos?!«

»*Ita'st.* Leider nur vor wenigen Zuschauern. Alexander!«

»*Recte.* Sollte man ändern. Archelaos!«

»*Haud erras,*– Du hast recht. Eine kleine Ankündigung auf dem hiesigen Forum würde durchaus genügen. Alexander!«

»*Sic arbitror.* – Ich denke ja.«

»Es reicht!« schnitt ihnen Gaius das Wort ab. »Wovon redet ihr überhaupt?«

Mit wenigen Sätzen gaben sie Kunde von dem, was sie gesehen und gehört beziehungsweise was sie nicht gesehen und nicht gehört hatten, denn »... sie befleißigten sich durchaus einer unhörbaren Sprache und Aussehens«.

Während die beiden sich zunickten, dachte Gaius nach und sagte: »Das habt ihr gut gemacht. Geht jetzt essen und früh zu Bett.«

Alexander und Archelaos grüßten und verließen einträchtig den Raum.

Nun meldete sich Frei-Atto zu Wort: »Ich würde diesem Vorfall keine besondere Bedeutung beimessen, wüßte ich nicht, daß Ambiorix mit seinen Leuten ständig unterwegs ist.« Er schaute Gaius, Cornificius und

die beiden Offiziere nacheinander an, und sie nickten ihm ermunternd zu, dies doch zu präzisieren.
»Seit Ambiorix zum Heimatlosen geworden ist, ist er unberechenbar. Wie ein Wolf beobachtet er stets alles aus der Ferne, heftet sich an jede Spur, in der Hoffnung, sie könne ihm Brauchbares verschaffen.«
»Wieviel Krieger hat er bei sich?« fragte Cornificius.
»Man weiß nichts Genaues«, sagte Frei-Atto. »Manche reden von sechzig, andere von sechshundert.«
»Welcher Zahl neigst du zu?«
Ohne zu zögern antwortete Frei-Atto: »Den sechzig. Sechshundert kann er nicht ohne weiteres hier, in diesem menschenleeren Gebiet, ernähren. Und auch seine Freunde, die Sugambrer auf der anderen Seite des Stromes, gehen mit ihrer Hilfeleistung nicht soweit, ihm ohne Gegengabe Unterkunft und Verpflegung zu gewähren. In solchen Zeiten ist sich jeder selbst der Nächste.«
»Verstehe«, nickte Gaius. »Wann hast du ihn zum letztenmal gesehen?«
»Ich habe ihn noch nie zu Gesicht bekommen, kenne ihn aber genau aus Beschreibungen meiner Leute und auch von meinem Vater. Sie hatten einmal Kontakte in den Zeiten, als Caesar noch nicht mit seiner Armee in Gallien einmarschiert war.«
»Was waren das für Kontakte?« fragte Gaius weiter.
»Geschäftliche. Es ging um Fragen des Handels, des Warentransportes auf dem Fluß, um die üblichen Dinge, die man hin und wieder friedlich zwischen verschiedenen Stämmen und Völkern abspricht, so wie ihr Römer das ja wohl auch tut.«
Diese ungemein selbstsichere, ja geradezu weltmännische Art des Germanen ließ alle Anwesenden staunen.
»Du sprachst eben von Gegengabe«, sagte Gaius. »Was meinst du damit?«
»Ganz einfach dies: daß Ambiorix seinen Freunden Anteile aus der Beute gibt, die er bei seinen Plünderungen an sich gerissen hat.«
»Hm, gut – was sind die Sugambrer für Leute? Ich meine, wie ist ihre Lage in bezug auf Ernährung, Sicherheit und allgemeines Auskommen – etwa verglichen mit euch?«
»Sie ist ohne Zweifel schlechter.«
»Warum?«
»Aus dem einfachen Grunde...« – Frei-Atto blickte Gaius eindringlich

an – »... daß sie Caesar und die Legionen nicht zu ihren Freunden zählen. Das heißt, sie müßten sich im Ernstfall, sollten sie von ihren Nachbarn im Osten oder Südosten, die auf Landsuche sind, bedrängt werden, ganz auf ihre eigene Stärke verlassen. Und die ist gering. Sie wissen, daß sie auf der Stelle von der geballten Kraft eurer Legionen vernichtend geschlagen würden, falls sie gegen Caesars Willen den Strom überschritten. Kurz, ihre Lage ist so, daß sie zwar aus einer gewissen brüderlichen Verantwortung gegenüber Ambiorix und seinen Männern diesen Unterstützung gewähren, daß diese Hilfe aber nur in ganz engen Grenzen möglich ist. Das heißt, sie gewähren ihnen, wenn sie in Gefahr sind, Unterschlupf, füttern ihre Frauen und Kinder mit durch, aber sie würden es nie wagen, Ambiorix bei seinen Aktionen auf dem Westufer des Rhenus mit eigenen Truppen zu unterstützen. Sie sind gebrannte Kinder. Unter diesen Voraussetzungen sollten wir auch ganz gelassen auf den Vorfall reagieren, den deine Leute eben beobachtet haben. Mein Volk steht geschlossen zu den bisherigen Abmachungen mit Rom! Worum es sich hier handelt, weiß ich nicht. Aber ich messe ihm keine große Bedeutung bei.«
Die letzten Sätze hatte er nicht ohne einen gewissen Stolz gesprochen. Gaius und Cornificius gingen denn auch nicht weiter darauf ein, machten sich aber, wie auch Balventius und Vorenus, ihre eigenen kritischen Gedanken: Hier konnte Verrat am Werke sein!

18

Sie verbrachten den Rest des Abends, das heißt etwa eine knappe Stunde, mit Frei-Atto, und es wurde nur über Themen gesprochen, die nicht direkt mit ihrem Auftrag in Beziehung standen, wobei sie sich wiederum über die hervorragenden Kenntnisse Galliens, ja selbst Italiens wunderten, mit denen der Sohn des Fürsten glänzte, ohne damit angeben und sich in ein besseres Licht stellen zu wollen.
Die Gäste konnten aber schließlich ein Gähnen nicht mehr unterdrücken, und Frei-Atto persönlich geleitete sie zu ihren Räumen in verschiedenen Häusern, die zwar schon fertig, aber noch nicht von ubischen Siedlern bewohnt wurden. Bevor sie sich niederlegten, kümmerten sich Gaius, Cornificius und die beiden Offiziere Balventius und Vorenus um die Einteilung der Nachtwachen. Als sie sich dann trennten, meinte Balventius: »Es mag schon stimmen, was der Fürst über die Sugambrer gesagt hat; aber das verringert in keiner Weise die Gefährlichkeit unseres Freundes Ambiorix.«
Gaius nickte. »Ich bin der gleichen Meinung.« Und nach einer Pause sagte er: »Ist euch aufgefallen, wie sich Commius und Frei-Atto mit scharfen Blicken gemessen haben?«
Alle bestätigten dies. Dann gingen sie auseinander.
Als letztes nahm sich Gaius vor dem Einschlafen vor, morgen beiläufig Commius und Frei-Atto getrennt zu fragen, ob der eine den andern kenne, und wenn ja, woher er ihn kenne.

Aber dann kam alles anders.
Es mochte eine Stunde vor Sonnenaufgang sein, als Gaius heftig gerüttelt und aus dem Schlaf gerissen wurde.
»Herr! Herr! Du solltest Anbetracht dessen durchaus die Äuglein öffnen!«
»Wie? Was?« Gaius setzte sich aufrecht, blinzelte in das Licht einer Fakkel, die Alexander hielt. »Beim Styx! Was fällt dir ein!«
»Herr! Du solltest... einige Häuser brennen!«
Im Nu war Gaius auf den Beinen, warf sich den Koller über und griff nach Schwert und Dolch. Alexander half ihm beim Festzurren der Riemen.

»Erzähl!« befahl Gaius.
»Jawohl! Erzähl! Der edle Archelaos und ich waren gerade dabei, in die lieblichen Gefilde des Schlafes...«
»Bitte kürzer!«
»Jawohl! Da wurden sie gestört!«
»Wer?«
»Die Schläfer! Einige von diesen ubischen Fürstensöhnen und sonstige Knaben stürmten unsere Gemächer und berichteten als solches, daß außerhalb dieses hübschen Städtchens durchaus der Wahnsinn ausgebrochen!«
»Komm!« Gaius und Alexander verließen den Raum. »Leuchte! Erzähl weiter!«
»Da ist unbedingt nichts mehr zu erzählen, Herr.«
»Na gut. Komm mit!«
Auf dem großen Platz liefen Leute aufgeregt hin und her. Manche trugen Zuber und hölzerne Eimer voll Wasser. Auch Frauen und Mädchen waren dabei. Gaius brauchte nicht nach der Richtung zu fragen, denn im Norden leuchtete der Nachthimmel gelb und rot. Plötzlich war Archelaos da und führte Castor am Zügel. Menander und Micipsa brachten Pollux und noch zwei weitere Pferde.
»Gut gemacht!« lobte Gaius. »Wo ist der Fürst der Dichter?«
»Hier!« rief eine Stimme, und Cornificius näherte sich auf seinem Pferd.
»Wieso bist du schon draußen?« fragte Gaius.
»Es geschehen Zeichen und Wunder«, meinte Cornificius. »Der Sohn aus Theben stand plötzlich neben meinem Lager.«
Es stellte sich heraus, daß Alexander in seltener Munterkeit bei Nacht alle Volcatier geweckt hatte, außer Titus, den Bruder des Herrn. Als Gaius ihn darauf ansprach, erklärte er: »Aber Herr! Der edle Titus Volcatius Tullus ist nicht allhier in diese göttergleiche Einsamkeit als solche verschlagen worden, damit er zu mitternächtlichen Stunden schreckhaft geweckt wird. Der edle Titus Volcatius Tullus steht unter meinem besonderen Schutz und Wohl!«
»Wohlwollen!« verbesserte Cornificius.
»Jawohl! Wollen! Und ich werde nicht dulden, daß er allhier zuschanden!«
Im Schein der Fackeln warfen sich Gaius und Cornificius einen langen Blick zu und kniffen die Lippen hart aufeinander.

»Na gut. Deine Sache. Folgen!«

Fünfzehn Häuser standen in Flammen und waren fast bis auf den Boden niedergebrannt.

»Löschen ist überflüssig«, sagte Balventius. »Hier ist nichts mehr zu retten.«

Zum Glück waren diese Häuser noch nicht bezogen worden. Frei-Atto, der schon seit einer halben Stunde am Brandort war, näherte sich den Volcatiern, und sein Gesicht wirkte durch die Verfremdung des Rußes etwas unheimlich. Er bestätigte die Zahl und sagte ziemlich niedergeschlagen: »Das ist nun schon das drittemal in diesem Jahr.«

Gaius führte sein Pferd neben das des Fürstensohnes.

»Habt ihr die Häuser bis an die Palisaden heran gesetzt?«

»Nein, das nicht, aber es ist, wie sich nun herausstellt, immer noch zu nahe.«

Gaius nickte. »Ihr solltet in der Breite eines guten Lanzenwurfs zwischen der Befestigung und den Häusern unbebautes Gelände lassen. So halten wir es immer bei unseren Lagern, aber auch bei unseren Städten. Wollt ihr ganz sichergehen, solltet ihr den Abstand noch vergrößern, daß selbst Brandpfeile euch nicht erreichen.«

»Dann würden wir aber kostbaren Boden verschenken.«

»Das mag sein, aber es wäre auch nur so lange notwendig, bis ihr euch daranmacht, eine steinerne Befestigung anzulegen. Und die wird, wie ich meine, wohl nicht lange auf sich warten lassen.«

Frei-Atto nickte. »Hier ist nichts mehr zu retten. Ich habe besondere Wachen aufstellen lassen. Man kann nicht wissen, ob das Ganze nur als Ablenkung gedacht ist und sie am anderen Ende den Angriff...« Er hatte das kaum gesagt, als schon ein Kurier mit der Meldung kam, am Südende werde die Siedlung auf breiter Front angegriffen.

»Das ist kein Fehler!« stellte Gaius fest und wendete sein Pferd. Die übrigen folgten.

Vorsorglich hatte Vorenus schon im Süden die römische und die germanische Reiterei antreten lassen und wartete auf den Befehl zum Gegenangriff.

Die Volcatier und Frei-Atto preschten im Galopp herbei, aus verschiedenen Richtungen näherten sich schwerbewaffnete Ubier im Laufschritt und versammelten sich um ihren Fürsten. Die römischen und germanischen Führer stimmten ihre gemeinsamen Gegenmaßnahmen schnell ab,

die ebenso einfach wie wirksam sein würden: Ausfall der Reiterei unter gleichzeitigem Beschuß des Feindes von den Palisaden aus.
»Seht zu, daß ihr einige Gefangene macht!« rief Gaius dem Frei-Atto zu. Dann war auf einmal Commius neben ihm und sagte: »Auf diesen Augenblick habe ich schon lange gewartet, Legat!«
»Na fein. Dann gib's ihnen nach allen Regeln der Kunst, mein lieber Freund!«
Die Männer gingen auf ihre Posten hinter den Palisaden. Die Reiterei nahm beim Tor Aufstellung. Im Osten begann es bereits zu dämmern. Als sie das Vorfeld außerhalb der befestigten Siedlung überblickten, stutzten sie: Der Feind war wie vom Erdboden verschwunden. Hatte er sich zurückgezogen? Oder war dies eine Finte?
»Es würde keinen Sinn haben, sie zu verfolgen. Sie würden sich in kleine Gruppen aufteilen und in den Wäldern untertauchen, um dann getrennt über den Strom zu setzen.« Frei-Atto, der dies sagte, sprach aus Erfahrung, und Gaius mußte ihm zustimmen. Trotzdem hielten sie das gesamte Gelände im Blick, und schließlich meinten sie, in drei, vier Stadien[62] Entfernung habe sich etwas bewegt. Sie machten sich gegenseitig darauf aufmerksam und sahen, wie sich ein Trupp Reiter im Galopp der Siedlung näherte, dann aber abrupt in der Entfernung eines Pfeilschusses anhielt und aufmerksam herüberschaute.
»Kennst du einen von ihnen?« fragte Gaius den Fürsten, doch Frei-Atto verneinte dies. »Sieht so aus, als ob sie mit uns reden wollen.« Der feindliche Reitertrupp machte aber kehrt und zog sich im Galopp zurück.
»Was soll das!?« rief Cornificius. »Wollen die uns an der Nase herumführen?«
»Werde ihnen durchaus auf ihre klobigen Pranken hauen, wenn sie meine Nase als solche...«
Keiner antwortete darauf, da alle das gleiche dachten. Der Trupp war wieder hinter Büschen und einer Bodenerhebung verschwunden. Gespannt blickten die Verteidiger hinüber. Und nach wenigen Augenblicken erschien ein weiterer Reitertrupp aus der Deckung, näherte sich wiederum in wildem Galopp, der den Gegner wohl beeindrucken sollte. Doch diesmal hielten sie nicht an der gleichen Stelle an, sondern näherten sich bis auf einen Lanzenwurf. Nun sahen die Verteidiger auch, daß einige von ihnen einen noch grünen Zweig – wohl von einer Tanne oder

Fichte – in Händen hielten. Sie hoben das Symbol des Friedens mit der Rechten hoch und warteten auf ein Zeichen, daß man sie gesehen und verstanden hätte. Gaius nickte Frei-Atto zu, und der Fürst befahl, das Tor zu öffnen. Dies geschah, und die Reiter preschten herein. Zugleich sagte Gaius leise zu Commius: »Schau sie dir genau an, ob Bekannte darunter sind!«
»Ja, ich kenne einige der Burschen vom Sehen, weiß aber nicht, wie sie heißen.«
»Hätte einen passenden Namen für die Knaben. Archelaos?!«
»Wie? Ja, solltest sie fragen, ob er ihnen gefällt. Alexander!«
»*Ita'st.* – Was hältst du von der Geschichte, daß wir sie an sich ins Land der Kimmerer am nördlichen Okeanos schicken, allda sie helfen können, den Mond mit einer Stange hochzuschieben?«
»*Bene narras!* – Gut gesagt. Sie werden Vater und Mutter vergessen, dich aber niemals!«
»Schluß jetzt! Verdammt noch mal!« flüsterte Gaius gefährlich zwischen den Zähnen, doch alle herumstehenden Römer konnten kaum an sich halten, so daß Alexander bescheiden anfügte: »Wir tun nur unsere Pflicht als solche, Herr!«
»*Benigne!* – Danke.« Dann wandte er sich an die sechs Reiter, deren Pferde nervös tänzelten.
»Was wollt ihr?« fragte Gaius auf lateinisch.
Ihr Anführer verstand, wie angenommen, die Frage und näherte sich Gaius.
»Ambiorix, unser Fürst, schickt mich zu dir.«
»*Bene.* – Und was will er?«
»Er bittet dich um eine Unterredung.«
»Wo?«
»Ambiorix schlägt vor: genau in der Mitte zwischen deiner und unserer Truppe.«
»Warum will er mich sprechen?«
»Das weiß ich nicht.«
Gaius maß ihn mit einem äußerst kritischen Blick, sah dann kurz zu Cornificius, Balventius, Vorenus und Frei-Atto hinüber, und sie alle nickten ihm ermunternd zu.
»Gut. Sag ihm: Wir treffen uns in einer Stunde auf dem Gelände vor diesem Tor. Unsere Truppen werden die Siedlung verlassen und im gleichen

Abstand wie die euren Aufstellung nehmen. Reitet zurück und meldet dies eurem Fürsten!«
Ohne Gruß machten sie mit ihren kleineren Pferden kehrt und ritten im Galopp davon.
Da man nicht wußte, was diese Wendung der Ereignisse zu bedeuten hatte beziehungsweise was Ambiorix von ihnen wollte, war ihre nachträgliche Beratung kurz.
Dann rief Gaius den Alexander zu sich und befahl: »Du gehst jetzt auf der Stelle meinen Bruder, den edlen Titus Volcatius Tullus, wecken und bittest ihn zu mir.«
»Jawohl! Edel! Wecken! Bitten! Zu mir!«
»Sehr korrekt! Wegtreten!«
Währenddessen trafen Gaius und seine Offiziere die Vorbereitungen für den Schutz des angekündigten Treffens.
»Du mußt mit allem rechnen!« ereiferte sich mit einem Male Commius, der die vorherige Szene mit größtem Mißtrauen, ja Haß verfolgt hatte. »Du kannst ihm ebensowenig trauen wie Caesar seinerzeit dem Sueben Ariovist.[63] Wie du selbst weißt, hielt er sich nicht an die Abmachung und ließ seine Reiter während der Verhandlung vorrücken. Sei vorsichtig, Legat! Ich kenne ihn besser als du. Schon während er dir die Hand reicht, hat er darin einen Dorn mit Schlangengift versteckt! Er ist von den Göttern verdammt zu ewigem Umherirren. Zu groß ist die Zahl der Verbrechen, die er begangen hat. Heimatlos ist er. So liegt der Sinn seines Lebens nicht mehr im Bauen, Planen und Wirken, sondern er findet seinen Sinn nur noch in der Zerstörung, in Mord, Raub, Plünderung.«
Dabei schaute Commius Gaius mit einem so merkwürdigen Blick an, daß er ihm einige Augenblicke lang wie ein Seher aus der Ilias des Homer erschien. Aber er nickte ihm schweigend zu.
In diesem Augenblick kam Alexander zurück, er rannte, so schnell er konnte, und kam atemlos vor Gaius zum Stehen. Alle übrigen, die dies beobachtet hatten, waren gespannt auf die Mitteilung des hünenhaften Griechen.
»Herr! Herr!« stammelte er, und Gaius erschrak, denn so außer sich hatte er seinen besten Mann noch nie gesehen.
»Was ist denn? So rede doch!«
»Herr... Du wirst es nicht glauben, aber...«
»Ja?«

»Dein Bruder, der edle Titus... er ist verschwunden!«
»Es ist jetzt nicht die Stunde und der Ort, Witze zu reißen!«
»Nein, Herr, ich mache keine Witze!« Er redete mit weit aufgerissenen Augen auf Gaius ein. »Außerdem ist er verwundet!«
»Waaas?«
»Jawohl! Auf dem Boden ist Blut! Tropfen! Bis zur Tür hin!«
Noch während Alexander dies alles hervorbrachte, gab Gaius Castor die Gerte und galoppierte zurück in die Siedlung.
Er fand alles so, wie Alexander es beschrieben hatte. Noch während er den blutigen Spuren am Boden nachging, trat Cornificius neben ihn, ließ sich alles zeigen und sagte: »Das hatten sie also vor heute nacht! Darum der heimliche Besuch!«
Gaius blickte ihn an, und Cornificius bemerkte große Trauer und Sorge im Auge des Freundes.
»Hätte ich doch nicht darauf bestanden, daß er mitkam!«
»Unsinn!« sagte Cornificius. »Dann ständen wir jetzt vor deinem leeren Lager.«
»Aber ich habe die Verantwortung für ihn!«
»Ach was! Er kann schon längst allein laufen!« Gaius wollte ihm scharf ins Wort fallen, aber Cornificius ließ es nicht zu: »Zunächst können wir mit absoluter Sicherheit davon ausgehen, daß er lebt. Er muß leben, denn nur von einem lebenden Titus Volcatius, das heißt von einem lebenden Legaten der römischen Armee, können sich die Entführer erhoffen, ihren Nutzen aus dem Fall zu ziehen. Daß er zufällig auch noch dein Bruder ist, belastet dich natürlich, verändert aber grundsätzlich nicht die Lage, in der er sich befindet. Und das bitte ich dich dir mit der Kraft deines Verstandes klarzumachen.«
Schweigend nickte Gaius, obwohl er nicht in der Verfassung war, seinem Verstand die Oberhand über seine Empfindungen zu geben. Schließlich sagte er tonlos: »Gehen wir. Es wird Zeit.«

19

Schweigend setzte Gaius sich auf sein Pferd, schweigend ritt er zurück, begleitet von einem stummen Cornificius und einem Alexander, der ein Gesicht machte, als ob er die Last des gesamten Elends des Erdkreises trage. Als sie dann am Tor von den Pferden stiegen und Cornificius den übrigen das Vorgefallene kurz berichtete, ging Alexander auf Gaius zu, ohne sich zu recken und ohne den üblichen zackigen Gruß; vielmehr näherte er sich in jener Haltung, in der er gemeinhin sich nach einem scharfen Rüffel seitens des Herrn zu entfernen pflegte.

»Herr.« Er schaute ihn eindringlich an.

Gaius antwortete nicht.

»Herr.«

Da Gaius immer noch nicht reagierte, wofür Alexander durchaus Verständnis hatte, begann der Sohn aus Theben ohne direkte Aufforderung: »Herr! Ich nehme die gesamte, einsame Verantwortung für die... für das Verschwinden des edlen Titus Volcatius. Ich hätte in der Nacht nach ihm schauen müssen, alldieweil ich es ihm schuldig.«

Er äugte mit schief gehaltenem Kopf aus großen, schwarzen Kinderaugen zu C.V.T. hinüber und erwartete etwas, irgendeine Reaktion, zumindest einen scharfen Anpfiff. Aber Gaius rührte sich nicht, schüttelte weder den Kopf, noch sagte er etwas.

Alexander hatte schon sein »Na, dann eben nicht...« auf der Zunge, hielt es aber im letzten Augenblick zurück, biß sich statt dessen auf die Lippen und fuhr fort: »Herr!« Nun hob sich schon wieder die Stimme, der Ton wurde energischer, das Auge blitzte: »Herr! Ich, Alexandros, Sohn des Alexandros aus Theben, werde nicht rasten, ehe ich nicht den Erdkreis an sich umgekrempelt und den edlen Titus Volcatius als solchen lebendig und im Kreise seiner Liebsten wieder aufgefunden haben werde! Dafür aber werden einige Sterbliche ihrem Namen alle Ehre machen und in den freudlosen Hades marschieren. Herr! Ich werde dafür sorgen, daß dieser windige Hund Ambiorix auf allen vieren kriecht, wenn wir ihn in Rom auf Caesars Triumphzug mitführen. Vorher aber werde ich ihm stückweise das Lebenslicht ausblasen!«

Er hatte das mit ziemlicher Lautstärke von sich gegeben, dabei ein ungemein entschlossenes Gesicht gemacht, so daß alle umstehenden Römer und Germanen die Absurdität des Inhalts gar nicht bemerkten, ihm

vielmehr seine heilige Entrüstung abnahmen und beifällig nickten, was Alexander – immer noch in der Haltung und mit den Zügen des Rächers – beifällig zur Kenntnis nahm, denn er blickte von Mann zu Mann in die Runde.
Da aber hob Commius den Kopf und sagte zu Gaius: »Legat! Nun hast du selbst erfahren, was ich vor einer halben Stunde meinte.«
Gaius nickte ihm zu und wußte, er würde sich voll auf Commius verlassen können.
Sie blickten über die Ebene nach Süden und sahen, daß die Truppe des Ambiorix sich formierte. Gaius gab Befehl, auf dieser Seite das gleiche zu tun.
Dann bat er Cornificius, Balventius und Frei-Atto, ihn zu begleiten, ergänzt von je zehn römischen, fünf ubischen und fünf atrebatischen Reitern des Commius.
Da meldete sich Commius: »Du solltest mich als stillen Beobachter dabeihaben, Legat!«
»Warum?«
»Während ihr redet, kann ich sie im Auge behalten. Und die Sprache ihrer Gesichter und Hände kann manchmal deutlicher sein als die ihres Mundes.«
Gaius war einverstanden. Dann übertrug er dem Lucius Vorenus das Kommando über die in Schlachtordnung aufgestellte Truppe der römisch-germanischen Reiterei und des ubischen Kontingentes. Man hatte kurz erwogen, durch einen Überraschungsangriff Ambiorix und seine Reiter zu überrumpeln; doch war es Commius gewesen; der strikt davon abgeraten hatte, wollte man den Titus Volcatius lebend wiedersehen.
»Man wird deinen Bruder, Legat, schon längst mit einem Sondertrupp oberhalb oder unterhalb dieser Siedlung über den Strom gebracht haben. Es kann aber ebensogut sein, daß sie ihn noch auf dieser Seite versteckt halten. Wie dem auch sei, sie würden ihn auf der Stelle ermorden, wenn sie ihn nicht mehr als Druckmittel einsetzen können. Du solltest dir erst in Ruhe und ohne Zorn anhören, was er von dir will.«
Natürlich hatte Commius recht, man mußte in jedem Falle ruhig Blut bewahren und dem Palaver so gelassen wie möglich entgegensehen.
So verstrichen die Minuten, man hielt den Feind im Auge, und etwa zur gleichen Zeit setzten sich von beiden Fronten Ambiorix und Gaius mit

ihren Trupps in Bewegung. Beide Seiten achteten darauf, nicht langsamer und nicht schneller als der Gegner zu sein, und so machten die Trupps schließlich im Abstand von vielleicht drei Pferdelängen voreinander halt.
Gaius blickte hinüber, suchte im Gesicht des Germanenführers Anzeichen von Überlegenheit, Spott oder gar Zynismus zu finden, doch die Züge des Eburonenfürsten blieben undurchdringlich; wenn überhaupt etwas überwog, dann war es Härte, die keine Gnade kannte; sie ging nicht von einzelnen Teilen dieses an sich sehr ausgeglichenen Gesichtes aus, nicht von den Augen allein, die durchaus in Lachfältchen ausliefen, nicht von der breiten kräftigen Nase, nicht von dem breiten, scharf konturierten Mund und dem wohlgeformten kräftigen Kinn – nein, erst aus dem Zusammenspiel all dieser Partien, gesteigert von zwei energischen senkrechten Falten zwischen den buschigen Brauen, ging hervor, daß dieser vielleicht vierzigjährige Mann niemandem Rechenschaft zu geben bereit war, außer sich selbst. Gaius hatte selten ein Gesicht gesehen – in Rom gab es unter germanischen Sklaven bisweilen Anklänge daran –, das in seinen Einzelteilen so anziehend, in seiner Gesamtheit aber so abweisend, ja unangenehm wirkte.
Und er bemerkte, daß der Atrebate Commius das besondere Interesse des Eburonenfürsten weckte, denn als Ambiorix ihn anschaute, spielte ein hämisches Lächeln um seinen Mund, und man sah, daß er Lust verspürte, den Atrebaten ob dessen Zusammenarbeit mit Rom mit seinem Hohn und Spott zu übergießen – es aber aus taktischen Gründen ließ.
So starrten sich beide Parteien eine ganze Weile ebenso neugierig wie mißtrauisch an, und keiner machte Anstalten, aus den Sätteln zu gleiten. Also behielten sie ihre sichere Position auf den Rücken der Pferde ein, um im Falle einer überraschenden Wendung – jeder mißtraute jedem – sehr schnell die eigenen Reihen zu erreichen. Gaius, der dies nicht zum erstenmal bei Verhandlungen mit Germanen erlebte, nahm es gelassen zur Kenntnis – ja, er war überrascht von der eigenen Ruhe und Gefaßtheit, alles auf sich zukommen zu lassen. So schwieg er trotzig und wartete, daß Ambiorix das Gespräch, wenn es denn ein solches werden sollte, eröffnete. Doch dieser wartete wohl aus ähnlichen Beweggründen mit einer Eröffnung; sie schwiegen, saßen ruhig in ihren Sätteln, und nur die Pferde begannen hier und da mit den vorderen Hufen zu scharren oder leicht zu tänzeln. Commius, dessen Gesicht wie verstei-

nert wirkte, ließ den Ambiorix nicht aus den Augen, doch tat dieser, als bemerke er es nicht.
So war es schließlich Cornificius, der nicht mehr an sich halten konnte und laut dem Ambiorix zurief: »Du hast um eine Unterredung gebeten. Also sprich!«
Ambiorix wandte sich dem Sprecher zu, nickte sehr bedächtig und begann: »So ist es. Ich will es kurz machen.« Nun blickte er wieder Gaius an. »Ich verlange...« – er genoß es, dem Klang dieses so provozierenden Wortes nachzulauschen – »...daß alles Gebiet zwischen dem Vorgebirge und dem Wald der Arduenna meinen Männern und ihren Familien zugewiesen wird. Ferner verlange ich, daß keine weiteren Ubier mehr in diesem genannten Gebiet angesiedelt werden. Und drittens wünsche ich, mit den nördlich des genannten Gebietes bereits wohnenden Ubiern in Frieden zu leben.«
Er schwieg und erwartete die Antwort. Der römischen und ubischen Seite war klar, daß diese Forderungen nicht angenommen werden konnten, daß Ambiorix aber geschickt den Friedenswillen der bereits hier wohnenden Ubier für seine Zwecke ausnutzen wollte, denn man konnte davon ausgehen, daß die Mehrzahl der Neusiedler, die ja selbst erst vor kurzem aus ihrer angestammten Welt gerissen worden waren, sicher nichts gegen die Niederlassung von einigen hundert Eburonen in einem kleinen Streifen Land einzuwenden hätte, das ihnen, den Eburonen, vor Caesars Strafaktion ohnehin gehört hatte. Äußerst geschickt war denn auch der als dritte Forderung verkleidete Wunsch, mit den bereits ansässigen Ubiern in Frieden leben zu wollen, an den Schluß gesetzt.
Gaius setzte sich aufrecht, fixierte den Germanen und rief ihm zu: »Bevor ich nicht ein Lebenszeichen des römischen Legaten Titus Volcatius Tullus vor mir habe, sind deine Worte in den Wind gesprochen.«
Sie starrten sich an, und beide wußten, der eine würde den anderen auf der Stelle in den Hades schicken, wenn er es könnte.
»Du sollst es haben.«
Gaius überlegte, wie er erfahren könne, ob man Titus weggebracht hatte, und wenn ja, wie weit entfernt.
»Wann?« fragte er.
Ambiorix zögerte, er mußte wohl die Strecke überschlagen, die ein Bote hin- und zurückreiten würde; und aus der Antwort schloß Gaius, daß Titus sich bereits auf der anderen Seite des Rhenus befand

»In sechs Stunden.«
»Gut. Du weißt, wo ich zu finden bin.«
Er gab den übrigen ein Zeichen, und ohne Gruß und Blick machten sie kehrt; gemächlich ritten sie zu den eigenen Reihen zurück.
Gaius bat Frei-Atto, Cornificius und die beiden römischen Offiziere sowie Commius in den Versammlungsraum.
Wer ihn kannte, der wußte, daß er nun ganz vom Willen und der Entschlossenheit erfüllt war, seinen Bruder zu retten und diesen Barbarenfürsten seiner Strafe zuzuführen. Cornificius, der den Freund schon mehrere Male in solcher Verfassung gefunden hatte, wußte aber auch, daß Gaius eher Hand an sich selbst legen würde, als seinen Bruder in den Händen der Barbaren zu lassen. Es würde nun auch wenig Sinn haben, mit ihm unter vier Augen zu sprechen, gar zu versuchen, ihn zu trösten, da es hier nichts zu verharmlosen gab. Die Fakten waren vorhanden, hart, klar, schicksalhaft, wie ein Spruch der Götter.
So schwiegen denn alle, auch der Germane und der Gallier, als man sich in dem großen Raum um den eichenen Tisch versammelte. Frei-Atto hatte angeordnet, ein reiches germanisches Frühstück zu decken, und so befanden sich auf dem Tischtuch gekochte Hühnereier, Stücke von Schinken und Käse, dazu Brot, Wasser und eine Karaffe Wein.
»Du solltest essen, Legat!« bemerkte Frei-Atto eindringlich und verständnisvoll in einem. »Du wirst in den nächsten Stunden und Tagen viel Kraft und klaren Verstand brauchen!«
»Ja, natürlich«, nickte Gaius und schnitt sich mit seinem Dolch Stücke vom Schinken und Käse ab. Die übrigen folgten ihm und saßen alle eine Weile stumm, kauend, trinkend, zugleich mit ihren Gedanken ganz bei der anderen, schrecklichen Sache. Jeder suchte verzweifelt nach einem Mittel, einer Finte, mit der man Ambiorix beikommen könne, ohne Titus Volcatius zu gefährden.
Schließlich sagte Frei-Atto: »Aus der zögernden Antwort und der Angabe von sechs Stunden ist zu schließen, daß dein Bruder, Legat, sich auf dem anderen Ufer befindet.«
Gaius nickte.
Frei-Atto fuhr fort: »Es würde wenig Zweck haben, Suchtrupps hinüberzuschicken, da sie kein Zwangsmittel haben, an deinen Bruder ohne Gefahr für sein Leben heranzukommen.«
»Aber wir könnten doch«, schlug Cornificius vor, »das andere Ufer

beobachten lassen. Dann wissen wir wenigstens, an welcher Stelle sie übersetzen, und können daraus eventuell unsere Schlüsse hinsichtlich des Verstecks ziehen.«
»Nein«, entgegnete Frei-Atto ruhig. »Mit Sicherheit werden sie nicht in der Nähe des Verstecks übersetzen. Bitte, Commius, was ist deine Meinung?« Er fragte den Atrebaten mit betonter Höflichkeit.
Und dieser: »Ich stimme dem, was Frei-Atto sagt, zu. Wir können nur abwarten. Wir müssen versuchen, Ambiorix hinzuhalten. Wir müssen Zeit gewinnen, um kluge Gegenmaßnahmen ergreifen zu können.«
Commius blieb ganz ruhig, nur die Narbe an der Wange war gerötet.
Wieder grübelten alle über die Möglichkeiten nach, dann meinte Cornificius: »Was der Fürst sagt, ist richtig. Nur im Zeitgewinn liegt für uns eine Möglichkeit, das Versteck oder die Verstecke zu finden; ich gehe davon aus, daß sie den Ort dauernd wechseln – in der Annahme, sich dadurch vor unseren Erkundigungen absichern zu können. Gerade das aber wird uns auf ihre Spur bringen.«
Titus Balventius räusperte sich und erklärte mit seinem tiefen Baß: »Ich hatte zunächst daran gedacht, zwei Cohorten nach hier in Bewegung zu bringen. Aber ich vergaß, daß die Halunken drüben am längeren Hebel sitzen.«
»Aber«, schaltete sich nun Lucius Vorenus ein, »wir könnten dann doch immerhin herausbekommen, wo das Pack sich mit seinen Familien niedergelassen hat, und den Spieß umdrehen: Eure Frauen gegen den Legaten! Das müßte doch schon mit dem Hades zugehen, wenn das nicht klappt! *Ne vivam, si quid simulo!* – Ich will nicht leben, wenn ich das nur simuliere!« Dazu hob er zornig die Faust und drohte damit dem unsichtbaren Gegner.
Aber sein Kamerad Balventius entgegnete ruhig: »*Timeo.* – Das klingt mir bedenklich. Ambiorix kennt keine Skrupel. Ich habe ihn kennengelernt. Glaubt mir, er wird keinen Augenblick zögern, den Legaten zu töten, wenn er oder seine Leute in Gefahr kommen sollten. – Auch ich stimme dem Sohn des Fürsten zu.«
Er verbeugte sich leicht vor Frei-Atto und vertiefte dessen Vorschlag: »Mehr Männer, gar zwei Cohorten, wären uns nur hinderlich, da sie uns immer wie auf einem Tablett dem Feind zeigen. Wir sollten allerdings die Hilfe unserer Freunde, der Ubier, in Anspruch nehmen, die hier Weg und Steg kennen, wobei einige sich wahrscheinlich in den Wäldern

und Schluchten des jenseitigen Ufers genauso auskennen. Ich gehe ferner davon aus, daß unser *Freund* längst nicht bei allen Sugambrern und sonstigen transrhenanischen Stämmen mit loyalem Verhalten zu rechnen hat, daß er vielmehr zahlreiche Feinde hat, die nur allzu gerne auf die Stunde warten, von diesem Störenfried befreit, um nicht zu sagen, erlöst zu werden. Denn auch bei ihnen dürfte sich herumgesprochen haben, daß die römische Armee jederzeit in der Lage ist, eine Brücke über den Strom zu schlagen und drüben mit der gleichen – nun, sagen wir: Gründlichkeit zu operieren wie auf dieser Seite.«

Er hielt inne, blickte fragend in die Runde und erwartete beifällige Äußerungen oder Gesten, die denn auch kamen. Schließlich einigten sie sich, drei taktisch selbständig operierende Gruppen zu bilden, die gemäß den Verhältnissen und Bedingungen ihres Sektors an Ort und Stelle entscheiden müßten, was zu tun und zu lassen wäre. Man würde an einer geheimen Stelle, vielleicht einem Baum, unter einem Stein oder an anderem Ort, schriftliche Nachrichten hinterlegen für die beiden andern Gruppen. Sollte dies nicht möglich sein wegen zu großer Entfernung von diesem Ort, dann sollte man nach spätestens einer Woche in die Siedlung der Ubier umkehren und die Rückkehr der Kameraden abwarten.

Die nächsten Stunden brachten alle in großer innerer Anspannung hinter sich, und die Wachen an den Toren hatten alle paar Augenblicke die gleiche Frage zu beantworten: »Kommen sie?«

Exakt mit Beginn der siebten Stunde – es war die zwölfte des Tages[64] – näherte sich von Süden ein Reiter. Er hob den Arm, und man ließ ihn ohne weiteres passieren. Bei sich trug er einen Fetzen Papyros, den er C.V.T. übergab. Darauf war mit schwarzem Stift, wahrscheinlich Holzkohle, in kapitalen Buchstaben geschrieben:

VOLUNTARIUS SCRIPTOR
VIVO
NOLI AGERE

Gaius las und übersetzte für die Germanen: »Ich schreibe aus freiem Willen.[65] Ich lebe. Nicht verhandeln!«

Er reichte das Blatt den römischen Freunden und wandte sich dann an den Boten: »Sage deinem Fürsten: Diese Mitteilung hat für mich keinen

Wert, da sie gefälscht sein kann. Sage ihm, ich brauche andere Versicherungen und Belege, daß der Legat noch am Leben ist. Man soll ihn fragen: An welchem Tage ist unsere Mutter gestorben?«
Der Gesandte nahm dies scheinbar unbeteiligt zur Kenntnis, sagte aber: »Die Antwort wird man dir erst morgen geben können.«
»Einverstanden.«
Der Bote machte kehrt und ritt davon.
Cornificius, der alles neben Gaius stehend verfolgt hatte, ereiferte sich: »Was brauchst du weitere Beweise? Es ist doch sowieso klar, daß Titus lebt! Oder?«
»Sicher«, nickte Gaius. »Ich will Zeit gewinnen.«
»Währenddessen schleppen sie ihn immer tiefer in die Hercynischen Urwälder. Du hast doch gehört, daß er sagte, es würde nun bis morgen dauern.«
»Bestimmt eine Finte von ihm!« rief nun Balventius.
Gaius nickte, betrachtete dabei mit geradezu professoralem Interesse das Blatt. Es war nicht nur schwarz bekritzelt, sondern enthielt an mehreren Stellen ocker- bis rotfarbene und hellgraue Flecken. Gaius nickte und reichte den Zettel Frei-Atto.
»Fällt dir irgend etwas an dem Blatt auf?«
Frei-Atto schaute es genau an und gab es zurück. Er antwortete mit einer Gegenfrage: »Was meinst du? Die Kohle? Die Flecken?«
»Ja, und ich denke, daß der Legat Titus Volcatius sie mit Absicht angebracht hat.«
Frei-Atto blickte hinüber, nach Osten, folgte der fernen Horizontlinie, bis sie von den Kuppen der Sieben Berge am Rhenus unterbrochen wurde. Dann stellte er sachlich fest: »Ambiorix lügt. Er könnte dir heute abend bereits die Botschaft übermitteln lassen.«
Cornificius wurde neugierig. »Woher willst du das wissen?«
»Ich denke«, ergänzte Gaius, »daß unser Freund Frei-Atto ähnliches im Sinn hat wie ich.«
»Nämlich?«
»Nun, eh, die Kohle da ist keine normale Kohle, wie sie an jedem offenen Feuer entsteht. Es handelt sich um Kohle, wie sie in den riesigen Meilern der Köhler hergestellt wird.«
Nun wandte sich Gaius direkt an Frei-Atto: »Befinden sich auf der an-

deren Seite, im Gebiet der Sugambrer, solche Plätze mit Meilern, von Köhlern errichtet und betreut?«

»Ja, so ist es.«

»Und gibt es in der Nähe oder am gleichen Ort große Lehm- und Tonvorkommen? Gibt es in der Nähe germanische Töpfereien?«

Gespannt schauten alle Frei-Atto an.

»Ja, so ist es.«

Gaius blickte mit einem optimistischen Lächeln in die Runde. Cornificius sagte: »Gut, daß du den Mann zurückgeschickt hast. So sind wir außerhalb jeden Verdachtes, etwas vom Aufenthaltsort zu wissen.«

Dieser unerwartete Hoffnungsschimmer ließ aller Erwartungen steigen, und auf der Stelle besserte sich die Stimmung. Unverzüglich machten sie sich an die Einteilung der drei Trupps, sorgten für Verpflegung, teilten Freiwillige der Ubier ein, die als Führer und Fährtenleser dienen konnten, und hatten das alles nach einer knappen Stunde erledigt. Gaius überlegte, ob er den Proconsul vom Stand der Dinge benachrichtigen sollte, unterließ es dann aber, um den Feldherrn nicht unnötig zu beunruhigen, zum andern, weil er davon ausging, er werde ohne seinen Bruder nicht zurückkehren.

Frei-Atto bestand darauf, die Expedition zu begleiten. Er teilte einige zuverlässige Männer ein, die in der Siedlung während seiner Abwesenheit das Sagen haben und die auch die Antwort des Boten morgen entgegennehmen sollten. Dann brachen sie auf.

Es war von vornherein klar gewesen, daß sie, wenn sie noch an diesem Tage aufbrechen würden, nicht alle hier in Höhe der Siedlung den Strom überqueren dürfen; es würde mit größter Wahrscheinlichkeit von sugambrischen Spähern oder solchen des Ambiorix beobachtet und ihren Führern gemeldet werden. So hatten sie sich darauf geeinigt, daß nur ein kleiner Trupp unter Frei-Atto mit zwei Booten hier übersetzen würde, während das Gros sich zunächst vom Fluß nach Westen zurückziehen und erst in einer Entfernung, die die Beobachtung vom anderen Ufer unmöglich machte, parallel zum Rhenus nach Süden reiten sollte. Da die Auenwälder sich ohnehin schon wenige Meilen stromaufwärts wieder dem Flußufer näherten, konnten sie auf einen größeren Umweg verzichten.

Während des Ritts erfuhr Gaius, daß die Ubier in unregelmäßigen Abständen befestigte kleine Forts am Fluß angelegt hatten, deren Bewohner jederzeit bereit waren, Stammesangehörige, die in ihrer Nähe siedelten, schnell über den Fluß zu bringen oder vom anderen Ufer herüberzuholen.

Je mehr sie nach Süden ritten, um so deutlicher traten allmählich einige Bergkuppen von der anderen Stromseite in den Blick, und Commius, ein Kenner dieser Landschaft, wußte von geheimnisumwitterten heiligen Stätten auf den Gipfeln dieser steil vom Fluß aufragenden Berge zu berichten.

Einige Meilen unterhalb der Berge, etwa an der Stelle, wo der Strom das eng eingeschnittene Tal seines Mittellaufes verließ, wollten sie übersetzen. Sie waren nun schon zwei gute Stunden fast ununterbrochen im Trab geritten, und Commius mahnte: »Langsam! Wir haben Zeit genug. Wir sollten die Tiere und uns nicht hetzen. Dazu wird später, wie ich fürchte, noch oft Gelegenheit sein.«

Sie näherten sich dem Fluß, ritten im Schutz der Uferbäume und Büsche und erreichten eine Viertelstunde später die kleine Siedlung, die nach der gleichen Art befestigt war wie jene, die sie verlassen hatten. Man hatte von den streunenden Horden des Ambiorix gehört und hielt auch hier die Tore geschlossen; doch die Posten erkannten die ubischen Führer und ließen den Trupp hinter die Palisade.

Obwohl man sich unverzüglich daranmachte, alle in der Nähe verfüg-

baren Boote und Flöße zusammenzuholen, reichten diese jedoch nicht aus, alle Reiter und Pferde aufzunehmen und sie mit einem mal überzusetzen, selbst wenn man die Tiere nebenher schwimmen ließ. Also schickten sie erst die Hälfte hinüber und ließen die Männer drüben einen Brückenkopf bilden, um einen etwaigen Angriff abzuwehren. Dann folgte die zweite Abteilung nach.
Dies alles ging ohne Zwischenfälle reibungslos vonstatten, nur Aiax, der Molosser des Alexandros aus Theben, wollte nicht ins Boot klettern.
»Du mußt ihm durchaus gut zureden!« schlug Archelaos vor, der, mit Gaius' Hector an der kurzen Leine, bereits im Boot saß.
»Ko-homm... komm! Nun komm, mein Kleiner!« lockte Alexander, doch der riesige Hund machte keine Anstalten zu folgen.
»Komm, lieber Junge, komm! Wenn du als solches auf der andern Seite bist, hat Herrchen auch was Feines... Ko-homm!«
Aiax rührte sich nicht. Urplötzlich ging das Gewitter nieder: »Herhören! Blöder Hund! Entweder du kommst jetzt, oder du wirst als solches zu Fuß nach Rom zurücklaufen. Verstanden!? Aber ohne mich! Verstanden! Saublöder Hund!«
»Das kommt davon«, rief Cornificius, »daß du ihn zu wenig wäschst! Er ist nur wasserscheu.«
»Du mußt ihn schieben!« meinte ein Legionär.
Alexander, der nun doch zunehmend das Gefühl hatte, daß man sich über ihn lustig mache, brüllte den Mann an: »Herhören! Nur reden, wenn gefragt! Verstanden! Name!«
Der Mann blickte überrascht in die Runde, kam aber nicht zu irgendwelchen verbalen Reaktionen, weil Alexander schon wie ein Blitz aus heiterem Himmel neben ihm stand, ihn unter grimmig zusammengezogenen Brauen maß und donnerte: »Du hast wohl ein nasses Plätzchen in den Sandalen, wie!«
Der Mann kicherte und griff mit der Rechten nach seiner Nase.
»Nimm die Finger aus der Nase, wenn ich mit dir rede – oder ich reiß' dir den Arm ab! Herhören! Man erzählt hier, ich sei der Bruder des Charon. Falsch! Ich bin es selber!«
Ein homerisches Gelächter brach im Umkreis der Zuhörer – auch Vorenus und Balventius befanden sich unter ihnen – los, nur der angesprochene Legionär wußte nicht, was er dazu sagen sollte, und grin-

ste still vor sich hin, halb verlegen, halb belustigt, noch unentschlossen, welche Empfindung die Oberhand gewinnen würde.
»Du darfst mir selbstverständlich Ratschläge geben«, fuhr Alexander fort, »das wird dir, außer mir, keiner übelnehmen. Herhören! Wage es nicht fürderhin, den göttlichen Aiax eines Ratschlages zu befinden, dergestalt er nur von mir, Alexandros, Sohn des Alexandros aus Theben, solche in Anspruch nimmt! Seit wann dienst du?«
»Wie? – Seit fünfzehn Jahren.«
»Wo?«
»Wo? ... In Spanien, in Gallien, in Italien.«
»Name?«
»Exemplarius!«
»Wohl'n Witz, wie? – Na ja, keiner kann dafür, wie er heißt. Werde dich lobend erwähnen. Rom braucht solche Männer! Faß an!«
»Wie?« Dann nickte er eifrig und packte vorsichtig und mißtrauisch den Hund an. Anscheinend fürchtete er sich vor ihm; doch Aiax blieb ruhig.
Gemeinsam bugsierten sie dann das große Tier – Aiax hatte immerhin schon fast das Gewicht eines erwachsenen Mannes – ins Boot. Einer der Germanen, der im nächsten Boot saß, ließ sich von Gnaeus Pompeius, dem Dolmetscher, den Dialog übersetzen und fragte den ihm zunächst sitzenden Optio:
»Sag mal, dieser Sohn aus Theben... ist der nicht ganz richtig hier oben?« Er wies mit dem Zeigefinger auf seine Stirn und führte eine bohrende Bewegung aus.
Doch der Mann lachte kurz und laut auf; dann schüttelte er sehr energisch den Kopf:
»Keineswegs, mein Junge. Einer der Besten von Volcatius' Leuten! Hat seinem Herrn schon mehrmals das Leben gerettet! Ist mit Caesar befreundet!«
»Sooo?« staunte der andere. »Und ich dachte...« Doch in seiner eigenen Sprache ging ihm durch den Kopf: *Wat et nit all jit!*[66]

Auf der anderen Seite wurde nichts Auffälliges bemerkt. Sie berieten kurz und einigten sich dann, fürs erste gemeinsam zu operieren, da man ein bestimmtes Ziel vor Augen hatte. So teilten sie sich also nicht und ritten

gemeinsam in der Talaue der Siga eine weitere halbe Stunde ostwärts. Dann ließ Gaius anhalten, sichern und die Führer zusammenrufen.
»Vielleicht wäre es gut gewesen, den Boten bei der Ubiersiedlung abzufangen oder ihn bei der Rückkehr beobachten zu lassen«, meinte Cornificius.
Gaius schüttelte den Kopf. »Du kannst davon ‚ausgehen, daß man ihn auf Schritt und Tritt beschattet hat, eben um sicherzugehen, ob er von uns verfolgt und beobachtet wird. Man hätte ihm in diesem Fall durch geheime, vorher abgesprochene Zeichen zu verstehen gegeben, den Weg zu ändern.«
»Dann sollten wir jedenfalls jetzt Späher ausschicken!« beharrte Cornificius, und Gaius lächelte ihm zu: »*Recte iudicas.* – Du hast recht. Und du wirst deren Anführer sein!«
»Hm. – Meinetwegen. *Amber instat.* Wir werden bald Regen haben.«
Auch Gaius blickte zum Himmel, nickte dann und rief den Legionären zu: »Baut die Zelte auf. Wir werden hier übernachten.«
»Was? Hier?« fragte Alexander. »Ganz am Rande von Germanien?«
»Natürlich. Erst wenn wir von dir, Archelaos, Commius und Cornificius Genaueres wissen.«
Da sprang Alexander auf Gaius zu, starrte ihn mit erwartungsfrohem Gesicht an und fragte ihn, vorgebeugt und mit schräg gehaltenem Kopf: »Kleiner Spähtrupp gefällig, Herr?«
»*Sic est.* – So ist es.«
»Dann sollten wir durchaus die beiden lieben Hündchen mitnehmen, Herr. Sie haben eine unbedingte Nase für germanische Knaben.«
»Meinetwegen.«
»Sie freuen sich Anbetracht dessen schon darauf. Archelaos?!«
»Wie? – Ja, ihr gutes Recht!«
»Werde ihnen noch den Unterschied zwischen Sugambrern und Ubiern beibringen müssen. Lernen aber schnell. – Archelaos?!«
»Wie? – Sicher, wie ihr Herrchen.«
Alexander stutzte: »Wenn du die göttlichen Hunde beleidigen willst, kannst du haben!« - Und er schritt mit gehobenen Fäusten auf den Kilikier zu.
»*Mitte iocos!* – Laß den Quatsch!« befahl Gaius ganz ruhig und seufzte.
»Na, dann eben nicht...« brummte Alexander, behielt aber die Schul-

tern oben und wandte sich wieder dem Kilikier zu: »Hüte deine Zunge, alter Pirat! Tiere sind tragend!«
»... nachtragend!« verbesserte Cornificius.
»Eben! Und besonders so zarte Hündchen wie Aiax! Kannte da mal einen Sterblichen namens Corruptus, der hütete seinen Hund wie deinen Augapfel.«
»... deinen!« nickte Archelaos.
»Wie? – Sag' ich doch.!«
Und Archelaos: »Nein, du hast gesagt: deinen!«
»Werde doch noch mein und dein bei gewissen Äpfeln unterscheiden können!«
»Schluß jetzt! Verdammt noch mal! Ich glaube, selbst wenn die heilige Erde sich vor euch auftäte und der Geist deiner Mutter erschiene, würdet ihr noch über Aug- und Pferdeäpfel reden und aufeinander losgehen.«
»Herr!« Nun motzte er wirklich. »Damit spaßt man nicht!«
»Womit?«
»Mit mütterlichen Geistern und Pferdeäpfeln.«
Gaius blickte mit zusammengepreßten Lippen in die Runde und sah, wie sich alle nur mit Mühe eines homerischen Gelächters erwehren konnten.
»Also gut. – Herhören!«
Alexander reckte sich zu voller Größe und überragte, wie immer, alle Anwesenden um Hauptеslänge.
»Ihr werdet versuchen, den Platz, an dem oder in dessen Nähe der Legat Titus Volcatius festgehalten wird oder wurde, zu finden. Der Praefect Quintus Cornificius hat das Kommando. Seid vorsichtig. Beobachten ist wichtiger als Handeln. Wiederholung!«
Das war an Alexander gerichtet, und der repetierte: »Platz versuchen! Legat festhalten! Feststellen, ob Kommando! Wiederholung! Praefect beobachten!«
»Sehr korrekt! Wegtreten!«
Die vier machten sich unverzüglich auf den Weg, während die Legionäre begannen, die Lederzelte aufzustellen, wobei ihnen die Ubier gerne halfen, da sie davon ausgingen, ebenfalls darin übernachten zu dürfen.

21

Commius, der die Gegend gut kannte, machte fürs erste den Führer. Er hielt sich möglichst abseits der Wege, die die wenigen sugambrischen Siedlungen im Tal miteinander verbanden, und wählte Höhenwege südlich der Siga, die kaum von Wildwechseln zu unterscheiden waren, so schmal waren sie und lagen fast immer im Dickicht der Waldränder verborgen. Ein Ortsunkundiger hätte sich hier hoffnungslos verlaufen.
Da sie beide Hunde dabeihatten – die Molosser galten als die besten Fährtensucher unter allen Rassen, und viele bezeichneten sie darum mit dem schrecklichen Wort »Bluthunde«, das allerdings den falschen Eindruck grausam wilder, vampirhafter Blutgier und Mordlust erweckte –, waren sie vor plötzlichen Überraschungen einigermaßen sicher, da beide Rüden augenblicklich Laut gäben, wenn sie tierische oder menschliche Ausdünstungen in der Nase verspüren würden. Gesprochen wurde nicht.
So erreichten sie allmählich die das Tal begleitenden Höhen, der Wald wurde dichter und unzugänglicher, und sie kamen mit den Pferden nur noch langsam vorwärts.
»Wie weit ist es noch?« fragte Cornificius den Commius.
»Nicht mehr weit. Achtet von nun an besonders auf die Hunde!«
Sie taten es, doch die beiden zeigten die nächste Viertelstunde über keine auffällige Regung. Als diese dann kam, hatten sie selbst ebenfalls den Brandgeruch in der Nase.
Commius gab das Zeichen zum Anhalten.
»Absitzen!« Er sagte es fast unhörbar leise.
Sie folgten alle der Anweisung. Nun schnupperten auch die Hunde am Boden und zerrten an den Leinen. Sie folgten ihnen. Schon nach wenigen Schritten zweigte links ein Pfad ab, und die Hunde zerrten in die neue Richtung. Es ging wieder abwärts, in ein V-förmiges Tal, bewachsen mit herrlichen Buchen, Eichen, Ahornbäumen; dazwischen allerlei Nadelbäume, unter denen besonders etwa hundertjährige Tannen auffielen, denn nach Westen, zur Wetterseite hin, wucherten wie grünsilbrige Bärte Flechten an den Zweigen.
Der Pfad war längst nicht mehr zu erkennen, da das Unterholz zwischen den hochschattigen Baumriesen nicht zum Auswuchs kam. Man konnte nach Belieben den Fuß ins weiche Laub des Waldes setzen. Dennoch

behielten Hector und Max die Nasen am Boden und zerrten unaufhörlich weiter.
Sie erreichten die Sohle, ließen Hunde und Pferde am kristallklaren Wasser des Baches trinken und überquerten das Gewässer. Jetzt mußten sie eine Weile warten, bis die Hunde, die sich zunächst im Kreise bewegten, die alte Spur wiedergefunden hatten, welche nun bachaufwärts lief. Der Brandgeruch war völlig verschwunden, aber das mußte nichts bedeuten, da der Wind in diesen Tälern und Höhen, von natürlichen Hindernissen abgelenkt, oft seine Richtung änderte. Das Zerren der Hunde nahm zu, also mußte die Spur deutlicher geworden sein.
Vor Eifer begannen Max und Hector zu jaulen, verlangten, daß man ihnen schneller folgte; also liefen sie mehr, als sie gingen, und erreichten schließlich eine Lichtung, ein Rechteck von vielleicht einem Stadion Länge; während die Breite etwa zwei Drittel der Länge ausmachte.
Obwohl die Hunde kaum noch zu zügeln waren, hielten die vier an, gaben den Molossern den strikten Befehl, Platz zu nehmen – sie gehorchten beide –, und blickten über die Wiese nach Süden. Hinter niedrigem Buschwerk stieg weißlicher Rauch auf. Sie beobachteten und lauschten. Es war und blieb still. Kein Mensch, kein Tier regte sich. Nur der im Winde sich drehende Rauch gaukelte Leben vor. Doch sie waren sich dessen nicht absolut sicher; alle hatten sie das Gefühl, auf Außerordentliches zu stoßen. Sie warteten und beobachteten, um sicherzugehen, doch es blieb ruhig.
Nun befahl Cornificius: »Commius! Archelaos! Ihr nehmt den rechten Waldrand! – Alexander, Folgen!«
Sie teilten sich und näherten sich im Sichtschutz des Buschwerks von zwei Seiten der verdächtigen Stelle. Erst als sie bis auf zwanzig Schritt heran waren, sahen sie die Ursache des Rauchs: Es waren die letzten Reste einer Hütte, die hier zu weißlicher Asche verglühten.
»Sollte durchaus verboten werden, solche Häuschen in hübschen Wäldern zu verbrennen. Archelaos?!«
»Wie? – Sicher!«
Sie suchten die Umgebung der Feuerstelle ab, fanden aber nichts.
»Aiax! Such! Hector! Such!« befahl Alexander, und die Hunde begannen, die Nase am Boden, mit einer genauen Erkundung des Platzes, wedelten dabei eifrig mit dem Schwanz, und Alexander wußte, daß sie bald eine Spur zu melden hätten.

»Weiter so! Werde euch lobend erwähnen. Ruhe! Dissiplin! Rom braucht solche Hunde!«
Sie stürmten davon, in den Wald, den Hang aufwärts, und Alexander hinterher.
»Was ist denn da oben!« rief er ihnen zu. Hector und Max waren hinter dichten Sträuchern verschwunden und gaben Standlaut. Sie mußten etwas gefunden haben. Keuchend kam Alexander heran und sah ihn: Der Mann lag, halb auf der Seite, am Boden.
»Aiax! Hector! Zurück! Platz!«
Sie kamen heran, er lobte sie, kraulte sie abwechselnd hinter den Ohren und tätschelte ihnen die Flanke.
»Brav! Sehr brav! Wegtreten!« Gemächlich bewegten sie sich zur Seite, um sich dann schwer hechelnd hinzulegen.
»Na also...«, brummte Alexander, beugte sich über den Mann, betrachtete genau die Gestalt des Liegenden und kommentierte sein Tun, wie so oft, mit Selbstgesprächen: »Scheint durchaus noch sterblich zu sein, der Knabe... Scheint nur etwas wenig Luft zu haben ... Gefällt mir gar nicht, daß er so schweigsam ist.«
Dann untersuchte er ihn, so gut das ging, ohne ihn in eine andere Lage zu bringen, sah dann auch die schwere Wunde am Bein und erkannte, daß der Mann viel Blut verloren haben mußte. Mittlerweile waren die andern drei herangekommen.
Alexander meldete: »Ein Sterblicher als solcher, Praefect! Kurz vor dem Aufbruch in den freudlosen Hades! Sollte uns aber an sich durchaus gelingen, ihn von der Reise abzuhalten, dergestalt wir uns um sein wohles Vergehen kümmern!«
»Wohlergehen!« verbesserte Cornificius und betrachtete die Gestalt. »Ein Germane aus dem Stamm der Sugambrer?«
Die Frage war an Commius gerichtet.
»Ja, Praefect.«
Als erstes schnitten sie von den riesigen Haselnußsträuchern mehrere Stangen ab und fertigten eine Trage an, die sie mit Reisig fütterten, so daß der Mann einigermaßen beim Transport gefedert wurde. Verschiedene Seile, Kordeln und Riemen hatten sie in den Satteltaschen ihrer Pferde, und so würde das Gestell, so klobig es auch aussah, die Belastung doch aushalten können.
Zunächst aber machte sich Commius an die Untersuchung der Wunde.

»Er hat zwar viel Blut verloren, aber er dürfte durchkommen. Falls sie sich nicht entzündet.«
Dann schickte er Archelaos und Alexander in den Wald, gewisse Kräuter zu holen, legte dann einen Wundverband an, schiente das Bein mit vier Haselstöcken und Schnüren, damit es der Verletzte nicht unwillkürlich bewegte und so die Wundpackung aus der Lage brachte. So trugen sie ihn vorsichtig bis zum Rand der Lichtung hinunter und legten ihn auf den Boden. Nun erst bemerkten sie, etwas abseits hinter einzelnen Büschen, einen begonnenen Meiler; das in Stücke von gleicher Länge gesägte und mit der Axt gespaltene Holz lag im Kreise bis zu einer Höhe von etwa sechs Fuß gestapelt. Dahinter zeichnete sich unter der aufgeworfenen Erdschicht die Halbkugel des zum Verkohlungsprozeß fertiggestellten Holzstapels ab. Und nicht weit davon entfernt lagen Haufen von Holzkohle, sortiert nach der Größe der Stücke.
»Das kann er unmöglich alles allein gemacht haben!« bemerkte Cornificius.
Doch Commius erklärte: »Das glaube ich schon. Ein Köhler ist ein Mann, der am liebsten allein mit sich und den Göttern arbeitet. Wir müssen sehen, daß wir ihn zum Bewußtsein bringen.«
Archelaos hatte schon längst den Weinschlauch von seiner Satteltasche gelöst, kam heran, kniete nieder und versuchte, dem liegenden Köhler etwas von diesem Lebenselixier einzuflößen.
»Sei vorsichtig, daß er nicht erstickt! Warte!«
Commius legte sich behutsam über den Brustkorb des Mannes – er stützte sich am Boden ab, um ihn nicht mit seinem Gewicht zu beengen – und lauschte. Dann nickte er bedächtig, stand auf und sagte: »Er lebt. Das Herz schlägt ruhig, aber zu langsam.«
Dann half er dem Archelaos bei dem geduldigen Versuch, einige Schluck des Weines in den Mund des Liegenden zu bringen. Zwar lief ein Teil stets wieder heraus, aber nach wiederholten Versuchen reagierte der Schlund des Ohnmächtigen auf den Reiz des Getränks; der Verwundete schluckte mehrmals. Und als er dann zu husten begann – einige Tropfen waren in die Luftröhre gelangt –, rief Alexander: »Hättest du göttlichen Falerner als solchen, könnte er durchaus wieder reden! Archelaos?!«
»Es ist Falerner[67]!«
»Na, dann eben nicht ...« Doch sein Interesse an der nun wohl einsetzenden Auferstehung war zu groß, als daß er beleidigt hätte Schultern,

Kopf und Rücken hängen lassen. Statt dessen tönte er: »Kenne nämlich Falerner! Rieche ihn schon auf hundert Stadien! Schon mein Großvater hatte nämlich eine gute Nase. Hätten ihn ohne weiteres als Spürhund hier einsetzen! Roch, daß es eine Freude! Riecht nun nur noch im Hades herum.«

Die übrigen drei warfen sich stumm, mit zusammengekniffenen Lippen, einen Blick zu, schwiegen aber.

»Er kommt!« rief Alexander unbeeindruckt.

»Wer?« Cornificius blickte um sich.

»Er kommt als solcher zu sich.«

Der Mann regte sich. Er bewegte die Lippen. Die Augen schienen unter den Lidern zu rollen. Der Brustkorb hob und senkte sich sehr gleichmäßig.

»Er macht seinem Namen durchaus keine Ehre! Na also!«

Commius erhob sich, blickte den Archelaos und dann den Cornificius fragend an, und Archelaos erklärte: »Der edle Alexandros meint, daß er nicht sterben wird.«

»Wie? – Ach ja...« Commius mußte lachen und klopfte Alexander auf die Schulter, wozu er sich allerdings gewaltig strecken mußte. »Hast eine zwar seltsame, aber doch treffende Art von Humor!«

Alexander faßte das als Lob auf und strahlte. Cornificius und Archelaos aber stellten wieder einmal im stillen fest, daß es dem Sohn aus Theben stets gelang, jeden Fremden, so er mit ihm längere Zeit zu tun hatte, für sich einzunehmen, selbst einen so humorlosen Menschen wie Commius.

Sie warteten geduldig, beobachteten jede Regungen des Verwundeten, hielten gleichzeitig die Lichtung, den Wald und seine Ränder um die freie Fläche im Auge. Endlich schlug er die Augen auf und suchte sich zurechtzufinden, zu erinnern; doch dauerte es eine ganze Weile, bis Bewußtsein und Wille von seinem Körper wieder Besitz ergriffen hatten. Dann aber fixierte er mit erstauntem Blick die vier Gesichter, die sich über ihn gebeugt hatten, und man sah ihm an, daß er unschlüssig war, sie als Freund oder Feind zu deuten. Da stieß Cornificius den Commius an, und der Atrebate begann in sugambrischer Mundart, fragte ihn nach Namen, Örtlichkeiten, vor allem aber nach dem, was hier vorgefallen war. Schließlich bat er ihn, falls er könne, gallisch zu sprechen, damit die anderen drei Zuhörer ihn verstehen konnten. Der Mann – er

nannte sich Fiado – gab mit leiser Stimme Bericht, immer wieder unterbrochen von stummen Pausen, um zu Kräften zu kommen:
Heute morgen sei eine Streifschar Eburonen vorbeigekommen; sie hätten ihm, ohne viel Worte zu verlieren, all seine Vorräte an Lebensmitteln genommen; als sie sich dann aber an seine Ziegen machten, habe er sie gebeten, dies doch sein zu lassen; sie hätten aber nur hämisch gelacht; da habe der Zorn ihn überwältigt, und er sei auf sie losgegangen; das aber sei ihm schlecht bekommen, da sie zu mehreren auf ihn losgegangen und einer von ihnen ihm mit der Lanze sein Bein schwer verletzt habe, ein anderer ihn mit irgend etwas gewaltig am Kopf getroffen habe; mit letzter Kraft sei er in den Wald geflüchtet, sie seien auch nicht hinter ihm hergekommen, sondern hätten ihn nur ausgelacht. Er müsse dann wohl ohnmächtig geworden sein, denn er wisse nichts von dem Augenblick an, da er in den Wald gelaufen sei, bis zu dem Zeitpunkt, da er wieder zu sich gekommen.
»Kanntest du einen der Burschen?« fragte Cornificius.
»Nein.«
»Woher wußten sie, daß du hier bist?«
»Das weiß ich nicht. Es kann Zufall gewesen sein. Sie können aber auch gewußt haben, daß ich hier werke und lebe.«
»Aber du bist sicher, daß es Eburonen waren?«
»Ja. Ich kenne ihre Sprache.«
»Haben sie dir etwas gesagt? Ich meine, gaben sie einen Grund an, warum sie deine Hütte verbrannten?«
Fiado zögerte. Es schien große Angst über ihn zu kommen. Die vier bemerkten dies, und Commius nickte ihm freundlich zu, sagte dann:. »Du bist bei uns sicher. Wir werden dich mit in unser Lager nehmen und gesundpflegen. Hast du eine Frau?«
Er nickte.
»Kinder?«
Er nickte. »Zwei. Ein Junge und ein Mädchen. Zwei andere…«
Cornificius sagte: »Du darfst uns nichts verheimlichen. Es ist nur zu deiner Sicherheit und dem Vorteil deiner Familie, am Ende auch deiner Sippe!«
Der Mann überlegte, blickte dann Cornificius an und sagte: »Sie wurden vor Jahren geraubt.«
»Von Eburonen?«

»Ja.«
»Und deine Frau?«
»Sie lebt unten im Dorf.«
»Bringt sie dir schon mal das Essen?«
»Ja. Sie müßte.« Er stutzte, der Schreck stand ihm im Gesicht, er richtete sich auf und stammelte: »Dann... dann... dann ist sie ... wo ist sie?«
»Beruhige dich, Fiado!« sagte Cornificius. »Wir sind deine Freunde. Wir werden klären, ob deine Frau hiergewesen ist. Wie weit ist es bis zu deinem Dorf?«
Da rief er unerwartet: »Nein! Ihr dürft nicht zum Dorf! Man...«
»Warum? Was ist mit deinem Dorf?« fragte Cornificius, obwohl er die Zusammenhänge ahnte.
Doch da kam große Schwäche über den Mann, er sank zurück, begann zu jammern und verlor schließlich wieder sein Bewußtsein. »Kommt! Bringen wir ihn ins Lager!«
Da sie nun die Wege kannten, ging es schneller, zumal sie die primitive, aber stabile Trage zwischen zwei Pferden an langen Stangen befestigt hatten. Fiado erlangte zwar auf halbem Wege wieder das Bewußtsein, aber er schwieg und blickte nur mit müden Augen in das Spiel von Licht und Schatten der schon herbstlich verfärbten Blätter.

22

Sie erreichten das Lager bei hereinbrechender Dunkelheit. Der verwundete Fiado wurde nun fachmännisch versorgt von einem Optio, der in seiner Legion früher einmal Gehilfe des Militärarztes Hipparchos[68] gewesen war und schon schlimmere Fälle gesehen hatte. Gaius befahl ihm, alle zwei Stunden nach dem Verwundeten zu schauen. Dann setzte er sich zusammen mit Cornificius, Balventius, Vorenus, Commius, Alexander und Archelaos ans Lagerfeuer, das bei kleiner Flamme gehalten wurde.

»Diese Eburonen reagieren wie gereizte Raubkatzen, die mit dem Rükken zur Wand stehen!« Commius stellte dies sachlich fest, und einige nickten beifällig.

Balventius ergänzte: »Wenn sie dermaßen in die Enge getrieben sind, wird ihnen der Bruder zum Todfeind, die Schwester zum Opfer, die Mutter zur Hauptschuldigen, weil sie sie geboren hat.« Die Art, wie er das sagte, zeigte, daß er eher eine Beschreibung seines eigenen Hasses auf die Eburonen gegeben hatte, und Gaius blickte einen Augenblick lang zu Cornificius hin, der seine Verwunderung über so barbarische Empfindungen bei einem Römer teilte, denn er hob wie resignierend beide Schultern.

»Man müßte feststellen« meinte Vorenus, »welche Stämme weiter nach Osten wohnen und wie ihr Verhältnis zu denen hier am Rhenus ist, dann könnte man gezielt vorstoßen und die Täler der von Osten kommenden Nebenflüsse nach und nach besetzen.«

»Das ist in der Tat ein Teil unserer Aufgabe«, erklärte Gaius.

So zog sich die Unterhaltung am Lagerfeuer hin, wechselte auf andere Themen, und im Nu waren anderthalb Stunden vergangen. Gaius erhob sich, um die Wachen zu kontrollieren, als der Mann, der den Fiado medizinisch versorgt hatte, eilig daherkam, Gaius in den Weg trat und flüsterte: »Legat! Bitte Meldung machen zu dürfen!«

Der offizielle Ton dieser Mitteilung ließ Gaius stutzen.

Er trat zur Seite, aus dem Lichtkreis des Feuers, und befahl, leise zu sprechen.

»Legat!« Der Mann machte eine Pause und schien ein schlechtes Gewissen zu haben, denn ehe er von der zu meldenden Angelegenheit sprach, brachte er schon eine Entschuldigung vor: »Es ist nicht meine

Schuld, Legat! Ich habe getan, was ich konnte, so wie du es mir befohlen hast!«
»Beim Styx! Was... wovon redest du denn?« fuhr Gaius ihn an.
»Der Sugambrer... der Mann, den man mir gebracht hat, ist tot.«
Gaius hatte dergleichen aus dem seltsamen Verhalten des Optio bereits geschlossen; er packte ihn fest am Arm und befahl leise: »Führ mich hin! Mach kein Aufsehen! Nimm eine Fackel oder Lampe mit!«
»Jawohl!« Der Optio entfernte sich.
Sie trafen am Verwundetenzelt zusammen. Gaius machte sich Vorwürfe, daß er keinen Posten davor aufgestellt hatte.
»Leuchte!«
Gaius ging zum Lager des Mannes, den man auf ein Fell in der Ecke gebettet hatte, und beugte sich über sein Gesicht. Es war bleich, aber nicht bleicher, als es ohnehin durch den Blutverlust schon war. Gaius richtete sich auf und befahl dem Optio: »Bleib hier! Laß niemanden zu ihm!«
Er verließ das Zelt, ging mit schnellen, großen Schritten zum Feuer, bat Commius leise zu sich und gab den anderen in sehr dienstlichem Ton den Befehl, sich in seinem Zelt zu versammeln. Erstaunt leisteten sie Folge, fragten aber nicht nach dem Grund.
Gaius teilte unterwegs dem Atrebaten den Tod des Köhlers mit und bat ihn dann, sich den Leichnam sehr genau anzusehen. Sie erreichten das Zelt. Commius bat den Optio, mit der Lampe zu leuchten, dann deckte er die Leiche auf und legte deren Körper frei. Er tastete den Leib ab, knetete ihn dann, und Gaius staunte über die augenscheinlich großen anatomischen Kenntnisse dieses Galliers. Commius deckte den Mann wieder zu, machte sich nun an die Untersuchung des Gesichtes, öffnete den Mund, roch an der Höhlung, zog die Lider in die Höhe und nickte.
Gaius, der mit wachsendem Argwohn der Untersuchung durch den Atrebaten gefolgt war, zog seine Schlüsse und herrschte den Optio scharf an: »Befehl! Du wirst mit niemandem über den Vorfall reden!«
»Jawohl, Legat!« Er stand stramm.
»Solltest du gegen diesen Befehl handeln, werde ich dich vor ein Militärgericht stellen! Verstanden!?«
»Jawohl!« Er war erschrocken, riß die Augen auf und schluckte. »Du wirst, falls du darauf angesprochen werden solltest, antworten, der Sugambrer sei an den Folgen des Blutverlustes gestorben. Im übrigen wirst du mir auf der Stelle melden, falls dich jemand danach fragt! Wegtreten!

Der Mann wird morgen bestattet!« Der Optio hatte zwar Mühe, das alles zu behalten, nickte jedoch eifrig. Sie verließen den Raum, und als Gaius mit dem Atrebaten allein war, fragte er ihn: »Welches Gift?«
»Das weiß ich nicht. Es muß sehr schnell gewirkt haben, was bei seinem Zustand kein Wunder ist. Wenn du mich fragst, müßte es ein Gift gewesen sein, das hier schnell zu beschaffen ist.«
Währenddessen hatten sie Gaius' Zelt erreicht und traten ein. Ohne lange Einleitung teilte Gaius den Versammelten mit, daß der Köhler vergiftet worden war. Sie reagierten seltsam – sie schwiegen. Gaius ahnte den Grund: Commius, der Atrebate! Man mißtraute ihm, und es waren besonders Balventius und Vorenus, denen die Skrupel im Gesicht geschrieben standen. Natürlich hatten sie aus ihrer Sicht, aus der Sicht der erfahrenen, langgedienten Truppenoffiziere, recht, wenn sie gegenüber dem Atrebaten Vorbehalte hatten; immerhin war Commius ein Gallier, der die Führung der römischen Armee schon oft zum Narren gehalten hatte. Aber Gaius legte etwas in die andere Waagschale: Er selbst hatte ihm schon dadurch sein Vertrauen ausgesprochen, daß er ihn mit auf diese Exkursion genommen und an allen taktischen Entscheidungen hatte teilnehmen lassen. Es bestand kein Grund, ihm das Vertrauen jetzt zu entziehen, selbst auf die Gefahr hin, daß er, Gaius, dadurch mit Balventius aneinandergeraten sollte. So sagte er mit großer Selbstverständlichkeit: »Commius ist der Überzeugung, daß der Sugambrer mit einem Gift beseitigt wurde, das sich hier leicht beschaffen läßt. Woran denkst du dabei, Commius?«
»Es könnte Eisenhut[69] sein, obwohl nur Kenner ihn zu dieser Zeit schnell finden würden. Seine Zubereitung als tödliches Gift dürfte allerdings nicht in ein, zwei Stunden gelingen. Wir verwenden Eisenhut oft zur Vergiftung von Wölfen, wenn sie in manchen Wintern zu aufdringlich werden.«
Er sagte dies mit entwaffnender Selbstverständlichkeit, so daß bei den beiden Römern leichte Verblüffung zu beobachten war.
»Es könnte sich eher um das Gift der Eibe oder vielmehr des Taxus, wie ihr den Baum ja nennt, handeln, zumal das Gift seiner Nadeln auf einen schwachen Körper wie den des Sugambrers absolut tödlich wirkt. Und der Taxus wächst ja hier überall.«
»Wie hat man es ihm denn einflößen können?« fragte Cornificius.
»Auf einen gesunden Menschen wirkt das Gift von fünfzig bis hun-

dert Nadeln schon tödlich. Allerdings ist auch hier eine gewisse Vorbereitungszeit notwendig. Der Stoff wird aus kleingequetschten oder zerriebenen Nadeln gewonnen.«

»Und du meinst, der Sugambrer hat diese Dosis von einem Fremden gereicht bekommen?« fragte Cornificius.

»Ich würde nicht sagen, von einem Fremden.«

»Was?!« fuhr Balventius auf. »Willst du damit sagen, daß hier im Lager, mitten unter uns, sich jemand befindet, der heimlich einen Sugambrer in den Hades schickt? Ich sehe keinen Sinn darin. Was meinst du, Vorenus?«

Vorenus antwortete nicht, sondern wiegte bedächtig das Haupt, meinte dann: »Du mußt kühlen Kopf bewahren, Balventius!« Die anderen nickten ihm beifällig zu. »Natürlich besteht auch die Möglichkeit, daß es ein Fremder war, der sich Eingang in das Zelt verschafft hat, aber das dürfte ihm nicht gut am hellichten Tag gelingen, es sei denn, er könnte sich unsichtbar machen. – Kurz, ich bin schon der Meinung, daß der Mörder sich im Lager befunden hat. Aber es wird sehr schwierig sein, seiner habhaft zu werden.«

Und in diesem Augenblick ging Gaius der Zusammenhang auf: »Für mich steht fest«, sagte er, »daß es sich dabei um den gleichen Mann handelt, der gestern nacht bei der Entführung meines Bruders beteiligt war.«

Er schaute in die Runde und beobachtete, wie seine Worte wirkten: Sie machten plötzlich alle sehr ernste Gesichter, starrten vor sich, sahen in ihrer Vorstellung Gestalten, Augen, sahen, wie der Verräter aus Verstecken alles beobachtete, seine Schlüsse zog, wie er sich Notizen machte, heimlich bei Nacht verschwand und sich draußen mit Boten des Feindes traf, sein Material übergab und neue Weisungen empfing – und Geld!

Gaius fuhr fort: »Ich sehe mich gezwungen, wegen unser aller Sicherheit von euch zu verlangen, folgende Regeln einzuhalten: Verdächtige Leute sind unverzüglich mir oder dem Praefecten Quintus Cornificius zu melden; das Thema des Giftanschlags darf außerhalb dieses Kreises nicht erörtert werden; auf Fragen ist zu antworten, daß der Mann an Blutverlust, bedingt durch die schwere Verwundung, gestorben ist. – Im übrigen werden wir uns morgen dieses Dorf selbst ansehen.«

In diesem Augenblick betrat Frei-Atto das Zelt, und man informier-

te ihn über alles, was sich während seiner Abwesenheit ereignet hatte. Dann fragte Gaius ihn: »Hattet ihr Feindberührung?«
»Nein. Aber wir wurden mit Sicherheit von allen möglichen Leuten beobachtet. Ein gallischer Händler, der auf dem Rückweg nach Westen war, teilte uns mit, er habe in dieser Region, das heißt nördlich der Siga, keinen Eburonen gesehen. Das spricht ja dafür, daß sie sich nicht weit von hier verborgen halten.«
»Was meinst du«, fragte Gaius den Fürsten, ehe sie auseinandergingen, »warum ist dieser Köhler getötet worden?«
Frei-Atto überlegte nicht lange. »Der Mörder oder sein Auftraggeber ging davon aus, daß der Mann uns genauere Angaben über den Aufenthaltsort des Ambiorix machen würde.«
»Der Auftraggeber... Was meinst du damit?«
»Ich weiß nicht, welche Schlüsse ihr gezogen habt; ich jedenfalls bin überzeugt, daß Ambiorix unter meinen oder deinen Leuten einen oder mehrere Spitzel hat, die ihn stets auf dem laufenden halten, und zwar über alles, was hier beschlossen wird, was geschieht, wohin wir ziehen.«
Vorenus meldete sich zu Wort und sagte: »Es ist – vorausgesetzt, es wäre so, wie der Fürst sagt – sehr einfach, diesem Mann eine Falle zu stellen.«
»Wie?« fragte Cornificius.
»Indem wir unter den Männern verbreiten, daß wir in den nächsten Tagen dies oder das machen, daß wir uns auf getrennten Wegen zu einem bestimmten Ort begeben. Also wird der Mensch dies weitergeben wollen, und dann brauchen wir nur Tag und Nacht zu beobachten, wer sich entfernt oder nähert.«
»Und wenn nichts geschieht?« fragte Gaius.
»Nun«, sagte Vorenus, »dann wissen wir wenigstens, daß wir keinen Verräter unter uns haben, denn dann ist der Mörder des Köhlers von außerhalb gekommen ...«
»Unmöglich!« rief Balventius. »Aber das haben wir doch schon erörtert!«
Ihre Gedanken bewegten sich im Kreise.
»Ich glaube nicht«, äußerte sich Frei-Atto, »daß uns das weiterbringt. Wir sollten unabhängig von einer solchen Finte – die vielleicht später angebracht ist – Augen und Ohren offenhalten. Vor allem dürfen wir keine Zeit verlieren. Unsere Anwesenheit hier wird dem Eburonen bald gemeldet werden, und dann wird er sich augenblicklich vom Fluß weg in die Wälder zurückziehen.«

Sie gingen auseinander, ohne sich auf eine Strategie festgelegt zu haben. Der folgende Tag würde neue Erkenntnisse bringen, die ihnen helfen würden, ihrem Ziel näherzukommen.
Bevor sie in ihre Zelte gingen, hielt Cornificius den Freund am Arm fest und sagte leise: »Und was ist, wenn der Verräter eben mit im Zelt war?«
»Denkst du an jemand Bestimmten?« fragte Gaius ebenso leise zurück.
»Nein. Aber wir sollten auch damit rechnen.«
Sie fanden dann beide lange keinen Schlaf, Gaius, weil er an das ungewisse Schicksal seines Bruders dachte, Cornificius, weil er sein Hirn zermarterte über das Vorleben von Balventius und Vorenus, aber auch darüber, ob Gaius sein Vertrauen dem Commius nicht voreilig geschenkt hatte. Andererseits: Commius hatte den Raub seiner Tochter zu rächen, und davon würde ihn niemand abbringen.

23

Als sie eine halbe Stunde nach Sonnenaufgang das sugambrische Dorf erreichten, glaubten sie ihren Augen nicht zu trauen: auch hier ein Chaos rauchender Trümmer. Gaius ließ die Reste der Hütten durchsuchen, fand aber nichts, das einen Hinweis darauf geben konnte, was hier vorgefallen war.

»Sieht ihm ähnlich!« kommentierte Balventius brummend. »Das ist seine Handschrift!« Er stocherte mit einem Stock in der Asche.

»Ja, aber warum?« fragte Cornificius und schüttelte fassungslos mit dem Kopf.

Gaius fragte den Commius nach seiner Meinung, und der Atrebate blickte lange über die Ruinen, ehe er antwortete: »Es war einmal ein gerechter Fürst mit Namen Ambiorix. Nun ist er nur noch ein streunender Wolf... Es braucht dich nicht zu wundern, Legat, daß er mit solch brutalen, unmenschlichen Mitteln seine Ziele verfolgt. Er kennt keine Skrupel mehr.«

»Ja, aber warum?« rief Cornificius. »Warum verbrennt er diesen Leuten die Häuser, wenn er andererseits auf ihre Unterstützung angewiesen ist?« Fassungslos blickte er über das Chaos.

»Nun«, Commius blieb ganz ruhig und analysierte gelassen: »Diese Aktion ist zunächst einmal eine Bestrafung der Einwohner, weil sie – davon bin ich überzeugt – ihm nicht in seinem Sinne geholfen haben. Es soll eine Warnung an ihre Nachbarn sein, damit sie wissen, was ihnen droht, wenn sie sich ähnlich verhalten. Es ist aber auch der Versuch, uns klarzumachen, daß wir keine Gelegenheit bekommen, Kontakte mit ihm feindlich gesinnten Sugambrern aufzunehmen.«

»Aber er kann doch nicht all ihre Dörfer in dieser Gegend in Schutt und Asche legen!« rief Cornificius voller Zorn.

»Doch. Genau das kann er, wenn er will. Und das wissen sie. Er schlägt zu, wo man es nicht erwartet – und verschwindet.«

»Unglaublich!« murmelte Cornificius.

Die Legionäre und germanischen Krieger, die die Reste durchsucht hatten, kehrten zurück und meldeten, sie hätten kein lebendes Wesen gefunden. Das gesamte Vieh sei fortgetrieben worden.

Gaius blickte über das Tal und dachte angestrengt nach. Alexander,

der neben ihm stand, bellte ohne Vorankündigung: »Ruhe! Mein Herr denkt nach! – Archelaos?!«
»Allerdings. Halt du dich da raus!«
Alexander öffnete schon den Mund zu einer angemessenen Entgegnung, als Gaius ihm zuvorkam.
»Seltsam...«
»Was?« fragte Cornificius, und auch Alexander hielt den Kopf schief.
»Woher wußte er denn, daß wir heute hier eintreffen würden?« Gaius blickte in die Runde, doch alle hielten seinem kritisch forschenden Blick ohne weiteres stand. Ihnen allen war angesichts der rauchenden Trümmer klar, daß jeder ihrer Schritte dem Eburonenfürsten gemeldet wurde, und sie hatten zunehmend das bedrückende, lähmende Gefühl, sich im Inneren eines Netzes zu befinden, das ganz langsam zugezogen wurde. Ja, einige gerieten in innere Panik, denn sie sahen einen Augenblick lang eine Katze vor sich, die mit einer Maus spielte.
Gaius, der sehr wohl spürte, was in den Köpfen seiner Unterführer vorging, entschied auf der Stelle: »Wir werden uns teilen. In drei Gruppen werden wir das Tal der Siga, die südlichen Wälder und das Ostufer des Rhenus bei den Sieben Bergen erkunden. Wir treffen uns morgen abend wieder hier. Sollte eine Gruppe den Feind zu Gesicht bekommen, wird dies nach hier gemeldet.«
Gaius übernahm zusammen mit Commius und Alexander die Führung der ersten Gruppe, Cornificius mit Frei-Atto die zweite, Balventius, Vorenus und Archelaos die dritte. Sie brachen unverzüglich auf, und wenige Minuten später lag der geschändete Platz wüst, leer und still.
Balventius und Vorenus sollten das Tal durchstreifen, Cornificius würde sich den südlichen Höhen zuwenden, die erste Gruppe unter C.V.T. und Commius dagegen bewegte sich vorsichtig auf dem Pfade, der zum Platz des Köhlers führte. Gaius hatte beide Hunde bei sich behalten, denn er war überzeugt, daß er der erste sein würde, der Kontakt mit Ambiorix aufnehmen würde. Zum andern aber hatte ihm der gestrige Satz zu denken gegeben, den Commius beiläufig gesagt hatte: daß nämlich der Gipfel eines der Sieben Berge ein heiliger Ort sei.

Als sie die Lichtung und die Reste der Köhlerhütte erreicht hatten, ließ Gaius halten.
»Schaut euch um, ob sich seit gestern irgend etwas verändert hat.«

Alexander und Commius ließen ihren Blick wandern und stutzten beide: »Gestern war das Häufchen an sich noch ein Haufen!«
»Was meinst du?« fragte Gaius.
Alexander wies mit der Hand hinüber zu dem geöffneten Meiler. »Er war als solches Anbetracht dessen ausreichend, das ganze Städtchen namens Roma den Winter über mit diesen göttlichen Kohlestückchen zu versorgen. Schade. Müssen sich nun woanders umsehen. Commius?!«
»Wie?« Doch der Atrebate begriff schnell, daß der Sohn aus Theben in Ermangelung seines Archelaos jemand anderen als bestätigendes Echo brauchte, und er spielte deshalb mit: »So ist es, edler Alexandros.«
Alexander aber blickte überrascht zu Gaius, reckte sich ungeheuer und tönte: »Der edle Commius ist durchaus meiner Meinung, Herr!«
»Fein«, sagte Gaius ungerührt. »Laß die Hunde schnuppern!«
»Kommt, ihr lieben Kleinen!« lockte Alexander und führte die riesigen Rüden um den entleerten Meiler herum, ließ sie schnüffeln und die verschiedenen Spuren unterscheiden.
Dann kam der Befehl: »Herhören!« Sie wandten sich ihm zu. »Ihr habt als solche die Aufgabe und tragt das heilige Schicksal des edlen Titus Volcatius Tullus in euren Nasen. Verstanden! Suchen... Sucht!«
Er hielt sie beide an langer Leine, ermunterte sie in einem fort mit »Sehr schön! Brave Hündchen! ... Nur die Wut nicht verlieren! ... *Bene!* ... Aber nicht so schnell als solches! Der liebe Alexandros hat nur zwei Beine! Und wenn ihr so ein kleines, braunes Bärchen habt, sofort melden...«
Gaius ließ sie gewähren und folgte mit dem Trupp der fünfundzwanzig Reiter. Alexanders Pferd hatte er dem Gnaeus Pompeius gegeben, der es am langen Zügel hinter sich herführte. Nach etwa einer Stunde ließ Gaius anhalten und beriet sich mit Commius. Sie waren sich einig, daß sie dem Feind unmittelbar auf den Fersen waren und es von nun an galt, höchste Vorsicht walten zu lassen.
Dann sagte. Commius unvermittelt: »Ich danke dir, Legat.«
»Wofür?«
»Du hast deinen Offizieren deutlich zu verstehen gegeben, daß du mir vertraust.«
»So ist es.« Gaius blickte ihn an und lächelte. »Aber du mußt verstehen, daß Männer wie Balventius darüber anders denken, weil sie andere Erfahrungen gemacht haben.«

»So wie Balventius denken neunundneunzig von hundert Römern.«
»Aber! Aber!« versuchte Gaius sich zu entrüsten, doch es wollte ihm nicht so recht gelingen, da er wußte, daß Commius recht hatte. Dann ergänzte er: »Du vergißt, mein Freund, daß auch nicht alle Gallier so denken wie du.«
Commius nickte, sagte aber: »Nun, auch sie haben ihre eigenen Erfahrungen mit römischen Händlern, Soldaten, Legaten.«
»Dann sind wir uns – wenn auch seitenverkehrt – einig«, lachte Gaius. »Und vergiß nicht, was euch von dieser Seite des Stromes auf lange Sicht droht, wenn wir nicht hinter euch stehen.«
»Sonst wäre ich nicht hier.« Commius blickte zurück, über die Wälder, über das Tal der Siga und weit nach Norden in Regionen, die selbst ihm unbekannt waren. Dann sagte er: »Dieses Gebiet werdet ihr euch nie untertan machen. Es ist zu wild. Die Entfernungen sind zu groß. Ihr habt hier keine Freunde.«
»Die Ubier!« warf Gaius ein.
»Sie sind dabei, ihre Gaue zu verlassen. Sie werden zu Galliern werden. Andere werden aus dem Osten nachrücken und ihr Gebiet in Besitz nehmen, und ihr könnt dies nicht verhindern.«
Gaius unterbrach ihn nicht, denn er wußte, daß Rom es sehr schwer haben würde, auf dieser Seite des Rhenus Fuß zu fassen. Commius mochte recht haben, vielleicht war es unmöglich, weil die geographischen Bedingungen dagegen waren.
Sie zogen weiter, nun sehr langsam, weil es notwendig war, an jedem Knick des Weges, an jedem Bach, an lichten Stellen des Waldes genau zu prüfen, ob sich vor ihnen etwas Feindliches regte. Aus dem Verhalten der Hunde schlossen sie, daß die Spur sehr frisch war, denn die Rüden zogen sicher und unbeirrt an den Leinen.
Gaius ließ halten.
»Wir müssen von nun an Späher vorausschicken. Alexander!«
Er kam heran und erwartete den Befehl.
»Du wirst das mit zwei Leuten machen. Freiwillige vor!«
Es meldeten sich wie immer mehr, als gebraucht wurden, darunter auch Gnaeus Pompeius.
»Du?« fragte ihn Gaius.
»Warum nicht, Legat! Wo es hier doch nichts zu übersetzen gibt.« Er lachte.

»Na, meinetwegen. Seid vorsichtig.«
Kaum waren die beiden weg, bat Commius Gaius zur Seite.
»Du hättest ihn nicht wegschicken sollen, Legat!«
Gaius starrte ihn überrascht an. »Warum. nicht?«
»Ich halte ihn für den Verräter.«
»Wie kommst du darauf?«
»Ich habe ihn beobachtet, ohne daß er es merkte.«
»Und?«
»Er hält sich stets abseits.«
»Das muß nichts bedeuten. Er hat hier keine Freunde.«
»Hier nicht, wohl aber bei den Eburonen.«
»Kannst du das beweisen?«
»Noch nicht. Und das wäre zu diesem Zeitpunkt wohl auch nicht günstig für uns.«
»Verstehe.«
»Du solltest ihn von Leuten, die du einweihst, beschatten lassen.«
In diesem Augenblick kam von vorne das verabredete Zeichen, der Ruf eines Habichts, und sie zogen weiter. Alexander und Pompeius erwarteten sie.
»Kein Sterblicher weit und lang, Herr!«
»Fein, dann achte besonders auf die Unsterblichen!
»Herr, damit spaßt man nicht!«
»Wer spaßt denn? – Weiter!«
Alexander und Pompeius entfernten sich hügelwärts.

24

Sie mochten etwa eine Höhe von tausend Fuß über der Ebene erreicht haben, als Alexander im Laufschritt zurückkam und vor Gaius' Pferd so abrupt stehenblieb, daß das Tier erschrak und beinahe hochgestiegen wäre.

»Was ist?« fragte Gaius ungehalten.

»Herr! Wir haben sie als solche!«

»Wen?«

»Diese sugambrischen Knaben, denen die eburonischen Knaben die Häuschen als solche ohne Erlaubnis verbrannt haben.«

Gaius sprang aus dem Sattel.

»Warte! Ich komme mit! Wo ist dieser Pompeius?«

»Wo ich ihn hingesetzt habe, auf der Erde, und er läßt nun etwas die Beine an sich baumeln.«

Alexander führte Gaius an die Stelle, und Gaius nahm erleichtert zur Kenntnis, daß Pompeius sie erwartete.

»Na, was Neues?« fragte Gaius ihn leichthin.

»Sie scheinen dorthin die Einwohner des Dorfes getrieben zu haben.«

Pompeius wies mit der Hand voraus in die Senke. Dort standen einige primitive Hütten, aus Reisig, Stroh und Ästen errichtet. Davor patrouillierten, soweit es aus dieser Entfernung zu erkennen war, bewaffnete Posten. Gaius überlegte. Bis dorthin mochte es eine halbe Meile sein. »Es müßte gehen...«

Alexander hielt entzückt den Kopf schief: »Kleiner Spähtrupp als solcher, Herr?«

»Vielleicht. Bleibt hier und beobachtet!«

Gaius ging zurück, winkte den Commius zu sich und beschrieb ihm das Gesehene.

»Das muß nicht unbedingt bedeuten, Legat, daß sie dieses Dorf, wie du es nennst, eigens für die Sugambrer errichtet haben. Wozu? – Ich glaube eher, die Eburonen haben in den letzten Tagen hier übernachtet, vielleicht auch schon früher. Es könnte sich um provisorische Hütten handeln, die wenigstens Regen und Wind etwas abhalten. Vergiß nicht: Sie sind unbehaust!«

Gaius lauschte dem Klang dieses seltsamen Wortes, für das es im Lateinischen keine Entsprechung gab.

»Gut. Wenn du an ihrer Stelle wärest, was würdest du unternehmen?« Gaius sah, wie Commius eine Weile überlegte, und während er in sein Gesicht blickte, überkam ihn unvermittelt die Angst, daß dieser Mensch vielleicht doch alle Fäden in der Hand hielt, daß dies alles ein mit Ambiorix abgesprochenes Spiel war. Beim Mercurius! Was gäbe er darum, den Namen des Verräters zu wissen.

»Wenn ich in gesicherten Verhältnissen lebte, würde ich meine wertvolle Geisel weit wegbringen, um sie nicht zu gefährden. Aber er lebt, wie wir gesehen haben, von der Hand in den Mund. Er hat nicht alle hiesigen Sugambrer auf seiner Seite. Er müßte schon ein Zeichen setzen, damit sie erkennen würden, daß er auch ihr bester Mann im Kampf gegen Römer und Ubier...«

»Worauf willst du hinaus?« unterbrach ihn Gaius.

»Ich habe den Eindruck, daß er in dieser Gegend etwas vorhat, das die Sugambrer beeindruckt.«

»Hat das... etwas mit meinem Bruder zu tun?«

»Ich fürchte – ja.«

Ihre Blicke trafen sich, und Commius sah sehr wohl die Verzweiflung in Gaius' Auge, auch wenn der sich bemühte, ruhig zu bleiben. Leise sagte er: »Ich hatte einmal einen Bruder. Er wurde in einem eurer Lager als Geisel gehalten. Ich kenne die Gefühle, Legat, die dich heimsuchen.«

»Und... warum hilfst du mir?«

»Man muß ein Ende machen! – Aber du fragtest mich, was ich machen würde, wenn ich Ambiorix wäre.«

»Ja. Sprich!« Gaius hing an seinen Lippen. Scheinbar unbeteiligt fuhr Commius fort: »Ich würde im Beisein der sugambrischen Führer, die noch Zweifel an der Ernsthaftigkeit meines Einsatzes hätten, den römischen Truppenführer und Freund Caesars den hiesigen Göttern opfern.«

Gaius starrte ihn an, das Blut war ihm aus dem Gesicht gewichen, sein Mund stand offen, mit fahrigen, zitternden Fingern griff er sich ins Haar. Er kannte solche sogenannten Opferungen, denn er hatte die Leichen danach gesehen, damals, als Vercingetorix mit drakonischen Strafen seine Autorität unter eifersüchtig sich befehdenden Galliern durchsetzen mußte; man hatte den Verrätern – aber auch gefangenen Römern – bei lebendigem Leibe die Ohren oder Zungen abgeschnitten, hatte sie geblendet, regelrecht mit Schwertern zerhauen und nach dem Tode gevierteilt und manchen Schädel über den First des Hauses gehängt zur Abwehr böser Dämonen; gut davongekommen war, wem nur eine Hand auf dem Richtblock abgeschlagen worden war. Doch damals waren es Gallier gewesen; gewiß, sie waren bekannt, berüchtigt und gefürchtet wegen ihrer archaischen Grausamkeit, auch Poseidonius hatte darüber geschrieben; doch hier hatte man es mit Germanen zu tun, die sich rühmten, tapferer als ihre gallischen Vettern zu sein, kaltblütiger, bedenkenloser und grausamer!

»Sollte es dazu kommen«, sprach Gaius mit gepreßter Stimme, »dann gnade ihnen ein barmherziger Gott! Dann werde ich dafür sorgen, daß nicht ein einziger Eburone dieses Jahr überlebt!« Er hob die Schwurhand. »*Peream, si mentiar!* – Ich will zugrunde gehen, wenn ich lüge!«

»So weit wird es nicht kommen, Legat! Denn wir werden ihnen zuvorkommen.«

Folgender Plan wurde besprochen: Man mußte versuchen, einen oder zwei der aus ihrem Dorf vertriebenen Sugambrer zu befreien. Sie kannten hier jeden Winkel, jede Mulde, jeden Baum, jeden Bach; sie mochten erfahren haben, was bevorstand. Ihr Verschwinden würde so schnell nicht auffallen, da ihre Bewacher sie noch nicht lange kannten, so daß ein oder zwei fehlende Gesichter nicht weiter ins Gewicht fielen. Sofort mußten die beiden anderen Gruppen benachrichtigt werden mit dem Befehl, sich unverzüglich hierhin zu begeben. Man schickte je einen Legionär und einen Germanen los. Sie sollten äußerst vorsichtig sein und sich bei Gefahr trennen, Dann ließ Gaius den Alexander kommen und schickte dafür den Menander, der sich in seiner Truppe befand, nach vorne.

»Kommt jetzt der kleine Spähtrupp, Herr?« fragte der große Meister mit schräg gehaltenem Kopf. »Wir haben nämlich lange keinen an sich gemacht. Sollen die lieben Kleinen mitkommen?«

Er wies auf Hector und Aiax.

»Herhören!«

Alexander erstarrte in äußerst senkrechter Haltung.

»Du wirst zusammen mit Commius versuchen, einen oder zwei der gefangenen Sugambrer aus dem Lager zu holen. Du wirst sehr vorsichtig vorgehen und weder Lärm machen noch einen der Bewacher in den Hades schicken.«

»Jawohl!« Er wiederholte unaufgefordert: »Lager holen! Fangen! Weder vorsichtig noch Lärm! Hades! Schade.«

»*Bene!* Sehr korrekt!«

»Herr, dürfen es auch drei sein?«

»Meinetwegen. Aber nicht mehr! Ruht euch jetzt aus. Bei einsetzender Dunkelheit brecht ihr auf.«

Sie zogen sich alle über eine Meile zurück und versteckten sich abseits des Pfades im Dickicht. Und, wie jeder gute Soldat, schliefen die römischen und germanischen Krieger nach einer Weile fast ausnahmslos ein. Nur Alexander wurde etwa alle Viertelstunde von harten Püffen der ihm zunächst liegenden Kameraden geweckt, die ihm ziemlich unsanft zu verstehen gaben, er möge gefälligst das Maul zumachen, sein Schnarchen könne sie sonst verraten, da man es mit Sicherheit noch am jenseitigen Ufer des Rhenus hören könne. Und ganz gegen die Sitte hielt er den Mund, woraus ein Archelaos geschlossen hätte, der Sohn aus Theben sei krank. Das alles dachte übrigens Alexander selbst, und er murmelte, ehe er endgültig einschlief: »Kenne da einen guten Arzt, Athenodoros mit Namen. Behandelt vorzugsweise Knaben, die im Schlaf sprechen… Frechheit, das! – Na ja, werden alle mal alt…«

25

Bei Einbruch der Dämmerung machten sich Commius und Alexander auf den Weg. Sie schlichen sich im Schutze der Büsche so weit wie möglich an die Hütten heran, die links dem Waldrand am nächsten standen. Dort hockten sie sich hin und beobachteten, was auf dem Platz geschah. In den Hütten war es ruhig. In unregelmäßigen Abständen gingen die Posten vorbei. Von den führenden Leuten war niemand zu sehen oder zu hören. Doch da sich die Posten nicht an eine bestimmte Zeit hielten, in der sie auf- und abgingen, manchmal dabei auch die Richtungen wechselten, schien es fast unmöglich, ungesehen bis an die Hütten heranzukommen.

Commius und Alexander hatten die gleichen Gedanken, und Commius flüsterte: »Wenn er gleich wieder hier vorbeikommt, holen wir ihn uns!«

»Sehr korrekt!« kommentierte Alexander. »Weiter so! Du nimmst die Beine, ich das andere! Na also!«

Sie krochen dicht am Boden weiter nach vorne und erwarteten den Posten. Als er dann kam, ging es so schnell und lautlos, daß sie sich selbst wunderten: Commius warf sich von hinten auf ihn, Alexander drehte seine Arme auf den Rücken, hielt sie dort und setzte ihm seinen Dolch an die Kehle, so daß der Mann es vorzog, keinen Laut von sich zu geben, während Commius ihm die Hände band und ein Tuch in den Mund steckte. Durch Zeichen – die Alexander mit seinem Dolch noch dramatisch unterstützte – gaben sie dem Gefangenen zu verstehen, daß er nun mit ihnen zu gehen habe. Als sie außer Hörweite des Lagers waren, fragte Commius ihn, ob er Eburone sei, was er jedoch verneinte.

»Hab' ich mir's doch gedacht!« sagte Commius. »Also Sugambrer!«

»Ja.«

Sie wunderten sich darüber, wie bereitwillig der Gefangene auf ihre Fragen antwortete, sollten aber gleich die Erklärung dafür bekommen, denn der Sugambrer fuhr fort, ohne daß er von jemandem gefragt worden war.

»Er hat mir Land versprochen!«

»Wer?«

»Ambiorix.«

»Wo?«

»Auf der anderen Seite des Rhenus.«

»Land von den Ubiern?«
»Ja.«
»Was solltest du dafür tun?«
»In seiner Truppe mitkämpfen.«
»Von wo stammst du?«
»Vom Oberlauf der Siga.«
»Ist er bis dorthin gezogen?«
»Ja. Einmal. Dann hat er mich und meine Freunde überredet, mitzukommen. Er hat uns das Blaue vom Himmel versprochen.«
»Hat er's auch gehalten?«
Der Mann schwieg.
»Gib Antwort, wenn der edle Commius dich fragt!« schnauzte Alexander, der so etwa die Hälfte dessen, was der Germane gesagt hatte, verstand.
»Laß ihn nur!« sagte Commius. »Er wird noch reichlich Gelegenheit haben zu reden.«
Schon hatten sie ihre eigenen Leute erreicht. Commius führte den Burschen – er mochte Anfang Zwanzig sein – zu Gaius und berichtete in Kürze, was sie schon erfahren hatten.
Gaius setzte, mit Commius als Dolmetscher, das begonnene Verhör unverzüglich fort.
»Sind noch weitere Angehörige deines Stammes oder deiner Sippe hier?«
»Ja.«
»Wie viele?«
Der junge Mann zeigte es unter Zuhilfenahme seiner Finger, und Gaius brauchte eine Weile, ehe er die umständliche Zahlenangabe verstand: fünfundzwanzig.
»Hat er ihnen allen Land versprochen?«
»Ja.«
»Was noch?«
»Sklaven.«
»Auch römische?«
Der Mann zögerte. Und erst nach einer scharfen Forderung von Commius bejahte er auch diese Frage.
»Habt ihr auch hier römische Sklaven?«
»Nein.«
»Hat Ambiorix welche?«

»Das weiß ich nicht.«
»Hat er ein festes Haus, einen festen Wohnsitz?«
»Nein.«
All dies war für Gaius und Commius nichts Neues, darum kam Gaius auf die aktuellen Dinge zu sprechen.
»Warum hat er die Sugambrer hier zusammengetrieben?«
Der Bursche schwieg, und Gaius hielt es nun für angebracht, ihm mit peinlichen Strafen zu drohen, falls er nicht weiter so offen rede. Sollte er ihnen aber durch seine Antworten helfen, werde dies für ihn, seine Sippe, vielleicht sogar für seinen ganzen Stamm von Nutzen sein.
Endlich brach er sein Schweigen, und Commius übersetzte: »Ambiorix will ihnen klarmachen, daß es dumm ist, sich gegen ihn zu erheben.«
»Wie will er ihnen das klarmachen?« fragte Gaius, obwohl er die Antwort zu kennen glaubte.
Nach einigem Zögern bestätigte der Sugambrer schließlich, daß geplant war, den römischen Legaten den Göttern zu opfern.
Gaius bemühte sich, Ruhe zu bewahren, und fuhr mit dem Verhör fort:
»Wann soll dies geschehen?«
»Morgen bei Sonnenuntergang.«
»Wo?«
»Auf der Spitze des Felsens, der von den Sieben Bergen dem Rhenus am nächsten ist.«
Des weiteren berichtete er, daß – wie sie angenommen hatten – die Häupter der hiesigen Sugambrer eingeladen waren, der heiligen Handlung beizuwohnen, wodurch sie – so deuteten Gaius und Commius das Geschehen – natürlich zu Mittätern wurden und sich somit in gewissem Sinne am Tode eines hohen römischen Truppenführers und Adeligen mitschuldig machten.
Gaius schickte erfahrene Leute als Späher zu Tal, um die beiden eigenen Reitertrupps abzufangen, damit sie weiter unten ihr Lager aufschlagen konnten. Gaius und seine Leute wollten dann nachfolgen. Hier oben ließ man drei Beobachter zurück, die jede Veränderung im Lager melden sollten. Schließlich fragte Gaius den Sugambrer noch nach dem Verbleib von Ambiorix. Der Mann erklärte, der Eburonenfürst halte sich bereits in der Nähe des Berges auf, habe auch eine Abteilung jenseits ans Ufer des Rhenus geschickt, denn er erwarte noch einige Gesandte benachbarter Stämme, der Marser im Norden und der Chatten im Süden.

Gaius stutzte, denn diese Stämme konnte er ganz unmöglich seit gestern nacht, als Titus Volcatius entführt worden war, erreicht haben, noch weniger konnten sie in der Kürze der Zeit eine Antwort schicken. Also plante Ambiorix eine Unternehmung von großem Umfang!
Die Entführung des römischen Legaten paßte ihm daher ausgezeichnet in seinen Plan.
Da kamen die Späher und meldeten, beide Trupps unter Cornificius und Balventius seien eingetroffen. Daraufhin banden sie den Pferden Lappen und Tücher um die Hufe und zogen unter größter Vorsicht zurück ins Tal. Sie konnten nur hoffen und die Götter anflehen, daß die Eburonen keine Späher in die dichten Wälder geschickt hatten.
Aus Vorsicht zündeten sie keine Feuer an, es wurden auch keine Zelte aufgebaut, denn man wollte in jeder Lage und zu jeder Zeit beweglich sein; dies war aber nur möglich, weil es im Laufe des Tages aufgeklart und für die Nacht nicht mit Regen zu rechnen war!
So deckten sich die Männer, die nicht auf Wache an den verschiedenen Punkten im Umkreis von hundert bis dreihundert Schritt standen, mit Fellen und Satteldecken zu und versuchten zu schlafen. Gaius aber bat die übrigen Führer etwas abseits von den Schläfern zu sich und fragte die eben Angekommenen, ob sie Feindberührung gehabt oder Besonderheiten beobachtet hätten. Dies war nicht der Fall. So erläuterte er ihnen, was er gegen Abend an neuen Erkenntnissen gewonnen hatte. Zum Schluß sagte er: »Dieses Lager ist ein Nebenlager. Es ist nun zu überlegen, wie wir vorgehen, was unser Ziel ist. Und die nicht unwichtige Frage lautet: Wann werden wir unsere Aktion beginnen? Ich bitte um eure Meinung.«
Da der Mond in diesem Augenblick von einer Wolke bedeckt war, blieb der Platz, an dem sie sich befanden, dunkel, während entferntere Hügel unter einem mattsilbrigen Schein geheimnisvoll schimmerten. Auf der Wiese, besonders auf ihrem unteren Teil, zogen Nebel auf. Und wieder kam es über Gaius mit Gewalt: die Angst um den Bruder, die Ungewißheit über den Verlauf des kommenden Tages, vor allem aber wieder das beklemmende Gefühl, nicht Herr der Ereignisse zu sein.
»Man könnte das Lager in einem Handstreich nehmen.« Balventius schlug es vor, und natürlich paßte es zu seinem Temperament.
»Das allein genügt nicht!« warf Vorenus ein. »Vor dem Sturm auf dieses verdammte Lager müssen alle Fluchtwege für sie abgeschnitten sein.

Dann können wir die, welche sich zu Ambiorix durchschlagen wollen, abfangen.«
Cornificius meldete sich zu Wort: »Das Risiko ist sehr groß, denn es dürfte einigen von ihnen bei ihrer guten Ortskenntnis sicherlich gelingen, durchzukommen. Aber auch dann, wenn es keinem gelingen würde, ist das Leben des Legaten Titus Volcatius Tullus nicht weniger in tödlicher Gefahr. Denn Ambiorix wird ja im Laufe des Tages erfahren, was sich hier zugetragen hat. Er wird Boten von hier erwarten; die nicht ankommen; also wird er selbst welche hinschicken. Kurz, es wird uns keinen Schritt weiterbringen, das Lager zu stürmen. Wir müssen uns etwas anderes einfallen lassen!«
Diese ausführliche Darlegung seiner Bedenken wurde von allen akzeptiert, denn niemand sprach dagegen. Sie schwiegen alle, jeder grübelte, und ihre Gedanken bewegten sich erneut im Kreise; und drohend sahen alle einen tödlichen Sonnenuntergang näherrücken. Schließlich stöhnte Balventius laut und stellte fest: »Bis zum Sonnenuntergang des morgigen Tages haben wir nur noch eine angebrochene Nacht und drei Viertel des Tages. Ich sehe die einzige Chance darin, morgen einen Überraschungsangriff auf des Ambiorix Lager zu führen!«
»Nein! Nein! Nein!« fuhr ihm Vorenus ins Wort. »Das bedeutet den Tod des Legaten!«
Balventius reagierte darauf mit einem fürchterlichen Fluch und ging einige Schritte auf und ab, um seiner Erregung und Wut Herr zu werden. »Hach!« zischte er. »Ich könnte ihm wie einer Schlange den Hals umdrehen!« Und sie wußten, er würde es tun.
In diesem Augenblick trat der Mond aus der Wolke, und sie konnten sich erkennen. Frei-Atto, der bisher geschwiegen und nachgedacht hatte, machte nun einen völlig neuen und auf den ersten Blick überraschenden Vorschlag. Leise begann er: »Dieser Sugambrer hat doch gesagt, Ambiorix erwarte morgen nachmittag den Besuch von Gesandten der Chatten...«
»Ja, das hat er gesagt«, bestätigte Gaius. Worauf wollte Frei-Atto hinaus?
Dieser fuhr fort: »Ich kenne die meisten Häupter der Chatten, denn sie sind unsere Nachbarn gewesen. Ich werde die Gesandten der Chatten abfangen.«
»Wie willst du sie finden?« wandte Cornificius ein.

»Das wird nicht schwierig sein. Sie kommen mit großer Wahrscheinlichkeit in Begleitung von einhundert bis zweihundert Kriegern.«
»Auf dem Rhenus?« fragte Gaius.
»Natürlich. Es wird eine kleine Flotte sein, die da morgen vormittag zu Tal fährt. Ich werde jetzt aufbrechen.«
»Was? Mitten in der Dunkelheit?« fragte Gaius.
»Keine Sorge. Ich kenne die Wege.« Im fahlen Mondlicht sahen sie, wie ein stolzes Lächeln um seine Mundwinkel huschte. »Ich werde die Führer der Gesandtschaft auf unsere Seite ziehen. Alles weitere überlaßt mir.«
In Begleitung von fünfen seiner Leute machte er sich noch in der gleichen Stunde auf den Weg und war bald in der Dunkelheit verschwunden.

26

Die zurückbleibenden Truppenführer suchten indes nach einem Ausweg und besprachen immer und immer wieder die fatale Lage, um vielleicht doch noch den entscheidenden Punkt zu entdecken, den sie bisher übersehen hatten. Bevor sie keinen Entschluß gefaßt hatten, war an Schlaf nicht zu denken.

Sie einigten sich schließlich so: Der gefangene Sugambrer sollte – nachdem er ihnen geschworen, sich loyal zu verhalten – zu seinen Landsleuten zurückkehren. Wie es der Wahrheit entspreche, solle er berichten, daß er gefangengenommen wurde, er sich aber in einem unbewachten Augenblick habe entfernen können. Er habe seinen Bewachern erzählt, daß sich Ambiorix und seine Leute nach Osten, tiefer in die Wälder, zurückgezogen hätten. Und er habe selbst beobachtet, wie die Römer und Ubier sich in der gleichen Richtung entfernt hätten, um ihn zu suchen. Er solle dann versuchen, von seinen Landsleuten oder einem Eburonen zu erfahren, wann die Opferung beginne und ob fest mit dem Erscheinen der Chatten gerechnet werde.

»Na, ausgezeichnet! *Bene! Bene!*« spottete Balventius. »Und welche Garantie habt ihr, daß der gute Junge sich auch entsprechend euren Vorstellungen verhält?«

»Keine.« Gaius sagte es lapidar. »Wir müssen dieses Risiko eingehen. Ich werde jetzt mit dem Burschen reden. Bitte, Commius, würdest du mir assistieren?«

»Ja.«

Es war nicht schwer, den jungen Mann umzustimmen – falls dies überhaupt noch notwendig war, denn er ließ durchblicken, daß er sich vom Eburonenfürsten hintergangen fühlte.

Befriedigt nahmen Gaius und Commius dies zur Kenntnis und hakten gleich nach: Wie denn seine Kameraden darüber dächten, ob sie sich ähnlich enttäuscht fühlten und ob es vielleicht Zweck hätte, sie zu beeinflussen.

Ohne zu überlegen bejahte er auch dies, ja er bot von sich aus an, im Sinne des Legaten und des Fürsten der Ubier tätig zu werden, um vielleicht einige seiner Landsleute auf die andere Seite zu ziehen; ganz sicher werde er jene, die von Ambiorix gewaltsam festgehalten würden

und denen er Haus und Hof vernichtet habe, dazu bringen, gegen den Eburonen zu kämpfen.
Erfreut nahm Gaius dies alles zur Kenntnis, lobte den Mann und versprach ihm – sollte das Unternehmen glücklich zu Ende gebracht werden – eine hohe Belohnung.
Als der Mann im Dunkel der Nacht verschwunden war, fragte Gaius den Commius nach seiner Meinung zur möglichen Glaubwürdigkeit des Sugambrers, und der Atrebate erklärte: »Ich kenne diese Art Burschen, sie träumen in ihren abgelegenen Dörfern im Osten von goldenen Bergen hier am Rhenus und gehen jedem auf den Leim, der ihnen einigermaßen glaubwürdige Versprechen macht. Und darin ist unser Eburonenfürst gewiß der Größte. Wenn diese irregeleiteten Leute dann aber allmählich spüren, daß man ihre Neugier, ihren jugendlichen Eifer mißbraucht hat, ist es für sie meist zu spät, da sie der überlegenen Macht des skrupellosen Fürsten ausgeliefert sind, der sie ohne Prozeß beseitigen lassen würde. So sieht der junge Mann, wie wahrscheinlich seine Freunde auch, durch unser Erscheinen eine einmalig günstige Gelegenheit, von ihm loszukommen. Kurz, ich an deiner Stelle würde diesem Mann vertrauen. Er wird uns nicht verraten.«
Gaius, der ganz ähnliche Argumente im Kopf hatte, nickte zufrieden und spürte, wie allmählich ein zuversichtliches Gefühl in ihm wuchs. Dennoch nahm er sich vor, gleich am nächsten Morgen einen Brief an Caesar zu schreiben.
Und entgegen seinen Befürchtungen schlief er, als er es sich an der Wurzel einer Eiche so bequem wie möglich gemacht und mit dem Fell, das Alexander für solche Fälle immer auf einem der Packpferde bereithielt, zugedeckt hatte, nach einer Viertelstunde ein.
Der letzten Wache hatte er befohlen, ihn vor Sonnenaufgang zu wecken. Er machte sich an dem in der Nähe fließenden Bach frisch, befühlte die Bartstoppeln und schwor sich, sich so lange nicht zu rasieren, bis sein Bruder Titus wieder in Freiheit war.
Er aß von dem trockenen Brot, das sie dabeihatten, kaute einige Feigen und trank frisches Wasser. Dann setzte er sich mit dem Rücken gegen die Eiche, unter der er geschlafen hatte, und begann mit dem Brief. Darin teilte er dem Proconsul den bisherigen Verlauf des Unternehmens in kurzen Worten mit, bat dann den Feldherrn, für den Fall, daß ihm etwas zustoßen sollte, seinen Bruder Lucius und seinen Vater in Rom zu

informieren. Er gab zum Schluß aber der Hoffnung Ausdruck, daß die Götter, insonderheit Athene, ihm gewogen sein würden.
Diesen Brief ließ er von Menander, der von zwei Legionären begleitet wurde, sogleich befördern.
Nun wurden kundige Ubier ausgewählt, die sich in diesem bergigen Gebiet gut auskannten, weil sie hier schon einmal im Auftrage Frei-Attos Erkundigungen über Land und Leute eingezogen hatten; die Ubier wollten damals wissen, mit welchen Nachbarn sie es später zu tun haben würden. Diese ubischen Männer, durchweg gestandene Bauern, erhielten den Auftrag, die Wege zu erkunden, auf denen man sich am besten dem angenommenen Lager des Ambiorix nähern konnte. Sie sollten allergrößte Vorsicht walten lassen, da Ambiorix sich nach allen Seiten mit Beobachtern abzusichern pflege. Sie sollten sich nicht auf das geringste Risiko einlassen, auf keinen Fall eine Wiese oder einen Bach überqueren, wenn diese Stellen von allen Seiten beobachtet werden konnten.
So vergingen zwei Stunden, und die Zurückgebliebenen suchten sie zu überbrücken, indem sie ihre Waffen überprüften, säuberten und polierten, um sich von der ungeheuren Spannung abzulenken, die über ihnen allen lag. Gaius aber ging umher, schaute ihnen dabei einige Augenblicke zu; nickte ermunternd, und doch wußten alle, was in ihm vorging, denn es stand ihm im Gesicht geschrieben: Der Kummer um den geliebten Bruder sprach aus den Schatten um die Augen; wenn er lächelte, war es gequält; er sprach wenig, und wenn, dann nur das Nötigste; aber alle spürten, wie der Wille in ihm die Oberhand gewann, diesen schrecklichen Tag durchzustehen – und sei damit das Ende seines Lebens gekommen!
Nach diesen zwei Stunden kehrte der junge Sugambrer mit großer Selbstverständlichkeit zurück, und allein diese Tatsache ließ die Stimmung im Lager erheblich ansteigen. Was er ihnen aber mitteilte, ließ sie erschrecken: Er berichtete nämlich, es sei ein Chatte erschienen.
»Wo?« fragte Gaius.
»Im Hauptlager.«
»Woher weißt du das?«
»Es kam ein Eburone von daher, der hat es gesagt.«
Gaius blickte um sich, in die Gesichter von Cornificius, Balventius. Vorenus, Commius, und sie dachten alle das gleiche: War Frei-Atto zu spät gekommen? Hatte er die Chatten nicht mehr getroffen? War ihm etwas zugestoßen?

»Gut«, wandte Gaius sich wieder an den Mann. »Geh zurück und beobachte weiter! Sei vorsichtig!«
Der Mann eilte wieder davon.
Erneut begann die Zeit gespannten Wartens. Gaius war manchmal kurz davor, den Befehl zum Aufbruch zu geben, um das eburonische Lager zu überfallen. Aber man wußte nicht, wo es lag, und außerdem würde eine übereilte, kopflose Aktion das Ende für seinen Bruder bedeuten. Also warten!
Nach etwa einer weiteren Stunde kamen zwei der ubischen Späher zurück und berichteten atemlos: »Wir haben das Lager!«
»Gut!« lobte Gaius. »Was geschieht dort?«
»Legat, du wirst es nicht glauben, aber...«
»Was?«
»Wir haben in ihrem Lager über hundert Chatten gesehen.«
»Unmöglich!« rief Cornificius. »Wie können hundert Chatten das Lager des Ambiorix erobern?«
»Nein, Praefect«, wandte sich der Mann an Cornificius. »Sie haben es nicht erobert...«
»Was denn? Sind sie Gefangene?«
»Das auch nicht. Sie... sie gehen frei umher. Sie werden von den Eburonen sehr freundlich behandelt! Es sieht so aus, als ob sie ihre Gäste seien!«
Diese Nachricht wirkte wie ein Keulenhieb. Und gleich folgte der nächste Gedanke, eine schlimme Vermutung: Hatte am Ende Frei-Atto sie verraten? War dies alles ein abgekartetes Spiel? Zugleich aber meldete sich die Vernunft in Gaius, denn er sagte sich: Unmöglich! Wie kann ein Mann, der dabei ist, mit Roms Waffenhilfe im Rücken seinem Volk neuen Lebensraum zu schaffen, diese Zukunft aufs Spiel setzen?
»Habt ihr Frei-Atto gesehen?«
»Nein, Legat.«
»Gut. Geht wieder zurück und beobachtet weiter!«
Es kamen dann andere, die das gleiche meldeten.
Aus all dem schloß Gaius, daß sich Ambiorix sehr sicher fühlte. Vielleicht würde er gerade deswegen einen Fehler begehen.
»Alexander!«
Alexander, der sich in einiger Entfernung von Gaius bei einer Gruppe Ubier befand und gerade dabei war, den erstaunten Zuhörern von

seinem letzten Bärenabenteuer zu erzählen – es lag schon zwei Jahre zurück –, Alexander erhob sich, hielt den Kopf schief und flüsterte entzückt: »Ganz wie in Gallien! Nur noch schärfer!«
Dann machte er sich mit riesigen Schritten auf den Weg, baute sich vor Gaius auf und röhrte: »Alexandros wie befohlen! Erbitte um Befehle!«
Er hing an Gaius' Gesicht und wußte: Nun würde eine entscheidende Sache zur Sprache kommen.
»Herhören!«
Alexander stand wie eine Eiche.
»Du wirst mit mir...«
»... einen kleinen Spähtrupp, Herr?« Er hielt den Kopf wieder schief.
»So ist es. Komm!«
Er übergab Cornificius das Kommando. Dann machte er sich mit Alexander unter Führung eines der ubischen Späher auf den Weg. Unterwegs wurde nicht gesprochen. Der Ubier gab Zeichen, wenn gefährlicheres Gelände zu überwinden war. So erreichten sie nach etwa einer Stunde ohne Zwischenfälle die Stelle, von der aus der Späher alles beobachtet hatte. Sie befanden sich auf der Höhe eines steil abfallenden Hügels. Etwa drei bis vier Meilen voraus sah man den felsigen Gipfel des Berges, auf dem sich die Opferstätte befand. Man sah dort weißen Rauch aufsteigen. Also wurden schon die Vorbereitungen getroffen.
Links erhoben sich in größerer Entfernung die Spitzen der übrigen gewaltigen Kegel der Sieben Berge. Unter ihnen, in der Talmulde, erkannten sie Zelte zwischen den Bäumen und Punkte, die sich bewegten. Sie sahen, wie von der zu Tal abfallenden Seite sich ein größerer Trupp von vielleicht fünfzig Männern näherte. Auf sie ging ein einzelner großer Mann zu. Der Trupp machte halt, einer trat vor, die beiden Männer reichten sich die Hände. Es war klar: Ambiorix empfing einen weiteren Trupp befreundeter Germanen.
»Sind das die Chatten?« fragte Gaius den Ubier.
»Nein, Legat. Diese Leute sind eben erst angekommen.«
»0 Athene!« flüsterte Gaius. Das bedeutete, daß sie kaum eine Chance gegen die Übermacht der Eburonen, Chatten und Marser hatten. Trotzdem betrachtete er mit Kennerblick die Lage, spielte in Gedanken den Angriff aus den verschiedenen Lagen im Gelände durch und war sich doch klar, daß er das Leben seines Bruders keineswegs gerettet hätte, wenn er das Lager da unten besetzte.

Er hob den Blick und schaute hinüber zum Opferplatz.

Unvermittelt sagte Alexander, der wie sein Herr tiefbetroffen die Machtansammlung da unten zur Kenntnis genommen hatte: »Herr, Anbetracht dessen sehe ich nur eine einzigartige Möglichkeit als solche, den edlen Titus angemessen zu befreien.«

»Nämlich?«

»Den Knaben da drüben auf dem Berg das Feuerchen an sich auspusten und ihr Seelchen auf den Weg ohne Umkehr zu schicken, damit sie durchaus lernen, wie man als Sterblicher einen Volcatier zu behandeln hat! *Per omnes deos!* – Bei allen Göttern! Ich werde sie lehren, mit Feuerchen zu spielen! Ich werde…«

»Pst!« machte Gaius, legte Alexander die Hand auf den Arm, und natürlich verstand dieser – und schwieg traurig. Doch im gleichen Augenblick glaubte er seinen Augen nicht zu trauen. Er stieß Gaius an und wies mit der Hand nach unten: »Dieser Verräter!«

Auch Gaius erkannte ihn: Frei-Atto bewegte sich frei im Kreise der Neuankömmlinge, reichte diesem und jenem die Hand, schien mit einzelnen zu plaudern, und in der Einbildung meinten sie, hier oben sein höhnisches Gelächter zu hören.

»Komm!«

Gaius erhob sich, befahl dem Germanen mitzukommen, da er nun auch fürchtete, daß diese Leute von Frei-Atto nur zum Schein zurückgelassen worden waren. Verdächtig schien ihm auch, daß der Mann nicht zu erkennen gab, ob er seinen Fürsten erkannt hatte oder nicht.

Auf dem schnellsten Wege kehrten sie zurück.

Gaius teilte den übrigen Führern die neue Beobachtung mit, und Cornificius seufzte: »Dann sei uns ein guter Gott gnädig!«

Auch die anderen machten betretene Gesichter, und erst jetzt wurde ihnen ihre aussichtslose Lage klar. Sicher, man konnte sich zurückziehen – und für immer seine Ehre als Offizier Caesars und als Bürger Roms verlieren. Trotzdem stellte Gaius es ihnen frei. Doch ohne zu zögern erklärten sie alle, es sei ihnen heilige Pflicht, für das Leben des Legaten Titus Volcatius Tullus zu kämpfen. Daß dies ihren Tod bedeuten konnte, das brauchte Gaius ihnen gegenüber nicht zu erwähnen – jeder wußte es ohnehin.

Sie beschlossen, in einzelnen Trupps unter der Führung von kundigen Ubiern so schnell wie möglich zum Felsenberg aufzubrechen. Dort mußte man weitersehen.

27

Ohne Zwischenfälle kreuzten sie das Tal, an dessen oberem Ende sich das eburonische Lager befand. Sie erklärten sich dies so, daß sich Ambiorix – nach dem Bericht des wiedergekehrten Sugambrers, mehr noch nach der Ankunft der Chatten und Marser – sehr sicher fühlte und irgendwelche römische Aktionen im Umkreis von zwanzig Meilen überhaupt nicht für möglich hielt.
Sie wußten von einigen Spähern, daß zwischen dem Lager der Eburonen und dem Opferplatz ein leicht zu begehender Bergsattel die Verbindung herstellte. Den dort verlaufenden Pfad mußten sie meiden. Es gab nur die Möglichkeit, sich von Westen und Süden dem äußerst steilen Hang zu nähern und zu versuchen, ihn zu erklettern. Sie wußten, es war ein Spiel mit dem Tode, auf so steilem Terrain gegen einen Feind zu kämpfen, der mit Leichtigkeit von oben, hinter der Deckung von Felsen, Bäumen und Büschen, seine Waffen einsetzen konnte. Dennoch mußten sie es versuchen; es gab keinen anderen Weg.
Da stand plötzlich Gnaeus Pompeius, der Dolmetscher, vor Gaius, hielt ihm ein Blatt Papyros hin und sagte: »Das hat mir eben ein Ubier zugesteckt. Er sagte, Frei-Atto habe ihn geschickt. Er müsse dich dringend sprechen.«
Gaius faltete das Blatt auseinander und las: »Vertraue mir!«
Na endlich! dachte Gaius. Dann bat er Cornificius, ihn zu begleiten. Commius aber hob die Hand und mahnte: »Seid vorsichtig!«
»Sicher...«
Sie gingen zurück, der Ubier und Pompeius voraus, bis zu einem schmalen Pfad, der steil nach oben führte.
»Wo ist er?« fragte Gaius.
»Nicht mehr weit«, sagte der Germane.
Sie erreichten eine Art Stufe am Hang, und dann ging alles so schnell, daß sie nicht mehr dazu kamen, die Schwerter zu ziehen: Direkt vor Gaius' Füßen schlug die eherne Spitze einer Lanze ein. Im selben Augenblick hörten sie die harte Stimme von Frei-Atto: »Werft die Waffen weg – oder ihr seid des Todes!« Um sie herum standen etwa fünfundzwanzig germanische Krieger.
Eine kurze Zeit lang verspürte Gaius die Lust, dem Ubierfürsten mit dem Dolch an die Kehle zu springen, doch er besann sich: Ein toter

C.V.T. würde Titus überhaupt nichts nutzen. Also gab er Cornificius ein Zeichen, und beide ließen ihre Schwerter und Dolche fallen. Der sie begleitende Germane bekam den Befehl, die abgelegten Waffen aufzuheben und mitzunehmen. Vier andere traten vor und fesselten Gaius und Cornificius.
Sie waren gerade damit fertig, als aus dem oberen Dickicht ein hünenhaft großer Mann trat, dessen blondes Haar strähnig bis auf die Schultern fiel. Er strich sich mit der Rechten über die herabhängenden Enden des Schnauzbartes und betrachtete mit einem höchst zufriedenen Gesichtsausdruck die beiden Gefangenen, dann zeigte sich ein hochmütiges, ja stolzes Lächeln, und er sagte, den Blick auf Gaius gerichtet, zu Frei-Atto: »Das hast du sehr gut gemacht, Frei-Atto! Das werde ich dir nie vergessen.«
Dann wandte er sich seinen Leuten zu: »Bringt sie weg!«
Gaius war im Augenblick nicht eines klaren Gedankens fähig, so sehr war er im Inneren aufgewühlt von Haß, Wut und dem Eingeständnis seiner Dummheit, Frei-Atto Glauben zu schenken. Doch es interessierte ihn, ob man ihn mit seinem Bruder zusammenbringen würde.
Es ging noch einige fünfzig Schritt aufwärts, dann hatten sie einen unregelmäßig geformten Platz erreicht, der sich um die Spitze eines Felsens herum bis zu dem Kamm erstreckte, der den Sattel entlangführte. Man brachte ihn und Cornificius in eine Nische der Felswand und band sie an zwei Ringen im Gestein mit Tauen fest. Der unbeschreiblich schöne Ausblick, den sie von hier aus über das Tal des Rhenus nach Süden hatten, stand in fast schmerzhaftem Gegensatz zu ihrer Lage. Der ganze Platz war beherrscht von germanischen Kriegern, es kamen immer neue dazu. Es mußten Hunderte sein, die sich rings um die Spitze auf dem ebenen Gelände oder am Abhang niedergelassen hatten. Sonderbarerweise machten sie alle sehr ernste Mienen, und natürlich kannten sie niemanden von ihnen. Oder doch? Waren da nicht Gesichter, die sie schon in der ubischen Siedlung gesehen hatten? Alle bewegten sich sehr diszipliniert, wurden von Platzanweisern auf bestimmte Stellen verwiesen, wo sie sich lagerten. Rechts, unterhalb der Felsenspitze, befand sich ein gewaltiger Felsblock, vor Zeiten wohl von der Spitze heruntergestürzt; er sollte wohl als Altar dienen.
Die beiden Gefangenen kamen nicht dazu, lange Mutmaßungen über ihr weiteres Schicksal anzustellen, denn es ertönte eine Art Horn, und

überall verstummten die Gespräche. Dann näherten sich vom Kamm des Bergsattels her mehrere Reiter, denen eine größere Eskorte im Abstand von zwei Pferdelängen folgte. Als sie näherkamen, erkannten die Gefangenen Ambiorix, Frei-Atto und wohl die Häupter der chattischen und marsischen Gesandtschaften. Sie hielten vor den Gefangenen an, warfen ihnen einen trotzigen Blick zu, den die beiden jedoch auf gleiche Weise erwiderten.

Nun gab Ambiorix mit der Hand ein Zeichen und rief laut: »Führt ihn vor!«

Daraufhin teilte sich die Eskorte, und man führte einen alten Klepper vor, auf dem eine menschliche Gestalt saß, die am Ende ihrer Kraft zu sein schien: Titus Volcatius Tullus! Das Haar hing ihm ungeordnet ins Gesicht, er hatte nicht seine Kleidung, sondern ein sackartiges, langes Gewand an, und er machte den Eindruck, als ob er nicht ganz bei Sinnen war. Hatten sie ihn mit Drogen behandelt?

Man führte das Pferd vor den Altarstein, zerrte den Reiter an einer Seite herunter, so daß er unkontrolliert fiel, und er hätte sich seinen Schädel an den herumliegenden Steinen aufschlagen können, hätte nicht ein Germane mit einer Reflexbewegung den Körper aufgefangen und dann mit dem Rücken gegen den Stein gelehnt.

»Titus! Ich bin's! Gaius!« Er rief es laut hinüber, doch der Bruder reagierte nicht. In ohnmächtiger Wut zerrte Gaius an seinen Fesseln. Dies beobachtete Ambiorix mit einem zynischen Lächeln. Dann reckte er sich, blickte über die Versammelten und begann! Seine Stimme war klar, hart, und sie trug weit über den Platz: »Wir haben uns heute hier, auf dem Heiligen Berge, in der Nähe der Götter versammelt, um gemeinsam durch heiligen Eid zu bekräftigen, den Kampf gegen die fremden Eindringlinge fortzusetzen, bis sie aus den Gebieten und Gauen, die uns einmal gehörten, für immer und ewig vertrieben worden sind. Damit die Götter uns gnädig und gewogen sind, bitten wir sie, als unsere Gabe diesen Menschen« – er wies auf Titus – »anzunehmen, denn er ist einer von denen, die uns und unseren Göttern frevelhaft entgegenzutreten wagten.«

Er schwieg, während die Germanen beifällig ihre Schwerter gegen die Schilde schlugen.

»Wie gut die Götter es mit uns meinen«, fuhr Ambiorix fort, und sein Haar wehte vom Winde zur Seite, so daß Cornificius nicht umhin kam, dieses trotz allem herrliche Bild in sich aufzunehmen, »... das zeigt sich darin, daß sie uns heute zwei weitere Feinde in die Hand gegeben haben. Was mit ihnen geschehen wird, darüber wird noch zu beraten sein. Schreiten wir nun, da die Sonne sich dem Horizont nähert, zur vereinenden Tat! Denn es weilen einige Fürsten der Chatten und Marser unter uns, die in ihren Völkern Zeugnis geben werden von unserem Willen, das römische Joch abzuschütteln. Fangt also an!«

Gaius und Cornificius wußten, man würde Titus nicht sogleich töten, sondern ihn erst quälen. Darum hatte man ihm wohl Drogen eingegeben, damit er dies überstehe und nicht schon vorher verschied. Einige Germanen brachten Titus auf die Beine und führten ihn zu einem Pfahl, der ganz offensichtlich nicht zum ersten Mal für die folgenden barbarischen Qualen als Stütze dienen mußte, denn er war verwittert und spröde. Dort banden sie Titus mit Riemen und Stricken so, daß der Pfahl ihn aufrecht hielt, wenn er auch nur hing, denn mit eigener Kraft konnte er sich nicht auf den Beinen halten.

Nachdem dies erledigt war, trat ein Kommando von Bogenschützen vor; es bestand aus drei Kriegern, und jeder von ihnen legte einen Pfeil an den Bogen und wartete auf das Zeichen, ihn zu spannen. Das Zeichen kam – doch sie hatten keine Zeit mehr, die Sehne zu spannen, denn jeder von ihnen hatte selbst einen Pfeil im Halse stecken, und lautlos sanken die drei zu Boden. Alle, die dies sahen, die beiden Gefangenen ebenso wie die Eburonen, waren so überrascht, daß sie auch das folgende Ereignis kaum begriffen: Frei-Atto hatte mit einem mal sein Schwert gezogen, die Fürsten der Chatten und Marser folgten ihm, und sie stürmten auf Ambiorix ein; doch dieser begriff auf der Stelle, daß er sich gegen die Angreifer nicht halten konnte, wendete und galoppierte auf den Kamm des Sattels zu. Zur gleichen Zeit kam in die eng zusammenstehenden Gruppen der Chatten und Marser Bewegung, sie nahmen an sicheren Stellen, hinter Büschen, Felsen, auf dem Gipfel schnell Positionen ein, begannen unverzüglich mit Pfeilen, Lanzen, Streitäxten den Kampf, so daß die verwirrten Eburonen nach der Flucht ihres Anführers nur noch um ihr Überleben kämpften.

Auch unten auf dem Plateau tat sich einiges: Da waren plötzlich Leute, die Gaius für Chatten gehalten hatte, die aber nun in ubischem Dialekt redeten; sie gingen mit der blanken Waffe auf die nächsten Eburonen los, drängten einen Teil zum Rand des Plateaus, und dann hörte man

manchen Todesschrei eines Eburonen, wenn er die sechzig bis hundert Fuß tiefe Steilwand an der Westseite hinabstürzte.
Endlich erreichten zwei Ubier Gaius und Cornificius und hieben ihnen die Fesseln durch. Sofort sprangen die Freunde auf, griffen zum nächsten am Boden liegenden Schwert und kämpften mit. Und dann vernahmen sie eine ihnen sehr bekannte Stimme: »Na also! Wollt ihr elendigen Feiglinge wohl stehenbleiben, verdammt noch mal! ... Wedle ich denn mit Palmzweigen, he? ... Der Mann hat Muskeln wie ein Spatz Krampfadern! Du wirst Vater und Mutter vergessen, mich niemals ... Na also!«
Er wandte sich dem nächsten zu. Das alles spielte sich unmittelbar vor dem Pfahl ab, an dem Titus noch hing.
»... werde euch lehren, dem edlen Titus Volcatius ein Härchen zu verkrümmen!« Und wieder schlug er zu wie ein Berserker, hielt so den Platz vor Titus frei, denn ihm war klargeworden, daß irgendeiner der Eburonen versuchen könnte, den lebenden Titus als Geisel zu nehmen. Aber dazu kam es nicht – dank Alexanders Aktion, die nun noch Unterstützung von Archelaos bekam.
Auch die übrigen römischen Führer und die eigenen und ubischen Reiter waren plötzlich da und halfen mit, den Platz gegen die immer noch hartnäckig sich wehrenden Eburonen zu halten.
In dieses Getümmel rief Gaius: »Herhören! Wer jetzt die Waffen wegwirft, bleibt ein freier Mann! Er bekommt einen Hof und steht unter meinem persönlichen Schutz! Ich bin Gaius Volcatius Tullus, Legat des Proconsuls Gaius Iulius Caesar!«
Sofort gab über die Hälfte durch Einstellen des Kampfes und Heben der Hände zu erkennen, daß sie aufgeben wollte. Etwa dreißig von ihnen fochten weiter, und erst als zwanzig von ihnen gefallen waren, konnte man die übrigen überwältigen und mit Stricken binden. Ihr Schicksal war klar: Man würde sie als Sklaven nach Rom verkaufen. Die Zahl derjenigen, die sich ergeben hatten, betrug immerhin einhundert siebzehn. Sie legten ihre Waffen auf einen Haufen und versammelten sich etwas abseits, nun streng bewacht von den siegreichen Ubiern.
In diesem Augenblick kam im Galopp ein Reitertrupp über den Kamm herangeprescht, hielt hart vor Gaius an, und Frei-Atto sprang vom Pferd, schritt, schweißig und blutig im Gesicht, auf Gaius zu und umarmte ihn.

»Ich erklär' dir die Einzelheiten später«, keuchte er, immer noch außer Atem, und dann gingen beide zum Marterpfahl, wo Alexander höchst vorsichtig dabei war, Titus aus seiner qualvollen Lage zu befreien, wobei ihm Archelaos half, aber bereits wieder eine Rüge nach der andern einstecken mußte: »Und ich sage dir, du siehest doch, daß der edle Titus nicht in Sinnen ist!«
»... bei Sinnen!« verbesserte Cornificius, der dazu getreten war, doch Alexander überhörte das.
»Du darfst ihn jetzt an sich nur so anfassen, wie deine Mutter dich befaßt hat, als du als solcher noch dauernd klein warst. Es könnte dem edlen Titus sonst ein Leids geschehen. Und dann will's keiner gewesen sein. Also halt du dich da raus.«
Archelaos ging zur Seite und seufzte: »Der spinnt, der Sohn aus Theben!«
Als erstes befahl Gaius, daß sein Bruder untersucht und versorgt werde, und Commius der Atrebate machte sich zusammen mit Cornificius unverzüglich daran. Als Ergebnis erhielt Gaius die Bestätigung dessen, was er bereits angenommen hatte, daß nämlich sein Bruder mit unbekannten Drogen behandelt worden war, um seinen Willen zu brechen und um ihm das Schmerzempfinden zu mildern, damit er die Martern besser über sich ergehen lassen konnte. Eine äußere Verletzung hatte er nicht, und das war, wie Gaius wußte, Voraussetzung für solche »Opferungen«. Also war damals nicht er, sondern einer seiner Entführer von ihm verletzt worden.
Er ging hinüber und betrachtete Titus mit sorgenvollem Blick, so daß Commius ihn beruhigen mußte: »Er wird wohl bis morgen durchschlafen, Legat. Dann wird er wieder der alte sein.«
Man holte von den Packpferden, die herangebracht worden waren, eine zusammenklappbare Trage, breitete sie auseinander, legte eine dreifach gefaltete Decke als weiche Unterlage auf das Leder, und dann kontrollierte Alexander wie ein Stabsarzt den kurzen Transport des Kranken bis zur Liege: »Vorne halt! Daß ihr mir ja aufpaßt, ihr Holzhacker!«
Bei den Angesprochenen handelte es sich immerhin um Archelaos und Commius; doch erstaunlicherweise ließ der ernste Atrebate diese rüde Ansprache lächelnd über sich ergehen, so daß Gaius, Cornificius und Frei-Atto sich einen langen, erstaunten Blick zuwarfen.
»So, und nun legt ihn so zart auf dies Himmelbettchen, als ob ihr eure liebliche Mutter in Händen.«

»...leiblich!« rief Cornificius, »leibliche Mutter!«
»Eben!« – Und als Titus endlich lag, wandte sich Alexander den Umstehenden in der Haltung eines Imperators zu und bellte: »Herhören!«
Im Umkreis von hundert Fuß hielten alle mit ihren Gesprächen und Tätigkeiten inne, blickten herüber, und die, welche ihn kannten, freuten sich schon im voraus auf die nun anstehende Predigt.
»Hier steht an sich und spricht solcher Alexandros, Sohn des Alexandros aus Theben. Herhören! Und er saget euch: Euer letztes Stündchen hat als solches geschlagen, alldieweil ihr von mir in höchsteigener Person auf eine weite Reise ohne Wiederkehr, so ihr es waget, diesem hochedlen Manne, Titus Volcatius Tullus, es in irgendeiner Weise zu schaden! Jeder, der es wagt, ohne meine Erlaubnis ihm zu nahe, hat gelebt! Es sei denn!«
Er blickte, in die Runde, wartete auf Einwände.
»Noch Fragen?« Es meldete sich niemand. »Na, dann eben nicht! – Herhören! Diese lieblichen Hündchen...« – er wies auf Hector und Max, die er plötzlich an der Leine hielt – »...diese werden durchaus kontrollieren, wer sich näher als ein Stadion anschleicht, und mir melden! Verstanden!?« Es folgte nochmals ein Rundblick. »Na also! Weitermachen!«
Wir können uns sehr wohl denken, wie auch diese rhetorische Meisterleistung sowohl vom Redner selbst als auch von einigen seiner Zuhörer noch ihren staunenden Kindeskindern schmunzelnd hinterbracht wurde – nur mit dem kleinen Unterschied, daß dabei eine ganze Cohorte in Habachthaltung angetreten war.
Gaius gab Order, die eigenen Verluste und die des Feindes zu zählen sowie nach Stämmen zu ordnen. Dabei kam dies heraus: Etwa der Hälfte der Eburonen, vielleicht vierhundert Mann, war es gelungen, durchzubrechen, zu ihren in der Nähe stehenden Pferden zu gelangen und zu fliehen. Einhundertsiebzehn hatten sich ergeben; zehn waren lebend überwältigt worden; nach mehrmaligem Zählen kam man bei den Gefallenen auf die Zahl von dreihundertdrei.
Gaius addierte die Zahlen und sagte dann zu Cornificius und Frei-Atto: »Dann hatte er insgesamt an die achthundertfünfzig Männer. Immerhin eine ganz ansehnliche Zahl!«
»Es werden noch einige fünfzig mehr sein«, sagte Frei-Atto. »Ambiorix

wird von früheren Zügen Verwundete zu versorgen haben. Na ja, wir werden das in Verhören mit einigen Gefangenen noch klären.«
Gaius und Cornificius nickten. Dann kamen Krieger und meldeten die eigenen Verluste: Vierzehn Ubier, sechs Chatten und zwei Marser waren gefallen. Die Zahl der Verwundeten war nicht groß; außerdem kannte man sie noch nicht genau, weil jeder, der Beine und Arme bewegen konnte, den übrigen half, um nach Schwerverletzten zu suchen. Und dabei traf man schließlich auf Gnaeus Pompeius. Er befand sich am Steilhang, und zwar an einer Stelle, wo dieser sehr abschüssig war. Er hatte das Glück gehabt, an einer dort in abenteuerlichen Windungen sich im Fels festkrallenden Kiefer hängengeblieben zu sein. Man führte die römischen Führer dorthin, Legionäre folgten, und Gaius sah, wie einige Männer nach Lanzen, die am Boden herumlagen, griffen, um den Verräter damit zu erledigen.
Gaius stellte sich mit dem Rücken an den Abgrund, hob die Hand und befahl in schneidendem Ton: »Keiner rührt eine Hand gegen den Mann! Wir brauchen ihn lebend. Er wird zurück nach Nemetocenna gebracht und vor ein Militärgericht gestellt, damit wir genau erfahren, wer an all diesen Verrätereien beteiligt war. Werft die Lanzen weg! Holt Seile und bergt ihn! Wenn er verletzt ist, wird er medizinisch versorgt wie jeder andere auch!«
Die Männer sahen sich einen Augenblick lang ernst an, nickten sich dann zu und warfen die Waffen auf den Boden. Gaius verfolgte noch den Beginn der nicht ungefährlichen Aktion, und erst als er sah, daß sowohl der zu Bergende als auch die tätigen Soldaten außer Lebensgefahr waren, verließ er die Kante am Abhang. Endlich hatte er die Zeit, Frei-Atto, Commius und die übrigen Führer zu einer klärenden Aussprache zu empfangen. Sein Zelt war bereits in der Nähe des Opfersteins aufgeschlagen worden, und auch die übrigen waren fast fertig, denn Cornificius hatte – im Einvernehmen mit Gaius – befohlen, diesen Platz hier auf der Spitze des Berges als Lager und unangreifbare Festung auszubauen. Und dies war bei den topographischen Gegebenheiten eine Kleinigkeit. Andere Einheiten machten sich zusammen mit den Ubiern, Chatten und Marsern daran, die Toten zu bergen und sie vom Berg wegzubringen, damit sie ehrenvoll bestattet werden konnten. Und ehe er es vergaß, hatte Gaius mehrere der anwesenden Sugambrer losgeschickt, daß sie von ihren Sippen

Vertreter hierher zum Heiligen Berg schickten. Sie sollten morgen bei Sonnenaufgang erscheinen.
Nachdem dies alles in die Wege geleitet worden war, versammelten sich die Befehlshaber und auch die Gesandten der Chatten und Marser im Zelt des Legaten Gaius Volcatius Tullus. Die Sonne war eben hinter den Bergen westlich des Rhenus untergegangen, und Archelaos hatte im Zelt mehrere Öllampen aufstellen und anzünden lassen. So war ein seltsames, geheimnisvolles Zwielicht im Raum, denn der Eingang zum Plateau blieb offen, und der warme Schimmer des feurigen Abendrots schien die Zeltpfosten glühen zu lassen.

28

Als sich alle auf den Klappstühlen niedergelassen hatten, begann Gaius: »Liebe Freunde! Waffengefährten!« – So hatte er es mit Cornificius abgesprochen: Man mußte die Gunst der Stunde nutzen! Und alle Anwesenden senkten zwei-, dreimal das Haupt und gaben damit ihr Einverständnis zu erkennen, daß sie mit dieser Titulatur einverstanden waren. – »Es ist nicht meine Art, viele Worte zu machen. Ich möchte euch allen, besonders aber den Abgesandten der Chatten und Marser, danken für ihre tapfere Unterstützung, ohne die – wir alle wissen es – es wohl niemals gelungen wäre, den Legaten Titus Volcatius Tullus aus den Händen seiner Entführer zu befreien.« – Er benutzte aus Vorsatz diese wertfreie Bezeichnung, denn er wollte an den Reaktionen der Germanen erkennen, wie sie zu Ambiorix standen. Und die Entrüstung folgte prompt, denn der Führer der Chatten, ein Mann von vielleicht sechzig Jahren, dessen eisgrauer Bart den Ausdruck seines Gesichts beherrschte, meldete sich zu Wort.

Commius übersetzte: »Ambiorix war ein Verräter! Er hat nicht nur dich, Römer, hintergangen, sondern ebensooft hat er germanische Führer betrogen. Ich danke den Göttern an diesem heiligen Ort...« – er neigte das Haupt in Demut – »... daß sie ihn wie einen räudigen Hund bestraft haben. Es soll Friede sein zwischen den Römern auf der andern Seite des Rhenus und den Germanen auf diesem Ufer!«

Gaius nahm dies mit einem Kopfnicken zur Kenntnis und er wußte sehr wohl, daß dahinter nicht nur Wille zum Frieden stand, sondern handfeste Interessen: Wenn die Ubier ihr altes Gebiet im Taunus bis auf einige hundert Familien geräumt haben würden, mußte mit den Chatten eine völkerrechtliche Regelung getroffen werden, und zwar dahingehend, ob und wie sie das Recht erhielten, sich an bestimmten Plätzen niederzulassen. Es war klar, daß der Chatte dies im Hinterkopf hatte, als er nun so konziliant und mit frommer Haltung von Eintracht und Frieden zwischen den beiden Kulturen in schönen Worten sprach.

Natürlich mußte Gaius darauf eingehen, und er sagte: »Du hast mir aus dem Herzen gesprochen. Ich werde dem Proconsul des römischen Volkes nur Gutes von euch und auch von den Marsern zu berichten haben. Ihr werdet demnächst Boten von Gaius Iulius Caesar empfangen und die Antwort des Proconsuls erfahren. Ich kann euch jetzt schon den Dank des Feldherrn aussprechen, denn ich bin bevollmächtigt, in allem statt seiner zu reden. Seid bis morgen unsere willkommenen Gäste!«

Dies wurde gerne angenommen. Dann verließen die Männer das Zelt, um ihren Leuten den Dank weiterzugeben.

Endlich konnte Gaius, zusammen mit Cornificius, Commius und den beiden Centurionen Balventius und Vorenus, ungehindert mit Frei-Atto reden.

»Lieber Freund!« begann er, und er sprach dieses Wort auch im Sinne der übrigen römischen Führer aus. »Ohne dein überlegtes Handeln säßen wir nun nicht hier zusammen, um entspannt den glücklichen Ausgang der Aktion zu besprechen. Aber wie hast du es angestellt, daß die Gesandten, die ja eigentlich auf dem Wege waren, der Gegenseite zu helfen, umschwenkten um hundertachtzig Grad?«

»Nun«, lächelte Frei-Atto, »ich kenne Tatuco, den Anführer der chattischen Gesandtschaft, mit dem du eben gesprochen hast, schon seit meiner Kindheit, denn mein Vater Atto nahm mich des öfteren mit, wenn er mit ihm und anderen Häuptern der Chatten über Fragen der nachbarlichen Beziehungen zu reden hatte. Und ich bitte dich, mach dir nichts vor: Tatuco ist ein Taktiker!«

»Wem sagst du das!?« lachte Gaius zurück, und Frei-Atto nickte ihm zu: »Er würde, wenn es ihm Nutzen brächte, das Haar seiner Mutter verkaufen! – Kurz, ich kenne seinen Charakter! Ich wußte, daß es ihm zur Zeit darum geht, das Bestmögliche aus der Situation zu machen, die dadurch entstanden ist, daß Caesar die Eburonen furchtbar dezimiert, ihr Gebiet uns aber weitergereicht hat, ohne daß es ihm bis jetzt gelungen ist, ihres Führers Ambiorix habhaft zu werden. Und...« – er blickte lächelnd in die Runde – »... es sieht, glaube ich, auch weiterhin ganz so aus, als ob dies in naher Zukunft nicht der Fall sein würde.«

»Das mag durchaus sein«, gab Gaius ernst zu. »Was hast du ihm denn erzählt?«

»Es war einfacher, als ihr vielleicht denkt. Ich sagte ihm die volle Wahrheit: daß dein Bruder in den Händen des Ambiorix sei; daß die Gefahr bestehe, er werde getötet; daß die schreckliche Folge einer solchen menschenverachtenden Handlung aber eine vernichtende Strafaktion Caesars sein würde. Ich stellte ihm dagegen, für ihn müsse es durchaus wichtiger und lohnender sein, mit Caesar in ein gutes Verhältnis zu tre-

ten, damit jene schwierigen Fragen – wie denn mit gewissen Gebieten, die vorher in unserem Besitz waren, nach unserem Abzug zu verfahren sei – einvernehmlich geregelt werden könnten. Es bedurfte keiner langen Überlegung bei ihm, um ihn auf meine, damit auf die römische Seite zu ziehen.«
»Und die Marser?« fragte Cornificius.
»Nachdem Tatuco gewonnen war, wurde es nicht schwierig, die Führer der marsischen Gesandtschaft aus ähnlichen Erwägungen ebenfalls auf unsere Seite zu ziehen.«
»Aber sie haben doch von uns nichts zu erhoffen!« rief Balventius.
»Wer weiß«, lächelte Frei-Atto vielsagend, und sie verstanden, daß er die Entwicklung kommender Jahrzehnte ansprach. »Man kann nie Freunde genug haben!« fügte er noch hinzu. »Ihr solltet den Chatten eine Botschaft des Proconsuls zukommen lassen, in der ihr ihnen euren Dank aussprecht und ihnen Schutz zusagt. Das bedeutet diesen einfachen Menschen mehr, als ihr euch vorstellen könnt!«
Sein Gesicht war plötzlich sehr hart geworden.
»Und es ist nicht immer so einfach wie heute«, setzte er hinzu, »die transrhenanischen Völker davon zu überzeugen, daß nur ein friedliches Verhältnis mit euch ihnen Nutzen bringt.«
»Ich danke dir für deine Offenheit!« sagte Gaius, und er legte Frei-Atto kurz die Hand auf den Arm. »Ich brauche dir nicht zu sagen, daß Cornificius und ich immer in deinem Sinne reden werden, sollte die römische Führung aus Unkenntnis der wahren Verhältnisse falsche Entscheidungen treffen wollen.«
Mittlerweile war Wein gebracht worden, und sie tranken sich zu, nachdem sie den Göttern die ersten Tropfen geopfert und ihnen gedankt hatten. Dann fiel Gaius aber noch ein: »Wie aber konntest du Ambiorix hinters Licht führen?«
»Wie du weißt, kann er lesen und schreiben. Also gab ich ihm den Zettel, damit er meine kurze Notiz las. Er deutete sie als gute und überzeugende Falle, da er im übrigen nicht für möglich hielt, daß die chattischen und marsischen Gesandten doppeltes Spiel machen würden. Der Rest war dann einfach. Du hast es selbst erlebt.«
Alle ließen noch einmal die dramatischen Ereignisse dieses Tages an sich vorüberziehen, und sie meinten, es müßten schon mehrere Tage vergangen sein, seit sie hier unterwegs waren, und konnten es kaum fassen,

als sie sich klarmachten, daß sie erst zum zweitenmal auf dieser Seite übernachten würden.
Nun kam die Müdigkeit mit großer, unwiderstehlicher Gewalt über alle, und sie legten sich zeitig schlafen. Alexander aber war nicht dazu zu bringen, das Zelt, in dem man Titus Volcatius versorgt hatte, zu verlassen.
»Und lasse sich niemand einfallen, die lieben Kleinen zu überreden, Pfötchen als solche zu geben. Er würde Anbetracht dessen hinterher eine Hand weniger haben! Ich verlange absolute Ruhe! Dissiplin! Ordnung! Rom braucht solche Hunde! Na also!«
Am nächsten Tage wurden alle toten Krieger, gleich welchen Stammes und auf welcher Seite sie gekämpft hatten, ehrenvoll und unter Anteilnahme aller bestattet.
Die Eburonen, die sich ergeben hatten, durften ihre Angehörigen kommen lassen. Den wenigen, die sich nicht ergeben hatten, wurde in Aussicht gestellt, daß der oberste Feldherr Caesar das letzte Wort über ihr ferneres Schicksal haben werde. Gaius hoffte darauf, ihre Frauen und Kinder würden sie so lange bearbeiten, bis sie ihren Starrsinn aufgeben und das mit Sicherheit milde Urteil des Proconsuls annehmen würden. Vor allem machten sie ihnen klar, daß ihr großer Ambiorix sie dazu mißbraucht hatte, nur für seinen Egoismus, seinen Stolz sowie seine Mord- und Rachelust zu kämpfen – und zu bluten. Doch dies sei nun für alle Zeiten vorbei – und umsonst. Man müsse, wie die Ubier, die Gelegenheit beim Schopfe packen und ein neues, friedliches, sicheres Leben beginnen, nicht nur ohne Rom als Feind, sondern mit Rom als schützender Macht im Rücken!
Gaius wußte, es würde dazu einige Tage brauchen, aber dann würden weibliche Hartnäckigkeit und menschliche Vernunft über aussichtslosen Haß und Starrsinn siegen.
Allen Sugambrern, die unter Ambiorix gelitten hatten oder die er mit vagen Versprechungen auf seine Seite gezogen hatte, wurde ans Herz gelegt, sofort dem jenseitigen Ufer zu melden, wenn eine Nachricht über den Verbleib des Ambiorix und seiner nun kleinen Streifschar ihnen zu Ohren käme. Sie versprachen dies.
Gegen Mittag des nächsten Tages machten sich Frei-Atto, C.V.T., die Führer der römischen Truppe und die Gesandtschaft der Chatten gemeinsam rhenusaufwärts auf den Weg, um die anstehenden Fragen

in Ruhe miteinander und mit den übrigen ubischen Fürsten und Sippenhäuptern zu besprechen. Dies gehört aber nicht mehr zu unserer Geschichte.

Es muß jedoch erwähnt werden:

Viele Jahre später traf Gaius während eines Besuches in dem nun aufgeblühten *Oppidum Ubiorum,* der stark befestigten Stadt der Ubier am Rhenus, den Commius wieder. Und der Atrebate, der mittlerweile einen großangelegten Pelzhandel zwischen Germanien und Italien betrieb, wußte zu berichten: Es gehe die Mär, daß Ambiorix sich nach Ostgermanien durchgeschlagen habe; nicht nur das – es hieß, dort habe er sich ein eigenes kleines Königreich geschaffen. Aber freilich: die Leute erzählten eben viel, wenn der Tag lang sei.

Und dies noch: Da schenkte Frei-Atto doch tatsächlich dem Alexandros, Sohn des Alexandros aus Theben, beim Abschied drei Wochen später ein wunderbares, kostbares Fell von einem Braunbären, wie es selbst Gaius noch nie gesehen hatte. Fortan konnte der Sohn aus Theben staunenden Zuhörern berichten, wie es war, als er das zweite riesige Fell »dieser unbedingt braunen Tierchen an sich« in einem unglaublich harten Kampf mit dem Messer seinem lebenden Besitzer abgenommen habe, »als er noch sterblich war!«

Gaius aber setzte es bei Caesar durch, daß Frei-Atto die höchste Auszeichnung erhielt, die einem Ausländer verliehen werden konnte: Er erhielt den Titel *Amicus et Socius Populi Romani,* »Freund und Verbündeter des römischen Volkes«. Er war danach des öfteren Gast der Volcatier in Rom, und wir werden ihn irgendwann dort wiedertreffen.

Anmerkungen

1 Der *Palatin*, einer der Berge Roms, liegt in der Nähe des Forums und wird von der Via Appia und der Via Sacra begrenzt.

2 vgl. Band 3, Teil 2: *Attentat in Pompeji.*

3 Die *picenische Region* erstreckt sich zwischen der adriatischen Küste und dem Apennin.

4 vgl. Band 3, Teil 2: *Attentat in Pompeji.*

5 *Porta Querquetulana:* südöstliches Stadttor, auf dem Caelius gelegen.

6 *Domus* (die): römisches Stadthaus einer Familie.

7 siehe Karte »Rom und Umgebung«, S. 189.

8 *Legat:* ursprünglich Hilfsbeamter eines außerhalb Italiens tätigen höheren Magistrats; im Militärbereich Führungshilfe des Oberbefehlshabers und Kommandeur einer Legion.

9 *Imperator:* Ursprünglich trägt diesen Titel der Magistrat, der das militärische Kommando, das Imperium, innehat. In der Zeit, in der unsere Handlung spielt, darf sich nur der Imperator nennen, der nach einem Sieg von den Soldaten als solcher begrüßt und später auch vom Senat anerkannt wird.

10 *Pisae:* das heutige Pisa.

11 *Centurio:* Befehlshaber einer Hundertschaft in der römischen Armee.

12 *Rhodanus:* die heutige Rhône.

13 *Optio:* Adjutant eines höheren Magistrats oder Militärbeamten.

14 Die Provinz *Gallia Narbonensis* erhielt ihren Namen nach der Stadt *Narbo*, dem heutigen Narbonne.

15 *Tunica:* ein aus zwei Teilen genähtes Woll- oder Leinengewand mit kurzen Ärmeln (ursprünglich ärmellos). Sie war gegürtet und etwa knielang.

16 *Praefect:* allgemeiner römischer Amtstitel des zivilen oder militärischen Dienstes.

17 *Senator:* Angehöriger des Senats, des offiziellen Beratungsgremiums des römischen Staates. Die Gesamtzahl der Mitglieder betrug zunächst 300, unter Sulla 600. Unter Caesar setzte sich der Senat zeitweilig aus 900 Mitgliedern zusammen. Voraussetzung für die Aufnahme in den Senat – die Zugehörigkeit endete erst mit dem Tod – war die Quaestur. Berufen wur-

den die Senatoren von den Censoren. Die Senatoren durften seit 218 v. Chr. Italien nicht verlassen und keinen Handel treiben.

18 Proconsul: Titel der Consuln, die nach Ablauf ihres Amtsjahres in Rom als Statthalter in eine Provinz gingen. Dort hatten sie neben der militärischen auch die oberste zivile Gewalt inne.

19 Der *Volkstribun (Tribunus plebis)* hatte die Interessen der *Plebs*, des Volkes also, gegenüber dem Senat zu wahren. Er besaß Vetorecht, was bedeutete, daß er gegen jede Entscheidung des Senats oder der Executivbeamten Einspruch einlegen konnte. Grundlage dieser außerordentlichen Machtfülle – er wurde, wie die Consuln und Praetoren, nur für ein Jahr gewählt – war seine persönliche Unverletzlichkeit.

20 *Consulat:* Amt des Consuls, des obersten Beamten der römischen Republik. Es wurden stets zwei Consuln pro Jahr gewählt, die völlig gleichgestellt und nur gemeinsam handlungsfähig waren.

21 vgl. Band 3, Teil 1: *Alexander und die Gladiatoren.*

22 *Meile:* siehe »Maße«, S. 186.

23 *Danuvius:* die heutige Donau.

24 *Pontos Euxeinos:* das heutige Schwarze Meer.

25 Zehn *Cohorten* zu je 600 Mann bildeten eine Legion.

26 *Nemetocenna:* das heutige Arras.

27 *Quintus Sertorius*, geb. 123 v. Chr., entstammte einer Ritterfamilie. Nach beachtlichen militärischen Erfolgen ging er 83 als Praetor in das ihm als Provinz zugewiesene diesseitige Spanien, aus dem er jedoch 81 von dem Sullaner Titus Annius vertrieben wurde. Durch diesen Vorfall wurde er zum erbitterten Feind Roms, gewann bald das volle Vertrauen der Spanier, errang spektakuläre Erfolge gegen die Streitkräfte der Statthalter des jenseitigen und diesseitigen Spanien und besiegte auch Pompeius, der 77 nach Spanien gekommen war. Nach einer unentschiedenen Schlacht gegen die Heere des Pompeius und des Metellus im Jahre 75 wurde er jedoch mehr und mehr in die Defensive gedrängt. Sertorius fiel 72 einem Mordanschlag zum Opfer.

28 *Tribun:* Stabsoffizier einer Legion.

29 Gemeint sind hier neben den Volcatiern die Legaten Marcus Antonius und Publius Licinius Crassus, letzterer ein Sohn des Triumvirs Crassus Dives; Marcus Antonius ist der spätere Konkurrent des Octavianus.

30 *Siga* (oder auch *Segaha):* die heutige Sieg.

31 *Moenus:* der heutige Main.

32 *Lagona:* die heutige Lahn.

33 55 v. Chr.

34 55 v. Chr.

35 Von *Publilius* Syrus sind die genauen Lebensdaten zwar nicht bekannt, doch gilt er als jüngerer Zeitgenosse Caesars. Der große Mimusdichter und Mimus schrieb vor allem Stücke, die einen stark moralisierenden Charakter aufwiesen. Leider sind von diesen nur noch wenige Fragmente erhalten. Zu prägnantem Ausdruck kam er primär in seinen Sentenzen, die schon früh gesammelt und in den Schulen gelesen wurden. Es sind etwa 700 Verse von ihm erhalten (vgl. Band 2, Teil 2: *Skandal um Nausikaa*).

36 *Porta decumana:* siehe Skizze »Plan eines römischen Lagers«. S. 196.

37 *Primipilus:* ranghöchster Centurio des ersten Triariermanipels. Die Triarii stellten das dritte Glied des römischen Heeres, in dem nur die erfahrensten Soldaten kämpften.

38 *Praetorium:* das Zelt des Feldherrn im Marschlager des römischen Heeres.

39 vgl. Band 1, Teil 2: *Die Frau des Senators.*

40 vgl. Band 1, Teil 1: *Mord auf der Via Appia.*

41 57 v. Chr.

42 55 v. Chr.

43 *Alesia* (das heutige Alise-Sainte-Reine): Bei der Hauptstadt der Manubier fand im Jahre 52 v. Chr. die entscheidende Schlacht zwischen Galliern und Römern statt. Trotz des Eingreifens eines gallischen Entsatzheeres mußte sich der Arvernerfürst Vercingetorix dem römischen Heer unter Caesar geschlagen geben.

44 Die *Parther* waren Roms Hauptfeinde im Osten, in Persien und Mesopotamien.

45 Das heißt in Oberitalien, der Gallia Cisalpina.

46 In der damaligen Zeit waren Sporen schon bekannt (vgl. Caesar, bell. Gall. VIII,48,5).

47 *Porta praetoria:* siehe Skizze »Plan eines römischen Lagers«, S. 196.

48 vgl. hierzu die Ereignisse in Band 1, Teil 2: *Die Frau des Senators.*

49 *Fuß:* siehe »Maße«, S. 186.

50 vgl. Band 1, Teil 2: *Die Frau des Senators.*

51 *Modii* (Plural von *Modius):* siehe »Hohlmaße«, S. 186.

52 vgl. Band 1, Teil 2: *Die Frau des Senators.*

53 *Via principalis:* zwischen der rechten und linken Porta principalis gelegene Hauptstraße eines römischen Lagers (siehe »Plan eines römischen Lagers«, S. 196).

54 Ein *Manipel* setzte sich aus zwei Centurien zu je 100 Mann zusammen. Drei Manipel bildeten eine Cohorte (= 600 Mann).

55 *et cetera* = und das übrige; *perge* = fahre fort! Dem deutschen »und so weiter« vergleichbar.

56 Charon: Fährmann der Toten, der diese über den Acheron zum Hades übersetzt.

57 *Chios:* kostbarer Wein von der gleichnamigen Insel, die dicht vor der asiatischen Küste liegt.

58 *Mosa: die* heutige Maas.

59 *Arduenna Silva:* die heutigen Ardennen, hier auch als Name der Eifel gebraucht.

60 *Arnefa:* die heutige Erft.

61 *Oppidum Ubiorum:* die befestigte Siedlung der Ubier, aus der später die Colonia Claudia Ara Agrippinensium (das heutige Köln) hervorging.

62 *Stadion:* siehe »Maße«, S. 186.

63 *Ariovist:* König der Sueben, mit dem Caesar vor der entscheidenden Schlacht erfolglos verhandelte.

64 siehe »Tageseinteilung«, S. 188.

65 wörtlich: Schreiber nach eigenem Willen, nach eigenem Antrieb.

66 Übersetzung: »Was es nicht alles gibt!«

67 *Falerner:* häufig getrunkener Wein aus der Campania.

68 vgl. Band 1, Teil 2: *Die Frau des Senators.*

69 *Eisenhut = Aconitum species:* Besonders in den Knollen des Blauen Eisenhuts finden sich ausreichende Mengen von Aconitin, eines der stärksten Pflanzengifte. Bereits die unverletzte Haut nimmt die Toxine auf.

Biographisches zu handelnden oder genannten Personen

In einem historischen Roman agieren nicht nur Personen, die durch die Überlieferung belegt sind, sondern auch solche, die der Phantasie des Autors entsprungen sind. Um den Leser, der vielleicht an anderer Stelle dem politischen Rahmengeschehen vertiefend nachgehen möchte, nicht irrezuführen, steht hinter den Namen der Personen (h) für »historisch«, (f) für »fiktiv«.
Alle in der Geschichte genannten germanischen und gallo-germanischen Namen stammen, wie zum Beispiel »Frei-Atto«, aus dieser Zeit und diesem Raum (vgl. Einzelheiten bei Leo Weissgerber: Die Namen der Ubier, Köln/Opladen 1969).

Alexander, Sohn des Alexander aus Theben (f): Bis vor wenigen Wochen Sklave im Hause der Volcatier, aufgrund seiner Verdienste und Loyalität vom Patron Lucius Volcatius Tullus freigelassen. Er wohnt zusammen mit seiner Frau Melitta, einer ehemaligen Sklavin der Clodia, im Haus des Gaius Volcatius Tullus am Palatin. Alexander kam zusammen mit seinem Vater während des III. Mithridatischen Krieges (74-64) nach Rom. Wie andere griechische Gemeinden hatte sich Theben auf die Seite des romfeindlichen pontischen Königs Mithridates VI. Eupator geschlagen. Alexander ist um 83 v. Chr. geboren.

Ambiorix (h): Fürst der Eburonen im Gebiet zwischen Maas und Niederrhein (heutige linksseitige Kölner Bucht). Trotz wohlwollender Förderung durch Caesar – Befreiung aus der Abhängigkeit von den Aduatucern (vgl. Caesar, bell. Gall. V,27,2) – trat er 54 offen gegen die römische Besatzungsmacht an, vernichtete bei Aduatuca eine Legion unter Sabinus (bell. Gall. V,26-37), griff auch Quintus Cicero an (den. Bruder des Rhetors, der unter Caesar Legat war), freilich erfolglos, und wurde dann zurückgeschlagen. Doch er kämpfte weiter – der letzte Gegner von Format, der sich Caesar nach der Niederlage des Vercingetorix entgegenstellte. In einer grausamen Strafexpedition vernichtete Caesar fast den ganzen Stamm der Eburonen und verwüstete das umliegende Land. Ambiorix selbst wurde nie gefaßt und blieb in der Geschichte verschollen.

Antonius, M. (h): Der spätere Gegenspieler des Octavianus (Augustus) war seit 54 im Stab von Caesars Gallienarmee, zuletzt als Quaestor. Er wurde auch als Befehlshaber (Legat) eingesetzt. Ab 50 Augur in Rom.

Archelaos (f): Sklave im Hause der Volcatier. Gaius bewahrte ihn, im Zusammenhang mit den Recherchen zu einer Entführung (vgl. Band 1, Teil 1: *Mord auf der Via Appia*) vor dem Richtbeil.

Balventius, T. (h): Caesar: »... tapferer und sehr geachteter Offizier« (vgl. bell. Gall. V,35,6).

Commius (h): Fürst aus dem gallischen Stamm der Atrebaten in Nordgallien. Ein Mann, der öfter die Fronten wechselte, hin- und hergerissen zwischen den Vorteilen, die ihm eine Kollaboration mit Caesar bot, und der Treue zu seinen gallischen Landsleuten. Für Verdienste bei der Vorbereitung und Durchführung der Britannien-Expedition Caesars stattete dieser ihn mit Vorrechten aus und übertrug ihm die Herrschaft über den Stamm der Moriner. Im Jahre 52 v. Chr. schloß er sich dann aber der Sache des Vercingetorix an und versuchte ihm zu helfen, als der in Alesia eingeschlossen war. Nach Caesars Sieg zog er mit den anderen Führern des gallischen Entsatzheeres nach Norden, dauernd auf der Flucht, denn es waren Mordkommandos auf ihn angesetzt worden. 51 nahm er dann an der Erhebung gegen Caesar teil und flüchtete nach deren Niederschlagung zu den Germanen. Als er sich schließlich dem Marcus Antonius ergab, tat er dies unter der Bedingung, nie wieder einem Römer vor Augen treten zu müssen. Nach diesem Stillhalteabkommen zog er sich in Frieden zurück. – Die in unserer Geschichte stattfindende Begegnung mit C.V.T. – wobei dieser an ihn herantritt! – ist Fiktion; doch denkbar. Über sein Ende gibt es verschiedene Überlieferungen, deren abenteuerlichste bei Frontinus 2,13 lautet, Commius habe in Britannien im Südosten der Insel ein eigenes Königreich gegründet. Diese Version ist für unsere Geschichte ohne Bedeutung.

Cornificius, Q. (h): Entstammt einer plebejischen Familie, die mehrfach im 1. Jahrhundert v. Chr. genannt wird. Sein Vater war 69 Volkstribun, 66 Praetor, bewarb sich als Homo novus für 63 erfolglos um das Consulat.

Quintus Cornificius war Offizier in Diensten Caesars, wahrscheinlich 45 Praetor. 44-42 in Africa Vetus in magistralen Aufgaben tätig; er fiel bei Utica. – Cornificius gehörte zum Dichterkreis der Neoteriker (Neutöner, wie Cicero sie nannte) um Catull, der ihm das Carmen 38 widmete. Er verfaßte galante Verse; war mit dem jungen Vergil befreundet.

Frei-Atto (f): Sohn des Ubierfürsten *Atto (f),* der mit den Vorbereitungen der Umsiedlung seines Volkes, der Ubier, aus dem Gebiet zwischen Lahn, Main und Rhein in das nun menschenleere Territorium, das den Eburonen gehörte, beauftragt ist.

Hirtius, A. (h): Hirtius war Caesars Freund und sein Begleiter im Gallischen Krieg, und zwar zwischen 54 und 52, dann 51/50, ohne jedoch an diesem aktiv teilzunehmen (bei keiner der militärischen Operationen wird er genannt). Wahrscheinlich war er in den genannten Zeiträumen sein Kanzleichef. Jedenfalls ist er aufs beste informiert. Im Dezember 50 ging er in Caesars Auftrag nach Rom; nach Caesars Tod zog er als Consul des Jahres 43 gegen Antonius ins Feld. In der zweiten Schlacht bei Mutina siegte er, fand in ihr aber den Soldatentod. Hirtius ist der Autor des VIII. Buches von Caesars »Bellum Gallicum«.

Iulius Caesar, C. (h): 100-44 v. Chr.; praet. 62; cos. 59, 48, 46, 45, 44; dict. 49, 48/47, 46, 45, 44. Zur Zeit der Handlung ist Caesar mit der Befriedung und Romanisierung Galliens beschäftigt und verfolgt mit höchstem Interesse die Entwicklung in Rom, wo man auf seine Ablösung als Proconsul von Gallien hinarbeitet.

Selenus (f): Freigelassener und Privatsekretär des Lucius Volcatius Tullus; hochgebildeter, feinsinniger Grieche. Erzieher und Hauslehrer der Söhne des Volcatius. Treibt privat gelehrte Studien. Mit Ciceros Sekretär Tiro eng befreundet.

Volcatius Tullus, C. (h): Er entstammt einem Geschlecht des römischen Uradels, das seine Genealogie bis in etruskische Zeiten zurückverfolgen kann. Gaius war höherer Offizier unter Caesar in Gallien und später im Bürgerkrieg: Im Jahre 53 v. Chr. wurde ihm das Kommando über die Wache an der Rheinbrücke bei Andernach (12 Cohorten = 7200 Mann) übertragen (vgl. Caesar, bell. Gall. VII, 29,3). Im Unterschied zu seinem Vater strebte er zunächst keine politische Laufbahn an. Die kargen Mitteilungen lassen annehmen, daß er zum Legaten befördert wurde. Erst im Jahre 48 wird er wieder genannt (Caesar, bell. *civ.* III, 52,2), und man wird wieder die Stellung eines Legaten annehmen dürfen. Die Filiation zu Lucius Volcatius Tullus ist nicht gesichert, jedoch denkbar.

Volcatius Tullus, L. (h): Consul im Jahr 66 v. Chr. Über sein Leben vor diesem Jahr ist wenig bekannt. Man nimmt an, daß er »suo anno«, das heißt in dem von der Verfassung vorgeschriebenen Mindestalter von 43 Jahren, Consul wurde; demnach müßte er im Jahre 109 geboren sein. Freilich kann er auch einige Jahre älter sein. – In den folgenden Jahren ist er in der Politik nicht mehr führend hervorgetreten. Die Quellen schildern ihn als einen zurückhaltenden, friedliebenden, aufrechten und zugleich moralisch unbeugsamen Charakter, der zum Beispiel den Mut aufbrachte, dem Dictator Caesar in einer Senatssitzung des Jahres 46 die Stirn zu bieten. Wie lange er lebte, ist nicht bekannt.

Volcatius Tullus, T. (f): jüngerer Bruder des C.V.T. Titus, der bis vor kurzem Tribun war, ist von Caesar zum Legaten befördert worden und kommandiert eine Legion.
Wer sich in der verderbten Stelle bell. Gall. VIII, 46,3 hinter dem Namensfragment »Tullius« verbirgt, läßt sich wohl nie klären: »... *quibus rebus gestis ipse cum praesidio equitum Narbonem profectus est; exercitum per legatos in hiberna deduxit: quattuor legiones in Belgio conlocavit cum Marco Antonio et Gaio Trebonio et Publio Vatinio... Tullio legatos* ...« (»... Hierauf ritt er mit einer Reiterabteilung nach Narbo und ließ das Heer durch seine Legaten in die Winterquartiere führen. Vier Legionen brachte er unter dem Kommando der Legaten Marcus Antonius, Gaius Trebonius, Publius Vatinius und... Tullius im Gebiet der Belger unter...«)
Bei der nun einmal vorhandenen Lücke im Buch VIII (alle Handschriften entspringen einer Quelle) ist es müßig, zu klären, ob es sich bei der Person hinter dem Fragment *Tullio* um Gaius Volcatius Tullus oder einen anderen Tullus bzw. Tullius handelt. Der Caesarforscher Constans Cesar, Guerre de Gaules; Ed. VI par L.-A. Constans; 1958 Societe d'edition »Les belles lettres«, Paris) sieht überhaupt keine Lücke, der

Editor Fuchs (Ed. Helvetica) will vor der Lücke *et* (und) ergänzen. Wir nehmen uns die dichterische Freiheit, hinter dem unbekannten Tullius unseren Titus Volcatius Tullus zu sehen, zumal es sich – wie in der Forschung diskutiert – ohne weiteres um einen Schreibfehler handeln kann oder um eine von der Norm abweichende Schreibweise, wie ja auch neben *Volcatius die* Schreibung *Volcacius* mit *-c-* vorkommt.

Vorenus, L. (h): Centurio im Heere Caesars. Er unterstand während der Ereignisse der Jahre 54/53, als der Eburonenfürst Ambiorix einige Legionen in tödliche Bedrängnis brachte, dem Legaten Quintus Tullius Cicero und zeichnete sich während des Aufstandes zusammen mit seinem Kameraden Titus Pullo aus (vgl. zu beiden bell. Gall. V,44).

Abkürzungen römischer Amtsbezeichnungen

aed.	–	Aedil
cens.	–	Censor
cos.	–	Consul
cos. des.	–	Consul designatus (designierter Consul)
cos. suff.	–	Consul suffectus (im Lauf eines Jahres an die Stelle eines anderen gewählter Consul (von suffectus = nachgereicht, nachgewählt)
dict.	–	Dictator
mag. equ.	–	Magister equitum (Reiteroberst, dem Dictator untergeordnet)
praet.	–	Praetor
quaest.	–	Quaestor
tr. pl.	–	Tribnus plebis (Volkstribun)

Abkürzungen römischer Vornamen

A.	=	Aulus
Ap.	=	Appius
C.	=	Gaius*
Cn.	=	Gnaeus*
D.	=	Decimus
L.	=	Lucius
M.	=	Marcus
M'.	=	Manius (oder: Manlius)
Mam.	=	Mamercus
P.	=	Publius
Q.	=	Quintus
Ser.	=	Servius
Sex.	=	Sextus
Sp.	=	Spurius
T.	=	Titus
Ti.	=	Tiberius

* Die Schreibung mit C (in der Abkürzung) ist eine archaische Form.
Frauen und Mädchen erhielten keinen individuellen Vornamen, sondern trugen den Familiennamen mit der Femininendung „a“. So hieß etwa die Tochter Caesars »Iulia«, die Tochter Ciceros »Tullia«.

Zeittafel

Alle Daten vor Christus

753	Rom der Sage nach gegründet.
um 500	Beseitigung der Königsherrschaft
um 450	Zwölftafelgesetz
387	Schlacht an der Allia
	Einnahme Roms durch die Kelten
343-341	Erster Samniterkrieg
340-338	Latineraufstand. Unterwerfung Latiums
326-306	Zweiter Samniterkrieg
298-290	Dritter Samniterkrieg (zugleich mit Kelten und Etruskern)
282-272	Krieg mit Tarent und Pyrrhus
264-241	Erster Punischer Krieg
241	Abtretung Siziliens an Rom
237	Besetzung von Sardinien und Corsica durch Rom
219	Fall Sagunts (Hispania)
218-201	Zweiter Punischer Krieg
217	Sieg Hannibals am Trasimenischen See
216	Schlacht bei Cannae
215-205	Erster Makedonischer Krieg
202	Schlacht bei Zama
200-197	Zweiter Makedonischer Krieg
171-168	Dritter Makedonischer Krieg
154-133	Spanische Kriege
149-146	Dritter Punischer Krieg
146	Zerstörung Karthagos und Korinths
133	Reich von Pergamon fällt durch Erbschaft an Rom,
	Tiberius Gracchus Volkstribun
123/122	Gaius Gracchus Volkstribun
113	Sieg der Cimbern bei Noreia
112-105	Krieg gegen Jugurtha

107	Erstes Consulat des Marius
105	Sieg der Germanen über die Römer bei Arausio
104-100	Marius Consul
102	Sieg des Marius über die Teutonen bei Aquae Sextiae (Aix-en-Provence) in der Gallia Narbonensis
101	Sieg des Marius über die Cimbern bei Vercellae (im Transpadanischen Gallien)
100	Politisches Versagen des Marius Gaius Iulius Caesar geboren
91	Tribunat des M. Livius Drusus
91-88	Bundesgenossenkrieg
88	Sullas Marsch auf Rom
87-83	Krieg Sullas gegen Mithridates
83/82	Sullas Rückkehr und Einzug in Rom, Proscriptionen
82-79	Sullas Dictatur, Wiederaufrichtung der Senatsherrschaft
78	Sullas Tod
74-64	Krieg gegen Mithridates (Lucullus, Pompeius)
73-71	Sklavenaufstand des Spartacus
70	Pompeius und Crassus Consuln, Sturz der Sullanischen Verfassung
67	Vernichtung der Seeräuber durch Pompeius
64/63	Beendigung des Mithridatischen Krieges, Neuordnung des Ostens durch Pompeius
63	Cicero ist Consul und unterdrückt die Verschwörung Catilinas
60	Erstes sogenanntes Triumvirat (Caesar, Pompeius, Crassus)
59	Erstes Consulat Caesars
58-51	Eroberung Galliens durch Caesar
56	Konferenz von Luca: Erneuerung des Triumvirats
55	Pompeius und Crassus zum zweitenmal Consuln
53	Crassus verliert bei Carrhae Schlacht und Leben gegen die Parther

52 Ermordung des Publius Clodius Pulcher,
Pompeius »Consul sine collega« (alleiniger Consul),
Schlacht bei Alesia und Gefangennahme des Vercingetorix

51 Cicero ab Mai Statthalter in Kilikien
Caesar schlägt kleine Erhebung in Gallien nieder
Verfolgung des Ambiorix und vollständige Unterwerfung Aquitaniens
Die feindlichen Aktivitäten gegen Caesar in Rom nehmen zu

Maße

Fuß (pes) = 29,6 cm
1 Stadion = 178,6 m
1 römische Meile (*milia passuum* = 1000 Doppelschritte) = 1,48 km
1 Joch (= 25 Ar) = 2500 qm

Hohlmaße

1 Culleus = 536 Liter
1 medimnos = 52,4 Liter
1 modius (Scheffel) = 8,73 Liter

Münzen

Die Münznamen sind eigentlich Gewichtsnamen. So hat das römische As ein Gewicht von ursprünglich 327 g, war ein Kupferstück, dessen Wert immer mehr sank – bis auf 27,3 g.

Denar (denarius): entsprach ursprünglich 10 Bronze-Assen, später im Gewicht von 3,89 g.

Sesterz (sestertius): 2,5 Asse, kleinste römische Silbermünze.

Aureus: Goldmünze, am Ende der römischen Republik Einheit der römischen Goldprägung im Werte von 25 Denaren und 100 Sesterzen.

Talent: Gewichtseinheit von 26,2 kg (Gold oder Silber).

Die Umrechnung aller Münzwerte in moderne Währungen ist sehr kompliziert, da sie oft innerhalb weniger Jahre durch Inflation ihren realen Wert ändern. In Analogie gesetzte moderne Werte sagen nichts über die wirkliche Kaufkraft aus; man muß von Fall zu Fall wissen, was etwa Brot, Eier, Schuhe usw. kosten, was für den Bau eines Hauses oder die Unterhaltung einer Armee ausgegeben wurde.

Tageseinteilung

Griechen und Römer teilten die Zeit von Sonnenaufgang (Winter: 7.33, Sommer: 4.27 Uhr) bis Sonnenuntergang (Winter: 16.27, Sommer: 19.33 Uhr) in zwölf gleiche Einheiten, die mit Sonnen- und Wasseruhren gemessen wurden. Die Nacht hatte vier Abschnitte (*Vigiliae* = Nachtwachen). Sie begann mit Sonnenuntergang. Der Anfang der ersten Nachtwache fiel also im Sommer auf ca. 19.30 Uhr, im Frühling und Herbst auf ca. 18.00 Uhr, im Winter auf ca. 16.30 Uhr. Die zwölf Stunden dess hellen Tages waren ebenfalls in vier Abschnitten zusammengefaßt:

- *mane* (Frühe): von Sonnenaufgang bis zum Schluß der 3. Stunde
- *ad meridiem* (Vormittag): bis Ende der 6. Stunde
- *de meridie* (Nachmittag): bis Ende der 9. Stunde
- *suprema* (Abend): bis zum Schluß der 12. Stunde (= Sonnenuntergang).

Diese Tagesabschnitte wurden von den Amtsdienern der Consuln öffentlich ausgerufen. Die Stundenrechnung und der Gebrauch von Uhren blieben das Vorrecht der Begüterten und der Stadtbevölkerung.

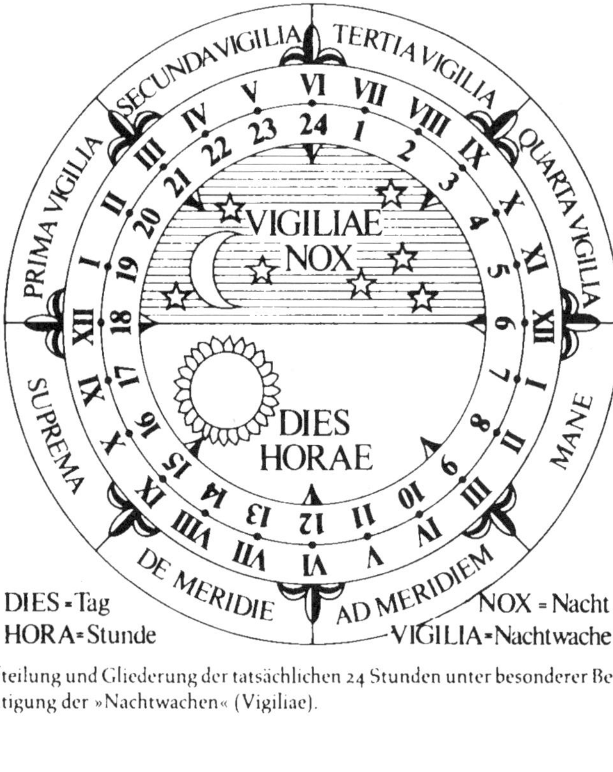

Aufteilung und Gliederung der tatsächlichen 24 Stunden unter besonderer Berücksichtigung der »Nachtwachen« (Vigiliae).

Rom und Umgebung

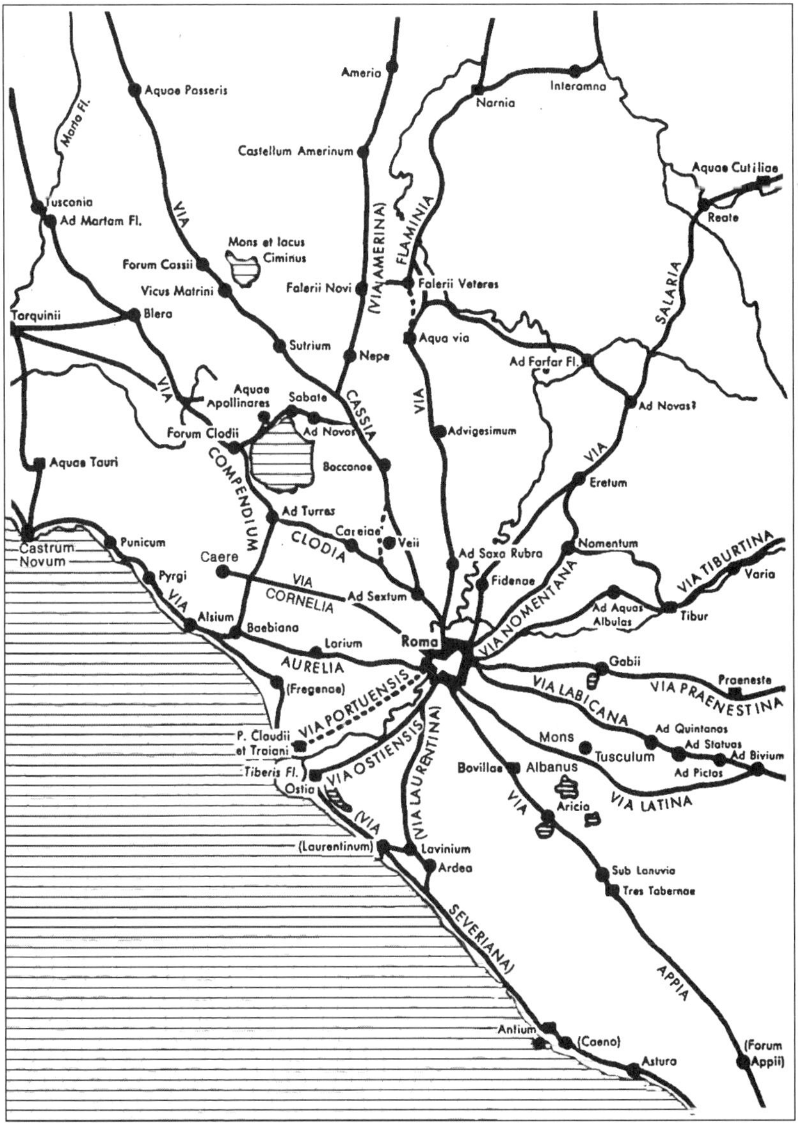

Rom zur Zeit der Republik

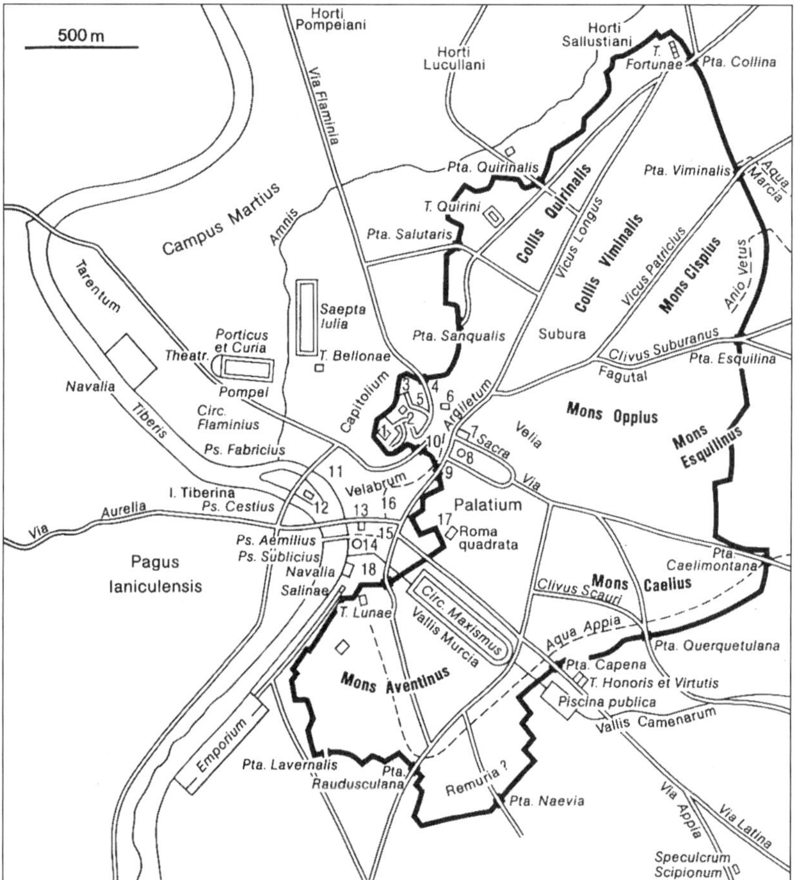

Sog. Servianische Mauer (318 v. Chr.)
Straßen (Netz im Stadtgebiet nicht überall genau festgelegt)
Regionen des frührömischen Königs Servius Tullius

Circ. – Circus
I. – Insula
Ps. – Pons
Pta. – Porta
V. – Via
T. – Templum

1 Templum Iovis Capitolini
2 Tabularium
3 Templum Iunonis Monetae
4 Porta Fontinalis
5 Carcer (Tullianum)
6 Curia Hostilia
7 Basilica Aemilia
8 Templum Vestae
9 Porta Flumentana
10 Porta Carmentalis
11 Forum Holitorium
12 Templum Ansculapii
13 Templum Portuni
14 Templum Rotundum
15 Forum Boarium
16 Cloaca Maxima
17 Templum Iovis Victoris
18 Porta Trigamina

Forum Romanum

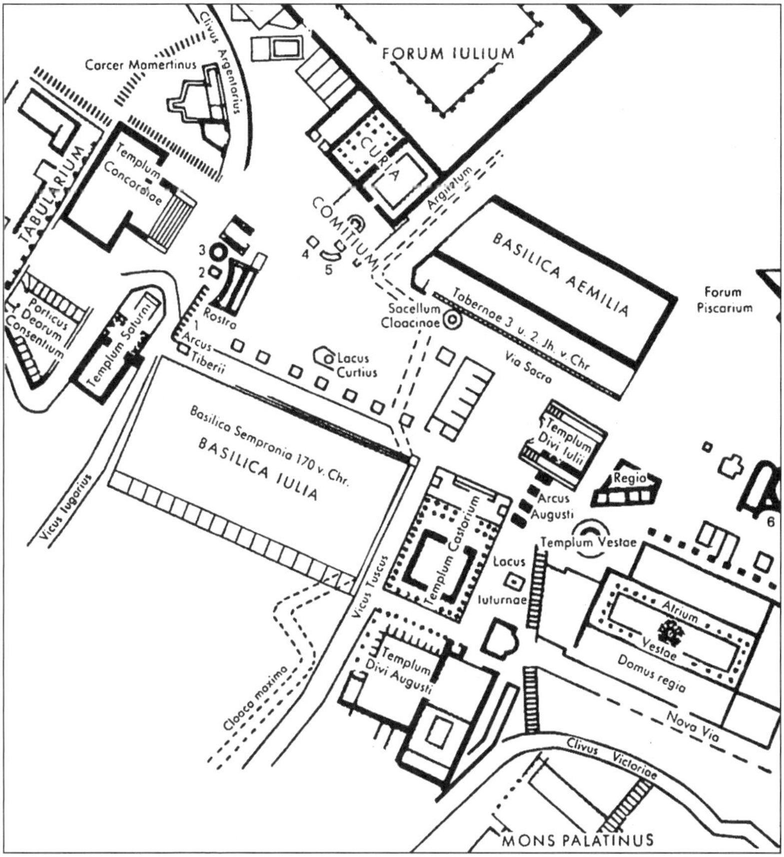

1 Miliarium aureum
2 Volcanal
3 Umbilicus Romae
4 Lapis Niger
5 Rostra Vetera
6 Templum Divi

Anrede an das Heer

Römische Balliste mit Winkelspannung

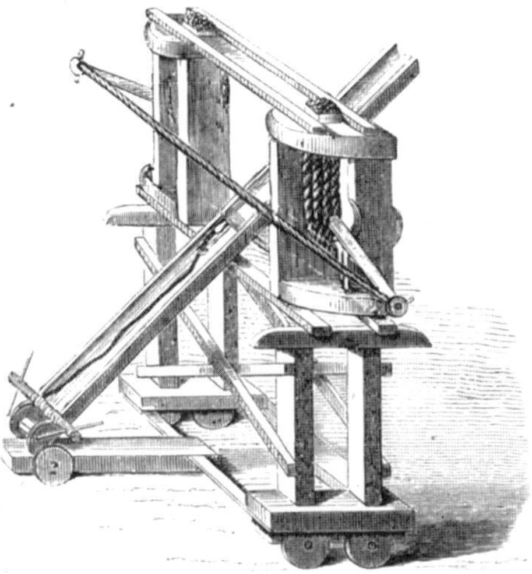

Pfeilwurfmaschine und Bedienungsmannschaft

Legatus Legionis

Legions-
kommandeur

Imaginifer Legionis

Standartenträger der Legion

Centurio

Hauptmann einer Legionscenturie mit quergestelltem Helmbusch und Rebgerte zum Zeichen seines Züchtigungsrechts

Miles Legionarius

Soldat einer römischen Legion in typischer Bewaffnung und Ausrüstung

Miles Legionarius

auf dem Marsch mit Wekzeugen und Waffen

Rekonstruktion von Cäsars Rheinbrücke

Der Rheinübergang Cäsars fand nach dem Ergebnis der neuesten Ausgrabungen und Baggerungen nicht bei Bonn, sondern zwischen Urmiz und Neuwied statt.

Plan eines römischen Lagers

Nach Fritz Hankel

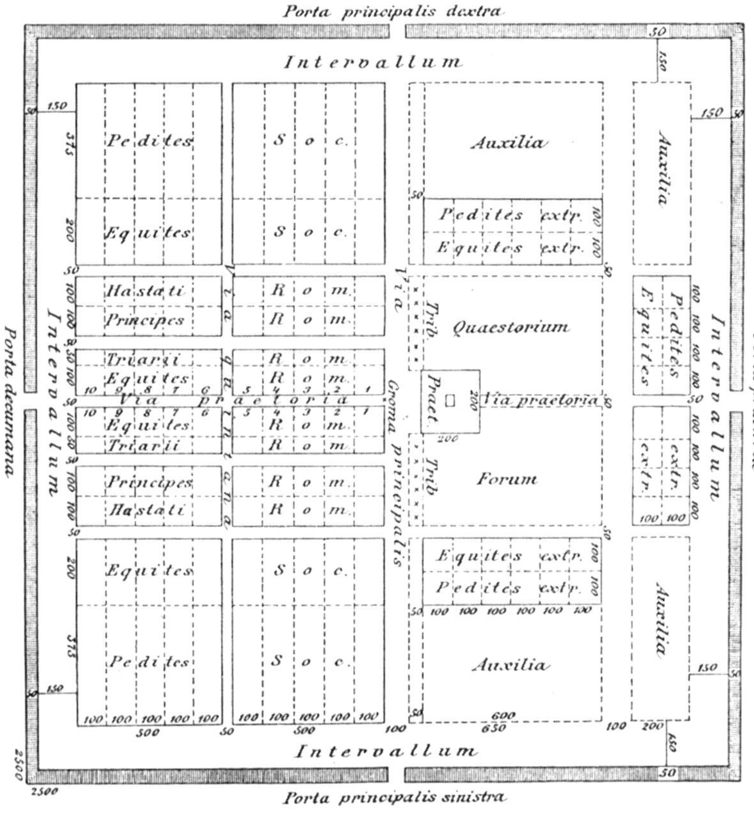

Schienenpanzer eines Legionärs

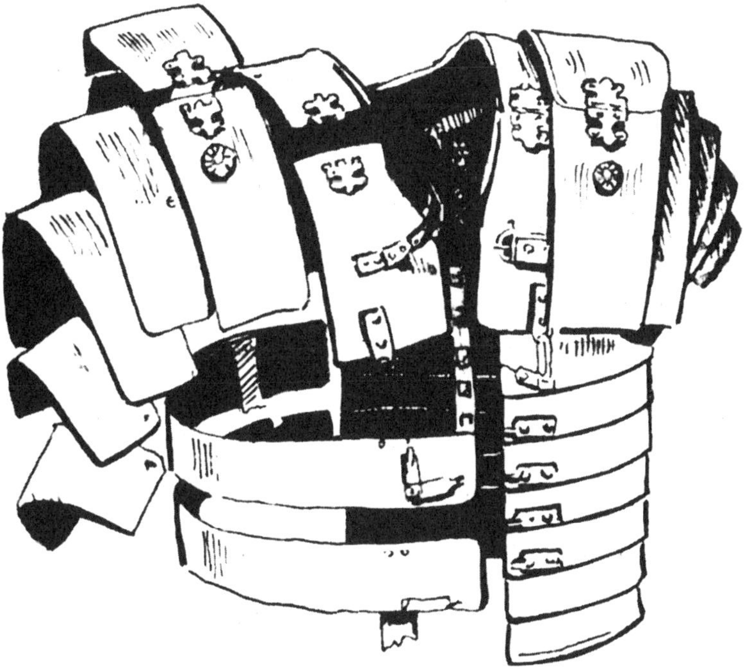

Dieser Panzer wurde im 1. Jahrhundert v. Chr. konstruiert und setzte sich im Laufe der Zeit seines besseren Schutzes wegen durch. Eine Reparatur war auch leichter und weniger kostspielig als bei einem Kettenpanzer. Die Schienen für Brust- und Rückenpartie wurden gehakt oder mit Riemen befestigt.

Reisende auf der Landstrasse

Germanisches Haus um die Zeitwende

Rebellion im Circus Maximus

»Latet anguis in herbis.«

»Eine Schlange ist verborgen im Gras.«

Vergil, Eklogen 3,93

Dramatis personae

Hauptpersonen

GAIUS VOLCATIUS TULLUS, der zunächst kein Interesse an dem Fall hat, da er eigentlich nicht in seine Kompetenz als Aedil gehört.

CORNIFICIUS dagegen ist als Pferdenarr von Anfang an betroffen.

SELENUS stellt seinen eigenen Stab von Sekretären zur Verfügung.

ALEXANDER, der sich unvermittelt mit einem zweiten Wesen seines Namens konfrontiert sieht – und daraus das Beste macht.

ARCHELAOS erreicht völlig unverhofft einen neuen Status.

MENANDER, der wie immer alles ohne Hast erledigt.

SYPHAX UND MICIPSA, Sklaven des C.V.T., die wir schon aus Pompeii kennen.

BIRRIA ist wieder da und wird es auch bleiben.

LUCIUS VALERIUS FLACCUS, geschäftstüchtiger Chef der *Factio russata*, der Renngesellschaft der Roten.

POLYNICES, sehr erfolgreicher Fahrer der Roten, dem nur in einem Punkt Fortuna nicht gewogen ist.

TITUS ATILIUS, der hervorragend Wagen baut und repariert, »großer Bruder« des folgenden.

MARCUS ATILIUS, »kleiner Bruder« des vorigen, in den C.V.T. große Erwartungen setzt.

DECIMUS AURELIUS, ältester Sohn des Aurelius Serenus (den wir noch gut in Erinnerung haben und hier wiedertreffen).

DECIUS VIBELLIUS, aus Capua zugereister Neureicher, der gerne als Altreicher gelten und seinem Sohn Aulus alle Türen öffnen will, koste es, was es wolle.

ASINIUS, wie der Name schon sagt, Besitzer einer »Eselei«.

FABIUS, römischer Bürger, der seinen Lebensunterhalt auf sehr verschiedene Weise verdient.

SYMMACHUS, syrischer Kaufmann, den es nach Ostia verschlagen hat.

Die Geschichte spielt in Rom und Ostia Ende April des Jahres 50 v. Chr.

I

Dieser frühe Apriltag versprach heiter zu werden. Kein Wölkchen trübte die erhabene Kuppel aus nachtdunklem Blau, die sich in gewaltigem Bogen über Rom und Latium spannte.
Im Osten begann es zu glühen, und eben verließen über den Clivus Suburanus[1] die letzten Karren und Wagen von Bauern und Lieferanten das kleine Forum Esquilinum und passierten die Porta Esquilina.
Die folgende halbe Stunde war der einzige Teil des Tages, an dem es hier wie in anderen Vierteln der Innenstadt still blieb. Doch waren schon um diese früheste Stunde einige Gestalten unterwegs, und ihrem eiligen, ja übereilten Gang war abzusehen, daß sie einem bestimmten Ziel zustrebten und daß sie sich bemühten, rasch dorthin zu gelangen. Sie folgten einander im Abstand von allenfalls einer Minute, allein, zu zweit, auch zu dritt. Alle waren mit der Toga[2] bekleidet, doch erst bei näherem Hinsehen hätten wir bemerkt, daß dieses feierlich pathetische Festgewand bei den meisten nicht nur geflickt, sondern dort, wo die Ellbogen scheuerten, auch durchlöchert war. Aber das schien sie nicht im geringsten zu stören. Sie hielten ihren höchst eiligen, ja hektischen Schritt bei und bogen, kurz bevor der Clivus Suburanus die Porta Esquilina passierte, links in eine Gasse ab, die zum Cispius führte.
Obwohl der eine oder andere zwangsläufig in das Blickfeld seines jeweiligen Gegenübers treten mußte, nahmen sie doch nicht voneinander Kenntnis – es sei denn, daß sie sich durchaus unfreundliche, ja feindliche Blicke zuwarfen. Nach etwa hundert Schritten machten sie vor einem unscheinbaren Hause auf der linken Seite halt; jetzt moch-

ten es zusammen an die sechzehn Männer verschiedensten Alters sein, die nun rechts und links vor der eichenen Tür warteten, sich gegen die Mauer lehnten oder auf und ab gingen. Sie kannten sich, von wenigen Ausnahmen abgesehen, nur flüchtig, und so kam es in den nächsten Minuten allenfalls zu Bemerkungen über das Wetter, die eigene Gesundheit und natürlich über den Grund ihrer Anwesenheit.
»Hoffentlich«, meinte einer von mittlerem Alter, »hoffentlich ist er heute besser gelaunt als gestern!«
Sein Nachbar nickte ihm zu und ergänzte: »Er ist zwar nicht immer pünktlich, aber er gibt mit vollen Händen!«
»Das macht er, weil er noch nicht lange in der Stadt weilt. Ich sage dir, Freund, posaune dies nicht allzu laut im Kreise deiner Familie heraus, damit es unter uns bleibt! Du siehst«, er wies mit der Hand auf die anderen Wartenden, »das sind schon mehr als genug!«
Der andere nickte und murmelte etwas wie: »Schon gut. Bin ja nicht blöd!« Dann schwiegen sie.

In den letzten Jahren war es Sitte geworden, daß die potenten Herren, die nach Staatsämtern oder nach politischem Einfluß strebten, ein zahlreiches Gefolge um sich sammelten, um mit möglichst großem Glanz in der Öffentlichkeit auftreten zu können. Dadurch hofften sie, bei Amtsbewerbungen die verschiedenen Klassen der Bürgerschaft für sich einzunehmen und zu gewinnen.
Unter diesem Gefolge, das sich zum Teil schon des Morgens im Atrium des vornehmen Herrn einstellte, um ihn zum Beispiel auf den Markt zu begleiten, befanden sich neben Freunden und Verwandten desselben auch Gastfreunde, Nachbarn und Tribusgenossen, das heißt Nachbarn aus der gleichen Tribus, dem gleichen Stadtviertel – auch von niederem Stande.
So auch hier und heute morgen: All diese *Togati,* diese steif mit der Toga gekleideten Männer, sie hofften, daß unter den Brosamen, die vom Tisch jenes neureichen Mannes fielen, einige von der Größe waren, mit der sie ihre sieben- bis zehnköpfige Familie ernähren konnten. Nicht wenige waren darunter, die den »Patron«, wie sie ihn alle nannten, noch aus Capua kannten, als Decius Vibellius – so hieß der Mann – selbst noch zu der mittleren Schicht der Bevölkerung zählte. Aber dann hatte er in den letzten zehn Jahren durch geschicktes, mehr noch durch gerissenes

Agieren ein Vermögen von einigen hunderttausend Sesterzen gemacht: Er handelte mit Gladiatoren! Hierzu kaufte er kräftige Sklaven, ließ sie auf eigene Kosten bei Lentulus Vatia[3], der einer der Erfolgreichsten in diesem Geschäft war und in Capua die größten Gladiatorenkasernen des Jahrhunderts besaß, von den besten *lanistae,* Fechtmeistern, ausbilden und verkaufte sie dann mit großem Gewinn nach Rom, neuerdings aber auch in aufblühende Provinzstädte wie Pompeii – denn seit einiger Zeit hatte auch er einen eigenen *Ludus, eine* Schule für Fechter, in Capua aufgebaut, und das dort eingesetzte Kapital hatte sich inzwischen verzehnfacht.

Seit kurzem aber, es mochten ein bis eineinhalb Jahre sein, lag ihm sein Weib – wie er selbst einer alten Familie Capuas entstammend – täglich in den Ohren und setzte ihm dort jenen berühmten Floh ein, der ihn nun in einem fort zwickte und juckte: daß er, Decius Vibellius, einer der angesehensten, reichsten, vornehmsten Bürger der Stadt Capua, einer Familie entstamme, die schon zu Zeiten des berühmten Hannibal in die Geschichte der Stadt eingegriffen hatte – kurz, daß er allemal schon das römische Bürgerrecht besitze wie sein Vater, Großvater und Urgroßvater und daß es ihm wohl anstehe, sich zu Rom in höchsteigener Person bemerkbar zu machen, da er sehr wohl von Abstammung und Vermögen her der Mann sei, römischer Ritter zu werden!

Gedacht, gesagt, getan! Er ging nach Rom, zahlte die »lächerliche Summe« von dreihunderttausend Sesterzen[4] und wurde vom Censor[5] in die ehrwürdige Klasse der Ritter als *Eques Romanus,* als Römischer Ritter, eingetragen.

Erstaunt, daß dies so leicht zu bewerkstelligen gewesen, betrachtete die liebe Gattin Ennia das Erreichte nur als Stufe zu weiterem Emporklimmen, sprach davon, daß es ihr wohl anstehe, in einem großen Hause in Rom zu wohnen, während er doch seine Geschäfte ebensogut, wenn nicht gar besser, von der Hauptstadt aus erledigen könne. Auch müsse man zusehen, daß der Sohn, der doch den schönen alten Vornamen Aulus trage, so schnell wie möglich die Regeln der römischen Politik kennenlerne, damit er dereinst das vom Vater Ererbte nicht nur bewahre, sondern auch vervielfache.

So war es gekommen, daß Vibellius mit Familie und Gesinde von Capua nach Rom zog und, da die Gelder wegen der hohen Ziele locker saßen, eben hier, am Cispius, ein schönes altes Haus erstanden hatte, welches nun als Basis des weiteren geschäftlichen und politischen Aufstiegs dienen konnte.

Und natürlich sprach sich unter den bedürftigen Bürgern, die aus Capua mit ähnlichen Ambitionen nach Rom gekommen waren, herum, daß hier einer war, der zuviel Geld und zuwenig Reputation besaß; und diese Männer bildeten binnen kurzem jene Schar von Clienten, die den Vibellius beim Erscheinen in der Öffentlichkeit begleiteten – ergänzt freilich von allerlei halbseidenem Gesindel, das diesen »Ehrendienst« schon seit Jahrzehnten betrieb, nicht nur bei einem, sondern bisweilen bei drei, vier oder fünf Patronen! Dazu gesellten sich dann noch Sklaven und Freigelassene, und der Herr zeigte sich diesem Schwarm hoher und niederer Freunde durch allerlei Gegendienste, Leihen von Geld, Verteidigung vor Gericht, Geschenke und Einladungen zur Mahlzeit erkenntlich, um sie an sich zu fesseln. Und wie es sich gehörte, um auf die Größe des kommenden Consuls und Erretters Roms aufmerksam zu machen, hielt Ennia es für nötig und achtete selbst darauf, daß ihr Atrium täglich von aufwartenden Freunden und Anhängern gefüllt und daß sie oder der Patron bei ihrem Ausgang stets von einem stattlichen Gefolge umgeben war.

Und so fand sich binnen kurzem eine Menge von Leuten höheren und niederen Standes, die bereit waren, eben den Hofstaat dieses Hauses mit Zukunft zu bilden. Die einen suchten dabei eine gewisse Ehre und Sicherung ihrer gesellschaftlichen Stellung, die anderen Unterstützung und Lebensunterhalt. Und diese zweite Gruppe war bei weitem in der Überzahl – denn der ehrliche Erwerb durch eigener Hände Arbeit dünkte einen Römer zu gemein: Der Pöbel ließ sich lieber durch das Getreide des Staates ernähren, und die etwas besseren Klassen der Unbemittelten erhielten sich, so gut es ging, durch den Clientendienst.

Während noch vor zweihundert, hundert Jahren der Client in einem erblichen Zusammenhang mit der Familie des *Patronus* gestanden und zwischen beiden ein geheiligtes Verhältnis der Pietät, der Anhänglichkeit und des Vertrauens geherrscht hatte, gab es nun, am Ende der Republik, nur noch ein willkürlich eingegangenes und ebenso leicht lösbares Mietsverhältnis ohne Wärme, Liebe und Treue, da der Egoismus beider Seiten dahinterstand. Der Client tat seinem stolzen Herrn in aller Unterwürfigkeit die geforderten Dienste und erhielt dafür seinen kärglichen Lohn.

»Hach!« stöhnte der, welcher eben schon gesprochen hatte, zu seinem Nachbarn. »Dies Handwerk hier ernährt kaum drei bis vier Leute, der übrige Schwarm hungert sich mager und bleich.«
»Wem sagst du das!« nickte sein Gesprächspartner. »Es sind immer schon andere, die den besten Bissen wegschnappen!«
»Aber wenn du das Warten hier aufgibst, ziehst du doppelt den kürzeren, denn bis du deinen zweiten Patron erreicht hast, ist dort schon alles gelaufen.«
»Ja. Und da muß unsereins in aller Frühe, noch vor Anbruch des Tages, aufstehen, um zur rechten Zeit zur Stelle zu sein. In Hast bekleidest du dich, notwendig mit deinem besten Kleide, der weißen Toga. Und das fatale wollene Gewand ist doch so schwer und macht unterwegs so heiß, daß dir der Schweiß nur so über Wangen und Rücken läuft.«
»Ja, es ist schon ein Elend!« nickte der erste. »Eilig verläßt du Kinder und Gattin, läufst, den Dreck der Straßen mißachtend, über den steilen Berg und durch die kalte Zugluft des Esquilinus, oft gehemmt durch die Menschen, die sich auf den Straßen drängen. Und was ist, wenn du von einem Unwetter, von Regen und Hagel überrascht wirst? Da rennst du frostig in der nassen Toga dahin – und dann kommst du an und mußt in der Kälte stehen und warten! Ich kenne viele, die daran schwer erkrankt sind und dann das Zeitliche segnen mußten.«
»Jaja«, nickte der andere wieder. »Und langst du endlich auf dem Vorplatz vor dem Herrensitz an – was findest du? Eine Menge von... von Begrüßern hat sich bereits vor dem Eingang versammelt. Wie die Fliegen in der Küche sind sie zusammengeschwärmt...«
In diesem Augenblick wurde das Tor geöffnet. Sofort drängten alle heran. Doch heraus trat ein vor Kraft strotzender Kerl, dem man sofort den ehemaligen Gladiator ansah.
»Der neue *Ostiarius!*« sagte der eine. »Nimm dich in acht vor ihm!«
Nun geschah etwas Unverhofftes: Der *Ostiarius* machte aus seiner Stellung geradezu ein Geschäft! Denn nicht jeder wurde von ihm eingelassen, hielt er doch im Vorbeigehen gekonnt die Hand so, als ob dies eine unwillkürliche Bewegung war – und alle, die ihm nichts zahlten, erhielten an diesem Morgen keinen Eintritt. Er verlangte zwar nur wenig; aber selbst das war einigen der Anwesenden, die eine große Familie zu versorgen hatten, zuviel. Unsere beiden kamen herein, weil sie eher

diese Demütigung hinnehmen konnten, als mit ihm zu zanken und am Ende nicht vorgelassen zu werden.
Der *Ostiarius* führte jene, die er gnädig vorgelassen hatte, durch den kurzen Flur ins Atrium; und obwohl es sich ja hier um ein sehr altes Haus handelte, roch es überall wie in einem vor kurzem erst errichteten Gebäude. Wände, Decken, Möbel – alles war auf Weisung von Vibellius Wochen vor dem Einzug gesäubert, ausgebessert und gestrichen worden. Alle Vorhänge waren neu, ebenso die wenigen Möbel. Nur die Geldtruhe, an der Rückwand des Atriums stehend, sah so aus, als ob sie schon von Hannibals Scharen geplündert worden wäre – und gerade darauf war Vibellius stolz. Wie er überhaupt bestrebt war, den Eindruck eines behäbigen, alteingesessenen Bürgers zu machen, was ihm, wie wir noch an anderer Stelle sehen werden, durchaus nicht immer zu seiner Zufriedenheit gelang.
So waren es an die zwölf Clienten, die ins Atrium traten und auf Geheiß des Türhüters auf den Bänken Platz nahmen, wobei dem einen und anderen ein Seufzer der Erleichterung entwich, daß er sich nach dem überhasteten Lauf durch die halbe Stadt und nach einer halben Stunde des Stehens in der überaus kühlen Morgenluft – dazu noch mit leerem Magen – endlich setzen durfte.
Sie waren gespannt, ob man sie in das Schlafgemach des *Patronus* führen würde, so wie es schon einige Male geschehen, wobei aber nur einzelne, dem Herrn sehr Vertraute und von ihm Bevorzugte, in kleiner Zahl vorgelassen wurden. Auch dies war mit einer kleinen Bestechung des im Hause dienenden Personals verbunden. Doch schien es an diesem Morgen nicht dazu zu kommen, denn nach etwa zwei Minuten des Wartens hörte man in dem hinteren Gang verschiedene Stimmen, worunter auch die des Patrons zu erkennen war.
Dann öffneten sich die beiden Türen in der Mitte der Rückwand, und heraus trat, gerahmt von Dienern, in Begleitung seines Sohnes Aulus der Herr des Hauses: Decius Vibellius.
Schnell suchten die frühen Besucher in den Zügen des vielleicht fünfzigjährigen Mannes zu lesen, und manche machten sich an ein regelrechtes Studium dieser Landschaft aus Fältchen und Falten: Wie war heute seine Verfassung? War er aufgeräumt? Hatte die Blässe auf der Stirn etwas Arges zu bedeuten? Hatten sich die Falten rechts und links vom Munde seit gestern tiefer eingegraben? Alles in allem machte Decius

Vibellius eine gute Figur, denn er neigte nicht zur Dickleibigkeit, wie man es sonst so oft bei Geschäftsleuten in seinem Alter fand. Nein, er war schlank geblieben, freilich nicht dünn, denn an Kinn und Bauch zeigte sich jenes richtige Maß an Fülle, das einem Fünfzigjährigen Würde und eine gewisse Autorität verlieh – und Vibellius sah alles in allem nicht schlechter aus als etwa Marcus Tullius Cicero, wenn wir einmal von der Helle und Schnelligkeit des Blickes absehen.

Nun ging ein Leuchten über das Gesicht des Vibellius. Seine Besucher jedoch wußten offenbar nicht, was dies zu bedeuten harte, und waren aus Gewohnheit und Erfahrung vorsichtig, verzogen keine Miene, sondern begannen mit den an diesem Platz üblichen Lobhudeleien: Mit großer Devotion näherten sie sich einzeln ihrem Beschützer und sprachen ihr »*Ave!*« – »Sei gegrüßt!« – oder ihr »*Ave Domine et Rex!*« – »Sei gegrüßt, Herr und König!«

»Aber, aber!« spielte Vibellius dieses lächerliche Theater mit. »Wir wollen doch nicht die Königsherrschaft wieder einführen!... Nanana! Wir freuen uns aber, euch alle so wohl und munter allhier versammelt zu sehen.«

Einige der Besucher machten sich indessen, während ihr Mund aus langer Übung das Lächeln beibehielt, ihre Gedanken über diese sonderbare Art, jenen Morgen zu beginnen: Warum sprach er auf einmal von sich im Pluralis maiestatis? Wo er doch ansonsten meist mürrisch und kurz angebunden vor sie hintrat, um gelangweilt sowohl ihre Grüße und Huldigungen als auch ihre Wünsche entgegenzunehmen! Es war allerdings für den Patron keine angenehme Sache, so täglich von den Besuchen und den Betteleien der Clienten behelligt zu werden, weshalb er sich oft durch irgendeinen Vorwand entschuldigen ließ: »Er schläft!«, »Er ist krank!«, »Er ist beschäftigt!«, »Er läßt sich rasieren!«, »Seiner Gattin geht es heute sehr schlecht!« – mit solchen und ähnlichen fadenscheinigen Gründen wurden die Clienten häufig durch die Sklaven abgewiesen. Schlimmer noch: Nur zu oft sagten dies die Sklaven aus eigener Erfindung, um etwa ein Trinkgeld zu erpressen – wie sie sich überhaupt in der Regel gegenüber diesen heruntergekommenen Ehrenmännern sehr hochnäsig und übermütig betrugen und sie kaum einer Antwort würdigten, wenn nach dem Befinden des Herrn gefragt wurde – es sei denn, sie waren aus Versehen an unseren Alexandros, Sohn des Alexandros aus Theben, geraten, der... aber davon später.

Bei solchem Hochmut der Herren wie der Diener und bei den wachsenden Beschwerden des Herumlaufens am frühen Morgen, jeder Witterung ausgesetzt, gegen geringen Gewinn, war es natürlich, daß mancher Client sein Verhältnis wieder aufgab – in der Hoffnung, einen besseren Patron zu finden. Dabei wurden freilich, um das Gesicht nicht zu verlieren, die abenteuerlichsten Gründe genannt. So fingierte beispielsweise ein gewisser Lucretius das *Podagra,* die Fuß-Gicht, um sich dem unruhevollen Umherlaufen am Morgen und der Begrüßung aufgeblähter Gönner entziehen zu können; er schmierte und bepflasterte sich die gesunden Knöchel und schritt mühsam und wankend grimmigen Gesichts einher; und er schmierte so lange, bis er das wirkliche *Podagra* bekam.

An diesem Morgen freilich schien alles anders zu laufen, als sie es gewohnt waren. Die Freundlichkeit des hohen Herrn war so außergewöhnlich und vor allem so anhaltend, daß dahinter mehr als opportunes Gehabe stehen mußte. Vielleicht hatte er eine größere Reise über Land vor? Oder einen gewinnbringenden Prozeß? Oder wollte er seine Tochter, von der jeder wußte, daß sie ein hochnäsiges Luder war, an einen potenten Mann verheiraten?

»Meine lieben Freunde!« begann Vibellius, nachdem er diesen und jenen nach seinem Befinden gefragt hatte, und alle horchten auf, wie man es von ihnen erwartete. »Ich möchte und will, daß ihr Teilhaber seid an meiner und meines Sohnes Freude!«

Das Lächeln schien tatsächlich echt, und sie waren nun alle gespannt auf die folgende Rede.

Vibellius trat einen Schritt von seinem Sohn zurück, wies dann mit der Hand auf ihn und rief: »Mein Sohn Aulus Vibellius!«

»Bravo!« rief von hinten einer, doch niemand wiederholte den Ruf, als man sah, daß dies dem Herrn augenblicklich unangebracht erschien.

»Mein Sohn Aulus wird sich in diesem Jahre um die Quaestur[6] bewerben!« Er hatte den Satz kaum beendet, als nun unverzüglich der größte Beifall einsetzte und kein Ende nehmen wollte.

Vibellius sonnte sich darin eine Weile, hob beschwichtigend die Hand und fuhr fort: »Wir möchten und wollen darum, daß in der Arena und im Circus Rennen gefahren und veranstaltet werden!«

Erneut setzte der erwartete Beifall ein, nun allerdings schon wieder ge-

wohnheitsmäßig und, um nicht den Eindruck von Langeweile entstehen zu lassen, kurz und hart.
»Wir wollen und möchten, daß ihr, ihr alle, die ihr hier steht und versammelt seid, an diesem unserem Glück Teilnehmer und Zeuge seid und werdet...«
Beifall.
»Darum will und möchte ich, daß ihr alle, die ihr hier steht und euch versammelt habt, uns, mich und Aulus, an den Ort des Geschehens und des Kampfes begleitet.«
Erneuter Beifall, doch er endete schnell, da die Clienten immer noch nicht ihre tägliche Ration an Essen und Geld erhalten hatten.
Vibellius schien dies zu spüren, denn er sagte: »Darum, meine lieben Freunde und Mitstreiter, ist heute für euch alle, die ihr hier steht und versammelt seid, der gleiche Fest- und Freudentag wie für uns und Aulus. Ich will und möchte, daß ihr alle euch in gleicher Weise und in gleichem Maße mit uns freut und wohl befindet. Darum werdet ihr alle, die ihr hier versammelt, ein besonderes Geschenk und Zeichen meiner Zuneigung und unverbrüchlichen Treue und Verantwortung für euch alle erhalten und bekommen.«
Gespannt folgten die Anwesenden seiner Handbewegung, mit der er nach hinten ein Zeichen gab. Im gleichen Augenblick näherten sich einige Sklaven mit Körbchen, in denen kleine lederne Beutel gestapelt lagen.
»Ich werd' verrückt!« murmelte einer der beiden, die sich zu Anfang unterhalten hatten, und er versuchte durch Betrachten eines Beutels herauszubekommen, wie hoch die Summe des monetären Inhalts zu veranschlagen sei. Dann stand auch schon einer der Sklaven vor ihm und reichte ihm einen Beutel. Er bedankte sich artig, wagte aber nun nicht, einen Blick hineinzuwerfen, da dies als unschicklich galt. Und auch keiner der übrigen tat es.
»Und wo bleibt das Essen?« brummte sein Nachbar, der seinen Kindern versprochen hatte, heute, koste es, was es wolle, etwas Feines zum Knabbern mitzubringen.
Aber da sprach Vibellius schon weiter: »Liebe Freunde! ... Ich will und möchte, daß ihr diesen Tag und diese Stunde nicht so bald wieder vergeßt. Darum werdet ihr heute auch etwas Besonderes als *Sportula* mit nach Hause nehmen.«
Sportula – das war das Körbchen, in welches ihnen an manchen Tagen

nach der Mahlzeit im Hause des Patrons ein Rest des Essens eingepackt wurde, damit sie es mit zu ihrer Familie nehmen konnten; und nach diesem Körbchen hieß schließlich die ganze Mahlzeit *Sportula*.
Andere Körbchen wurden hereingetragen, Vibellius ließ sich eines bringen, hob das Tuch und zeigte den Besuchern den Inhalt: ein Hähnchen, gebraten, glänzend im Fett, umringt von allerlei Gemüsen wie Erbsen und Möhren sowie Salaten.
»Ihr werdet euch in einer Stunde hier und an dieser Stelle wieder einfinden und versammeln; denn ihr werdet uns auf dem Wege zum Circus Maximus ehrenvoll und voll Würde begleiten und vorausgehen. In einer Stunde! Vergeßt es nicht! In einer Stunde!«
Er hob zu ihrer Entlassung die Hand, und sie verbeugten sich tief, murmelten alle die sonderbarsten Sprüche und Wünsche, die von »Mögen die Götter dir allzeit gewogen sein!« über »Möge deine Familie in Glück und Frieden leben!« bis zu »Heil und Dank sei den Göttern, die uns in dir unseren Vater, Herrn und König geschenkt haben! Ave, Domine et Rex!« reichten.
Und er, in einem fort nickend, wenn er Fetzen dieser wohlmeinenden Floskeln erhaschte und sie begierig aufnahm, er hielt dann eine Weile den Kopf lauschend schief, lächelte, dankte mit leichtem Neigen des Hauptes – manchmal mehrfach hintereinander – und schenkte ihnen zum Abschied ein zufriedenes, freundliches, gewinnendes Lächeln, das auch noch eine Weile anhielt, als sie schon längst das Atrium verlassen hatten und auf dem schnellsten Wege nach Hause eilten, in Quartiere, wo ihre Familien in einem, allenfalls zwei Zimmern einer *Insula*[7] der Subura[8] hausten.

2

Etwa um die gleiche Zeit – die Sonne war längst strahlend aufgegangen und vertrieb die immer noch hartnäckigen Dunstschwaden aus den Niederungen am Tiber – begann sich auch das Personal der patrizischen und ritterlichen Häuser am Palatin zu regen, um die täglich notwendigen Gänge zum Bäcker, zum Gemüsemarkt, vor allem zu dem in der Nähe liegenden *Macellum*, dem Fleischmarkt, hinter sich zu bringen; denn hier galt, wie zu allen Zeiten, die Regel: Wer zuerst kommt, der hat die größere Auswahl unter den verschiedenen Qualitäten.
Zwar war das Viertel am Velabrum, zu Füßen des Capitols, nicht das am besten beleumdete – man war nicht gut beraten, hier nach Einbruch der Dämmerung unbewaffnet oder allein zu gehen –, aber hier gab es eben den besten Käse, das knusprigste Backwerk und die frischesten Gemüse, zu schweigen von den exotischen Gewürzen, darunter Zimt, Pfeffer und Ingwer.
Auch Melitta hatte hier all das eingekauft, was sie für die verschiedenen Mahlzeiten im Laufe dieses Tages brauchte, um die Bewohner des Volcatischen Hauses am Palatin sättigen zu können. Außerdem setzte sie, seit sie in diesem Hause dem Gesinde vorstand, ihren Ehrgeiz darein, Eugenia, die Frau des Selenus im Hause am Caelius, in der Kunst des Zurichtens, des Kochens, Bratens und Servierens zu übertreffen. Dies wollte schon etwas heißen; doch Alexander, mit dem sie seit einem Jahr verheiratet war, lobte sie ohnehin als »die alldieweil größte aller großen, die Königin der Köche!«

Für solche Gänge in die Stadt hatte Alexander Micipsa und Syphax, jene beiden Sklaven aus Pompeii,[9] die C.V.T. mit in die Hauptstadt genommen hatte, als Begleitung abkommandiert; einmal, um Melitta beim Tragen zu helfen, zum anderen, um sie »... vor den hinterwäldlerischen Angriffen all dieser Spitzbuben zum Schutz! Bei Tage, bei Nacht und in der Dunkelheit! Und wehe euch, es werden ihre Haare verkrümmt! Dann sollt ihr mich als solches kennenlernen. Ich weiß, man erzählt hier im Hause, ich sei der Bruder des Charon[10]... Irrtum! Ich bin es selber! – Na also!«
Natürlich hatten sich Micipsa und Syphax an dieses Poltern aus heiterem Himmel längst gewöhnt und sich auch den Spruch von Alexanders

Freund Archelaos zu eigen gemacht, den sie, wenn Alexander es wieder mal zu toll trieb, schon des öfteren bei dem Kilikier gehört hatten: »Der spinnt, der Sohn aus Theben!« Das sagten sie dann auch, aber natürlich leise, denn es hätte auf der Stelle ihre Strafversetzung als Stallknecht in die Schweineställe auf dem Tusculanum[11] bedeutet, falls solche Äußerungen dem edlen Alexandros hinterbracht worden wären.

Noch zwei weitere Dinge sind mitzuteilen, bevor wir mit Melitta das herrliche Haus am Palatin betreten: C.V.T. hatte der Bitte von Melitta entsprochen und das Mädchen Smyrna als Hilfe in Haus und Küche von Pompeii mit nach Norden genommen, wo sie sehr schnell Melittas rechte Hand geworden war. Dies aber hatte zur Folge, daß Archelaos, der ansonsten still in sich gekehrte Kilikier, nicht mehr wiederzuerkennen war; er schien nun in jenes Stadium eingetreten zu sein, das Alexander im vergangenen Jahre hinter sich gebracht hatte: Fast täglich kam er mit einem Strauß Blumen daher oder legte an ihren Platz in der Küche irgendeine Süßigkeit, die er für viel Geld in den teuren Läden am Forum Romanum erstanden hatte, so daß dies immer wieder, wenn Alexander es bemerkte, diesen zu überzeugenden Kommentaren beflügelte, wie: »Man sollte es an sich durchaus nicht für möglich halten, wie verrückt ein Mensch sich Anbetracht dessen verhält, alldieweil ein Weib als solches ihm den Kopf verdreht! Kann mich zweifellos durchaus nicht entsinnen, jemals so einen Gockel an sich gesehen! Sollte unbedingt verboten werden! Legt ja doch nur Windeier! – Ha!«

Meist hatte er aber das Pech, von Melitta, seinem Weibe, gehört und auf der Stelle zurechtgewiesen zu werden: »Du scheinst, mein Lieber, gewisse Brieflein und gewisse Blumengewinde vergessen zu haben, die mir ein gewisser Sohn eines Alexandros aus einem gewissen Theben vor Zeiten geschickt hat...«

Dabei lächelte sie fein, und dies wiederum veranlaßte Alexandern auf der Stelle mit weit aufgerissenen Augen zu einer Gegendarstellung: »Du scheinst an sich zu vergessen, mein Täubchen, daß ich dir ein durchaus herrliches Gedicht, versteckt in herrlichen Rosen, den lieblichen Blumen der Venus, der edlen Melitta zugekommen! Ich hatte es nicht nötig, bei diesen spitzen Buben und Halsabschneidern am Forum vergifteten Honigkuchen an sich zu kaufen, alldieweil du ohnehin den besten des ganzen Erdkreises...«

Melitta seufzte dann, blickte zur Decke und sagte: »Ach! – Warum haben die Götter sich nicht was Einfacheres als einen Mann einfallen lassen…«
»Wie?« Alexander hielt dabei den Kopf schief und überlegte, ob das ironisch gemeint war, brummte meistens aber sein »Na, dann eben nicht…« und spazierte mit hängenden Schultern und Schmollmund aus der Küche. Im übrigen hätte er sehr gerne von Archelaos gewußt, ob denn seine Zuneigung bei Smyrna auf Gegenliebe stieß, doch wagte er nicht, den Freund offen darauf anzusprechen. Man würde sehen.

Melitta und die beiden Numider erreichten das Haus am Palatin, und sie wurde, während sie darauf wartete, daß Micipsa die große Doppeltür öffnete, von Sklaven und Dienerinnen benachbarter Häuser sehr zuvorkommend begrüßt. Melitta hatte sich längst daran gewöhnt, von diesen und anderen niederen Leuten mit »Herrin« angeredet zu werden, denn sie war seit einem Jahr eine *Liberta,* eine Freigelassene. Hinzu kam freilich eine ihr angeborene Würde und Autorität, und es genügte gegenüber dem eigenen Gesinde eine leise Bemerkung, um die Sklaven auf Trab zu bringen.
Während sie ins Haus gingen, sagte sie: »Bringt alles in die Küche und dann fragt Smyrna, ob sie Arbeit für euch hat. Wenn nicht, reinigt alle Öllampen, setzt neue Dochte ein und prüft den Ölstand!«
»Ja, Herrin!«
»Und wenn ihr das erledigt habt, fragt den Archelaos, ob er noch was für euch hat!«
»Ja, Herrin.«
Sie nickte. Sie mochte die beiden Numider. Es waren Brüder, die alles gemeinsam und äußerst korrekt erledigten; und wenn man ihnen gesagt hätte, sie sollten zu Fuß nach Tusculum gehen – immerhin waren es bis dorthin fünfzehn Meilen[12] –, um zwei Kopf Salat zu holen, dann hätten sie dies ohne Murren mit einem freundlichen »Ja, Herrin!« erledigt.
Auch der große Alexander hatte die beiden stillen jungen Männer – obwohl er dies nicht gerne offen zeigte – ins Herz geschlossen und steckte ihnen hin und wieder zehn Sesterzen zur Aufbesserung ihres Taschengeldes zu. Und das wollte bei ihm schon etwas heißen.
Verglich man das Leben, Tun und Treiben, das Ein- und Ausgehen der Menschen in diesem Hause am Palatin mit den Verhältnissen drüben am Caelius, so war es nun dahin gekommen, daß in C.V.T.'s Vaterhaus

merklich größere Ruhe eingekehrt war, während es hier, in der palatinischen *Domus*[13], oft wie in einem Bienenkorb zuging. Das hing damit zusammen, daß Gaius Volcatius Tullus sich seit etwa einem Jahre mit zunehmendem Interesse in der städtischen Politik betätigte, während sein Vater, der Patronus Lucius Volcatius Tullus, zwar die alten Kontakte zu den Spitzen der konservativen, das heißt der optimatischen und der gemäßigten Gruppe im Senat pflegte, sich selbst aber aus dem aktuellen Tagesgeschehen bewußt zurückhielt. Informiert war er jedoch stets über alles, was in der Stadt, in den Provinzen und auf dem ganzen Erdkreis vor sich ging. Und mit zunehmenden Jahren erreichte er jenen seltenen Zustand des Gemütes, den man gemeinhin mit dem schönen Wort »weise« umschreibt. Er war längst nicht mit allem einverstanden, was da in optimatischen Kreisen als notwendige Politik bezeichnet wurde, denn Lucius war ein Mann des Ausgleichs, ein Feind allen Fanatismus, ein Anhänger der Stoa, jener alten philosophischen Richtung, die als oberste Richtschnur menschlichen Verhaltens die Ruhe des Gemütes anstrebte, und sei es beim Anblick eines Bebens der Erde. Mochte Lucius sich dieses auch einreden – es war vor allem sein bäuerliches Erbgut, das ihn am Alten hängen ließ, wenn es guter Vätersitte entsprach.

Während Melitta in die Küche ging, die Tür schloß und sich zusammen mit Smyrna und den übrigen Mädchen an die Vorbereitung der über den Tag verteilten kleinen und größeren Mahlzeiten machte, veranstaltete Alexander einen Inspektionsgang durch das untere Geschoß, um festzustellen, ob die »Jungs denn immer mal wieder auch durchaus verdienen, in diesem unserm Hause zu wohnen«.
Dabei stieß er auf die beiden Numider und bellte sie an: »Herhören!«
Sie nahmen Haltung an.
»Micipsa, was machst du als solches?«
»Ich gehe der Herrin Melitta zur Hand.«
»Und du?« Syphax war gemeint.
»Ich helfe ihm.«
»Wie? – Du sollst nicht ihm, sondern der Herrin Melitta an sich helfen. Verstanden?«
»Jawohl.«
»Na also. Wegtreten.«
In diesem Augenblick wurde der Klopfer vorne am Haupttor betätigt.

Micipsa wandte sich zu Alexander und sagte: »Das werden die ersten Bittsteller sein.«

»Frechheit!« grollte Alexander. »Bitten zu stellen zu solchiger früher Stunde! Sollen erst mal ihre Knochen rühren, ehe sie es wagen, Bitten an sich in den Weg zu stellen! Schmeißt die Brüder raus! Aber laßt sie erst rein! Herhören! Wer nicht weggeht, kommt nie wieder. – Na also.«

Die beiden Numider warfen sich mit zusammengekniffenen Lippen einen Blick zu, schwiegen aber. Micipsa ging durch den kurzen Flur zur Tür und öffnete. Es waren keine Clienten, sondern die beiden Lictoren, die sich täglich im Laufe der ersten Stunde bei Gaius Volcatius zu melden hatten, damit sie ihn bei seinen Gängen in der römischen Öffentlichkeit begleiteten. Dem Curulischen Aedilen stand, im Unterschied zu den beiden plebejischen, diese Ehre und Auszeichnung zu, und es hob ohne Zweifel den Status und die Reputation des Aedilen in der Stadt. Es sah schon sehr martialisch aus, wenn sie ihre Rutenbündel mit den darin steckenden Richtbeilen geschultert vor dem Beamten hertrugen, denn beides war uraltes Symbol der magistralen Exekutivgewalt über Leben und Tod. Nun war dies zwar im Falle der Aedilen nur eine symbolische Geste – sie unterstanden ja in allem den ihnen übergeordneten Praetoren[14] und den beiden höchsten Beamten, den Consuln[15], und waren an deren Weisungen gebunden –, dennoch wurde auch der Aedil durch diese Zeichen hoch über die Bürgerschaft herausgehoben, denn jeder, der ihm in der Stadt begegnete, hatte haltzumachen, sich ehrfürchtig zu verbeugen und, falls er wegen des Wetters einen Hut trug, diesen zu lüften und so dem Amt seine Ehrerbietung zu erweisen.

Dies alles wußte natürlich auch Alexander; aber wie wir von früheren Begebenheiten wissen, mißtraute er grundsätzlich all jenen, denen eine gewisse Autorität nur äußerlich und von Amts wegen für kurze Zeit verliehen war, weil er stets davon ausging, daß sie diese mißbrauchten, um sich selbst in ein Licht zu stellen, »das besser unter einem Scheffel aufgehoben« wäre. Dazu gehörten vor allem die Angehörigen dreier Berufsgruppen: fremde Wachtposten jeglicher Art, fremde Hausmeister und fremde Sekretäre. Nun aber, seit Gaius den politischen, wirtschaftlichen und polizeilichen Geschäften eines Curulischen Aedils nachging, kamen täglich diese »Zwillinge« ins Haus am Palatin. Und Alexander hatte gegenüber Gaius schon einmal seinen Gefühlen freien Lauf gelassen: »Lümmeln nur den ganzen Tag hier im Atrium herum, Herr! Krat-

zen mit ihren hübschen Beilchen an den Wänden an sich herum! Putzen sich nie ordentlich die Füße ab! Latschen mit dem ganzen durchausigen Dreck des Forums hier in der Gegend herum, daß mein hehres Weib immer hinter ihnen her putzen kann!«
»Sie tun nur ihre Pflicht.« Gaius hatte nicht von seinen Papieren aufgeblickt.
»Wir tun alle unsere solchige Pflicht, Herr!« Das klang scharf.
»Sehr schön.« Gaius studierte weiter die Textrolle.
»Na, dann eben nicht...«
Er hatte sich schmollend zurückgezogen, hatte sich aber vorgenommen, diesen »hochnäsigen Knaben schon Manieren beizubringen«!
So kamen sie ihm an diesem Morgen wie gerufen.
Die beiden Lictoren betraten mit der ihnen eigenen Selbstverständlichkeit das hochadlige Haus, hatten sie doch schon einer ganzen Generation von Aedilen, Praetoren und auch Consuln gedient, und die Ehrerbietung, die man ihrer archaischen Ausstattung mit Richtbeil und züchtigender Rute entgegenbrachte, hatten sie selbstredend in fünfzehnjährigem Dienst auf sich selbst bezogen – und genau das war der Punkt, der Alexandern immer wieder reizte.
Er stellte sich mitten im Atrium breitbeinig auf – seine Größe von sechseinhalb Fuß[16] reichte hin, alle Anwesenden mit Leichtigkeit zu überragen –, stemmte die Arme in die Hüften und beobachtete sie mit grimmig entschlossenem Blick, wie sie mit ihrem gefährlich aussehenden Gerät aus dem Flur ins Atrium kamen. Sie wollten gewohnheitsmäßig ihre übliche Meldung machen: »Die Lictoren sowieso zum Dienst angetreten!« Doch so weit kamen sie nicht.
»Herhören!«
Alle Sklaven, Sklavinnen und Schreiber, die im Hause zu tun hatten, horchten auf, denn sie kannten diese Eröffnung von vorausgegangenen Auftritten und ahnten, daß sich im vorderen Teil des Hauses ein Gewitter zusammenbraute.
»Wer hat euch das erlaubt?«
Die beiden wußten nicht, was er meinte, und fragten ihn danach. »Maul halten! Nur reden, wenn gefragt! Verstanden?!«
Sie waren auf der Ecke des Bodenmosaiks stehengeblieben und verfolgten durch Drehungen des Kopfes, wie Alexander um sie herumging und besonders die unteren Extremitäten in genauen Augenschein nahm.
»Willst du uns nicht erklären, was...«, versuchte es der eine.

»Ruhe!« donnerte er sie an, und sie, die noch nie von einem normalen, nichtbeamteten Menschen in diesem Tone angefahren worden waren, schwiegen überrascht.
»Wo steht denn geschrieben, daß ich das an sich erdulden muß, he?«
Er beugte sich zu ihnen hinunter und näherte sein Gesicht gefährlich nahe dem ihrigen: »Herhören! Ich bin Alexandros Volcatianos, Sohn des Alexandros aus Theben, und ich sage euch: Ich werde an sich durchaus dafür sorgen, daß ihr ans finstere Nordmeer versetzt, da geben sie sich mit der linken Hand die Hand, weil sie in der rechten eine Keule! Ordnung! Sauberkeit! Es braucht sie allenthalben! Besonders in dieser heiligen Halle! Verstanden?«
Die beiden schauten sich an mit einem Blick, der einem Zuschauer deutlich zu verstehen gegeben hätte, daß sie ernsthaft an Alexandros' Verstand zweifelten, doch sie führten das aus, was ihnen der Sohn aus Theben geraten hatte: »Nun gehet hin und putzet in Frieden eure Füße an der göttlichen Matte ab, auf daß es euch wohl ergehe in diesem Hause. Na also!«
Und während sie dieser Tätigkeit sehr ausführlich nachgingen, weil Alexanders Blick dabei wohlgefällig auf ihnen ruhte und weil sie gehört hatten, man dürfe einem Irren nie widersprechen, fragte der eine leise den anderen: »Sag mal, Collega, ist diesem Riesen nicht ganz richtig im Oberstübchen?«
Und ebenso leise antwortete der andere, dabei den Blick auf Alexander gerichtet: »Wie kommst du denn darauf? Der war lange in Gallien! Ist ein Freund des Proconsuls und Imperators Gaius Iulius Caesar! Du weißt nie, wie's kommt! Also Vorsicht! Sei immer höflich zu ihm! Bei deinem Leben!« Solches hatte man sie selbst noch nie über einen Consul reden hören.
So kam es, daß Alexander von Stund an von beiden Lictoren mit beinahe größerer Höflichkeit und Vorsicht behandelt wurde als der Curulische Aedil Gaius Volcatius Tullus. Alexander aber sagte zu Melitta, als er in die Küche schritt, der Reihe nach in alle Kochtöpfe und Schüsseln guckte: »So mußt du mit diesen Brüdern reden! Kennen nicht die einfachsten Anstandsregeln an sich! Werden von nun an ihre Sandalen putzen, daß sie wöchentlich zu Loco müssen, damit er sie neu besohlt. Na also!«

In diesem Augenblick kam Menander, Gaius' Leibsklave, in die Küche und meldete: »Quintus Cornificius ist im Atrium.«
Alexander ging zu ihm, und Cornificius fragte: »Wo ist Gaius?«
»Noch oben, Praefect[17]!«
»Aha ...« Und schon machte Cornificius sich auf den Weg zu ihm. Alexander redete den Freund seines Herrn immer mit dessen militärischem Rang an, obwohl Cornificius lieber zivilen Geschäften nachging, doch ließ er sich diese Titulatur gefallen – weil man sich eben vieles von Alexander gefallen lassen mußte, wollte man mit ihm auskommen.
Da tönte es von oben: »Alexander! Archelaos!«
Alexander hielt im Gehen inne, stand stramm und rief: »Hier, Herr! Zu Diensten, Herr! Ich komme, Herr!«
In einer unwahrscheinlich geraden Haltung ging er an den beiden Lictoren vorbei, die so taten, als ob sie ihn weder sahen noch kannten, und nahm auf der Treppe gleich drei Stufen auf einmal. Als er Gaius' Arbeitszimmer betrat, blickte Gaius auf und sagte: »Ich warte, bis Archelaos auch hier ist.«
Wenige Augenblicke später betrat auch der Kilikier das Zimmer und grüßte militärisch.
Beiläufig sagte Gaius: »Herhören! Es ist an der Zeit, daß wir wieder einmal einen Blick in den Circus werfen.«
Entzückt lauschte Alexander und hielt den Kopf schief: »Sind wieder ein paar Spielchen und Rennen gefällig?«
»Das auch. Aber später. Wir sind heute dienstlich unterwegs.«
Dieses »wir« ließ Alexander in Erinnerung an ähnliche Gänge innerlich frohlocken, und er warf Archelaos einen sehr freundlichen Blick zu.
»Ich erwarte von euch korrektes Verhalten! Keine faulen Mätzchen! Verstanden?«
»Jawohl! Mätzchen! Faul! Warten!«
»*Bene.* – Gut. Dann kommt!«
Sie wollten gerade aufbrechen, als Menander in den Raum kam und meldete: »Ein Bote des Consuls Aemilius Paullus, Herr!«
»Führ ihn in die Bibliothek! Ich komme.«
Sie gingen nach unten und folgten Gaius in den Lese- und Schreibsaal. Der *Viator,* der Bote, gehörte zusammen mit den *Praecones,* den Ausrufern und Herolden, den *Tibicines,* den sakralen Flötenspielern, den *Scribae* und *Librarii,* den Schreibern und Kopisten, zu den unteren

Beamten der Stadt, die dem Stab eines Consuls, Praetors oder auch Aedils angehörten. Die wichtigsten und angesehensten von ihnen waren die Schreiber, denn durch ihre Hände gingen alle Staatspapiere, alle Urkunden und Acta, bevor sie im Archiv des Tabulariums an der Rückseite des Forums für die Ewigkeit abgelegt wurden. Es gab unter den Schreibern Sekretäre, die ihren Beruf schon seit zwanzig, dreißig, ja bisweilen vierzig Jahren ausübten, und sie hatten einen tieferen Einblick in die Materie der Politik, Wirtschaft und Staatsfinanzen als die meisten Praetoren und Consuln; das war denn auch der Grund, daß sie unter den verschiedensten Exekutivbeamten dienten, und es kümmerte sie meist wenig, welcher politischen Richtung ihre derzeitigen Vorgesetzten angehörten. Umgekehrt war es einem konservativ optimatischen Consul gleichgültig, ob dieser Mann vor ihm in gleicher Weise einem popularen Praetor gedient hatte, denn die *Scribae* und *Librarii* waren unentbehrlich, ja unersetzbar geworden.

Der *Viator* verbeugte sich in angemessener Weise vor dem Curulischen Aedilen Gaius Volcatius und meldete, der Consul Aemilius Paullus habe mit ihm etwas von Wichtigkeit zu besprechen und bäte darum, von ihm in etwa anderthalb Stunden empfangen zu werden.

»Dem steht nichts im Wege«, sagte Gaius. »Ich werde hier sein. Geh und melde ihm dies!«

»Nehmen wir die Zwillinge als solche mit?« fragte Alexander seinen Herrn.

»*Nimirum!* – Natürlich.« Gaius wußte um Alexanders Skrupel gegenüber diesen Männern.

Eine Viertelstunde später erreichten sie den Circus Maximus, und alle Händler, Verkäufer und Bauchladenbesitzer, die hier den ganzen Tag über bei gutem Wetter auf ihre Kunden warteten – im Circus war ja immer irgendeine Veranstaltung, und sei es das Training einer Quadriga – , sie alle grüßten den Aedilen Gaius Volcatius mit äußerster Zuvorkommenheit, woraus er schloß, daß sich wohl alle in irgendeiner Form am Rande der Legalität bewegten.

»Soll ich den Brüdern mal an sich auf die Finger gucken, Herr? Beugen sich immer tiefer, so sie deiner ansichtig! Spitzbuben! Sollte durchaus verboten werden, so freundlich zu grüßen.«

Gaius überhörte dies. »Herhören! Wir interessieren uns heute nur für

die Rennen. Schaut euch die Wagen an. Mätzchen werden nicht geduldet. Die Bestimmungen sind klar.«
Entzückt hatte Alexander gelauscht und wiederholte: »Mätzchen klar! Keine Bestimmungen dulden! Rennen! Interesse!«
»Sehr korrekt! Wir treffen uns dann gleich auf der Haupttribüne. Wegtreten!«
Alexander und Archelaos nahmen eine hervorragende Haltung ein, rissen schlagartig die ausgestreckte Rechte nach oben, grüßten und schritten davon.
Gaius und Cornificius benutzten einen der Aufgänge zu der oberen Tribüne, und die beiden Lictoren gingen ihnen gravitätisch voraus, so daß jeder, der ihnen in den Weg trat, auf der Stelle den Platz räumte und mit der geforderten Ehrerbietung grüßte. Sie betraten die Tribüne, folgten der Brüstung und machten etwa in der Mitte halt. Außer ihnen befand sich niemand hier oben; die zu dieser frühen Stunde wenigen Zuschauer verteilten sich an den Längsseiten. Es war auch nicht viel zu sehen, denn nur eine einzelne Quadriga preschte am anderen Ende der Rennbahn um die Säule. Sie verlangsamte das Tempo, wurde wieder schneller, und so näherte sie sich allmählich der Tribüne, wurde dabei aber wieder langsamer und kam schließlich unterhalb ihres Standortes zum Stehen.

Mit Kennermiene betrachteten Gaius und Cornificius die Tiere. Es handelte sich zweifellos um reinrassige Araber. Der Fahrer sprang vom Wagen, und da rief Cornificius: »Beim Hercules! Ist das nicht... *Quid video!* – Wen sehe ich?! Marcum Aurelium Polynicem!«
Er schien ganz aus dem Häuschen zu sein, und Gaius hatte ihn noch nie so gesehen; freilich wußte er, daß Cornificius, der ansonsten jegliche Art von Metzeleien in der Arena verachtete, ein leidenschaftlicher Anhänger der Rennen war und alle Pferde und Lenker kannte.
Leise sagte Gaius: »*Animus praesagit mihi aliquid mali!* – Mir ahnt Schlimmes!« Dann wandte er sich seinem Freund zu: »*Age sane.* – Na gut. Und?«
Doch nun geriet der gute Cornificius in innere und äußere Bewegung: »*Rogas?* – Da fragst du noch? Polynices ist der beste Fahrer der letzten Jahre!«
»Fein, vielleicht weiß er's nicht. Du solltest es ihm sagen.«

»Wie?« Cornificius starrte Gaius an. Doch der lächelte nur ironisch zurück. Soviel sie in allen anderen Dingen des Lebens und ihrer Auffassung von Politik, Kultur und Wirtschaft gemeinsam hatten – in diesem Punkt, ihrem Verhältnis zu den Spielen, prallten ihre Auffassungen konträr und hart aufeinander. Während Gaius, wohl nicht zuletzt durch seine Erziehung in einem erzkonservativen patrizischen Hause und unter dem Einfluß des Griechen Selenus, eine tiefe Abneigung gegenüber allem hatte, was ein Massenpublikum zur Raserei bringen konnte, bekannte sich Cornificius offen zu seiner Leidenschaft. Ja, er kannte einige der Wagenlenker persönlich und pflegte diese Kontakte. Nun, Gaius ließ ihn gewähren – was sollte er sonst tun? –, konnte sich jedoch bei Gelegenheit, so wie jetzt, ironische Bemerkungen oder Anspielungen nicht verkneifen. Im übrigen litt ihre Freundschaft darunter keinen Schaden; sie war in harten Kämpfen in Gallien gewachsen und hatte sich oft bewährt. Gerade deswegen konnte sich Gaius diesen Ton erlauben, wie umgekehrt Cornificius kein Blatt vor den Mund nahm, wenn Gaius im Übermaß seines patrizischen Stolzes überzogene Stellungnahmen oder Deutungen von sich gab.

An der Farbe des Wagens, des Geschirrs und der *Tunica*[18] von Aurelius Polynices war nicht zu erkennen, für welche *Factio,* welche Renngemeinschaft, er fuhr. Polynices blickte kurz herauf, erkannte Cornificius und winkte ihm zu. Cornificius erwiderte den Gruß und hob die Hand.

»Für wen fährt er denn?« fragte Gaius.

»Keine Ahnung. Ich kann ihn ja mal fragen...« Er wollte die Tribüne verlassen, als Gaius ihn zurückhielt und sagte: »Warte!« Er wies mit der Hand nach unten. Dort waren mehrere Männer auf die Bahn getreten, und man erkannte darunter einige vom Personal des Circus und der Renngesellschaft: Stallknechte, die sich sogleich an den vier Pferden zu schaffen machten, sie ausspannten, mit Tüchern trockenrieben und bürsteten; Sklaven, die den Wagen an der Deichsel faßten und in die *Carceres*[19] zurückführten. Dann waren da aber auch noch andere, deren Tätigkeiten Gaius nur vermuten konnte, sei es, daß sie Geschirrmeister, Trainer, Stellmacher, Boten oder Magazinverwalter, sei es, daß sie Schreiber, Kellermeister oder Arzt waren. Von diesen Männern, die von Berufs wegen mit der Durchführung von Rennen

vertraut waren und die darum in ganz selbstverständlicher Art und Weise miteinander und mit den Pferden umgingen – von ihnen hob sich jene andere Gruppe ab, die aus steif in der Toga gekleideten Herren oder solchen, die es zu sein vorgaben, bestand; sie bewegten sich, behindert durch das üppige vielfaltige Gewand, äußerst bedachtsam und vorsichtig, um den Stoff nicht in ordinäre Unordnung zu bringen. Einer unter ihnen wurde von den übrigen, auch von den Leuten des Circuspersonals, sehr höflich behandelt, wenngleich auch hierin ein feiner Unterschied im Gehaben beider Gruppen zu beobachten war.
Die Männer vom Circus zeigten bei allem, was sie taten und sagten, daß dies aus geschäftsmäßiger Höflichkeit heraus geschah, ja daß sie nicht gewillt waren, dem zentralen Mann in der Toga mehr zuzugestehen, als es Beruf und Verdienst erforderten. Sogar die Sklaven redeten und bewegten sich mit einem inneren Unbeteiligtsein, das den beiden Beobachtern oben auf der Tribüne schon an der Grenze der Beleidigung zu stehen schien.
Die andern, die *Togati,* die festlich Gewandeten, gaben in einem fort deutlich zu erkennen, daß der mittelgroße Mann in ihrer Mitte mit der besten, teuersten, weißesten Toga ohne Zweifel auch der wichtigste sei, denn sie verfolgten jede seiner Regungen, jede seiner Silben, jede seiner Armbewegungen mit deutlichem Beifall, Nicken oder leichter Verbeugung.
»Herrlich!« sagte Cornificius, und er meinte die Pferde.
»Widerlich!« kommentierte Gaius, und er meinte die Menschen.
Unten setzte nun zwischen Decius Vibellius – den wir nach dem Vorausgegangenen erkannt haben – und einigen Männern vom Personal des Circus und der *Factio* eine Fachsimpelei ein, deren Einzelheiten Gaius und Cornificius nicht verstehen konnten. Statt dessen sahen und hörten sie, wie eine hünenhafte Gestalt, begleitet von einer feingliedrigeren und kleineren, aus den *Carceres* trat und auf einen eifrig dienernden Dritten einredete, und zwar so laut, daß man es bis weit auf die oberen Ränge hören konnte. »Herhören! Wo steht denn als solches an sich geschrieben, daß ich mir solche Revolutionen gefallen! Du willst wohl im Circus auftreten!«
»Wie? – Nein! Natürlich nicht! – Ich versuche dir doch nur unentwegt klarzumachen...« Es war der eifrig Dienernde, der dies vorzubringen versuchte, doch nicht so recht zum Zuge kam.

»Wer hier klarmacht, bin ich! Sonst niemand! Ich mache immer alles klar und sauber, daß es eine wahre Freude! Verstanden?«
»Nein, aber ...«
»Maul halten! Nur reden, wenn gefragt! Ich bestehe darauf, daß das Pferd einen andern Namen! Frechheit!«
»Herr, aber das... das... das geht eben nicht! Der Hengst hört nur auf diesen Namen!«
»Frechheit! Kenne da einen guten Arzt, Athenodoros, behandelt vorzüglich schlechte Ohren, auch von Pferden! Scheinst ebenfalls schlecht zu hören, mein Junge. Sagte: Bestehe darauf! Ändern!«
Der Angesprochene raufte sich in großer Verzweiflung die Haare, sofern man das Ziehen an den wenigen Härchen rechts und links seiner vollmondigen Glatze noch so nennen konnte, und wandte sich dann an einen seiner Kameraden vom Personal: »Beim Hades! Schafft mir denn niemand endlich diesen Verrückten vom Hals?«
Der Mann, der die Gespräche mit Decius Vibellius führte, hielt ob des Lärms inne, wandte sich um und fragte scharf: »Worum geht es denn?«
Darauf eilte der Halbkahlköpfige flink zwischen den Umstehenden nach vorne, verbeugte sich tief vor dem Mann, der offensichtlich sein Vorgesetzter war, und erklärte: »Dieser Mensch da« – er wies auf Alexander, der grimmig über die Häupter der Versammelten hinwegblickte – »dieser Mensch kommt da zu mir hin und schnauzt mich an, es sei eine Frechheit, daß der große Braune, der links innen laufende *Funalis*[20], *auf* den Namen Alexandros hört!«
»Kein Grund zu solchem Lärm. Schafft den Kerl nach draußen!«
Dazu gab er lässig den ihm zunächst Stehenden seines Personals mit der Hand ein entsprechendes Zeichen, und vier Mann entfernten sich, gingen mit einem Lächeln um die Lippen auf Alexander zu und sagten so nebenbei: »Dann komm, mein Junge!«
Aus der Art, wie sie redeten, konnte man schließen, daß sie schon des öfteren renitente Burschen aus der Arena nach draußen gesetzt hatten, und die Muskeln und Sehnen ihrer Arme und Hände waren ja auch sehr beeindruckend. Was sie allerdings nicht wußten, nicht wissen konnten, war, daß Alexander sie augenblicklich in jenen Kreis der ihm unsympathischen Zeitgenossen aufgenommen hatte, den wir nun schon des öfteren kennengelernt haben.

Archelaos, der wußte, was bevorstand, warnte seinen Freund: »Ich hau' dich da raus! Aber die sind zu viert! Könnte ins Auge gehen!«
»*Certo!* – Gewiß! Aber in ihres!« Und dann kam die letzte Warnung: »Herhören! Hier steht und spricht Alexandros, Sohn des Alexandros aus Theben, Freund des Gallischen Krieges und eines guten Haarwuchses, und ich sage dir…«, das war an den Halbkahlen gerichtet, »…du solltest es mit meinem Mittel als solchem versuchen, ehe du fremde Pferde beleidigst. Wir sprechen uns noch!«
Doch da waren die vier schon bei ihm. Die beiden ersten von ihnen wagten es, Hand an Alexander zu legen, indem sie ihn in die Mitte nahmen und nach seinen Oberarmen griffen. Doch so weit kamen sie nicht, denn ehe sie sich versahen, sausten Alexanders Handkanten mit einer unvorstellbaren Schnelligkeit und Härte auf ihre Unterarme, daß ihnen nichts Besseres übrigblieb, als sich drei Schritt nach rückwärts zu bewegen und sich mit der ungeschoren gebliebenen Hand die mißhandelte zu pressen. Dabei stöhnten sie vor Schmerzen laut auf, hüpften im Kreise und befürchteten, Elle oder Speiche gebrochen zu haben.

»Komm!« sagte Gaius zu Cornificius. »Dieser verdammte Hitzkopf! Sonst demoliert er noch den ganzen Circus!«
Zusammen mit Cornificius verließ er die Rampe der Tribüne, und sie eilten nach unten, so daß die beiden Lictoren, die selten zum Laufen angehalten wurden, stolpernd folgten und der eine beinahe samt Rutenbündel und Axt gestürzt wäre, hätte ihn Cornificius nicht im letzten Augenblick unten aufgefangen. Dabei konnte er sich ein leichtes Grinsen nicht verkneifen: »Ist ja noch mal gutgegangen, nicht?«
Als sie dann die Bahn betraten, hatte sich die Situation verändert: Die eben noch steif und stumm herumstehenden Männer in der festlichen Toga hatten einen Kreis gebildet, und es hatten sich Parteien formiert: »Gib's ihnen! Hau drauf!« riefen die einen, und die anderen: »Gebt's ihm, diesem Großmaul!«
Doch wurden letztere immer stiller, während die, die eine einzelne Person meinten, immer lauter jubelten. Und schließlich feierten sie diese Einzelperson wie einen Sieger in der Arena. Der »Sieger« aber richtete sich auf, klopfte sich den Sand von der Tunica sowie aus den Haaren und schritt durch die Menge zu jener Gruppe, aus der das Wort vom »Großmaul« gefallen war.

Mit grimmig zusammengezogenen Brauen musterte Alexander die Togaträger und fragte scharf: »Wo ist das Großmaul als solches? He?« Sein Blick wanderte über ihre Gesichter. Natürlich war längst eine schreckliche Stille eingekehrt. Da reckte er sich zu ungeheurer Geradheit und brummte nur: »Na, dann eben nicht...« Aber er behielt die Schultern oben.

Natürlich war der Vorsteher der Renngesellschaft, mit dem Vibellius verhandelt hatte, nicht gewillt, diesen Akt brachialer Gewalt hinzunehmen. Er sprach leise mit einigen seiner Leute, und es war klar, daß es nun wohl an die zehn bis zwölf versuchen würden, den renitenten Burschen von dem Gelände des Circus Maximus zu entfernen.

In diesem Augenblick traten die beiden Lictoren mit den geschulterten Symbolen der staatlichen Exekutivgewalt aus dem Torbogen, gefolgt von dem Curulischen Aedilen Gaius Volcatius Tullus und dem Praefecten der römischen Armee, Quintus Cornificius. Sofort trat das ein, was Gaius bezweckte: Alle hielten inne, verbeugten sich sehr tief, entblößten ihr Haupt, soweit sie eine Kopfbedeckung trugen.

»Was geht hier vor?« fragte Gaius in gespielter Unwissenheit. Sofort trat Alexander auf ihn zu, wies auf die vier gebeutelten und gedemütigten Knechte, deren Gelenke allesamt geschwollen waren, und erklärte: »Herr! Diese erbärmlichen Wichte überschritten bei weitem ihre Konsequenz...«

»Kompetenz!« verbesserte Cornificius. »Kompetenz!«

»Eben... also dieses Etwas und maßten sich wahrhaft Rechte an, die nur der Vollversammlung des römischen Volkes an sich zusteht!«

»Nämlich?« wollte Gaius wissen.

»Einen Bürger als solchen außer Landes in die heilige Verbannung zu schicken, dergestalt sie mich, den zuverlässigsten und namhaftesten Sohn aus Theben, außerhalb dieses heiligen Sandes!«

Nun meldete sich der *Dominus factionis,* der Vorsteher der Renngesellschaft, zu Wort. Er verbeugte sich noch einmal und erklärte: »Es trifft sich gut, Aedil, daß du zufällig in diesem Augenblick hier erscheinst. Dieser renitente Bursche...« Und dann schilderte er dem Aedilen, was sich hier in den letzten Minuten zugetragen hatte, sparte nicht mit herabsetzenden Äußerungen über den wilden Burschen, sprach ihm jegliche Art von gutem Benehmen ab – und aus all dem war zu schließen, daß er offensichtlich des Alexanders Anrede »Herr!« als Ehrerbietung dem Aedilen gegenüber gedeutet hatte. Er schloß: »Ich schlage darum vor, daß wir, mit deinem Einverständnis, diesen Störenfried der öffentlichen Ordnung auf dem Gelände des Circus Maximus, das ja deiner Obhut untersteht, festsetzen und seinen Herrn benachrichtigen.« Gaius antwortete nur kurz: »Ich bin sein Herr!«

In den Gesichtern des *Dominus factionis* und der übrigen ging eine erstaunliche Veränderung vor sich, die man zunächst ein Stutzen und Erstaunen, dann Erschrecken und am Ende ein peinliches Grinsen oder sich anbiederndes Lächeln nennen konnte, je nachdem, wofür man sich entschloß.

Schließlich hatte sich der *Dominus factionis* wieder einigermaßen gefangen und meinte: »Oh, ich konnte natürlich nicht wissen, daß...«

»Ja. Woher auch?« fragte Archelaos. »Nicht wahr, edler Alexandros?«

»*Bene!* – Können uns ja nächstens Schilder um den Bauch hängen. Archelaos?«

»Warum nicht? Nicht?«

»*Bene.* – Ja. Aber diese Brüder verstehen als solche doch immer mal wieder die Sprache unserer zarten Händchen besser. Nicht wahr, Archelaos?«

»Immer! Es geht natürlich auch schneller. Nicht wahr, edler Alexandros?«

»Es reicht!« sagte Gaius, und der Satz kam in jenem sehr leisen, mehr gezischten Ton über seine Lippen, der den beiden auf der Stelle klarmachte, was die Stunde geschlagen hatte.

»Herhören!« wandte sich Gaius an den *Dominus factionis.* »Laß die Arme der vier von deinem *Medicus* untersuchen, und wenn's was Ernstes ist, laß es mich hören.« Und zu Alexander meinte er: »Wir sprechen uns noch!«

»Jawohl! Sprechen! Noch! Uns!«

»So ist es.«

»Na, dann eben nicht...« Er wußte, worauf das hinauslief: Er würde die Kosten des Arztes zu bezahlen haben! »Frechheit!« murmelte er, und es war sein Glück, daß Gaius nicht allein war – wie Alexander es im übrigen nie gewagt hätte, unter vier Augen gegenüber Gaius eine solche Äußerung zu machen. Na, jedenfalls schwieg er von nun an – bis auf weiteres. Er würde das nicht auf sich sitzenlassen.

Endlich ergab sich für Gaius und Cornificius die Gelegenheit, Fragen zu stellen. Und aus den Antworten des Vibellius, der sich dem Aedilen und dessen Freund vorgestellt hatte, erfuhr Gaius, daß Decius Vibellius an den *Ludi florales,* den Spielen zu Ehren der Göttin Flora zwischen dem 28. April und dem 3. Mai, das Gespann, das eben gelaufen war, unter dem sehr erfolgreichen Marcus Aurelius Polynices an den Start bringen wollte.
»Unter welcher Farbe fährst du?«
»Rot! Für die *Factio russata*[21]*!*«
»Aha...«
»Ja, und ich finanziere und bezahle auch den größten Teil der gesamten Spiele!«
»Aha...« Gaius tat erstaunt, dachte aber: »Armer Mann!«
»Ja, mein Sohn... Also, mein Sohn und Nachfolger Aulus Decius Vibellius soll und wird sich um die Quaestur bewerben und sie anstreben.«
»Aha!« sagte Gaius zum drittenmal, so daß Cornificius, der neben Polynices stand, ihm einen mahnenden Blick zuwarf.
»Ja, wir sind aus Capua zugezogen...« Und dann erzählte er weitschweifig, wie er dazu gekommen, was er vorher getrieben, daß seine Familie... na, aber das kennen wir schon.

Wohl oder übel hörte sich Gaius die Geschichte an. Schließlich fragte er, um etwas zu sagen: »Und wie bist du an Polynices gekommen?«
Auf der Stelle kam die Antwort: »Mir ist nichts, aber auch gar nichts zu teuer, um meinen Sohn auf die Bahn zu bringen. Darum will und möchte ich, daß er das Rennen, also ich meine, daß Polynices das Rennen gewinnt.«
»Na, dann viel Glück!« sagte Gaius und wandte sich nun in sehr geschäftlichem Ton an den *Dominus factionis russatae:* »Hatte ich mit dir schon das Vergnügen?«
»Ich glaube nicht«, lächelte der Mann zurück. »Ein Volcatier würde wohl kaum mit der roten *Factio* einen Vertrag abschließen.«
Das war eine Anspielung auf die alte Tradition, daß Grün und Blau die Farben waren, die eine patrizische Familie bevorzugte. Er fügte noch hinzu: »Nichtsdestotrotz stehe ich dir jederzeit zur Verfügung.«
»Ich werd' mir's überlegen«, gab Gaius ebenso zurück, »wenn du mir einen guten Preis machst.«

»Beim Geld hört die Freundschaft auf, und ich denke, das ist auch gut so.«

»Ich bin da allerdings anderer Meinung. Aber... mit wem habe ich die Ehre? Ich kenne dich nicht. Seit wann bist du verantwortlich für die Geschäfte der Roten?«

»Du warst lange nicht im Lande«, sagte der Mann. »Im letzten Jahr wählten wir einen neuen Vorstand, und ich habe seitdem die Ehre, für unsere Geldgeber die Kastanien aus dem Feuer zu holen. Ich bin Lucius Valerius Flaccus, von Geburt römischer Ritter.« Gaius hatte noch nie von ihm gehört. Er sagte: »Na, einer muß es ja machen – oder?«

»Sicher. Aber die Zeiten sind rauher geworden, Aedil. Der Wind weht von vorne! Wir leben in unsicheren Zeiten. Wer weiß, was im nächsten, was im übernächsten Jahr ist. Du kannst heute nicht mehr, wie noch zu Zeiten unserer Großväter, auf Jahrzehnte vorausplanen. Im übrigen sind die Preise für gute Lenker und Pferde gestiegen. Die Konkurrenz ist groß. Der Gewinn ist gering.«

»Gewiß, ich sehe schon voraus, daß du in wenigen Jahren zum Bettelstab greifst und nach Transtiberim[22] umziehst.« Dann fragte er: »Wer fährt denn eigentlich für die Blauen?«

»Publius Aelius Gutta.«

»Und wer ist der Sponsor[23]?«

»Caelius Rufus.«

»Aha – ja«, sagte Gaius, doch das war ihm völlig neu. »Auch an den *Ludi florales?*«

»Ja.«

»Interessant. Und wer vertritt die *Factio alba,* die Weiße Partei?«

»Ein Zugereister namens... Ich vergesse immer diesen Namen... Ahja! Symmachos heißt der Mann.«

»Wer ist das?«

»Ein Syrer. Sagt er jedenfalls.«

»Wo wohnt er?«

»Müßte ich nachsehen.«

»Nicht so wichtig. Und wer fährt für ihn?«

»Marius Regatus.«

»Ich dachte, der kann nicht mehr?«

»Ich auch...« Valerius lächelte vielsagend. »Aber er hat's nötig!«

»Hm – ich würde in dem Alter nicht mehr auf die Bahn gehen. Das rächt sich.«
Valerius nickte ihm im Einverständnis zu. Dann trennten sie sich.

3

»Schaut euch draußen um! Ich komme nach«, sagte Gaius zu Alexander und Archelaos. Gaius ließ sich dann von Valerius Flaccus die *Carceres* zeigen, denn auch die Ordnung in diesem Bereich des Circus gehörte, zusammen mit der Aufsicht über alle Märkte und Straßen, zu seinen Obliegenheiten.

Noch während Alexander und Archelaos durch das Gewölbe unter der Tribüne gingen, wandte sich der Kilikier an den Sohn aus Theben, und sein Ton hatte eine seltene Schärfe: »Ich glaube allen Ernstes, daß du zeitweise deinen Verstand verloren hast.«

Alexander meinte nicht recht zu hören. Er blieb stehen und rief: »Ich lasse mich doch nicht von so einem... so einem Wicht beleidigen, dergestalt er die Frechheit hat, diesen heruntergekommenen Gaul mit dem göttlichen Namen des großen Alexander!«

Auch Archelaos hielt inne und sagte eindringlich: »Du scheinst nicht zu wissen, daß Alexandros das beste, schnellste, teuerste Pferd ist, das sich zur Zeit in Rom befindet.«

»Wie?« Alexander hielt den Kopf schief und überlegte. »Das teuerste... schnellste... edelste?« Er kam näher. »Warum hast du das nicht gleich gesagt!«

»Wie? Ich hab's ja gleich gesagt! Aber du... du mußtest ja unbedingt... Hach!« Archelaos wandte sich ab und strebte dem Ausgang zu. Alexander hatte ihn aber schnell mit vier großen Schritten wieder erreicht.

»Halt! Herhören!« Er hielt ihn an der Schulter fest, und Archelaos mußte wohl oder übel stehenbleiben.

»Was hast du gesagt? Sag das noch mal!« Alexander blickte den Freund aus großen Kinderaugen schräg von oben an.

»Ich sagte...« Archelaos zögerte. »Ach was, ich bin doch nicht blöd!«

»Wie? – Wie kommst du denn darauf? Herhören! Alexandros ist der schnellste, edelste, teuerste Hengst?«

Archelaos stöhnte und blickte zum Himmel. »Ja, so etwa.«

»Sehr schön, lieber Freund!« Er strahlte. »Und wieviel... ich meine, was müßte man denn so an Säulchen von diesen kleinen runden glitzernden Dingerchen hinstellen, um ...«

»Na, ich schätze, fünf.«

»Was? Sesterzen?«

»Nein, natürlich nicht!«
»Denare?«
»Wohl 'n Witz!«
»Was dann?«
»Talente[24]!«
»Nein!«
»Aber ja! Ich habe einen der Knechte gefragt.«
Alexander sah eine unendlich hohe Säule von Münzen vor sich, die seiner Meinung nach fast den Mond erreichte. Zugleich befriedigte ihn diese Vorstellung, und er stellte kernig fest: »Naja – das Beste war immer schon teurer als das Gute! Das Gute genügt uns nicht, wir haben Anspruch auf das Beste!«
»Seit wann redest du von dir im Pluralis maiestatis?«
»Wie? – Wenn du mich beleidigen willst, kannst du haben!« Er ballte die Fäuste und begann zu tänzeln, doch Archelaos blieb ruhig: »Wer redet denn von dir? Ich sprach die ganze Zeit von dem Hengst Alexander!«
»Ich auch. – Na also!«
Damit war der Streit beendet, und sie verließen das Gewölbe. Kurz darauf näherte sich ihnen von der linken Seite ein Mann, dessen heruntergekommenes Äußere ihn als einen Bettler von Transtiberim oder aus der Subura kennzeichnete.
»Eine milde Gabe, *nobilissimi Domini,* edelste Herren!«
Er hinkte heran und streckte ihnen seine zitternde Rechte entgegen. Alexander warf einen Blick darauf und erkannte, daß es sich, wie so oft, um einen relativ jungen Mann handelte, der einen lahmen Alten spielte – denn die Muskeln, Sehnen sowie die Haut waren gesund, und die fahle Farbe der Haut an Arm, Hand und Gesicht war mit Asche erreicht worden.
»Hau ab!« bellte Alexander, der wußte, daß dem einen ein ganzer Schwarm weiterer Habenichtse folgen würde. Doch der Mann rührte sich nicht vom Fleck.
»Die Götter werden dich zum glücklichsten Menschen machen! Alle Nachgeborenen werden von der Huld des großen Alexandros berichten…«
Alexander, der ihn gerade unwirsch zur Seite stoßen wollte, zögerte: »Woher kennst du meinen Namen?«
»Alle Welt kennt ihn! Wer kennt ihn nicht!« Er verbeugte sich tief.

»Laß das! Hasse das! Bin nicht Zeus! Hier...« Er kramte nach seinem Brustbeutel, entnahm ihm ein paar abgegriffene Sesterzen und gab sie dem »Alten«, der sich überschwenglich verbeugte und dankte.
»Kauf den Kinderchen was zum Knabbern, statt es an der nächsten Ecke zu versaufen!«
Wieder verbeugte sich der Mann. Aber er ging nicht.
»Was willst du noch?« fragte Archelaos.
»Erlaube eine Frage.« Er katzbuckelte erneut. »Habe ich recht gehört? Der große Alexandros geht an den Start?«
»Du hast!« Alexander reckte sich und maß ihn verächtlich. »Und der große Alexandros sagt dir jetzo endgültig: Verschwinde! Auf daß es dir wohl ergehe auf Erden!«
»*Licet maxime!* Ja, gewiß, *Domine.* Aber erlaube eine Frage.«
»*Non ita!* – Nein!«
Aber der Mann überhörte das und fragte nach einer erneuten tiefen Verbeugung: »Stimmt es, daß der große Alexandros von Marcus Aurelius Polynices gelenkt wird?«
»Er wird! Und du als solches auch! Nämlich in den *Carcer Mamertinus*[25], so du nicht auf der Stelle in andere Gegenden des Erdkreises wanderst!« Und zu Archelaos meinte er: »Er hat wohl was an der Ohrmuschel als solches. Naja – werden alle mal alt.«
Endlich ging, nein humpelte der Bettler elegant davon, blieb aber nach etwa zwanzig Schritt stehen, blickte zurück und rief, nun mit klarer, kräftiger Stimme: »Viel Glück! Ihr könnt es gebrauchen!«
Die beiden antworteten nicht, doch Alexander brummte: »Sollte sich lieber um seine eigenen Knochen und Gelegenheiten kümmern. Komm!«
Sie traten nun endgültig aus dem Schatten des Gewölbes. Die Sonne stand schon hoch, und nun war klar, daß es ein sehr warmer Tag werden würde. Der Strom von Neugierigen aus der Stadt hatte zugenommen, weil um diese Zeit schon mehrere Quadrigen trainierten. Außerdem ergötzte sich das Volk an den Produktionen seltsamer Künstler und Gaukler, wobei nicht zu sagen war, was seltsamer anmutete: das Gehabe, die Kleidung, die Sprache der Produzierenden oder die Exotik ihrer Produktionen. Man sah abenteuerliche Kerle, die Feuer spien, sich Schwerter in den Rachen, Nägel in den Kopf stießen, alte Schuhe zerkauten und verschlangen.

»Sollten bei Loco[26] in durchausigen Dienst treten! Könnte so endlich mal Ordnung an sich in dessen göttlicher Rumpelkammer geschaffen. Und die Jungs würden nie Hunger leiden als solche.«
Ein Athlet balancierte eine Stange mit schwerem Gewicht auf seiner Stirn. Nachdem der Beifall der Umstehenden abgeklungen war, ließ er sich einen Amboß auf die behaarte Brust setzen und mit schweren Hämmern darauf schlagen.
»Sollte durchaus verboten werden! Der verbiegt noch den ganzen Hammer!«
Ein Stück weiter machten Luftspringer von einem Schwunggerüst aus allerlei verwegene Sprünge, schnellten durch Reifen und steigerten die Schau durch Entzünden der Reifen.
Gleich daneben warf einer viele Bälle, Ringe, auch Dolche zugleich in die Luft und fing sie behend wieder auf, mit den Händen, mit der Schulter, mit dem Schenkel.
»Müßte man unbedingt in der Zehnten in Gallien einführen! Würde die Jungs in Bewegung halten und die Germanen durchaus beeindrucken! Archelaos!«
»Sicher. Wäre nur in der Schlacht sehr gefährlich.«
»Leider.«
Etwas weiter standen viele Neugierige um einen Seiltänzer herum. Er machte verwegene Sprünge auf seinem Seil, und je gefährlicher sie waren, desto mehr gefielen sie der Menge. Dann – nach einer kühnen Bewegung – fiel er auf den Boden.
»Hat sich als solches eins seiner Beine gebrochen. Sollte verboten werden, öffentlich Beine zu brechen! Archelaos!«
»So ist es!«
Schon lief ein Mitleidiger aus dem Publikum zu ihm hin, um ihm zu helfen. Doch er hatte ihn noch nicht erreicht, als der Gefallene sich flugs aufraffte und seine Sprünge und Balanceakte fortsetzte. Der Philanthrop wurde von der Menge ausgelacht.
»Solche Späße machen sie oft«, sagte Archelaos.
»Mag das nicht«, brummte Alexander. »Stell dir vor, die Jungs würden als solche ihre Verletzungen, Wunden und Sterbeszenen an sich durchaus nur mimen.«
»Wär' doch schön!« rief Archelaos. »Dann gäb's keine Toten mehr.«
»Unsinn! Wer nicht stirbt, hat nicht gelebt! Kannte da mal einen, der

wollte nicht sterben, lebte dann noch hundert Jahre. War nachher ganz allein. Sprach nur noch mit sich selber. Kannte sich ja schon lange. War mein Großvater!«

»Ach!«

»Ja.«

»Ich denke, du hast keinen Großvater.«

»Wie? – Du vielleicht. Ich hab' sogar zwei. Lebten, daß es eine wahre Freude war. Noch heute spricht ganz Theben von ihnen!«

Archelaos schwieg, denn er kannte diese Version der Alexandrinischen Abstammung zur Genüge.

»Schau mal, ein Taschenspieler!« sagte der Kilikier, und sie näherten sich einem kahlköpfigen Mann, der auf einem dreifüßigen Tischchen drei kleine Näpfe aufgestellt hatte. Unter diese steckte er weiße runde Steinchen, wie man sie in den Bächen findet. Er verbarg sie bald einzeln unter den Näpfen, bald zeigte er sie alle unter einem einzigen, dann verschwanden sie völlig, bis er sie aus seinem Munde unter den seltsamsten Verrenkungen des Halses und Verformungen des Gesichtes wieder herausholte. Endlich verschluckte er sie, stellte die ihm zunächst stehenden Personen in die Mitte und zog die Kügelchen dem einen aus der Nase, dem andern aus den Ohren, und im nächsten Augenblick waren sie alle wieder verschwunden.

Sie schlenderten weiter an der Außenwand des Circus entlang und stießen auf etwas, das besonders junge Leute und Kinder ergötzte: Ein Affe, von einem zerlumpten Kerl dressiert, saß mit Helm und Schild auf einer struppigen Ziege und machte, stets die Peitsche seines Herrn fürchtend, allerlei kriegerische Übungen mit dem Wurfspieß.

Alexander und Archelaos hatten für einen Augenblick ganz vergessen, warum sie sich an diesem Platz befanden, so nahmen die Darbietungen sie gefangen. Unter den Leuten, die sich hier herumtrieben, um ihre Geschäfte zu machen, befanden sich auch manche Pharmakologen, herumziehende Arzneiverkäufer und Quacksalber. Sie boten in ihren Kästen allerlei Medikamente feil, die sie selbst zusammengesetzt hatten: Giftmittel und *Arcana,* mysteriöse Rezepturen aller Art, Amulette und Talismane, aber auch Schminken, Salben und Parfümerien.

Eine dieser mit Kennermiene daherkommenden Gestalten sah die beiden Freunde und eilte geschäftig näher: »Ein Aphrodisiacum, *Nobilissimi?* Ein Liebeszauber gefällig? Ein Mittel gegen den bösen Blick? Oder wollt ihr die kläffenden Köter eures Nachbarn behexen, daß sie nachts das Maul halten?«

Er kam nahe heran, musterte sie mit schnellem, erfahrenem Blick und ordnete sie auf Grund ihrer Kleidung in den Anhang eines wohlhabenden, ja vermögenden Hauses ein, was zur Folge hatte, daß das kleine Säckchen mit geriebenem Einhorn im Preis auf das Zehnfache dessen stieg, was sein letzter Kunde, ein zahnloser Alter, der an der Gicht litt, dafür bezahlt hatte.

»Nun, wie wär's mit uns, *Nobilissimi?*«

Er hielt ihnen die verschiedensten Säckchen unter die Nase, ließ sie an Fläschchen und Salben riechen, hatte bereits Hoffnung, hier das Geschäft des Tages, wenn nicht der Woche oder gar des Monats zu machen, denn der eine der beiden, der kleinere, zeigte besonderes Interesse an den Parfümfläschchen. Doch er hatte nicht mit dem zweiten, dem größeren gerechnet, der in diesem Augenblick seinen Körper in die Höhe reckte, was ihn auf Anhieb noch einen Kopf größer erscheinen ließ, und der nun von oben mit grollendem Baß begann: »Herhören! Du hast Anbetracht dessen Zeit, bis ich die Gnade habe, bis fünf gezählt zu haben, in welcher ewiglichen Zeit du die einmalige Gelegenheit bekommst, von allhier samt deinem Bauchladen dich in andere Erdteile zu zerstreuen, dergestalt du hier ein Loch in der Gegend hinterläßt. Verstanden?«

»Wie?« Er blinzelte, und Archelaos mußte es ihm verdeutlichen.

»Ja, warum denn das?« rief der Mann. »Woher nimmst du dir die Frechheit...«

»Herhören! Hier steht und spricht Alexandros Volcatianos, rechte und linke Hand des Curulischen Aedilen Gaius Volcatius Tullus, und er sagt dir: Pack diesen stinkenden Plunder ein und verschwinde! Es sei denn, du hegst eine durchausige Vorliebe für feuchte Mauern. Solche wirst du allhier im Carcer Mamertinus finden, allwo die Übernachtung kostenlos!«

In diesem Augenblick kamen Gaius, Cornificius und die beiden Lictoren aus dem Tor zur Tribüne. Alexander nutzte augenblicklich diese glänzende Ausstaffierung jenes Szenenhintergrundes, winkte hinüber, rief – nicht allzu laut – »Keine besonderen Vorkommnisse!« und schloß, den Blick auf den Mann gerichtet: »Verstanden?«

»Sicher.«

»Das heißt Jawohl! Wiederholung!«

»Jawohl!«
»Na also. Werde sehen, daß du dienst! Laß dich aber nie mehr in meiner Nähe als solcher blicken! Keine Mätzchen! Nur Sauberkeit! Ordnung! Dissiplin! Vätersitte! Es braucht sie! Na also. Wegtreten!«
Im Nu war der Spitzbube verschwunden, doch als Archelaos und Alexander ihm nachblickten, meinten sie zu sehen, wie er sich im Schatten des Gewölbes mit jenem Bettler traf, der ihnen vor kurzem begegnet war.
»Sein gutes Recht«, meinte Alexander. »Gleich und gleich gesellt sich gern. Komm, der Herr wartet.«

4

Alexander wußte, daß es – wegen der Szene in der Rennbahn – zu Hause eine geharnischte Predigt von seiten des Herrn geben würde, und so suchte er dem Unglück entgegenzusteuern, indem er in dieser einmaligen Alexandrinischen Rhetorik und Taktik zu einer Finte griff, die bisher immer noch ein Aufwallen des herrschaftlichen Zorns verhütet hatte.

Also begann er: »Herr…«

Gaius schwieg. Alexander hielt Schritt, naherte sich dabei von links.

»Herr…« Während des Gehens blickte er Gaius schräg von der Seite an.

»Hm… Was willst du?«

»Herr!« Mit zwei Schritten war er dicht neben Gaius. »Was würdest du als solches Anbetracht dessen sagen, wenn da so ein lausiger Armleuchter sein Licht, statt es unter den Scheffel, es dir mitten ins Gesicht!«

»Ich weiß nicht, wovon du redest.« Gaius erwiderte den Gruß eines Bürgers mit der Hand.

»Aber ich! Stell dir bitte einmal vor, da kommt so ein dämlicher Kameltreiber und ruft nach diesem höckerigen Tierchen mit der seibernden Unterlippe an sich… Und nun stell dir vor…« Er war um Gaius herumgesprungen, ging vor ihm rückwärts, starrte ihn dabei mit weit aufgerissenen Augen an und untermalte das Gesagte mit den Händen: »Stell dir vor, der ruft: ‚Na, willst du wohl! Volcatius! Du blöder Kamel!'«

»Blödes!« verbesserte Cornificius. »Blödes Kamel!«

»Eben! Was würdest du als solches?« Er war einen Augenblick stehengeblieben und erwartete die Antwort. Doch sie kam nicht, sondern Gaius ging an dem ihn beobachtenden Alexander vorbei, so daß dieser enttäuscht, nun mit allem rechnend, Hals, Kopf und Schultern hängen ließ und geschlagen murmelte: »Na, dann eben nicht! Wenn man in diesem Lande zu jedem Kamel Volcatius und zu jedem dämlichen Klepper Alexandros sagen kann, dann kann man ja gehen…«

Aber er ging nicht, sondern blieb stehen, zog das Kurzschwert aus der Scheide, betrachtete es, hieb durch die Luft, ließ es singen, steckte es wieder ein. Dann bewegte er lautlos die Lippen und murmelte unhörbare Verwünschungen und Flüche. Auf einmal war es sehr still, und er blinzelte nach vorne: Auch die Gruppe war stehengeblieben. Gaius, Cornificius und Archelaos folgten mit den Augen mehreren Reitern, die eben die Carceres verlassen hatten und anscheinend zurück zu ihren Ställen und Unterkünften ritten. Jeder führte ein ungesatteltes Tier am Zügel neben sich.

Da rief Gaius: »Alexandros!«

Er hatte es auf griechisch gesagt!

»Hier, Herr! Zu Diensten, Herr!« Mit fünf riesigen Schritten war er bei ihm.

Gaius wandte nicht den Blick von dem Trupp, als er fragte: »Wer von ihnen ist Alexandros?«

Alexander blickte hinüber: »Der... der erste, Herr! Der so munter und edel die Füße hebt!«

Gaius prüfte das Pferd, seine Anatomie, das Fell, das Spiel von Muskeln und Sehnen.

»Phantastisch!« murmelte er.

»Jawohl!« beeilte sich Alexander.

»Edel!«

»Jawohl!«

»Einmalig!«

»*Sic est, Domine!* – So ist es, Herr!«

Und dann kam der orakelhafte Satz: »Wenn ich nicht selbst ein solches Exemplar hätte, würde ich mir's unter allen Umständen verschaffen!«

Alexander hörte, zwinkerte, hielt den Kopf schief und überlegte, ob sich der Inhalt auf ihn selbst bezog: Der Herr liebt es bisweilen, in dunklen Worten an sich zu reden, dachte er. Dann reckte er sich gewaltig, stand wie ein Baum und stellte sachlich fest: »Herr! Ich danke dir für das Vertrauen.«

»Wie?« Gaius fuhr herum und begriff, während Cornificius kaum an sich halten konnte. »Na, dann eben doch!« sagte Gaius und lachte kurz. »Herhören!«

Alexander hing an seinem Gesicht.

»Du wirst dennoch nächstens die Form wahren und keinen überflüssigen Streit vom Zaun brechen. Die Kosten für den Medicus wirst du übernehmen!«

»Jawohl! Zaun brechen! Medicus bewahren!«

»Sehr korrekt! Weiter! Wir haben noch eine Menge zu erledigen!«

Alexander bewegte lautlos die Lippen und überschlug, wie hoch wohl die Rechnung des *Medicus* ausfallen könnte. Er würde es überleben.

Archelaos aber lächelte still vor sich hin, denn er wußte, daß der Sohn aus Theben Mittel und Wege finden würde, auch aus diesem Vorfall letzten Endes seine durchausigen Vorteile zu ziehen.

Wieder im Hause am Palatin, beauftragte Gaius den Schreiber Lippinus, über die vier *Factiones*, ihre Pferde und Lenker, die an den *Ludi florales* an den Start gehen wollten, eine Aktennotiz zu machen. Lippinus war übrigens der beste *Scriba* aus der Gruppe um Selenus im Caelischen Hause des Patrons, und Selenus hatte darauf bestanden, daß Lippinus – wie auch die anderen, sofern sie sich nützlich machen konnten – während der gesamten Amtstätigkeit von Gaius als Aedil diesem zur Verfügung stand.

»Wieviel Zeit haben wir noch bis zur Ankunft des Consuls?« fragte Gaius. Lippinus warf einen Blick auf die Wasseruhr[27] und meinte, es sei etwas weniger als eine halbe Stunde. Gaius nickte und entließ den Lippinus. Dann wandte er sich Cornificius zu, der einen Blick in die zahlreichen Ver- und Anordnungen des Curulischen Aedilen geworfen hatte, die da auf dem Arbeitstisch lagen, und sagte: »Nun tu nicht so, als ob dich dieser Papierkram interessiert!«

»Wie? – Wer wollte denn unbedingt Aedil werden? Du oder ich?«

»Kannst mir gelegentlich bei der Durchsicht und Einordnung der Klagen und Beschwerden helfen.«

»Muß das sein?«

»Aber ja! Ich denke, du bist auf der Suche nach einem neuen Stoff für eine Komödie…«

»Das sieht mir eher nach einer Farce aus! Hier schreibt einer: ‚… *habe ich nun schon zu wiederholten Malen höflichst darauf hingewiesen, daß der Esel meines Nachbarn, wenn er morgens zwei Stunden vor Sonnenaufgang in den Stall zurückgeführt wird, statt still und bescheiden seinen Hafer zu fressen, in einem fort sein für dieses Tier typisches Geräusch von sich gibt. Ich bitte nun zum letztenmal, dies zu unterlassen. Das hält ja kein Mensch aus.*‘«

»Was treibt er sich denn auch die Nacht über herum!«

»Der Mann?«

»Der Esel!«

»Der Kläger hätte wenigstens angeben können, ob der Esel einem Bäkker, Müller oder einem anderen Nachtarbeiter gehört! – Solche Beschwerden häufen sich hier.«

Gaius nickte. »Sie machen nun mal das Leben des Völkchens aus! Alexander und Archelaos können diese Angelegenheiten klären.«
Gaius blickte aus dem Fenster, über das Dach des Atriums hinweg in den Garten, wo Syphax und Micipsa dabei waren, die Wege vom Unkraut zu befreien.
Cornificius stellte sich neben ihn und fragte: »Wie geht's Clodia?«
»Gut. Warum?«
»Ach, nur so...« Und nach einer Weile ergänzte er: »Ist die Flamme kleiner geworden?«
Cornificius war der einzige Mensch auf dem Erdkreis, der Gaius so direkt so intime Fragen stellen konnte, denn sie hatten voreinander keine Geheimnisse. Ihre Freundschaft reichte in Tiefen, die einem Außenstehenden nicht zugänglich waren, auch Clodia nicht. Clodia wußte es, und sie tolerierte es.
Gaius nahm des Freundes Frage denn auch nicht übel, sondern sagte offen: »Das kann schon sein.«
»Hat sie...«, versuchte es Cornificius vorsichtig, »hat sie andere Interessen?«
»Du meinst andere Interessenten!«
»Wie du willst.«
»Nein, aber...«
Gaius schaute den Freund an und wußte, daß er vor ihm nichts verheimlichen konnte.
»Nein, aber ich spüre, wie sie sich von mir zurückzieht. Wir haben dieser Tage ganz offen darüber gesprochen. Sie möchte auf jeden Fall vermeiden, daß ich sie dereinst, wenn sie nur noch mit Schminke und Puder das alte Bild aufrechterhält, fallenlasse. Das läßt ihr Stolz nicht zu. Sie ist nicht wie ihre Schwestern.«
»Ich weiß. Ich wußte, daß es so kommen würde.«
Gaius dachte eine Weile nach und sagte dann leise: »Ich auch.« Dann fügte er lauter hinzu: »Ich habe noch Caesars Wort im Ohr: Es sei gut, wenn ein junger Mann über einige Zeit eine ältere Freundin habe...«
»Er spricht aus Erfahrung!«
»Wahrscheinlich.«
Cornificius suchte das Thema zu beenden: »Wichtig ist, daß ihr euch beide nichts vorzuwerfen habt. Ich denke, du wirst eine gute Freundin behalten.«

Gaius nickte. »Komm, Aemilius wird jeden Augenblick da sein!«
Und während sie aus Gaius' Arbeitszimmer im ersten Stock langsam nach unten gingen, mußte Cornificius sich eingestehen, daß diese Lösung des Verhältnisses ganz in seinem Sinne war. Nein, es war nicht Eifersucht im Spiel, sondern er hatte eigentlich immer an eine andere Bindung gedacht: Er war stets der Meinung gewesen, seine eigene Schwester Cornificia wäre die geeignete Gattin eines Gaius Volcatius Tullus. Cornificia war einundzwanzig Jahre alt; sie war nicht das, was einen Mann beim ersten Anblick vom Stuhl riß und ihm das Blut zu Kopfe steigen ließ; dennoch war Cornificia schön – freilich in einem Sinne, der erst beim zweiten Hinschauen entdeckt wurde. Sie konnte zuhören und ganz auf das Gegenüber eingehen. Sie war eine hochbegabte Dichterin; und allein schon diese Tatsache zeigte sie als eine Frau, die mit ihren psychischen und ästhetischen Qualitäten weit über das Übliche hinausging. Und wenn man sie, was ihren schlanken Körper anging, kritisch in Augenschein nahm – Cornificius hatte da als objektiv urteilender Bruder keine Skrupel –, so gehörte sie ganz gewiß nicht zu jenem Typ *femina*, dem römische Lebemänner huldigten, denn Cornificia bot im Sinne modischer Anatomie wenig: Sie war nicht üppig, vollbusig, rund, sondern schlank; aber diese Gestalt hatte eine Eleganz der Haltung und eine Harmonie der Proportionen, die sogleich auf ihre sozusagen göttliche Schwester hinwies, auf Athena, so wie die Griechen sie darstellten ... und wie sie als steinerne Idealgestalt im Atrium des Tusculanischen Landsitzes der Volcatier stand. Die Ironie war, daß es ausgerechnet Publius Clodius, der Bruder Clodias, gewesen war, der Gaius die Statue geschenkt hatte. Man würde sehen. Cornificius überlegte, ob es sinnvoll sein könnte, demnächst ein Fest mit Freunden in seiner *Domus* zu veranstalten, bei dem Cornificia sozusagen als souveräne Herrin des Hauses agieren könnte.
Unten kam ihnen Alexander aus der Küche entgegen. Er kaute. »Putz dir den Mund ab!« sagte Gaius, und Alexander beeilte sich, an diesem Tage Gaius in allem ohne Widerrede zu folgen.
»Herhören!«
Alexander nahm Haltung an.
»Du wirst dich im Laufe des Tages zusammen mit Archelaos bei einigen Bürgern, die Beschwerden gegen ihre Nachbarn vorgebracht haben, umsehen und prüfen, ob diese Beschwerden zu Recht

bestehen. Ich werde euch noch einweisen. Wartet hier im Hause, bis ich euch rufe.«
»Jawohl! Im Hause rufen! Nachbarn einweisen! Archelaos prüfen!«
»Sehr korrekt! Wegtreten!«
Er zog sich in den Garten zurück, um Micipsa und Syphax beim Säubern des Weges zu helfen, was am Ende darauf hinauslief, daß er ein Loblied auf die thebanischen Gärten an sich und den seines Großvaters als solchen sang, »dergestalt, daß diese Gärten überhaupt keine Wege besaßen, alldieweil jede Quadrat-Elle mit sauren Gurken bepflanzt war. Da gab's zu jeder Mahlzeit saure Gurken, bei Tage, bei Nacht, auch in der Dunkelheit. Müßte allhier ebenso eingeführt! Na also! Nun macht mal schön! Das wird den Herrn freuen!«
Er ging, die Hände auf dem Rücken, seltsame Bewegungen mit dem Munde ausführend, bisweilen stöhnend und seufzend, auf dem Wege vor und zurück, und manchmal erhaschten die beiden einige Worte: »Frechheit das! Kann und werde selbiges nicht auf mir sitzen! Unglaublich! Was kann ich dafür, wenn ich mich ärgere, Anbetracht dessen dieser Halunke meinen Namen verbraucht. Soll er doch sehen, wie er den *Medicus* rausschmeißt! Mit mir nicht! Beim Iupiter! Wo kommen wir denn hin, wenn jeder den Arzt, den er überhaupt nicht braucht, als solchen mit Geld füttert? So nicht!« Er drohte mit dem Zeigefinger. »Na also!«
»Alexander!«
Das kam aus dem Hause. Er reckte sich, grüßte militärisch – die beiden Sklaven schauten sich verdutzt an, grüßten aber zurück, was von diesem Augenblick an zwischen ihnen und Alexander ein lieber Brauch wurde – und ging mit Riesenschritten ins Haus. Er betrat das Atrium und stutzte: Da bevölkerten im ganzen acht Lictoren mit ihren Ruten und Äxten die Halle – und das war ihm zuviel!
»Herhören!« klang es wie Donnerhall zwischen den Säulen, und alles horchte auf: die acht Lictoren, Gaius Volcatius, Cornificius und der Römische Consul Lucius Aemilius Lepidus Paullus, den Alexander freilich in dem Wirrwarr noch nicht entdeckt hatte.
»Herhören! Ihr werdet von nun an immer hübsch das tun, was ich euch sage! Dreht euch als solche einmal um!«
Erstaunt folgten sie dieser Anweisung.
»Ihr seht allda eine göttliche Matte liegen. Ihr werdet sie nun mit euren

lieblichen Füßchen bedecken und selbige hübsch der Reihe nach beschmutzen! Wegtreten!«
Da sie solches in ihrer immerhin bald zwanzigjährigen Dienstzeit noch nicht erlebt hatten, verstanden sie die Aufforderung nicht gleich, so daß Cornificius, dem das steife Gehabe allenfalls auf die Nerven ging, erklärte: »Der edle Alexandros meint, ihr solltet eure Füße säubern, ehe ihr es wagt, diese heilige Halle zu betreten.«
Verdutzt leisteten sie der Reihe nach Folge, und Gaius hörte, wie einer von ihnen die beiden Lictoren des Aedilen Volcatius Tullus fragte, ob dieser Riese da im Kopf nicht ganz richtig sei, worauf er aber leise zur Antwort bekam: »Keineswegs, *Collega*. Er war nur in Gallien. Da bleibt immer was hängen. Sei vorsichtig. Du ziehst bei ihm immer den kürzeren!«
»So? – Und ich dachte...« Er schüttelte den Kopf.
»Danke! Das genügt!« sagte Gaius, nickte Aemilius zu und bat ihn in die Bibliothek. Cornificius folgte. Alexander aber blieb im Atrium und hatte ein Auge darauf, daß die Lictoren mit ihren Gerätschaften nicht die Wände verkratzten.
Gaius bat Aemilius Paullus, auf einem der Stühle Platz zu nehmen; er und Cornificius warteten, bis der Consul saß, ehe sie sich ebenfalls niederließen.
Gespannt und neugierig schauten die Freunde den höchsten Magistraten der Stadt und des Imperiums an, denn es war das erste Mal, daß Aemilius, sozusagen von Amts wegen, dem Curulischen Aedilen in dessen Hause einen offiziellen Besuch machte. Gaius war sich auch nicht sicher, was er von diesem Manne zu halten hatte. Bekannt war, daß er von Caesar eine finanzielle Unterstützung in Höhe von neun Millionen Denaren für die Restaurierung der Basilica Aemilia erhalten hatte – eine Summe, die er nie zurückzahlen konnte.
War Aemilius Paullus auch zum ersten Mal hier im Hause am Palatin, so war es doch nicht allzu ungewöhnlich, da sein Vater mit Lucius Volcatius eng befreundet war und im Hause am Caelius ein-und ausging, solange es seine angegriffene Gesundheit zuließ. Gaius selbst hatte mit Aemilius Paullus, der vierzehn Jahre älter war als er, privat noch nie zu tun gehabt; ihre Gespräche bezogen sich immer auf magistrale, munizipale und polizeiliche Maßnahmen, die Gaius auf Grund seines Amtes in die Wege zu leiten oder durchzuführen hatte. Dabei

war Aemilius – im Unterschied zu seinem Kollegen, dem zweiten Consul Gaius Claudius Marcellus – in allem durchaus moderat, sehr höflich und immer bereit, den Bedenken seines ihm untergeordneten Aedilen Volcatius Tullus stattzugeben, ja immer auf seine Wünsche und Vorstellungen einzugehen. Hier spielte weniger die Freundschaft zwischen beider Väter eine Rolle als des Aemilius Neigung zum Ausgleich, zu verantwortlichem Beurteilen, Sichten und Handeln, und es ging ihm eine gewisse Eigenschaft nicht ab, die ein Römer *Gravitas* nannte, die wir mit Ernst, Haltung und Würde umschreiben müßten. Da diese Eigenschaft bei Gaius auf Verwandtes stieß, war es nicht verwunderlich, daß sich beide, trotz des Altersunterschiedes und trotz der augenscheinlich konträren politischen Ansichten, sympathisch waren.
»Ich freue mich, daß du den Weg in dieses Haus gefunden hast«, begann Gaius, und er war sich bewußt, daß es gestelzt klang, er aber keine bessere Einleitung im Augenblick fand.
Aemilius Paullus verbeugte sich leicht, lächelte und antwortete: »Genauso würde ich mich freuen, wenn du den Weg zu mir finden würdest.«
Nun neigte Gaius höflich das Haupt. Inzwischen war Menander lautlos mit einem Speisewägelchen in den Raum gekommen und bot leichtes, knuspriges Gebäck, Obst und Falerner[28] an. Paullus griff aus Höflichkeit zu einem Plätzchen, behielt es aber einige Zeit beim weiteren Reden zwischen den Fingern, ehe er es dann wieder auf den Teller zurücklegte. Gaius und Cornificius waren gespannt, wie der Consul beginnen würde. Denn daß er in offizieller Eigenschaft erschienen war, dafür sprachen die sechs Lictoren draußen im Atrium. Schließlich begann er nicht ohne Geschick: »Ich bin gekommen, um dir meine Anerkennung für deine hervorragende Arbeit auszusprechen.«
Ob er das Caelius Rufus wohl auch so überbringen würde?
»Es bleibt noch viel zu tun«, sagte Gaius und überlegte, worauf Paullus denn hinauswollte. In Gallien hatten ihn die Verhältnisse ganz anders gefordert. Außerdem maß er diesem bürokratischen Kleinkram keine große Bedeutung bei, zumal er wußte, daß tausend andere Patriziersöhne das Amt ebenso ausfüllen würden.
Als er dies in einem weiteren Satz noch hinzufügte, winkte Paullus ab und sagte: »Es kommt auf die Haltung an.«
Der Consul schlug die Beine übereinander. Gaius konnte eine Weile sein

Gesicht studieren. Es war ausgeglichen, doch an Wangen und Stirn für sein Alter bereits sehr faltig. Es waren diese haarfeinen Fältchen, die ein Gesicht interessanter machen konnten, als es ohne sie sein würde. Aber den Augen fehlte jugendliches Feuer, jene Funken, die in Caesars Blick plötzlich wie Sternschnuppen Pupille und Iris kreuzten und erregend auf den Betrachter übergingen.

Da Aemilius Paullus immer noch schwieg, als ob er nun seinerseits nach einer unbefangenen Eröffnung suchte, ahnte Gaius, daß es doch um mehr als einen Höflichkeitsbesuch beim Sohn eines konservativ patrizischen Senators[29] aus römischem Uradel ging.

»Du wirst dir denken können, daß ich nicht gekommen bin, nur um dir mit einigen Höflichkeiten meine Anerkennung auszusprechen. Bitte!« Er hob wie entschuldigend die Rechte. »Versteh mich nicht falsch, deine Arbeit im Dienste der *Res publica*[30], des Staates, ist vorbildlich, deine Verdienste sind unbestritten. Aber wir erwarten mehr von dir.«

Überrascht blickte Gaius ihn, dann Cornificius an und fragte zurück: »Wer ist *wir*? Und was erwartet ihr von mir?«

Ein anderer hätte nun ironisch gelächelt, nicht so Paullus. Er überlegte, ehe er antwortete: »Wen soll ich dir nennen? Deinen Vater? Appius Claudius, den Bruder Clodias?« Auch bei Nennung dieses Namens – was doch immerhin auf sein Verhältnis zu Clodia anspielte – lächelte er nicht. »Oder Cato, Cicero, all jene, die auf der Bewahrung der alten Werte bestehen und es nicht zulassen wollen, daß das Gemeinwesen in einem mörderischen Kampf zugrunde geht?«

»Warum nennst du nicht Pompeius?« fragte Gaius, und diese Frage war nun in der Tat ironisch, ja, bei einem Mann wie Aemilius gar zynisch. Er erwartete auch eine Zurechtweisung durch den Consul, doch Paullus antwortete ruhig und sachlich: »Ich glaube nicht, daß Pompeius der Mann ist, der ein Garant des Friedens sein kann. Dafür ist es zu spät.«

Erstaunt sagte Gaius: »Und ich dachte, du wärest einer der engsten Freunde des Pompeius!«

»Mit dem Wort Freundschaft wird heutzutage Schindluder getrieben. Es ist scheinbar nicht denkbar, daß jemand mit einem Manne freundschaftlich umgeht und dennoch in politischen Dingen anderer Meinung sein kann.«

»Nun ja, mir gab vor einigen Wochen zu denken, wie du eine Beschlußfassung gegen Caesar im Senat[31] lahmlegtest, als es darum ging,

für Caesars Provinz Gallien die Diskussion über einen geeigneten Nachfolger zu beginnen.«
»Nun, da handelte es sich um eine Verfahrensfrage. Nach dem bekannten Senatsbeschluß vom 29. September letzten Jahres sollte diese Beratung ohne Unterbrechung über Tage hinweg fortgesetzt werden, bis der angestrebte Beschluß – also die Enthebung Caesars in Gallien – zustande kommen würde. Das konnte ich nicht hinnehmen.«
»Warum? Curio hätte ohnehin sein Veto als Volkstribun eingelegt, wenn es anders gelaufen wäre.« Gaius hatte sich in der Erregung leicht vorgebeugt.
Paullus fuhr fort, ruhig und überlegt: »Weil ich ein Zeichen setzen wollte.«
»Ein Zeichen? Was für ein...«
»Ich wollte und will verhindern, daß im Volk, aber auch in ritterlichen und patrizischen Kreisen, der Eindruck entsteht, als ob hier alle nur noch nach den Tönen zweier Pfeifen tanzen. Du weißt, was ich meine.«
Natürlich wußte er's, und Cornificius ebenso; und so schien es ja auch zu sein: Senat, Ritterschaft und Volk schienen nur noch der Caesarischen oder Pompeianischen Sache Gehör zu schenken, nur Männer wie Aemilius Paullus glaubten in ihrer Redlichkeit daran, daß man zwischen diese gefährlich aufeinander zurückenden Fronten eine dritte Kraft setzen könnte. Aber wen?
Gaius hob den Kopf und sagte: »Und wer soll diesen Tanz beenden? Wer will ihnen die beiden Pfeifen abnehmen? Du? Mein Vater? Cato? Cicero?«
Er hatte die Namen mit großer Ironie genannt, den seines Vaters inbegriffen, und er sah, wie Aemilius Paullus dies erstaunt, vielleicht irritiert, zur Kenntnis nahm.
Leise fuhr Paullus fort, und die Sorge stand ihm im Gesicht: »Ich weiß von zahlreichen Beispielen, daß du klug und verantwortungsbewußt zu handeln pflegst und deine Entschlüsse nicht so leicht äußerst. Nur...« – Paullus ließ nicht den strengen Blick von Gaius, und Gaius erwiderte ihn – »...ich stelle fest, daß du dich im Senat zurückhältst...«
»...wie es sich wohl für einen Neuling geziemt!« fiel ihm Gaius ins Wort, denn ihm paßte diese Frage nicht. Paullus hatte da gezielt seine empfindliche Stelle getroffen, und er fuhr nicht ohne Schärfe fort: »Ich lasse

mir von niemandem vorschreiben, ob und wann ich etwas zu sagen habe.«

»Recht so.« Paullus blieb ernst, er lächelte nicht verbindlich, und das zeigte Gaius an, wie sehr sich der Consul in der Sache einsetzte. Paullus fuhr fort: »Du giltst als Anhänger und Freund Caesars. Böse Zungen behaupten, du seiest sein Geschöpf.«

»Das ist mir nicht neu. Ich muß es halt ertragen. Es zeugt jedenfalls nicht gerade von hoher Intelligenz, in Ermangelung handfester Vorwürfe auf derlei geistlose Anspielungen zu verfallen. Daran krankt das politische Leben dieser Stadt schon seit den Gracchen.«

Paullus ließ sich durch diese Antwort nicht von der Bahn bringen: »Wem sagst du das? – Da du, wie ich ohnehin wußte, im Grundsätzlichen die gleichen Ansichten hast wie ich und meine Freunde der Mitte: Warum vertrittst du sie nicht in der Öffentlichkeit? Gerade weil du als Kenner der gallischen Verhältnisse und als Freund Caesars bekannt bist, weil du zudem durch deinen brillanten Prozeß vor einem Jahr[32] als Mann von Prinzipien giltst, erwartet man von dir eine klare Stellungnahme.«

Gaius nickte ihm mit zusammengekniffenem Mund zu.

»Gut. Du wirst meine Meinung zu gegebener Zeit hören, wo immer du willst oder nicht willst. Aber ich sage dir: Man darf den Bogen nicht überspannen!«

»Was meinst du?«

»Ich meine zum Beispiel die arrogante, unglaublich anmaßende Art und Weise, wie dein Kollege Claudius Marcellus und die ganze claudische Sippschaft sich gegenüber Caesar, seinen Offizieren und auch seiner Armee verhält!«

Gaius war aufgestanden und ging erregt auf und ab. Sein Ton hatte an Schärfe und Stärke zugenommen: »Es ist ja gar nicht Pompeius, der den Streit schürt!«

»Er wartet ab«, entgegnete Paullus.

»Hach! Pompeius wartet immer ab! Bis ihm der Apfel in den Schoß fällt! Aber diesmal wird es eine faule, stinkende Frucht sein, die ihm im Halse steckenbleiben wird. Nein, es ist Marcellus! Marcellus begeht doch einen Affront nach dem anderen gegen Caesar. Was will er denn damit bezwecken, wenn er einen Bürger der von Caesar gegründeten Colonia Novum Comum[33] auspeitschen läßt mit dem Kommentar, er solle die Striemen Caesar vorweisen!? – Und bitte komm mir nicht mit

Cato! Denn Cato ist die Seele dieser ganzen Hetze! Sein Ziel ist es doch, mit allen nur denkbaren Mitteln zu verhindern, daß Caesar nach seiner Absetzung als Proconsul[34] Galliens und Oberbefehlshaber seiner Armee in die Innenpolitik eingreifen kann.«
Er blieb vor Aemilius Paullus stehen.
»Sieht dieser Mensch denn nicht, daß seine unerträgliche Starrheit und Borniertheit es ist, die das Geschehen in eine lebensgefährliche Richtung drängt? Wenn ein gewisser Punkt überschritten ist, wird es kein Zurück mehr geben. Wie kann er sich anmaßen, über Caesars Taten in Gallien zu urteilen! Ich rechne es dem Pompeius sehr hoch an, daß er sich in diesem Punkt völlig zurückhält.«
Auch Paullus war aufgestanden. »Cato ist ein Mann von unbestechlichen Prinzipien! – Caesar?« Er hob wie resignierend beide Hände. »Caesar ist ohne jeden Respekt, er ist uns fremd geworden, er paßt nicht mehr in die Republik. Ich bitte dich, mein Gaius, dich doch einmal in die Lage all dieser ehrenwerten Männer zu versetzen, die du verachtest, wie auf sie der Proconsul von Gallien wirkt: Caesars kalte, unverhohlene Rücksichtslosigkeit und Verachtung der überkommenen Institutionen der *Res publica* und ihrer Träger! Seine Selbstbezogenheit! Die völlige Bedenkenlosigkeit seiner Kriegseröffnung in Gallien vor acht Jahren, seine Überfälle auf andere Völker! Und vergiß nicht – beim Iupiter! – , vergiß nicht die unglaubliche Überlegenheit, diese kaltlächelnde Arroganz, mit der er allen hier begegnet! Halte es dir vor Augen, und du wirst verstehen: Das alles läßt ihn außerhalb der Aristokratie stehen, es macht ihn unheimlich! Ich kenne Äußerungen, die vom Dämonischen seines Wesens reden. Kurz, all diese Männer – und es sind ehrenwerte Männer! – können nach dem Vorausgegangenen nicht erwarten, daß ein Caesar sich einfügt, daß er sich am Ende dem Urteil dieses Standes, aus dem er selbst erwachsen ist, beugen wird.«
Sie standen sich gegenüber, und beide empfanden es deutlich, daß sich in ihnen an diesem friedlichen Morgen zwei grundverschiedene Weltanschauungen begegneten; doch immer noch hoffte der eine, den anderen von seinen Argumenten überzeugen zu können.
Und sie wußten, daß, wenn dieses nicht möglich war, sie dennoch als Freunde voneinander scheiden würden.
Gaius, der diese Beschreibung, diese leidenschaftliche Bestandsaufnahme, diesen Ausbruch von Vorwürfen aus dem Munde eines an sich doch be-

herrschten Mannes aus uraltem Geschlecht vernommen hatte, Gaius blickte ihn einen Augenblick lang wie benommen an, denn es fehlten ihm die Gegenargumente. Aber nicht lange.

»Beim Hercules! Was werft ihr ihm denn vor?! Was maßt sich denn ein Mann wie Cato, der die nördlichen Verhältnisse nur vom Hörensagen kennt, an, Urteile zu fällen, als ob er Iupiter in persona wäre?! Was zum Henker findet er denn an diesem ewigen Zauderer, diesem ... diesem eitlen Selbstbeweihräucherer Pompeius besser als an einem Manne, der doch nur in vernunftgemäßer Weise das vollzieht, was durch die bisherige Entwicklung der *Res Publica* vorgegeben ist? Ist es denn etwas Verwerfliches, sich zum zweitenmal um das Consulat zu bewerben?«

Gaius ließ seinem, wie er es sah, gerechten Zorn freie Bahn; er hatte sich vorgebeugt und hakte die Fakten, die er nannte, nahe vor Aemilius an den Fingern seiner Rechten ab: »Ist es denn verwerflich, daß er sich, weil er das riesige Land im Norden für Roms Zukunft befrieden muß, in Abwesenheit um das Consulat bewerben möchte und muß? Darf er etwa nicht, wie Pompeius, unter den Magistraten des letzten und dieses Jahres nach Männern suchen, die seine Sache kraftvoll und entschieden vertreten? Ist es unstatthaft, daß er versucht, die Senatsmehrheit für sich einzunehmen? Will man ihm verwehren, alles zu tun, um seine Position in Gallien zu befestigen, damit er für den Notfall, und das heißt: für den Bürgerkrieg, gerüstet ist?«

Erregt ging Gaius auf und ab, setzte sich dann, ohne auf die Etikette zu achten, hin und starrte voll Zorn auf den Boden.

Auch Aemilius Paullus nahm wieder Platz. Dann entgegnete er: »Ich will ein letztes Mal versuchen, dir klarzumachen, was Caesar von einer großen Zahl verantwortungsbewußter und einflußreicher Männer trennt.« Er sammelte sich. »Caesars Leistungen da oben am Rande der zivilisierten Welt beeindrucken alle, ob sie es nun zugeben oder nicht; und es fällt ihnen – ich weiß es – nicht leicht, zugleich diesen Besieger Galliens zu verurteilen. Aber Caesar hat sich selbst außerhalb des überkommenen Rahmens begeben, denn er hat ein ungeschriebenes römisches Gesetz übertreten: Er fühlt sich nur noch sich selbst verantwortlich und nicht mehr dem, was an Institutionen und Ämtern von den Vätern überkommen ist. Und das spüren Männer wie Cato! Caesar lebt schon längst nicht mehr in geistiger Tuchfühlung mit ihnen, er lebt in einer anderen Wirklichkeit.«

»Anmaßung!« rief Gaius. »Welch eine Anmaßung! Starrheit! Dummheit! – Was will er denn! Er besteht darauf, sich in Abwesenheit um das Consulat zu bewerben. Er weiß jedoch, daß der Senat von einer kleinen, aber mächtigen Clique seiner Gegner unter Druck gesetzt wird. Er weiß es – und verhält sich dennoch betont loyal! Er will, daß es im Senat die Möglichkeit zu freier Meinungsäußerung gibt. Und...« – Gaius wurde auf einmal ganz leise – »... ich sehe mit Bestürzung, daß sich hier gewisse Senatoren Luftschlösser bauen. Sie können sich anscheinend nicht vorstellen, was Caesar im Ernstfall einzusetzen hat!« Er sagte es wie eine Drohung.
»Genau das ist der Punkt!« sagte Aemilius Paullus, der ohne Regung mit größtem Interesse Gaius zugehört hatte, weil er wußte, daß Gaius einer der ganz wenigen war, der Caesar aus allernächster Nähe kannte, der ebenso dessen Machtmittel und Absichten einschätzen konnte. »Ich stimme dir gerade in dem zuletzt Gesagten zu. Und darum setze ich mich mit meiner ganzen Kraft dafür ein, daß dieser Konflikt mit friedlichen Mitteln beigelegt wird! Wenn nicht, dann seien uns die Götter gnädig...«
Gaius nickte ihm langsam und bedächtig zu. Die anfängliche Sympathie für den Consul hatte sich bestätigt. Aemilius Paullus dachte weiter als das Gros der Senatoren. Und Gaius konnte sich sehr wohl vorstellen, daß er einen sehr schweren Stand neben seinem arrogant voreingenommenen Amtskollegen, dem Consul Gaius Claudius Marcellus, hatte.
Paullus schloß: »Ich bitte dich also um deine Hilfe, damit das Schlimmste nicht eintritt. Noch sehe ich die Möglichkeit der Einigung. Und ich stehe mit dieser Meinung nicht allein. Du weißt, daß Calpurnius Piso, der Censor, und Sulpicius Rufus, der Consul des letzten Jahres, genauso denken.«
Gaius nickte. Freilich wußte er auch, daß Calpurnius sich als Schwiegervater Caesars so verhalten mußte und Sulpicius keinen großen Einfluß hatte. Die Fronten waren längst zu verhärtet. Aber er sagte: »Ich danke dir, Aemilius, für deine Offenheit, und ich werde diesen Morgen nie vergessen.«
Aemilius entgegnete: »Es könnte von Nutzen sein, wenn du in privatem Kreise die Meinung anderer hörst. Ich werde zu gegebener Zeit ein Abendessen veranstalten, und du bist schon jetzt eingeladen.«
Gaius nahm gerne an. Danach sprachen sie noch über diesen und jenen

Fall, den Gaius als Aedil in Arbeit hatte, und Aemilius, der die Laufbahn über alle vorausgehenden Ämter der Quaestur, der Aedilität und der Praetur in der vorgeschriebenen zeitlichen Reihenfolge absolviert hatte und darum über große Erfahrung in all diesen magistralen und juristischen Fragen verfügte, gab Gaius manchen freundschaftlichen Rat. Dann verabschiedete er sich und verließ, begleitet von seinen sechs Lictoren, das Volcatische Haus am Palatin. Als Gaius, der ihn bis zum Ausgang begleitet hatte, zurück ins Haus ging, war er sich sicher, daß gewisse stille Beobachter Namen und Rang des Besuchers sowie die Dauer des Besuches unverzüglich ihren Auftraggebern melden würden. Und er wußte, daß darunter auch Caesar war.

5

Wieder im Hause, ging Gaius sogleich in sein privates Arbeitszimmer im ersten Stock, wo er Cornificius, der den Consul nicht mit nach draußen begleitet hatte, antraf.
»Ein ehrenwerter Mann!« stellte Gaius fest, und dieses Wort bedeutete die höchste Stufe dessen, was er an Positivem über den Charakter eines Menschen sagen konnte.
»Zu ehrenwert!« kommentierte Cornificius. »Wenn sie alle so wären, müßte man es nicht erwähnen. Da er aber eine winzige Minderheit repräsentiert, dazu noch an das Gute im Menschen glaubt, dulden sie ihn und einige ähnlich Denkende als Feigenblatt. Sobald er aber tätig würde, etwa in Gespräche mit Caesar einträte, käme er in eine nicht ungefährliche Lage.«
Gaius hielt den Kopf schief und lästerte: »Oh! Warum kandidierst du nicht fürs Kollegium der Auguren? – Aber recht hast du.«
Er setzte sich an den Schreibtisch, um sich eine Notiz in seinem *Diarium*, seinem privaten Tagebuch, zu machen.
Er war gerade damit fertig, als es klopfte und Menander den Raum betrat, sich verbeugte, sich für die Störung entschuldigte und mitteilte: »Ein Fremder möchte dich sprechen, Herr.«
»Ein Fremder?«
»Ja. Ich habe ihn noch nie gesehen.«
»Nannte er seinen Namen?«
»Ja.«
»Und?«
»Decius Vibellius, römischer Ritter.«
Gaius und Cornificius warfen sich einen unwilligen Blick zu, dann sagte Cornificius: »Richte ihm aus, der Curulische Aedil Gaius Volcatius Tullus hat jetzt keine Zeit, weil er mit wichtigen Dingen befaßt ist, die keinen Aufschub dulden.«
»Das habe ich ihm bereits gesagt. Aber er besteht darauf, mit dem Curulischen Aedilen sprechen zu müssen.«
»Zu müssen?« fragte Gaius.
»Ja, Herr. Er sagt, es sei etwas Schreckliches geschehen.«
»Was denn? Ist sein Sohn vom Pferd gefallen?«

»Das weiß ich nicht. Aber er macht ein Gesicht, wie es nur Menschen machen, denen Arges zugestoßen ist.«
»Soso...« Gaius seufzte und stand auf. »Ich komme.«
Nachdem Gaius mit Cornificius das Atrium betreten hatte, musterte er kurz den Vibellius: Anscheinend war diesem wirklich etwas Arges zugestoßen.
»Nun also«, begann Gaius ziemlich steif und in einem unpersönlich geschäftsmäßigen Ton. »Du wolltest mich unbedingt sprechen. Ich höre. Aber mach es bitte kurz, denn wir haben eine Menge zu tun.«
»Selbstverständlich! Selbstverständlich!« Vibellius machte eine leichte Verbeugung, ohne dabei die Augen von Gaius zu lassen. Er schien sehr erregt, und seine Hände zitterten.
»Furchtbar! Es ist furchtbar!« Er nickte sich selbst zu, blickte auf, erwartete die Frage, was denn furchtbar sei, und fuhr, als sie nicht kam, mit diesem Nicken fort.
»Sie sind weg! Fort! Verschwunden! Alle!«
»Wer?« fragte Gaius. »Wer ist verschwunden?.«
»Germinator aus Africa! Vindex der Rote! Montanus! Und natürlich Alexandros!«
»Wie?« Alexander, der sich ebenso wie Archelaos diese Unterredung nicht entgehen lassen wollte, horchte auf. »Sag das noch mal!«
»Ja, natürlich, Alexandros, der Edle, der Schöne, der Brave, ist verschwunden!«
»Sehr schön!« lobte Alexander die Beschreibung.
»Wie? Was?« fragte Vibellius verwirrt.
Doch er bekam keine Antwort, da Cornificius sich einschaltete: »Willst du damit sagen, daß diese vier Pferde, die wir in der Arena gesehen haben, verschwunden sind?«
»Aber ja! *Sic est!* So ist es.« Er nickte Cornificius eifrig zu.
Gaius schüttelte ungläubig den Kopf: »Das gibt's doch gar nicht! Am hellichten Tage können doch keine vier ausgewachsenen Pferde so einfach verschwinden!«
»Nicht nur das! Nicht nur das!« rief Vibellius und strich sich über seine Halbglatze. »Die Knechte, die die Tiere zum Stall zurückbringen sollten, also, sie sind nicht dort angekommen. Das heißt, einer ist angekommen. Die anderen nicht, denn sie sind... man hat sie...«

»Ja?« Gaius beugte sich vor.
»Sie sind ebenfalls verschwunden.«
»Und der, der angekommen ist?« fragte Cornificius.
»Der ist... man hat ihn verletzt.«
»Wie?« fragte Gaius.
»Wie? Man hat ihn zusammengeschlagen. Er wird eine schwere Gehirnerschütterung haben. Er zitterte am ganzen Leibe, als er das berichtete, was vorgefallen.«
»Ja, das ist wohl schlimm für dich«, sagte Gaius mit einem völlig unbeteiligten Ton in der Stimme. »Aber warum kommst du mit dieser Geschichte zu mir?«
»Weil du Aedil, Verzeihung, weil du Curulischer Aedil bist und dir also die Märkte, Straßen und Plätze der Stadt unterstehen.«
Gaius sah, wie unbehaglich er sich in diesem patrizischen Hause fühlte, aber er blieb hart: »Gewiß, aber hier handelt es sich doch offensichtlich um ein kapitales Verbrechen, und dafür ist ein Kriminalgericht der Stadt zuständig, nicht ich.«
Vibellius öffnete erstaunt Auge und Mund: »Das verstehe ich nicht. Ich dachte und wünschte, daß du, weil wir uns eben und vor einer Weile da draußen in der Arena und im Circus...«
»Es tut mir leid«, sagte Gaius. »Aber der Fall gehört nicht in meine Kompetenz. Du solltest dich an einen der Praetoren wenden.« Er blickte kurz zu Cornificius und sah, wie dieser nickte.
Gaius stand augenblicklich nicht der Sinn danach, in einen neuerlichen Fall einer Entführung, diesmal von vier Pferden verwickelt zu werden.
Vibellius versuchte es ein letztes Mal: »Verzeih meine Hartnäckigkeit, Aedil, Verzeihung, Curulischer Aedil!« Er verbeugte sich. »Aber mir wurde von verschiedener Seite versichert und hinterbracht, daß du der Mann seist, der am ehesten...«
Gaius war drauf und dran, Interesse zu zeigen – nicht wegen dieser Schmeichelei, sondern weil ihm der Mann in seiner naiven Unbeholfenheit leid tat. Doch dann sagte er sich, daß er kaum Zeit haben würde, denn die Aufklärung solcher Fälle forderte ihn ganz.
»Es tut mir leid«, schloß er, »aber ich bin in diesem Fall nicht berechtigt, aktiv zu werden.«
»Na, dann eben nicht...«, brummte Alexander. »Wenn man in diesem Hause an dem edlen Alexandros kein Interesse mehr, kann man ja

gehen...« Er ließ Kopf und Schultern hängen und trottete beleidigt aus dem Raum, wahrscheinlich um sich bei Melitta, seinem Weibe, Trost in Gestalt eines aufgewärmten Tellers Erbsensuppe mit Speck zu holen. Gaius aber verabschiedete den unglücklichen Mann und gab ihm als Hilfe die Adresse des C. Titius Rufus, des zuständigen *Praetor urbanus*, der am Viminal wohnte.

Als sich Vibellius verabschiedet hatte, ging Gaius mit seinem Freund in die Bibliothek. Dort meinte Cornificius: »Du solltest doch besser Advocatus werden, da dir die Fälle nun schon ins Haus kommen!«

»Ihr gutes Recht. – Aber warum kümmerst du dich nicht darum?«

»Davor sei Apollon! Weil ich vorhabe, noch einige Jährchen auf dem holden Erdenkreis zu wandeln, ohne vorher einen Abstecher in den Hades zu machen.«

Er hatte den Satz kaum beendet, als Menander kam, sich verbeugte und meldete: »Der römische Ritter Publius Aurelius Serenus bittet, von dem Curulischen Aedilen empfangen zu werden.«

»Nein!« Gaius und Cornificius riefen es zugleich.

Nun, der Kenner unserer Geschichten wird sich dieses sonderbaren Menschen erinnern, mit dem C.V.T. vor eineinhalb Jahren sowohl geschäftlich als auch juristisch zu tun bekam (wir berichteten davon im Band 2, Teil 1: *Ich fordere Gerechtigkeit*). Aurelius Serenus war – immer noch – ein reich begüterter Mann, der sein Vermögen durch Handelsgeschäfte mit den östlichen Provinzen des Imperiums, selbst noch mit den daran anschließenden orientalischen und arabischen Staaten aufgebaut hatte. Doch hatte er die Führung dieser weltweiten Geschäfte nun ganz seinem ältesten Sohne überlassen, der, weil ohne politische Interessen, auch nicht in Rom, sondern in Ostia residierte und arbeitete.

Mehr zu seinem Vergnügen betrieb Aurelius eine edle Pferdezucht auf einem Gestüt am Anio, einige Meilen nordöstlich der Hauptstadt, und hier hatte er seinem jüngsten Sohn Servius Aurelius, einem immer noch nicht ganz gereiften Charakter, die Zügel überlassen. Er selbst aber widmete sich privatim mit Liebe, Kenntnis und Ausdauer forschend und schreibend Problemen der italischen Landwirtschaft, und auf diesem Felde galt er als einer der größten Kenner, der sogar oft von Terentius Varro, dem Polyhistor, um Rat gefragt wurde, wenn dieser im Rahmen seiner eigenen, meist mehr theoretischen Studien auf solche Fragen gestoßen war, die er allein nicht lösen konnte. Auch stand Aurelius Serenus mit großen Geistern in den italischen Landstädten, aber ebenso in Alexandria, Carthago, Athen, Milet und Ephesos in Verbindung. So gingen in regelmäßigen Abständen längere Schreiben herüber und hinüber. Natürlich besaß er auch, da er dieses Gebiet nun schon seit Jahrzehnten beackerte, über agrarische Fragen eine ebenso zahlreich wie kostbar ausgestattete Bibliothek, darunter eine vollständige Sammlung aller Schriften von Mago dem Punier[35] auf carthagisch, griechisch und lateinisch.

Gaius und Cornificius blickten sich an, schmunzelten und verließen mit schnellem Schritt die Bibliothek, um den Besucher im Atrium zu empfangen. Und da kam er: Er war hager geblieben, hatte eher noch etwas abgenommen, während sich sein Gesicht überhaupt nicht verändert zu haben schien; auch die großen dunklen Augen waren fast ununterbrochen in Bewegung. Das Haar war nun schneeweiß, aber nicht schütterer, und alles in allem machte er den Eindruck eines etwas weltfremden Gelehrten.

Als er der beiden Freunde ansichtig wurde, blieb er – wie diese – stehen, zitterte mit dem Kopf und rief: »Wie?! Welch eine, ja eine Freude! Wie schön, wie schön! Wie lange haben wir uns... ich meine, daß wir uns nicht gesehen? Und gut! Gut sehen sie aus, ja, sehr gut! Ja! Ach, ist das eine... Wie lange ist es denn nun...«

»Anderthalb Jahre«, nickte Cornificius ihm zu.

»Anderthalb? Ist das wahr!«

»Ja.«

»Ach! Schau an, schau an! Anderthalb... Wie die Zeit... ja, wie sie vergeht!«

»Und wie geht es dir?« fragte Gaius, nachdem sie sich kurz umarmt hatten.

»Wie es mir...? Ich kann nicht... Nein, es geht mir gut.«

»Was macht die Forschung?« Gaius fragte bewußt so gestelzt, denn er mochte Aurelius trotz – oder gerade wegen – seiner verschiedenen Marotten und Zerstreutheit, und er wußte, wie es den Mann freute, nach diesen Dingen gefragt zu werden.

»Meine Forschung? Ja, was macht sie? Nun, es geht ihr gut, nicht wahr. Wir kommen gut weiter, die Forschung und ich. Wir haben in der Zwischenzeit einige Bücher... ja, und wir lieben natürlich den Aufenthalt auf dem... ja, wir sind oft in unserer ärmlichen Hütte bei Caere... ja.«

Die ärmliche Hütte war eine respektable *Villa urbana,* auf den Hügeln oberhalb der alten Etruskerstadt Caere gelegen, zwanzig Meilen nördlich von Rom. Dort hatten die beiden Freunde ihn zu besagter Zeit des öfteren besucht.

»Das freut uns aber«, sagte Cornificius, und es war nicht ersichtlich, ob er mit *wir* nur den sonderbaren Pluralis maiestatis des Aurelius spöttisch nachahmte oder ob er sich und Gaius meinte. Gaius bat den seltenen Besucher in die Bibliothek, wo Aurelius, statt sich auf den angebotenen Stuhl zu setzen, sogleich mit einem Rundgang entlang den Regalen begann; dabei murmelte er die Namen der Schriften und Autoren, die er auf den Zetteln an den Enden der Buchrollen fand, und nickte ohne Unterbrechung mit dem Kopf.

»Es fehlen, wie ich sehe... also, ich muß euch da unbedingt einige agrarische... denn die Kenntnis dieser Dinge, sie ist oft wichtiger als die der Schlachten, ich meine, wie man sie führt, nicht wahr. Ich werde euch bei Gelegenheit einige... Diese Dinge sind wichtig! Je älter ich... um so wichtiger!«

»Ich bin da ganz deiner Meinung«, sagte Gaius. »Und da ich vor einigen Wochen selbst in der Campania war, um auf unseren Gütern nach dem Rechten zu sehen, bedauerte ich, nicht mehr von der Materie zu verstehen.«

»Siehst du! Recht so! Weiter so! Wir müssen uns dann demnächst unbedingt... also, ich bin immer mal wieder in den nächsten Tagen in der Hütte bei Caere, du mußt mich dort...! Ja, aber zunächst...«

Er hielt ganz plötzlich inne und schien sich in diesem Augenblick erst auf den eigentlichen Grund seines Hierseins zu besinnen.

»Ach ja! Bitte... setzt euch doch!«

Gaius und Cornificius schauten sich einen Augenblick lang mit großen Augen an, folgten dann aber der Aufforderung des Gastes.

»Wie soll ich euch...«

»Ich würde vorne anfangen«, lächelte Gaius, doch klang dies nicht ironisch.

»Wie? Vorne... ja natürlich. Nun, wie ihr wißt, gilt meine Liebe den Rennern.«

Die beiden nickten ihm ermunternd zu.

»Ich hoffe, daß ihr mit den beiden Zwillingen, die ihr im letzten Jahr von mir... Wie geht es ihnen?«
»Gut«, nickte Gaius. »Ich möchte Castor und Pollux nicht mehr missen. Sie waren schon in Gallien.«
»In Gallien! So? Ja, warum auch nicht! Ich liebe dieses Land.«
»Wir auch«, nickte Cornificius und überlegte, wie er Aurelius wieder zu seinem verlorenen Faden bringen könnte.
Doch da fuhr dieser schon fort: »Ich will es kurz... also, ihr müßt wissen, daß meine besten Pferde oft im Circus Maximus... Und sie haben dort schon manchen Preis! Auch diesmal waren vier meiner Lieblinge, also, sie hatten Aussicht, die Ersten zu werden bei den *Ludi florales*, nicht wahr.«
»Ja, wir wissen es«, bestätigte Gaius und registrierte, wie erst nach einer Weile sich Erstaunen auf des Aurelius Gesicht abzeichnete.
»So? Ihr wißt? Aber woher wißt ihr? Ich meine, wie könnt ihr es...?«
Gaius setzte sich betont aufrecht und sagte: »Ihre Namen sind Germinator, Vindex, Montanus und Alexandros, nicht wahr?«
Erstaunt schaute Aurelius ihn an.
»Ja, aber woher... Wieso...?«
Gaius teilte ihm in Kürze das Notwendigste mit. Aurelius hörte mit größter Aufmerksamkeit zu und sagte dann: »*Incredibiliter!* – Unglaublich!« Er meinte wohl weniger die Tatsache, daß die Tiere entführt worden waren, als daß dies praktisch unter den Augen des Curulischen Aedilen geschehen war.
»Ich will euch nicht lange, also ich weiß, daß deine und meine Zeit kurz bemessen, darum beginne ich ohne größere...« Sein Kopf hatte wieder zu zittern begonnen. »Daß hier ein Verbrechen geschehen ist, liegt, nicht wahr, offen – oder?«
Die Freunde nickten.
»Aber mich interessiert hier weniger, wer diese Tat, also wer dahinter... sondern ich möchte meine Tiere...«
»Ich verstehe«, sagte Gaius. »Aber warum wendest du dich in dieser Sache an den Curulischen Aedilen? Warum gehst du nicht zum *Praetor urbanus?* Es handelt sich hier, wie du selbst sagtest, um ein schweres Verbrechen. Also ist die Kriminalgerichtsbarkeit zuständig. Und du wirst als Ankläger vor Gericht auftreten.«
»Wie? Ich? Als Ankläger? Vor Gericht? – Natürlich, ja, aber zuvor müs-

sen, wie du weißt, müssen zuvor diese Leute, also die, welche die Tiere... sie müssen... man muß ihrer ja erst einmal... also habhaft! Erst dann! Dann erst kann ich... Du verstehst?«
»Natürlich. Und ich wiederhole: Auch in diesem Falle wirst du nicht umhin kommen, vor einem Kriminalgericht...«
»Wie?« Er beugte sich vor. »Nein! Niemals! – Warum? – Ich will es dir sagen. Weil ich in dieser verkommenen Stadt niemandem von diesen Leuten, die in den Gerichten, also, ich meine, es gibt niemanden, der außer dir in der Lage wäre, die Sache... Du verstehst?«
»Nein«, sagte Gaius trocken und lächelte. »Ich bin hier nicht zuständig. Es gehört nicht zum Aufgabenbereich eines Aedilen, ein Verbrechen, das außerhalb der Stadt geschehen ist, zu klären und die Schuldigen ihrer Strafe zuzuführen.«
»Wie?« Aurelius war mit einem Ruck aufgestanden, und nun zeigte sich die zweite Seite seines Charakters, die sie auch noch von verschiedenen Zusammenkünften während der Ereignisse vor eineinhalb Jahren kannten. Sein Gemüt konnte sich augenblicklich verfinstern, und darin glich er auf eine gewisse Weise dem Alexander, Sohn des Alexandros aus Theben – allerdings mit dem Unterschied, daß seine Stimme an Höhe und Schärfe gewann, während Wortwahl und Syntax sich auf eine ganz ähnliche Weise wie bei Alexander verwirrten.
»Wem? Wem willst du denn hier, also erklären, ob diese Straße und Vorfälle, nicht wahr!« Er begann im Stehen mit erhobenem Zeigefinger zu dozieren: »Scheinst du wirklich nicht, ich meine, daß du weißt, daß alle *Viae publicae romanae,* alle öffentlichen römischen Straßen, bis zum ersten Meilenstein außerhalb der Mauer zum magistralen Aufgabengebiet des Aedilen gehören!? Du bist also sehr wohl... Die Pferde sind, nicht wahr, auf einer öffentlichen Straße, noch keine Meile von Rom! Pflicht! Es ist deine Pflicht!«
Auch Gaius war aufgestanden, und sachlich schloß er das Gespräch: »Ich bitte dich zu verstehen, mein lieber Aurelius...«
»Ich? Dein lieber Aurelius? Was soll das... ich meine, was willst du damit sagen?«
»Ich bitte dich zu verstehen, daß ich weder die Kompetenz noch die Zeit habe...«
»Wie? Zeit? Was für Zeit? Es gehört zu den Aufgaben eines Aedilen! Wieso Zeit? Was hat es mit der Zeit zu tun?«

»Es geht nicht.«
»Ist das dein, ich meine, dein letztes Wort?«
»Ja.«
»Nun, dann sei gewiß, daß ich... also, ich werde eine solche, eine solche Verweigerung, nicht wahr! Es ist eine Verweigerung im Amt! Hinnehmen? Nein, ich werde sie nicht!«
Er stolzierte zur Tür, während Gaius freundlich grinste und beide Arme wie entschuldigend hob. Plötzlich machte Aurelius an der Türe kehrt. Sein Gesicht war wieder das alte, und er stellte fest: »Völlig unabhängig davon... ich meine, das sind gewißlich zwei verschiedene, also, Dinge, nicht wahr...«
»Ja?« fragte Gaius.
»Ja. Unabhängig von dieser leidigen Sache werdet ihr mich in meiner Hütte bei Caere, nicht wahr!«
»Das kann schon sein«, nickte ihm Cornificius zu.
»Fein. Aber in dieser Sache...« – sein Gesicht nahm wieder den grimmig entschlossenen Ausdruck an – »Hier gibt es klare Bestimmungen, nicht wahr!«
»Wir kennen sie.«
»Wie? Kennen? Ihr? Ha! Ihr werdet sie kennenlernen! Wir sprechen uns, also, noch!« Und weg war er.

6

Gaius wollte gerade den Alexander und den Archelaos ins Arbeitszimmer rufen, als Menander erneut im Türrahmen erschien und meldete: »Verzeihung, Herr! Unten wartet ein Bote des Consuls.«
»Hat Paullus denn etwas vergessen?«
»Er kommt nicht von Aemilius Paullus, Herr.«
»Er kommt nicht von…« Gaius starrte Cornificius an. »Von Claudius Marcellus?«
»Ja, Herr.«
»Was will er?«
»Das weiß ich nicht. Er wartet unten auf dich.«
Sie verließen den Raum und gingen nach unten. Der *Viator*, der Bote, kam Gaius entgegen, verbeugte sich sehr tief vor ihm, hielt ihm eine versiegelte kleine Rolle hin und sagte: »Der Consul Claudius Marcellus grüßt den Curulischen Aedilen Volcatius Tullus und läßt ihm durch mich dies aushändigen.«
Er übergab Gaius die Rolle. Dann holte er aus seiner Umhängetasche eine Wachstafel hervor und ergänzte: »Ich habe Befehl, den Empfang des Schreibens bestätigen zu lassen.«
Er reichte Gaius die Tafel, und dieser schickte, nachdem er Cornificius einen bedeutsamen Blick zugeworfen hatte, Menander nach oben, seinen Siegelring zu holen.
Währenddessen fragte Cornificius den Boten: »Ich denke, Claudius ist nicht in der Stadt.«
»Doch. Er hält sich in seinem Hause auf.«
Gaius nickte. Das ließ auf bevorstehende Aktivitäten schließen. Menander kam und reichte Gaius das Kästchen mit dem Ring. Gaius entnahm ihn und drückte ihn in das Wachs der Tafel. Der *Viator* verbeugte sich, verabschiedete sich sehr höflich und verließ das Haus.
»Komm!« Gaius winkte Cornificius mit der Rolle, und gemeinsam gingen sie in die Bibliothek. Gaius erbrach das Siegel des Claudius, entrollte das Schreiben, las es still, und Cornificius sah, wie dem Freund das Blut zu Kopf stieg und er schließlich die Rolle zornig auf den Tisch knallte.
»Ich hätt's mir denken können!« rief er. »Er benutzt jede Gelegenheit, mir eins auszuwischen! Verdammt noch mal! Und mir sind die Hände gebunden!«

Cornificius hatte das Schreiben vom Tisch genommen und las:

> *Der Consul Gaius Claudius Marcellus grüßt den Curulischen Aedilen Gaius Volcatius Tullus.*
> *Ich verstehe, daß Du davon ausgehst, den Amtsbereich der Aedilität auf Rom beschränkt zu sehen. Aber nach der Sitte der Väter zählen wir das Gebiet bis zum ersten Meilenstein dazu. Ich lege also Wert darauf, daß Du der Entführung von vier herrlichen Rennpferden auf einer öffentlichen Straße mit Nachdruck nachgehst. Ich hoffe, daß Du gesund bist.*
> *Vale! – Leb wohl!*

Cornificius legte die Rolle auf den Tisch zurück und setzte sich ebenfalls. Er verstand den Zorn des Freundes, und er hätte wohl an seiner Stelle ähnlich reagiert. Beide starrten sie eine Weile auf das runde Stück Papyros.
Dann sagte Cornificius: »Ich würde nicht allzuviel darum geben. Er ist in diesem Monat nicht an der Reihe. Aemilius Paullus hat turnusgemäß das Sagen!«
Gaius winkte ab. »Das hat doch nichts zu bedeuten. Du solltest wissen, daß jeder der beiden Consuln jederzeit weisungsberechtigt ist gegenüber allen untergeordneten Magistraten, vom Praetor abwärts bis zu den Quaestoren. Da ist nichts zu machen.«
»Langsam!« Cornificius stand auf, stützte beim Gehen das Kinn in die Hand und sagte: »Ich finde, du solltest dir diese… diese…«
»Demütigung!« rief Gaius. »Nenn's nur beim Namen: Demütigung! Da er uns ja nicht wie einen Neubürger aus Como auspeitschen lassen und anschließend zu Caesar schicken kann, benutzt er eben feinere, aber ebenso verletzende Mittel.«
»Bei Athene! Du solltest vor allem die Ruhe des Gemütes bewahren! Ich bitte dich! Eine solche Aufregung ist die Sache nicht wert!«
»Doch! Und ich bewundere die Gelassenheit Caesars, der derlei Unverschämtheiten ununterbrochen hinnehmen muß.«
»Dann solltest du auch seine Maxime beherzigen in solchen Dingen: Kommt Zeit, kommt Rat! Man muß nur den längeren Atem haben.«
Cornificius ging einige Schritte auf und ab, blieb stehen, nickte sich zweimal zu und fuhr fort:

»Wenn dir dieser Auftrag ganz und gar gegen den Strich geht, weil du davon ausgehst, daß man dich nur demütigen will, wird es sehr wohl ein Mittel geben, ihn außer Kraft zu setzen.«
Gaius wartete gespannt auf Cornificius' Vorschlag.
»Wir werden Aemilius Paullus davon unterrichten! Es ist ihm ein leichtes, dich für eine andere Sache einzuspannen!«
»Hm...«, brummte Gaius, widersprach nicht, nahm den Vorschlag auch nicht an, sondern überlegte: »Das mag schon sein, aber ich bin mir nicht sicher, ob er sich zu einer solchen Entscheidung aufraffen könnte, denn das würde – sollte es hart auf hart kommen – bedeuten, daß er als letztes Mittel sein Veto gegen die Maßnahme seines Kollegen einlegen müßte. – Aber ist die ganze lächerliche Sache einen solchen Aufwand überhaupt wert?«
»Es wurde schon oft um Geringeres mit härteren Mitteln und Methoden gestritten!«
»Mich interessiert eigentlich fürs erste mehr, *wer* dem Claudier von der Sache berichtet hat. Was meinst du: War es Aurelius?«
»Möglich. Aber die ganze Geschichte könnte ebensogut von diesem zugereisten Vibellius aus Capua ausgehen, der, wie du es ihm vorgeschlagen hast, sich an den *Praetor urbanus* C. Titius Rufus gewandt hat, und der hatte womöglich nichts Eiligeres zu tun, als Claudius Marcellus Bericht zu erstatten.«
»Oder er ist direkt zum Consul gegangen!«
»Das glaube ich kaum. Der Mann hat hier noch keine Beziehungen.«
»Hm...« Gaius sah den Freund an, blickte förmlich durch ihn hindurch und meinte dann schließlich: »Es könnte ihm ja auch von seinen Spitzeln zugetragen worden sein.«
»Möglich, aber unwahrscheinlich.«
»Wieso nicht? Ein Mann wie der Consul Claudius Marcellus braucht ununterbrochen Nachrichten über Dinge, die er so manipulieren kann, daß sie am Ende immer seinen Gegnern schaden.«
Gaius hatte sich im Laufe des Gesprächs allmählich wieder beruhigt und war bemüht, die leidige Sache ohne Emotionen zu sehen und zu beurteilen. Cornificius hob auf einmal die Hand, schürzte die Lippen und preßte sie dann aufeinander.
»Und?« fragte Gaius, der diese Art des Freundes, eine wichtige Aussage einzuleiten, kannte.

»Was hältst du davon«, erklärte Cornificius, »wenn du dem Anliegen des Claudius nachkommst? Denn...«, er schmunzelte, »...wenn Claudius dir und der Sache Caesars schaden will, dann bestimmt nicht wegen und mit einer solch unerheblichen Angelegenheit. Denn das wäre, bei all seinem Haß, einfach absurd. Also gehe ich davon aus, daß mehr dahinterstecken muß!«

Ihre Blicke trafen sich.

Gaius meinte: »Hörst du da nicht die Flöhe husten?«

»Ich denke, nein. Es könnte doch sein, daß Claudius Marcellus, ein Mann, der durch seine Spitzel über manches, was sich im dunkeln abspielt, informiert ist, etwas im Sinn hat, das wir nicht kennen oder ahnen.«

»Woran denkst du?«

»Was weiß ich? Immerhin ist, kurz vor den *Ludi florales,* eine ganze Quadriga entführt worden.«

»Sie sollte für einen völlig unbekannten Mann, dazu einen *Homo novus,* in die Arena gehen!«

»Du vergißt, daß einer der besten Lenker die Zügel in der Hand hält.«

»...hielt!«

»Wie? – Ach so. Ja, die Pferde sind ja weg.«

Gaius nickte: »Man müßte ihn selbst fragen.«

»Wen?«

»Polynices!«

Cornificius konnte sich nun eines kurzen, lautlosen Lachens nicht enthalten, so daß Gaius fragte: »Paßt dir etwas nicht?«

»Doch, doch! Sicher! – Nur, ich sehe, daß es dich wieder einmal erwischt hat.«

»Bei meiner Ehre! Ich werde dieser Lumperei auf den Grund gehen!«

»Aber ja doch! Und immer hübsch der Reihe nach, nicht wahr?«

»Und gnade ihm ein gütiger Gott! Er wird es büßen!«

»Wer?«

»Der Verantwortliche.«

»*Certo!* – Gewiß.«

Sie gingen nach unten, und Gaius ließ Alexander und Archelaos kommen.

»Herhören!«

Die beiden überboten sich gegenseitig in ihrer senkrechten Haltung. Gaius fixierte sie streng.

»Ihr begebt euch unverzüglich zu diesem Menschen, der sich über einen gewissen Esel beklagt. Die Anschrift steht hier auf diesem Zettel.« Er reichte ihn Archelaos. »Fragt nach den Einzelheiten! Achtet auf Kleinigkeiten! Hört euch gegebenenfalls bei Nachbarn um! Bedenkt: Ihr handelt im Auftrag des Curulischen Aedilen!«
Der letzte Satz bewirkte eine nochmalige Steigerung ihrer Haltung zu nie geahnter Größe. Dann wiederholte Alexander den Auftrag: »Herhören! Esel befragen! Kleinigkeit! Wir sind Curulische Aedilen!«
»*Bene.* – Sehr korrekt! Wegtreten!«
Die beiden grüßten vorbildlich mit waagerecht erhobener Rechter, machten auf der Stelle kehrt und verließen das Haus.
Gaius aber hängte sich einen leichten kurzen Umhang nach Art eines Militärmantels um die Schultern, reichte Cornificius den seinen und sagte: »Komm! Schauen wir uns doch mal den Ort des Geschehens an!«
Und als auch sie, begleitet von Hector, das Haus verlassen hatten, kehrte dort eine große Stille ein.

7

»Hätten eigentlich durchaus die Zwillinge mitnehmen sollen. Nicht wahr, Archelaos? Frische Luft täte denen mal gut. Lungern den ganzen Tag in dem Mief herum, den sie mitbringen. Nicht wahr, Archelaos?«
»Wie? – Ja. Sollten den Herrn nächstens darum bitten.« – Dabei wußten sie beide, daß das nicht ging.
Sie hatten schon längst das Argiletum hinter sich gelassen und näherten sich dem Forum Esquilinum. Gleich dahinter, vor der Porta Esquilina, im vorletzten Haus auf der rechten Seite, sollten die beiden Streithähne wohnen.
»Wie heißt denn der Kläger?« fragte Cornificius.
Alexander studierte den Zettel.
»Por-ci-a-nus[36]. Na ja, keiner kann dafür, wie er heißt.«
»Wieso? Ist doch hübsch! Und der Eselbesitzer?«
»Asinius Pulcher.«
»Sehr schön! Endlich mal ein Mensch, bei dem Name und Tätigkeit übereinstimmen.«[37]
»Abwarten! Habe noch nie einen schönen Eselbesitzer als solchen gesehen. Herr und Esel sehen sich immer ähnlich. Kannte da mal einen, sah aus wie sein Hund. Wußte man nie, mit wem als solchen man gerade sprach.«
»Wirst ihn gleich kennenlernen. – He! Du da!« Archelaos winkte einen Jungen heran und fragte nach Asinius Pulcher. Der Junge, in der Hoffnung auf einige Sesterzen, ging voraus und führte die beiden Volcatier. Wie sich nun herausstellte, besaß Asinius Pulcher nicht nur einen Esel, nein, ein ganzer Stall war voll mit diesen Grautieren.
»Schöne Eselei!« lobte Alexander. »Danke an sich, mein Junge. Hier!« Er gab ihm einen Sesterz. »Nun kauf dir dafür am Forum einen Honigkuchen als solchen.«
»Nein, Herr!«
»Wie? Warum nicht?«
»Ich spare!«
»Sooo?« staunte Alexander. »Wofür?«
»Für meine Mutter!«
»Ach!« Alexander und Archelaos blickten sich erstaunt an, betrachteten

den Jungen genauer und registrierten seine saubere Tunika, die ordentlich gebundenen Sandalen, das akkurat geschnittene Haar.
Archelaos fragte: »Was ist denn mit deiner Mutter?«
»Sie ist krank.«
»Und dein Vater?«
»Hab' ich keinen.«
Wieder schauten die Freunde sich an.
»Wieso?«
»Er ist tot.« Er sagte das weder weinerlich noch Mitleid heischend, sondern so, als stellte er es einfach sachlich fest.
»Warum?« fragte Alexander.
»Das weiß ich nicht.«
»Und wovon lebt ihr, du und deine Mutter?«
»Mein großer Bruder... also, er sorgt für uns.«
»Was macht er denn als solches?«
»Er ist Wagenbauer beim Circus.«
»Sehr schön! Lobenswert!« lobte Alexander. »Aber warum sparst du für deine Mutter?«
»Damit wir den Arzt bezahlen können.«
»Was hat sie denn?«
»Das weiß ich nicht, Herr. Aber sie bekommt immer schlecht Luft. Und dann hustet sie. Manchmal muß sie sich auch den ganzen Tag über hinlegen.«
Alexander war betroffen. »Wo wohnst du denn?«
»Hier, im Hause von Asinius Pulcher!«
»Wo?«
»Im obersten Stock.«
»Und Porcianus?«
»Im ersten.«
Alexander und Archelaos blickten nach oben: Das Haus hatte drei Stockwerke; die Familie wohnte also im dritten. Das Haus machte nicht den Eindruck, als ob sich sein Besitzer sonderlich darum kümmerte, es äußerlich in Ordnung zu halten. Erst recht nicht würde ihn das Schicksal der Witwe mit dem minderjährigen Knaben berühren. Sie kannten das.
»Hier!« Nun griff Archelaos in seinen Brustbeutel und entnahm ihm ein

Goldstück. »Gib es deiner lieben Mutter und sorge dafür, daß sie einen guten Arzt bekommt.«
»Ich danke dir, Herr!« sagte der Junge, verbeugte sich tief und lief ins Haus.
»War aber auch höchste Zeit an sich!« brummte Alexander.
»Wie? – Was soll denn das?«
»Hättest ihn durchaus in der Luft als solches verhungern lassen, wenn ich nicht an sich gewesen! Solltest dich immer mal wieder um den Jungen kümmern! Hat's nötig!«
»Wieso ich? Du hast ihn doch angequatscht! Du hast ihn ange... und ich habe ihm das Geld gegeben!«
»Einfach lächerhaft! Ohne mein Eingreifen hättest du den lieben Jungen doch überhaupt nicht als solchen zu Kenntnis! Furchtbar, daß man sogar seine besten Freunde auf die zum nächsten liegenden Dinge, also, daß man die Dinge, wie sie liegen! Verstanden?«
»Nein.«
»Wie? Auch noch frech werden! Na warte, bis wir wieder...«
»Was?«
Aber Alexander bewegte nur noch lautlos die Lippen, und ungehört bildeten sie alt-thebanische Flüche und verdammende Sprüche.
Archelaos beendete den noch nicht einmal entfachten Streit mit der üblichen Einladung: »Kenne da einen guten Koch. Kocht besonders seltene Erbsensuppe! Lade dich ein.«
»Na, dann eben nicht...« Aber er behielt die Schultern oben. »Aber nun sag an: Wo wohnet selbiger?«
»Warte es ab! Wird eine Überraschung!«
»Ehrlich?«
»Sicher.«
Währenddessen waren sie durch den Torbogen gegangen, dessen Kanten und Wände von unzähligen Karren und Wagen bis aufs nackte Gestein abgescheuert waren, und traten dahinter in einen recht ansehnlichen Hof, der in Länge und Breite an die siebzig Fuß maß. An seinen drei Seiten – wenn man die Hausfront nicht mitrechnete – lagen die Ställe und ein Wagenschuppen. Alles machte einen aufgeräumten, sauberen und gepflegten Eindruck.
Unsere Freunde schlenderten über den Platz und beobachteten aus den Augenwinkeln alles, was sich rechts und links regte. Sofort erkannten

sie, daß Asinius Pulcher keineswegs nur mit Eseln umging, daß die Esel vielmehr nur den kleineren Teil der Zug-, Reit-und Tragtiere ausmachten, denn in den meisten Fällen handelte es sich um Pferdeställe.
Aus dem letzteren der drei Eingänge – einer führte in das Innere des vorderen Hauses, der zweite wohl in die über den Ställen liegenden Speicher, und der dritte war vielleicht der Zugang zu einer Schreibstube – kam jetzt ein großer, kräftiger Mann in abgewetzter Arbeitskleidung. Er blieb einen Augenblick stehen, als er die beiden Volcatier erblickte, und schien sich ein Bild von ihnen zu machen. Alexander bemerkte sehr wohl, wie der Mann sie kritisch musterte, und ließ sich auch nicht durch das aufgesetzte, geschäftsmäßige Lächeln täuschen, das der Prüfung folgte. Gewiß hatte der Bursche die kostbaren Stoffe der Tuniken und der Umhänge zur Kenntnis genommen, ihren Wert abgeschätzt, von diesem auf die Herkunft der beiden geschlossen und sich entschieden, sie so freundlich wie möglich zu begrüßen, denn es konnte sich um betuchte Reisende, fremde oder einheimische Händler handeln, die einen Wagen oder Pferde oder sogar beides brauchten.
Immer noch freundlich lächelnd, kam er auf die beiden zu und begann nach einer kleinen Verbeugung: »Ah! Gehe ich recht in der Annahme, daß man mich euch empfohlen hat, um bei mir Pferde und Wagen zu mieten?«
Alexander – schon durch diese künstliche Rede in Wallung gebracht – reckte sich zu gewaltiger Größe, maß den vor ihm stehenden Mann mit strengem Blick, die Lippen fest zusammengepreßt, die Stirn zwischen den dunklen Brauen zu steiler Falte zusammengezogen.
Und dann hieß es: »Herhören!«
Haltung, Lautstärke und Sprache des Besuchers verfehlten nicht ihre Wirkung, denn einige Stallknechte und Mägde, die zuvor nicht sichtbar gewesen waren, streckten die Köpfe aus den Ställen, um den Besitzer der wie Donner grollenden Stimme auszumachen.
»Herhören! Du wirst als solches nur gehen, wenn ich dies und jenes für rechtens! Und von Annahme war Anbetracht dessen überhaupt keine Rede! Verstanden!«
Der Mann wußte nicht, wie ihm geschah, und schluckte. Dann stieß er hervor: »Wie... wie kommst du mir denn vor, he!«
»Maul halten!« hieß es von oben weiter. »Nur reden, wenn gefragt!

V'standen! Du scheinst nicht zu wissen, mit wem du die göttliche Ehre hast, reden zu dürfen!«
»Das... das ist denn doch...«
»Eben! Genau das! Hier steht und spricht Alexandros, Sohn des Alexandros aus Theben, rechte und linke Hand des Proconsuls beider Gallien, Freund des Gallischen Krieges – und ich sage dir: Du sprichst augenblicklich mit dem völlig persönlichen Abgesandten des Curulischen Aedilen Gaius Volcatius Tullus! Und hüte deine Zunge! Dieser edle Mann namens Archelaos wird jedes deiner Worte wägen und vor Gericht als solches bezeugen! Verstanden!«
Alexander zog sein Kurzschwert aus der Scheide, hielt es gelangweilt gegen die Sonne und steckte es wieder ein. Und natürlich nutzte er die sprachlose Pause seines Gegenübers, um fortzufahren!
»Name!«
»Wie? – Spurius Asinius Pulcher.«
»Naja, keiner kann dafür, wie er heißt. Archelaos!«
»Sicher. Wo kämen wir denn hin!«
»Herhören!« fuhr der große Alexandros fort. »Es liegt gegen dich als solchen eine Beschwerde an sich vor, dergestalt du wie ein Esel, also deine Esel bei Nacht zu unverhoffter Stunde sich erkühnen, dieses seltsame Geräusch! Verstanden?«
Verzweifelt blickte Asinius von einem zum anderen, und Archelaos erklärte ihm den Inhalt des Satzes. Als er diesen dann verstanden hatte, entrüstete er sich augenblicklich, wobei er mit Händen und Füßen zu reden begann: »Das ist ja wohl das letzte! Also, das ist mir in meiner ganzen bisherigen Laufbahn noch nicht...«
»Maul halten! Wird ja immer mal wieder Zeit! Aber nun zu der Laufbahn...« Alexander kam ganz nahe heran. »Schon mal gedient?«
»Nein, ich hatte... aber was hat das denn...?«
»Sagte: Ruhe! Ordnung! Wo bleibt denn da die Dissiplin! Sollte dich ans finstere Nordmeer! Allda gehen sie rückwärts ins Bett, weil sie so große Füße haben!«
Mittlerweile war dem Unternehmer das Blut in den Kopf gestiegen, und er rief mit sich überschlagender Stimme: »Ja, muß man sich das denn so einfach gefallen lassen? Will mir denn niemand diesen Irren vom Hals...«
Er hatte den Satz noch nicht beendet, als er sich in der Schwebe befand,

denn Alexander hatte ihn im Rücken bei der Tunika gepackt, ihn wie einen jungen Hund hochgehoben und ihn auf die Pritsche des zunächst stehenden Wagens gesetzt.
In diesem Augenblick trat aus dem Torbogen ein vornehm mit Toga gekleideter Römer, der, als er die Szenerie überblickt hatte, lauthals loslachte.
»Was gibt's denn da als solches zu lachen?« grollte Alexander, doch der Fremde hielt mit Lachen erst inne, als er nahe heran war, nun doch die überaus lächerliche Position des Asinius als beleidigend erkannte und sich an Alexander wandte.
»Was ist denn hier los?«
Alexander antwortete nicht, sondern stierte den Mann nur an. »Ich fragte, was hier los sei!«
Alexander schwieg immer noch und musterte ihn ohne eine Regung mehrmals von oben bis unten. Dies wiederum verunsicherte den Frager dermaßen, daß er seine Frage sehr höflich kleidete: »Darf man erfahren, was hier eigentlich…«
Nun meldete sich Asinius Pulcher zu Wort und sagte auffallend leise und zuvorkommend: »Die beiden sind im Auftrag des Curulischen Aedilen Gaius Volcatius Tullus hier.«
»Ah!« kam es wie Erleuchtung über den Mann, und die beiden Volcatier machten sich ihre eigenen Gedanken über die seltsame Veränderung, die im Gesicht des Fremden vor sich gegangen war; man sah ihm an, daß er sich bemühte, die beiden Gesandten des hohen städtischen Beamten so höflich zu behandeln, daß sie keinen Anlaß haben würden, sich für ihn – aus was für einem Grunde auch immer – näher zu interessieren.
Sofort stellte sich Archelaos darauf ein, stieß den Freund unbemerkt an, was bedeutete, daß er, Archelaos, die weitere Gesprächsführung übernehmen würde, und sagte freundlich: »Darf ich deinen Namen erfahren?«
»*Scilicet!* – Natürlich!« Er reckte sich. »Ich bin Decimus Aurelius Serenus.«
Er sagte das wieder mit diesem eingeübten Lächeln.
»Bist du mit dem römischen Ritter Aurelius Serenus verwandt?«
»*Sic arbitror.* – Ich denke, ja. Nicht, Asinius?« Er lachte. »Man nennt ihn meinen Vater.«

»Aha!« merkte Alexander an; er reckte sich, überragte den Aurelius ohne weiteres um Haupteslänge, warf einen längeren Blick in dessen Gesicht und stellte fest, daß dies jenem nicht gefiel.
»Du hast einen durchausigen Bruder«, fügte er an. »Solltest Anbetracht dessen besser auf ihn aufpassen!« Das war eine Anspielung auf Ereignisse vor eineinhalb Jahren.[38]
Einen Augenblick lang schwand dieses Lächeln. Dann sagte Aurelius: »Du scheinst ihn zu kennen?«
»*Aliquid dicis.* – Du hast nicht unrecht, Archelaos!«
»Wie? – Nein, durchaus nicht.«
»Wäre allerdings besser für den Knaben als solches gewesen, hätte ihn durchaus nie kennengelernt.«
Das bezog sich eben auf jenen Prozeß, den C.V.T. vor anderthalb Jahren in Rom geführt hatte, in dessen Verlauf auch des Aurelius jüngerer Sohn Servius in den Kreis der des Mordes, der Brandstiftung und Entführung Verdächtigen geraten war.
Archelaos fiel auf, daß Decimus Aurelius, anders als sein Bruder oder auch sein Vater, nie direkt reagierte, sondern diese kühle, undurchdringliche, lächelnde Maske beibehielt, koste es, was es wolle.
Im übrigen schien sich des Aurelius Anwesenheit sehr mäßigend auf Asinius Pulcher auszuwirken, und die beiden Volcatier meinten am Ende festzustellen, daß Asinius dem Aurelier nach dem Munde redete, so daß es schien, als ob Aurelius Serenus versprach, besser auf die Esel zu achten, und nicht Asinius selbst.
»Selbstverständlich wird Asinius darauf achten, daß solche Dinge nicht mehr vorkommen und Anlaß zu Beschwerden geben werden. Nicht wahr, Asinius!?«
»*Certo!* – Gewiß!« sagte Asinius, aber es klang unsicher.
Asinius geleitete sie dann selbst noch bis zum Torbogen und verbeugte sich, ehe er sich verabschiedete und so tat, als ob nichts geschehen sei: »Und wenn ihr mal einen schnellen Reisewagen braucht... Asinius hat alle Größen und Preislagen!« Er versuchte ein Lächeln, doch es wurde ein Grinsen.
Sie hoben leicht die Hand zum Gruß, wandten sich um und verließen das Anwesen.

Am Ende des Durchgangs lugte ein Knabengesicht um die Ecke.

»*Quid agis? Unde venis? Quo tendis?*« rief Archelaos dem Jungen zu. »Was machst du? Wo kommst du her? Wo willst du hin?«
Ohne Scheu kam der Junge näher, blickte die beiden Volcatier abwechselnd an und sagte ernst: »Ich habe sie gesehen.«
»Was? Was oder wen hast du gesehen?« fragte Archelaos.
»Wie sie die Pferde...« Er kam noch näher heran und fuhr flüsternd fort: »Die Pferde der Quadriga des Polynices!«
»*Deliras!* – Du redest irre!«
»Nein, Herr!«
Die Freunde starrten sich überrascht an. Dann sagte Alexander: »Komm hier weg, mein lieber Junge!«
Sie bogen kurz vor der Porta Esquilina rechts auf das Pomerium, den freien Raum hinter der Mauer, ab. Dort blickten sie um sich; nachdem sie festgestellt hatten, daß sie allein waren, sagte Archelaos: »Nun erzähl uns mal alles schön der Reihe nach!«
Und der Junge begann: »Ich... ich war heute morgen auf dem Wege zum *Ludus.*«
»Was?« rief Alexander. »Du gehst als solches in die Schule?«
»Ja, Herr. Bei Lucius Orbilius Puppilus.«
»Ach!«
»Ja.«
»Kann deine liebe Mutter das denn an sich, ich meine, hat sie genug Geld?«
»Nein. Darum helfe ich oft bei Asinius aus.«
»Verstehe.«
»Ja, ich sammle auch den Pferdedung und verkaufe ihn.«
»Ach!«
»Ja. Aber meistens helfe ich im Stall, wasche und bürste die Tiere, säubere und kehre, wasche und schmiere auch die verschiedenen Wagen.«
»Fleißiger Junge!« sagte Alexander und nickte Archelaos zu. »Nicht wahr, Archelaos?«
»Zweifellos. Vorbildlich! Weiter, mein Junge!«
»Ja, und da sah ich einige von den großen Wagen mit Verdeck, in denen sie kostbare Pferde transportieren.«
»Na gut«, meinte Archelaos. »Du sahst diese Wagen. Wieviel waren's denn?«
»Zwei.«

»Aha. Aber wieso... ich meine, wenn sie ein Verdeck hatten, wieso vermutest du denn, daß darin die vier Pferde von Polynices waren?«
»An einer Stelle war das Verdeck nicht ganz zu. Und da konnte ich ihn sehen. Ich erkenne Alexander auf hundert Schritt!«
»Was?« rief Alexander. »Auf hundert?«
»Ja, und ich war und bin sicher, daß er es war.«
»Aber«, wandte Archelaos ein, »wieso bist du nicht in der Schule bei Orbilius?«
»Weil der *Ludus* heute ausgefallen ist. Orbilius ist krank.«
In diesem Augenblick winkte der Junge, dessen Namen sie noch nicht kannten, einem anderen zu, der etwa gleichen Alters wie er war. Dieser stand an der Straße beim Tor und blickte herüber. »Quintus!« rief er und gab ihm durch Handzeichen zu verstehen, herüberzukommen. Und als der andere, der ein wenig kleiner war und etwas dicklich aussah, heran war, stellte er ihn vor: »Das ist Quintus Horatius Flaccus.«
»Schöner Name!« lobte Alexander. »Und wie heißt du?«
»Marcus Atilius.«
»Noch schöner!« Er lächelte beiden Jungen zu und strich dem Marcus einmal über den Kopf. »Herhören!«
Die beiden waren ganz bei der Sache.
»Woher wußtet ihr als solches? Von wem?«
»So etwas spricht sich in einer halben Stunde in der ganzen Stadt herum.«
»Auch hier?«
»Wie? Sicher! Auch hier!«
»Ihr wußtet also schon an sich, daß die vier göttlichen Pferde, worunter der unübertreffliche Alexandros, auf einer falschen Bahn!«
»Ja. Wir wußten das, und darum fiel uns ja sofort auf, daß die Männer, die die beiden Wagen begleiteten...«
»Du weißt genau, daß es zwei Wagen waren?« fragte Archelaos dazwischen.
»Sicher. Diese doppelten... ich meine, in die man zwei Pferde nebeneinanderstellen kann.«
»Und das Verdeck war geschlossen?«
»*Sic fuit.* – So war es. Nicht wahr, Quintus?«
Der Kleinere nickte: »Ich habe Alexander auch gesehen. Ich kenne seine Augen. Ich würde ihn auch im Dunkeln bei Mondschein erkennen.«

»Nette Jungs! Nicht wahr, Archelaos?«
»Ganz zweifellos. Großartig! – Aber zu den Männern...« Er blickte Marcus ermunternd an.
Dieser fuhr fort: »Ja, also, mir fielen sogleich die Männer auf, die die beiden Wagen begleiteten.«
»Warum?«
»Weil sie mir fremd waren. Bei solchen Transporten sind sonst immer Leute von Asinius dabei. Diesmal nicht.«
»Hm. Wohin fuhren sie denn?«
»Sie fuhren – und das ist mir auch sonderbar erschienen – nicht in den Hof hinein, sondern blieben mit den Wagen draußen.«
»Was machten sie dort?«
»Sie hielten nur kurz an. Dann ging einer von ihnen in den Hof, kam aber nach wenigen Augenblicken wieder.«
»Hast du gesehen, wohin beziehungsweise zu wem der Mann ging?«
Marcus antwortete ohne zu zögern: »Nein. Ich war ja draußen auf der Straße geblieben.«
Archelaos überlegte, sah die beiden abwechselnd an, nickte gedankenvoll und sagte: »Und dann? Was taten sie?«
»Sie verließen die Stadt durch die Porta Esquilina.«
»Bogen sie draußen links oder rechts ab?«
»Sie bogen links ab.«
Auch Quintus nickte.
Archelaos fuhr fort: »Würdet ihr den einen oder andern von ihnen wiedererkennen?«
»Das ist schwer zu sagen«, meinte nun Quintus. »Wir haben sie uns ja zunächst nicht genau angeguckt, weil sie uns unverdächtig vorkamen. Erst als wir den herrlichen Alexandros sahen...«
»Phantastisch!« lobte Alexander. »Weiter so! Weiter so!«
»Wie? – Ja, also da war es schon zu spät, weil sie sogleich danach abfuhren. Jedenfalls hatte der Mann, der in den Hof ging, einen Bart.«
»Na, wenigstens etwas!« sagte Archelaos. »Aber warum habt ihr nicht Bürger und Nachbarn aufmerksam gemacht?«
»Es ging ja alles so schnell. Als wir Alexandros erkannten, war es schon zu spät, denn im gleichen Augenblick verließen die Wagen sehr schnell die Stadt.«
Nun baute sich Alexander vor ihnen auf.

»Herhören! Ihr haltet euch als solche durchaus stets bereit! Werde dem Curulischen Aedilen davon Meldung! Werdet Anbetracht dessen von uns hören... Schon bald! Wegtreten!«
Die beiden Jungen warfen sich einen verdutzten Blick zu, und Archelaos erklärte ihnen den Sinn der Alexandrinischen Wendung. »Wir werden noch von uns hören lassen«, sagte Archelaos zum Abschied.
Die beiden verbeugten sich artig, und die Volcatier entfernten sich mit schnellen Schritten.
Alexander und Archelaos aber blickten sich an, und dann sagte ersterer: »Das wird den Herrn ja immer mal wieder freuen. Archelaos!«
»Unbedingt! – Ist ja auch eine Überraschung, nicht?!«
»*Ita'st* – so ist es. Aber nun lausche und sage mir: Warum sind diese Knaben mit den göttlichen Pferden als solchen in die Stadt, alldieweil sie die hübschen Tierchen doch außerhalb der Mauer in diese Wägelchen verladen haben?«
»Ich weiß es nicht. Aber wir werden es bald wissen.«
Alexander nickte: »Was hältst du davon, wenn wir den Herrn und den Dichterfürst gleich draußen am frühen Ort des Geschehens?«
»Sehr viel.«
»Dann komm!«
Und mit diesem mittelgroßen, aber zügigen Schritt, den sie sich auf den Märschen in Gallien angeeignet hatten, gingen sie durchs Tor, bogen dann links ab und folgten der Mauer.

8

Als sie sich auf der *Via Salaria Vetus*, der Alten Salzstraße, etwa drei Stadien[39] von der nördlichen Porta Collina entfernt hatten, kamen ihnen vier Pferde entgegen; auf den vorderen saßen die »Zwillinge«.

Schon als sie noch hundert Fuß entfernt waren, stellte Alexander sich mitten auf die Fahrbahn, fuchtelte mit den Armen und rief: »Herr! Herr! Du wirst es als solches durchaus nicht glauben!«

Die vier Reiter zeigten keine Reaktion; erst als sie heran waren, ließ Gaius halten.

»Ist was?« fragte er.

Da warf Alexander dem Archelaos einen Blick zu und gab zurück: »Ob es ist? Es ist! Ist es nicht, Archelaos?«

»Wie? – *Id est!* Es ist! Wie es noch nie war!«

»Aufhören!« Gaius preßte die Lippen aufeinander, und die beiden wußten, was es geschlagen hatte. Freilich brummte Alexander etwas wie: »Wenn man in diesem Lande nicht mehr sein kann... dann eben nicht...«

»Alexander!«

Er stand stramm.

»Ich höre!«

Alexander sammelte sich, bewegte mehrmals stumm die Lippen, dann begann er: »Der edle Archelaos und ich erreichten also gegen die fünfte Stunde[40] das Gehäuse dieses Esels und bedeuteten ihm durchaus höflich, das allnächtliche Bellen und Wiehern an sich zu unterlassen.«

»Und?«

»Er unterließ es! Archelaos?«

»Durchaus, ja.«

»Was heißt das«

»Er wollte eigentlich weiterhin wiehern, wurde dann aber eines anderen sinnlich.«

»Sinnes!« verbesserte Cornificius. »Eines anderen Sinnes!«

Alexander nickte und fuhr fort: »Es kam nämlich ein zweiter Knabe, und dieser hatte durchaus das Sagen, dergestalt unser Asinius sich einer sehr feinen Sprache befleißigte und...«

»Ja?«

»Und dann schwieg er.«

»Wieso?«

»Weil der andere das durchausige Sagen hatte.«
»Wer? Wer war das?«
»Herr, du wirst es unbedingt nicht glauben. Es war der ältere der beiden Knaben, die dem Aurelius Serenus seit einigem als Söhne zur Verfügung.«
»Nein!«
»Siehst du, Herr, nun glaubst du wieder nicht. Na, dann eben nicht…«
»Doch! Und nun mach's kurz! Ich habe noch zu tun!«
Endlich konnten die beiden diese erstere Geschichte abschließen und dann die zweite in dramatischer Spannung nachreichen, wobei sie nun genossen, daß sowohl dem Herrn als auch seinem Freunde, dem caesarischen Praefecten Cornificius, die Überraschung ins Gesicht geschrieben stand. Ja, sie konnten es gar nicht ausführlich genug erzählt bekommen. Schließlich sagte Cornificius: »Habt ihr die Namen und Adressen der beiden Jungen?«
»Jawohl!«
Gaius schloß wohlwollend: *»Bene fecistis. Contentus sum.* – Das habt ihr gut gemacht. Ich bin zufrieden.«
Alexander und Archelaos schauten sich an und strahlten.
»Herhören!« Es riß sie in die Höhe. »Geht durch die Stadt nach Hause! Hört euch vielleicht noch mal in einer Schenke um. Hier!« Er kramte in seinem Brustbeutel und warf jedem ein Goldstück zu.
»Die Sache hat eine interessante Wendung genommen. Geheimhaltung! Seid vorsichtig! Dahinter scheint mehr zu stecken, als wir ahnten! Wegtreten!«
»Jawohl!« wiederholte Alexander. »Durch die Schenke nach Hause! Interessante Wendung! Geheim! Keine Ahnung!«
Sie grüßten mit erhobener Rechter.

»Komm!« sagte Gaius und wendete das Pferd.
»Wohin?« fragte Cornificius.
»Dreimal darfst du raten!«
Eine halbe Stunde später hatten sie den Landsitz des Aurelius Serenus erreicht. Hier hatte sich seit ihrem letzten Aufenthalt vor zwei Jahren nichts verändert. Noch immer machte alles einen sorgsam gepflegten Eindruck: Die Hecken, die die Wege und Koppeln säumten, waren akkurat geschnitten, die Wege sauber; die Obstbäume in den rechts und links vom Anfahrtsweg liegenden Plantagen fachmännisch gestutzt; der

Platz vor dem Herrenhaus gekehrt. Alles dies war ihnen nicht neu, und sie erinnerten sich, wie sie damals daraus ihre Schlüsse auf den Charakter des Hausherrn gezogen hatten, daß er ein Pedant sein müsse, ein Mann, der seine Untergebenen schinde und dergleichen mehr. Und sie mußten sich gestehen, daß sie sich auch heute noch nicht schlüssig waren, was sie denn nun letztlich von diesem sonderbaren Mann zu halten hatten.

»Was willst du eigentlich von ihm?« fragte Cornificius, als sie im Hof von den Pferden stiegen.

»Ich will wissen, ob er beim Consul Claudius Marcellus vorstellig geworden ist.«

»Ha! Und du meinst, das wird er dir einfach so mitteilen?«

»Nein, aber aus seiner Art zu reden werden wir es erfahren.«

Wie damals kam von den Wirtschaftsgebäuden ein Knecht herüber und nahm ihnen die Pferde ab. Als er die beiden Lictoren sah, verbeugte er sich nachträglich noch einmal sehr tief vor den Besuchern. Doch anders als damals brauchten sie diesmal nicht an der Türe zu warten, bis auf ihr Klopfen jemand öffnete, denn der Hausherr erschien ungerufen selbst.

»Ah! Welch eine, nicht wahr, welch eine Freude! Ja, und gleich zu zweit! Nein, zu viert!«

Er verbeugte sich in eleganter Wendung vor allen, machte eine einladende Handbewegung und schritt den Besuchern voraus. Im Atrium hatte sich nichts verändert; immer noch bäumte sich der in halber Größe gegossene Hengst auf.

Aurelius Serenus führte die beiden Besucher ins *Tablinum,* während die Lictoren vor dessen Tür Aufstellung nahmen. Im Vorbeigehen wurde ein Sklave beauftragt, Gebäck und Getränke zu holen, und wenige Augenblicke später servierte dieser in Schmalz gebackene Ringe, Salzplätzchen sowie Honigkuchen auf kleinen Tellern und reichte sie, von einem zum andern gehend, herum. Der Wein war leicht und bekömmlich, sie verdünnten ihn aber reichlich mit Wasser.

Als diese so wichtigen Nichtigkeiten in die Wege geleitet waren, lenkte Cornificius das Gespräch geschickt auf des Aurelius Pferdezucht, da er wie Gaius wußte, daß Aurelius bei diesem Stichwort sofort auftaute und sich beim Zuhörer als Kenner seines Faches wie als angenehmer Gastgeber einschmeicheln wollte.

»Die Pferde?« rief er und legte die Stirn in parallele waagerechte Falten, weil er die Brauen hochzog. »Die Pferde! Ja, was wären wir denn ohne die Pferde, nicht wahr! Zu Agrigent gibt es sogar, ja, mit Pferden geschmückte Gräber! Sie sind ja wie die Menschen! Denn diese Tiere erkennen ihre Verwandten, und ihre Gelehrigkeit, ja, sie ist so groß, daß, wie man liest, nicht wahr, die ganze Reiterei des sybaritischen Heeres sich nach dem Spiel der Musik im Tanze zu bewegen pflegt!«

»Interessant!« nickte Cornificius ihm langsam zu.

»Wie? Ja, sehr interess... Sie fühlen eine, also eine Schlacht voraus und betrauern den Verlust ihrer Herren; zuweilen vergießen sie, ja, sie vergießen sogar Tränen vor...« – er schien selbst gerührt zu sein – »...vor Sehnsucht!«

»Ach!« rief nun Gaius.

»Wie? Aber ja, nicht wahr! Und von Dionysios, dem Tyrannen von Syrakus, ja, von dessen Pferd wird allerdings erzählt, daß es, als es von seinem Herrn in einem Morast zurückgelassen worden war, sich selbst herausarbeitete...« – er machte es mit den Händen intensiv vor – »... und der Spur seines Herrn mit einem – kaum zu glauben! – mit einem Bienenschwarm in der Mähne, nicht wahr, folgte!«

»Nein!« sagten beide Zuhörer und blickten sich an.

»Ja doch. Ja. Und auf dieses Zeichen hin – so heißt es bei Philistos – habe sich Dionysios der Tyrannis bemächtigt, ja.«

»Kaum zu glauben«, meinte Gaius.

»Wie? Das ist noch gar nichts!« Und er berichtete von zahlreichen Anekdoten aus den letzten fünfhundert Jahren, so daß Gaius, um ihn zu bremsen, schließlich anregte, er solle doch zu diesem Thema eine hübsche Blütenlese veröffentlichen.

»Eine Blü...? Ich? Schreiben? – Nun ja, warum auch nicht, nicht wahr, ja, ich habe ja schon damit, also begonnen, denn... in der Tat, es gibt zu wenige, die... ja, es wird noch ein halbes Jahr dauern, dann...«

Den Besuchern war schon längst abwechselnd das rechte und dann das linke Bein eingeschlafen, und um die Qual zu beenden, sagte Gaius: »Ja, die Pferde... Was wären wir ohne sie! Und es ist schade um sie!«

»Um sie? Warum? –Ah!« Erleuchtung stand ihm im Gesicht. »Du meinst die Quadriga, nicht wahr?«

»Ja, die Quadriga.«

»Bedauernswert, das! Ja, aber noch bedauernswerter, daß du, nicht

wahr, daß du, also, daß du diese ganze schmutzige Sache, daß du sie nicht...Du verstehst, was ich meine?«
»Verstehe«, nickte Gaius und warf Cornificius einen schnellen Blick zu.
»Es waren gute, nein: hervorragende Renner! Waren alle gleichen Alters! Stammten vom gleichen Ururgroßvater ab, nicht wahr. – Man wird sie ja nun wohl abschreiben müssen. Schade, daß Polynices...«
»Was ist mit ihm?« fragte Cornificius.
»Mit ihm? Was ist? – Nun, er kann ja nun nicht mit ihnen an den Start gehen, nicht wahr.«
»Wird er denn überhaupt starten?« fragte Gaius.
»Wie? Starten? Er? – Nun, er müßte eigentlich schon hier sein...«
»So?« staunte Gaius.
»Wie? – Ja, denn er will sich vier... also, er wird es mit vier anderen, nicht wahr, versuchen.«
»Verstehe. Würdest du mir einen Gefallen tun, Aurelius?«
»Gefallen? Ich? – Selbstverständlich! Jeden!«
»Würdest du mich mit ihm zusammenbringen...«
»Ah!« leuchtete des Aurelius Gesicht mit einemmal. »Du hast dich also doch entschlossen, diesen Dingen, also der furchtbaren Sache, nicht wahr, auf den Grund zu gehen?«
»Vielleicht«, wich Gaius aus.
Aurelius läutete und schickte den bald darauf eintretenden Sklaven zum Stallgelände, damit dieser nachsehe, ob Polynices schon da sei. Wenn dies der Fall sei, solle er ihm mitteilen, der Curulische Aedil Gaius Volcatius Tullus wünsche ihn zu sprechen. Der Sklave verbeugte sich stumm und ging.
»Er ist dabei, sich vier andere, also, vier neue Renner, nicht wahr... Dürfte allerdings schwierig, ja, wie will er sie in der kurzen verbleibenden, nicht wahr, dieser kurzen Zeit, wie will er sie unter seinen Willen bringen? – Darum würde es mich, du verstehst, freuen, wenn du die Quadriga wieder... Ah, da kommt er ja!«
Also hatte sich der Fahrer schon auf den Weg zu Aurelius begeben.
Polynices, in ziviler bürgerlicher Tunika, trat durch die breite Doppeltür in das *Tablinum*. Sogleich erhob sich Cornificius, ging auf ihn zu und begrüßte ihn sehr freundlich.
»Das tut mir leid«, sagte Cornificius. »Wie willst du es in der kurzen verbleibenden Zeit bis zu den *Ludi florales* schaffen, vier Pferde, die

noch nie in der Bahn gelaufen sind, zusammen mit einem Wagen um die Säulen zu bringen?«
Polynices erwiderte ernst: »Ich muß es versuchen. Es gibt keinen anderen Ausweg.«
Er begrüßte nun auch Gaius, vor dem er sich leicht verbeugte. Aurelius bot ihm Platz, und er setzte sich auf einen der noch freien Stühle. Gaius beobachtete ihn einen Augenblick lang, schnell und kritisch, wie es seine Art war, wenn er einem Geheimnis auf der Spur war, und er erkannte große Intelligenz im Gesicht dieses etwa dreißigjährigen, mittelgroßen, dunkelhaarigen und feingliedrigen Mannes, der, gemessen an der fatalen Lage, in der er sich befand, in erstaunlichem Maße die Fassung bewahrte. Oder täuschte er sich? Polynices hielt die Hände ruhig, sah den jeweiligen Gesprächspartner offen an, konnte zuhören und wirkte alles in allem bescheidener, als man es von einer so berühmten Größe des Circus Maximus eigentlich erwartet hätte.
Sehr freundlich begann darum Gaius: »Es ist Zufall, daß wir uns hier treffen.«
Polynices bestätigte diese Feststellung durch ein leichtes Neigen des Kopfes.
Gaius fuhr fort: »Ich wäre freilich ohnehin zu dir gekommen; darum ist es mir schon angenehm, dich hier zu treffen.«
»Er ist«, rief Aurelius, »ein guter Junge, nicht wahr, und kommt leider zu wenig, also, kommt er nach hier! Dabei weiß er, nicht wahr, daß ihm dieses Haus immer, also, daß es ihm offen ...« Er nickte sich selbst bestätigend mehrmals zu.
Gaius hatte, während der Hausherr sprach, mit kühler Vernunft beide abwechselnd beobachtet und machte sich seine Gedanken darüber, was sie wußten oder nicht wußten, wen sie verdächtigten, vor allem, ob sie mit der Affäre etwas gemein hatten.
Polynices entgegnete, zu Gaius gewandt, lächelnd und souverän: »Der gute Aurelius! Ich habe ihm viel zu verdanken!«
Gaius hätte sehr gerne gewußt, was er damit in Wahrheit meinte; aber er blickte nur kurz zu Cornificius, in dessen Augen er zu lesen meinte: Sei auf der Hut! Es geht hier um einen großen Einsatz!
»Nun gut«, meinte Gaius und legte eine Weile seinen rechten Zeigefinger an seine Lippen. Dann fragte er: »Wann hast du von der ganzen Sache erfahren?«

Polynices überlegte nicht lange. »Etwa eine halbe Stunde, nachdem die Pferde den Circus verlassen hatten.«
»Wie? Durch wen?«
»Verzeihung!« Polynices zwinkerte mehrmals. »Bist du offiziell hier tätig oder mehr privat?«
Gaius wußte, daß diese Frage, sei es von Aurelius oder sei es von Polynices, kommen würde; daß sie von Polynices kam, war ganz natürlich, wenn – ja, wenn er mit der Sache nichts zu tun hatte; es sei denn, er spielte hier Theater.
»Ich habe vom höchsten Beamten der Stadt den Auftrag, den von langer Hand geplanten Fall dieser Entführung aufzuklären.« Er beobachtete Aurelius und meinte, eine gewisse Genugtuung in dessen Augen zu erkennen.
»Also«, sagte Polynices darauf, »wirst du von nun an jedes Wort auf die Goldwaage legen!«
»Es kommt wohl aufs Wort an. Nicht wahr, Aurelius?«
»Wie? Ich? – Ja, natürlich! Fahr doch bitte fort, Volcatius! Er ist hier, um dir und uns allen zu helfen. Nicht wahr, Cornificius?«
»Wie? Zu helfen?« äffte der den Hausherrn spitzbübisch nach. »Aber ja doch!«
Aurelius lächelte zufrieden und schien die ironische Anspielung nicht bemerkt zu haben.
»Gut«, fuhr Gaius fort. »Wer also benachrichtigte dich?«
Polynices überlegte – oder tat er so? »Einer unserer Leute war es. Wer es war? Ist das denn wichtig?«
»Vielleicht. Du solltest mir seinen Namen und seine Anschrift noch nennen.«
»Warte!« Polynices überlegte angestrengt. »Das war Paulinus, einer der Stallknechte. Ein zurückhaltender Mann. Er wohnt in der Nähe des Circus.«
»Wo?«
»Ich glaube, beim Forum Boarium. Carinnas müßte das wissen.«
»Carinnas?«
Carinnas betrieb in der Gegend eine Kneipe, die seit langem ein Treffpunkt von Gladiatoren war, denn Carinnas selbst gehörte einmal der schlagenden Zunft an. Alexander hatte unlängst mit ihm und einigen zwielichtigen Leuten seiner Umgebung zu tun gehabt.[41] Gaius brauchte

sich den Namen nicht zu notieren. Er würde Alexander und Archelaos hinschicken. Sie hatten Erfahrung im Umgang mit diesen Burschen.
»Ja«, nickte Polynices.
»Hast du Feinde?« fragte Cornificius, und Polynices antwortete lächelnd: »Sicher. In meinem Beruf hat man um so mehr Feinde, je erfolgreicher man ist.«
»Hast du einen bestimmten Verdacht?«
»Nein. Für mich ist noch nicht einmal sicher, ob der Anschlag mir gilt. Er könnte ebensogut gegen Valerius Flaccus, den *Dominus factionis* der Roten, gerichtet sein.«
»Sicher«, nickte Gaius. »Und genausogut gegen euren Auftraggeber.«
»Decius Vibellius?« Polynices lachte. »Gegen jeden andern, ja! Aber Vibellius? Unmöglich!«
»Warum?«
»Weil der Mann hier völlig unbekannt ist.«
»Vielleicht nicht. Woher willst du das wissen?«
»So etwas weiß man eben in meinem Geschäft. Ehe man zusagt, hört man sich um.«
»Und was hört man von Vibellius?«
»Daß er ein reicher Provinzler ist, der die fixe Idee hat, seinen Sohn hier in Rom Karriere machen zu lassen.«
»Und?«
»Was und? Sonst nichts!«
»Er ist dir unsympathisch?«
»Das ist doch gleichgültig. Ich fahre für jeden, der gut bezahlt.«
»Dann könnte es dir doch egal sein, wo die Pferde sind, da du doch sowieso dein Geld bekommst.«
»Ha!« Er lachte kurz auf. »So kann nur jemand reden, der nicht wie ich mit seinen Tieren Tag für Tag beisammen ist. Jedes Rennen ist eine neue Aufgabe! Man hat Gegner! Man muß gewinnen, will man oben bleiben!«
»Verstehe!«
Gaius erhob sich, die übrigen folgten, und dann brachte Gaius die Frage an, die ihm die wichtigste war: »Aurelius, man hört, dein ältester Sohn sei wieder im Lande...«
»Wie? Mein Ältester? – Sicher, ja, schade, daß er nicht hier ist, um dich zu begrüßen, ja!«

»Was macht er denn?«
»Was er macht? – Alles! Alles, was ich nicht mehr, nicht wahr, nicht mehr mache, ja. Ein tüchtiger Junge!«
»Aha.«
»Ja. Er knüpft neue Verbindungen, ja, hier und anderswo.«
»Ach!« staunte Gaius.
»Wie? – Ja, er will ein großes, also, ein Unternehmen für den... ja, ein Transportunternehmen!«
»Interessant!«
»Ja, und so ist er eben tagsüber viel unterwegs. Möchtest du ihn kennenlernen? Ich sage ihm Bescheid, ja, nicht wahr, daß er zu dir, also, daß er kommt. Warum nicht?! Es ist nicht mehr als billig, sich dem diesjährigen Curulischen Aedilen, ja, vorzustellen! Ich werde ihn schicken.«
»Fein. – Aber nun habe ich keine Zeit mehr... Polynices!«
Der neigte lässig den Kopf.
»Aurelius!« Dieser verbeugte sich tiefer als gewöhnlich. »Ihr solltet mich unbedingt auf dem laufenden halten. Beide!«
»Selbstverständlich! Nicht wahr, Polynices?«
»Ja.«
Man begleitete sie bis zum Ausgang und winkte, bis sie das Aurelische Gelände verlassen hatten und auf das Wäldchen nach der Biegung des Weges zuritten.
»Er ist einmal ein sympathischer Mensch, nicht wahr?«
»Ja, das ist er«, nickte Polynices, und dann gingen sie beide zu den Ställen.

9

»Und? Was hältst du nun davon?« fragte Cornificius, als sie das Wäldchen, zwei Stadien vom Aurelischen Gut entfernt, erreicht hatten.
»Ich weiß es nicht.«
»Ha! – Dann hättest du dir diesen Ritt sparen können. Wir wissen nicht mehr als vorher!«
»Doch, Dichterfürst!«
»Ich höre.«
»Der Kreis derjenigen, die die Entführung hätten planen und durchführen können, hat sich erweitert.«
»Du verdächtigst Aurelius senior?«
»Vielleicht. Vor allem aber den jüngeren, doch ebenso Polynices.«
»*Quid ais?* – Ist das dein Ernst? *Ratio non constat.* – Die Rechnung stimmt nicht.« Cornificius war ungehalten.
»Wieso nicht?«
»Du willst mir doch wohl nicht weismachen, daß jemand, der an den *Ludi florales* ein Rennen im Circus Maximus gewinnen will, wenige Wochen vorher mithilft, seine eigenen Pferde entführen zu lassen. Zu wessen Nutzen? Doch nicht zu seinem!«
Gaius lächelte kühl. »Du mußt zugeben, daß du dich von Emotionen deiner Seele leiten läßt.«
»Nun, du weißt, ich schätze ihn und sein Können sehr. Ich habe ihn, wo immer ich es in den letzten Monaten konnte, gefördert.«
»Dein gutes Recht! Weiter so! Aber wir wollen die Angelegenheit nun doch einmal *sine ira et studio*, ohne Voreingenommenheiten, betrachten.« Er schwieg eine Weile und fuhr dann fort: »Wir müssen gleich zu Hause eine Liste erstellen mit allen infrage kommenden Namen von Leuten, die, sei es als Urheber, sei es als Mithelfer und Hehler, beteiligt sein könnten.«
Sie ritten schweigend weiter, erreichten die Porta Collina, blieben aber auf der äußeren Umgebung entlang der Mauer, denn in der Stadt war das Gedränge zu groß, um ungehindert mit vier Pferden durchzukommen, zumal sie, um zum Palatin zu gelangen, mitten durchs Zentrum mußten. Beide ließen vor ihrem inneren Auge Personen vorbeiziehen, suchten sich über ihre möglichen Motive klarzuwerden, und schließlich

sagte Cornificius: »Wenn du willst, könntest du sogar den Stallknecht als Hauptschuldigen anklagen.«
»*Recte!* – Mit Fug und Recht!«
»Mir scheint der jüngere Aurelius am ehesten in der Lage dessen zu sein, der die Fäden in einer Hand hält. Sein Vater sagte, er betätige sich sehr rege in Geschäften. Sein gutes Recht! Aber betrachte daneben das, was diese beiden Knaben bei diesem Eseltreiber Asinius beobachtet haben!«
»Hm...«, machte Gaius.
»Wir können es nicht beweisen, aber für mich steht fest, daß Decimus Aurelius seine Hände im Spiel hat, vielleicht gar der Drahtzieher ist.«
»Hm...«
»Wie? Weißt du nichts Besseres als *Hm?*«
»Warte, bis wir da sind.«
Gleich nach ihrer Ankunft im Hause am Palatin machten sie sich daran, die Liste der Verdächtigen zu erstellen. Links schrieben sie die Namen, rechts die möglichen Motive der Betroffenen. Nach reichlicher Überlegung stand die Tabelle; Cornificius las sie vor und kommentierte sie.
»*Aurelius Serenus senior:* Er ist nach wie vor undurchsichtig und könnte mehr von der Sache wissen, als er geneigt ist, zuzugeben. Sein Motiv ist allerdings völlig unbekannt, es sei denn, er hilft seinem Sohn Decimus und deckt ihn.
Decimus Aurelius: Er betätigt sich neuerdings hier in der Hauptstadt in Geschäften, die freilich recht undurchsichtig sind. Er pflegt Kontakte zu Asinius, einem Fuhrunternehmer, vor dessen Torbogen nach Aussagen der beiden Knaben ein Pferdetransport gesehen wurde, dem nach ihrer Meinung der Hengst Alexandros angehörte. Als Motiv könnte Geldgier angenommen werden.
Asinius: Er muß ursächlich mit der ganzen Sache nichts zu tun haben. Es könnte sein, daß er von Decimus Aurelius erpreßt wird. Sein seltsames Verhalten, das Alexander beobachtete, nachdem Decimus erschienen war, gibt zu denken.
Weiterhin sind alle Personen verdächtig, die im Umfeld der Genannten leben, besonders natürlich auch alle, die mit der Durchführung der Spiele zu tun haben.«
»Hm...«, machte Gaius noch einmal, und Cornificius war kurz davor,

ihn zurechtzuweisen, als die Tür aufging und Selenus, der Sekretär von Lucius dem Patron, erschien.
»Darf ich eintreten?« Die Frage war, wie immer, sehr höflich.
»Natürlich«, sagte Cornificius erfreut. »Du kommst uns gerade wie gerufen.«
»Verstehe.« Er lächelte verschmitzt. »Wer hat wen wann wo warum unter welchen Umständen Anbetracht dessen zweifellos durchaus als solchen an sich ermordet?«
»Wie?« Die Freunde starrten sich, dann Selenus an. So hatten sie ihn noch nie reden hören.
»Sag mal...« Gaius zwinkerte. »Hast du... Ist dir vielleicht der edle Alexandros über den Weg gelaufen?«
»Nein-nein«, sagte der Grieche lächelnd. »Aber wenn ich euch beide so wie jetzt über einen Text gebeugt stehen sehe, dann kann ich mir kaum vorstellen, daß es sich dabei um eine Stellungnahme zu einer neuen Ausgabe der Aristotelischen Logik handelt, sondern allenfalls um eine Namensliste von Sterblichen, die ihr aller Untaten verdächtigt, die der Erdkreis bereithält.«
Und wieder starrten sich Gaius und Cornificius an.
»Und?« schloß Selenus. »Ist es so?«
»*Id est!* – Es ist!« Gaius lud ihn mit einer Handbewegung ein, doch ins Zimmer zu kommen und, falls er wollte, bitte Platz zu nehmen.
Selenus trat daraufhin näher und ging auf einen Korbsessel zu, der in der Nähe des Fensters stand und die Besonderheit hatte, daß man in ihm langsam auf und ab schaukeln konnte, denn seine Beine aus Buche waren auf gebogenen Hölzern verdübelt. Selenus nahm darin Platz, schaukelte leicht und sagte: »Nun denn! Bitte, ich höre!«
Gaius richtete sich ganz auf, überlegte kurz und gab einen sehr gerafften Bericht von allem, was sich heute im Laufe des Vormittags ereignet hatte.
Selenus hatte, wie es seine Art war, äußerst konzentriert zugehört, nickte nun, da Gaius geendet hatte, langsam und bedächtig. Dann sagte er:
»Gut. Darf ich eure Zusammenstellung einmal sehen?«
Er streckte seine feingliedrige Gelehrtenhand aus, und Gaius reichte ihm das Papyrosblatt. Selenus studierte es ohne eine Regung sehr lange, hob dann den Blick und sagte: »Ihr habt da einige Leute vergessen.«
»So? Wen denn?« fragte Cornificius.

»Den Consul Claudius Marcellus!«
»Waaas?« Sie starrten ihn an. »Ist das nicht ein bißchen, ein bißchen gewagt?«
»In diesen Zeiten ist nie etwas gewagt! Hier geht es für einige Leute stets um alles oder nichts! Laßt euch, beim Iupiter, doch nicht von einem guten alten Namen einschüchtern! In diesen verderbten Zeiten ist jederzeit mit jedem zu rechnen. – Und noch eins!« Er fixierte sie beide. »Ihr müßt den Kreis der Verdächtigen auf alle Konkurrenten von Polynices ausweiten.«
»*Per deos!* Bei allen Göttern!« rief Gaius. »Dann wächst die Zahl der möglichen Täter ja ins Unüberschaubare!«
»Das scheint nur so.«
Selenus lehnte sich zurück und schaukelte wieder langsam. Das Flechtwerk knisterte. Dabei betrachtete er seine Hände, stellte sie schließlich gegeneinander, stützte mit den Fingerspitzen das Kinn und fuhr fort: »Habe ich es denn bei euch mit Anfängern zu tun?« Da er dabei lächelte, spürten sie die wohlwollende Rüge. »Ist es denn nicht immer so, daß wir anfangs vor einer verwirrenden Zahl von Bösewichtern standen? Doch schon nach einigen grundlegenden Gedankengängen schieden dieser und jener aus dem Kreise aus. Denkt an die Geschichte mit Sextus Considius!«[42]
Er schwieg und schaukelte, hielt dann inne, indem er den Stuhl mit den Füßen abstützte, und erklärte: »Wir müssen uns natürlich auch mit Decius Vibellius und seinen Leuten befassen. Er ist ein Neuling in der Stadt. Er tritt, wie ihr sagtet, hier als unerfahrener und naiver Zugereister auf, der seinen Sohn unbedingt ins politische Getümmel stürzen will. Soll er! Soll er! Aber wer sagt uns denn, daß dieser Mann so ist, wie er auftritt? Was wissen wir denn von ihm? – *Nihil!* Nichts! Was wissen wir denn von seinem Sohn? *Nihil!* Noch etwas: Man muß ein Auge auf Lucius Valerius Flaccus, den *Dominus factionis* der Roten, haben.«
Den beiden war längst aufgefallen, daß Selenus in einem fort »wir« und »uns« sagte.
Gaius hätte ihn nie zu diesem frühen Zeitpunkt um seine Mitarbeit gebeten, denn Selenus hatte genügend für seinen Vater, den Patron, zu tun. Um so erfreuter war er über dieses, wenn auch versteckte Angebot zur Mitarbeit. Darum sagte Gaius ohne Umschweife: »Ich danke dir, daß du dich an unseren Untersuchungen beteiligen willst.«

»Aber ich bitte dich, Gaius! Du weißt, daß der Patron seinen gesamten inneren Stab abkommandiert hat, um dir bei der Erledigung deiner curulischen Aufgaben in jeder Beziehung behilflich zu sein.«
»Aber das hier...«, versuchte Gaius.
»Das hier?« lächelte Selenus. »Das scheint, wie ich sehe, wieder einmal ein sehr, sehr interessanter Fall zu werden. Also fangen wir an!«
Sie setzten sich um den runden kleinen Tisch in der Ecke und vervollständigten die Liste um alle eben genannten Namen. Dann machten sie sich daran, eine Strategie der weiteren Schritte zu erstellen.

10

Alexander und Archelaos schlenderten gemächlich den Vicus Longus abwärts.
»Kannst du nicht etwas schneller gehen?« meinte Archelaos.
»Wie? – Herhören! Große Dinge als solche mußt du immer gemächlich tun, sozusagen *stante pede,* stehenden Fußes!«
»Quatsch! Es heißt ganz anders: Große Dinge wachsen im stillen!«
»Wie? – Was willst du an sich damit sagen? Was soll dieser durchausige schreiende Unsinn? Hast du schon jemals hienieden große Dinge wachsen sehen? Im stillen? Im stillen wachsen sehen? Dinge?«
»So ist das doch nicht gemeint. Du mußt das nicht wörtlich nehmen. Große Dinge... das kann heißen: ein Kunstwerk, ein Buch, eine Schlacht.«
»Ich habe als solches noch nie ein Buch wachsen, geschweige denn im stillen! Und hast du in Gallien schon mal eine stille Schlacht als solche? Die Jungs sind dann meistens sehr laut, auch die gallischen. Die gerade! Hast du schon mal einen Gallier still vor sich hin wachsen sehen?«
Er kam herum, stellte sich vor Archelaos, starrte ihn mit weit aufgerissenen Augen an.
»Das mußt du dir doch mal vorstellen! Ein Gallier! Still vor sich hin! Was heißt einer? Alle! Wenn die wachsen, hörst du das bis nach Alexandria! – Lächerhaft! Still wachsen, so einfach als solches vor sich hin.«
Er ging wieder neben Archelaos und schüttelte den Kopf. »Überhaupt! Wenn du *ad hoc* gesagt hättest: gemächlich wachsen! Ja, dann! Große Dinge wachsen gemächlich vor sich hin! So wie ich, als ich noch kleiner war. Da wuchs ich gemächlich vor mich hin, daß es eine Freude war. Nicht wahr?«
»Für wen?«
»Wie?« Alexander hielt den Kopf schief und wog ab, ob diese Frage ironisch gemeint war.
»Herhören! Wenn du mich still beleidigen willst, kannst du haben!«
Er begann auf den Zehen zu tänzeln, die Fäuste in Angriffsstellung zu halten, und näherte sich allmählich Archelaos.
»*Per deos!* Hör auf!«
»Warum?«

»Weil ich dir bei Asconius ein neues Rezept, betreffend eine göttliche Erbsensuppe, versprochen habe.«
»Ehrlich?«
»*Certo.* – Sicher.«
»*Bene.* Kannst du nicht etwas schneller gehen?«
Archelaos mußte sich auf die Lippen beißen, um nicht laut aufzulachen.
»Dann komm! Aber erst noch einmal zum Esquilinus!«
Sie brauchten dazu nicht bis zum Forum zu gehen, sondern konnten den Weg abkürzen, indem sie den Vicus Longus nach links verließen und über den Viminalis schritten, dessen stille Straßen ohne viel Verkehr waren, so daß sie schnell vorankamen.
Das Treiben auf dem Forum Esquilinum hatte sich längst beruhigt; die Bauern und Händler hatten mit ihren Wagen, Karren, Ochsen oder Eseln schon längst die Stadt verlassen.
Den beiden fiel mit einemmal ein, daß sie bei ihrem ersten Hiersein nicht dazu gekommen waren, diesen Porcianus, der sich über die Esel des Asinius beschwert hatte, zu befragen. Da sie ja nun das Haus kannten, gingen sie zielsicher in diese Richtung – und stutzten: Vor dem Eingang des Hauses standen einige weinende Frauen beisammen, dazwischen sahen sie drei Kinder, und auch ein Mann wischte sich mehrmals über die Augen. Alexander ging auf die Gruppe zu.
»Es tut mir als solches leid, eure göttliche Trauer durchaus stören zu müssen...« Er verbeugte sich leicht, machte ein ebenfalls trauriges Gesicht, so daß die Leute spürten, er meinte es ernst.
»Was willst du?« fragte der Mann und musterte Alexander mürrisch und ungehalten. Alexander reckte sich und überragte somit die Anwesenden um Haupteslänge, was nun doch alle sichtbar beeindruckte.
»Herhören! Wohnt in diesem Häuschen der römische Bürger Porcianus als solcher?«
Der Mann starrte ihn eine Weile an, dann sagte er leise: »Ja. Er wohnte.«
»Aha. Aber wieso redest du Anbetracht dessen so, als ob er allhier wohnte, alldieweil er doch hier an sich wohnt?«
»Das kann ich dir sagen: Weil er tot ist.«
Hatten der Mann und die Frauen erwartet, daß diese Mitteilung Alexander nun doch aus der Fassung bringen würde, so wurden sie enttäuscht. Freilich konnten sie nicht wissen, daß Alexander schon so oft

dem Tod begegnet, ihn mindestens dreimal von Angesicht zu Angesicht gesehen und ihm ebensooft von der Schippe gesprungen war, daß eine Bemerkung wie »weil er tot ist« für ihn nur noch eine sachlich interessante Mitteilung darstellte – vorausgesetzt, er kannte den Verstorbenen nicht persönlich.
»Soso«, hieß es denn auch. »Wieso denn das? Er war doch sicher heute morgen noch sehr lebendig als solcher!«
»So ist es«, nickte der Mann, fügte aber mißtrauisch an: »Bist du ein Verwandter von ihm?«
»Ich? Wie kommst du an sich denn darauf? Alldieweil ich aus Theben stamme.«
»Ach, nur so. Weil Porcianus nämlich...«
»Ja?«
Der Mann blickte um sich, kam mit seinem Gesicht und somit natürlich auch mit seinem. Mund, der nach Knoblauch roch, ganz nahe und flüsterte: »Er ist ermordet worden.«
»Ach!« Nun rissen er und auch Archelaos die Augen auf.
»Ja.«
»Wann?«
»Wer will das wissen? Warum interessiert dich das?«
Er wurde wieder mißtrauisch.
Alexander klärte ihn auf: »Herhören! Weil ich und dieser edle Mann hier im Namen des Curulischen Aedilen! Verstanden!?«
»Wie? – Ja, sicher, aber...«
»Keine Fragen! Nur reden, wenn gefragt! Verstanden!?«
»*Certo!*« Hatte er, als er das sagte, Haltung angenommen?
»Dann führe mich und den edlen Archelaos zu ihm!«
Der Mann zögerte einen Augenblick, während er die vornehme und kostbare Kleidung der beiden begutachtete und schließlich zu dem Schluß kam, daß dieser Mensch zwar höchst sonderbar redete, daß er aber andererseits eine unwiderstehliche Autorität ausstrahlte und daß der zweite, kleinere, feingliedrigere einen höchst vornehmen Eindruck machte – kurz, daß es einem Curulischen Aedilen dieser Stadt sehr wohl anstehe, solche Männer in seinen Diensten zu haben, die weit über das Gewohnte und also Normale hinausragten.
»Folgt mir!«
Er ging voraus, zum Eingang, durch den Flur, die intakte Holztreppe

aufwärts bis zum zweiten Stockwerk, machte auf dem Podest halt und wartete, bis Alexander und Archelaos ihn erreicht hatten.
Bevor sie eintraten, sagte er leise: »Seid auf alles gefaßt!«
»Wir sind immer auf alles gefaßt. Archelaos!?«
»Leider, ja. Gehen wir!«
Die Wohnung bestand aus zwei Räumen. Der kleinere war Küche und Vorratskammer, der größere Wohn- und Schlafraum in einem. Der Boden, bestehend aus dicken Bohlen, war sehr sauber, ebenso die gekalkten Wände. Auf keinem der wenigen Regale, Truhen und Sitzgelegenheiten fand sich ein Stäubchen. Es war alles aufgeräumt und auffallend akkurat geordnet; nirgends zeigten sich Anzeichen dafür, daß hier Kinder wohnten, außer daß auf einem runden Tischchen ein speckig glänzendes, hölzernes Pferdchen auf Rädern stand, dessen Schnur, an der vorderen Achse in der Mitte befestigt, auf den Boden hing; das Ende war geknotet, um weiteres Splittern der Hanffasern zu verhindern.
Der Tote fand sich im zweiten, dem größeren Raum. Man hatte ihn auf der bettartigen Liege plaziert. Daneben saß auf einem Hocker eine schluchzende Frau, die sich ununterbrochen ihr Gesicht mit einem zerknüllten großen grauen Tuch abtupfte.
Alexander und Archelaos blieben nun doch betroffen stehen und warfen sich einen verständnisvollen Blick zu. Archelaos beugte sich zu dem Mann, der ebenfalls ergriffen neben ihnen stehengeblieben war und sich die eigenen Tränen aus den Augen wischte.
»Wer ist das?«
»Seine Schwester«, sagte er leise.
»Kannst du sie zur Seite bitten?«
»*Certo.*«
Er ging zu der Frau hin, beugte sich über sie und flüsterte ihr etwas zu, wiederholte es mehrmals, ehe sie begriff. Dann richtete er sich auf, warf den beiden einen entschuldigenden Blick zu und hob, um Verständnis bittend, beide Schultern. Die Volcatier nickten ihm zu. Nun nahm der Mann die Frau bei der Hand und nötigte sie, aufzustehen. Jetzt gehorchte sie, ließ nun alles mit sich machen, ließ sich aus dem Zimmer führen, in den Vorraum, und man hörte, wie der Mann sie dort einer anderen Frau – wohl einer Nachbarin – übergab, die sie mit in ihre Wohnung nahm.
Währenddessen waren Alexander und Archelaos an das Bett her-

angetreten und beugten sich über den Toten. Auf den ersten Blick war klar, daß er erwürgt worden war. Der Tote, dessen Kopf flach nach hinten lag, zeigte am Hals die Würgemale der Schnur, mit der er erdrosselt worden war. Die Schnur mußte sehr dünn gewesen sein, denn sie hatte tief die Haut eingeschnitten.
Die beiden richteten sich wieder auf, und Alexander fragte: »Wo hat man den Ehemaligen als solchen gefunden?«
Der Mann wandte sich um, zum Tisch hin, und sagte, während er auf den Stuhl mit Bastsitz wies: »Dort! Am Tisch!«
»Wie?«
»Tot.«
»Ach!« spottete Alexander.
»Wie? Ja, er war tot.«
»Herhören! Ich verlange stetige exakte Antworten als solche! Nun *ad hoc:* Wie fandest du ihn an sich? Antworte gemächlich *stante pede!«*
»Der edle Alexandros meint«, schaltete sich Archelaos ein, »in welcher körperlichen Haltung man ihn fand.«
»Er saß auf diesem Stuhl. Er saß auf dem Stuhl und war nach vorne geneigt. Sein Kopf lag auf der Tischplatte.«
»Mach es Anbetracht dessen durchaus als solches vor! Los! Bewegung!«
Der militärische Unterton schien in dem Mann Erinnerungen wachzurufen, denn er beeilte sich, das Verlangte zu demonstrieren.
»Sehr gut!« lobte Alexander. »Herhören! Hatte Porcianus Feinde?«
»Nein. Warum?«
»Das wollen wir ja wissen!« sagte Archelaos. »Wir stellen die Fragen, verstanden!«
»Selbstverständlich!« Sein Respekt vor der Obrigkeit schien ungeheuerlich zu sein.
»Na also!« fuhr Alexander fort. »Herhören! War dieser Mensch als solches verheiratet?«
»Nein.«
»Warum nicht?«
»Wie? – Was weiß ich...«
»Sorgte also seine Schwester für ihn, als er noch leibte und lebte?«
»Ja, die Schwester.«
»Wohnte sie auch Anbetracht dessen an sich bei ihm allhier?«
»Wie? – Nein.«

»Wo pflegt sie denn ihren Hausstand?«
»Wo sie ihren... Sie wohnt einige Häuser weiter auf der anderen Seite.«
»Ist sie verheiratet?«
»Jawohl!« Der Ton wurde immer militärischer.
»Sehr gut! Mit wem?« Er hatte die rechte Braue hochgezogen.
»Mit mir!«
»Aha!« Alexander ging um den Mann herum, prüfte kritisch seine Haltung, blieb dann vor ihm stehen und donnerte: »Name!«
»Fabius! Quintus Fabius!« Er stand stramm.
»Schöner Name! Archelaos!«
»Durchaus, ja, vornehm!«
»Schon mal gedient?«
»Jawohl!«
»Ausgezeichnet. Wo?«
»In Gallien!«
»Phantastisch!«
»Einheit!«
»Zehnte!«
»Nein!«
»Jawohl! Dritte Cohorte, erste Centurie, zweiter Manipel!«
»Entzückend! Archelaos?«
»Kaum zu fassen, ja. Lobenswert!«
»Rang?«
»Optio! Nach zwanzig Jahren Dienstzeit ausgeschieden!«
»Vorbildlich! Rom braucht solche Männer! Dissiplin!«
»Jawohl!« Er bebte vor strammer Geradheit bei jedem »Jawohl«.
»Ordnung!«
»Jawohl!«
»Sauberkeit!«
»Jawohl!«
Sie schienen völlig vergessen zu haben, daß sie sich nur drei Schritte neben einem Toten befanden, der auf eine sehr unnatürliche Weise auf den Weg in den Hades geschickt worden war. Aber das schien eben nur so, denn Alexander war einer jener seltenen Menschen, die nicht nur mehrere Dinge zur gleichen Zeit tun, sondern auch zwei verschiedene Gefühle im gleichen Augenblick hegen konnten. Plötzlich wechselte er den Ton.

»Das ist ja alles immer mal wieder höchst traurig.«
Sie blickten alle drei auf den Toten.
»Ich muß dich nun bitten«, fuhr Archelaos fort, »uns alles, was du über deinen Schwager weißt, zu sagen, denn jede Kleinigkeit kann von Bedeutung sein. Nicht wahr, Alexander?«
»Sicher. Je kleiner, um so bedeutiger!«
»Ich schlage vor, daß wir unser Gespräch woanders fortsetzen.«
Sie gingen in den Vorraum und schlossen die Türen.
Aus dem, was Fabius ihnen erzählte, ergab sich folgendes Bild: Porcianus, an sich ein friedlicher Mann und sehr beliebt in seinem Viertel, lebte seit Jahren im Streit mit Asinius. Der Grund war fast immer die nächtliche Ruhestörung, sei es, daß die Esel Lärm machten, sei es, daß nachts Wagen be- und entladen wurden; es habe darum schon des öfteren Zusammenstöße gegeben. Schließlich habe Porcianus sich entschlossen, beim Curulischen Aedilen Klage zu erheben, was dann ja auch geschehen war.
»Herhören! Das alles ist ja denn immer mal wieder durchaus kein Grund, dem lieben Porcianus so ein Schnürchen um den Hals zu legen. Nicht wahr, Archelaos?«
»Durchaus nicht. Ist übertrieben! Ja!«
»Daher also meine folgende Frage: Was weißt du als solcher ansonsten über diese übereifrigen Freunde des Porcianus?«
»Ich? – Nichts, Praefect!«
»Wie???« Alexander starrte überrascht den Archelaos an: Mit einer so ehrenvollen Titulatur war er noch nie angeredet worden. »Hervorragend!« wandte er sich wieder an den Mann. »Und nun berichte uns hübsch der Reihe nach, welche Dinge der Unsterbliche sonst noch getrieben hat, als er noch sterblich war!«
Nachdem Fabius den Sinn dieses Satzes endlich begriffen hatte, zählte er die verschiedensten Leute auf, mit denen Porcianus Kontakt gehabt hatte. Es waren Allerweltsleute wie Fabius selbst.
»Und? Sonst kannte er und hatte er Umgang keinen?«
»Wie? – Nein.«
»Warum nicht?«
»Wie? – Was weiß ich...«
»Denk nach! Jeder sonstige Spitzbube könnte als solcher wichtig! Viele Spitzbuben ergeben ein vollständiges Bild! Verstanden?«

»Jawohl!«
»Na also! Ich höre!«
»Ich kenne keinen.«
»Mann, du mußt doch wissen, alldieweil dein Schwager, als er noch sterblich, wohin er des Abends oder des Morgens schlich. War er denn bei niemandem dieser Spitzbuben als Client tätig?«
»Als Client?« Fabius überlegte. »Ich glaube, doch...«
»Soso, du glaubst. Wir möchten es auch. Archelaos!«
»Sicher. Es beruhigt.«
»Ja, er ging in der letzten Zeit jeden Morgen zu... zu... Ich weiß nicht, wie er... Er ging zu...« Er hielt die Hand an den Mund, zwinkerte und überlegte. »Ich hab's, Praefect!«
»Phantastisch!« lobte Alexander.
»Ja, er ging jeden Morgen zu diesem Zugereisten! Er wohnt auf der anderen Seite des Forum Esquilinum. Er heißt Decius Vibellius!«
»Nein!« rief Alexander.
»Aber ja doch!«
»Bist du deiner sicher?«
»Jawohl, Praefect!«
»Warum?«
»Wie? – Weil, weil er heute morgen auch dorthin gegangen ist.«
»Ach!«
»Ja. Ich traf ihn im Flur, als er ging.«
»Was machtest du als solcher zur Stunde der rosenfingrigen Morgenröte im Flure dieser Hütte?«
»Das gleiche...«
»Wie heißt dein Client, ich meine, dein Patron?«
»Laelius.«
»Was sagte er?«
»Laelius?«
»Nein, dein Schwager, als er noch sterblich war!«
»Nichts Besonderes. Die üblichen freundlichen Worte, die man sich am Morgen sagt, wenn man gut bekannt miteinander ist.«
»Verstehe. Seit wann ging er zu diesem Decius Vibellius?«
»Schon eine ganze Weile. Ich glaube, schon drei Monate.«
»Wurde er gut bezahlt?«
»Das weiß ich nicht. Wir sprachen nie über solche Dinge.«

»Warum nicht?«
»Wie? – Das tut man nicht. Verzeih, Praefect, aber du scheinst das Leben von uns kleinen Leuten falsch einzuschätzen.«
»Herhören! Ich schätze nie falsch ein! Kenne die lieben Kleinen besser, als ihnen lieb und teuer! Verstanden!«
»Jawohl, Praefect!«
»Na also. Wann kam er an sich zurück?«
»Das weiß ich nicht.«
»Warum nicht?«
»Wie? – Weil ich nicht hier war.«
»Warum nicht?«
»Wie? – Weil ich zu tun hatte.«
Alexander nickte, ging einige Schritte auf und ab. Dann sagte er: »Herhören!«
Der Mann nahm Haltung an.
»Du wirst mit niemandem darüber reden, was wir allhier besprochen! Auch nicht mit deiner göttlichen Gattin! Verstanden?!«
»Jawohl!«
»Du wirst mich ferner stets auf dem laufenden halten! Du findest mich oder den edlen Archelaos in unserm Hause der Volcatier am Palatin.«
»Selbstverständlich.« Er machte eine tiefe Verbeugung.
»Laß das! Bin nicht Iupiter! Herhören! Du wirst dich ohne Verzug an Stelle des nun Unsterblichen Porcianus als Client bei diesem Knaben namens Decius Vibellius täglich zur Zeit der rosenfingrigen Morgenröte melden. Allda wirst du die Ohren steifhalten, dergestalt wir von dir stetig erfahren, was sich dort zu dieser und jener Stunde vorgetragen. Hier! Das ist eine Anzahlung als solche! Geh sparsam damit um!« Er holte aus seinem Brustbeutel drei Goldstücke und gab sie dem Mann, so daß Archelaos sich vor Staunen nicht zu fassen wußte, hatte er doch solches noch nie erlebt.
»Aber das ist doch...«, stotterte Fabius. »Das... das...«
»Das ist eine kleine Anzahlung für deine durchausigen Dienste. Solltest du sie aber hintanstellen, sei gewiß, daß ich sie auf Denar[43] und As[44] zurückfordere! Haltung! Sauberkeit! Dissiplin! Rom braucht solche Männer! Wegtreten!«
Fabius hing an seinen Lippen, stand stramm, brüllte »Jawohl!« und

wäre sicherlich aus dem Zimmer stolziert, hätte Archelaos ihn nicht am Ärmel seiner Tunika festgehalten.
»Noch etwas, Freund!«
Fabius hielt inne, beugte sich dienstbereit vor, und Archelaos sagte: »Bring bitte diese beiden Knaben mit, wenn du zu uns kommst. Sie heißen Quintus Horatius und Marcus Atilius.«
Der Angeredete kannte beide, nickte und versprach, sie mitzubringen. Sie verabschiedeten sich und gingen. Fabius bestand diensteifrig darauf, sie bis nach unten zu begleiten.
Bevor sie sich trennten, sagte Archelaos leise zu ihm: »Und sei vorsichtig! Solltest du in eine gefährliche Lage geraten, benachrichtige uns sofort! Du kannst auf uns zählen.«
»Jawohl!« Aber ihm war nicht ganz wohl bei dieser Antwort. Dann betrachtete er noch einmal die Goldstücke und murmelte: »Beim Pluto! Soviel zahlt mir Laelius nicht in zwei Monaten!« Dann verstaute er das Geld in seinem Brustbeutel, rieb sich die Hände und ging nach oben.

11

Selenus hatte zusammen mit Gaius und Cornificius eine erweiterte Namensliste erstellt.
»Ich denke«, sagte Selenus abschließend, »wir müssen davon ausgehen, daß die vier Pferde in der Nähe von Rom untergestellt worden sind. Es würde auffallen, sie über weite Strecken zu befördern.«
In diesem Augenblick traten Alexander und Archelaos, wie immer ohne anzuklopfen, in die Bibliothek, grüßten militärisch und meldeten sich zurück.
Gaius, der ihren Gesichtern ansah, daß sie eine Geschichte loswerden wollten, sagte ermunternd: »Und?«
Alexander reckte sich und stellte mit tiefem Baß fest: »Ein toter Client an sich und ein ebensolcher Kläger!«
»Zwei Tote?« staunte Cornificius.
»Nein, einer!«
»Willst du das nicht erklären!?« befahl Gaius, und Alexander legte in Kürze dar, was sie erfahren hatten.
»Gute Arbeit!« lobte Cornificius, und Gaius meinte: »Ausgezeichnet!«
Die beiden blickten sich an und strahlten. »Na also!« brummte Alexander und fügte hinzu: »Herr! Ich werde von nun an täglichen Bericht von diesem Knaben des schönen Namens Fabius!«
»Gut.«
»Herr! Was hältst du davon, wenn wir diesem anderen Knaben hier im Hause eine kleine Tätigkeit als solche, dergestalt er Pferdeäpfel sammelt und als solche verkauft?«
»Davor sei Apollo!«
»Na, dann eben nicht...« Er ließ den Kopf hängen.
»Doch, mein Junge. Aber bitte keine Pferdeäpfel! Schick ihn, wenn du ihn wiedertriffst, herüber. Ich möchte ihn mir einmal ansehen.«
»Jawohl! Ansehen! Er hat's nötig. Archelaos?!«
»Sicher.«
»Gut«, schloß Gaius. »Fragt Melitta, ob sie was für euch hat. Bleibt für alle Fälle im Hause. Wegtreten!«
Sie standen stramm, grüßten und verließen den Raum.
Gaius, Cornificius und Selenus dachten über das nach, was die beiden berichtet hatten. Schließlich meinte Cornificius: »Wir sollten zunächst

versuchen, zwei Dinge zu klären. Erstens: ob einer von den Leuten des Asinius oder auch vom Personal der Roten einen Bart trägt. Zweitens: was dieser Titus Atilius, der erwachsene Bruder des jungen Marcus, für ein Mann ist.«

»Und natürlich«, ergänzte Gaius, »wie Decius Vibellius die Nachricht von der Ermordung eines seiner Clienten aufnimmt.«

»Da bringst du mich auf eine Idee«, fuhr Cornificius fort. »Was hältst du davon, wenn sich einer von den Unsrigen als Client um die freie Stelle des Porcianus bewirbt?«

»Das ist doch wohl nicht dein Ernst!« sagte Gaius. »Einer von uns?«

»Ich sagte, einer von den Unsrigen! Es müßte natürlich jemand sein, den die Vibellier nicht kennen.«

»An wen denkst du? Alexander kommt ja wohl für diese Rolle nicht in Frage. Er ist allmählich in der Stadt bekannt wie ein bunter Hund!«

»Wie wär's denn mit Archelaos? Soviel ich weiß, ist er noch nie im Hause des Vibellius gewesen. Man müßte natürlich auch den Fabius über den Sachverhalt informieren. So hätten wir gleich zwei Leute dort zur Verfügung.«

»Ich zögere noch.« Gaius sah zu Selenus und erwartete dessen Meinung dazu.

Der Grieche erklärte: »Archelaos ist Sklave und scheidet schon deswegen aus.«

»Kannst ihn doch in die Freiheit entlassen!« sagte Cornificius, zu Gaius gewandt.

Gaius nickte: »Das hatte ich ohnehin vor. Ein *Libertus* entwickelt größeren Eifer und ist noch loyaler. – Ich glaube auch nicht, daß er so bekannt ist wie Alexander, denn sie hatten bei den Vibelliern noch nichts zu erledigen. Im übrigen sollten wir denjenigen, der die Sache macht, in jedem Fall äußerlich verändern.«

Er ließ sofort den Menander kommen und beauftragte ihn mit den verschiedenen Gängen: zum Patron, der als *Pater familias,* als alleiniger und letztwilliger Herr, über den gesamten personalen, materiellen und immobilen Besitz der *Gens Volcatia,* des Volcatischen Geschlechts, die oberste Entscheidungsgewalt, die *Patria potestas,* die väterliche Machtvollkommenheit und familiäre Souveränität, besaß, aus einem Sklaven einen *Libertus,* einen Freigelassenen, zu machen; danach zum *Praetor urbanus,* damit alles für den offiziellen Akt der Freilassung vor Zeugen

bereitgestellt werden konnte. Unverzüglich machte sich Menander auf den Weg. Dann ließ Gaius den Archelaos kommen, und Alexander kam aus Gewohnheit gleich mit.
Wie üblich meldeten sie sich in strammer Haltung mit zum militärischen Gruß erhobener Rechter, ließen den Arm nach unten sausen und erwarteten den Auftrag.
»Herhören!« Gaius ließ wohlwollend den Blick von einem zum anderen wandern. Und da eine Weile nichts weiteres kam, ahnten sie Bedeutungsvolles und hingen an seinem Auge.
»Es gibt immer wieder Dinge, die zu ihrer Bewältigung gewisse Voraussetzungen erfordern. Das heißt konkret: Ich brauche einen Mann, der die Rolle eines Clienten im Hause eines gewissen Decius Vibellius spielt. Er darf dort nicht bekannt sein, sollte sich überhaupt sehr zurückhalten und nur alles genau beobachten und jede Neuigkeit nach hier melden. Wenn das Ganze auch letztlich eine Finte ist, müssen wir gewisse Regeln einhalten, die da heißen, daß ein Client nur von einem freien Mann gespielt werden kann, denn wir sind hier – auch wenn es manchmal so scheint – nicht im Theater!«
»In Ordnung, Herr!« nickte Alexander. »Du kannst dich da voll und ganz auf mich als solchen verlassen! Werde unbedingt die Voraussetzungen bewältigen!«
»Danke!« sagte Gaius sehr freundlich. »Aber du kommst nicht in Frage.«
»Wie?« Er glaubte, nicht recht gehört zu haben. »Bist du deiner als solcher sicher, Herr? Ich – nicht?«
»*Sic est.* – So ist es. Dich brauche ich in meiner unmittelbaren Nähe für besondere Aufträge.«
Das beruhigte ihn sichtlich. Er beugte sich vor, hielt den Kopf schief und fragte: »Kleiner Spähtrupp gefällig, Herr?«
»Das auch.«
»Na also.« Er schien vollends beruhigt, denn er rieb sich die Hände.
Gaius wandte sich an Archelaos und eröffnete ihm mit wenigen, wohlgesetzten Worten, was ihm bevorstehe, und als er ihm mitteilte, er werde ihm die Freiheit geben, da wurde das Gesicht des stillen Kilikiers zunächst blaß – doch dann schoß flammende Röte darüber, so sehr versetzte ihn das Gehörte in innere Bewegung.
Gaius fuhr sachlich fort: »Du wirst von nun an selbst für dich ver-

antwortlich sein. Ich werde dir, wie deinem Freunde Alexander, ein festes monatliches Gehalt auszahlen. Und ich stelle dir frei, einen eigenen Hausstand zu gründen. Platz ist in diesem Hause genügend.«
Nun strahlte Archelaos, denn diese Mitteilung, die ihm wie eine unverhoffte Gabe gütiger Götter aus bewölktem Himmel erschien, veränderte mit einem Schlage seine Lebensumstände. Dennoch wahrte er, wie immer, die äußere Form und hielt sich unter Kontrolle. Selenus, der ihn gerade deswegen mochte, nickte ihm sehr freundlich zu.
Endlich sagte Archelaos: »Ich danke dir, Herr, und ich werde mich bemühen, mich deines Vertrauens würdig zu erweisen.« Er verbeugte sich sehr tief.
Alexander aber ging auf ihn zu, griff ihn mit seinen mächtigen Pranken, umarmte ihn, daß man es knacken hörte, nahm dann seine Hände in die seinen und stellte grollend fest: »Herhören! Du wirst von nun an für dich selbst! Verstanden! Kann dir nicht immer zur Seite! Mußt von nun an deine göttlichen Sandalen selbst zumachen. Stelle dir durchaus frei, den Hausstand in diesem Hause... also *stante pede!* Große Dinge wachsen gemächlich. Weiter so! Haltung! Dissiplin! Wie sagte schon mein Großvater: *Quem di diligunt, adulescens moritur.* – Wen die Götter lieben, der stirbt jung.«
»Falsch!« rief Cornificius. »*Quos deus perdere vult, dementat prius.* – Die der Gott verderben will, schlägt er zuvor mit Wahnsinn. – Herzlichen Glückwunsch!« Er ging zu Archelaos und schüttelte ihm die Hand.
Ihm folgte Selenus: »*Fortes Fortuna adiuvat.* – Den Mutigen hilft das Glück!«
»Es reicht.« Gaius zog die Stirn in Falten. »Die Feierlichkeiten werden bis auf weiteres verschoben.«
Archelaos erhielt den Auftrag, sich mit Fabius, dem Schwager des ermordeten Porcianus, in Verbindung zu setzen und ihn hier ins Haus zu holen.
»Und ich?« fragte Alexander, den Kopf schief gehalten, die dunklen Kinderaugen weit offen.
»Du nimmst dir den Circus Maximus vor und hörst dich um.«
»Jawohl! Um! Und wenn ich einen verdächtigen Knaben finde...«
»Dann läßt du ihn hübsch verdächtig und kehrst um! Wegtreten!«
Nachdem die beiden das Haus verlassen hatten, musterte Alexander den Freund, preßte die Lippen aufeinander und dröhnte: »Wenn du

in diesem... in diesem neuen... in diesem neuen Abschnitt deines göttlichen Lebens einen Rat brauchst... Freiheit ist nämlich nicht einfach! Mußt nun alles alleine machen!«
»Nein!«
»Wie? Warum denn das?«
»Weil du mir hilfst!«
Sie blickten sich mannhaft ins Auge, hoben schlagartig die Rechte und grüßten.
»Alexander!«
»Archelaos!«
»Fertig machen!«
»Ich bin es!«
»Marsch!«
Und nach verschiedenen Seiten schritten sie davon, ohne sich noch einmal umzublicken. Nur Alexander murmelte etwas wie: »Donnerwetter! Wer hätte das... Na ja, immer noch besser frei und selbst auf sich aufpassen als für jeden Schritt um Erlaubnis! Freue mich für den Jungen! Hat es als solches verdient. Freigelassene Piraten sind selten. Mache mir nur Sorgen, ob er nun von diesem weiblichen Wesen eingefangen. Smyrna! Werde sie mir vornehmen! Werde ihr verbieten, den armen Jungen wieder in die Knechtschaft! Brauche jetzt auf keinen mehr Rücksicht zu nehmen. Na also!«
Mit großen Schritten eilte er zum Circus Maximus. Er tat so, als ob er jemand Bestimmten suchte, und fragte jeden, der ihm über den Weg lief, nach Titus Atilius. Sie kannten ihn alle, und aus der Art, wie sie von ihm redeten, schloß Alexander, daß Atilius, der ältere Bruder des Jungen beim Forum Esquilinum, ein sehr beliebter Mann sei. Doch gesehen hatte ihn an diesem Tage noch keiner. So fragte Alexander den Mann, der ihm zuletzt bereitwillig Auskunft gegeben hatte, weiter: »Herhören! Wo an welchem anderen Orte des Erdkreises könnte man den Meister der Wagen als solchen finden?«
»Wie? – Ja, wenn du mich fragst...«
»Ich frage!«
»...ja, dann am ehesten auf dem Gestüt.«
»Aha. Auf welchigem?«
»Wie? – Na, auf dem des Aurelius.«
»Aha.«

»Sicher.«

Dann fragte Alexander noch nach Polynices, doch der Mann wußte nicht, ob dieser heute nachmittag gekommen war. Alexander dankte und ging. Wie es seine Art war, wenn er mit Sonderaufträgen seines Herrn unterwegs war, erging er sich während des Gehens in Selbstgesprächen.

»Immerhin etwas, nicht wahr! Zwar nicht das vielste, aber immerhin! Dürfte den Herrn als solchen interessieren, daß dieser Atilius, nicht wahr! Schau an, schau an, also auch dieser Atilius! Na ja, muß ja nichts bedeuten an sich. Will ja auch leben, der Knabe. Baut ja nur Wagen wieder ganz, die die Jungs kaputtmachen. Wenn sie die nicht kaputtmachten, hätte er keine Arbeit. So haben die Götter an alles gedacht. Hervorragend, diese Götter! Steckt bestimmt wieder dieser Mercurius hinter! Mercurius! Ist mit allen Wassern! Läßt sich nie kleinkriegen, schon gar nicht von seinem Bruder Apollo. Dieser Apollo ist als solcher ja immer eingebildet, hält sich wohl für was Besseres als der Mercurius. Wenn ich Mercurius wäre, ließe ich mir das nicht an sich gefallen. Läßt sich das ja auch nicht gefallen! Hat ihm ja schon als Kind das... das... das Dingsda... diese komische Lyra oder Harfe geklaut. Feiner Junge, der Mercurius. Wenn ich Senator wäre, würde ich nur dem Mercurius opfern, nur dem Mercurius. Aber das haben die feinen Herren ja nicht nötig! Muß ja immer Iupiter sein! Nur Iu... Beim Mercurius!« Er hielt inne, denn er hatte das unbestimmte Empfinden, daß er beobachtet wurde.

»Weiß das. Immer wenn ich... Immer dann! In diesem hundsmiserablen Städtchen kann man keinen Schritt vor die Tür, und schon verfolgen einen die Furien!«

Er kannte das aus langer Erfahrung im Dienste seines Herrn C.V.T. Immer dann, wenn er einem Verbrecher auf der Spur war, fühlte er sich beobachtet.

»Erinnere mich noch an letzten Sommer: Da war es dieser Totengräber! Verkaufte Blumen und grub nach Toten!«[45]

Er blieb stehen und lauschte. Es ging schon gegen Abend; Straßen und Plätze leerten sich, und auch das Personal der verschiedenen Renngesellschaften beendete seine Arbeit und machte sich auf den Heimweg. Während er stand und die bekannten Geräusche um sich herum unterschied, den Geruch der Pferde aus den Ställen am Circus in der Nase hatte, wurde er sich mit einemmal bewußt, daß er sich an keinem anderen Orte des gesamten Erdkreises – Gallien inbegriffen – wohler fühlte als hier in dieser verrückten Stadt, in der die Gegensätze hart aufeinanderprallten. Er drehte sich um. Etwa hundert Schritte hinter ihm befand sich die Außenfront des Circus. Die Bogengänge lagen bereits in den langen Schatten der Abenddämmerung. Es war niemand zu sehen. – Oder doch? Huschte da nicht eine Gestalt wie ein Schatten hinter einen der Pfeiler?

»Sein gutes Recht! Huschen ist gesund! Besonders am Abend!«

Er drehte sich um und stapfte los. Er wollte einen kleinen Umweg machen, am Lokal des Carinnas vorbei. Es konnte sein, daß Polynices dort verkehrte, denn »Bei Carinnas« trafen sich fast alle Leute des Circus und der Arena. Vielleicht kam es daher, daß Carinnas selbst früher zur schlagenden Zunft gehört und im rechten Augenblick Schluß damit gemacht hatte, um sich eben in der Gegend beim Forum Boarium einzukaufen. Die Schenke hatte, wie alle diese Etablissements, keinen guten Ruf unter den Wohlsituierten – doch war dabei, wie immer gegenüber diesem Milieu, Heuchelei im Spiel, denn gerade Söhne aus den ältesten und reichsten Familien, die in der Öffentlichkeit allenthalben auf ihre durch die Jahrhunderte tradierte Reputation pochten, gerade deren Sprößlinge fand man zu mitternächtlicher Stunde in den Räumen dieses Lokals beim Spiel, beim Trinken und Essen, beim Schäkern mit zwielichtigen Schönen; ja, zu den Gästen gehörte auch Caelius Rufus, Sohn eines knauserigen Vaters, der immer mehr ausgab, als er gerade dabeihatte, und der seltsamerweise zum engen Freundeskreis um Marcus Tullius Cicero gehörte. Gleichen Alters wie C.V.T., hatte dieser schon manchen Strauß mit ihm gefochten, zuletzt beim »Skandal um Nausikaa«.[46]

Alexander machte sich also auf den Weg zur Schenke, und als er durch die enger werdenden Gassen in der Niederung zwischen Capitol, Palatinus und Aventinus ging, meinte er wiederum, hinter sich Schritte zu hören. Er beugte sich nach unten, tat so, als ob er sich die Sandalen binde, und blickte aus den Augenwinkeln zurück. Aber da war niemand.

»Hat sich wahrscheinlich in die Sandalen gepinkelt, so er meiner ansichtig... Geht nur, wenn ich gehe... also ein Doppelgänger! Sollte man durchaus verbieten, doppelt zu gehen!«

Und schon machte er kehrt und ging den Weg langsam zurück. Er schaute in jeden Winkel, in jeden Haus- oder Toreingang, näherte sich so dem Ende der Gasse. Die Dunkelheit war schon in die Nischen ge-

krochen, und er konnte, sosehr er sich auch anstrengte, keine menschliche Gestalt ausmachen.
Doch da sprang was aus dem vorletzten Eingang! Alexander rannte los, doch der Bursche war schneller. Der Sohn aus Theben gab's auf.
»Verdammt!« Er suchte sich zu erinnern, wie der Bursche aus der Nische schoß: Deutlich hatte er am unteren Ende seines Gesichtes etwas Dunkles gesehen. Ein Bart! »Na, wenigstens etwas! Paßt gut zu dem, was die Jungs am Esquilinum erzählten. Paßt gut ins Bild. Na also!«
Er ging den Weg zurück, überquerte die etwas breitere Straße, die vom Velabrum zum Viehmarkt, dem Forum Boarium, führte, ging die wenigen Schritte nach rechts und hatte den Eingang »Bei Carinnas« erreicht. Ein Mann, der an der Wand lehnte, grüßte auffallend freundlich, und Alexander knurrte: »Dasselbe! Glück und Segen! Und alle Strafen des Erdkreises!«
Er kannte die ganze Bande und wußte, daß er seit jener Geschichte vor einem Jahr, als er die Planung, Organisation und Durchführung der Gladiatorenkämpfe für C.V.T. zu regeln hatte, bei allen hier eine grandiose Respektsperson geworden war, und dies aus zwei Gründen: Carinnas, der Verbindungen zu allen möglichen Typen der römischen Unterwelt besaß, hatte ihn damals an Pittakos, einen Gladiatorenmeister, verwiesen, der sich gerade selbständig gemacht hatte; und Pittakos hatte mit ihm, Alexander, ein Geschäft abgeschlossen, das fast den Wert von einer Million Sesterzen umfaßte. Alexander galt seit damals als Mann von höchstem Einfluß und Vermögen, und alles, was da so an sonderbarem Reden und Gehabe von ihm ausging, war in jeder Beziehung zu respektieren. Besonders das Personal war angehalten worden, ihn wie den Abgesandten der unsterblichen Götter zu begrüßen, zu behandeln und zu verabschieden. Der zweite Grund aber war der entscheidendere: Die Geschichte vor einem Jahr war so ausgegangen, daß gewisse Leute eigentlich über die Klinge springen oder den Rest ihres Lebens als Rudersklaven hätten verbringen müssen. Doch war von seiten Alexanders und seines Herrn C.V.T. nichts in die Wege geleitet worden – aus Gründen, die wir hier nicht im einzelnen wiederholen wollen, da wir sie damals hinlänglich gegen Ende der Geschichte darlegten. Kurz, die Betroffenen hatten jedoch seit damals das unangenehme Gefühl im Nakken, zu jeder Zeit von C.V.T. oder seinem großen Alexandros, Sohn des Alexandros aus Theben, zur Rechenschaft gezogen zu werden, denn sie

konnten aus Gründen, die dem kundigen Leser der damaligen Ereignisse allzu bekannt sind, nicht davon ausgehen, daß die Volcatier über sie und ihr Tun und Treiben eine lebenslange Amnestie ausgesprochen hatten.

Mit der ihm eigenen Pfiffigkeit hatte Alexander sie in dieser Sache auch stets in der Schwebe gehalten, und eine Bemerkung wie »Ich würde an deiner Stelle als solche durchaus etwas vorsichtiger...« genügte vollkommen, um aus den durchtriebensten Burschen des Erdkreises leicht lenkbare Puppen zu machen, die ihm jeden Wunsch von den Lippen ablasen.

Alexander ging durch den kurzen Flur und betrat den vorderen Schankraum mit Thermopolium, mit der Bar aus Stein gemauert, in deren Vertiefungen warme Getränke auf Vorrat gehalten wurden. Der Bursche hinter dem Tresen kam sofort freundlich näher und begrüßte Alexander: »Ah! Der edle Alexandros! Womit kann ich dienen?«

»Indem du den Mund hältst und mir deinen Herrn durchaus zügig herbeiholst!« Er würdigte ihn keines Blickes.

»Selbstverständlich!« Der Bursche verbeugte sich.

»Na also.«

Alexander blickte sich um. Das Lokal war stark besucht. Viele waren des guten Essens wegen hier, denn Carinnas konnte es sich leisten, die besten Köche zu mieten oder zu kaufen. Doch die eigentlichen, die geheimen, die Millionengeschäfte wurden in den Hinterzimmern abgeschlossen, wie Alexander aus eigener Erfahrung wußte. Dort wurden Gladiatoren gekauft, vermietet, verramscht, verkuppelt, als ob es sich um Mehlsäcke am Tiberhafen beim Emporium handelte.

»Ah! Alexandros!« Mehr sagte Carinnas nicht, da er um die Empfindlichkeit Alexanders wußte. Überhaupt bemühte er sich um einen herzlichen Ton, verzog das Gesicht zu einem freundlichen Lächeln, was bei seinen von Schwerthieben zerhauenen Zügen jedoch mehr zu einer grinsenden Grimasse führte. Seit letztem Jahr hatte er wieder zwei Zähne weniger, woraus Alexander auf mindestens eine blutige Schlägerei mit der Truppe eines Konkurrenzunternehmens schloß.

»Möchtest du was essen?«

»Sofern du Anbetracht dessen eine göttliche Erbsensuppe!«

»Selbstverständlich!« Er winkte einen der bedienenden Sklaven heran und gab ihm leise den Auftrag. Ein anderer hatte einen Tisch frei zu machen. Die dort sitzenden Gäste wollten aufmucken, doch gab der Sklave ihnen mit Zeichen zu verstehen, sich den Gast anzuschauen, was sie auch taten – um dann ohne Widerrede den Platz zu räumen.

»Darf ich bitten!« Carinnas geleitete ihn selbst zu Tisch.

»Du gestattest?« Er putzte unsichtbare Krümel von der Platte.

»Setz dich!« brummte Alexander, und der Wirt leistete augenblicklich Folge.

»Du warst lange nicht hier«, begann Carinnas und blickte Alexander so offen an, wie ihm das möglich war.

»Hatte andere Sachen. War zwischendurch in Gallien. Habe einige dieser braunen possierlichen Tierchen gestreichelt. Sind nun viel zahmer, diese germanischen Bären.«

»Was? Auch in Germanien?«

»Wie? Sicher. Herhören!«

Carinnas, der diese typisch Alexandrinischen Gedankensprünge kannte, stellte sich geschickt auf sie ein und machte das erwartete neugierige Gesicht. Im übrigen war er tatsächlich sehr neugierig.

»Suche da einen dieser Rennknaben vom Circus. Heißt Polynices. Könnte schon mal hier gewesen sein.«

»Nein, ich habe ihn heute noch nicht gesehen.«

»Na, macht nichts. Und Atilius?«

»Auch nicht. – Aber weißt du, wer hier ist?«

»Bin kein Wahrsager! Spuck's aus!«

»Ein guter Freund von dir. Birria!«

Carinnas war aufgestanden. »Ich sag' ihm Bescheid.«

Er verließ den Schankraum und verschwand in dem Zimmer, in dem Alexander damals mit Pittakos verhandelt hatte. Kurze Zeit später trat durch den Türrahmen ein Kyklop von Mensch: Birria. Alexander erreichte, wenn er sich sehr senkrecht stellte – und das war ja sehr oft der Fall –, weit über sechs Fuß an Höhe, doch Birria konnte noch einige Fingerbreit drauflegen.

»Mensch, Alexandros! Junge! Beim Hercules! Gut siehst du aus!«

Birria war vor Alexander stehengeblieben, hatte die Arme ausgebreitet, und alles an ihm war Freude. Alexander stand auf, ging auf ihn zu, und sie umarmten sich.

Seit Alexander ihn einmal vor über zwei Jahren unter Lebensgefahr aus einem Knäuel von Angreifern bei einem der Bandenkämpfe zwischen

Publius Clodius und Milo herausgehauen, ihm so das Leben gerettet hatte, waren sie Freunde.[47] Und die Ereignisse vor einem Jahr hatten ihre Freundschaft noch vertieft.
»Herhören!« Alexander musterte ihn. »Dachte, du wärest als solcher längst außer Landes. Massilia! Alexandria! Pergamon! Lauter hübsche Städtchen rings um das mittlere Meer.«
»Junge, du weißt doch, daß ich hier gebunden bin. Habe fünf Kinder zu ernähren.«
»Was? Letztes Jahr waren's noch drei!«
»Sicher ... Aber dann kam sie mit Zwillingen danieder.«
»Ach! Ja, dann freu dich doch wie Iupiter über Castor und Pollux!«
»Tu' ich ja. Aber ich komm' hier nicht weg. Will ich auch nicht.«
»Keine Angst vor Schwierigkeiten? Wegen Milo?«
»Nein. Nicht mehr, seit Gaius Volcatius seine Hand über mich hält. Junge, hast du einen tollen Burschen zum Herrn!«
»Mein gutes Recht! Werde demnächst mal sehen, was sich auf dem Tusculanum machen läßt. Brauchen ständig neue Leute. Werde mit ihm reden. Hört auf mich. Tut, was ich sage.«
»Ehrlich?«
»*Certo*. Sicher. Herhören!«
Und nun berichtete er Birria in allen Einzelheiten, was er von der Entführung der vier Pferde wußte, erwähnte auch alle Namen der verdächtigen Personen, denn er war sich sicher, außer Gaius und Archelaos gab es nur einen Mann, dem er blind vertrauen würde: Birria!
Er hörte auch nicht mit dem Erzählen auf, als die Erbsensuppe kam – Birria nahm aus Gefälligkeit ebenfalls eine Portion zu sich –, und es dauerte eine halbe Stunde, ehe Alexander alles in allen Einzelheiten dem mit größtem Interesse lauschenden Freund erzählt hatte.
»Ich erwarte von dir«, schloß Alexander, »daß du als solcher stetig die Ohren und Augen steif! Alles über Polynices und Atilius sammeln, verstanden!«
»*Certo.*« Birria kam ganz nahe heran. »Habe da heute was gehört...«
»Ich höre!«
»Die Jungs wollen nicht an den Start gehen.«
»Welche?«
»Die andern. Die von den Blauen, Grünen und Weißen!«
»Nein! Beim Iupiter! *Deliras!* – Du redest irre!«

»Sehe ich so aus? – Also, die gehen nicht an den Start, bis die vier Pferde von Polynices wieder da sind.«
»Nette Jungs.«
»Kann man wohl sagen. Was!?«
»Von wem weißt du das?«
»Von Aelius Gutta. Fährt für die Blauen.«
»Nette Blaue!«
»*Certo*. Wird aber Ärger geben!«
»Du meinst... mit den Geldgebern!«
»*Certo*. Da stehen nicht nur große Summen auf dem Spiel. Wenn du mich fragst...«
»Ich frage!«
»...da geht es um hohe... um höchste...um höchste Politik!«
»Verstehe.« Er verstand gar nichts. Dann wechselte das Gespräch wieder ins Private, und weil sie sich lange Zeit nicht gesehen hatten, gab es immer wieder Neues zu erzählen. Es endete damit, daß Birria Alexander und Melitta zu sich einlud; und Alexander wiederum versprach, sich für ihn bei C.V.T. einzusetzen. Und natürlich würde Birria die Volcatier auf dem laufenden halten. Dann schieden sie voneinander, doch ließ Birria es sich nicht nehmen, den großen Alexander bis auf die Straße zu begleiten.
Dort gestand er dem Freund: »Wäre froh, aus dem Geschäft rauszukommen. Die Sitten werden immer rauher, die Geldgeber immer anspruchsvoller und eingebildeter.«
»Werde sehen, was sich machen läßt.«
»Kannst immer auf mich zählen. Weißt du! Immer!«
»Ich weiß es.«

12

Kurz nacheinander trafen in der letzten Stunde des hellen Tages im Hause am Palatin Marcus Atilius, der Junge, der im dritten Stock des Hauses von Asinius wohnte, und Fabius, der Schwager des ermordeten Porcianus, ein, die Archelaos beide aufgesucht und ins Haus gebeten hatte, was den beiden jedoch einem Befehl gleichkam.
Als der Junge im Atrium erschien, kam Gaius gerade aus der Bibliothek, denn Melitta hatte das Abendessen angekündigt. Beide blieben stehen und betrachteten sich neugierig: Gaius mit einem wohlwollenden, einladenden Lächeln, Marcus Atilius bescheiden, sich höflich verneigend, doch dann den Blick nicht vom Hausherrn lassend.
Da kam Hector wedelnd aus dem hinteren Teil des Hauses, näherte sich dem Jungen, beschnupperte ihn mit Interesse und ließ sich ohne weiteres von ihm hinter den Ohren kraulen, was Gaius nicht ohne Staunen zur Kenntnis nahm.
»Du magst Hunde?«
»Ja, Herr.«
»Bitte nenne mich nicht Herr! Ich bin Gaius Volcatius.«
Gaius ging auf ihn zu und fuhr fort: »Hast du einen Hund?«
»Nein, Volcatius.«[48]
»Na, kann ja noch kommen.«
Er reichte ihm die Hand.
»Wie ich höre, gehst du beim Grammatiker Orbilius Puppilus in die Schule.«
»Ja, aber nicht mehr lange.«
»Warum? Bist du fertig mit dem *Ludus?*«
Gaius sah, wie sich das Gesicht des Jungen rötete. Er fragte: »Ist es wegen deiner... deiner kranken Mutter?«
»Ja.«
Gaius trat neben ihn, legte ihm traulich einen Arm auf die Schulter und sagte, ihn ernst anblickend: »Habt ihr einen guten Arzt?«
Da ging es wie ein Ruck durch Marcus: Er blickte Gaius ernst an und stieß hervor: »Er ist ein Betrüger!«
»So?«
»Er mischt da alle möglichen Gifte zusammen, die nicht helfen, und

verlangt...« Er schwieg plötzlich. Er wollte nicht vom Geld reden. Er schämte sich.

Gaius bemerkte es sehr wohl und sagte: »Hör zu, mein Junge! Du schickst diesen Giftmischer, wenn er zum nächsten Besuch erscheint, zum Hades und sagst, er solle es nie wagen, wiederzukommen.«

»Ja, aber...«

»Ich werde dir unsern Arzt schicken. Athenodoros ist einer der besten. Mein Bruder verdankt ihm sein Leben. So, nun komm in die Bibliothek.«

Gaius gab dem Syphax, der beim Eingang zur Küche stand, ein Zeichen, und dieser führte Marcus Atilius in die Bibliothek.

Marcus öffnete staunend den Mund, als er die Fülle der Handschriften und Rollen auf den hintereinander gestellten Regalen sah. So viele Bücher auf einmal hatte er noch nicht gesehen, auch nicht so kostbar in Kästchen und Hülsen aus Ebenholz, Elfenbein oder gar Silberblech verpackte. Orbilius, sein Lehrer, besaß nur eine Standardausrüstung von alten, zerlesenen Rollen, die an den Rändern ausgefranst waren und deren Texte man nur lesen konnte, wenn man sie ohnehin auswendig wußte, denn die Wörter selbst waren vom Tasten der Finger so ausradiert, von Fett- und Tintenflecken so beschmutzt, daß es einem Ratespiel gleichgekommen wäre, sie zu entziffern. Dennoch machte Orbilius viel her mit ihnen, erzählte, daß und wie er sie mit viel Mühe erstanden hatte, daß sie die Weisheit des Erdkreises enthielten und daß sie, seine Schüler – bei Strafe mit der Rute auf den nackten Hintern –, damit so vorsichtig umgehen sollten, wie sie es verdienten, da sie das schriftliche Gedächtnis der Menschen früherer Zeiten seien.

Stumm vor Ehrfurcht und Staunen ging Marcus mit kleinen Schritten an den Regalen entlang und bemerkte nicht, daß Gaius den Raum betreten hatte und ihn beobachtete. Erst als Gaius mit drei Schritten auf ein Regal zuging, eine Rolle aus einem Kasten nahm, fuhr Marcus herum. Gaius reichte ihm den Text, hielt ihm die erste Spalte des Anfangs hin und bat ihn, zu lesen.

Auf der Stelle begann Marcus mit wohltönender heller Stimme: »*Est interdum praestare mercaturis rem quaerere...* Mag sein, daß es manchmal besser ist, durch Handel nach Vermögen zu streben, wenn es nicht so gefährlich wäre, und ebenso, Wucher zu treiben, wenn es nur ehrenhaft wäre. Unsere Voreltern haben es so gehalten und so in den Gesetzen verordnet, daß ein Dieb ums Doppelte, der Wucherer ums Vierfache gestraft werde. Als einen wieviel schlechteren Bürger sie den Wucherer ansahen als den Dieb, läßt sich hieraus ermessen. Und einen rechten Mann...«

»Danke!« rief Gaius. »Das genügt. Du liest hervorragend. Weißt du auch, was das für ein Text ist?«

»Ja, Volcatius. Das ist die *Praefatio,* die Vorrede zu Cato des Älteren Buch *Vom Landbau.*«

»Habt ihr das im Unterricht gelesen?«

»Nein.«

»Wie denn?«

»Wenn wir fertig sind... Also, ich meine, die schnelleren Schüler, wenn die fertig sind mit Schreiben, dürfen... Orbilius hat nämlich einige Rollen auf der Fensterbank liegen...«

»Verstehe. – Sag mal...« Gaius betrachtete den Knaben genau, sah die wachen hellblauen Augen, den blonden Schopf, die fein geschnittene gerade Nase, den Mund, der die Mitte hielt zwischen kindlich weicher Linie der Oberlippe und energisch horizontaler Unterlippe, darunter ein Kinn, das, ohne brutal zu wirken, späteres Durchsetzungsvermögen andeutete. Am meisten imponierte Gaius dieser offene Blick, der zugleich ein verletzliches Inneres ahnen ließ; über allem jedoch lag eine schemenhafte Trauer, so als ob der Knabe mit seinen wenigen Jahren bereits alles Elend des Erdkreises kennengelernt habe, darüber aber nicht sprechen wolle, weil es zu nichts führe.

»Sag mal...« Er nahm den Arm von des Jungen Schulter. »Mir scheint, du kannst bei Orbilius nicht mehr viel lernen.«

Marcus schwieg dazu, und das faßte Gaius als Bestätigung auf.

»Was hältst du davon, wenn du mehrmals in der Woche hier in mein Haus kämest und von einem besseren Lehrer unterrichtet wirst. Selbstverständlich wirst du all diese Bücher lesen und studieren dürfen.« Er wies mit der Hand durch den Raum. »Na? Was sagst du?«

Marcus schluckte: »Ich... wir... Volcatius, das kann ich nicht bezahlen!«

Gaius lachte kurz auf. »Wer hat denn was von Bezahlung gesagt? Also, kommst du?«

Wieder schoß dem Jungen die Röte ins Gesicht, doch diesmal vor Freude und übergroßem Glück. Aber auch jetzt wahrte er die Form, verbeugte sich und sagte: »Ich danke dir für die Güte, Gaius Volcatius.«

»Fein. Ich werde dir morgen einen Plan schicken, aus dem hervorgeht, wann du kommen kannst.«
In diesem Augenblick kam Archelaos mit Fabius durch die Tür. Fabius wußte vor Verlegenheit nicht, was er tun sollte, zupfte sich am Ohr, kratzte sich kurz am Hals, verbeugte sich fast bis zum Boden und knetete, als er wieder geradestand, in einem fort seine Hände. Gaius sah es, bemerkte aber auch, daß Marcus Atilius es sah und es verabscheute.
»Fabius!« stellte Archelaos vor, und Fabius verbeugte sich noch einmal. Gaius ließ Fabius und auch Marcus noch einmal kurz ihre Beobachtungen referieren, doch ergab sich nichts Neues. Dann teilte er dem Fabius seinen Plan mit, den Archelaos als Client in das Haus des Vibellius zu bringen.
»Ich selbst werde mich gleich morgen früh dort umsehen, um mir ein eigenes Bild zu machen.«
Fabius dienerte wieder und sagte: »Aber was ist, Herr, wenn die Sache nicht... ich meine, wenn er mich nicht als Clienten annimmt?«
»Darüber mach dir keine Sorgen. Das erledigt noch heute abend Alexander.«
»Du bist sehr gütig, Herr.« Eine weitere Verbeugung folgte. Gaius warf Marcus einen kurzen Blick zu, und wieder sah er dessen Abscheu vor so viel devoter Kriecherei.
»Gut. Du kannst dich morgen früh bei Vibellius als Client melden. Nun geh!«
Fabius verbeugte sich mehrmals und ging, halb rückwärts, aus dem Raume.
»Nun zu dir!« Gaius' Ton war nun sehr sachlich, und Marcus Atilius erwartete mit Spannung seine Aufgabe.
»Herhören!« Zunächst erschrak er, doch dann nahm er es als Zeichen seiner Einbeziehung in die Pläne und Ziele des Curulischen Aedilen zur Kenntnis. Horatius Flaccus würde das alles kaum glauben, wenn er ihm davon berichtete.
»Du wirst dich gleich morgen früh bei Orbilius Puppilus krank melden. Das kann dein Freund Flaccus erledigen.«
Marcus nickte.
»Dann hältst du den Tag über das ganze Viertel im Auge. Frage auch Freunde unauffällig aus. Aber behalte die Sache für dich. Du siehst, ich vertraue dir.«

Marcus erwiderte mannhaft den Blick des Aedilen; er war sich der Bedeutung des Auftrages bewußt. Und Gaius vermied es, den Enthusiasmus des Jungen mit irgendeiner schelmischen Bemerkung zu verwässern. Diese Haltung gefiel ihm. Er selbst, so meinte er sich zu erinnern, war einmal ähnlich gewesen.

»Gut«, schloß Gaius. »Solltest du irgend etwas Verdächtiges sehen oder hören, wirst du es auf dem schnellsten Wege nach hier melden.«

Marcus nickte eifrig.

Gaius fuhr fort: »So. Und nun begleitet dich Syphax zum Hause des Athenodoros. Du mußt dem Arzt den Weg zu eurer Wohnung zeigen.«

»Verzeih, Volcatius, aber...«

»Ja?«

»Ich weiß nicht, wie ich das alles verdient habe.«

»Ich auch nicht«, lachte Gaius. »Kannst es dir nachträglich verdienen mit Fleiß, Ordnung – und Phantasie! Nun geh! Es ist einiges zu tun.«

Marcus verbeugte sich kurz und zackig und verließ zusammen mit Syphax das Haus. Er war überglücklich. Er hätte dem Syphax am liebsten davon erzählt. Aber der würde es wohl nicht verstehen. Er mußte warten, bis er bei seiner Mutter war. Sie verstand ihn. Es war etwas geschehen, was er sich in seinen kühnsten Träumen nicht zu erhoffen gewagt hätte. Er würde von nun an in einem der vornehmsten Häuser der Stadt ein- und ausgehen, als ob er zur Familie gehörte – nun, das gerade zwar nicht, aber es erweckte immerhin diesen Eindruck. Er war gespannt auf seinen neuen Lehrer, denn von ihm hatte Gaius Volcatius nicht gesprochen. Hoffentlich war er nicht so hart, so unzugänglich, so überkorrekt wie Orbilius, der ihm schon einmal mit der Rute die Finger blutig geschlagen hatte, nur weil er mit der Feder unabsichtlich einen Klecks auf das Papyrosblatt gemacht hatte.

So ging er, mit allerlei drängenden Gedanken über die noch ungewisse Zukunft, still neben Syphax her, und es kam ihm vor, als sei es nicht wirklich.

13

Nach dem Abendessen erschien Alexander und teilte die Neuigkeit mit, die er von Birria erfahren hatte.
»Nicht uninteressant«, meinte Gaius.
»Wie?« rief Alexander. »Nicht uninteressant? Das... das ist... das ist doch in den letzten fünf Jahrhunderten als solches noch nie, daß die Jungs vorhaben, gemeinsam keine Rennen, also nicht zu fahren. Herr! Das ist doch un-ge-heuer-lich!«
»*Sic est*«, sagte Gaius trocken, und Alexander ließ Kopf, Schultern und Arme hängen.
»Na, dann eben nicht. Wenn man in diesem Hause nicht seine Meinung als solche, dann kann man ja...« Den Rest murmelte er unhörbar vor sich hin. Dann ging er in der bekannten Haltung eines total gebrochenen Mannes zur Tür.
»Alexander!«
»Zu Diensten, Herr!« Aber er sagte es weinerlich. Er drehte sich um und erwartete in gebeugter Haltung den Befehl. Gaius und Cornificius, der vor kurzem eingetroffen war, nachdem er einige Erledigungen hinter sich gebracht hatte, warfen sich mit zusammengekniffenen Lippen einen verständnisvollen Blick zu: Das war also das Neueste! Weinerlich!
»Herhören! Du begibst dich auf der Stelle zu Decius Vibellius. Du trittst als mein Stellvertreter auf. Du wirst dem Mann einen gewissen Dion ans Herz legen. Dieser Dion alias Archelaos wird ab morgen früh zu Vibellius als Client kommen, als Nachfolger des verstorbenen Porcianus. Du schilderst ihn als braven, zuverlässigen Clienten, der bisher einem meiner Freunde treu gedient hat. Doch dieser, mein Freund, wird das Land für einige Zeit verlassen und in den Osten des mittleren Meeres fahren, so daß er sich diesen Sommer über nicht so um seine Clienten kümmern kann, wie es ihnen zustünde. Denk daran, du redest in meinem Namen. Haltung! Rückgrat! Disziplin!«
Schon während dieser Ansprache war Alexander gewachsen, und bei den letzten drei Wörtern erreichte seine stramme Geradheit ohne weiteres die der Halbsäulen an den Wänden des *Tricliniums*, des Speisezimmers.
»Wiederhole den Auftrag!«
Alle blickten gespannt hin, und dann begann es: »Herhören! Decius

Vibellius alias Dion! Mit Herz! Client verstorben! Hat das Land verlassen zum Hades! Mittlerer Osten! Ich rede! Haltung! Dissiplin! Rückgrat!«
»*Bene!*« nickte Gaius. »Sehr korrekt! Wegtreten!«
Zack! flog die Rechte... na, das brauchen wir nicht zu wiederholen. Aber Gaius rief ihm noch nach: »Nimm die Hunde mit!«

Die Straßen waren dunkel. Darum hatte Alexander auch den Micipsa und den Syphax mitgenommen, die jeder eine einigermaßen hell leuchtende Laterne mit sich führten. Er selbst trug kein Licht, hatte sich dafür aber in angemessener Weise bewaffnet: mit seinem Kurzschwert, das er in Gallien nach Alesia[49] auf dem Schlachtfeld aufgelesen hatte und nun peinlich in Ordnung hielt; außerdem steckte im Gürtel noch ein rasiermesserscharfer und sehr spitzer Dolch. Doch würde er bei Nacht von den Waffen nur im äußersten Notfall Gebrauch machen, denn im Nu konnte einer dieser möglichen Dunkelmänner Verstärkung aus umliegenden Häusern oder Kneipen holen, wie er es schon mehrmals erlebt hatte. Angst kannte er nicht, aber er wollte keinen Ärger und suchte ihn deshalb zu vermeiden.
Zügig schritten sie voran. Vom Forum her leuchtete das Feuer des Vestatempels durch die offene Dachrotunde schwach gegen den Himmel. Dann bogen sie ins Argiletum ein, kamen auf dieser breiteren Straße zügig voran und erreichten eine Viertelstunde nach ihrem Aufbruch unbehelligt das Forum Esquilinum. Von der Porta Esquilina her hörten sie die Schritte der Posten am Tor und sahen einen Schimmer ihrer irgendwo an einer Wand hängenden Lampe. Wenn man sich in dieser Gegend nicht auskannte, würde man sich schon am Tage verlaufen.
»Herr!« flüsterte Micipsa, und es klang sehr kleinlaut.
»Was is'n?« brummte Alexander.
»Kennst du dich hier noch aus?«
»Herhören! Kenne mich in diesem lausigen Städtchen aus wie in der Küche meiner Frau Melitta. Es besteht folglich überhaupt kein Anlaß, sich in die Sandalen zu pinkeln. Verstanden!?«
»Jawohl.«
»Na also.«
Wie beim Caelius, so befanden sich auch hier die Häuser der Reichen und Adligen im allgemeinen oben auf dem Hügel, während sich die

einfacheren Wohnviertel der Bedürftigen am Abhang und in den sehr viel ungesunderen Niederungen drängten. Besonders in den warmen, bisweilen feuchtheißen Wochen der Hundstage konnte man es in den engen Gassen nicht aushalten vor Schwüle; dann durchzogen Myriaden von Mücken die Senken und trugen das Sumpffieber von Haus zu Haus, und die Kindersterblichkeit schnellte in diesen Tagen und Wochen steil in die Höhe.

Doch jetzt, im April, konnte man es hier aushalten, und vielen waren es die angenehmsten Tage des Jahres.

Sie bogen nach links in jene Straße ein, auf deren rechter Seite das Haus des Vibellius lag. Es ging zunächst aufwärts. Alexander blieb immer wieder stehen, gab den beiden Sklaven zu verstehen, ebenfalls anzuhalten, und dann lauschten sie eine Weile und beobachteten die Hunde. Man konnte nie wissen. Schließlich erreichten sie das gesuchte Haus.

Syphax ging zur Tür und bewegte dreimal sehr kräftig den Türklopfer. Es regte sich nichts, und Syphax blickte sich fragend nach Alexander um. Der gab ihm durch Kopfnicken zu verstehen, es nochmals, nun stärker, zu versuchen. Syphax wiederholte die Schläge, und sie hallten aufdringlich durch die abendliche Stille. Er wollte es ein drittes Mal versuchen, als sich drinnen Schritte näherten. Riegel wurden geschoben, ein hölzerner Querbalken entfernt, ein Schlüssel im Schloß gedreht, und dann öffnete sich oben eine Luke, in deren Viereck das Gesicht eines bärtigen Mannes erschien.

»Was soll der Lärm? Verrückt geworden – oder? Wißt ihr, wie spät es ist?!«

Eingedenk der Ermahnungen von Gaius trat Alexander vor und sagte kernig, doch nach seiner Meinung höflich: »Herhören! Komme im alleinigen Auftrag und Befehl des Curulischen Aedilen Gaius Volcatius Tullus. Habe wichtige Dinge!«

Der Bärtige schien zu überlegen. Er blickte in das Licht der Laterne und zwinkerte.

»Was gibt's da zu überlegen!« stellte Alexander fest. »Scheinst schlecht zu hören, mein Junge. Kenne da einen guten Arzt, Athenodoros, behandelt vorzugsweise schlechte Ohren und steife Finger, die keine Tür mehr öffnen.«

Plötzlich wurde Alexanders Stimme sehr scharf: »Herhören! Öffnen! Oder ich werde dafür sorgen, daß du den Rest deines erbärmlichen

Lebens bei den Kimmerern am finsteren Nordmeer! Allda hüpfen sie auf einer Stange durch die Gegend, dergestalt sie nur ein Bein haben. Kannst ihnen dabei helfen.«
Man sah, wie der Bärtige schon die Lippen zusammenpreßte und sich für eine scharfe Entgegnung bereitmachte, als man hinter ihm Schritte hörte. Bald darauf erklang eine weibliche Stimme. »Was ist denn da los? Derkylos! Was bedeutet der Lärm? Warum sprichst du denn so laut?«
Derkylos schien hier der *Ostiarius,* der Türöffner und Pförtner, zu sein. Auf eine weitere Frage der Frau erklärte er ihr, wer da draußen stehe und was dieser wolle.
»Na, dann bitte ihn doch herein!«
»Ja, Herrin!«
Die Luke wurde geschlossen, ein letzter Riegel gezogen, und dann ging die Tür mit beiden Flügeln nach innen auf. Vor den Besuchern stand eine junge Frau von vielleicht fünfundzwanzig Jahren. Alexander bemerkte, wie sie gekonnt ein freundliches, doch kaltes Lächeln aufsetzte und sie dann mit der Hand ins Haus bat. Sie ging ihnen durch den Flur voraus ins Atrium. An jeder Seite hingen zwei Öllampen am Deckengebälk und gaben dem offenen Viereck den Anschein einer anheimelnden Wärme.
Sie drehte sich um und gab dem *Ostiarius* mit der Hand ein Zeichen, sich zu entfernen. Derkylos verbeugte sich und ging. Alexander erwiderte selbstsicher, wach und kritisch den Blick der Dame; er sah die raffinierte Art, sich zu schminken, bemerkte besonders das ägyptische Augengrün, das mit großem Raffinement aufgetragen war; sogar der dunkle Strich am Ende der Augen, wie ihn Ägypterinnen trugen, fehlte nicht.
Sie wiederum bemerkte schon nach wenigen Augenblicken, daß sie diesen hünenhaften, starken und sehr aufrecht stehenden Mann, der sie um Haupteslänge überragte, in keiner Weise mit ihren weiblichen Reizen zu beeindrucken vermochte, denn seine Augen ruhten auf ihrem Gesicht wie auf einer Ware, die zu begutachten, zu schätzen und zu verwerfen war, wenn es die Sache anderswo in erheblich besserer Qualität gab. Einem solchen Mann war sie noch nie begegnet, und das verunsicherte sie. Doch blieb dieses Lächeln auf ihren Lippen, als sie sagte: »Ja? – Was hast du zu sagen?«
Er schwieg, denn er ließ seinen Blick mit sachlicher Neugier an ihr

hinab gleiten, bis zum Boden, und er konnte sich sehr gut vorstellen, daß sie ihre bestimmt sehr gepflegten Zehennägel rot oder sonstwie gefärbt hatte. Ihr wurde allmählich unheimlich, doch dann hieß es: »Herhören!«

Sie erschrak und wollte auf der Stelle mit einer scharfen Erwiderung reagieren; doch dann sah sie einen kurzen Augenblick lang dieses Kindliche in seinem Blick, in seinen großen schwarzen Augen, und sie behielt das Lächeln bei, tat nun sehr interessiert.

»Ja... Ich höre...«

Alexander war aufgefallen, daß sie überhaupt keine Notiz von den beiden Hunden genommen hatte, die sich rechts und links neben Alexander auf den Boden gelegt hatten, hechelten und gelangweilt um sich blickten.

»Ich habe durchaus Botschaft für den Herrn und Besitzer dieser Hütte.«

»Er ist nicht im Hause.«

»Warum?«

»Wie?« Wieder sah sie diesen ruhigen, teilnahmslosen Blick auf sich gerichtet, und sie erklärte geduldig: »Weil er mit Ennia, seiner Frau und Herrin dieses Hauses, zu einem Besuch bei Freunden in der Stadt ist.«

»Aha.« Er stellte es als eine durchaus unmögliche, ja gefährliche Tatsache fest, und sie wurde erneut verwirrt.

»Herhören! Wer ist während der Abwesenheit des Hausherrn, ich meine, wer tritt für ihn... als Vertreter, du verstehst?!«

Sie lächelte wieder, doch diesmal amüsiert.

»Ich verstehe.«

»Und?«

»Ich.«

»Aha!«

»Ja.«

»Warum?«

»Wie? – Weil ich die Tochter bin und mein Bruder Aulus ebenfalls nicht im Hause ist.«

»Name!«

»Wie?« Das Lächeln schwand. »Vibellia.«

»Schöner Name!« Beinahe wäre nun das übliche *Schon mal gedient?*

gefolgt, doch nahm er im letzten Augenblick aus verständlichen Gründen davon Abstand, murmelte statt dessen fast unhörbar: »Wir dienen alle!« und fuhr fort: »Anbetracht dessen habe ich vor, meine Botschaft an dich weiterzu... du verstehst!«
Sie nickte.
»Herhören! Morgen früh wird ein gewisser Mensch namens Dion allhier! Er vertritt den Verstorbenen! Mein Herr hat einen zweifellosen Freund, der das Land verlassen. Kann sich nicht um seine Clienten kümmern. Mein Herr, der Curulische Aedil Gaius Volcatius Tullus, erwartet prompte Ausführung! Haltung! Dissiplin! Verstanden?!«
Sie versuchte es, nickte dabei, fragte aber zur Sicherheit noch einmal nach: »Morgen früh wird also ein Mann namens Dion kommen, der als Nachfolger des verstorbenen Porcianus zur Clientel meines Vaters gehören wird?«
»*Ita'st!* Noch Fragen?«
»Nein, durchaus nicht. Ich werde es meinem Vater ausrichten.«
»*Bene.* Melde ihm zur gleichen Zeit, daß mein Herr ihn in eigener Person ebenfalls zu gegebener Zeit morgen früh aufsucht. Ende!«
Er verbeugte sich zackig, machte kehrt, die Hunde erhoben sich, und er tat so, als ob er ginge, doch dann wandte er sich unvermittelt um und sah, wie Vibellia dem Ostiarius zublinzelte. Er kannte das. Er wußte, daß Fremde ihn stets unterschätzten, und genau das war bei solchen Auftritten seine Absicht. Hier war es ihm wieder einmal prächtig gelungen. Doch dann winkte er den Pförtner zu sich und musterte ihn, besonders seinen Bart.
»Herhören! Schon mal in Gallien gedient?«
»Nein, ich hatte dazu noch nicht die...«
»Aha! Könntest da auch nicht ungestraft länger als zwei Stunden hinbringen. Dann kämen nämlich die Jungs und würden dich mit dem Schwert rasieren. Mögen nämlich Bärte nicht. Caesar auch nicht! Wegtreten!«
Währenddessen hatte er wie unbeabsichtigt den Bart berührt und an der Seite an einigen Haaren gezogen. Doch sie waren echt.
»Na also«, brummte er und ging, gefolgt von den Hunden und den beiden Sklaven, ohne ein weiteres Wort aus dem Hause.
Vibellia aber blickte ihm eine ganze Weile nach, und als dann Derkylos zurückkam und sagte: »Verzeih, Herrin! Aber ist dieser Mensch nicht

ganz...« – er wies mit dem Zeigefinger auf die Stirn –, da entgegnete Vibellia: »Darüber steht dir kein Urteil zu!«
Erstaunt zog sich der Pförtner in seine Kammer neben dem Eingang zurück und flocht weiter an einem Weidenkorb.
»Na ja, wenigstens etwas...«, murmelte Alexander, als sie wieder auf der Straße waren und schon in Richtung Porta Esquilina gingen. Die Gasse war eng und ohne ihre Lampen absolut dunkel. Doch das schien nur so, denn bei einem Blick zum Himmel erkannte Alexander einige Sternbilder, sah auch die Mondsichel über dem Capitol. Sie zeigte zunehmenden Mond an. »Na, wenigstens etwas«, murmelte er erneut, denn er freute sich immer, wenn der Mond zunahm, während dessen Schrumpfen in ihm immer wieder ein seltsam bedrückendes Gefühl weckte. Er sollte mit Gaius einmal darüber reden, vielleicht hatte der ähnliche Gefühle gegenüber dem Ab- und Zunehmen des Mondes.

Sie blieben dicht beisammen und hielten die Hunde an kurzer Leine. Alexander führte den Aiax, Syphax den Hector, dem er von Anfang an sehr zugetan war. Alexander wußte, die Hunde würden ihnen auf der Stelle melden, falls sie Witterung einer oder mehrerer Personen in der Nase hätten.
»Der Knabe hatte also zweifellos einen echten Bart«, redete er mit sich selbst, »außerdem hat er seiner Herrin hinter meinem Rücken zugezwinkert! Frechheit! Aber durchaus von mir so geplant, dergestalt er prompt darauf gefallen! Na also.«
Seine beiden Begleiter, die Numider aus Nordafrica, die Gaius auf Alexanders Vorschlag und Wunsch letzten Herbst aus Pompeii mit nach Norden genommen hatte,[50] diese beiden schwiegen zu dem, was sie hörten, denn sie kannten das nun schon aus langer Gewohnheit, wenn sie mit Alexander unterwegs waren. Und sie stießen sich auch nicht mehr an wie vor Monaten, denn mittlerweile war es auch ihnen eine Selbstverständlichkeit geworden, daß Alexandros, Sohn des Alexandros aus Theben, wenn er sich intensiv mit einer komplizierten Sache als solcher befaßte, stets beim Gehen vor sich hin redete. Und da er, obwohl er meinte, sehr leise zu sprechen, durchaus mit der Lautstärke eines normal redenden Mannes diese Sätze von sich gab, wurden sie so Zeuge des Alexandrinischen Denkens, seiner oft wahnwitzigen Assoziationen und Sprünge; doch hatten sie dabei auch stets das angenehme

Gefühl, in die geheimen Gedankengänge dieses ebenso sonderbaren wie wichtigen und unersetzbaren Mannes einbezogen zu werden, den der Herr so sehr schätzte wie keinen zweiten Sterblichen Selenus und Cornificius ausgenommen. Und natürlich Caesar! Aber das war etwas ganz anderes.

Da merkte Alexander, wie Aiax sich spannte und stehenblieb. »Pst!« machte er, und seine Begleiter hielten inne. Die beiden Hunde sicherten nach vorne, prüften ununterbrochen die von dort herauf steigende Luft, und dann knurrte Hector.

»Brav, mein Junge!« mahnte Alexander. »Ganz ruhig als solches! Wirst doch nicht vor einem Kätzchen!«

Doch nun knurrten beide Hunde; es war ein tiefes, dumpfes Grollen aus der Tiefe ihres Rachens, und nun wußte Alexander, daß Menschen in der Nähe waren, die sich versteckt hielten. Er beobachtete beide Rüden. Sie hielten den Blick starr in die Dunkelheit zu Tal gerichtet, zum Forum Esquilinum hin. Alexander kannte das.

»Herhören!« Er drängte seine Begleiter und die Hunde zur Seite an die Hauswand. Dann flüsterte er: »Scheint als solches ernst zu werden, Freunde. Habt ihr eure Waffen bereit?«

»Jawohl!« Sie griffen danach.

»Na dann! Macht mindestens einen Gefangenen, bevor ihr ihn in den Hades schickt! Sobald sie unsterblich sind, reden sie nur noch selten. Verstanden?!«

»Jawohl!«

»Micipsa!«

»Hier!«

»Syphax!«

»Hier!«

Er musterte sie, legte bei beiden die Falten ihrer Tunika zurecht, tätschelte jedem die Wange, nickte zufrieden und schloß: »Fertig machen!«

»Wir sind es!«

»Marsch!«

Wie eine Phalanx schritten sie langsam zu Tal. Sie wußten, am Verhalten der Hunde würden sie erkennen, wenn der Feind ganz in der Nähe war. Und da schlugen sie mit tiefem Bellen an. Micipsa nahm seine und des Syphax Lampe und stellte sie zu Boden. Im selben Augenblick kamen sie heran. Sie kamen von vorne. Alexander schätzte, daß es sechs bis acht Mann waren. Sie warfen sich auf die drei Volcatier. Im Schein der beiden Lampen erkannte Alexander, daß sie mit Messern bewaffnet waren. Das war für ihn das Zeichen, mit ganzem, härtestem Einsatz zu kontern: Er würde keinen Pardon geben.

Noch während er das dachte, hatte er den ersten bereits mit einem ungeheuren Faustschlag an die Schläfen außer Gefecht gesetzt. Der Mann ging wie ein leerer Sack zu Boden und rührte sich nicht mehr. Doch schon im gleichen Augenblick wurde Alexander von hinten angefallen. In höchster Not – er fühlte in Gedanken bereits die Spitze des Messers zwischen seinen Rippen – tauchte er seitlich weg und befahl Hector:

»Faß!«

Es hätte allerdings dieses Befehls nicht bedurft, denn der riesige Molosser hatte es ohnehin auf diesen Mann abgesehen, weil ihm sein Körpergeruch widerlich fremd in die Nase stieg. Er sprang auf ihn zu, ging an ihm hoch und riß ihn mit seinem Gewicht – er wog mehr als Archelaos – zur Seite, und dann hatte er auch schon seinen Kehlkopf zwischen seinen gewaltigen Kiefern und biß erbarmungslos zu! Ein Röcheln war das letzte, was der Liegende von sich gab.

»Brav!« rief Alexander, der sich schon eines weiteren zu erwehren hatte, dabei sah, daß auch Syphax und Micipsa voll beschäftigt waren: Jeder von ihnen hatte sich mit zwei Burschen auseinanderzusetzen, die an sie heranzukommen suchten, dabei jedoch wegen der Hunde zögerten.

»Faß!« befahl Alexander noch einmal, und diesmal stürzte Aiax auf die Angreifer los; er hatte längst aufgehört zu bellen, ein unheimliches Grollen und Gurgeln quoll aus seinem Rachen. Die Burschen suchten sich seiner durch Fußtritte zu erwehren, doch er attackierte sie geschickt, wich ihren Tritten aus, biß zu, wenn sie sich zurückzogen. Längst hatte auch Hector seinen Gegner auf Alexanders Befehl wieder losgelassen und brachte der kämpfenden Gruppe Verstärkung.

»Brav, mein Junge! Weiter so!« stöhnte Alexander, der Schlag auf Schlag eines weiteren Gegners parierte und ihn allmählich vor sich her trieb. Alexander kannte ihn nicht, sah aber, daß er einen dunklen Vollbart trug.

»Na also! Zwei Bärte ist besser als keiner!« Er holte aus und stach zu, spürte, daß er den anderen irgendwo in der Seite getroffen hatte. Da rief sein Gegner plötzlich: »Zurück! Verschwindet!« Der Unbekannte befand sich in der Nähe der an der Wand stehenden Lampen und nutzte diese Lage dazu aus, mit dem linken Fuß beide Lampen umzustoßen. Sofort erloschen die Lichter. Die plötzliche Dunkelheit ließ Alexander und die beiden Numider nichts mehr erkennen, zumal ihnen der Schweiß in die Augen rann und ihre Sicht hinderte. Sie hörten, wie sich tapsende Schritte entfernten, dann war es still. Nur neben sich vernahmen sie das stete grollende Knurren beider Hunde.

»Licht! Wir brauchen Licht!« rief Alexander, der genau wußte, daß alle Hausbewohner im Umkreis von hundert Schritten sehr wohl aus den Geräuschen erkannt hatten, was da vor ihren Wohnungen auf der Straße vor sich ging – die aber aus Angst um ihr Leben nicht geöffnet hatten. Ja, Alexander kannte das!

»Pack! Feiglinge!« Er fluchte sehr selten, da mußte schon einiges geschehen sein, daß er aus der Fassung geriet. »Verdammtes lumpiges Pack als solches! Sitzen da in ihren feigen Häusern und warten durchaus, bis sich hier die verdammten Leichen zu Haufen stapeln! Pack! Saupack! Verdammtes feiges Pack!«

Er war außer sich, ging auf die Wand zu, denn seine Augen hatten sich an das nächtliche Licht vom Himmel gewöhnt, und erkannte eine dunkle Tür im helleren Wandputz. Er ging darauf zu und polterte so lange mit den Fäusten, bis jemand durch die Luke schaute.

»Heh! Was stehst du da drinnen rum und zitterst wie ein Erdbeben!« Er holte mehrmals tief Luft und wischte sich erschöpft über die Augen. »Herhören! Wasser! Licht! Anfassen! Bewegung! Schon mal gedient?«

»Jawohl!«

»Dann komm raus, ehe du dir in die Sandalen pinkelst!«

Die Tür wurde geöffnet, und ein Männlein mit Halbglatze, eine Laterne in der Linken, die zitterte wie Espenlaub, trat heraus.

»Halt deine Knochen still, sonst verzitterst du die heilige Flamme!«

Mittlerweile waren auch aus benachbarten Häusern männliche Bewohner verschiedenen Alters getreten und hatten sich, alle mit Lampen ausgestattet, dem Ort des Geschehens vorsichtig genähert. Sie alle starrten mit vor Grauen weit aufgerissenen Augen, die freie Hand vor den staunenden Mund gehalten, auf die beiden liegenden Gestalten, die sich nicht mehr rührten. Auch Alexander wandte den Blick dorthin, schluckte, wischte sich über die Stirn, nickte grimmig. Sie hatten ganze Arbeit geleistet. In selbst bei ihm seltener Schärfe kam der Befehl: »Hector! Aiax! Sitz!«

Sofort ließen beide Molosser von den Gestalten ab und setzten sich neben sie.
»Hector! Aiax!« Sie schauten gespannt zu Alexander herüber und wedelten, wenngleich ihnen immer noch die Unruhe im Blick saß und man sah, wie sie sich zu beruhigen suchten, indem sie allerlei unwillkürliche Bewegungen mit dem Kopf ausführten, hechelten und immer wieder mit den in der Dunkelheit weit geöffneten Augen auf Alexander blickten. Alexander empfand ganz deutlich, was in ihnen vorgegangen war, denn er selbst wäre den hinterhältigen Kerlen gern an die Kehle gegangen.
»Hierher!« Er wies neben sich, und sie kamen wedelnd daher, stellten sich rechts und links neben ihm auf, und er wußte, sie würden jeden, der es wagte, sich ihm bis auf einen Schritt zu nähern, in Stücke reißen.
»Brav! Brave Jungs!« lobte er und kraulte sie beide hinter den Ohren, legte ihnen seine flache Innenhand auf die Nasen, und sie sogen seinen Körpergeruch in sich, nun wieder still und friedlich, denn sie hatten ihren Herrn verteidigt, hatten ihm das Leben gerettet. Und Alexander sprach eine ganze Weile leise auf sie ein, zärtlich, sie beruhigend.
Dann hieß es: »Herhören!«
Er wandte sich an die erschrockenen Bürger. »Ich bin Alexandros Volcatianos, Sohn des Alexandros aus Theben, rechte und linke Hand des Curulischen Aedilen Gaius Volcatius Tullus; und ich sage euch: Diese Hadesbewohner haben, als sie noch sterblich waren, versucht, mich und diese beiden Männer heimtückisch und meuchlings zu ermorden. Das aber geht als solches nicht an, und wir scheuten keine Mittel und Wege, selbiges zu verhindern, dergestalt sie nun an unserer Stelle! Nun gehet denn hin und holet Decken, damit sich die heilige Nacht nicht vor ihnen erschrecke! Herhören!«
Da sie noch nie einen so hünenhaften Menschen in einer solch makabren Szenerie zu so später Stunde in solch gedrechselter Sprache hatten reden hören, kamen sie unwillkürlich einen, noch einen und noch einen Schritt näher, um ihn besser sehen zu können; und einige würden noch ihren Kindeskindern zu berichten wissen, daß sie einst dem Hercules in persona des Nachts vor ihrem Haus allhier auf dem Esquilinus begegnet und seiner ansichtig geworden seien, wie er sich mit wilden Dämonen der Unterwelt geschlagen und natürlich am Ende das Feld für sich und die noch Sterblichen behauptet habe.

»Die beiden tapferen Männer halten bei diesen Halunken keine Wache, und ihr werdet euch allhier dabei selbst helfen, da die durchausige Gefahr als solche, daß ihre Hinterbliebenen demnächst zurück, um deren sterbliche Hülle wie weiland Priamos den Hector zu bergen. Verstanden!«
Schon hatten einige Tücher gebracht, mit denen man die Toten zudeckte und sie an den Rand der Gasse legte.
»Herhören! Man wird ein Kommando schicken, um die beiden zu holen. Haltung! Rückgrat! Dissiplin!«
Die Leute nickten ihm zu und blieben, wo sie waren.
»Na also!«
Er ging zu Micipsa und Syphax, klopfte ihnen auf die Schulter und sagte: »Werde euch lobend erwähnen! Weiter so! Rom braucht solche Männer! – Folgen!«
Dann ging er, gefolgt von den Numidern und den beiden Hunden, die nun ohne Leine liefen, hoch erhobenen Hauptes und in dem bestimmten Gefühl, sein Leben bis auf weiteres gerettet zu haben, in Richtung Porta Esquilina.
»Das wird den Herrn ja immer mal wieder freuen, nicht wahr. War ja auch fällig. Wie? – Sicher. War durchaus fällig! Na also…«
Und mit großen Schritten eilte er durch die dunklen Gassen davon, denn er kannte jedes römische Viertel wie die Küche seiner Frau Melitta. Die beiden Numider konnten ihm kaum folgen.

14

Etwa zur gleichen Zeit wurde Gaius von seinem Leibsklaven Menander gemeldet, ein gewisser Decimus Aurelius, Sohn des römischen Ritters Aurelius Serenus, sei im Atrium und bitte den Hausherrn, ihn zu empfangen.
Cornificius, immer noch im Hause, während Selenus sich schon vor einer Stunde verabschiedet hatte und zum Hause des Patron am Caelius zurückgekehrt war – Cornificius schaute den Freund an und meinte: »Scheint's aber sehr eilig zu haben!«
»Sein gutes Recht!« Gaius wandte sich zu Menander: »Soll in der Bibliothek eine Weile warten.«
Menander verbeugte sich und ging.
»Warten schadet uns nicht, ihm noch weniger. Außerdem ist es nur zu unserem Vorteil.«
»Wieso?«
»Weil es ihn nervös macht.«
»Das ist er schon. Sonst wäre er nicht gekommen.«
Gaius machte auf seinem Arbeitstisch Ordnung, während Cornificius nach einer Weile bemerkte: »Weißt du, ich finde es großartig von den Fahrern, daß sie aus Sympathie mit Polynices nicht an den Start gehen.«
»Sicher, aber das wird Furore machen! Für Vibellius ist das alles ziemlich neu. Dem kann man ein X für ein Y vormachen, aber nicht den übrigen Auftraggebern.«
»Das ist nicht unser Problem.«
»Aber ja!« Gaius verließ den Platz am Tisch und ging zum Fenster, schaute über die dunklen Dächer, sah den sanften Glanz des Mondes an den blanken Ziegeln. »Solche Rennen sind schon lange nicht mehr reines Privatvergnügen, ebensowenig, wie es die Kämpfe unserer Gladiatoren im letzten Jahr waren. Und du weißt genau, daß auch ich, wenn es nach den Vorstellungen meines Vaters ginge, in diesem Jahr mindestens ein Rennen veranstalten müßte.«
»Wieso? Ich meine, was heißt nach den Vorstellungen meines Vaters? – Willst du deine politische Laufbahn etwa mit der Curulischen Aedilität beenden?«
Gaius schaute ihn eine Weile ernst an, zwinkerte dann unbeabsichtigt mit den Augen, nickte gedankenvoll.

»Ich weiß es nicht. Ich glaube, ich bin nicht dafür gemacht.«
»Was soll das denn wieder heißen? – Ich sehe noch die Gesichter der Menge vor mir, als du vor anderthalb Jahren mit beeindruckender Rede in der Basilica Aemilia glänztest. Du hast etwas an dir, was die Leute anzieht. Ich dagegen könnte den ganzen Tag reden, und keiner würde davon im Inneren angerührt werden. Also, sprich nicht solchen Unsinn!«
Gaius antwortete nicht gleich, und daraus schloß Cornificius, daß Gaius es in der Tat ernst meinte. Cornificius fuhr fort: »In ein paar Jahren könnte es schon ganz anders aussehen. Niemand weiß, wie die Dinge sich hier, in Gallien oder sonstwo entwickeln. Auch Caesar und Pompeius wissen dies nicht. Dies aber weiß ich: Ein Gaius Volcatius Tullus, der nicht nur ein hervorragender Aedil ist, sondern auch einmal tief in die väterliche Tasche greift, um dem römischen Volk mit Rennen eine Freude zu machen, der wird nicht so leicht vergessen werden.«
»Das ist es ja! Dieses... dieses ewige Nach-der-Menge-Schielen! Beim Pluto! Gibt es denn in dieser verdammten Stadt nur den Weg der Korruption! Kann man denn mit sachlichen Argumenten, mit Vernunft und Verstand nichts mehr erreichen?«
Er hatte sich wütend mit der Faust in die linke Hand geschlagen und ging einige Male auf und ab.
»Doch, Gaius, man kann es! Man kann es aber nur, wenn man im Besitz eines Zipfels der Macht ist! Du siehst doch selbst, wie sie sich alle vor deinem Amt verbeugen.«
»Du meinst katzbuckeln! Die pure Heuchelei!«
»Mag sein, bei einigen. Dennoch hast du die reale Macht, dies und jenes zu tun. Und – das wichtigste – du kannst im Senat das Wort ergreifen!«
»Na und? Als ob du mit Worten die Geschicke der *Res publica* noch beeinflussen könntest!«
Cornificius spürte sehr wohl, daß Gaius sich augenscheinlich in einer depressiven Krise befand; und er kannte ihn lange genug, um zu wissen, daß nur Arbeit, ganzer Einsatz von Körper, Geist und Verstand ihn auf den pragmatischen Weg zurückbrächte. Darum schwieg er zu dieser Angelegenheit und wechselte das Thema: »Ich werde also jetzt zu Polynices gehen. Vielleicht kann er uns noch einen Hinweis geben.«
»Ja, gut, tu das. Wir sehen uns dann morgen.«

Cornificius nickte und ging, kam aber nur bis zur Tür, denn in diesem Augenblick polterte Alexander ins Zimmer: dreckig, blutverschmiert, verschwitzt, schwer atmend.
»Sitz!« befahl er, und die beiden Rüden nahmen Platz, obwohl sie lieber von Gaius begrüßt werden wollten.
Hinter Alexander waren noch die beiden Numider in das Arbeitszimmer von Gaius getreten, und sie sahen genauso gebeutelt, schmutzig und mitgenommen aus. Und dann war da auch auf einmal Melitta im Zimmer, mit einer Schüssel voll Wasser, einem Lappen und mehreren Tüchern. Noch bevor jemand gefragt hatte, begann sie, ihrem Mann und den beiden Numidern sachkundig die Wunden auszuwaschen, was diese mit allerlei Grimassen, Stöhnen und – besonders Alexander – mit furchtbaren Flüchen über sich ergehen ließen. Doch ehe sie mit dem Anlegen von Pflastern oder Verbänden anfing, begann Gaius scharf: »Was soll denn das schon wieder? – Hatte ich nicht ausdrücklich befohlen, ihr solltet euch anständig benehmen, da ihr in meinem Namen aufträtet? Ich höre!«
Sein Blick nagelte Alexander fest, doch der hielt diesem ohne weiteres, ja sogar fein lächelnd stand: »Jawohl! Ich höre!« dröhnte es durch den Raum. »Herr! Du solltest den Göttern und insbesondere der herrlichen Athene durchaus als solche dankbar, denn ohne ihren und meinen Schutz wärst du nicht mehr am Leben!«
Gaius warf Cornificius einen Blick zu. Cornificius fragte weiter: »Na fein, aber was ist denn in euch gefahren?«
»Den Göttern sei Dank! Nichts!« Und dann berichtete er ausführlich, unter Zuhilfenahme von Händen, Beinen und Mimik, was sich vor einer halben Stunde nach dem Verlassen von des Vibellius Haus in eben dieser Straße abgespielt hatte und wie er und die Numider zusammen mit den Hunden »den Brüdern eingeheizt, dergestalt ihnen das Feuer unter den Hintern zu heiß und sie allgemein das Weite fanden!«
»... suchten!« verbesserte Cornificius. »... das Weite suchten!«
»Eben! Aber zweien von ihnen gelang es nicht mehr, weil sie bereits unsterblich geworden, Micipsa!?«
»Wie?« Aber dann begriff der Numider, daß er für den fehlenden Archelaos herhalten mußte, und nickte: »Jawohl! Total!«
»Na also!«
»Es geht also los!« sagte Gaius. »Na ja, sollen sie haben!« Er wandte

sich Alexander zu: »Gut gemacht! Badet euch und geht was essen! Ruht euch aus! Ihr müßt morgen frisch sein.«
»Jawohl! Frisch! Sie sollen es haben!«
»Wegtreten!«
Sie grüßten einwandfrei und gingen. Melitta aber sagte draußen zu Alexander: »Vorsicht! Der Herr hat üble Laune...«

»Komm!« sagte Gaius zu Cornificius. »Mal hören, was unser Freund Decimus Aurelius zu sagen hat.«
Ganz gemächlich gingen sie nach unten. Melitta kam aus der Küche und fragte, wann sie decken solle.
»In einer Viertelstunde.«
Sie nickte und ging.
Gaius und Cornificius, nun begleitet von beiden Hunden, verließen das Atrium und erreichten über den kurzen hinteren Gang die Bibliothek, die dank Selenus' ordnender Hand stets so aussah, als ob sie gerade erst eingerichtet worden war. Sie traten ein.
Sogleich kam Decimus Aurelius mit schnellen Schritten auf sie zu, machte eine nicht übertriebene Verbeugung und sagte: »Mein Vater sagte, du wünschtest mich zu sprechen, Aedil.«
Gaius antwortete nicht, sondern ging zum großen Eichentisch in der Mitte der freien Raumfläche, rückte einen Stuhl zur Seite und gab Decimus Aurelius zu verstehen, dort Platz zu nehmen. Gaius setzte sich ihm gegenüber und behielt ihn mit ruhigem Blick im Auge. Er sah seinem Vater kaum ähnlich. Ihm fehlte völlig dessen feines Gesicht; seine Nase stand an der Spitze leicht aufwärts, und dies genügte, ihm einen ordinären Zug zu geben, gegen den die übrigen Einzelheiten nicht ankamen.
Gaius war von vornherein entschlossen, den Mann, der ihm auf Anhieb unsympathisch war, in seine Grenzen zu weisen:
»Ja, ich wünschte dich zu sprechen!« Er hielt den harten Blick auf ihn gerichtet, und Decimus kostete es alle Anstrengung, ihm eine Weile standzuhalten, ehe er sich flackernd von ihm löste und abwechselnd Gaius und Cornificius, der sich neben Gaius gesetzt hatte, hastig anschaute.
»Wo warst du heute morgen?« begann Gaius mit seinem Verhör; er hatte jede überflüssige Höflichkeit abgelegt.
Decimus Aurelius, dem das schlechte Gewissen im Gesicht stand, suchte

sich, gerade deswegen, dagegen zu verwahren, obwohl er wußte, daß er gegen die Entschlossenheit des Volcatiers nicht viel auszurichten vermochte.

»Ist das hier etwa ein Verhör?« Er riß Augen und Mund entrüstet auf. »Ich dachte...«

»Ja?«

»Hätte ich gewußt, daß...«

»... dann wärst du nicht gekommen. Ich weiß. Aber das macht gar nichts, denn ich wäre sicher morgen früh zu dir gekommen.« Gaius lächelte ihm kalt zu.

»Nun, ich... eh...« Er setzte sich nervös in einer anderen Haltung auf den Stuhl. »Du mußt einen Grund haben, Aedil, in dieser Weise mit mir umzugehen und zu reden. Ich weiß, daß du schon einmal meine Familie in einen falschen Verdacht gebracht hast. Ich war damals nicht im Lande. Ich hätte es gewiß zu verhindern gewußt!«

Glaubte er selbst, was er da sagte? Sein Gesicht hatte jedenfalls einen strengen, harten Zug bekommen, und jemand, der ihn und seine Familie nicht kannte, hätte den Worten Glauben geschenkt. Doch in aller Ruhe wiederholte Gaius: »Wo warst du heute morgen?«

Nun reagierte er ohne zu zögern: »Zunächst zu Hause, auf dem Gestüt. Ja, und danach bei Asinius, dem Fuhrunternehmer.«

Gaius, der davon ausging, daß auch die erste Angabe den Tatsachen entsprach, spielte dennoch den hartnäckig fragenden und kritisch wertenden Staatsbeamten der oberen Klasse: »Kannst du das mit Zeugen beweisen?«

»Aber ja! Mehr, als du brauchen kannst! Als ich auf dem Gut meines Vaters war, sprach ich mit...«

Er hielt mitten im Satze inne, als ob ihm plötzlich aufgefallen war, daß die Person, die er als Zeuge nennen wollte, ihn eher in ein noch schlechteres Licht bringen würde.

»Ja?« fragte Gaius.

»... mit einem Interessenten, der sich für vier Pferde interessierte.«

»Aha. Aber ich gehe wohl recht in der Annahme, daß dieser Interessent nicht aus Rom kam, sondern aus einem italischen Landstädtchen, mindestens eine Tagesreise von hier entfernt.«

»So etwa«, nickte Decimus Aurelius.

»Sein Name?«

Er nannte ihn, und Gaius notierte ihn umständlich auf einem Zettel. Dann sah er auf und fragte weiter: »Was hattest du bei Asinius zu suchen?«
Diesmal riß Decimus Aurelius die Geduld: »Was geht das dich an?«
Gaius behielt dieses äußerst kühle, fast bedauernde Lächeln bei, ehe er antwortete: »Wenn es dir lieber ist, von einem Untersuchungsrichter in Zusammenhang mit einer Mordsache verhört zu werden... Bitte...« Er warf den Stift hin.
»Was? Was soll das heißen?« Aurelius war aufgesprungen und beugte sich über den Tisch. »Was habe ich mit einem Mord zu tun?«
»Vielleicht nichts. Aber das würde sich erst nach äußerst peinlichen und wahrscheinlich umständlichen Verhören herausstellen. Im übrigen könnte ich mir denken, daß es der Familie der Aurelier ganz sicherlich nicht von großem Nutzen sein würde, nach anderthalb Jahren schon wieder in einen Prozeß verwickelt zu sein; allerdings mit dem Unterschied, daß es diesmal nicht um das Leben eines unbedeutenden Bauern, sondern um Dinge geht, bei denen hochstehende Persönlichkeiten ihre Hand im Spiele haben.«
Aurelius schluckte. Er überlegte. Gaius beobachtete ihn: Was wußte er? Gehörte er zu den Initiatoren im Hintergrund, oder war er nur ein unbedeutender Mitläufer auf der unteren Ebene? Stellte er sich nur an, oder ängstigte er sich vielleicht vor einem Mächtigeren?
Schließlich sagte Aurelius: »Du weißt genau, daß das Unsinn ist, was du sagst. Wer sollte mich denn vor einen *Quaesitor*, einen Untersuchungsrichter, bringen?«
»Ich!«
»Wie?« Fassungslos starrte er Gaius an. Das war... das war genauso wie damals! Auch damals hatte Gaius...!
»Wenn du das wagst, dann...!« Er schrie es über den Tisch, und sein Gesicht hatte sich in jähem Zorn gerötet.
»Was dann?« fragte Gaius völlig unbeteiligt.
»Dann werde ich dich wegen Verleumdung, wegen Verbreitung falscher Tatsachen, wegen Betrugs verklagen! Und jedes römische Gericht wird mir recht geben.«
»Du vergißt einen wesentlichen Punkt, mein Lieber. Ein Curulischer Aedil kann nicht angeklagt werden!«
»Wenn schon. Auch dieses Jahr wird ein Ende haben. Dann...« Auch

Gaius war aufgestanden und kam um den Tisch herum: »Dann wird es für dich zu spät sein!« Er fixierte den Aurelier mit einem bohrenden Blick und fuhr mit seinem Verhör fort: »Was also hast du bei Asinius zu suchen?«

Decimus Aurelius wiegte zwei-, dreimal den Kopf und sagte, nun doch sehr leise: »Er arbeitet für mich. Ich habe vor, selbst ein großes Unternehmen dieser Art aufzubauen. Asinius hilft mir dabei.«

»Warum? Weil er dich so gut leiden kann?«

»Natürlich nicht, Aedil. Es ist ein Geschäft. Und gute Geschäfte zu machen, das ist ja wohl noch nicht verboten!«

»Warum denn auch? Wo doch am Ende die Reisenden in diesem Lande davon ihren Vorteil haben werden!« Er wußte, er hatte gegen Aurelius nichts in Händen; dennoch war er sicher, daß er an der Sache in irgendeiner Weise beteiligt war. »Es kann sein, daß ich demnächst noch Fragen an dich habe. Halte dich bitte bereit. Hinterlasse, wo wir dich nötigenfalls finden können.«

Man sah, wie Decimus Aurelius erleichtert aufatmete und sich zugleich Mühe gab, es zu verheimlichen, denn er behielt den grimmen Ausdruck im Gesicht, zu dem er sich im letzten Teil des Gesprächs entschlossen hatte. Mit einem Male hatte er es sehr eilig, verabschiedete sich und ging.

»Und?« fragte Gaius den Freund. »Was hältst du von ihm?«

»*Haud erras. Ratio non constat!* – Du hast recht. Die Rechnung stimmt nicht. Er hat seine Finger irgendwie mit drin.«

»Ganz meiner Meinung. Du solltest dich morgen im Laufe des Vormittags bei Asinius umsehen.«

Sie trennten sich. Gaius ging essen. Cornificius lehnte die Einladung zum Mahl ab; er hatte für den Abend Athenodoros bestellt, um nach seiner Mutter zu sehen, die seit Tagen über Unwohlsein, Schwindel und Kopfschmerzen klagte.

15

Gaius war am nächsten Morgen gerade aufgestanden, hatte sich gewaschen, saß nun auf dem Stuhl vor dem Toilettentisch seines Schlafzimmers und hielt geduldig den Kopf still, denn Menander war dabei, ihn zu rasieren – als es an der Tür klopfte und Melitta scheu hereinschaute.
»Was ist?« fragte Gaius und unterdrückte ein Gähnen.
»Verzeih, Herr!« Sie zögerte einzutreten, doch er gab ihr ein Zeichen mit der Hand und sagte: »Komm herein!«
»Unten warten vier Männer, Herr, die dich sprechen wollen.«
»Was für Männer?«
»Vom Circus.«
»Vom Circus? – Was wollen sie?«
»Das weiß ich nicht.«
»Sag ihnen, sie sollen in einer Stunde wiederkommen. Sie können wohl keine Wasseruhr lesen!«
»Herr, der Älteste von ihnen, ein gewisser Valerius Flaccus ...«
»Flaccus? So? Na, das ist etwas anderes. – Menander, beeil dich!«
»Es geht nicht schneller, Herr«, beteuerte Menander, der noch das Kinn mit dem Messer zu schaben hatte. »Du mußt stillhalten, Herr, sonst könnte ich dich schneiden.«
Gaius brummte irgend etwas mit geschlossenen Lippen, was soviel wie »Jaja...« bedeutete, und Menander führte die Prozedur in Ruhe zu Ende.

Als Gaius ins Atrium kam, sah er Valerius Flaccus, den *Dominus factionis* der Roten, abseits von drei jüngeren Männern stehen, die stumm in der entgegengesetzten Ecke der Halle warteten. Valerius ging, als er Gaius sah, energisch auf ihn zu, und auch die drei anderen näherten sich.
Gaius warf abwechselnd einen Blick auf die drei sowie auf Valerius und sagte dann zu diesem in einem scharfen Ton: »Weißt du, wie spät beziehungsweise wie früh es ist?!«
Valerius machte eine Verbeugung, reckte sich sehr gerade, erwiderte den Blick und erklärte in einem Ton, dem man die innere Unruhe anmerkte: »Ich weiß sehr wohl, Aedil, daß dies nicht gerade die angemessene Besuchszeit ist, aber es haben sich Veränderungen ergeben, die dies wohl, wie ich meine, rechtfertigen.«

»Veränderungen? Welche Veränderungen?«
Schon während der Frage hatte Gaius ihnen mit der Hand das Zeichen gegeben, zu folgen, und so schritten sie alle gemächlich in die Bibliothek, wo der Hausherr ihnen Plätze anbot.
»Du weißt, Aedil, daß die ersten Rennen schon in zwei Tagen, am achtundzwanzigsten April, stattfinden.«
»Ja, natürlich.«
»Und die letzten, die entscheidendsten, am dritten Mai.«
»*Certo. Cur dicis?* – Sicher. Warum sagst du das?«
Valerius stierte einen Augenblick zu Boden, dann sagte er: »Diese Rennen werden nicht stattfinden!«
Gelassen fragte Gaius zurück: »Warum nicht?«
»Weil die Fahrer nicht an den Start gehen.«
»Welche Fahrer?«
»Diese!« Valerius wies mit der Hand auf die drei und nannte ihre Namen: »Marius Regatus, Sextus Tatianus, Aelius Gutta.«
Gaius ging auf die Genannten zu und fragte streng: »Stimmt das, was der *Dominus factionis* sagt?«
»Es stimmt«, sagte einer von ihnen.
»Wie heißt du?«
»Sextus Tatianus, Aedil.«
»Für wen fährst du?«
»Für die Grünen, Aedil.«
»Wer ist dein Spielgeber?«
»Scribonius Curio, Aedil.«
»Ahja!« Das war ihm neu. Warum hatte ihm Curio nichts davon erzählt? Aber Curio konnte sehr wortkarg in persönlichen Dingen sein. Gaius mochte ihn. Curio war drei Jahre älter als er, ein heller Kopf mit hochfliegenden Plänen, befreundet mit Publius Clodius zu dessen Lebzeiten,[51] ebenso mit Marcus Antonius, mit Caelius Rufus und vielen anderen jungen Leuten aus ältesten Häusern, die wider den Stachel der väterlichen Autorität löckten.
Vor einem Jahr hatte er Fulvia, des ermordeten Clodius Witwe, geheiratet und war somit Schwager von Gaius' geliebter Freundin Clodia. Sie hatten sich vor einem Jahr in Clodias Hause kennengelernt und mochten sich auf Anhieb. In optimatischen, erzkonservativen Kreisen war es einem Skandal gleichgekommen, daß Curio, auf den gewisse Optimaten

um Pompeius größte Hoffnungen setzten, sich von ihnen gelöst hatte und allmählich ins Caesarische Lager eingeschwenkt war. Gaius wußte, daß dabei die Begleichung von Schulden in Millionenhöhe durch Caesar eine entscheidende Rolle gespielt hatte; doch war es letztlich – Gaius wußte es aus Gesprächen mit Curio – auch die tiefe Enttäuschung über die phantasie- und planlose Politik von führenden Männern des Senates wie Cato, Claudius Marcellus und dessen Bruder Gaius Claudius Marcellus – bereits designiert als Consul des nächsten Jahres –, von Männern, die sicherlich als Einzelperson integer, ja von vorbildlicher Lebensführung waren, die aber ihre altrömischen Vorstellungen von dem *Mos maiorum*, der Sitte der Väter, mit den revolutionär neuen Gegebenheiten dieser Zeit nicht in Einklang zu bringen vermochten. Erst gestern hatte Gaius darüber lange mit dem Consul Aemilius Paullus diskutiert, immerhin einem Mann, der sich anstrengte, beide Seiten der Münze im Auge zu behalten.

Wenn also Curio erneut als Spielgeber auftrat, mußte er damit politische Ziele verfolgen. Aber welche? Er sollte mit ihm nächstens darüber reden. Seines Freundes Cornificius Einladung kam ihm dazu recht, vielleicht aber auch die des Consuln Aemilius Paullus. Man müßte Curio ebenfalls einladen! Er kam nicht umhin, sich noch heute oder morgen mit Clodia darüber in Verbindung zu setzen, denn Clodia hatte Einfluß auf Fulvia, ihre Schwägerin, und diese auf Curio, ihren Gatten.

Dies alles war Gaius in wenigen Augenblicken durch den Kopf gegangen nach der Antwort des Tatianus. Nun fragte er die beiden anderen: »Wer sind eure Spielgeber?«

Aelius Gutta, der kleinste unter ihnen, sagte: »Caelius Rufus.«

Gaius nickte, denn das wußte er bereits.

Und Regatus, der dritte, nannte den Syrer Symmachus als Spielgeber.

An ihn nun wandte sich Gaius besonders: »Sag mal, was ist dieser Symmachus für ein Mann? Was will er mit dem Rennen erreichen?«

»Soviel ich weiß, Aedil, ist Symmachus ein völlig unpolitischer Mann, der allerdings viel Geld besitzt und zu seinem Vergnügen Quadrigen ausrüstet. Er gilt in seiner Heimat als Pferdenarr.«

»Versteht er was von Pferden?«

»Ja, eine ganze Menge.«

»Gehören ihm die Tiere?«

»Ja.«

»Bei wem hat er sie gekauft?«
»Bei Aurelius Serenus, Aedil.«
»Wann?«
»Das weiß ich nicht.«
»Hat er einen Sohn?«
»Nein.«
»Wo wohnt er?«
»In Ostia, Aedil.«
»Warum in Ostia?«
»Er leitet von dort aus seine weltweiten Geschäfte.«
»Kennt er den Decius Vibellius?«
»Das weiß ich nicht, Aedil. Aber es könnte schon möglich sein.«
»Wieso? Woraus schließt du das?«
»Weil ich beide schon mal zusammenstehen sah. Sie sprachen miteinander.«
»Wie? Laut, leise, erregt, ruhig?«
Regatus dachte nach, sagte dann: »Mir ist nichts Besonderes dabei aufgefallen, Aedil.«
»Gut.« Er wandte sich nun an alle drei: »Sagt mir jetzt, warum ihr nicht an den Start gehen wollt?«
Tatianus, Curios Fahrer, antwortete für sie: »Aedil, weil... Wir sind nur in der Rennbahn Gegner. Außerhalb des Circus sind wir Freunde.«
Die beiden anderen nickten ihm und Gaius zu.
Gaius erwiderte streng: »Nun, das ist lobenswert, weil es unter Fahrern selten ist. Aber das ist kein ausreichender Grund, die Spiele insgesamt in Frage zu stellen. Was ihr macht, wäre in jeder Legion glatte Befehlsverweigerung und Meuterei! Und ihr wißt genau, daß die *Domini factionum,* die Direktoren eurer Renngesellschaften, euch gerichtlich belangen können.«
Valerius nickte energisch und ergänzte: »*Sic est, Aedil!*«
Gaius wandte sich nun an Valerius: »Sag mal, wieso sprichst du hier im Namen aller vier Farben? Ich denke, du bist der *Dominus factionis* der Roten?!«
»Das ist schon richtig, Aedil«, nickte Valerius. »Doch die *Domini* der andern Farben sind der gleichen Meinung wie ich, daß man eine solche...«
»Rebellion!« ergänzte Gaius.

»Genau! Daß man eine solche Rebellion nicht hinnehmen kann! Das hat es noch nie gegeben!«
Er sprach also auch im Namen der übrigen drei Direktoren. Eine solche Einigkeit zwischen den Häuptern der ansonsten bis aufs Messer verfeindeten Renngesellschaften hatte es noch nie gegeben. Gaius hielt mit dieser Meinung nicht hinterm Berg, und darauf erklärte Valerius:
»Das mag stimmen, Herr. Doch hier stehen die Interessen von allen auf dem Spiel!«
»Wieso das?« fragte Gaius.
»Alle vier Spielgeber haben eine Menge Geld in ihre Mannschaft investiert. Die Spielgeber haben erst Anzahlungen geleistet. Wenn das Rennen ausfällt, werden wir die Hauptsumme, die noch aussteht, nicht bekommen. Das heißt, wir wären finanziell am Ende!«
Gaius, der wußte, daß zwar große Summen auf dem Spiel standen, daß das zuletzt von Valerius Behauptete jedoch keineswegs den Tatsachen entsprach, lächelte amüsiert und sagte: »Es wird also einen Zivilprozeß[52] geben, der sehr interessant zu werden verspricht, zumal ganz Rom unter dem Publikum zu finden sein wird.«
»Herr, verzeih, aber ich glaube kaum, daß dies eine Sache zum Spaßen ist. Es steht nicht nur Geld auf dem Spiel!«
»Was noch?«
»Das Ansehen der Spielgeber!«
»Dann laßt doch andere Quadrigen fahren! Sonst tut ihr doch immer so, als ob ihr über Hunderte von Pferden und großen Talenten verfügtet! Also, wechselt die Mannschaft aus, und ihr habt Ruhe!«
»Ha! Wenn das so einfach wäre!«
In diesem Augenblick kam Cornificius zur Tür herein, grüßte wortlos mit der Hand und setzte sich auf einen freien Platz. Gaius sah ihm an, daß er schlechte Nachrichten mitbrachte.
»Na gut«, sagte Gaius zu Valerius. »Warum kommt ihr nun zu viert zu mir?«
»Weil du der Curulische Aedil bist!«
»Es gibt noch einen! Caelius Rufus!«
»Sicher. Aber zum einen ist er in dieser Angelegenheit befangen, zum anderen hast du in den Dingen, um die es hier geht, ganz ohne Zweifel die größere Erfahrung!«
»So? Meinst du?« Er betrachtete des Valerius Gesicht und suchte

herauszufinden, ob man ihm trauen könne. Aber es blieb regungslos. Warum ging er nicht zum *Praetor urbanus* und klagte? Warum nicht zu einem der Consuln? Mißtraute er ihnen? Hatten sie so oder so mit der Affäre zu tun?
»Und was wollt ihr?« fragte Gaius die drei Fahrer.
»Dasselbe!« sagte Tatianus. »Du bist der einzige, der Licht in diese Angelegenheit bringen kann.«
Gaius antwortete nichts darauf, sondern fragte Cornificius: »Bringst du Neues?«
»Nein«, kam es zurück, und Gaius wußte, daß es nicht der Wahrheit entsprach. Cornificius wollte mit ihm allein reden.
»Gut«, sagte Gaius. »Ich werde tun, was in meinen Kräften und in den Befugnissen meines Amtes steht, um das Versteck der Pferde herauszufinden. Geduldet euch! Macht keine übereilten Schritte! Sprecht euch mit mir ab! Im übrigen kann es sein, daß ich nächstens eure Hilfe brauche.«
»Du wirst sie zu jeder Zeit haben, Aedil!« sagte Tatianus.
Die vier erhoben sich, und Gaius verabschiedete sie. Tatianus ging als letzter, und Gaius sah, wie er – dabei Gaius anblickend – ein gefaltetes kleines Blatt auf den Boden fallen ließ. Dann war auch er draußen. Menander begleitete sie bis zum Hauptausgang.
»Was schreibt er denn?« fragte Cornificius, der das Blatt aufgehoben und es Gaius gereicht hatte. Gaius faltete das Blättchen auseinander und las:

> *Ich muß dich unbedingt allein sprechen! Heute abend bin ich* vor *Ende der zwölften Stunde bei den Carceres im Circus Maximus. Sei auf der Hut!*

Er zeigte das Blatt Cornificius: »Kennst du Tatianus näher?«
»Nein, aber ich würde ihm vertrauen.«
Die Freunde gingen in den großen Raum zurück.
»Also – was hast du an Neuigkeiten?« fragte Gaius.
»Schlechte. Polynices ist nun auch verschwunden.«
»Was soll das heißen?«
»Ich wollte ihn gestern abend noch besuchen, aber er war nicht zu Hause.«

»Na und? Daraus kannst du doch wohl kaum schließen, daß er verschwunden ist!«

»Sicher, aber er war auch heute morgen nicht zu Hause. Ich sprach mit einem seiner Sklaven, der mir versicherte, das sei bei Polynices noch nie vorgekommen, daß er längere Zeit am Tage fortgewesen sei, ohne dem Personal zu sagen, wohin er gehe und wann er wiederkomme. Und nachts sei er noch nie ohne entsprechende Weisung außer Haus geblieben. Er machte sich ernstlich Sorgen um seinen Herrn.«

»Verstehe«, nickte Gaius und ging in Gedanken auf und ab. »Weißt du, ob er heute im Circus zu tun hatte?«

»Nein. Ich habe ihn nicht öfter gesehen als du, zuletzt bei Aurelius Serenus auf dem Gestüt.«

Gaius ging wieder auf und ab, blieb dann stehen und stellte fest: »Eine verrückte Geschichte.«

»Du sagst es! Was hast du vor?«

Gaius überlegte eine Weile: »Ich gehe wie geplant zu Vibellius, und du könntest mich begleiten. Vier Augen sehen mehr als zwei. Danach – ob wir nun mehr wissen oder nicht – sollten wir gemeinsam mit Selenus die weiteren Schritte besprechen. Außerdem werde ich versuchen, mich heute noch mit Curio zu treffen.«

»Bei Clodia?«

»Ja. – Aber er wird uns wohl kaum helfen können…«

Endlich kam Gaius dazu, das wie üblich sehr karge, doch äußerst gesunde Frühstück nach Art aller Volcatischen Häuser zu sich zu nehmen: hartes Roggenbrot, Wasser und, als Delikatesse, getrocknete Feigen. Cornificius leistete ihm dabei Gesellschaft, und eine Weile hörte man das Knacken der harten Brotrinde, wenn sie abgebissen und von gesunden Zähnen zermalmt wurde.

16

Es war noch zu früh, um schon zu Clodia zu gehen.
»Dem Vibellius könnte es nicht schaden, schon des Morgens auf Trab gebracht zu werden. Gehst du mit?« fragte Gaius den Freund.
»Gern. Aber gib mir doch mal ein Blatt und was zum Schreiben!« Cornificius stand auf.
»Warum? Mußt du einen dringenden Brief erledigen?«
»Nein-nein...« Er schien ganz in Gedanken zu sein.
Gaius ging in die Bibliothek und holte die Schreibutensilien. Cornificius wartete, bis Melitta und ein Mädchen den Tisch abgeräumt hatten, und begann dann zu schreiben, Linien zu ziehen, zu unterstreichen. Gaius beugte sich neugierig über das Blatt.

Spielgeber	Factio	Dominus factionis	Lenker	Besitzer der Pferde
Symmachus	weiß		Regatus	Symmachus, gekauft bei Aurelius
Vibellius	rot	Valerius Flaccus	Polynices	Aurelius Serenus
Curio	grün		Tatianus	
Caelius	blau		Aelius Gutta	

Sie betrachteten die Übersicht eine ganze Weile, dann fragte Cornificius den Freund: »Na? Was fällt dir auf?«
»Hm... Gaius überlegte, meinte schließlich: »Symmachus und Vibellius haben ihre Pferde von Aurelius Serenus.«
»Gut. Was noch?«
»Wir wissen nicht, woher Curio und Caelius sie haben.«
»*Recte*. Doch dürfte es nicht schwer sein, dies festzustellen. Im übrigen ist das unwichtig.«
»Warum?«

»Weil ich davon ausgehe, daß Curio und Caelius nicht an der Entführung beteiligt sind.«
»Was Curio betrifft – ja! Aber Caelius?«
»Na gut. – Aber es ist doch, nun – sagen wir: Es ist ungewöhnlich, daß der *Dominus factionis* der Roten, Valerius Flaccus, für alle hier auftritt. Findest du nicht?«
»Sicher. Glaubst du seiner Erklärung nicht?«
»Das will ich damit nicht sagen. Ich gehe davon aus, daß er sich geradezu bei den übrigen angeboten hat, bei dir vorzusprechen.«
»Und?«
»Das könnte bedeuten, daß er selbst die Fäden in der Hand behalten will, vor allem, daß er stets als erster informiert werden will.«
»Hm...«
»Denk weiter nach!« forderte Cornificius auf und zeigte mit dem Finger auf Vibellius. »Dieser zugereiste Fischteichbesitzer[53] aus Capua ist von allen Spielgebern der unerfahrenste. Ausgerechnet seine Quadriga wird entführt.«
»Das mag nichts bedeuten. Vibellius ist in der Stadt völlig belanglos.«
»Woher willst du das wissen? Was weißt du denn über seine Vergangenheit, he?! – Nichts!«
Sie stierten auf das Blatt, und in ihren Köpfen wurden Verbindungen zwischen Namen hergestellt, wieder verworfen, neue Konstellationen skizziert, und dann sagte Cornificius: »Ich habe das Gefühl, nein, ich bin mir sicher, daß der, den wir suchen, nicht auf diesem Zettel steht!«
»Hm... Du könntest recht haben.«
»Du solltest auf jeden Fall den Alexander oder Archelaos klären lassen, wer die Besitzer der Pferde von Tatianus und Gutta und wer die anderen *Domini factionum* sind.
Gaius ließ den Alexander kommen, teilte ihm den Auftrag mit, und der Sohn aus Theben verließ das Haus. Archelaos alias Dion war schon kurz nach Sonnenaufgang zu Vibellius aufgebrochen. Gaius hätte zwar gerne vorher die Zeremonie der Freilassung vor dem Praetor im Beisein seines Vaters vollziehen lassen, doch war die Klärung des Falles im Augenblick wichtiger; die offizielle Prozedur mußte auf den Mittag verschoben werden. Der Patron, so hoffte Gaius, würde mit seinem Vorgehen wohl einverstanden sein.
Sie wollten gerade aufbrechen, als Menander kam und die Ankunft von

Lucius Volcatius Tullus meldete. Gaius stand sofort auf und ging seinem Vater im Atrium entgegen.
Soeben waren auch die beiden Lictoren erschienen und begrüßten beide Volcatier ehrerbietig. Dann gingen diese, zusammen mit Cornificius, der den alten Herrn mit Respekt grüßte, in die Bibliothek. Gaius hatte sogleich dem Gesicht seines Vaters angesehen, daß ihm etwas gegen den Strich gelaufen war.
»Setzt euch!« sagte Lucius, und die Freunde nahmen still Platz. Lucius ließ den Blick von einem zum andern wandern. Dann zog er die rechte Augenbraue hoch, preßte die Lippen aufeinander – die Freunde kannten dies und ahnten Schlimmes – und sagte mit vorwurfsvoller Stimme: »Es mißfällt mir, wenn gewisse Bräuche nicht eingehalten werden.«
Er schwieg, blickte auf Gaius, der seinem Blick standhielt und nichts erwiderte.
Lucius fuhr fort: »Es geht nicht an, daß ein Sklave die Stelle eines Clienten antritt, ganz gleich, in wessen Hause.«
Er hielt inne, in Erwartung einer Entgegnung von Gaius. Doch dieser schwieg und dachte angestrengt darüber nach, woher der Patron denn Kenntnis von der Sache hatte. Schließlich, da sein Vater nicht weitersprach, sagte Gaius langsam: »Vater! Ich weiß, daß dir die Einhaltung der Sitte unsrer Väter über alles geht. Und du weißt auch, daß ich in diesem Punkt mit dir übereinstimme. Aber...«
»Dann verstehe ich um so weniger«, fiel ihm Lucius ins Wort, »warum du so leichtfertig handelst.«
»Vater! Die Umstände zwingen mich dazu. Es kann durchaus sein, daß weitere Menschenleben in höchster Gefahr sind.«
»Berichte!«
Gaius warf Cornificius einen schnellen Blick zu. Dann gab er eine geraffte Darstellung alles dessen, was sich seit gestern morgen ereignet hatte. Er bemerkte, wie Lucius mit wachsendem Interesse zuhörte, und erwartete am Ende eine Frage oder eine Kommentierung von ihm.
»Ich nehme an«, sagte Lucius schließlich, »daß du dahinter politische Machenschaften vermutest...«
»Wir sind uns nicht sicher. Wir tappen weiterhin noch im dunkeln, Vater.«
»Na, es ist ja auch noch keine zwei Tage her. Selenus hat mir von allem

berichtet. Ich bin gekommen, um euch meine Unterstützung anzubieten. Braucht ihr städtische Wachen?«

Die Freunde warfen sich einen erleichterten Blick zu. »Der Fall kann vielleicht eintreten«, sagte Gaius.

»Na gut. Macht so weiter. Haltet mich stets auf dem laufenden! Heute mittag aber wird als erstes Ordnung geschaffen! Sieh zu, daß Archelaos zur Stelle ist. In der sechsten Stunde beim Praetor!«

Er erhob sich und ging, ohne weiter auf die Affäre einzugehen. Die Freunde begleiteten ihn bis zur Tür. Draußen wartete eine Sänfte.

»Haltet mich auf dem laufenden!« rief er ihnen noch einmal zu, als er schon Platz genommen hatte. Sie nickten und winkten kurz. Dann gingen sie ins Haus zurück.

Dort bemerkte Gaius: »Wir müssen uns vor allem an die Leute hatten, deren Namen nicht auf deiner Aufstellung stehen: Decimus Aurelius, Asinius und Titus Atilius, der Bruder dieses aufgeweckten Jungen.«

»Ganz meiner Meinung. Aber zunächst zu Vibellius!«

Sie verließen ohne Begleitung das Haus.

17

Vibellius hatte sie erwartet, denn trotz der frühen Stunde kam er, nachdem der *Ostiarius* die Ankunft des Aedilen gemeldet hatte, selbst zum Eingang, um die beiden Volcatier zu begrüßen. Und beide, Gaius und Cornificius, achteten auf jede Kleinigkeit während dieser Zeremonie; in einer Mischung aus Herzlichkeit und Respekt wurden sie empfangen, und Vibellius machte nicht den Eindruck eines Mannes, der etwas zu verbergen hat. Seine Aufgeregtheit kam ohne Zweifel daher, daß es für ihn eine ungeheure Ehre bedeutete, an diesem Morgen den Curulischen Aedilen Gaius Volcatius im Hause begrüßen zu dürfen, und das brachte er denn auch mit gewählten Worten auf seine Weise zum Ausdruck: »Es ist mir und meinem Hause eine Ehre und Auszeichnung, an diesem Morgen den Curulischen Aedilen Volcatius Tullus begrüßen zu dürfen und willkommen zu heißen.«

Er verbeugte sich tief, und die beiden erwiderten den Gruß durch leichtes Neigen des Hauptes. Mit einem steifen »Darf ich bitten!« holte er sie ins Haus, ins Atrium, wo seine ganze Familie Aufstellung genommen hatte: Ennia, seine Gattin, Aulus, sein Sohn, und seine Tochter Vibellia. Er stellte sie der Reihe nach vor, und auch sie verbeugten sich tief. Wieder fiel Gaius und Cornificius auf, welchen Wert Vibellius auf die Einhaltung der Etikette legte, wobei er wohl nicht wußte, daß alles durchaus etwas altväterlich wirkte; aber das war fast immer der Fall bei Leuten aus der Provinz, denen diese Formen des gesellschaftlichen Umgangs als herausstechendes Merkmal der Oberschicht galten, in die aufzusteigen sie sich mit ganzer Kraft und all ihrem Vermögen anschickten.

Die Freunde hatten den gleichen Eindruck: Vibellius selbst schien ein biederer Ehrenmann zu sein, seine Frau hatte im Hause das Sagen; Aulus war verwöhnt und durchtrieben, er würde bei allem seinen eigenen Nutzen und Vorteil im Auge behalten; Vibellia war nicht schön, schien sich aber dafür zu halten, und ihre Schminke war etwas überzogen mit einem Geruch des Ordinären; da sie freilich eine Summe in Höhe zweier ritterlicher Vermögen als Mitgift zu erwarten hatte, würde man sie mit Sicherheit in einigen Jahren als Gattin und *Domina*, Herrin, in einem heruntergekommenen Hause des römischen Uradels finden, etwa einer verarmten Nebenlinie der Cornelier, der Fabier oder Aemilier.

Gaius sagte ihnen einige freundliche Worte, die, besonders von den Frau-

en, mit einem angelernten Lächeln auf den Lippen entgegengenommen wurden. Dann führte man ihn und Cornificius ins *Tablinum,* wo bereits ein lucullisches Frühstück hergerichtet worden war. Die Freunde warfen sich einen Blick zu, folgten aber der Einladung des Hausherrn, Platz zu nehmen, während dieser sehr höflich wartete, bis seine Gäste saßen. Jeder wurde von einem eigenen Tischsklaven bedient, und man las ihnen jeden Wunsch von den Lippen ab. Ihnen fiel sogleich auf, daß Vibellius selbst sehr wenig zu sich nahm, ja daß er einen besonders für ihn hergerichteten Saft in kleinen Schlucken trank. Als er ihr Erstaunen bemerkte, sagte er: »Mein Magen! Mein... Er ist nicht in Ordnung. Der Ärger! Man hat ja heute nur noch Ärger! Nun noch die Sache mit den Pferden! Was meint ihr, wird man sie... wird das Rennen denn unter diesen Umständen überhaupt noch stattfinden?«
»Das wissen wir nicht«, sagte Gaius. »Denn nun ist allem Anschein nach auch noch Polynices verschwunden.«
»Was?« Er riß die Augen auf. »Und ich dachte, er... er... er könnte mit vier anderen Pferden...« Er starrte vor sich hin, und sein Gesicht wurde blaß. Dann griff er sich in die Gegend seines Magens und drückte gegen den Leib. Er schien starke Schmerzen zu haben, nahm mit beiden Händen den Becher mit der Medizin und trank den Inhalt hastig aus, holte tief Luft und setzte das Gefäß mit zitternden Händen zurück auf den Tisch. Dann putzte er sich umständlich den Mund ab.
Vorsichtig sagte Cornificius: »Für dich steht aber doch nicht viel auf dem Spiel, Vibellius! Der *Dominus factionis* hat erst eine kleine Anzahlung bekommen. Man wird diese Summe bei einem späteren Rennen verrechnen. Es kommt doch nicht auf den Zeitpunkt an.«
Aber da blickte ihn Vibellius erstaunt an und rief: »Anzahlung? – Ha! Wenn diese Summe die Anzahlung war, was soll dann erst das Ganze kosten!«
»Ich kenne natürlich nicht die Abmachungen eures Geschäfts«, meinte Cornificius, »aber du wirst schon auf deine Kosten kommen; wenn nicht jetzt, dann eben später!«
Sie wollten ihn nicht nach der Summe fragen, da sie hofften, er werde sie selbst nennen, denn sie gingen davon aus, daß sie höher war, als er unter den gegebenen Umständen zugeben würde, weil er wohl kaum die Blöße einer Übervorteilung von seiten des *Dominus factionis* zugeben konnte.

Aber Vibellius schwieg. Also mußte es sich um eine sehr große Summe handeln.

»Nun«, ergänzte Gaius, »dir steht in jedem Fall noch der Weg zu einem Gericht offen. Man wird dir zu deinem Recht verhelfen, ohne daß du Schaden erleidest.«

Mit flackerndem Blick reagierte Vibellius, nickte auffallend schnell mehrmals hintereinander, sagte »Ja-ja« und putzte sich den Mund mit der Serviette ab, obwohl er überhaupt nichts gegessen hatte.

Gaius aber spann, scheinbar hartnäckig, den Gedanken weiter: »Du solltest unverzüglich Klage erheben. Jetzt sind die Dinge noch frisch und in guter Erinnerung. Das gilt besonders für die in Frage kommenden Zeugen!«

»Wie?« Er starrte Gaius an, nickte dann wieder.

Gaius fuhr fort: »Ja, wen könntest du denn als Zeugen nennen, die beim Abschluß des Geschäftes mit Valerius dabei waren?«

»Wer dabei…« Seine Lippen zitterten, und die Freunde blickten sich wissend an. »Es war niemand dabei, außer…«

»Ja?«

»Außer meinem Sohn Aulus.«

»Wo hast du mit ihm verhandelt?«

»Wo? – Bei Aurelius Serenus, auf dessen Gestüt.«

»Ah-ja.«

»Ja. Ein freundlicher alter Mann. Er hat mir sehr geholfen.«

»Inwiefern?«

»Bei der Zusammenstellung der Pferde.«

»Hat er auch beim Abschluß des Geschäftes mit Valerius eine Rolle gespielt?«

»Nein, überhaupt nicht.«

Die Freunde nickten.

Dann fragte Gaius: »Hattest du auch Kontakte zu Decimus Aurelius, dem ältesten Sohn des Aurelius Serenus?«

Vibellius zögerte, zwar nur sehr kurz, aber den Freunden entging dies nicht, auch nicht dieser gehetzte Blick, der mehrmals zwischen ihnen und dem Becher auf der Tischplatte hin- und herzuckte.

»Nein. Überhaupt nicht.«

Sie wußten, daß er gelogen hatte.

Gaius wechselte, scheinbar ohne Anlaß und Sinn, das Thema: »Na, auf

jeden Fall finde ich es gut, daß du dich in der Stadt einigermaßen eingelebt hast. Das dürfte einem Bürger aus Capua ja auch nicht allzu schwergefallen sein.«
»Wie man's nimmt! Capua ist gegen diese Stadt ein Dorf. Aber ich habe ja unter meinen Clienten zahlreiche Landsleute, die treu zu einem halten. Das hilft schon über einen schwierigen Anfang hinweg.«
»Aha. Na, das ist aber fein.«
Nach einigen weiteren allgemeinen Bemerkungen über diese Leute, über das Wetter, die Gesundheit erhob sich Gaius und sagte sehr ernst und besorgt: »Ich habe noch viel zu tun. Solltest du irgendwann den Wunsch haben, mit mir über den Fall zu reden, weil inzwischen neue Dinge geschehen sind, stehe ich dir jederzeit zur Verfügung. Wir danken dir für diesen freundlichen Empfang.«
Der Abschied war kurz.

18

Sie hatten gerade das Haus am Palatin betreten, als Menander meldete, dieser Junge namens Marcus Atilius sei an der Tür und habe Wichtiges zu melden.
»Herein mit ihm!« rief Gaius.
Als Marcus dann erschien, sagte Gaius zu Cornificius: »Das ist Marcus, der neue Schüler von Selenus.« Und zu Marcus, auf Cornificius weisend: »Falls du Fragen an einen leibhaftigen Dichter haben solltest, steht dir dieser hier zur Verfügung: Quintus Cornificius!«
Cornificius lächelte und reichte dem Jungen die Hand. Marcus machte eine korrekte Verbeugung.
»Was hast du zu melden?« fragte Gaius, und Marcus begann ohne Umschweife: »Ich habe dir, Volcatius, gestern berichtet, daß unter den Männern, die die Pferde entführt haben, einer mit einem Bart war.«
»*Recte*«, nickte Gaius.
»Diesen Mann habe ich heute morgen gesehen.«
»Wo?«
»In der Straße, in der Vibellius' Haus steht.«
»Aha. Und?«
»Er ging auf das Haus zu, betätigte den Türklopfer und wurde auf der Stelle eingelassen.«
»Sehr gut!« lobte Cornificius, doch Gaius fragte: »Was hast du zu so früher Stunde dort zu suchen?«
Mit klarer Stimme, der man die Begeisterung anmerkte, antwortete Marcus:
»Du sagtest gestern, Volcatius, ich solle die Augen aufhalten!«
»*Bene*. – Aber so früh?«
»Ich muß ohnehin früh aufstehen, um bei Asinius zu helfen.«
Gaius nickte, ging einige Schritte auf und ab.
»Hast du heute noch bei Asinius zu tun?«
»Ja. Ich muß noch zwei Wagen waschen, die Verdecke wachsen und die Riemen einfetten.«
»Hm... Gut, dann paß bitte auf, ob du den Decimus Aurelius siehst. Du kennst ihn?«
»Sicher. Er ist ja fast täglich auf dem Gelände.«
»Hm... Sag mal, wann ist dein Bruder Titus zu Hause?«

»Meistens sehr spät.«
»Warum spät?«
»Er arbeitet so lange im Circus.«
»Ist er jetzt auch dort?«
»Ja.«
»Wo finde ich ihn?«
»In den *Carceres* oder an der Außenseite, bei den Stellmachern der Roten.«
»Gut. Wie geht es deiner Mutter?«
»Besser als gestern. Der Arzt Athenodoros war gestern abend noch bei ihr und gab ihr eine neue Medizin. Er sagte, sie müsse den Sommer ins Gebirge.«
»Menander!« rief Gaius, und der Grieche kam. »Notiere bitte für den Mai/Juni eine Fahrt in die Albaner Berge.«
»Aber… du hast als Aedil doch in der Stadt zu tun…«, entgegnete Menander.
»Sicher. Es handelt sich auch nicht um mich, sondern um seine Mutter.« Er wies auf Marcus. »Man soll auf dem Tusculanum zwei Zimmer herrichten.«
»Sehr wohl, Herr!« Menander zog sich zurück.
»Aber Volcatius!« rief Marcus. »Das habe ich doch so gar nicht gemeint, als ich sagte, meine Mutter…« Er wurde schon wieder rot.
»Aber ich!« sagte Gaius. »Kann deine Mutter ansonsten gut einen Haushalt führen?«
»Sicher, Volcatius. In jungen Jahren war sie bei einem Ritter angestellt.«
»Fein. Wenn sie sich erholt, werden wir sehen, ob wir für sie eine angemessene Aufgabe finden. Und was dich betrifft, so wirst du dich heute nachmittag, so gegen die neunte Stunde, wieder hier einfinden. Ich möchte dich mit deinem zukünftigen Lehrer bekannt machen.«
Marcus senkte nur leicht den Kopf und sagte: »Ich werde pünktlich sein, Volcatius.«
»Gut. Und halte weiter die Augen offen!« Er hob die Hand, und Marcus verstand, daß er entlassen war. Er ging.
»Ein feiner, intelligenter, bescheidener Junge!« lobte Cornificius, der Marcus nachgeblickt hatte.
»*Ita'st*. Und ich möchte, daß er das bleibt!«
»Du hast ihn wohl in dein Herz geschlossen?«

»*Ita'st.* Aus ihm werde ich etwas machen.«
Gaius konnte nicht ahnen, daß dieser Satz einmal eine schicksalhafte Bedeutung für ihn und seine Familie haben würde. Aber davon wird noch zu gegebener Zeit zu berichten sein.
Sie setzten sich in der Bibliothek kurz zusammen und warfen einen Blick auf den Zettel, den Cornificius am frühen Morgen mit der Tabelle und den Namen beschriftet hatte. Dann sagte Gaius: »Ich gehe jetzt zu Clodia, hoffe, Curio anzutreffen. Die Zeit drängt. Darum solltest du zum Circus gehen und Titus Atilius aufsuchen. Vielleicht weiß er etwas.«
Als Cornificius gegangen war, ließ Gaius den Alexander kommen. Dieser war soeben von seinem »Spähtrupp« zurück, hatte aber nichts Wesentliches erfahren können. Gaius beauftragte ihn, sich noch einmal bei Carinnas und auch bei Birria umzuhören. Er schloß: »Herhören! Zur sechsten Stunde wirst du mich begleiten! Du wirst Zeuge der *Manumissio*, der Freilassung, deines Freundes Archelaos sein. Kleide dich ordentlich und geschmackvoll! Spüle deinen Mund, damit du nicht nach Erbsensuppe riechst! Sei pünktlich!«
»Jawohl! Herhören! Zeuge der Stunde! Freilassung! Geschmackvoll! Pünktliche Erbsensuppe!«
»*Sic est!* – Wegtreten!«
Er grüßte korrekt und entfernte sich. Bevor er aber das Haus verließ, teilte er Melitta, seinem Weibe, in der Küche mit: »Herhören! Kleide dich ordentlich und geschmackvoll! Spüle deinen Mund! Du wirst Zeuge sein! Pünktlich!«
Und weg war er. Melitta aber seufzte und sagte leise vor sich hin: »Warum liebe ich ausgerechnet dieses große Kind!«
Dann ließ sie sich auf dem Hocker in der Ecke nieder und gab ihrem Erstgeborenen, dem kleinen Archelaos, die Brust.

Kurze Zeit danach verließ auch Gaius das Haus am Palatin und erreichte nach wenigen hundert Schritten die *Domus* der Clodia. Der Ostiarius – wie alle Pförtner stets von einer nicht mehr überbietbaren Mürrischkeit und Tristesse – meldete steif und leiernd: »Die Herrin Clodia ist im Hause. Die Herrin Clodia wird dich empfangen.«
In solchen Augenblicken vermißte Gaius seinen Alexander, der stets aufs neue durch diese übertriebene Akkuratesse der Rede herausgefordert wurde und, bevor er das Haus als solches betrat, den pflichtbewuß-

ten Mann erst einmal unter verbalen Beschuß nahm, bis er ihn gemäß seinen Vorstellungen von »Würde«, »Dissiplin« und »Geschmack« so geknetet hatte, daß er ihn mit einem wohlwollenden »Na also!« entlassen konnte.
»Na also!« sagte Gaius und sah, wie der brave Mann, wohl in Erinnerung an Alexandrinische Disputationen, zusammenschrak. Er ging ins Atrium und fragte die nächste Dienerin, die vor ihm das Knie beugte, nach der Herrin Clodia. Sie sei im Obergeschoß, in ihrem Zimmer. Ja, sie sei allein. Nein, sie habe keine Kopfschmerzen.
Erleichtert nickte Gaius sich zu und ging zum Flur, stieg von dort die neue steinerne, mit Marmorplatten belegte Treppe aufwärts, ging im oberen Gang nach links und klopfte an Clodias Ankleidezimmer.
»Ja? Wer ist da?«
»Zeus oder Amphitryon. Wer ist dir lieber?«
Sie schwieg. Doch dann wurde die Tür unerwartet aufgerissen, und sie lächelte ihn an.

Bitte, wie doch magst du mich
Zum bloßen Spotte grüßen? Redest da heraus,
Als hättest du mich lange nicht gesehen, kämst
Soeben erst aus Feindes Land nach Haus und sähst
Nach langer Zeit mich erstmals wieder.

Gaius reagierte sofort und gab ebenfalls mit Plautus zurück:

Sah ich dich
Doch nirgends als soeben hier!

Sie erwiderte:

Wollt ihr vielleicht mich auf die Probe stellen?
Warum kehret ihr so schnell nach hier zurück?
Hat böser Vogelflug euch Aufenthalt verursacht?
Hielt euch Sturm zurück?

Er reichte ihr die Hand, zog sie an sich und drückte sie sanft. »Amphitryon war bestimmt heftiger!« sagte sie.

»Er mußte ja auch vor der Konkurrenz des Gottes bestehen!«
»Du etwa nicht?«
»So? Wie heißt er denn?«
»Wenn ich das wüßte.« Sie lehnte sich an ihn, griff seine Hand, und sie gingen nebeneinander nach unten. Sie ließ ihn nicht los, sondern zog ihn mit sich in den Garten, in dessen Geviert sich die angenehme Wärme des späten Aprilmorgens im Stein der Säulen und ihres Gebälks sammelte. Sie gingen unter der Pergula langsam zum hinteren Teil, betrachteten die blühenden Stauden und sahen den Bienen zu, wie sie von Blüte zu Blüte flogen, angezogen von Farbe und Duft, wie sie dann, beladen mit Nektar und gelbem Staub an den Hinterbeinen, den heiteren Ort verließen, um anderen Platz zu machen. Es war ein stetes Kommen und Gehen; auch andere Insekten mischten sich darunter, freilich weniger geübt im Ernten als die fleißigen Sammlerinnen.
»Du hast Ärger, nicht wahr?« Sie sagte es, ohne ihn anzublicken.
»Möglich«, sagte er.
»Erzähl!«
Er tat es, berichtete in allen Einzelheiten, was sich bisher ereignet hatte, erwähnte auch das Agieren beider Consuln in der Sache, erzählte ihr von diesem aufgeweckten Jungen, den er fördern wollte, und sie hörte, wie immer, sehr aufmerksam zu. Dann sagte sie: »Was soll ich für dich tun?«
»Nicht viel. Ich möchte, daß du ein Treffen mit Scribonius Curio arrangierst.«
»Wo, hier?«
»Das ist gleich. Bei dir, bei ihm, bei mir – oder sonstwo. Wann siehst du ihn?«
»Heute morgen. Er wollte mir Bescheid geben, wann Fulvia nach Baiae fährt.«
»Wirst du sie begleiten?«
»Wahrscheinlich ja.« Sie sagte es sehr bestimmt.
»Wie lange wirst du bleiben?«
»Das kann ich nicht sagen.«
Sie blickten beide zu dem gelb blühenden Strauch, dessen Namen er nicht kannte. Es drängte ihn, hier und jetzt endlich klare Verhältnisse zwischen ihnen zu schaffen. Es mußte sein. Sie würden nicht monate- und jahrelang so unverbindlich nebeneinander her leben können.

Er fühlte, sie dachte und empfand das gleiche, wahrscheinlich nur intensiver; sie war eine Frau, und sie war acht Jahre älter als er.
Da spürte er, wie sie sanft seine Hand nahm, sie drückte und leise, doch bestimmt sagte: »Wir werden Freunde bleiben.«
Er schwieg, stellte sich aber lebhaft vor, wie das denn aussehen könnte. Und wieder fiel ihm Caesar ein: *Es ist gut, wenn ein junger Mann längere Zeit eine ältere Freundin hat. Das hilft Fehler vermeiden...*
»Woran denkst du?« fragte sie.
»An Caesar.«
»Was? An...?!« Sie sah ihn plötzlich von der Seite an. Er lachte und gestand ihr, was er eben gedacht hatte. Sie lachte nicht, sondern sagte leise: »Er ist ein Raubtier!«
»Wie? Was sagst du da?«
»Ach, nichts...« Doch nach einer Weile meinte sie: »Er will nur besitzen! Er herrscht. Sie dient. – Nun, viele wollen es ja so haben. – Du hast recht. Wir werden Freunde bleiben, nicht gute – die besten! Komm!«
Sie gingen ins Haus.

19

Als Gaius nach einer Stunde das Haus wieder verließ, war er sich seiner selbst sehr sicher, so sicher wie lange nicht. Die Stadt kam ihm vor, als ob er sie aus großem Abstand, aus großer Höhe betrachte, als ob er alles verstehe, was da sich bewegte, was da kreuchte, lebte. Er hatte dieses seltsame allwissende Empfinden schon mehrmals gehabt, so damals nach der Eroberung von Alesia, und nun wußte er, wann immer es kam: Es waren große Zäsuren, die den Fluß seiner Zeit, seines Lebens, seiner Pläne unvermittelt anhielten, und er wußte, noch in fünfzig Jahren würde er sich dieses Augenblickes entsinnen, als ob er dann erst geschähe. Sein letztes Zusammensein mit ihr war nun vorbei, war für ihn das, was für andere große Ereignisse zu Zeiten der Väter waren, wenn sie eine natürliche Entwicklung zum Abschluß gebracht hatten. Und wie er so ging, langsam und würdevoll, vor ihm die beiden Lictoren, war es eine Mischung von Trauer, Abschied, Neubeginn und Freiheit, die ihn mit wechselnder Kraft bewegte, und je mehr er sich entfernte, blieb zuletzt die Befreiung. Er hatte recht gehandelt.

Als er sein Haus betrat, kam ihm schon im Atrium ein unruhiger Cornificius entgegen.
»Es ist nicht zu fassen!«
»Was?«
»Er ist nicht zur Arbeit erschienen!«
»Wer?«
»Na, Titus, des Atilius älterer Bruder! Leidest du an Gedächtnisschwund?«
»Vielleicht...«
»Kenne da einen guten Arzt...«
»Ich auch. Weiter!«
»Nun, ich fragte eine ganze Menge Leute aus, die ihn gut kennen. Und sie alle bestätigen, daß Titus Atilius noch nie, ohne eine Nachricht zu hinterlassen, der Arbeit ferngeblieben war. Das sei nun bereits der zweite Tag. Einige von ihnen meinten, es müsse etwas geschehen sein.«
Gaius hielt den Zeigefinger an die Lippen, nickte zweimal und rief den Menander.
»Schick sofort jemand zu Marcus Atilius! Er soll kommen!«

Menander verbeugte sich, ging zu den beiden Numidern, die im Garten tätig waren, und schickte den Syphax los.
»Was Neues von deinem Freund Polynices?« fragte Gaius.
»Nein. Noch weniger als nichts.«
»Hm...« Er ging wieder auf und ab. »Gleich wissen wir mehr.«
Cornificius nickte: »Noch zwei Tage bis zum ersten Rennen!«
»Was willst du damit sagen?« fragte Gaius.
»Was ich damit...? Nun, daß wir nur noch heute und – wenn's hochkommt – morgen die Zeit haben, den Dingen auf den Grund zu gehen! Die Stimmung im Circus ist miserabel. Die Leute halten alle die Entscheidung der Fahrer für richtig, nicht an den Start zu gehen.«
»Du nicht?«
»Wie? – Wenn ich Fahrer wäre, würde ich genauso handeln.«
»*Bene.* – Aber das wird Folgen haben. Ein ganzes System wird dadurch verwirrt, von dem gewisse Leute annahmen, man könne es nie gefährden, weil es immer schon so gelaufen ist. Gewisse Leute werden nun Angst bekommen.«
»An wen denkst du?«
»Na, zunächst einmal an die Geldgeber, an die Veranstalter, die Spielgeber. Dabei interessiert mich besonders dieser Syrer Symmachus! Wir werden ihn aufsuchen.«
»Wann?«
Gaius überlegte: »Heute mittag die Freilassung... Das müßte doch auch ohne mich gehen... Der Patron ist ohnehin die letzte Instanz, nicht ich!« Er rief: »Menander!«
Sofort erschien der Grieche: »Herr?«
»Geh zu meinem Vater! Bring ihm diese Nachricht!« Er eilte in die Bibliothek; Menander folgte ihm. Gaius setzte sich und schrieb mit fliegender Feder ein paar Zeilen auf ein Blatt Papyros, streute Sand aus der Dose darüber, blies ihn weg, faltete das Blatt und reichte es Menander.
»Sag ihm, ich sei gegen die neunte Stunde wieder zurück. Selenus solle sich dann hier einfinden. Nun geh! Nein, lauf!«
Menander verlor indes nicht die Haltung und erledigte alles in seiner korrekten, nie überhasteten Art und Weise, die Gaius so sehr an ihm schätzte.
Menander hatte gerade das Haus verlassen, als Marcus Atilius mit Syphax ins Atrium kam, beide außer Atem. Gaius sah es und sagte

lächelnd: »Donnerwetter! Ihr solltet euch zur nächsten Olympiade melden!«
Dann bat er den Marcus zu sich, ging mit ihm in die Bibliothek, legte ihm kurz eine Hand auf die Schulter und sagte: »Marcus! Überlege nun genau, ehe du antwortest!«
Gaius schaute ihn dabei sehr ernst an, und Marcus spürte, daß seine Antwort eine große Bedeutung haben würde.
»Jawohl!« Er nickte energisch.
»Gut.« Gaius setzte sich ihm gegenüber, Cornificius stand neben ihm, und beide hielten ihre Augen auf den Knaben gerichtet, der beider Blick abwechselnd erwiderte.
»Marcus! Du sagtest uns, dein Bruder Titus sei von Beruf Wagenbauer.«
»Ja, Volcatius. Das ist er.«
»Ist er ein guter Wagenbauer? Ich nehme an, das kannst du schon beurteilen.«
»Ja, Volcatius. Er ist ein hervorragender Wagenbauer!«
»Woher weißt du das?«
»Weil immer wieder wohlhabende Männer zu ihm kommen und ihn bitten, ihnen einen Wagen nach ihren Wünschen zu bauen.«
»Und? Macht er das dann auch?«
»Selten, eigentlich nie!«
»Warum nicht?«
»Ich nehme an, weil er dafür keine Zeit hat.«
»Bei wem ist er denn festangestellt?«
»Bei den Roten.«
»Ist also Valerius sein Vorgesetzter?«
»Ja, ich denke ja, Volcatius.«
»Hm...« Gaius rieb seine Hände aneinander. »Ist er heute morgen wie immer zur Arbeit gegangen?«
Ohne zu zögern kam die Antwort: »Ja, Volcatius.«
»Und gestern?«
»Gestern auch. Er geht immer schon sehr früh aus dem Hause. Und er kommt erst sehr spät wieder.«
»Wann kam er gestern abend wieder nach Hause?«
»Oh, erst am Ende der ersten Nachtwache.«
Gaius stand auf und ging auf Marcus zu.
»Ist dir in letzter Zeit, in den letzten Tagen, irgend etwas an deinem Bru-

der aufgefallen? Machte er Bemerkungen, Andeutungen über irgendwelche Personen?«
»Nein, Volcatius.«
»War er vielleicht nervös? War er gereizt? War er vielleicht grob zu dir oder deiner Mutter?«
Marcus dachte angestrengt nach.
»Eigentlich... nein, nicht daß ich... oder doch... Er hörte mir nicht zu, als ich ihm erzählte, daß ich vielleicht in deinem Hause, Volcatius...« Er errötete plötzlich.
Gaius lächelte. »Das kannst du ihm ruhig erzählen, mein Junge. Es ist kein Geheimnis. – Also, er hörte dir nicht zu?«
»Ja. Sonst hört er mir immer zu, wenn ich ihm etwas erzähle, was ich gesehen oder erlebt habe. Er ist immer sehr gut zu mir.«
»Hm...« Gaius war wieder sehr ernst. Er dachte angestrengt nach und sah, als er Cornificius anblickte, daß dieser wohl dasselbe im Sinne hatte.
Cornificius nickte dem Freund zu und sagte dann zu Marcus Atilius: »Marcus! Hat er, als du ihm von dem Aedilen Gaius Volcatius erzähltest, hat er umgekehrt dich nach dem Aedilen oder nach dessen Freunden oder Untergebenen ausgefragt?«
Marcus dachte nach.
Gaius ergänzte die Frage: »Es könnte eine Kleinigkeit sein, die dir vielleicht in dem Augenblick gar nicht wichtig erschien. Denk nach!«
Marcus tat es. Dann sagte er leise: »Er fragte mich nur, wer alles in diesem Hause sei.«
»Weiter!«
»Er fragte, was dieser Sohn des Alexandros aus Theben für ein Mann sei.«
»Aha!« Die Freunde zwinkerten sich zu.
»Ja, er fragte auch, wer...«
»Ja?«
»... wer hier ein- und ausgehe. Aber ich dachte, das sei nur seine Neugier. Ich würde so was ja auch fragen, wenn mein Bruder in einem vornehmen Hause...« Er errötete wieder.
Gaius ging zu ihm hin, strich ihm über den Kopf und sagte mit großer Wärme in der Stimme: »Hör zu, mein Junge. Ich interessiere mich für deinen Bruder nur, weil ich und auch Cornificius davon ausgehen, daß er in großer Gefahr ist. Später wirst du das verstehen.«

Marcus schwieg und schaute sie nur aus großen, erstaunten, nun auch ängstlichen Augen an.
»Geht jetzt nach Hause. Sei zur neunten Stunde hier. Dann will Selenus, dein zukünftiger Lehrer, dich kennenlernen.«
Marcus verbeugte sich und verließ das Haus.
»So. – Machen wir uns fertig!« sagte Gaius, und eine halbe Stunde später galoppierten sie auf Castor und Pollux bereits auf der Via Ostiensis – der Straße nach Ostia.

Sie erreichten Ostia nach weniger als einer Stunde. Da sie schon öfter in der Hafenstadt Roms zu tun gehabt hatten, kannten sie sich hier gut aus. Sie vermuteten, daß Symmachus, wie alle Großkaufleute seines Schlages, in der Nähe des Hafens sein Kontor hatte; auf eine entsprechende Frage antwortete ihnen ein Fuhrmann mürrisch, Symmachus habe sein Quartier gleich neben der Hafenkommandantur. Wo diese lag, brauchte man ihnen nicht zu sagen, und eine Viertelstunde später waren sie am Ort.
Das Haus, in dem Symmachus wirtschaftete, war nicht so groß, wie sie es erwartet hatten, aber das wollte nichts besagen, denn es konnte Zeichen für alles mögliche sein wie Sparsamkeit, Zurückhaltung, Bescheidenheit, Selbstvertrauen – oder auch Geiz. Was ging es sie an!
Entgegen ihrer Vermutung wurden sie von einem Schreiber unverzüglich in eine Art Vorzimmer des Handelsherrn gebeten. Dann dauerte es nur wenige Augenblicke, und man rief sie auch schon in das Allerheiligste des Hauses.
Symmachus saß hinter einem nicht allzu großen, eher bescheidenen Arbeitstisch, auf dem sich allerdings eine Unmenge von Blättern und Rollen chaotisch stapelte. Die Wände waren kahl, nur weiß getüncht, ein Teppich, kein Wandbild diente als Schmuck.
Der Syrer selbst bildete dazu einen gewissen Gegensatz, denn er war orientalisch gekleidet, trug am Ringfinger der rechten Hand einen mit einem kolossalen Rubin besetzten Goldring; sein Haar war dunkelbraun, leicht gewellt, und es fiel in anmutiger Fülle bis auf die Schultern; das schmale Gesicht wurde gerahmt von einem etwas dunkleren Bart, dem man die tägliche Pflege ansah, denn er war scharf konturiert und glänzte. Die Jahre des Mannes waren sehr schwer zu schätzen, denn sicherlich machte der Bart ihn älter, als er war, andererseits verjüngte

ihn die jugendlich anmutende Frisur, in der kein einziges graues Haar zu entdecken war. Das Gesicht selbst entsprach dem gepflegten Äußeren, denn es war fein, subtil gegliedert, schien eher das eines gelehrten, vielwissenden Mannes zu sein als das eines Händlers; aber das wiederum mochte gerade die Voraussetzung dafür sein, denn der stete Blick in die Weiten des Erdkreises, die Kenntnis der Sitten, Bräuche, Religionen und Sprachen aller Umwohner des mittleren Meeres, das stetige Wagnis des Handels – dies alles zusammen mochte sehr wohl, wenn die geistigen Bedingungen angeboren waren, einen Kopf hervorbringen, der in jeder Beziehung interessant war.

Nachdem sich Gaius und Cornificius vorgestellt hatten, stand Symmachus auf und ging auf die beiden Besucher zu.

»Ich hatte noch nie mit dem Curulischen Aedilen Volcatius Tullus zu tun. Was verschafft mir die Ehre?«

Er hatte es mit einem ungemein gewinnenden Lächeln gesagt, und Gaius war klar, daß er mit allen Wassern gewaschen war.

Cornificius übernahm das Gespräch und begann: »Es handelt sich um eine Angelegenheit von einiger Tragweite.«

»Politischer oder wirtschaftlicher?« fragte Symmachus zurück und lächelte vieldeutig.

»Wie du willst. – Wir erbitten in der leidigen Angelegenheit, um die es geht, deinen erfahrenen Rat.«

»Worum geht es denn?«

Gaius berichtete ihm mit wenigen Worten von der Entführung der Pferde und machte Andeutungen darüber, daß in der Sache wahrscheinlich hochstehende Persönlichkeiten aktiv geworden seien, daß sie jedoch gewiß nun, wo alles durch die Weigerung der Fahrer eskaliert sei, erst recht reagieren würden.

Symmachus blickte Gaius ohne eine Regung an; sein Gesicht glich einer Maske, starr, undurchdringlich, und doch wußten sie, daß er nun blitzschnell überdachte, wie er sich verhalten solle. Dann löste sich die Starre, und er sagte mit dem alten Lächeln: »Das ist mir natürlich nicht neu. Ich meine die Weigerung der Fahrer, in zwei Tagen an den Start zu gehen.«

War seine Gelassenheit echt?

»Es scheint dich nicht sehr zu beunruhigen«, bemerkte Gaius, und Symmachus antwortete mit einem halben Lächeln: »Warum sollte es mich denn beunruhigen? Ich betreibe diese Rennen doch nur, weil es mir Spaß macht, mit edlen Pferden umzugehen. Was habe ich mit römischer Politik zu tun!? Nichts! Ich bin kein Römer, noch nicht einmal Italiker. Meine Geschäfte gehen gut. Warum sollte ich mich beunruhigen, nur weil vier Quadrigen nicht wie vorgesehen an den Start gehen. Und was das Geld betrifft, das dabei auf dem Spiel steht ...« – er hob die Hand, spreizte den Daumen zur Seite – »... es gibt doch römische Gerichte, die ich anrufen würde, falls ich durch das Verschulden anderer zu Schaden kommen sollte. Aber es geht ja nicht um mich. Bitte, was möchtest du, Aedil, denn wissen? Welchen Rat kann ich dir geben?«

Er lehnte sich zurück und wartete interessiert auf die Fragen. Gaius begann scheinbar unbeteiligt: »Sowohl deine Pferde als auch die des Vibellius stammen aus dem Stall des Aurelius Serenus.«

»Ja, Aurelius versteht etwas von Pferden wie kein zweiter Römer! Ich mag diesen Mann, trotz – nein: gerade wegen seiner Schrullen und Marotten. Ihr wißt, was ich meine?«

»*Certo.* – Gewiß.« Gaius ließ nicht locker: »Ich gehe davon aus, daß die Pferde deiner Quadriga denen des Vibellius gleich an Stärke, Eleganz, Schnelligkeit sind, wenn nicht sogar überlegen, denn auch du bist bekannt als Pferdekenner.«

»Nun, das mag schon so sein. Aber worauf willst du hinaus?«

»Wie erklärst du dir dann, daß man die Pferde, die für Vibellius laufen, entführt hat, während man deine ungeschoren ließ?«

»Woher soll ich das wissen. Bin ich der Dieb?«

»Ich traue dir aber zu, vielleicht das Motiv zu kennen, zumindest, es zu vermuten.«

»Ich danke dir, Aedil, für das große Vertrauen in meine Intelligenz, aber auch ich... Augenblick!« Er hielt inne und machte ein Gesicht, als ob ihm plötzlich eine Erleuchtung gekommen war: »Vibellius ist ein schwerreicher Mann, nicht wahr?«

Gaius nickte.

Symmachus fuhr fort: »Es wird ihm eine Kleinigkeit sein, mit Hilfe seines Geldes seinen Sohn zum Quaestor zu machen.«

»Sicher«, nickte Gaius.

Symmachus fuhr, nun ernster, fort: »Aber Geld allein genügt heutzutage nicht mehr.«

»Was meinst du?« fragte Cornificius.

»Nun, er muß eine bestimmte politische Auffassung vertreten. Ich meine, er muß sich zwischen beiden Lagern entscheiden.«
»Ich denke, Politik interessiert dich nicht!« rief Gaius in Erinnerung.
»Es geht hier ja auch nicht um meine Interessen, sondern die des römischen Ritters Decius Vibellius aus Capua!« War da nicht etwas Unmut in der Stimme? Gefror ihm nicht das geschäftsmäßige Lächeln? Er spann den Gedanken weiter: »Vibellius muß sich also entweder für die Sache der Optimaten oder die der Popularen, kurz: für den konservativen Kern des Senats oder die Anhänger Caesars entscheiden. Und er wird sich entschieden haben!«
»Soll das heißen« fragte Cornificius, »daß er, falls er sich etwa für Caesar entschieden hat, von dessen Gegnern unter Beschuß genommen wird? Oder im umgekehrten Fall von den Popularen?«
»Es könnte sein. Warum nicht? In Rom ist heute alles möglich. Ich bin froh, nicht in dieser furchtbaren Stadt zu wohnen.«
»Ich kann dir nicht ganz folgen«, erklärte Gaius mit Schärfe. »Nehmen wir an, Vibellius habe sich für die eine oder andere Seite entschieden... Wie sollte ein solcher Neuling, der bisher nur den Klüngel seiner Provinzstadt Capua kennt, in Rom für so wichtig genommen werden, daß man mit allen Mitteln zu verhindern sucht, daß seine Pferde am achtundzwanzigsten April an den Start gehen?«
»Ihr habt mich gefragt, ich habe geantwortet. Ich habe nicht behauptet, im Besitz der Wahrheit zu sein.«
Sie redeten dann noch eine Weile über dieses und jenes. Dann brachen die Besucher das Gespräch ab und verabschiedeten sich, höflich für diesen Gedankenaustausch dankend, und verließen das Haus.
Sie gingen zu den Pferden, lösten die Zügel von dem dafür vorgesehenen Ring in der Mauer und ritten davon. Als sie die Straße, in der des Symmachus Kontor lag, verlassen hatten, hielten sie an. Gaius sah einen Centurio[54], der auf dem Wege zur Kommandantur war, ritt auf ihn zu und hielt ihn an.
»Halt!«
Gaius entnahm seinem Brustbeutel jenen alten Befehl Caesars, aus dem hervorging, daß jeder römische Soldat dem Besitzer der Urkunde in allem zu gehorchen habe. Gaius sprang vom Pferd. »Name?«
Der Centurio, beeindruckt von der zackigen Kürze der Frage, aber auch von Haltung und Blick des Fragenden, antwortete: »Sextus Paulinus.«

»Schon mal in Gallien gedient?«
»Jawohl!«
»Einheit?«
»Zehnte!«
Gaius reichte ihm die Urkunde, die der Mann augenblicklich las. Dann stand er stramm: »Stehe zur Verfügung, Legat[55]!«
»Herhören! Du wirst das Haus des Symmachus beobachten...«
» Jawohl!«
»... und feststellen, ob und wann Symmachus es verläßt!«
»Jawohl!«
»Ferner wirst du feststellen, wohin er sich begibt!«
»Jawohl!«
»Dann wirst du uns deine Beobachtungen melden!«
»Jawohl! Wo werde ich euch finden.«
Gaius blickte um sich, entdeckte auf der anderen Seite der Straße ein *Thermopolium*, ein Lokal, das warme Getränke ausschenkte, und teilte dem Mann mit, daß er sie dort finden könne. Der Centurio stand stramm, grüßte fast so korrekt wie Alexander und entfernte sich.
Gaius und Cornificius schlenderten mit den Pferden über die Straße, banden sie dort an einem Ring in der Mauer fest und betraten das Lokal. Es war sauber und wenig besucht. Sie bestellten eine heiße Hühnerbrühe mit Brot und tranken sie, als sie etwas abgekühlt war, aus den kleinen Schalen.
»Was hältst du von ihm?« fragte Cornificius, und Gaius antwortete: »Alexander grüßt besser.«
»Sein gutes Recht. Aber ich rede von Symmachus.«
In diesem Augenblick kam die Bedienung vorbei. Sie zahlten sogleich, um ungestört reden zu können und sogleich aufzubrechen, wenn der Centurio ihnen Bescheid gab.
»Für mich steht fest, daß er mit etwas hinterm Berge hält. Und was meinst du?«
»Das gleiche. Was er uns erzählte, war nur vordergründig; ihm fiel spontan nichts Besseres ein.«
Sie hatten die Schalen geleert, als der Centurio hereinkam, grüßte und sich zu Gaius beugte: »Er verließ soeben mit einem Wagen den Hof.«
»Richtung?«
»Richtung Via Ostiensis und dann nach Rom.«

»Bist du sicher?«
»Jawohl, Legat! Ich sah ihn selbst dort fahren.«
»Danke! Hier!« Er reichte ihm ein Goldstück. »Für außerordentliche Dienste im Namen Caesars!«
»Danke, Legat! Erlaube eine Frage, Legat!«
»Bitte!«
»Was macht dein Bein?«
Gaius blickte auf sein Bein, zu Cornificius, dann wieder zu dem Centurio und sagte: »Was weißt du von meinem Bein?«
»Ich war bei denen, die dich damals an der Brücke über den Rhenus gefunden haben, Legat.«
»So?« staunte Gaius.
»Jawohl. Und du hattest da einen furchtbaren Menschen bei dir, der in einem fort behauptete, er habe dir das Leben gerettet.«
»Ach! Und der hieß?«
»Ich glaube... Alexander.«
»Soso... Na, dann sind wir ja alte Kameraden, nicht wahr?«
»Jawohl!«
»Aber warum bist du hier, in Ostia?«
»Wurde hier als Ausbilder abkommandiert.«
»Als Ausbilder? Wen bildest du denn hier aus?«
»Besatzungen von Schnellseglern. Für den Fall, wenn sie an Land gehen.«
»Aha. Also gehörst du zu der Truppe, die für die *Cura annonae,* die Versorgung der Hauptstadt mit Getreide, zuständig ist?«
»Jawohl.«
»Dann ist jetzt also Pompeius dein oberster Feldherr?«
»Jawohl.« Es klang nicht sehr erfreulich, vielmehr so, als ob er es bedauerte.
»Na gut«, schloß Gaius, der sich schon erhoben hatte. »Willst du wieder zum gallischen Haufen?«
»Jawohl, Legat!«
»Hm. Werde sehen, was sich machen läßt. Wenn du nach Rom kommst, laß dich bei mir sehen.«
»Ich komme morgen nach Rom, Legat.«
»Aha. Dann sehen wir uns vielleicht morgen. Frag nach dem Hause von Gaius Volcatius Tullus am Palatin!«
»Jawohl!« Er strahlte.

»Also dann vielleicht bis morgen.« Gaius grüßte militärisch korrekt zurück, und der Centurio ging.
Cornificius sagte, nachdem er dem Soldaten nachgeblickt hatte: »So geht's allen, die aus der Gallienarmee ausscheiden mußten. Sie holen für Caesar und seine Offiziere jederzeit die Kastanien aus dem Feuer. Das ist der Punkt, den gewisse römische Köpfe nicht wahrhaben wollen.«
»Ihr gutes Recht«, meinte Gaius, aber ihm war nicht zum Scherzen. »Komm, wir dürfen unseren Mann nicht verlieren.«

Sie waren erst drei Meilen geritten, als sie den Wagen des Symmachus vor sich sahen. Er mußte es sein, denn ein zweiter Wagen dieser Art war nicht nach Rom unterwegs.
»Wir bleiben hübsch hinter ihm, dann verlieren wir ihn nicht aus den Augen«, meinte Gaius.
Allerdings war, wie immer auf dieser Straße, ein reger Verkehr mit Ochsenkarren, mit Eseln, die schwere Säcke trugen, und auch zahlreichen Leuten zu Fuß, die von irgendwoher mit dem Schiff nach Ostia gesegelt waren, nun aber den letzten Sesterz sparten und zu Fuß zum Ziel ihrer Reise, der Hauptstadt des Imperiums, strebten. In beiden Richtungen waren zahlreiche Reiter unterwegs. Dieser Strom von Menschen und Gütern war ihrem Vorhaben sehr günstig, ungesehen dem Wagen, dessen ledernes Verdeck hochgestellt war, zu folgen, und der, wie sie erkannten, nach hinten kein Fenster hatte. – Sie nutzten die Zeit zu einem Gedankenaustausch.
»Weißt du«, sagte Cornificius, »im Grunde hat er recht mit seinen Bemerkungen, daß es sich bei dem Ganzen um politische Motive handeln müsse.«
»Wieso?«
»Es müssen politische Dinge eine Rolle spielen! Welchen Sinn hätte es sonst, ein Rennen zu verhindern? Ich meine, kein vernünftiger Mensch käme auf die Idee, vier edle, kostbare, ja einmalige Pferde zu stehlen, da er sie ja niemals öffentlich zeigen könnte! Man würde sie erkennen und den Behörden Meldung machen!«
»Hm... Es sei denn, man bringt sie weit weg oder übers Meer außer Landes.«
»Wie willst du das machen?«
»Über Ostia! Mit Hilfe eben unseres Symmachus!«
»Hm...«, machte nun Cornificius, und dann schwiegen sie eine Weile.
Dann nahm Cornificius, dem die Dinge keine Ruhe ließen, den Faden wieder auf: »Das Problem ist dabei nur: Wie kann man all diese beteiligten Leute voneinander trennen beziehungsweise miteinander in eine logische, kausale Verbindung bringen? Da gibt es den geheimnisvollen Mann mit dem Bart! Er wurde von Atilius und Alexander gesehen!«
»Ein untergeordneter Gehilfe«, erklärte Gaius.

»Des Vibellius *Ostiarius* hat einen solchen Bart!«

»Dann könnte er es durchaus sein. Er muß es aber nicht!«

»Die Kernfrage ist meines Erachtens nach wie vor: Wo sind die Pferde versteckt?«

»Warten wir diesen Tag ab! Es gibt eine Menge zu tun!«

Das war allerdings der Fall, denn beiden ging durch den Kopf, was es im Laufe dieses Nachmittags noch zu erledigen galt: Selenus mußte mit dem jungen Marcus Atilius bekannt gemacht werden; Archelaos würde da sein und hatte bestimmt einige interessante Beobachtungen zu melden; vielleicht hatte sich auch im Circus, beim Personal oder den drei übrigen Fahrern Neues ergeben; vielleicht hatte man von Titus Atilius und Polynices gehört. Und am Abend würden sie noch mit dem Fahrer Tatianus zusammentreffen. Ob sie dies alles aber noch heute erledigen konnten, hing letztlich davon ab, wohin Symmachus sie mit seinem Wagen führte.

Nach über einer Stunde – der Wagen war natürlich langsamer als zwei Reiter – erreichten sie die römische Mauer, und nun rätselten sie, welche Richtung er einschlagen würde. Er verließ die Via Ostiensis und bog nach rechts in eine Verbindungsstraße ein, über die man in einigem Abstand von der Mauer die verschiedenen Ausfallstraßen erreichen konnte. Er überquerte die Via Ardeantina, die Via Nova, die Via Asinaria und erreichte die Via Labicana. Nun konnte er, wenn er in dieser Richtung weiterfuhr, die Porta Collina im Norden erreichen, und dann... aber er bog nach links ein und näherte sich der Porta Esquilina.

»Vorsicht!« mahnte Cornificius.

Sie hielten sich, so gut es ging, hinter einem Ochsenkarren und einem Trupp Reiter, um nicht gesehen zu werden, denn der Wagen zeigte ihnen nun seine linke Seite, und es wäre für Symmachus ein leichtes, sie zu beobachten, falls er sich nach vorne beugte und links aus dem Fenster der Tür schaute. Dann hatte er aber das Tor erreicht.

»Los!« rief Gaius, und beide Reiter gaben den Tieren die Gerte, so daß Castor und Pollux, denen der ununterbrochene trottende Gang allmählich lang geworden war, in gewaltigen Sätzen über die Straße jagten. Staub wirbelte auf, und ein Händler schimpfte über »Die da oben! Die können sich das ja wieder mal rausnehmen!«

Am Tor fielen sie in Schritt und drängten sich durch die Enge der haltenden Tiere und Menschen.

»Siehst du ihn?« fragte Gaius.
»Nein«, sagte Cornificius. »Aber ich kenne die Richtung!«
»Ich auch!« ergänzte Gaius grimmig.
»Warte hier!« Cornificius stieg vom Pferd, gab die Zügel Gaius und näherte sich mit großen Schritten der Toreinfahrt zu Asinius' Unternehmen. Er warf, während er vorbeiging, einen kurzen Blick in den Hof, ging weiter, hielt dann an, tat so, als ob er etwas vergessen hätte, und kehrte um.
»Und?« Gaius starrte ihn gespannt an.
»*Sic est*«, sagte Cornificius halblaut.
Gaius überlegte kurz, blickte zu der Toreinfahrt, winkte dann den Freund zur Seite, wo das *Pomerium*[56], das Glacis hinter der Mauer, begann.
»Hier! Dein Pferd! Binde es beim Tor an! Beobachte die Einfahrt! Wenn er herauskommt, versuche, ihm zu folgen. Ich hole Verstärkung.«
»Wen?«
»Mal sehen, wer da ist.«
»Gut. Beeil dich!«
Gaius stieg auf und ritt auf dem *Pomerium* weiter bis zur Porta Caelimontana, von wo aus er auf direktem Wege sein Haus am Palatin erreichte. Er stieg ab, band Castor neben der Tür an einem der Ringe fest und eilte ins Haus. Es war still. Natürlich. Natürlich. Was hatte er denn erwartet? Er eilte weiter in die Bibliothek und fand beide, Selenus und Marcus Atilius, über eine Schrift gebeugt und so intensiv mit der Lektüre beschäftigt, daß sie nicht gleich aufblickten.
So hustete er künstlich, und die beiden schauten überrascht hoch.
»So ist's recht!« lachte Gaius. »Was lest ihr denn?«
»Einige Fabeln von Aisopos«, antwortete Selenus.
»Auf griechisch?« fragte Gaius.
»Nein, auf latinisch.«
»Wer hat sie übersetzt?«
Da meldete sich Marcus und sagte mit Kennermiene: »Selenos Volcatianos!«
»So? Ich wußte gar nicht, daß du...«
Da erklärte schon Selenus, wie immer mit selbstverständlicher Bescheidenheit: »Ach, eine sehr frühe Arbeit von mir. Sie müßte verbessert werden. Darum lesen wir sie gemeinsam und merzen die Fehler aus.«

Gaius blickte in das Gesicht von Marcus und bemerkte die Begeisterung darin, denn seine Backen hatten sich im Eifer der Mitarbeit gerötet.
»Ich muß euch leider unterbrechen«, fuhr Gaius fort. Selenus legte die Rolle zur Seite und meinte, zu Marcus gewandt: »Wir machen dann morgen weiter.«
Marcus nickte. Er bemerkte an Gaius' Gesicht, daß der mit seinen Gedanken bei anderen Dingen war. Plötzlich sagte Gaius: »Wer ist im Hause?«
Selenus legte die Rolle an ihren Platz im Regal zurück und sagte: »Alle, außer dem Patron.«
»Gut. Wurde die *Manumissio* vollzogen?«
»Sicher.« Er kam näher.
»Warst du dabei?«
»Ja.«
»*Bene.* — Holt bitte alle hier zusammen. Es eilt!«
Er verließ die Bibliothek, um sich etwas frisch zu machen. Als er wieder ins Atrium trat, kamen ihm Alexander und Archelaos entgegen. Alexander nahm Haltung an, grüßte und meldete: »Alexandros Volcatianos und Archelaos Volcatianos wie befohlen! Keine besonderen! Es sei denn! Archelaos?!«
»Jawohl!«
»Augenblick!« rügte Gaius und wandte sich an Archelaos. »Es tut mir leid, daß ich bei der Zeremonie nicht anwesend sein konnte.«
»Ich war ja da, Herr!« tönte Alexander.
»*Bene.* Dann hat ja alles geklappt?!«
»*Ita'st!* Es muß nur noch an sich als solches gefeiert werden! Anbetracht dessen man ja nur einmal als solches freigelassen, dergestalt man die Fesseln der Knechtschaft unge... unge... ungestraft hinter sich.«
»Es reicht!« Gaius stand nicht der Sinn nach Alexandrinischen Verballhornungen. Doch ehe dieser sein »Na, dann eben nicht!« loswerden konnte, sagte Gaius schneidend: »Herhören!«
Beide erstarrten zu Säulen und hingen an seinem Gesicht.
»Feier zurückstellen!«
»Jawohl!« Sie riefen es wie aus einem Munde.
»Erst die Arbeit!«
»Jawohl!«

»Stabsbesprechung! Bibliothek!«
Alexander beugte sich entzückt vor: »Kleiner Spähtrupp als solches, Herr?«
»*Omni parte!* – Durchaus! Folgen!«
Er ging voran, sagte während des Gehens: »Archelaos, hol noch den Menander!«
Zwei Minuten später waren alle versammelt, und Marcus Atilius hatte zum ersten Mal Gelegenheit, den Kern der Volcatischen Truppe beisammen zu sehen, von der er schon die unglaublichsten Dinge hatte berichten hören.
Gaius wartete, bis alle um den großen Eichentisch in der Mitte des Raumes versammelt waren. Langsam ließ er den Blick von einem zum anderen wandern.
»Es sieht so aus, als ob wir unmittelbar vor der Lösung des Falles stünden. Ihr werdet gleich meine Anordnungen vernehmen. Vorher erbitte ich kurzen Bericht über eure Beobachtungen. Bitte, Archelaos!«
Archelaos neigte leicht den Kopf, konzentrierte sich und berichtete: »Ich wurde von allen Mitgliedern des Vibellischen Hauses sehr zuvorkommend behandelt.«
»Ihr gutes Recht!« brummte Alexander.
»Ich begleitete den Patron« – er blickte Gaius lächelnd an, doch der hatte die ironische Bedeutung des Wortes sowieso verstanden – »zu verschiedenen Leuten.«
»Was für Leute?« fragte Gaius.
»Alte Bekannte des Vibellius aus seiner Heimatstadt Capua.«
»Wie verhielten sich die übrigen Clienten? Ist dir irgend jemand unter ihnen besonders aufgefallen?«
»Nein, Herr. Sie benahmen sich alle normal, so wie man es von solchen Leuten erwartet: Sie halten die Hand hin und warten auf eine Gabe. Untereinander bilden sich natürlich Gruppen.«
»War dieser Fabius auch da?«
»Nein.«
»Ach!«
»Ja, Herr. Das gab mir auch zu denken.«
»Interessant«, sagte Gaius und nickte vor sich hin.
»Alexander!«
Der Sohn aus Theben schoß hoch und tönte: »Herr! Ich brachte einen

ungemein langwierigen Tag hinter mich, dergestalt außer der *Manumissio* des edlen Archelaos Volcatianos nichts geschah!«

»Hm. Das wird sich gleich sehr schnell ändern!«

Gaius stand auf, ging einige Schritte auf und ab. Dann blieb er stehen, verschränkte die Arme vor der Brust und stützte das Kinn mit der rechten Hand ab. Dann reckte er sich: »Selenus wird mit Syphax und Micipsa auf dem schnellsten Wege zum Gut des Aurelius reiten und den Zufahrtsweg nicht aus den Augen lassen. Beeilt euch, damit ihr noch vor Einbruch der Dunkelheit dort seid.«

Selenus erhob sich und ging. Als er in der Türe war, wandte er sich um und sagte: »Menander sollte als Bote zwischen uns Nachrichten übermitteln, falls dies notwendig wird.«

»*Recte*«, nickte Gaius. »Genau das hatte ich vor.« Er entließ Selenus lächelnd mit einer freundlichen Geste. Dann wandte er sich den übrigen zu: »Ihr werdet mich begleiten!«

»Und ich?« fragte Marcus Atilius.

»Du natürlich auch!«

Der Junge strahlte.

Sie machten sich auf den Weg, denselben, den Gaius eben genommen hatte, von der Porta Caelimontana aus das *Pomerium* entlang bis zur Porta Esquilina. Etwa zwanzig Schritt davor ließ Gaius halten und näherte sich dem Tor. Er fand Cornificius im kleineren Seitentor, von wo aus jener die Einfahrt zu des Asinius Hof gut im Blick hatte.

»Und?«

»Nichts. Es ist keiner ein- noch ausgegangen.«

Auch Gaius blickte hinüber. Dann sagte er: »Dieser Fabius ist heute morgen nicht als Client bei Vibellius erschienen.«

»Der Bursche gefiel mit gleich nicht«, stellte Cornificius fest. »Sag mal, sollen wir Unterstützung beim Consul anfordern?«

»Wozu?«

»Um das Nest da auszuräuchern!«

»Das bringt nichts!«

»Was denn sonst?«

»Wir lassen Alexander und Archelaos hier. Menander macht den Boten. Und Marcus kann sich hier frei bewegen und beobachten«

Marcus hatte verstanden und entfernte sich.

»Und wir?« fragte Cornificius.

»Hast du Tatianus vergessen?«
»Das ist doch noch zu früh!«
»Ich möchte mit dir vorher noch einiges überlegen. Komm!«
Aber den ganzen Weg zurück zum Hause am Palatin sagte er kein Wort. Erst als sie in Gaius' Arbeitszimmer waren, brach er sein Schweigen.
»Ich glaube, allmählich lichtet sich der Nebel.«
Gaius setzte sich in den Korbsessel beim Fenster.
»Ich gehe davon aus, daß Vibellius selbst in keiner Weise an der Sache beteiligt ist.«
Er sah Cornificius an, und dieser nickte.
»Also ist er auch nicht in Gefahr, es sei denn, er hätte inzwischen etwas erfahren, was ich ihm jedoch bei seiner Beschränktheit nicht zutraue.«
»Einverstanden.«
»Nun wird's schwierig! Fest steht, daß Titus Atilius, Polynices und wahrscheinlich auch Tatianus etwas mit der Sache zu tun haben, und sei es nur, daß sie – wie offensichtlich Tatianus – geheime Dinge wissen, die sie in Gefahr bringen könnten, wenn der große Unbekannte, der alles steuert, davon Kenntnis bekäme. Warum sonst dieser Treffpunkt im Dunkel des Circus?«
»Es könnte eine Falle sein.«
»Wir werden sehen.«
Unten waren Stimmen zu hören, dann kam jemand die Treppe herauf, klopfte und öffnete gleichzeitig die Tür.
»Curio!« rief Gaius erstaunt. Sie gingen lachend aufeinander zu und reichten sich die Hand.
»Wir scheinen uns nur noch bei Senatssitzungen zu sehen«, sagte Curio, und Gaius überlegte, ob das eine leicht ironische Anspielung auf seine allmähliche Lösung von Clodia war.
»Ich weiß nicht, wie's bei dir steht – aber beim Curulischen Aedilen lädt man allen juristischen Kleinkram des Erdkreises ab.«
»Ich glaube, man nennt das Erfahrung sammeln«, spöttelte Curio. »Aber sei beruhigt! Bei mir sieht's nicht besser aus. Die Leute meinen ja geradezu, die Kompetenz eines Volkstribunen[57] sei unbegrenzt. Wenn ich gegen all das, was sie mir ans Herz legen, mein Veto einlegen würde, könnte man in dieser Stadt keinen Schritt mehr vors Haus wagen, weil es den Verdacht einer Gesetzesüberschreitung nach sich zöge.«
Curio war vierunddreißig. Er schien im Laufe des letzten Jahres ern-

ster geworden zu sein. Gaius wußte, daß Caesar ihm zehn bis fünfzehn Millionen Denare zur Verfügung gestellt hatte, damit er seine Schulden bezahlen konnte. Solche Dinge sickerten immer durch, und natürlich glaubten die meisten, Curio habe sich auf diese Weise von dem Iulier kaufen lassen. Doch Gaius hatte schon zu oft mit ihm gründliche, tiefschürfende Gespräche geführt, um nicht zu wissen, daß Curio eine Sinneswandlung hinter sich hatte. Er trat – auch und gerade im Senat und in der Öffentlichkeit – offen für Caesars Rechte und Interessen ein.

»Ich habe zwar nur wenig Zeit, aber…«

»Wem sagst du das!?« lachte Gaius.

Curio begrüßte nun auch herzlich den Cornificius und fragte höflich nach seinem Befinden, seinen derzeitigen literarischen Arbeiten und zukünftigen Plänen. Dann klatschte er in die Hände, rieb sie aneinander und sagte gutgelaunt zu Gaius: »Wir müssen uns alle im Sommer einmal auf deinem Tusculanum treffen! Dabei trägt jeder etwas aus seinen letzten Werken vor!«

»Gern«, spottete Gaius, »wenn du mit Anordnungen über die Pflichten der Straßenreinigung zufrieden bist…«

»Sofern du sie in Hexameter gießt – ganz sicherlich!« Er setzte sich auf die Fensterbank. »Da ich gleich wieder weg muß… Clodia hat mir ausführlich berichtet, daß du wieder einmal im Dickicht eines Falles gefangen bist.«

»Du kennst die Namen?«

»Ja.«

»Alle?«

»Sofern sie es sind, die Clodia nannte, ja.«

Gaius nickte. »Gut, was sagst du dazu?«

Curio verließ seinen Platz an der Fensterbank und ging zu Gaius' Schreibtisch, stützte sich darauf mit beiden Händen eine Weile ab, ließ ihn dann los und begann: »Nun, ich habe da eine Sache, die vielleicht für dich nützlich sein könnte. Es betrifft Polynices.«

»Polynices?« fragte Cornificius.

»Ja, was… warum erstaunt dich das?«

»Weil er ihn«, warf Gaius dazwischen, »für vollkommen integer hält.«

»Nun, darüber habe ich nichts zu sagen. Das müßt ihr selbst herausfinden.«

»*Bene*. Was ist also mit Polynices?«

»Polynices stammt aus Capua.«
»Interessant!« stellte Gaius fest.
»Nicht wahr?« nickte Curio. »Ich habe ihn dort vor Jahren selbst schon Rennen fahren sehen.«
»Ach!«
»Ja. Schon damals zeigte er die kommende Größe. Seine Kühnheit und Eleganz waren unübertrefflich.«
»Ist er gebürtig aus Capua?« fragte Gaius.
»Ja. Sein Vater Polydoros war anfangs noch Sklave, wurde später aber freigelassen. Er war übrigens als Stallknecht tätig, stieg später bis zum Stallmeister auf.«
»Sehr interessant! – Bei wem? Bei wem war er Stallmeister?«
»Bei einem gewissen Vibellius.« Curio schmunzelte.
»Nein!«
»Sicher.«
Gaius und Cornificius warfen sich einen Blick zu. Dann fragte Cornificius: »Woher weißt du das alles?«
»Weil ich den exzellenten Fahrer Polynices damals kaufen wollte. Ich hatte mich in Capua bei Lentulus Vatia in seiner Gladiatorenschule umgesehen und erfuhr von ihm, da ich mich für Rennen interessierte, die Einzelheiten.«
»Warum hast du ihn nicht gekauft?«
»Ganz einfach...«, lachte er verschmitzt. »Weil ich kein Geld hatte! Schon damals war er sehr teuer! – So, ich muß weiter...«
»Augenblick!« rief Gaius. »Du kennst das Wesentliche dieser verträckten Geschichte?«
»Ich glaube ja.«
»*Bene*. Würdest du so weit gehen, hinter der Entführung ein politisches Motiv zu suchen? Procaesarisch? Gegen den optimatischen Kreis? Gegen Caesar? Für den Senat?«
»Möglich ist heute alles. Aber ich würde mich wohl eher an private Motive halten.«
»Warum?«
»Weil dieser Symmachus keine politischen Ambitionen hat. Weil Vibellius ein naiver Mensch ist, der nur das Fortkommen seines verzogenen Sohnes im Kopf hat.«
»Und Caelius?«

»Ha! Ich traue ihm gewiß allerhand zu, aber nicht dies zu diesem Zeitpunkt! Er hätte dich und mich auf der Gegenseite! – So, nun muß ich aber wirklich!« Er wandte sich Cornificius zu: »Grüße deine liebliche Schwester!«

Cornificius lächelte.

Nun verabschiedete sich Curio von Gaius: *»Nil tam difficile est, quin quaerendo investigari possit.* – Nichts ist so schwierig, daß es nicht durch Nachforschungen aufgespürt werden könnte. – Ich danke für den Empfang!« Und weg war er.

Er hatte gerade das Haus verlassen, als sie von unten lautes Reden wie im Streit hörten. Gaius ging zur Tür, riß sie auf und lauschte.

»Herhören! Und ich sage dir als solches, fahre nicht fort, mich durch deine lausige Anwesenheit zu beleidigen, auf daß es dir gutgehe auf Erden! In der Küche meines Weibes Melitta findest du ein göttliches Blech zum Kehren. Gehe also hin und nimm es, während dein Brüderchen sich allda hinbücket und die Krümel mit dem Feger der Hand entfernet. Und wehe, dem ist nicht so! Wegtreten! Na also!«

Gaius ging mit zusammengekniffenen Lippen zurück in den Raum.

»Was hat er denn?« fragte Cornificius.

»Er schießt sich wieder mal auf die ‚Zwillinge' ein.«

»Sein gutes Recht!«

Da kam er herein, gefolgt von Archelaos, grüßte zackig und bellte:

»Befehl wie befohlen! Es sei denn!«

»Nämlich?« fragte Gaius.

»Dieser lausige Knabe namens Symmachus verließ ohne die hübschen Pferdchen, doch mit dem lausigen Knaben Asinius eben des letzteren Gehöft!«

»Hof!« verbesserte Cornificius, »...verließ den Hof.«

»Eben. Aber wir konnten ihm durchaus nicht folgen.«

»Warum nicht?« fragte Gaius.

»Weil die beiden Knaben zu Pferde, wir aber nur zu Füßen waren.«

»Wohin ritten sie denn?«

»Selbiges konnten wir, Anbetracht dessen es dunkelte, nicht feststellen, dergestalt sie es schon gesucht hatten!«

»Was?«

»Das Weite!«

»Ritten sie aus dem Tal?«

»*Sic est.*«
»Wohin?«
»Das konnten wir als solches nicht feststellen, alldieweil die Nacht es sehr eilig hatte. Archelaos?«
»Sehr wahr, ja.«
»*Bene.* Und wo ist Marcus Atilius?«
»Zu Hause. Seine Mutter hat ihn gerufen, auf daß er im Dunkeln nicht verlustig gehe. – Archelaos!«
»*Ita'st.*«
In diesem Augenblick klopfte es.
»Herein!« rief Gaius, und dann erschienen Selenus, Menander und die beiden Numider.
»Habt ihr wieder einen neuen Rekord für die Strecke von Rom zu des Aurelius Gestüt und zurück aufgestellt!?« meinte Gaius verwundert. »Was ist passiert?«
Menander begann als erster: »Der edle Alexandros...«
»Hervorragend! Archelaos!«
»Er macht Fortschritte.«
»Es reicht!«
»Na, dann eben nicht...« Aber er behielt die Schultern oben. Menander fuhr fort: »Der edle Alexandros schickte mich, als die beiden Männer aus dem Hof des Asinius kamen, um Selenus Bescheid zu geben.«
»Wäre aber eine ganz hübsche Strecke geworden!« stellte Cornificius fest.
Menander ließ sich nicht beirren: »Ich traf Selenus schon beim ersten Meilenstein hinter der Porta Collina.«
»Wieso denn das?« rief Gaius erstaunt, und Selenus übernahm die Fortsetzung des Berichtes.
»Nun, wir waren etwa zwei Meilen außerhalb der Stadt, als uns Decimus Aurelius entgegenkam.«
»Du kennst ihn doch gar nicht!« meinte Cornificius.
»Das ist richtig. Aber – trotz gewisser Unterschiede ist die Ähnlichkeit mit seinem Vater Aurelius nicht zu übersehen. Wenn ich ihn also erkannte, so konnte ich umgekehrt mit Sicherheit davon ausgehen, daß er mich nicht kannte, also auch nicht erkannte.«
»Phantastisch!« freute sich Alexander. »Du kennst ihn nicht als solchen, aber du erkennst ihn an sich! Der Knabe kennt dich nicht, und er verkennt dich! Archelaos!«

»Hervorragend, ja! Beinahe wie du!«
»Wie?«
»Dich verkennt man immer!«
»Wie? Wenn du mich belei...« Doch er hielt mitten im Wort inne, als er Gaius' Gesicht sah: Es war kurz vor einem Ausbruch. Darum tönte er schnell: »Ruhe an sich! Der Herr! Er denkt!«
Und prompt schauten alle zu Gaius, dem damit – wie geplant – der Wind aus den Segeln genommen war.
Selenus fuhr fort: »Wir waren um diese Zeit die einzigen Reiter weit und breit; es hätte also keinen Zweck gehabt, sich zu verstecken. Ich ritt somit auf ihn zu. Auch das Pferd kannte ich noch von unserem letzten Besuch.«
»Phantastisch!« sagte diesmal Cornificius – und fügte hinzu: »Alexander!«
»Wie? – Zweifellos durchaus, ja! Weiter, Selenus!«
Und Selenus fuhr fort: »Ich spielte den Fremden, sprach ihn auf griechisch an, und er antwortete auch prompt auf griechisch.«
»Was sagtest du ihm?« fragte Gaius.
»Ich fragte ihn, da er ja vom Anio herkäme, ob ich auf dem richtigen Wege zu Aurelius Serenus sei, der dort ein großes Gestüt habe.«
»Und?«
»Er gab mir sehr zuvorkommend Antwort, da er in mir, der ich von den beiden Numidern begleitet war, einen potenten Käufer witterte.«
»Und? Was sagte er?« fragte Gaius.
»Es täte ihm leid, daß ich den Weg wohl heute umsonst machen würde. Sein Vater sei nicht zu Hause.«
»Interessant! Sagte er, wo Aurelius sei?«
»Nein. – Ich fragte ihn nun, ob er mich denn nicht zurückbegleiten könne, immerhin habe ich eine sehr lange Reise gemacht, nur um bei ihm vier Pferde zu kaufen.«
»Ausgezeichnet, Selenus! Weiter so!« rief Alexander.
Selenus fuhr ruhig fort: »Aber auch das konnte ihn nicht umstimmen, ich hatte es ja ohnehin nicht erwartet.«
Selenus machte eine Pause und lächelte verschmitzt. Gaius kannte dieses vielversprechende Lächeln und wußte: Nun kam die Hauptsache!
»In diesem Augenblick hatte ich einen, nun, einen nicht uninteressanten Gedanken...« Er lächelte vor sich hin.

Alexander rief: »Ich mag nicht-uninteressante Gedanken. Archelaos!«
»Sicher. Sie sind die Würze des Lebens!«
Selenus hob den Blick und sagte: »Ich näherte mich ihm, bis sich unsere Pferde fast berührten. Und ehe er irgendwie reagieren konnte, sah ich ihm aus nächster Nähe ins Gesicht und sagte in verhaltenem Ton, doch sehr langsam und deutlich...«
Er machte eine Pause und genoß es, wie sie alle an seinem Munde hingen. »Ich sagte ihm: Ich bin es nicht gewohnt, umsonst weite Reisen zu machen. Ich weiß, daß du vier sehr edle Pferde in deinem Besitz hast, worunter eines mit Namen Alexandros...«
»Nicht uninteressant!« flüsterte Alexander. »Weiter so!«
»Ich sah, wie es in seinem Gesicht zuckte. Und dann sagte ich es ihm auf den Kopf zu...«
Er machte wieder eine kleine Pause, und Cornificius rief: »Beim Hercules! Was? Was sagtest du ihm?«
»Ich sagte ihm: ‚Ich weiß, daß du die Pferde der Quadriga des Polynices hast!'«
»Unglaublich!« stieß Cornificius hervor. »Du spieltest mit deinem Leben!«
»Keineswegs«, lächelte Selenus. »Ich sah, wie er vor Schreck erblaßte. So hatte ich ihn – nach deiner Beschreibung, Gaius – eingeschätzt. Nachdem er sich wieder gefaßt hatte, fragte er, was ich denn von ihm wolle. Ich sagte: ‚Die Pferde!' – Er antwortete, er habe sie nicht. ‚Doch!' rief ich. ‚Du weißt, wo sie sind. Und du wirst dafür sorgen, daß ich sie bekomme. Ansonsten werde ich auf der Stelle zum Praetor urbanus gehen und Klage gegen dich erheben wegen Hehlerei, Diebstahl und Beihilfe zum Mord sowie Entführung!'«
»Und?« rief Gaius. »Wie reagierte er?«
»Er besann sich eine ganze Weile, dann versuchte er, mich abzulenken, indem er mir vier andere Pferde offerierte. Er bot sich auch an, sofort mit mir zurück zum Gestüt zu reiten, damit ich mir die Pferde ansehen könne. Doch ich bestand darauf, die vier Pferde des Polynices kaufen zu wollen. ‚Du bist verrückt!' sagte er, starrte mich an wie jemanden, der dem Wahnsinn verfallen ist. ‚Du spielst mit deinem Leben!' sagte er. Und ich: ‚Das laß meine Sorge sein. Ich will nichts weiter als die Pferde, vor allem den edlen Alexandros!'«
»Herrlich! Archelaos!«

»Vorbildlich, ja!«
»Endlich«, fuhr Selenus fort, »schien er einen Entschluß gefaßt zu haben. Er erkundigte sich: ‚Wer weiß noch davon?' Ich sagte leichthin: ‚Das weiß ich nicht.' – Er fragte: ‚Von wem weißt du davon?' Ich antwortete: ‚Von Symmachus.' – Und da erblaßte er wieder.«
»Augenblick!« sagte Gaius. »Wie kamst du denn darauf?«
»Ich weiß es selbst nicht. Es fiel mir eben so ein. Ich wußte, daß ich damit ein Risiko einging. Es konnte ja sein, daß er nach meinen Beziehungen zu dem Syrer fragen würde, daß er wußte, mit wem dieser Umgang hatte, doch ich merkte sofort an seinem Gesicht, daß ich die Mitte der Scheibe getroffen hatte. Und seine gleich darauf folgende Frage zeigte mir, daß er und Symmachus keine Freunde sind. Er fragte nämlich in einem äußerst vorsichtigen Ton: ‚Wissen es noch weitere?' Ich sagte: ‚Vielleicht. Aber das ist jetzt unwichtig. Ich will die Pferde!'«
Nach kurzer Pause fuhr Selenus fort: »Wieder dachte er nach; er war völlig durcheinander. Dann sagte er, darüber könne er nicht allein entscheiden. Ich solle mich morgen bei ihm auf dem Gestüt melden. Doch nun blieb ich scheinbar hart und sagte in scharfem Ton, ich sei nicht umsonst von so weit hergekommen, ich müsse morgen andere Dinge erledigen. Entweder er bringe mich heute mit den Pferden zusammen, oder ich gehe auf der Stelle zum *Praetor urbanus*, um Anklage zu erheben. – Da riß er sich zusammen und sagte sehr leise: ‚Gut. Sei heute abend zu Beginn der ersten Nachtwache beim Circus Maximus.' Ich fragte, wo genau ich mich einfinden solle, der Circus sei immerhin über drei Stadien lang. – Darauf antwortete er: ‚Am äußersten Ende, außerhalb der Porta Triumphalis!' Ich versicherte ihm, ich würde dasein. Danach trennten wir uns.«
Einige Augenblicke lang herrschte Schweigen.
Dann sagte Gaius zu Selenus: »Du gehst hin?«
Selenus wurde nun sehr ernst: »Das wollen wir miteinander besprechen. Bitte, Gaius, deine Meinung!«
Gaius hatte bereits die ganze Zeit über, während er dem Bericht des Selenus lauschte, seine Gedanken spielen lassen, und jetzt nickte er und begann: »Ausgezeichnet, Selenus! Damit haben wir den Beweis, daß Decimus Aurelius beteiligt ist. Zweitens ist aus seinem Verhalten zu schließen, daß er nur eine untergeordnete Rolle spielt. Drittens, und das ist doch wohl das Interessanteste, steht er in keinem guten und auch in

keinem nahen Verhältnis zu Symmachus. Aus all dem ist zu schließen, daß Symmachus ein Mann von großem Einfluß ist.«

Sie stimmten ihm zu.

Cornificius meldete sich zu Wort: »Seltsam ist aber etwas anderes: Unser Tatianus hat dir auf den Zettel geschrieben, er wolle dich heute abend in der Nähe oder in den *Carceres* treffen. Decimus Aurelius dagegen will den Selenus außerhalb der Anlage bei der Porta Triumphalis, das heißt am anderen Ende des Baues treffen.«

»Hm...« Gaius räusperte sich. »Dafür gibt es mehrere Erklärungen: Wenn Tatianus integer ist, will er mich nicht in Gefahr bringen, sondern mit mir vorher, ehe er mich zu dem Treffpunkt der Bande führt, über die Angelegenheit ungestört reden. Der geeignetste Ort dafür sind aber ohne Zweifel die *Carceres*.

Es kann aber auch sein, daß die Bande sich im ersten Stockwerk über den *Carceres* in den Räumen des Circuspersonals trifft, zumal viele von ihnen hier wohnen. Dann will mich Tatianus – wieder vorausgesetzt, er ist integer – gleich an den Ort des Geschehens lotsen.

Und was den Decimus Aurelius betrifft, so könnte es Vorsicht sein, den Selenus ziemlich weit vom Treffpunkt zu erwarten und ihm dort gefahrlos den Garaus zum machen. Es sei denn, er hat das große Zittern bekommen und möchte aus der Sache aussteigen, weil sie ihm zu groß und zu gefährlich geworden ist.«

»Na gut«, sagte Cornificius, »wie dem auch sei: Wir müssen uns entscheiden, was wir tun! Ich glaube, hier sind alle der Meinung, daß wir hingehen – oder?«

Beifälliges Nicken war in der Runde zu sehen. Alexander bemerkte brummig: »Wäre ja an sich schade, den Brüdern nicht als solches auf die knolligen Finger zu klopfen. Ist durchaus die reinste und edelste Tierquälerei. Archelaos!«

»Furchtbar, ja! Besonders für Alexandros!«

»Wie? – Ja, ich tue mir richtig leid, wenn ich an sich denke, so ohne Hafer und fern dem Kreise meiner Geliebten im Dunkeln. Wo steht denn geschrieben, daß ich mir das gefallen lasse! Sie werden Vater und Mutter vergessen, mich aber niemals!«

»*Recte*«, stellte Gaius fest. »Holt alle Leute zusammen, die hier und beim Patron am Caelius abkömmlich sind. Sollen sich bewaffnen. Alexander und Archelaos übernehmen das.«

Die beiden schossen in die Höhe, grüßten und eilten davon. Auch die übrigen erhoben sich, um sich zu gürten und zu wappnen.

21

Folgendes wurde beschlossen: Sie würden zusammen bis in die Nähe des Circus gehen. Dort sollte sich Gaius zusammen mit Cornificius von den übrigen trennen und versuchen, den Tatianus in den *Carceres* zu treffen. Zwischenzeitlich sollte sich Selenus mit einigen Begleitern zur Porta Triumphalis am anderen Ende des Circus aufmachen, während Alexander und der Rest der Männer in der Mitte, zwischen der Porta und den *Carceres,* haltmachen würden, um so etwa eineinhalb Stadien von beiden Enden entfernt zu sein. Sollte von hier oder dort der Ruf einer Eule zu hören sein, würden sie sich dorthin begeben. Das weitere mußte man abwarten.

Längst war es dunkel geworden, als sie sich auf den Weg machten. Sie hatten keine Lichter dabei, und es dauerte eine ganze Weile, bis sie sich an die nächtliche Schwärze gewöhnt hatten, die dann doch nicht undurchdringlich war: Trotz des halb bewölkten Himmels reichte der Sterne Licht aus, genügend zu sehen, um sich in den namenlosen Gassen zurechtzufinden. Sie achteten auf jedes Geräusch, suchten selbst jeden Lärm zu vermeiden, und wenn ihnen ein braver Bürger über den Weg gelaufen wäre, hätte er sich scheu, zitternd und bebend vor Todesangst im nächsten Hauseingang in die Nische von Wand und Tür gedrückt, um die wilde, zu allem entschlossene Schar ungeschoren an sich vorüberziehen zu lassen.
Der Platz vor dem Circus war leer und still. Natürlich. Was hatten sie erwartet? Sie hielten sich an der Mauer eines Gartens still und bewegungslos, beobachteten und lauschten angestrengt hinüber zur nördlichen Längsseite und zu den *Carceres.*

Der Haupteingang in die Arena und Rennbahn war an der schmalen Seite in Nordwest, eben dort, wohin die Volcatier angestrengt lauschten. Hier schloß ein großer, links und rechts an die Längsseiten sich anlehnender Bau den ganzen Raum des Circus ab. In seiner Mitte befand sich das gewaltige, haushohe Haupttor, zu dessen Seiten sich je sechs *Carceres* befanden, die mit Schranken versehenen Behälter für die zum Wettrennen bestimmten Gespanne. Diese Räume hatten ihren Namen – *Carcer* bedeutet *Gefängnis* – deshalb, weil die Quadrigen vor dem

Rennen durch die vorderen und seitlichen Schranken von der Bahn und voneinander getrennt waren. Außerdem umfaßte dieses Gebäude auch Räume für die wilden Tiere, die bei den Hetzen in der Arena verwendet werden sollten, und die Wohnungen der beim Circus Angestellten. Das mittlere, zur Bahn hin offene Geschoß enthielt mehrere Logen, so zum Beispiel über dem hohen Haupttor die des Magistraten, der den Spielen präsidierte. Das Gebäude hatte – am hellen Tage – durch seine Zinnen und Türme, besonders die beiden gewaltigen Ecktürme, Ähnlichkeit mit einer Stadtmauer und hieß daher seit alten Zeiten *Oppidum*, fester Platz, Stadt. Das ganze Gebäude, in dessen Erdgeschoß sich die *Carceres* befanden und dem ganzen gerundeten Querbau den Namen gaben, war aus Tuffstein errichtet. Im Innern der *Carceres* waren die Trennungslinien zwischen den einzelnen Quadrigen nicht parallel, sondern sternförmig auf einen Punkt in der Arena hin geordnet, um jedem Gespann die gleichen Startchancen zu geben. Den *Carceres* gegenüber, in der Rundung des anderen Endes der Bahn, befand sich die große Porta Triumphalis als Durchgangstor, durch welches die Sieger unter dem Beifall des Publikums den Circus verließen.
Die Sitzreihen an den Längsseiten und in der östlichen Rundung bestanden unten aus Stein, die oberen aus Holz. Als Unterbau diente ihnen ein dreifaches, treppenartig in die Höhe steigendes Stockwerk, dessen Bogenöffnungen nach außen gewölbt waren. An der Außenseite des Baues lief eine Halle, an das untere Stockwerk angebaut, ringsum, die Läden und Buden enthielt und natürlich die Eingänge zu den verschiedenen Rängen des Circus.
Die unterste Reihe von Sitzen, das Podium, befand sich über einer zwölf Fuß hohen Mauer und war durch ein Geländer mit diagonalen Verstrebungen gegen die Bahn geschützt (Caesar zog später vor dem Geländer in der Arena einen zehn Fuß tiefen Graben, um die Zuschauer gegen etwaige Gefahren bei Tierhetzen zu schützen).
Die untersten, unmittelbar an der Bahn gelegenen Sitzreihen waren für die Senatoren bestimmt, die nächsthöheren für die Ritter, die übrigen bis zu den obersten Galerien für das Volk. Die Frauen, die in den übrigen Schauspielen gesonderte Sitze hatten, saßen im Circus unter die Männer gemischt.
Die Gesamtheit der Sitzreihen war durch Gürtungsmauern in mehrere Stockwerke abgeteilt und von oben nach unten durch Treppen in

Gruppen zerschnitten, die man Keile, *Cunei,* nannte. Die Sitze eines solchen »Keils« wurden meistens von den veranstaltenden Magistraten für Freunde reserviert.
Zu den Treppen, die zwischen den Sitzreihen von oben nach unten und umgekehrt verliefen, führten von außen, durch den Unterbau, vierundsechzig Türen; hinter ihnen zogen sich im Innern der Gewölbe breite Gänge hin, aus denen die Masse der Zuschauer durch weite Ausgänge auf breiten Treppen ins Freie gelangte. Die Treppen waren so großzügig angelegt, daß – unter normalen Umständen – nie ein Gedränge beim Verlassen der Anlage entstehen konnte.
Die Sitze waren nach hinten so tief, daß die Eintretenden hinter den schon Sitzenden bequem zu ihren Plätzen gelangen konnten. Zu Füßen der Bänke zogen sich kleine Kanäle parallel zu den Sitzreihen hin, um das Wasser, das bei plötzlichen Regengüssen in den unbedeckten Circus fiel, wieder abzuleiten.

Von all diesen Einzelheiten war natürlich nichts zu sehen, als die Volcatier sich entschlossen, vorsichtig und jeden Schritt wägend, jedes Geräusch deutend, zur naheliegenden Nordwestecke zu gelangen. Sie überquerten den Vorplatz, gingen auf Zehenspitzen und erreichten glücklich die Ecke.
»Hinhocken!« befahl Gaius leise.
Als das geschehen war, erklärte er seine Taktik: »Herhören! Ich versuche jetzt mit Cornificius, in die *Carceres* zu gelangen. Ihr verteilt euch wie folgt: Alexander mit der Hälfte der Leute außen, beim Haupttor! Kein Geräusch! Zieht euch auseinander! Beobachtet und lauscht! – Die zweite Gruppe unter Archelaos dringt von der Längsseite her in die Arena ein und verhält sich ebenso. Selenus bleibt hier an der Ecke, er behält die Außenseite im Auge. Noch Fragen? – *Bene.* Wenn ihr nichts hört, treffen wir hier nach einer Viertelstunde wieder zusammen. Ihr wartet unsere Rückkehr hier ab. Wegtreten!«
Lautlos huschten die Gestalten nach beiden Seiten davon.
»Komm!« flüsterte Gaius dem Cornificius zu. »Wir versuchen es von innen!«
»Viel Glück!« sagte Selenus. Sie nickten, obwohl sie wußten, daß er es nicht sehen konnte.
Gaius und Cornificius kannten den riesigen Bau und seine Gliederung

bis ins einzelne, da sie als Jungen oft hier herum gestrolcht waren. Die Räume der Magistrate hatten sie freilich damals nicht betreten. Nun aber hatte Gaius dort öfter zu tun, als ihm lieb war, und er kannte die Anordnung und Lage der Räume im großen und ganzen. Allerdings wußte er nicht, wer im einzelnen vom Personal hier wohnte und welcher Tätigkeit er nachging. Das war auch unwichtig, da er sich bei Anfragen an die verschiedenen Spielgeber, an die Herren der Renngesellschaften, die *Domini factionis,* und im Notfall an die *Quaestores factionis,* die Zahlmeister der Gesellschaften, wenden konnte, denn diese Leute hielten alle Fäden der ungemein komplizierten Organisation in der Hand.
Gaius und Cornificius gingen aufrecht an der Außenseite entlang, sahen im wechselnden Licht von Mond und Sternen die verschlossenen Türen, Verschläge und Läden all der Händler, vor deren Auslagen morgen früh wieder ein ganz unglaubliches Gedränge herrschen würde. So erreichten sie nach zwanzig Schritten den ersten Eingang, huschten hinein und schlichen auf Zehenspitzen die Stufen aufwärts. Schon auf der ersten Etage verließen sie die inneren Gewölbe und traten, wieder nach allen Seiten sichernd, in die *Cavea,* den Käfig, wie man die Zuschauerräume von Theater und Circus nannte. Der Mond war vom Dunstschleier einer Wolke etwas getrübt, doch dann trat er daraus hervor und tauchte die leeren Reihen der Sitze, die sich wie Bänder über dreieinhalb Stadien nach links hinzogen, in magische Helle. Sie hielten sich zunächst im Schatten des Ausgangs, lauschten und warteten, daß sich ihre Augen noch mehr an das unwirkliche, silbern schimmernde Mondlicht gewöhnten, das allen Körpern und Formen eine geheime Lebendigkeit gab, die sie bei Tage nicht hatten. Alles blieb ruhig, außer daß ein leichter Wind sich bisweilen zu Böen aufraffte, die sogleich wieder in sich zusammenfielen.
»Komm!« sagte Gaius, und sie traten ganz aus der Nische, den Blick auf den Querbau der *Carceres* gerichtet. Etwa zehn Schritt vor dem Ende der Reihe hielten sie an und ließen das Auge nach links, zur anderen Seite, schweifen, doch nirgendwo regte sich etwas.
Tatianus hatte gesagt, er sei in den *Carceres;* das konnte heißen, er befinde sich im Erdgeschoß bei den Startplätzen der Quadrigen, das konnte aber auch ganz allgemein heißen, er befinde sich hier irgendwo im Gebäude. Darum gingen sie, um sich zu versichern, weiter bis zum Ende der Sitzreihe, von wo aus sie einen Blick in die Loge des Spielgebers und

des verantwortlichen Magistraten werfen konnten, die die ganze Mitte des Querbaus beherrschte. Dieser große, überdachte Raum konnte von hier aus nicht erreicht werden, weil der gewaltige Eckturm dazwischen war. Sie gingen darum zu der Tür, die am Ende der Sitzreihen Zugang in den Querbau verschaffte, suchten den Griff zu bewegen, doch weder er noch die Tür selbst regten sich. Dahinter befanden sich auch die Wohnungen einiger Leute vom Personal des Circus. Sie hielten die Ohren an die Tür, doch drinnen war nichts zu vernehmen. Nun war dies allerdings völlig normal, denn diese Leute, die über Tage ununterbrochen in hartem Einsatz waren, legten sich bereits kurz nach Sonnenuntergang schlafen, weil sie schon wieder vor dem Aufgang des Tagesgestirns auf den Beinen sein mußten.
Cornificius brach endlich das Schweigen und flüsterte: »Ich kann mir schlecht vorstellen, daß sie sich hier versammeln, weil sie das hier wohnende Personal auf sich aufmerksam machen.«
»*Recte*«, antwortete Gaius. »Wir müssen runter! In die *Carceres!*«
Sie wußten, weiter unten war in der Brüstung eine Tür, und darunter, in der Stützmauer, befanden sich Trittsteine. Vorsichtig nahmen sie Stufe für Stufe und erreichten das *Podium,* die unterste Ebene der *Cavea,* des Zuschauerraums. Sie sahen die Tür mit den diagonalen Streben, machten erst gar nicht den Versuch, sie zu öffnen, da sie darüber hinweg steigen konnten und außerdem befürchteten, daß die Scharniere oder Angeln quietschen würden, weil die Tür fast nie geöffnet wurde. Sie suchten auf der anderen Seite mit den Füßen nach den Stufen, die nur einen Fußbreit aus der Wand ragten, fanden sie, hielten sich mit den Händen an der in der Mauer eingelassenen Stange und stiegen langsam und vorsichtig abwärts. Als sie den Boden der Arena erreichten, waren sie überrascht von seiner Weichheit. Hier in der Ecke wuchs dichter Rasen. »Schlamperei!« dachte Gaius und mußte zugleich lächeln, denn er war froh, daß hier eben nicht die körnige Vulkanasche lag, die beim ersten Auftritt knirschte, besonders an solchen Stellen, die nicht begangen und befahren wurden, weil ihre Körnung hier größer und der Belag lockerer war.

Wieder warteten sie einige Augenblicke. Dann bewegten sie sich vorwärts, an der Wand der *Carceres* entlang, zum großen, mittleren Tor, aus dem bei einem Rennen die Gespanne herausschossen. Sie wußten: Dies war der gefährlichste Teil ihrer Aktion, denn nun waren sie von

allen Seiten der Ränge, auch von der Loge über ihnen, sehr gut zu erkennen, da sie sich im vollen Mondlicht bewegten und mit ihrer dunklen Bekleidung gefährlich von der helleren Wand abhoben. Doch wenn Tatianus auf ihrer Seite stand, konnten sie davon ausgehen, daß diese Annäherung für sie ungefährlich war, denn Tatianus würde wohl wissen, wo, falls überhaupt, sich die Bande treffen würde – und es wäre dumm von ihm, sie hier im Dunkel tappen zu lassen, wenn die Burschen sich in unmittelbarer Nähe versammeln würden.
So erreichten sie ohne Zwischenfall das gewaltige Tor und hofften, daß es offen sein würde. Dies war der Fall. Sie spürten den Luftzug des Windes, der, von Westen kommend, durch die riesige Öffnung gezwungen wurde.
Sie stießen sich an und griffen nach ihren Schwertern, denn von nun an mußten sie mit allem rechnen. Im Innern des Bogens war es dunkel. Man würde sie sehr gut als dunkle Silhouette gegen die vom Mond erleuchtete Arena erkennen. Ehe sie um die Ecke bogen, lauschten sie angestrengt. Beide waren sie vollkommen ruhig. Sie hatten in Gallien schon anderen, gefährlicheren Situationen getrotzt, und sie wußten aus Erfahrung, daß jede Erregung unnütz, weil schädlich war.
Es bedurfte keiner Absprache, was zu tun sei. So schnell und leise sie konnten, huschten sie um die Ecke und fünf, sechs Schritte weiter in die nächste Gewölbenische. Sie hielten die Luft an und lauschten. Alles war und blieb ruhig. Sie suchten sich zu orientieren. Nach beiden Seiten verzweigten sich die Bahnen der Quadrigen; dahinter und daneben, bis zu den Ecktürmen, befanden sich die Werkstätten der Wagenbauer und Stellmacher. Hier irgendwo also wollte Tatianus sie erwarten. Wenn er da war, mußte er sie längst gesehen und auch gehört haben, denn er würde sich versichern, daß es auch die Volcatier waren, die das Gebäude betraten. Sie lauschten, wandten den Kopf nach allen Seiten, doch es blieb still. Sonderbar... Also doch eine Falle!? Sie stießen sich an und wandten sich zum Innern hin, in die Gewölbe, und feuchte Kühle schlug ihnen entgegen, je mehr sie in die Dunkelheit eindrangen. Sie gingen nun nebeneinander, machten alle paar Schritte halt und lauschten. Und als sie sich vom Torbogen entfernten, bemerkten sie, wie sich ihre Augen noch mit dem winzigen Rest des Mondlichtes begnügten, das vom Bogen und von draußen in das Gewölbe reflektiert wurde. Es kam ihnen dabei vonstatten, daß die senkrechten Wände zwischen den die

Gewölbe tragenden Pfeilern weiß getüncht waren, um auch schon bei Tage soviel Licht wie möglich hereinzuholen. So erkannten sie auch endlich Einzelheiten – halb auseinandergenommene Rennwagen, Teile von ihnen, die am Boden lagen –, und sie gaben sich große Mühe, sie früh genug zu erkennen, damit sie nicht unbedacht darauf- oder dagegentraten und so einen schrecklichen Lärm in der leeren Halle verursachten.
So suchten sie die ganze nördliche Seite des Gewölbes ab, fanden aber nichts Lebendiges. Eben wollten sie sich zur anderen Seite begeben, zu welchem Zweck sie wiederum die hellere Mittelhalle mit dem gewaltigen Bogen hätten durchqueren müssen, als sie einen kurzen Schrei, der zugleich in ein ohnmächtiges Stöhnen überging, vernahmen. Der Hall der Gewölbe verfremdete die Geräusche, verstärkte sie und verfälschte die Richtung, aus der sie kamen. Doch mußte es drüben, auf der anderen Seite sein! Noch ehe sie eilig hinüber schritten, hörten sie ein zweites: sich schnell entfernende, tapsende Schritte. Dann sahen sie, wie eine Gestalt in höchster Eile die Halle verließ und durch das Tor in die Arena lief.
»Los! Hinterher!« zischte Gaius, und schon rannten sie hinter dem Fliehenden her. Er hielt sich in der Nähe der südlichen Begrenzungsmauer der Rennbahn, und es war ihnen klar, daß er bei der nächsten Gelegenheit über die Brüstung das *Podium* erreichen, von dort in den inneren Gängen der Anlage untertauchen wollte, um schließlich, wenn er meinte, seine Verfolger abgeschüttelt zu haben, den Circus über einen der Zugänge zu verlassen.
Sie kamen ihm näher, waren nur noch zwei Armlängen hinter ihm, als er zu straucheln schien und vor ihnen der Länge nach hinfiel. Sie wären beinahe über ihn gestolpert, konnten jedoch im letzten Augenblick über ihn hinwegspringen. Und dann sahen sie es: Schräg in seinem Rücken steckte ein stählerner Pfeil, der tief eingedrungen, das Herz durchstochen und mit seiner Spitze an der Brust zwischen zwei Rippen wieder ausgetreten war. Sie beugten sich über die Gestalt, tasteten sie ab, drehten sie halb um und sahen ihre erloschenen Augen: Der Mann war tot.
»Zurück!« sagte Cornificius. »Dem ist nicht mehr zu helfen! Da war noch einer!«
Sie sprangen auf, hasteten den Weg zurück, erreichten den Torbogen und hörten Stimmen. Sie kamen von links.
Gaius rief mit gedämpfter Stimme: »Alexander!«

»Hier, Herr!«
Sie näherten sich der im Dunkel der Gewölbe nicht sichtbaren Gruppe.
»Hier, Herr!« gab nun auch Archelaos den beiden die Richtung an.
»Herhören!« befahl Gaius. »Nehmt alle hier stehenden oder beobachtenden Männer und teilt sie: Eine Gruppe nimmt sich die Südseite vor, die andere die südliche *Cavea*. Los! Bewegt euch! Nehmt jeden fest, den ihr findet!«
Sie hasteten davon.
»Faß mal mit an!« sagte Gaius zu Cornificius, und sie schleppten die vor ihnen am Boden liegende Gestalt vorsichtig zur Mitte, zum großen Bogen, um mehr Licht zu haben. Dort beugten sie sich herunter, suchten in den blassen Zügen, und dann sagte Cornificius leise, mit Zorn und Empörung in der Stimme: »Er ist es!«
»Tatianus?«
»Ja.«
»Ist er... ist er tot?«
»*Nescio an.* – Ich weiß nicht, vielleicht.« Cornificius kniete sich neben Tatianus, beugte sich über ihn und brachte vorsichtig sein Ohr an die Stelle des Herzens.
»Und?« fragte Gaius, gespannt bis in die letzte Sehne seines Körpers.
Cornificius horchte auf den Herzschlag, brachte seinen Kopf noch näher an die Rippen des Liegenden, hielt einige Augenblicke den Atem an – und nickte: »Er lebt! Das Herz schlägt schwach, aber es schlägt. Schick jemanden zu Athenodoros!«
Gaius verließ das Gewölbe, rief leise den nächsten Sklaven herbei und teilte ihm den Auftrag mit. Der Bursche huschte davon.
Gaius ging zurück und sagte zu Cornificius: »Bleibe bei ihm, bis der Arzt kommt. Ich schau' mich da draußen etwas um.«
»Sei vorsichtig!«
»*Certo.*«
Als er die Arena betrat, war auf einmal Archelaos neben ihm. »Herr, wir haben auf beiden Seiten die Ränge abgesucht. Der Schütze ist spurlos verschwunden.«
»Sucht weiter! Auch draußen bei den Unterständen der Wagen! Bei den Ställen! – Warte! Besorge eine Lampe!«
Archelaos hastete davon und kam wenige Augenblicke später mit einer Laterne zurück. Gaius ging die ganze Zeit unruhig auf und ab und

überlegte, suchte sein Hirn zu zwingen, ihm die Lösung zu offenbaren – doch das Rätsel blieb.
»Komm!«
Archelaos folgte Gaius, der zurück in die *Carceres* ging. Man hatte Tatianus irgendein Kleidungsstück unter den Kopf gelegt. Gaius nahm die Laterne und leuchtete den Körper des Liegenden ab. Nun erst sah er, daß Tatianus schwer, ja lebensgefährlich verletzt worden war: Ein Schwerthieb hatte sein linkes Bein am Oberschenkel getroffen. Genau wie bei mir, damals, auf der anderen Seite des Rhenus, dachte Gaius. Der zweite Hieb war in die linke Seite gegangen. Er mußte viel Blut verloren haben, denn er war nicht bei Besinnung und sah aus wie der Tod.
»Komm her!« winkte Gaius den nächsten seiner Leute heran. Dann nahm er seinen Dolch und schnitt dem Sklaven ein Stück vom Saum der Tunika, kniete sich neben Tatianus und band ihm das rechte Bein in der Nähe der Hüfte ab, damit kein weiteres Blut durch die Wunde nach außen treten konnte. Die Wunde in der Seite konnte er nicht behandeln.
Wo blieb Athenodoros, der Arzt?! Es konnte um Minuten gehen. Er kannte das, hatte oft genug erlebt, daß Kameraden nach der Schlacht, wenn sie zu spät behandelt worden waren, starben, weil die inneren Säfte nicht mehr in ihr altes Gleichgewicht gebracht werden konnten.
Gaius warf Cornificius, der stumm und hilflos danebenstand, einen Blick zu und sah, wie der Freund das gleiche dachte. Unendlich langsam kroch die Zeit dahin. Es war ruhig in der Halle und auch draußen in der Arena. Alexander war mit seinen Leuten gewiß schon auf beiden Seiten an der Außenfront und untersuchte jeden Winkel. Wenn er auf Verdächtiges stieß, würde er sich melden.
Endlich näherten sich von draußen Schritte. Man hörte, wie die kleine Pforte im großen Haupttor geöffnet wurde. Und am Schritt erkannte Gaius, daß es Athenodoros war, der sich näherte.
Er hatte dieses hinkende Faktotum bei sich, diesen zeitlosen Alten, der ihm seine Tasche und sonstigen Gerätschaften trug. Gaius hatte diesen mürrischen Alten noch nie ein Wort reden hören. Dafür begann Athenodoros – den wir gut von anderen Schauplätzen her kennen[58] – bereits mit einem Kommentar, ehe er den Ort des Geschehens erreicht hatte: »Habe ich es nicht schon einmal gesagt: Sobald man in die Nähe dieser

jungen Leute gerät, schrumpft die Lebenserwartung um die Hälfte. Man lebt in deiner Nähe sehr gefährlich, Gaius Volcatius Tullus!«

Ohne den so Angesprochenen eines weiteren Blickes oder Händedrucks zu würdigen, kniete er sogleich neben dem Liegenden nieder und begann, ihn sorgsam abzuhorchen. Dann nickte er und sagte, ohne den Blick von Tatianus zu lassen: »Wer hat das Bein abgebunden?«

»Ich«, sagte Gaius.

»Gut gemacht.«

Gaius und Cornificius blickten sich kurz an, während Athenodoros begann, die beiden Wunden freizulegen.

»Faßt mit an!« Das war an Gaius und Cornificius gerichtet, und sie folgten den Weisungen, die der Arzt mit wenigen Worten gab, schnitten und rissen die Tunika an der linken Seite auf und waren nun doch erschrocken, als sie die klaffenden Spalten im Fleisch sahen. Athenodoros betrachtete die Wunden mit ruhigem, sachlichem Interesse.

»Typisch«, nickte er.

»Was? Was ist typisch?« fragte Cornificius.

Athenodoros wies mit dem Zeigefinger auf beide Wunden, blickte schräg nach oben und sagte: »Das sind typische Treffer von Gladiatoren!«

»Waaas?« rief Cornificius.

»Ja. Ich kenne solche Verletzungen aus der Zeit, als ich noch viel mit Schwertkämpfern zu tun hatte: Zwei Hiebe in kurzem Abstand hintereinander! Der Getroffene hat keine Zeit zum Nachdenken. Warum erstaunt euch dies? Hat es was mit eurer… mit euren Verdächtigungen zu tun?«

»Das kann durchaus sein«, sagte Gaius. »Wird er durchkommen?«

Fast unwirsch antwortete der Arzt: »Das kann ich heute nicht sagen. – Haltet ihn nun fest!«

Der erfahrene Wundarzt holte mit kleinen Hölzchen aus mehreren Töpfen und Dosen, die der Alte neben ihm bereithielt, verschieden aussehende und riechende Salbproben, mischte sie in einer Schale und strich die Mixtur vorsichtig in die Wunden. Dann legte er mit ausgekochten Tüchern und seltsamen exotischen Blättern einen Verband an, der den gesamten Leib einbezog. Dann schickte er seinen Gehilfen los, aus seinem Wagen eine Bahre zu holen.

»Er muß sofort viel trinken, denn er hat viel Flüssigkeit verloren. Sonst

besteht die Gefahr, daß die schwarze Galle in seinen Eingeweiden das Übergewicht bekommt.«
Die Bahre wurde gebracht, und zu dritt legten sie Tatianus, der immer noch nicht das Bewußtsein wiedererlangt hatte, darauf. »Stützt ihn hoch! Er muß trinken!«
Sie taten wie geheißen und sahen besorgt zu, wie Athenodoros ihm vorsichtig aus einem kleinen ledernen Schlauch etwas einzuflößen suchte.
»Wein?« fragte Gaius.
»Ja. Etwas verdünnt mit Wasser.«
Es gelang ihm nach und nach, dem halb Liegenden etwa die Menge eines Bechers in den Mund zu bringen und es ihn schlucken zu lassen. Dadurch, wie wohl auch durch die Reize des Weines im Magen, schien Tatianus für Augenblicke das Bewußtsein wiederzuerlangen, denn man sah, wie er – noch unkontrolliert – die Lippen bewegte, Silben zu formen suchte, wie er unendlich langsam die Augen aufschlug, in die Gesichter der drei, die sich über ihn beugten, abwechselnd blickte, ohne sie zu erkennen – und dabei stammelte: »Po... Poly... Polynices... Gefahr... fahr für Polynices...«
»Durch wen ist er in Gefahr?« fragte Cornificius.
Tatianus schaute ihn an, aber er sah durch ihn hindurch; dann schweifte auch der Blick zur Seite ab, und er stammelte wieder: »Polynices ist... in Gefahr... auf... dem...« Nun starrte er mit weit aufgerissenen Augen Gaius an und stöhnte: »Wasser...«
Athenodoros nickte und ließ ihn wieder trinken. Danach sank er in seine Ohnmacht zurück.
»Der Wein enthält ein Schlafmittel. Er braucht jetzt nur noch Ruhe. Man darf ihn nicht mehr ansprechen. Er muß schlafen. Wohin soll man ihn bringen?«
»Zu mir!« sagte Gaius, und es klang wie ein Befehl. »In mein Haus am Palatin. Cornificius wird ihn begleiten.«
Sie machten sich sofort auf den Weg. Athenodoros folgte langsam mit seinem Wagen.

22

Als Gaius die Gewölbe verließ und in die Arena trat, kam ihm Alexander entgegen.
»Herr! Herr! Sie sind weg! Wie vom Erdboden verschwunden!«
»Wo warst du?«
»Wir haben die ganze Anlage als solche umrundet, innen und außen, haben hinter jedes Säulchen geguckt und jeden Stein an sich abgeklopft.«
Gaius blickte die Bahn entlang und überlegte. Die Arena war in der Mitte von einer sechs Fuß hohen und zwanzig Fuß breiten Mauer, dem Rückgrat – denn dies bedeutete die Bezeichnung *Spina* –, geteilt. An ihren Enden standen zwei *Metae,* Spitzsäulen, als Wendemarken, die die Gespanne während der Rennen siebenmal zu umrunden hatten. Neben einigen kleinen Tempelehen und Altären befanden sich auf der *Spina* zwei hölzerne Gerüste; das eine trug sieben hölzerne Delphine, das andere sieben marmorne Eier, von denen nach jeder Runde als weithin sichtbares Zeichen für den Zuschauer eines herabgenommen wurde. – Sie konnten doch nicht in der *Spina* verschwunden sein! Oder doch? Oder in den unterirdischen Gewölben, den Substruktionen der *Cavea.* Plötzlich wurde Gaius erschreckend klar, daß er, der in dieser Stadt geboren und hier herangewachsen war, von vielen Umständen, Orten und Beschaffenheiten überhaupt keine Kenntnis hatte.
»Hast du deine Leute noch auf ihren Posten stehen?« fragte Gaius.
»*Certo,* Herr! Sie stehen, daß es eine wahre Freude ist!«
»Fein. Dann...« Er unterbrach sich, denn Selenus kam aus dem Gewölbe und sagte: »Ich hab' schon gehört...« und als er näher heran war: »Außer dem ankommenden und sich darauf wieder entfernenden Wagen des Athenodoros war nichts zu hören oder zu sehen.«
Gaius nickte, teilte ihm kurz den Stand der Dinge mit und schloß: »Sie können sich nicht in Luft aufgelöst haben.«
Selenus ließ den Blick durch die gewaltige, raumgreifende Anlage wandern und sagte: »Es gäbe nur die Möglichkeit, daß sie sich in einem der Läden in den umlaufenden äußeren Kolonnaden getroffen haben. Doch wäre es sinnlos, diese der Reihe nach zu untersuchen, weil sie alle mit gewaltigen Schlössern versehen sind.«

»Du vergißt, daß ich von Amts wegen berechtigt bin, solche Türen mit Gewalt öffnen zu lassen.«
»*Certo*. Aber es würde nichts bringen, da es Zufall wäre, unter den vielen hundert Läden sogleich den richtigen zu finden. Im übrigen glaube ich nicht, daß sie sich hier getroffen haben.«
»Warum nicht?«
»Nun…« Selenus ging einige Schritte auf und ab, blieb dann vor Gaius stehen, und der Mond tauchte sein feines Gesicht in eine silbrige Helle. »Aus dem«, fuhr er fort, »was hier eben geschehen ist, schließe ich: Tatianus hatte ganz offensichtlich vor, dir etwas über die oder den Urheber des Ganzen zu sagen. Er wollte dich hier treffen, weil er hier sicher sein konnte, von keinem belauscht zu werden.«
»Aber du vergißt Decimus Aurelius!« sagte Gaius. »Der wollte dich hier treffen!«
»Keineswegs«, unterbrach ihn Selenus. »Decimus ist über alle Berge. Ich gehe davon aus, daß Tatianus beobachtet wurde, als er dabei war, dir die Mitteilung über das geplante Treffen hier in den *Carceres* zu übergeben.«
»Das würde bedeuten«, schloß Gaius, »daß der Täter einer der drei Besucher war, die heute morgen am Palatin erschienen sind: Regatus, der Fahrer des Symmachus; Aelius Gutta, Fahrer des Caelius; Valerius Rufus, der *Dominus factionis* der Roten.« Gaius schaute nun Selenus fragend an: »Und wen von ihnen verdächtigst du am meisten?«
Selenus gab statt einer klaren Antwort zu bedenken: »Das läßt sich nicht so einfach vom Gefühl her beantworten. Man müßte alles andere, was wir wissen, gründlich durchdenken und auf jeden einzelnen von ihnen in Anwendung bringen.«
»Dazu haben wir nicht die Zeit! Wir müssen handeln.«
»Wiederhole bitte noch einmal alles, was Tatianus stammelte, als er halb bei Bewußtsein war!«
»Hm. Er sagte: Polynices Gefahr. Gefahr für Polynices. Polynices ist in Gefahr auf dem… – und hier brach er ab.«
»Denk scharf nach, Gaius! War das alles? Wollte er noch etwas anderes sagen? Alles hängt davon ab! Tatianus hat den Schlüssel!«
Gaius konzentrierte sich und ließ vor seinem inneren Auge noch einmal die vorige Szene mit Cornificius und Athenodoros erscheinen. Er

zwang seine Erinnerung, ihm das Bild, die Szene, den liegenden, bleichen, großäugigen Verletzten noch einmal auszubreiten. Er hörte des Tatianus Stimme: »Polynices... ist... in... in Gefahr... auf... auf dem...« Nun starrte er Gaius mit weit aufgerissenen Augen an und stöhnte: »Wasser!« – Athenodoros nickte und ließ ihn wieder trinken. Danach sank er in seine Ohnmacht zurück. »Der Wein enthält ein Schlafmittel.« – Und plötzlich hatte er die Lösung!

Seine Augen leuchteten auf, und er rief mit gedämpfter Stimme: »Ich hab's, Selenus! Ich hab's! – Er sagte nach einer längeren Pause ‚Wasser' - und Athenodoros faßte das als Bitte zu trinken auf und reichte ihm den verdünnten Wein. In Wirklichkeit aber wollte er sagen – und nur durch die lange Pause gaben wir dem Wort ‚Wasser' einen falschen Sinn – er wollte sagen: ‚Polynices ist in Gefahr auf dem Wasser!' – Na, was hältst du davon?«

Gaius starrte Selenus gespannt an. Dann sagte der Grieche: »Das ist ohne weiteres möglich. Was schließt du daraus?«

»Was ich daraus schließe? Polynices befindet sich – wahrscheinlich mit den übrigen Verschwundenen – auf einem Schiff.«

»*Bene*. Wo?«

»Wo? – In Ostia!«

»Wem gehört das Schiff?«

»*Rogas!?* – Das fragst du noch!? Natürlich dem Symmachus!«

Aber Selenus ließ sich nicht aus seiner geradezu provozierenden Ruhe bringen: »Warum?«

»Warum?« Gaius war sprachlos. »Du fragst, warum auf einem...«

Doch Selenus, ohne sich zu echauffieren, gab sachlich zurück: »Ja! Warum! – Im Hafen von Ostia liegen auch Schiffe, die anderen Reedern und Kaufleuten gehören! Wer sagt dir denn, daß Symmachus der Täter ist? Es kann ebensogut Decimus Aurelius sein, der ebenfalls seine Geschäfte über das Meer bis weit in den Osten betreibt. Es kann sogar jemand sein, den wir überhaupt nicht kennen! Also bitte, ich möchte handfeste Argumente hören!«

Obwohl er das, wie es in solch selten zugespitzten Situationen öfter geschah, mit halb lächelnder Miene sagte, war die Wirkung auf Gaius immer eine sehr ernüchternde. Dann zeigte Selenus ihm gegenüber auf subtilste Weise seine intellektuelle Überlegenheit, und Gaius blieb nichts anderes übrig, als es sich gefallen zu lassen. Zugleich machte er sich bewußt, daß Selenus der einzige Mensch war, der ihn auf diese, ebenso feine wie treffende Art zurechtweisen durfte, und Selenus wußte dies ohnehin. Gaius dachte konzentriert nach, und sein Gesicht wurde sehr ernst.

»Ich verdächtige Symmachus, weil er ein Interesse daran haben könnte, Konkurrenten auszuschalten. Er kann ohne weiteres seinen Fahrer Regatus gekauft haben. Obwohl...« – er blickte eine Weile starr zu Boden – »... es kann natürlich sein, daß jemand, der die Verhältnisse in Ostia gut kennt, ein Schiff des Symmachus als Versteck benutzt, ohne daß dieser von der Sache etwas weiß.«

»Was schlägst du also vor?« fragte Selenus.

»Einige Leute reiten nach Ostia und suchen nach dem Versteck.«

»Und die übrigen?«

»Alle anderen verteilen sich auf folgende Objekte, um sie nicht aus den Augen zu verlieren: Haus des Vibellius! Haus des Asianus! Gestüt des Aurelius Serenus!«

»Einverstanden.«

Sie nickten sich zu. Dann ließ Gaius alle Leute, die noch inner- oder außerhalb des Circus auf ihren Posten waren, zusammenrufen, und das dauerte eine ganze Weile. Währenddessen ging Gaius vor dem großen Tor auf und ab und grübelte über die verwirrenden Ereignisse der letzten Tage nach: Da war die Bemerkung von Athenodoros über die Möglichkeit, daß der, welcher den Tatianus so übel zugerichtet hatte, die Fertigkeiten eines Gladiators haben konnte. Bestanden also Verbindungen zu diesen zwielichtigen Leuten, die sich in des Carinnas Kneipe trafen? Gaius blickte auf und sah drüben bei den Sklaven von Palatin und Caelius Alexander stehen.

»Alexander!«

Er hatte es nicht allzu laut gesagt, doch der Sohn aus Theben horchte dienstbereit auf und schoß heran: »Hier Herr! Zu Diensten, Herr! Wir werden es diesen verlausten Brüdern zeigen!«

»*Certo*. – Herhören! Weißt du, wo dein Freund Birria wohnt?«

»Jawohl!«

»Fein. Dann hol ihn ins Haus am Palatin!«

»Jawohl! Haus holen!«

»Sehr korrekt! Wegtreten!«

Er entfernte sich im Laufschritt.

Mittlerweile waren alle Männer um Gaius versammelt, und dieser eröffnete ihnen, worum es ging: »Herhören! Es sieht so aus, als ob wir noch im Laufe dieser Nacht den entscheidenden Fang machen werden. Die besten Reiter unter euch vortreten! Ich brauche vier Mann!«
Nach einigem leisen Palaver traten vier Burschen vor, darunter Syphax und Micipsa von der *Domus* am Palatin.
Gaius winkte sie heran und befahl: »Ihr besorgt euch vier Pferde und wartet bei meinem Haus auf mein oder des Cornificius Erscheinen!«
Sie verbeugten sich und eilten davon. Gaius ließ die übrigen, es waren an die zwanzig Männer, nähertreten und teilte sie in drei Gruppen auf. »Die erste unter dem Kommando von Archelaos!« Archelaos trat neben sie und wartete auf den Befehl zum Einsatz. »Ihr haltet das Haus des Vibellius im Auge!«
Sie entfernten sich. Die zweite Gruppe, unter Führung des Menander, schickte Gaius zum Forum Esquilinum. Die dritte Abteilung, der er den Lippinus – Schreiber des Selenus – vorsetzte, sollte die Straße nach Norden und das Gestüt des Aurelius Serenus während der ganzen Nacht im Auge behalten. Drei jüngere Sklaven, die er als gute Reiter kannte, sollten als Boten Nachrichten zwischen den einzelnen Abteilungen übermitteln, falls dies notwendig werden sollte. Schließlich stellte er noch zwei Mann als Beobachter außer- und innerhalb des Circus Maximus auf, um für alle Fälle gewappnet zu sein.
So blieb er am Ende nur mit Selenus zurück und sagte auf eine nicht gestellte Frage des Griechen: »Ich möchte, daß wir drei – du, Cornificius und ich – in Kontakt bleiben, um schnell bei veränderter Lage die richtigen Entscheidungen treffen zu können. Ich denke, dies ist auch in deinem Sinne?«
Gaius schaute Selenus kurz an, und Selenus nickte und sagte: »*Scilicet.* – Natürlich.«
Dann verließen sie den Ort.
Die Leiche des Mannes, der den Tatianus so übel zugerichtet hatte, war zur Seite gelegt und zugedeckt worden. Man würde sie am nächsten Morgen kurz vor Sonnenaufgang aus der Stadt schaffen, sie verbrennen und die Asche in einem namenlosen Grab verscharren.

23

Cornificius, der wohl gehört hatte, daß einige Leute das Haus am Palatin betreten hatten, kam aus dem Obergeschoß die Treppe herunter, und Gaius sah seinem Gesicht an, daß der Zustand von Tatianus nach wie vor ernst war.

»Er schläft wie ein Toter.«

»Das ist gut«, nickte Selenus. »Vor morgen früh werden wir ihn nicht fragen können. Komm bitte mit in die Bibliothek!«

Cornificius folgte den beiden.

»Also...«, begann Gaius. »Ich möchte, daß Selenus hier im Hause bleibt und die Fäden in der Hand behält. Es kann durchaus sein, daß Archelaos, Menander oder Lippinus Nachricht schicken und um Rat oder Weisung bitten.«

Er wandte sich an Selenus: »Ist es dir recht?«

»*Scilicet.* – Natürlich.«

»Gut. Dann warten wir nur noch Alexanders Rückkehr ab, und dann können wir...«

In diesem Augenblick hörten sie vom Atrium her seine Stimme: »Du kennst doch noch unsern lieben Freund Archelaos?«

»Ich kenne ihn!« bestätigte eine tiefe, grollende Stimme.

»Und den Herrn als solchen auch?«

»Sicher.«

»Dann komm!« Er führte ihn gleich in die Bibliothek, da er als Kenner der Verhältnisse davon ausging, daß die Führung der Volcatier sich unter den gegebenen Umständen eben in diesem Raum, der mittlerweile nicht nur Büchersaal, sondern auch geistiges Zentrum des Hauses war, versammelt hatte.

Er ging voraus, trat – wie immer ohne anzuklopfen – in den Türrahmen, grüßte einwandfrei und meldete: »Alexandros wie befohlen mit Birria, dem Unbestechlichen, allhier erschienen!«

Die drei blickten neugierig hinüber, denn sie hatten den Koloß von Mann über ein Jahr lang nicht mehr gesehen. Birria trat nun vor, grüßte wie Alexander mit schlagartig erhobener Rechter und meldete: »Birria wie befohlen zur Stelle, Legat! Wird mir eine Freude sein, dem Curulischen Aedilen zur Seite! Schätze, diese Brüder dürften nicht mehr allzulange im trüben fischen.«

»So ist es!« sagte Gaius, ging auf den ehemaligen Gladiator zu und klopfte ihm auf die Schulter. »Lange nicht mehr gesehen. Alexander hat mir da einiges berichtet. Werde über die Sache nachdenken.«
Alexander warf seinem Freund einen Blick zu, der soviel bedeutete wie »Na also!«
»Wir können«, fuhr Gaius fort, »nach Erledigung dieser Angelegenheit darüber reden. Herhören!«
Alexander und Birria reckten sich, und es geschah das Unglaubliche, daß Birria den Alexander noch um drei Fingerbreit an Größe überragte, was die drei Beobachter der Szene zu einem wohlgefälligen, stillen Lächeln verleitete.
»Ihr werdet uns nach Ostia begleiten!«
»Jawohl!« tönten beide, ohne mit der Wimper zu zucken. »Zuvor aber möchte ich von dir, Birria, wissen, ob du Einblick in die Verhältnisse des Circus und seines Personals hast.«
»Habe ich, Legat! Habe ich! Kenne diese Brüder besser, als ihnen lieb ist!«
»Was heißt das?«
»Weiß von vielen eine ausreichende Menge, um sie an den Galgen oder in den Carcer Mamertinus zu bringen.«
»*Bene*. Uns interessieren da freilich nur die Leute, die mit Valerius, dem *Dominus factionis* der Roten, zusammenarbeiten. Gibt es unter diesen vielleicht einen oder mehrere Gladiatoren?«
Birria überlegte und sagte: »Zwei bestimmt, Legat. Aber ich weiß nicht, wie sie heißen.«
»Wieso nicht?«
»Weil sie aus Capua stammen und nicht in Rom ausgebildet worden sind. Die, die in Rom ausgebildet wurden, kenne ich alle. Habe ihnen zum großen Teil selbst beigebracht, wie man das Messerchen halten muß.«
»Hm...« Die Volcatier warfen sich einen kurzen Blick zu. Gaius fuhr fort: »*Bene*. Kennst du noch weitere Gladiatoren oder sonstige Kämpfer, die aus Capua stammen?«
»*Certo*, Legat! Das ist eine ganze Menge. Kenne sie alle, kenne von den meisten auch ihre Namen.«
»Hm... Weißt du vielleicht auch, ob einige dieser Männer mit Decius Vibellius bekannt sind?«

Wieder überlegte Birria eine Weile, was sich bei ihm darin äußerte, daß er mit der großen, fleischigen Hand an seine Stirn griff und diese gewaltig knetete. Dann hieß es: »Von einem weiß ich das ganz sicher. Er ist nämlich unter anderem *Ostiarius* bei Vibellius.«
»Bist du sicher?«
»*Certo*, Legat! Hat es mir selbst gesagt.«
»Soso... Hat er dir sonst noch etwas gesagt, was mit Vibellius zu tun hatte?«
Wieder wurde die Stirn geknetet. »Nein, Legat!«
»Hast du den einen oder anderen dieser Männer schon mal im Gespräch mit Valerius, dem *Dominus factionis* der Roten, gesehen?«
»Oft, Legat! Oft!«
»Worum ging es dabei?«
»Keine Ahnung, Legat.«
Gaius blickte Cornificius und Selenus fragend an, und schließlich wollte Selenus wissen: »Weißt du, ob der eine oder andere von ihnen schon einmal im Hause des Vibellius oder bei Asinius, dem Fuhrunternehmer, gewesen ist?«
»Bei Vibellius? Weiß ich nicht, Herr. Bei Asinius? Sicher!«
»Wer?«
»Na, der Derkylos, der *Ostiarius* des Vibellius.«
»Eine letzte Frage!« sagte Cornificius. »Sind alle diese Gladiatoren und ehemaligen Gladiatoren aus Capua miteinander bekannt? Sind sie befreundet? Gibt es Feindschaften?«
»Sicher, Herr! Beides!«
»Das führt uns nicht weiter«, meinte Gaius und schloß dieses Gespräch. »Macht euch bitte fertig!«
Alexander beugte sich vor, hielt den Kopf schief und fragte: »Kleiner Spähtrupp als solcher, Herr? Gefällig?«
»So ist es.«
Alexander fragte weiter: »Sollen wir die lieben Hündchen nicht besser mitnehmen, Herr?«
»*Age sane*. Meinetwegen.«
»Da sie ja lange keine Germanen mehr zwischen ihren Zähnchen hatten, müssen sie sich mit Bösewichtern aus Capua vergnügen.«
»...begnügen!« verbesserte Cornificius und schüttelte den Kopf. Doch Alexander überhörte das.

24

Alle drei Abteilungen, die in und bei Rom ihre Beobachtungsposten hatten, erreichten ihre Ziele ohne Störungen. Doch sollten sie sich auf eine schier endlos lange Nacht einstellen, denn es geschah nichts, was ihre Aufmerksamkeit erregte. Archelaos, Menander und Lippinus hatten alle Mühe, ihre Leute wach zu halten, und drohten ihnen schließlich mit drakonischen Strafen, um dies zu erreichen.
Beim Gestüt tat sich am allerwenigsten. In unregelmäßigen Abständen hörte man ein Pferd wiehern oder stampfen; einmal ging ein Knecht über den Hof. Das Herrenhaus selbst blieb ruhig. Niemand verließ es, niemand trat ein.
Bei Asinius war es anders: Zahlreiche Passanten, durchweg mit Fackeln oder Laternen ausgestattet und in Begleitung von einem, manchmal zwei Sklaven, befanden sich auf späten Wegen zu oder von Freunden, kamen von Verwandten oder Kneipen. Doch auch hier verließ niemand den Hof des Asinius, es trat auch keiner ein. Der junge Marcus Atilius, der sich, in Kenntnis oder Ahnung der Aktion, dem Menander und seinen Leuten still zugesellt hatte, wußte auch nichts über die letzten Stunden zu berichten. Also hielten sie sich still in ihren verschiedenen Winkeln und Nischen, um nicht den Posten am Esquilinischen Tor aufzufallen – die freilich selbst alle Not hatten, ihre Augen offenzuhalten.
Archelaos fiel ebenfalls nichts Außergewöhnliches auf, denn das Haus des Vibellius lag still in der geheimnisvollen Halbhelle des Mondes, wenn er sich zeigte; auch in den dunklen Zwischenphasen, wenn Gewölk die leuchtende Scheibe plötzlich verdeckte und alle angestrengt lauschten, tat sich nichts. So vergingen ein, zwei Stunden und die erste Nachtwache.
Selenus aber saß alleine in der Bibliothek des Hauses am Palatin, hatte ein Blatt vor sich liegen, schrieb verschiedene Namen, zog zwischen einigen Verbindungslinien, strich Namen durch, überlegte – zerknüllte schließlich das ganze Blatt und warf es in den Abfallkorb neben dem Schreibpult. Er seufzte und begann das Denkspiel von neuem. Manchmal betrat Melitta scheu den Raum, setzte dem Sekretär des Patrons verschiedene kalte und warme Speisen auf den Tisch, dazu Wein – einen fünfjährigen Chios[59] – und Wasser, doch Selenus griff kaum zu.
So war er wieder völlig mit dem – nun schon dritten – Blatt beschäftigt,

als Smyrna anklopfte, eintrat und meldete, im Atrium warte ein Fremder, der Gaius Volcatius Tullus zu sprechen wünsche. Ungehalten blickte Selenus hoch.
»Was? Jetzt? – Nannte er seinen Namen?«
»Ja, Herr. Wenn ich recht verstanden habe, heißt er Symmetrius.«
»Du meinst Symmachus?«
»Ja, Herr! Symmachus.«
Sie sah, wie Selenus fast erschrak, wie er sie anstarrte, und sie fragte: »Soll ich ihn wegschicken, Herr?«
Da schnellte Selenus in die Höhe und sagte: »Beim Apollo! Nein! Führe ihn sofort herein!«
Er griff, während das Mädchen ging, die verschiedenen Blätter und verstaute sie in dem großvolumigen Kasten unter der Schreibplatte des Stehpultes, die man wie einen Türflügel bewegen konnte, da sie hinten mit drei kleinen silbernen Scharnieren drehbar gefaßt war.
Er kannte diesen Syrer nicht, konnte sich aber nach der Beschreibung von Gaius ein Bild machen. Die Tür öffnete sich ein zweites Mal, und Smyrna meldete: »Symmachus der Syrer, Herr!«
»Ja, danke. Bring noch ein Gedeck und einen zweiten Becher.«
Symmachus schaute sich sehr interessiert, wenn auch schnell, in dem großen Raum um, nahm dann mit der gleichen Wachheit Selenus in den Blick und sagte mit einer leichten, mehr angedeuteten Verbeugung: »Ich gehe wohl recht in der Annahme, daß ich vor Selenus, dem Sekretär des Patrons Lucius Volcatius Tullus, stehe.«
»So ist es«, sagte Selenus sehr sachlich und tastete nun seinerseits Gesicht, Statur, Größe und Haltung des späten Besuchers ab. »Wie ich hörte, wolltest du zu Gaius Volcatius. Nun, er ist nicht im Hause.« Und dann ergänzte er: »Ich würde dir also raten, morgen in der Frühe wiederzukommen.«
Symmachus kam einen Schritt näher und hob, wie beunruhigt, die rechte Hand: »Ich habe das befürchtet.« Er schaute in Gedanken einen Augenblick lang auf den Fußboden, ohne das herrliche Rankenornament des Bodenmosaiks wahrzunehmen. Dann ging ein Ruck durch ihn, und er sagte mit Bestimmtheit: »Dann müssen wir ihn suchen.«
»Warum?« fragte Selenus. »Willst du mir nicht berichten, worum es geht?«
Er lud den Besucher ein, sich doch zu setzen, und der Syrer folgte, nahm

gegenüber von Selenus am Tisch Platz. Der Grieche goß ihm selbst den Wein ein, verdünnte mit Wasser – »Bitte viel Wasser! Ich bin so schnell geritten, wie ich konnte!« –, und dann tranken sie sich zu. Erstaunt sah Selenus, daß der Mann großen Durst hatte, denn er trank den Becher in einem Zug leer.

»Natürlich...«, sagte Symmachus und atmete durch. Er nickte mehrmals kurz hintereinander. »Natürlich kannst du nicht wissen, warum ich... wie ein Wilder von Ostia nach hier reite.«

Selenus schwankte, ob er ihm glauben sollte oder ob das nur eine sehr intelligente Finte war. Allerdings machte Symmachus einen erschöpften Eindruck, und als Selenus ihn noch einmal aufforderte, griff er zu und aß mehr, als er sich wohl anfangs erlaubt haben würde.

»Bitte! Berichte!« sagte Selenus, und Symmachus begann: »Nun, da ist... da ist nicht viel zu erzählen. Mir wurde gemeldet, daß einer meiner kleineren Segler verschwunden ist.«

Obwohl Selenus ahnte, was das bedeuten konnte, stellte er sich unwissend und fragte fast gereizt: »Und? Was hat Gaius Volcatius Tullus, was haben wir damit zu schaffen?«

Er beobachtete ihn während der Antwort genau und meinte große Unruhe, ja Angst im Gesicht des Syrers festzustellen. Symmachus knetete seine Finger, legte dann eine Hand in die andere und sagte: »Volcatius bat mich, ihm zu melden, falls sich ungewöhnliche Dinge ereignen. Ich weiß nicht, inwieweit du in den Stand der... der Ermittlungen...«

»Ich kenne alle Einzelheiten«, stellte Selenus sachlich und überlegen fest.

»Dann«, fuhr Symmachus fort, »verstehst du wohl auch, daß ich nun sogar Angst... Angst um mein Leben habe.«

»Nein.« Selenus blieb hart und blickte ihn wie unbeteiligt und gefühllos an.

Wieder rieb und knetete Symmachus seine Hände, so daß C.V.T., wenn er die Miene des Großkaufmanns gesehen hätte, erstaunt gewesen wäre über die Änderung, die mit dem Syrer seit dem frühen Morgen vor sich gegangen war.

Selenus ermunterte ihn aber: »Volcatius Tullus wird erst sehr spät zurückkehren. Da ich über sämtliche Einzelheiten unterrichtet bin, kannst du mir erzählen, was geschehen ist.«

Symmachus neigte leicht den Kopf, schöpfte Atem, wie um sich Kraft

zu geben, und begann: »Ich weiß, daß ich einen Fehler machte, als ich Volcatius verschwieg, was ich weiß.«
»Was weißt du?« Selenus' klare Augen ruhten gespannt auf seinem Gesicht.
»Ich weiß, daß hinter dem Schlag, den man – so scheint es ja – dem Decius Vibellius versetzt hat, völlig andere Kräfte am Werk sind, als man auf den ersten Blick vermutet.«
Selenus nickte ihm freundlich und ermunternd zu, und Symmachus fuhr fort: »Ich bin ja kein Neuling in diesem Geschäft. Ich kenne alle römischen und außerrömischen, auch alle griechischen, syrischen, makedonischen und nicht zuletzt die großen thrakischen und arabischen Züchter, die meisten von ihnen persönlich. Durch meine Geschäfte komme ich weit an den Küsten des mittleren Meeres herum. Wer Pferde züchtet, der will gewiß am Ende auch Gewinn machen, denn niemand vermag nur von der Luft eines Pferdestalles zu leben. Umgekehrt aber ist ein guter Züchter edler Pferde gekennzeichnet durch Charaktereigenschaften, die ihn über das Normale in diesem weiten und schillernden Felde herausheben. Ich weiß nicht, ob ich mich verständlich ausdrücke.«
»Aber ja doch. Ich verstehe vollkommen, was du meinst, Symmachus. Berichte weiter!«
»Nun, mir fiel schon bald auf, daß Aurelius Serenus anders war als die übrigen Züchter.«
»Wie meinst du das?«
»Ich hatte den Eindruck, daß er ganz sicherlich eine Menge von Pferden und Zucht versteht, aber...«
»Ja?«
»Er machte auf mich den Eindruck, als ob er... nun, als ob er nicht immer ganz bei Sinnen ist.«
Selenus schwieg zu dieser Feststellung, und er sah den alten Aurelius Serenus vor sich, in seiner scheinbar zerstreuten Art, und er fand, daß diese Beobachtung durchaus angemessen war. Aber er fragte: »Warum kauftest du bei Aurelius deine Pferde, wenn du – wie du eben sagtest – zu den größten Züchtern des Erdkreises die besten Beziehungen hast!«
»Weil es mir zu gefährlich schien, kostbare Pferde den unberechenbaren Fährnissen des Meeres auszusetzen. Da mich meine Geschäfte nun ein-

mal wahrscheinlich für immer nach Italien und Rom verschlagen haben, bin ich auf die ansässigen Züchter angewiesen.«

»Verstehe.«

Symmachus, nun bereits viel ruhiger als bei seiner Ankunft, fuhr fort: »Alle Verhandlungen liefen über den älteren Sohn des Aurelius, Decimus. Und er setzte alles daran, mich zu einem zufriedenen Käufer zu machen, denn er kümmerte sich um jede Kleinigkeit. Er beriet mich schließlich auch bei der Auswahl der Fahrer. Kurz, ich war mit ihm sehr zufrieden. Bis ich eines Tages merkte, daß er sich heimlich mit Polynices traf.«

»Wieso heimlich? Es steht ihm doch frei, sich jederzeit und an jedem Ort mit einem so ausgezeichneten Fahrer zu treffen, zumal Polynices mit Aurelischen Pferden schon manchen Sieg errungen hat!«

»Ja, so dachte ich auch anfangs, aber...«

»Ja? Was geschah dann?« Gespannt verfolgte Selenus die seltsame Wendung, die dieses Gespräch allmählich nahm. Er suchte sich zugleich darüber klarzuwerden, ob das, was dieser Mann da erzählte, realistisch oder eine gut erfundene Geschichte war.

»Ich sah einmal«, fuhr Symmachus fort, »wie er meinen Fahrer beiseite nahm und lange auf ihn einredete. Als ich danach wegen einiger technischer Fragen, die das Rennen betrafen, mit Regatus sprach, war der Mann wie verändert.«

»Inwiefern?«

»Ich spürte, daß ihn etwas bedrückte. Ja, ich hatte das Gefühl, daß er Angst hatte. Er wirkte unaufmerksam, unkontrolliert, war nicht bei der Sache.«

»Sprachst du ihn darauf an?«

»Nein. Ich hatte keinen Grund dazu.«

»Was geschah weiter? Fahr bitte fort, Symmachus!«

»Nun, einige Tage später beobachtete ich eine ähnliche Szene.«

»Wo?«

»In der Arena des Circus.«

»Worum ging es dabei?«

»Das weiß ich nicht. Das heißt, damals wußte ich es nicht.«

»Was heißt das?«

»Das heißt, daß bei diesen Unterredungen Dinge besprochen wurden, die mit der kurz darauf stattfindenden Entführung dieser Pferde zu tun hatten.«

Selenus enthielt sich jeder Regung, jeden Kommentars, jeder Wertung, als er sagte: »Gut. Du gingst dann auf die beiden zu...«
»Bitte? Woher weißt du... Ja, ich ging auf sie zu.«
»Und da wechselten sie schnell das Thema!«
»Ja. So war es. Du lächelst! Glaubst du mir etwa nicht?«
»Doch-doch. Ich sah die Szene nur eben vor mir. Geschah solches öfter?«
»Nein. Aber von da an hatte ich ein Auge auf Decimus Aurelius und auf Regatus. Ich ließ beide heimlich von mehreren meiner Leute aus Ostia, die sie nicht kannten, beobachten. So kam ich allmählich zu der Überzeugung, daß sie etwas im Schilde führten.«
»Was haben deine Sklaven beobachtet?«
Symmachus überlegte eine Weile, dann fuhr er fort: »Sie berichteten übereinstimmend, daß Polynices und Regatus sich oft mit Decimus Aurelius trafen. Einmal konnten sie hören, wie Decimus rief: ‚Dann mache ich es eben alleine!'«
»Bist du sicher?«
»*Peream, si mentiar!* – Hol mich der Henker, wenn ich lüge!«
Selenus ließ seinen Blick unbarmherzig forschend auf dem Gesicht des Syrers liegen. Dann fragte er: »Und warum erzählst du das alles erst jetzt, wo du weißt, daß der Aedil dankbar für jede Neuigkeit in der Sache ist!?«
»Deswegen! Des...« Er hatte plötzlich ein Blatt in der Hand. Er reichte es Selenus, der es auseinanderfaltete und die darauf befindliche Botschaft las:

Halte Dich aus der Sache raus!
Es kommt auf einen Toten mehr oder weniger nicht an!

»Das ist deutlich«, nickte Selenus.
»Nicht wahr!« rief Symmachus. »Was soll ich nun tun? Das Schiff ist verschwunden! Nun diese Drohung! Morgen werden sie mir das Dach über dem Kopf anzünden! Ich... ich habe Angst! Verstehst du das?! Angst!«
Symmachus war aufgesprungen, mit großen Augen starrte er den Griechen an.
»Habe ich mich dafür zwanzig Jahre lang geplagt, jede Mühe auf mich genommen, keine Reise gescheut, jeden Denar umgedreht, ehe ich ihn

ausgab, um nun dies hier zu ernten! Ich verlange jede Unterstützung durch den zuständigen Beamten dieser Stadt! Dieser Bande muß so schnell wie möglich das Handwerk gelegt werden!«
»Langsam, mein Lieber!« sagte Selenus und stand nun ebenfalls auf. »Wir werden all diesen Dingen nachgehen.«
»Dazu ist es zu spät! – Was will ich denn! Was denn? Ich will doch nur, daß meine Pferde wie vorgesehen an den Start gehen bei den *Ludi florales!*«
»Ja, das sollen sie ja auch.«
»Wann kommt der Aedil zurück? Ich werde hier auf ihn warten! Ich verlasse dieses Haus nicht ohne seine...«
»Das kann lange, sehr lange dauern. Der Aedil ist nämlich nach Ostia!«
»Nein!« War die Enttäuschung echt? »Hätte ich das gewußt! Auf, reiten wir nach Ostia!« Er war wie auf dem Sprung.
Selenus wartete eine Weile mit der Antwort, denn er studierte das Gesicht des Syrers. Dann sagte er: »Gut. Wir reiten!«
Den anonymen Drohbrief steckte er ein.

25

Als C.V.T. und seine Begleiter das Kontor des Symmachus in Ostia nach einem wahren Teufelsritt über die nur von einem wechselnden Mond beleuchtete Via Ostiensis erreichten, waren alle Außentüren verschlossen.
»Soll ich die Fensterchen dieser elenden Hütte als solche mal näher in Anschein nehmen, Herr?«
»Augenschein! In Augenschein nehmen!« verbesserte Cornificius und schüttelte den Kopf.
»Nein«, befahl Gaius. »Dazu haben wir kein Recht.«
»Na, dann eben nicht... Wenn man in diesem Lande rechtlos ist, kann man ja...«
Er hielt mitten in dieser lange nicht mehr gehörten Klage inne und hielt den Kopf schief. Er lauschte. Dann entfernte er sich vom Hause und von den Volcatiern und schlich wie eine große Katze an der Wand entlang.
Es blieb alles ruhig, bis mit einemmal jemand in der Dunkelheit raunzte:
»Wohl verrückt geworden? Paß doch auf, Mann!«
Der so Angesprochene erwiderte: »Wie?! – Wie kommst du mir denn vor, he?! Pinkelt hier mitten durch die Nacht fremde Mauern als solche an! Name!«
»Was?! Geht dich überhaupt nichts an!«
»Das wird dir alsbald leid tun! Schon mal gedient?«
»Sicher. Gallien!«
»Einheit!«
»Zehnte!«
»Name!«
Durch diesen militärischen Reigen direkter Fragen überrumpelt, nannte er ihn ohne Verzug: »Sextus Paulinus! Centurio!«
»Schöner Name! Schöner Rang!«
Inzwischen waren Gaius und Cornificius auf die beiden Sprecher im Dunkeln zugegangen, und Gaius schaltete sich ein: »Centurio!«
Der Mann erkannte Gaius' Stimme und nahm Haltung an. »Legat!«
»Was machst du hier?«
»Beobachte das Haus.« Er sprach nun leiser.
»Besondere Vorkommnisse?«
»Jawohl. Symmachus hat es verlassen.«
»Wohin?«

»Keine Ahnung.«
»Was sonst?«
»Eins seiner Schiffe hat den Hafen verlassen.«
»Woher weißt du das?«
»Bin dem Symmachus bis dorthin gefolgt und sah, wie er an Bord ging. Als er das Schiff wieder verlassen hatte, segelte es davon.«
»Wohin?«
»Zum Tiber und dann flußaufwärts.«
»Bist du sicher?«
» Jawohl.«
»Und Symmachus?«
»Der Mann ging zu seinen Ställen, ließ ein Pferd satteln und ritt davon.«
»Warum hast du das nicht gemeldet?«
»Ich hätte es morgen früh durch einen Boten gemeldet, Legat!«
»Gut, Paulinus. Ich werde dich bei deinem Vorgesetzten, dem Hafenkommandanten, loben. Im übrigen erwarte ich in ein paar Tagen deinen Besuch. Du weißt, wegen Gallien.«
»Jawohl, Legat!«
»Ich danke dir, bleib wachsam!«
Der Centurio bebte vor strammer Geradheit.
Sie entfernten sich und gingen zurück zu den Pferden, die von einigen sie begleitenden Sklaven gehalten wurden. Dort angekommen, sagte Gaius: »Ich hätt's mir denken müssen! Verdammt! Wir haben wichtige Zeit verloren.«
»Was?« fragte Cornificius. »Was hättest du dir denken müssen?«
»...daß sie, wenn sie schon Polynices auf einem Schiff verbergen, dieses nun nicht mehr hier in Ostia liegen lassen. Rom ist sicherer für sie. Sie gehen davon aus, daß sie dort niemand vermutet.«
»Ein durchausiger Irrtum! Cornificius!?«
»Wie? Sicher.« Aber er schüttelte den Kopf.
Gaius preßte die Lippen aufeinander. Dann befahl er die sofortige Umkehr.
In zügigem Trab – nicht im Galopp, da die Pferde ermüdet waren – ritten sie den gleichen Weg auf der Hauptverkehrsstraße zwischen Ostia und Rom zurück. Längst hatten sie sich an das nächtliche Licht gewöhnt und erkannten viele Einzelheiten in der Landschaft, sahen das stille, glatte Band des Flusses zur Linken, wenn sich die Straße ihm nä-

herte. So hatten sie etwa die Hälfte der Strecke hinter sich gebracht, als Cornificius, der vorausritt, anhielt und leise sagte: »Von vorne kommt was!«
Sie hielten an, blieben aber mitten auf der Straße, um die beiden Reiter, die ihnen entgegenkamen, besser in Augenschein nehmen zu können. Alexander stellte sein Pferd quer und bellte: »Anhalten! Es sei denn, ihr seid Unsterbliche als solche!«
Wohl oder übel mußten die beiden Reiter Folge leisten, und Alexander schickte sich bereits an, wie üblich nach »Name! Einheit! Alter!« und ähnlichem zu fragen, als er des Selenus Stimme erkannte und schwieg, denn Selenus sagte zu Gaius: »Kann ich dich sprechen...«
Die beiden ritten zur Seite, während die Begleitmannschaft der Volcatier den Symmachus umringte, so daß dieser nicht recht wußte, wie ihm geschah.
Gaius rief leise den Cornificius, und dann berichtete Selenus ihnen gerafft, was Symmachus ihm alles erzählt hatte und daß er den Curulischen Aedilen unbedingt sprechen wolle.
Nachdem Selenus seinen Bericht beendet hatte, fragte ihn Gaius: »Was hältst du von dieser Version?«
»Ich weiß es nicht. Es könnte gewiß alles so sein, aber warum schickt er ein Schiff flußaufwärts?«
Cornificius schlug vor: »Wir sollten ihn fragen!«
Sie blickten sich der Reihe nach an, und Gaius murmelte: »Seltsam! Sehr seltsam das alles! – Also, frag ihn!«
Sie ritten zurück zu der Gruppe, bauten sich dem Syrer gegenüber auf – man konnte sich im Licht des Vollmondes gut erkennen –, und Cornificius begann das Verhör: »Du gibst vor, Symmachus, dich an den Curulischen Aedilen um Hilfe wenden zu wollen.«
»Ja, natürlich! An wen sollte ich mich denn sonst wenden?«
Das klang vorwurfsvoll. Cornificius sprach ruhig weiter: »Nun gut, warum lügst du dann?«
Die drei Volcatier ließen kein Auge von Symmachus, als dieser erregt antwortete: »Was? Ich? Lügen?! Warum sollte ich lügen? Mein Leben ist bedroht! Ich werde mich beim Consul beschweren! Ich verlange, daß man mich augenblicklich zu ihm führt! Ihr werdet es noch bereuen! Das ist Freiheitsberaubung! Behinderung! Nötigung! Das reicht aus, einen Prozeß vor dem *Praetor peregrinus* anzustrengen.«

»Beruhige dich!« fuhr Cornificius fort. »Wenn wir dir helfen sollen, mußt du uns helfen. Also, was hattest du heute nachmittag auf dem Segler zu schaffen?«
»Auf dem... Was ich zu schaffen... Ich gab dem Schiffsführer noch einige Anweisungen, die Waren betreffend, die er geladen hatte.«
»Was für Waren?«
»Felle vor allem. Aus Gallien.«
»Nette Felle!« lobte Alexander.
»Und wo liegt der Segler jetzt?«
»Beim Emporium.«
»Das werden wir feststellen. Komm!«
Symmachus erkannte, daß unter den gegebenen Umständen eine Weigerung sinnlos war, denn die Burschen um ihn herum, besonders dieser große, dunkelhaarige, grimmig dreinschauende Hüne, ließen ihn nicht aus den Augen.
Als sie eine halbe Stunde später das Areal des Emporiums, den römischen Hafen, erreichten, lagen dort alle möglichen großen Lastkähne, die am Tage getreidelt wurden, aber von einem Segler war weit und breit keine Spur zu sehen.
»Na, wo ist das Schiff?« fragte Gaius.
»Es muß hier sein!« beharrte Symmachus.
»Kenne da einen guten Arzt«, grollte Alexander. »Behandelt vorzugsweise auch schlechte Augen und verlorene Gedächtnisse als solche. Sollte dir eine Kur bei den Kimmerern im finsteren Norden verpassen. Hüpfen auf einem Bein herum, um sich zu wärmen. Ist gut gegen Schrumpfungen in Kopfhöhe! Denke daran! Vergiß es nie! Denn was man nicht im Kopf hat, daß muß einem...« Und plötzlich packte er den Syrer eisern im Nacken: »Herhören! Wage es nicht, meinen Herrn, den durchaus immer Curulischen Aedilen, den Bezwinger von Alesia, den zweifelsfreien Freund des Imperators Gaius Iulius Caesar, zu beleidigen, dergestalt du hier von einem lumpigen Schiffchen faselst, alldieweil es sich an sich in Luft aufgelöst hat, um deinen erbärmlichen Anblick nicht mehr zu ertragen!«
Der Syrer wußte nicht, wie ihm geschah. Nach einiger Zeit wandte er sich Gaius zu und forderte ihn auf: »Du als Curulischer Aedil solltest mich vor solchen Leuten schützen!«

Doch Gaius erwiderte gleichgültig: »Fragt sich nur, wer sich vor wem schützen muß. Aber davon später.«

»Herhören!« Gaius wandte sich nun an alle übrigen. »Ihr teilt euch in zwei Gruppen und sucht beide Ufer ab. Alexander!«

»Hier, Herr!« Seine Augen blitzten vor Eifer.

»Teile die Leute ein und schick sie los. Sie melden sich anschließend bei mir am Palatin.«

»Jawohl! Leute! Palatin! Melden!«

Und zu Symmachus: »Du kommst mit!«

Sie nahmen sein Pferd in die Mitte und ritten zur Stadt.

Es waren, wie Melitta mitteilte, keine Nachrichten von den verschiedenen Beobachtungsposten eingetroffen. Gaius nickte in Gedanken, sah dennoch, wie Melitta, die schon wieder schwanger war, vollkommen übermüdet dastand, und befahl ihr geradezu, sich schlafen zu legen. Doch sie bestand darauf, zusammen mit Smyrna wach zu bleiben und nicht eher zu Bett zu gehen als die Herrschaften und ihr Alexander.
»Na, dann eben nicht...«, knurrte Cornificius, lächelte ihr aber zu. Er mochte sie sehr und hatte lange darüber nachgedacht, wie bei allen Göttern es Alexander angestellt haben mochte, diese Frau zum Weibe zu bekommen.
»Paßt auf ihn auf!« sagte Gaius zu Alexander und dessen Mannschaft, und er wies mit dem Kopf auf den Syrer. Das hatte zur Folge, daß Symmachus ununterbrochen von mehreren Augenpaaren belauert wurde, und wieder schien ihm dieser herkulische Mensch von über sechs Fuß Höhe, der sich in dieser seltsam verwirrten Sprache mit seinem Herrn, dem Curulischen Aedilen, unterhielt, von allen der gefährlichste zu sein. Und als Symmachus sich müde gegen eine der Säulen im Atrium lehnte, schnauzte dieser Mensch prompt: »Haltung, Mann! Ordnung! Dissiplin! Laß die Säule in Ruhe! Damit sie nicht vor Scham zusammenbricht!«
Erschrocken leistete Symmachus Folge und hielt sich einigermaßen tapfer aufrecht.
Gaius aber hatte Cornificius und Selenus mit einem Neigen des Kopfes in die Bibliothek gebeten. Er schaute auf die Wasseruhr. Es ging auf das Ende der zweiten Nachtwache.
»Müde?« fragte er und blickte sie nacheinander an.
»Keine Spur«, sagte Cornificius, und auch Selenus, ohnehin ein Nachtarbeiter, schüttelte den Kopf.
»Was hast du vor?« fragte Cornificius.
Gaius setzte sich, die anderen ebenfalls, und als Melitta mit einigen Erfrischungen, Wein, Wasser, Dörrobst und Gebäck kam, bat Gaius sie, das Mädchen Smyrna hereinzuschicken. Als Smyrna kam, in der Tür knickste und scheu aufblickte, sagte Gaius sehr freundlich zu ihr: »Komm näher, Smyrna!«
Sie trat drei, vier Schritte vor und wartete. Selenus und Cornificius,

die nicht wußten, was er im Sinn hatte, warteten gespannt auf seine Anordnungen.
»Hör nun gut zu, Smyrna!« Gaius stand auf, ging zum Schreibpult, hob die obere Schreibplatte an, entnahm dem Kasten darunter zwei glatte Papyrusblätter und legte sie auf die große leere Fläche des mittleren Eichentisches. Dann holte er Tintenfaß und Feder und plazierte beides in unmittelbarer Nähe der Bögen.
»Was soll das?« fragte Cornificius, dem nicht einleuchtete, was Smyrna, die weder schreiben noch lesen konnte, mit dem Gerät anfangen sollte.
Endlich fuhr Gaius, zu Smyrna gewandt, fort: »Du wirst gleich in diesem Raum den Mann vorfinden, der im Augenblick noch von unseren Leuten im Atrium bewacht wird. Du wirst so tun, als ob du hier noch dies und jenes zu ordnen oder zu säubern hättest. Nimm dir einen Lappen mit. Der Mann weiß, daß er diesen Raum nicht verlassen kann, da hinter allen Ausgängen mehrere Posten stehen. Laß diese beiden Blätter auf dem Tisch, so wie sie sind, lege sie allenfalls auf die andere Seite des Tisches. Ich habe die Vermutung, daß der Syrer versuchen wird, dich zu bestechen, um dich als Boten mit einer schriftlichen Nachricht außer Haus zu schicken. Du wirst so tun, als ob du dies erledigen wirst.«
»Ja, Herr«, sagte sie.
»Au-gen-blick!« schaltete sich Cornificius ein. »Da fehlt etwas Entscheidendes!«
»Nämlich?«
»Du wirst im Atrium Smyrna sehr scharf anfahren! Du drohst ihr mit diesem und jenem. Das wird den Syrer am ehesten dazu bringen, zu Smyrna Vertrauen zu fassen.«
»Guter Vorschlag«, nickte Gaius. »Also komm, Mädchen!«
Sie verließen den Raum, und schon unterwegs begann Gaius, sich mit zunehmender Lautstärke über das harte Brot und den warmen Wein zu beschweren, drohte ihr mit Prügeln, mit Ausgangssperre, und das ging so fort, als sie bereits im Atrium waren. Smyrna spielte sehr überzeugend mit, denn sie begann, sich die Augen zu tupfen und zu schluchzen, was wiederum ihren Herrn zu immer neuen und größeren Zornausbrüchen animierte, bis er ihr schließlich aus seinen Augen zu gehen befahl. Sie schlüpfte in die Küche, wo sie Melitta aufklärte und sich Augen und Backen mit reichlich Wasser netzte.

Beim Hinausgehen warf sie dem Symmachus einen mitleidheischenden Blick zu, und sie sah, wie er ihn kurz erwiderte. Und schon befahl Gaius den Syrer in die Bibliothek, wo er ihm eröffnete, daß er hier zu warten habe, denn es seien noch gewisse Dinge zu klären; erst dann könne er, der Curulische Aedil, sich weiter mit ihm befassen. Es könne allerdings sein, daß dies erst sehr spät, im Laufe der Nacht, der Fall sein werde. Er solle ja nicht versuchen, zu entwischen, da alle Türen, Ein- und Ausgänge im Hause scharf bewacht würden. Und dann ließ er Alexander und Birria kommen, denen er auftrug, vor der Tür zu wachen und dafür zu sorgen, daß der vorläufig Festgesetzte nicht entwische. Sie gingen.
Nach einer Weile begann Smyrna, immer noch leicht schluchzend, die Speisereste vom großen Tisch in der Bibliothek abzuräumen und die Platte mit dem Tuch zu putzen. Und es trat genau das ein, was Gaius erreichen wollte: Symmachus sprach das Mädchen an, steckte ihm einige Goldstücke zu, sagte, daß sie ihm leid tue, und suchte durch allerlei gefühlvolle Sätze ihr Vertrauen zu gewinnen. Smyrna begann, wie besprochen, leise auf das Haus und seine Bewohner, insonderheit auf C.V.T. zu schimpfen, und so schwanden auf seiten des Syrers alle Hemmungen, denn schon längst hatte er einen Blick auf das Schreibgerät und die beiden Bögen geworfen, die da so einladend auf der großen, nun leeren Platte lagen. So ging er auf sie zu, versprach ihr einen Berg von Gold, wenn sie ihm jetzt und hier auf der Stelle helfe. Er werde sie natürlich auch freikaufen und zu sich in sein Haus nehmen, wenn sie ihm helfe. Nach einigem Zögern, nach intensivem Beschwichtigen seinerseits willigte sie ein: Er schrieb, schnell und hastig, faltete das Blatt zweimal, reichte es ihr, und sie versteckte es hinter ihrem Brusttuch. Dann sagte er ihr leise, wohin sie es bringen solle. Sie nickte und verließ das Zimmer. Gaius, der sie im Atrium zusammen mit den übrigen erwartete, winkte sie zu sich, und alle gingen sie nach oben in das private Arbeitszimmer von Gaius.
Smyrna holte das Blatt hervor und reichte es Gaius. Er überflog es: »Es ist auf griechisch geschrieben!« Und dann las er den Text, langsam und stockend, denn er mußte bisweilen Buchstaben und Sinn erraten:

Das Schiff ist in Gefahr. Du mußt helfen.

»Wem solltest du diese Nachricht bringen?«

»Dem *Dominus factionis* der Roten, Herr! Dem Valerius Flaccus!«
»Wohin?«
»Zum Circus' Maximus. In die *Carceres.*«
»Bist du sicher, daß er genau das gesagt hat?«
»Ja, Herr. Er beschrieb mir eine Ecke im Gewölbe. Dort sei ein Stein in der Mauer lose. Falls ich bei Sonnenaufgang den Valerius selbst nicht anträfe, sollte ich das Blatt hinter den Stein stecken. Ich solle vorsichtig sein, denn es müsse geschehen, bevor die Leute vom Circus kämen.«
»Hat er sonst noch etwas gesagt?«
»Nein, Herr.«
»Ich danke dir, Smyrna.« Dann lachte er und ergänzte: »Ich werde dir morgen Schmerzensgeld für die erlittene Ungemach zukommen lassen.«
Sie lächelte im Einvernehmen zurück und entfernte sich.
Gaius legte das Blatt auf seinen Schreibtisch, Selenus hielt die Hand ans Kinn, Cornificius ging auf und ab, und jeder grübelte. Es war nun klar, daß Valerius, der *Dominus factionis* der Roten, der für Vibellius das Gespann unter Polynices ausgerichtet hatte, einer der Männer im Hintergrund war. Cornificius blieb stehen und sagte: »Ich glaube nicht, daß Valerius der Mann an der Spitze ist. Er führt aus, was ein anderer ihm sagt.«
Gaius tippte mit dem Finger auf das Blatt und erklärte: »Das Schiff! Das Schiff ist es! Ich kann mir aber nicht denken, daß es dieser einfache Segler ist, der Ostia heute verlassen hat.«
»Du vergißt das Schiff, das verschwunden ist!«
»Nein, aber es gibt überhaupt kein verschwundenes Schiff. Das war nur eine faule Ausrede des Syrers.«
Er hatte gerade den Satz beendet, als es klopfte, und schon trat Alexander mit einem der Sklaven ein und meldete: »Herr! Diese Knaben haben beide Gestade des göttlichen Tiber abgesucht und kein Schiff als solches! Es sei denn!«
»Ja? Nämlich?«
»Sie fanden ein solches an diesem hübschen Eiland inmitten des Bächleins.«
»Du meinst die Tiberinsel.«
»*Sic est, Domine.* – So ist es, Herr. Und ich werde mir dieses Spielzeug einmal näher ansehen, zusammen mit Birria.«
»Tu das!« sagte Gaius. »Aber wir werden dabei Zeugen sein. Herhören!«

Alexander stand stramm.
»Sämtliche Leute vom Hause des Vibellius abziehen und zum Pons Fabricius bringen! Dort an ebendieser Brücke weitere Befehle abwarten! Wiederhole den Auftrag!«
Na endlich! – »Herhören! Der Herr wird Zeuge sein! Sämtliche Häuser des Vibellius abziehen! Zum Pons Fabricius bringen! Brücke abwarten!«
»Sehr korrekt! Wegtreten!«
Zack! flog in unnachahmlicher Art die Rechte nach oben, schoß die ganze muskulöse Gestalt herum und verließ mit riesigen Schritten den Raum.
Cornificius aber sagte erstaunt: »Wie... wieso ziehst du die Posten vom Hause des Vibellius ab?«
»Weil wir sie dort nicht mehr brauchen.«
»Na, dann eben nicht...« Und zu Selenus meinte Cornificius: »Verstehst du das?«
»Ich glaube, ja.« Selenus lächelte Cornificius freundlich zu.
Gaius aber rief: »Verrat's ihm nicht! Der Fürst der Dichter müßte eigentlich aus eigener Kraft des Denkens darauf kommen! Nicht wahr, Selenus?«
»*Ita'st. Ratio constat.* – So ist es. Die Rechnung stimmt.«
Cornificius aber, während sie langsam nach unten gingen, murmelte: »Ich sag's ja immer: Wen der Gott verderben will, den schlägt er zuvor mit Wahnsinn!«
»Sein gutes Recht!« kommentierte Gaius.
Sie teilten einige Leute zur Bewachung der Bibliothek ein.
»Willst du's ihm nicht sagen?« fragte Cornificius, und er meinte den Syrer.
»Nein. Er soll es nicht wissen. So können wir ihn morgen laufenlassen und dann um so leichter überführen.«
Als sie sich eine halbe Stunde später dem Pons Fabricius näherten, der Brücke, die das Marsfeld mit der Tiberinsel verband, erwarteten sie dort bereits Alexander, Archelaos und Birria. Gaius erfuhr von Archelaos keine Neuigkeiten. Das Haus des Vibellius sei die ganze Zeit über ruhig geblieben. Er habe aber für alle Fälle zwei Leute dort belassen, die sofort jede Veränderung melden würden.
Dann ließ Gaius sich das Schiff zeigen, das am unteren Ende der Tiberinsel an der Mauer vertäut lag und leicht in der Strömung schau-

kelte, die sich hier wieder zu einem Fluß vereinte und kleinere Strudel bildete. Dann teilte er drei Gruppen ein. Die erste unter Archelaos sollte die obere Spitze der Insel untersuchen; die zweite unter Birria beide Flußufer im Auge behalten; die dritte mit Alexander, Gaius, Cornificius und Selenus würde sich den Segler vornehmen. Die Leute nahmen still ihre Positionen ein. Es geschah jedoch nichts: Niemand erschien überraschend, kein Fahrzeug zeigte sich auf dem Fluß. Sie erreichten nun den Pons Fabricius, dessen Erbauer ein guter Freund von Lucius dem Patron war.

Fabricius hatte als *Curator Viarum*, als oberster Beamter der Straßenbaubehörde, unter Einsatz gewaltiger eigener Mittel vor zwölf Jahren diese Brücke gebaut, und sie galt als eine der schönsten der Stadt, errichtet aus Tuff- und Peperinblöcken und mit Travertin gänzlich verkleidet. Die beiden großen, leicht und elegant schwingenden Bögen überspannten jeweils eine Breite von zweiundachtzig Fuß[60] und ruhten auf einem Mittelpfeiler, über dem sich in der Brückenwand eine bogenförmige Öffnung befand, die bei Hochwasser den Druck auf die Brücke minderte.

Gleich links von der Brücke lag auf der Insel die Aedes Aesculapi, der Tempel des Heilgottes Aesculapius. Die Anlage war umgeben von Portiken, und in der Nähe befanden sich Unterkünfte, in denen die kranken Pilger aus Rom und seiner weiteren Umgebung Aufnahme fanden.

Gaius hatte hier noch nie zu tun gehabt. Er befahl, vor allem wegen der sicherlich großen Zahl von Kranken, die hier ihre Gebrechen pflegten und wohl auch einen nur leichten Schlaf hatten, jedes unnötige Geräusch zu vermeiden. Dann verließen sie die Brückenaufbauten, passierten den Tempel und gingen mit äußerster Vorsicht weiter, bis sie die untere Spitze der Insel erreichten.

Das Schiff des Symmachus lag unauffällig und halb von Schilf verdeckt im Wasser. Sie näherten sich ihm auf Zehenspitzen und warfen einen Blick hinein. Unter einer Decke lag ein Mann und schlief. Sie suchten weitere Besatzungsmitglieder, fanden aber niemanden. Es war auch keine Wache aufgestellt worden, denn ein aufmerksamer Posten hätte Alarm geschlagen.

Gaius gab Alexander und Birria ein Zeichen, sich den Mann vorzunehmen.

»Nimm du ihn, edler Birria!«

»Nein, mein lieber Junge, er gehört dir.«
Da flüsterte Gaius scharf: »Es reicht!«
So gingen sie denn beide hin, und Birria griff sich den ahnungslosen Schläfer mit beiden Händen, so wie man einen jungen Hund vom Boden nimmt. Im Nu war der Mann wach und schrie kurz und überrascht auf. Birria stellte ihn neben dem Schiff auf die Beine, während Alexander begann: »Herhören!« Erschrocken wandte der Schiffer sich ihm zu. »Gehe ich recht in der Annahme, in dir jenen Sterblichen allhier zu sehen, dem durchaus dieser elende Kahn als solcher?«
Verzweifelt blickte der Mann von einem zum andern, bis ihm Cornificius die Bedeutung dieses einfachen Satzes klarmachte.
»Nein.« Er schluckte, behielt jedoch in Todesangst Mund und Augen offen.
Gaius fragte: »Was machst du hier?«
»Ich habe geschlafen.«
»Ist das wahr! – Wie lange hättest du ohne unsere Störung hier geschlafen?«
Der Mann antwortete nicht.
»Schiff durchsuchen!« befahl Gaius.
Das war schnell geschehen, aber es fand sich nichts, was in irgendeiner Weise verdächtig war.
»Soll ich dem Knaben einen erbaulichen Einzelunterricht im Sprechen geben, Anbetracht dessen er es durchaus vergessen hat, Herr?«
»Nein, dazu haben wir jetzt keine Zeit. Vielleicht später.«
»Na, dann eben nicht. Wenn man in diesem Lande nicht mehr sprechen…« Er hielt inne, denn Gaius nahm überhaupt nicht zur Kenntnis, daß er motzte.
Gaius blickte flußaufwärts zur Insel, und dann sagte er leise: »Beim Neptunus! Das ist es!« Und zu Cornificius, Selenus und Alexander: »Kommt! Birria! Paß auf den Mann auf!«
Und Birria drückte ihn leicht auf die Schulter, so daß sich der Schiffer verschreckt auf den Boden setzte, während er zusah, wie Birria eins der Seile aus dem Kahn nahm, ihm den Körper band und das andere Ende festhielt.
»Bleib brav sitzen, und dir geschieht nichts. So ist's recht!«
Gaius ging mit schnellen Schritten die Insel aufwärts, bis er vor dem gemauerten Schiffsschnabel stand, dem Heck eines steinernen Schiffes,

das – dem schiffsähnlichen Rumpf der Insel folgend – deren Südspitze bildete, so daß man bei Tage meinen konnte, der dahinter aufragende Tempel des Aesculapius sei Teil der Schiffsaufbauten.

»Was willst du hier?« fragte Cornificius.

Statt einer Antwort ging Gaius an der in Travertin gehaltenen Außenfront des steinernen Schiffshecks entlang und legte hin und wieder den Kopf wie lauschend an das Gestein. Dann griff er vom Boden einen größeren Kiesel und begann beim Gehen in regelmäßigen Abständen das Gemäuer abzuklopfen. Die übrigen folgten ihm und auch sie meinten, an einer bestimmten Stelle klinge das Gemäuer dunkler, hohler, so als ob sich dahinter ein Raum befinde.

»Seid bitte einmal ganz still!« bat Gaius und schlug mehrmals kräftig gegen die Mauer. Alle starrten auf den im Mondlicht matt schimmernden Travertin und strengten ihre Ohren an. Und tatsächlich hörten sie von innen wie ein Echo mehrere Schläge.

»Schlag noch einmal!« sagte Cornificius. Und wieder kam von innen im gleichen Rhythmus die Antwort.

»Ja, willst du nicht endlich erklären, wieso du...« Cornificius war mit einemmal sehr aufgeregt, klopfte selbst und erhielt prompt die Antwort. Schließlich war die ganze Gruppe mit dem steinernen Hämmern beschäftigt, so daß Gaius Einhalt gebot: »Seid ihr verrückt! Ihr weckt die ganze Stadt auf!«

»Wußtest du davon?« fragte Cornificius.

»Ja.«

»Seit wann?«

»Seit einer knappen Stunde. Denk an das, was Symmachus geschrieben hat: Das Schiff ist in Gefahr. Ich bin aber eigentlich erst darauf gekommen, als man mir meldete, dieser Segler habe hier, am unteren Ende der Tiberinsel, angelegt. Selenus hatte wohl ähnliches im Sinn – oder?«

»Ja. Aber ich war mir nicht so sicher.«

Gaius blickte die steinerne Bordwand entlang und sagte: »Hier ist keine Tür. Aber von irgendwo muß man dort hineingelangen. Kommt!«

Sie gingen weiter an der steinernen Bordwand entlang, kletterten schließlich über die täuschend ähnlich nachgebauten Laufstege und Ruderöffnungen in das Innere des »Schiffes« und suchten sich zu orientieren. Sie tasteten mit den Händen, da dieser Teil im Schatten lag, die Steine ab und fanden so tatsächlich am Ende eine in den Travertin

exakt eingelassene Tür. Doch Cornificius fluchte, als er mit den Fingern an ihr herumtastete und mit den Knöcheln dagegen schlug, so daß ein dumpfer gongartiger Klang entstand.
»Verdammt! Das ist Bronze! Ohne Schlüssel kommt hier niemand durch!«
Sie berieten sich kurz und entschieden, daß man Leute vom Personal des Tempels wecken müsse. Irgendwer müsse doch einen Schlüssel zu dieser Tür haben! Da trat Alexander vor: »Herr! Der edle Birria und ich würden das Türchen zweifellos knacken, alldieweil wir schon ganz andere Türchen geknackt haben. Birria!«
Der war schon neugierig mit seinem Gefangenen herangekommen, hatte das letzte gehört und dröhnte: »So ist es.«
»Aber der Herr ist heute mehr für das Sanfte. Nicht wahr, Herr?!« Er blickte Gaius mit schief gehaltenem Kopf an.
»Sehr korrekt! Herhören. Ihr geht jetzt zusammen mit dem Praefecten Quintus Cornificius und werft diesen Priester des Heilgottes aus den Federn!«
»War schon immer für Heilgötter!«
»Fein. Und dann besorgt ihr den richtigen Schlüssel. Wegtreten!«
Sie grüßten beide einwandfrei und entfernten sich mit Cornificius, nachdem einer von Gaius' Leuten den gefesselten Schiffer übernommen hatte.
Gaius und Selenus setzten sich auf eine der Bänke auf dem Deck des steinernen Schiffes und lauschten eine Weile dem steten Plätschern des schnell vorbeiströmenden Tibers. Man konnte jetzt, im Mondlicht, ohne weiteres meinen, man befinde sich an Bord eines Schiffes.
»Ich bin noch nie hier gewesen«, sagte Gaius. »Du schon?«
»Ja. Aus Neugier. Aber am Tage ist es hier bei weitem prosaischer. Im übrigen habe ich auf diese Tür dabei nicht geachtet.«
»Warum auch. Wir sehen immer nur das, was wir uns bewußtmachen...«
»Und wir machen uns nur bewußt, was wir lieben – oder hassen.«
»Ein gutes Versteck!« sagte Gaius. »Am Tage vermutet hier niemand etwas, und in der Nacht wagt sich keiner hierher. – Warum eigentlich?«
»Es wird mit der Geschichte von der Schlange zusammenhängen.«
»Welche Geschichte?«
»Die Sage erzählt: Als vor beinahe zweihundertfünfzig Jahren eine

schwere Seuche die Stadt heimsuchte, da entschloß man sich nach einer Befragung der Sibyllinischen Bücher, eine Gesandtschaft nach Epidauros in Dalmatien zu schicken. Dort befand und befindet sich der wichtigste Kultplatz des griechischen Gottes der Heilkunst. Nun, die römische *Trireme*[61] kehrte aus Epidauros mit einer heiligen Schlange, dem Symbol des Aesculapius, zurück. Bei den *Navalia,* den Schiffswerften am Marsfeld, tauchte die Schlange in den Fluß und schwamm bis zur Tiberinsel, wo sie verschwand. Auf diese Weise wurde der Platz für den Tempel bestimmt.«

»Und seit damals...«

»Ja, gemäß der Sage ist die Insel seit damals Kultort des Aesculapius, der als Asklepios eigentlich griechischer Herkunft ist.«

Gaius mußte lächeln, denn Selenus ließ bei mancher sich bietenden Gelegenheit gerne durchblicken, daß er als gebürtiger Grieche aus Chaironeia durchaus einer höheren Kultur als der römischen angehörte.

»Nun«, fuhr Selenus fort, »durch ihre abgeschiedene Lage ist die Insel für den heilbringenden Aufenthalt der Kranken ja denn auch hervorragend geeignet. Wiewohl ich im übrigen der Auffassung bin, daß ihre Benutzung – wenn dieser Terminus erlaubt ist – als Ort der Heilung und Rekonvaleszenz durchaus viel älter sein muß als das Datum der Grundsteinlegung des Aesculapius-Tempels. Auf dem Nordteil der Insel befinden sich Reste älterer Kultbauten, die dafür sprechen.«

Gaius, der wieder einmal über das breitgefächerte Interessengebiet des Griechen staunte, nahm sich vor, einmal bei Tage dem ganzen Areal der Insel einen Besuch abzustatten und den Selenus als gelehrten *Nomenclator*[62] mitzunehmen.

Da näherten sich eilige Schritte. Gaius und Selenus verließen ihre beschaulichen Sitzgelegenheiten »an Bord«, kletterten über die Aufbauten und sprangen auf den natürlichen Boden der Insel. Vor ihnen stand ein mittelgroßer Mann mit langem Bart, gekleidet mit einem exotischen Gewand, dessen Farbe beim fahlen Mondlicht nicht so recht auszumachen war, denn sie konnte ebensogut dunkelrot wie schwarz sein. Das für sie Wichtigste sahen sie nicht, hörten es aber deutlich: Der Priester – denn um diesen mußte es sich handeln – klapperte mit einem Schlüsselbund. Er sprach nichts, und das konnte zwei Gründe haben: Entweder war er von Natur und von Berufs wegen wortkarg – oder er schwieg, weil man ihn brutal aus schönen Träumen gerissen

hatte. Letzteres schien wohl eher den Tatsachen zu entsprechen, denn mit einemmal begann er äußerst mürrisch: »Wo ist der Aedil?«
»Hier!« sagte Gaius.
Beleidigt leierte der Mann: »Es ist noch nie vorgekommen, daß ein Magistrat es gewagt hat, die nächtliche Ruhe des Gottes zu stören, noch nicht einmal ein Dictator zu den Zeiten des Hannibal!«
Diese Antwort gefiel Alexander ganz und gar nicht, und er tönte: »Herhören! Du scheinst zweifellos durchaus nicht zu ahnen, mit wem die Ehre du zu haben gewillt bist! *Attentionem!* Hier steht und spricht die Spitze der Zehnten Legion! Und also spricht sie: Hüte deine Zunge als solche, daß sie dir nicht an sich verlustig! Sind schon mit ganz anderen Göttern fertiggeworden! Also gehe nun in dich und öffne dies hübsche Türchen zum Hades, auf daß es dir wohl ergehe auf Erden!« Er kam näher: »Schon mal gedient?«
Er hatte sich niedergebeugt und starrte ihn unter grimmig zusammengezogenen Brauen aus der Entfernung einer Handbreit an, was zur Folge hatte, daß der brave Priester des Aesculapius unversehens an eine Erscheinung des Gottes dachte und stotterte: »Nein, ich hatte dazu noch nicht die...«
»Aha! Auch so ein Drücker! So ein Berger! Werde dafür sorgen, daß Caesar dich nach dem Endsieg in den finsteren Norden! Allda werfen sie mit Steinen, wenn sie guten Tag sagen! Nun gehe hin und öffne! – Na also...«
Während der völlig verschüchterte Mann sich daranmachte, den richtigen Schlüssel zu finden, und mit zitternden Händen im Schloß herumstocherte, reckte sich Alexander zu gewaltiger Höhe und belehrte die übrigen: »Lasse mir doch nicht von so einem Inselmenschen vorwerfen, wie man einen Curulischen Aedilen zu beleidigen hat!«
Die Zuhörer warfen sich mit krampfhaft zusammengebissenen Lippen Blicke zu, nur Cornificius konnte nicht mehr an sich halten und prustete lauthals los, und auch des Selenus Mund begann zu zucken. Nur Gaius mußte ernst bleiben, denn er sagte zu dem Priester: »Beeil dich!«
Plötzlich waren Fackelträger da, die der Alte mitgebracht hatte, und endlich gelang es diesem, beim Licht der züngelnden Flammen den richtigen Schlüssel zu finden und das Schloß zu öffnen. Es ging erstaunlich leicht, so als ob es täglich benutzt und öfter mit Öl geschmiert würde. Gaius nahm einem der Tempeldiener die Fackel ab und ging voraus in

den Raum. Es war ein Gewölbe von etwa fünfzehn Fuß Breite und sechs Fuß Höhe, das sich nach hinten, der Form des Schiffshecks folgend, verengte. Vor ihnen, auf dem Boden, lagen zwei Gestalten. Der Priester hatte sich vorgedrängelt und stammelte:
»Beim Aesculapius! Was macht ihr hier? Wie... wie kommt ihr denn hier herein?«
»Die Antwort auf deine Frage wird wohl länger sein, als du es dir vorstellen kannst!« meinte Gaius, beugte sich herunter, hielt die Fackel in die Nähe der Gesichter und erkannte beide.
»Polynices?« Er nickte. »Titus Atilius?« Auch er nickte. Nun sah er, daß beide mit Ketten zwischen den Beinen und Händen gefesselt waren und daß diese mit einer weiteren an eisernen Ringen im Boden festgeschmiedet waren. Gaius wandte sich um zu dem Priester, der immer noch fassungslos dastand und sein bärtiges Haupt schüttelte.
»Hast du einen Schmied auf der Insel?«
»Nein, Aedil, aber einen Mann, der alles kann.«
Das gab Gaius zu denken; er sah Selenus und Cornificius an, die gefolgt waren, und er sah, daß sie das gleiche ahnten wie er selbst.
Gaius befahl: »Alexander! Birria! Archelaos!«
Die drei stürmten durch den Eingang und bauten sich nebeneinander auf.
»Herhören!« begann Gaius und maß sie der Reihe nach eines strengen Blickes, der an Gallien erinnerte. »Ihr geht nun zusammen mit diesem edlen Priester des Aesculapius in das Hospital und bringt mir einen gewissen... also einen gewissen ‚Mann für alles' herbei! Herhören! Ich schätze, der Knabe wird euch bekannt vorkommen! Es ist eure Aufgabe, ihn, nachdem er euch erkannt hat, daran zu hindern, diese schöne und ruhige Insel zu verlassen. Wiederhole den Auftrag!«
Das ging an Alexander, und er tat es: »Herhören! Priester ins Hospital bringen! Aesculapius holen! Alles herbei! Aufgabe verhindern! Schöne Insel!«
»Sehr korrekt! Wegtreten!«
Sie grüßten wie ein Mann und verließen zusammen mit dem Priester das Gewölbe.
Gaius aber gab den weiteren Befehl, alle verfügbaren Kräfte am Ufer der Insel zu verteilen und darauf zu achten, daß niemand sie verlassen könnte. Dann wandte er sich an die beiden Gefangenen: »Wie lange seid ihr schon hier?«

Polynices antwortete: »Wir wissen es nicht genau, weil wir nie das Tageslicht sahen. Aber schon sehr lange.«
»Wer brachte euch das Essen?«
»Niemand. Wir bekamen nur einige Becher Wasser zu trinken. Wer das brachte, wissen wir nicht.«
»Sprachen sie?«
»Nein. Sie sagten kein Wort. Sie stellten nur den Krug und den Becher hin.«
Gaius wollte noch vieles fragen, nahm aber mit Rücksicht auf ihre elende Verfassung davon Abstand.
In diesem Augenblick hörten sie draußen lautes Rufen, derbes Fluchen und hastende Schritte. Sie stürzten aus dem Gewölbe und sahen, wie ein einzelner Mann mit riesigen Sätzen über den freien Platz neben dem steinernen Schiff lief, auf die Stütz- und Schutzmauer zu und dann, ohne zu zögern, mit einem gewaltigen Kopfsprung in die an dieser Stelle sehr schnelle Strömung stürzte. Birria setzte ihm nach, sprang hinterher, während Archelaos und Alexander sich etwas zuriefen, dann zur Südspitze der Insel liefen und sich dort ins Wasser warfen. So war für den Flüchtenden ein Entkommen unmöglich, denn alle drei Verfolger waren ausgezeichnete Schwimmer. Und es dauerte nicht lange, bis sie den Flüchtenden erreicht und in die Mitte genommen hatten.
»Ja, aber... das ist denn doch...«, murmelte, völlig verwirrt, der Priester und strich sich mehrmals seinen Bart.
Gaius trat zu ihm und sagte: »Keine Sorge! Sie werden ihn spätestens beim Emporium an Land bringen. – Aber sag einmal, heißt dieser Mann vielleicht Fabius?«
Der Priester nickte und ergänzte: »Ein ordentlicher Mann! Ich verstehe das alles nicht. Warum läuft er denn weg?«
»Hm. Man wird es dir in Kürze ausführlich berichten. Ich werde dir den edlen Alexander, Sohn des Alexandros aus Theben und Freund des gallischen Krieges, vorbeischicken.«
»Soso... Freund des gallischen...«
»*Ita'st! Bene.*«
Der Priester entgegnete: »*Perii! Ad quid hoc proficit?* – 0 weh! 0 weh! Wozu ist das gut?«
»Ruhig, mein Alter! Ich werde sehen, daß man dir einen neuen Mann

zustellt. Morgen oder übermorgen werde ich hier nach dem Rechten sehen. Hast du das Werkzeug?«
»Wie?« Er zwinkerte, als ob das alles ein böser Traum wäre. »Das Werk... Ja, natürlich! Es muß hier irgendwo...«
Man suchte und fand es an der Stelle, an der Fabius mit der Flucht zum Ufer begonnen hatte. Gaius, Cornificius und Selenus begannen nun, mit den verschiedenen Stemmeisen, Meißeln, Zangen und Hämmern die Ketten zu sprengen, und das dauerte eine ganze Weile. Sie kamen ins Schwitzen und nahmen nun, in der ohnehin stickigen Luft des Gewölbes, den noch bei weitem unangenehmeren Gestank menschlicher Exkremente wahr.
»Beim Aesculapius!« rief Cornificius. »Das werden sie büßen! Ich schwöre es beim Iupiter Iurarius[63]!«
Augenblicklich hielt Gaius inne und starrte den Freund aus schweißigen Augen an. Dann sagte er: »Ich hoffe, du weißt, was du da gesagt hast! Der Tempel des Iupiter Iurarius befindet sich keine hundert Schritt entfernt an der Nordspitze der Insel!«
»*Sic arbitror! Quod dixi, dixi!* – Ich denke ja! Was ich gesagt habe, habe ich gesagt!« Und dann schlug er wie wild auf das Eisen ein, daß die Funken stoben.
Endlich hatten sie die Arme und Beine der Gefangenen aus den Eisen befreit. Polynices und Atilius stellten sich, unterstützt von Gaius und Cornificius, auf die Füße, und es dauerte eine ganze Weile, ehe sie sich wieder einigermaßen in der Gewalt hatten.
»Könnt ihr gehen?« fragte Selenus.
»*Scilicet.* – Natürlich«, sagte Polynices.
»Dann kommt!«
Sie gingen nach draußen. Gaius ließ eine Gruppe von zehn Leuten auf der Insel zurück.
»Achtet besonders gegen Morgen darauf, ob und wer sich dem Segler nähert. Nehmt jeden fest. Wir werden in der Nähe sein.«
Dann verließen die übrigen auf dem schnellsten Wege die Insel. Der Priester aber blickte kopfschüttelnd um sich und murmelte etwas wie: »Wenn das der Gott wüßte! Wenn das der Gott...«

27

Gaius einigte sich mit Cornificius dahingehend, daß der Syrer Symmachus bis auf weiteres im Hause des Freundes unter Hausarrest gehalten würde. Man konnte sonst nicht frei, offen und ohne zu flüstern mit Polynices und Titus Atilius über die Einzelheiten reden, die sie kannten – ganz zu schweigen von Fabius.
Gaius und Cornificius gingen mit Birria und Alexander, die sich als Bewacher für Symmachus sofort angeboten hatten, voraus, um den Syrer umzuquartieren. Sie mußten sich beeilen, denn die beiden wollten sich erst noch ihrer nassen Sachen entledigen.
Im Hause am Palatin angekommen, ließ Gaius sofort die Warmwasserbehälter beheizen und das Bad vorbereiten. Melitta, die in der Küche hantierte, kümmerte sich um das Wohlbefinden der zwei Durchnäßten und versorgte sie mit heißer Fleischbrühe, gekochten Eiern, Stükken von kaltem Braten und Brot.
Zwischenzeitlich hatte Gaius einen zuverlässigen Sklaven des Cornificius mit dem Brief des Symmachus zum Circus Maximus geschickt, damit dieser das Schreiben an der dafür vorgesehenen Stelle hinter dem losen Stein deponiere. Dann solle er möglichst ungesehen beobachten, wann Valerius Flaccus, der *Dominus factionis* der Roten, komme, beziehungsweise wann er sich in Richtung Tiberinsel entferne, damit er sofort im Haus am Palatin Nachricht geben konnte. Demetrius, stolz auf den nicht ungefährlichen Auftrag, machte sich sofort auf den Weg.
Nach dem Essen bat Gaius Polynices und Titus Atilius in die Bibliothek, wo Selenus bereits vor seinen Aufzeichnungen über die im Hintergrund agierenden Personen saß und grübelte.
Nachdem sie Platz genommen hatten, gab Gaius dem Griechen ein Zeichen, und Selenus wandte sich an Polynices und Atilius: »Wir gehen davon aus, daß ihr beide nichts mit den verschiedenen Verbrechen zu schaffen habt...«
»Da könnt ihr ganz beruhigt sein«, lächelte Polynices kühl, »weder ich noch mein Freund Atilius haben damit zu tun.«
»Gut«, fuhr Selenus fort. »Dann muß ich euch allerdings bitten, uns endlich reinen Wein einzuschenken und alles offenzulegen, was ihr wißt.«
Er schaute von einem zum anderen, hob dann die Hand, um sie zu ermuntern, und dann begann Polynices: »Ja. Natürlich. Du hast recht,

Selenus. Ich will versuchen, euch die Gründe für unser Schweigen, das euch gewiß verdächtig erscheinen mußte, darzulegen. Dazu muß ich etwas weiter ausholen...«

Gaius und Selenus ermunterten ihn, dort zu beginnen, wo es ihm notwendig erschien. Polynices lehnte sich zurück, sammelte sich, und sein Gesicht, von Natur schon schmal und hager, hatte, bedingt durch die Strapazen der letzten Stunden und Tage, einen noch viel strengeren Zug bekommen.

»Wie ihr bei euren Nachforschungen in den letzten Tagen nach der Entführung der Pferde sicher herausbekommen habt, stamme ich aus Capua.«

»So ist es«, sagte Selenus.

»Was ihr vielleicht auch wißt: Ich fuhr bereits in dieser Stadt in der Campania meine ersten Rennen und legte dort den Grundstein für meine späteren Erfolge.«

»Wir wissen es!« Gaius nickte ihm zu. »Fahr bitte fort, Polynices!«

»Was ihr aber nicht wißt...« Er machte nun eine Pause, und man sah seinem Gesicht an, daß es ihm nicht leichtfiel, über eine gewisse Angelegenheit zu sprechen, daß er aber nicht daran vorbeikommen würde. »Was ihr nicht wißt: Daß ich zum Hause des Vibellius in naher Beziehung stehe – ja, daß ich und Vibellia... wir lieben uns.«

Nun war das heraus, was ihm wohl die größten Schwierigkeiten bereitet hatte. Er erwartete eine Zwischenfrage und schaute zu Selenus und Gaius.

»Gehe ich recht in der Annahme«, fragte Gaius, »daß Vibellius, der Vater der Vibellia, gegen diese... gegen dieses Verhältnis war?«

»Ja, er war dagegen.«

»Warum?« Er wußte, die Frage war überflüssig, aber er wollte die Bestätigung von Polynices hören.

»Warum?« fragte dieser denn auch leicht erstaunt. »Weil er der Meinung war, seine Tochter habe etwas Besseres als einen Fahrer verdient!«

»Verstehe. Ihr traft euch also heimlich...«

»*Certo*. – Gewiß. Wir hatten gute Freunde, die uns halfen.«

»*Bene*«, fuhr Gaius fort. »Und dann kam der Umzug nach hier!«

»Ja. Nun, ich war schon viel früher nach hier gekommen. Meine Freunde hatten mich dazu gedrängt.«

»Und Vibellia?«

»Sie auch.«
»Sie auch?«
»Ja. Denn sie wußte, daß ihr Vater den Plan hegte, ebenfalls mit der gesamten Familie nach Rom zu ziehen, um seinem Sohn Aulus den Aufstieg über die verschiedenen Ämter zu ermöglichen.«
Selenus fragte dazwischen: »Was hältst du von Aulus?«
»Er ist ein weichlicher Typ, der sich keine Disziplin auferlegt. Aber wie kann er, da er von seiner Mutter – und in gewisser Hinsicht auch von seinem Vater – von Kindheit an verwöhnt worden ist, anders sein!«
»Bleiben wir bei eurem... bei eurem Verhältnis!« sagte Gaius hart und sachlich. »Ihr habt euch, wie ich annehme, heimlich geschrieben...«
»*Scilicet!* Natürlich!« Aber er lächelte nicht.
»Habt ihr euch in der Zwischenzeit getroffen?«
»Ja. Zweimal, wieder mit Hilfe von guten Freunden.«
»Und dann zogen die Vibellier also nach Rom...«
»Ja. Und sofort begannen die Schwierigkeiten.«
»Welche Schwierigkeiten?«
»Vibellia wurde auf Schritt und Tritt bewacht, und zwar von diesem *Ostiarius* Derkylos, dem Türsteher des Vibellius. Er ist ein ehemaliger Gladiator.«
»Kann er mit Pfeil und Bogen umgehen?« fragte Selenus dazwischen.
»Hervorragend! Ganz hervorragend! Er hat in Capua mehrere Pokale bei Wettbewerben gewonnen! Ich kenne keinen besseren Bogenschützen! Die von den Balearen inbegriffen!«[64]
Gaius und Selenus warfen sich einen vielsagenden Blick zu. Gaius fuhr fort: »Ich nehme an, es gelang euch trotzdem, euch heimlich hier zu treffen.«
»Ja, zumal der Alte, ich meine Vibellius, nicht umhin kam, mich als Wagenlenker für die Rennen an den *Ludi florales* zu kaufen.«
»Wieso? Er hätte doch andere...«
»Sicher. Aber Vibellia hatte es verstanden, ihren Vater wiederum über Freunde in dem Sinne zu beeinflussen, daß er, wolle er das Rennen gewinnen, nicht umhin käme, den Fahrer Polynices zu verpflichten.«
»Er ging also zu Valerius und führte darüber Gespräche...«
»Jaja. Aber mittlerweile...«
»Was war mittlerweile geschehen?«
Polynices seufzte, ehe er fortfuhr: »Nun, mittlerweile hatte Vibellius

seine Fäden zu verschiedenen Häusern dieser Stadt geknüpft. Darunter waren einige sehr alte Namen...«

»...denen freilich außer ihrem Namen nichts geblieben war!« lächelte Gaius. »War es so?«

»Genau! – Er hatte es sich in den Kopf gesetzt... Nein, seine Frau Ennia hatte es ihm in den Kopf gesetzt, daß es an der Zeit sei, die einzige Tochter ‚standesgemäß' zu verheiraten. Aber dann kam eine Sache...«

»Ja?«

»Es kam etwas dazwischen, was alle seine Pläne gefährdete!«

Gaius merkte auf und fragte: »Ein weiterer Freier!? Ein sehr potenter Mann?«

»Ja, so schien es zunächst. Dieser Mann trat mit dem Anspruch auf, als ob ihm die ganze Welt gehöre. Er machte jedem in der Familie kostbare Geschenke, vergaß dabei selbst die Dienerschaft nicht. Aber wie ich von ihm selbst erfuhr, stimmte dies mit dem Anspruch nicht so recht...«

»Du sprichst von...«

»Ja, ich spreche von dem Syrer Symmachus!« Polynices stieg nun, bedingt durch den Zorn und die Aufwallung seiner Gefühle, das Blut zu Kopfe, und Gaius ließ ihm kühles Wasser bringen.

»Danke!« Er stellte den Becher zurück auf die eichene Tischplatte.

»Wie ergab sich zu einem solchen, nun, zu einem solchen Bekenntnis die Gelegenheit?« fragte Selenus.

»Ganz einfach!« rief Polynices. »Ich sah ihn ja des öfteren im Circus, wenn er dem Training seiner Pferde oder der der Konkurrenz zuschaute. Und er hat wahrhaftig Ahnung von Pferden! Alles, was recht ist! Ich sah selten einen so großen Pferdekenner – und Pferdenarr!« Er betonte gerade das letzte Wort. »Er hatte ja im Laufe eines Jahres an mehreren Spielen seine Pferde im Rennen. Und hin und wieder gewann er auch ein Rennen. Aber die meisten gingen verloren. Mit anderen Worten: Symmachus gab nicht nur *ein* Vermögen, er gab mehrere Vermögen für diese Leidenschaft aus! Ich wußte von Kollegen, daß er Schulden machte! Er sah sich am Ende gezwungen, den größten Teil seiner Handelsflotte zu verkaufen! Er mußte die kostbaren Teppiche, die er in seinem Privathaus in Ostia hängen und liegen hatte, zu Geld machen. Nur in seinem Kontor blieb einiges, um nach außen den Schein aufrechtzuerhalten. Und er hatte in allen Dingen einen großen Geschmack. Ich weiß nicht, ob ihr schon einmal dort...«

»Ja. Es stimmt, was du sagst. – Aber bleiben wir bei unserer Geschichte! Guter Geschmack ist nun mal teuer. Wie ging es weiter? – Wir waren eben bei diesem ‚Bekenntnis'!«

»Ja, sicher. Also, eines Tages sprach er mich im Circus in der Arena, abseits von unseren Leuten, an. Er redete auch nicht drum herum, sondern sagte etwa: ‚Also, du weißt ja, wie es um mich und meine Geschäfte steht. Für mich gibt es nur eine Rettung. Ich werde die Tochter dieses Decius Vibellius ehelichen und mich mit dem Geld, das sie mit in die Ehe bringt, sanieren.' Dann forderte er mich auf, ich solle meine Finger von dem Mädchen lassen... Er sagte wirklich, ich solle ‚meine Finger' von ihr lassen!... Ich war drauf und dran, ihm eins in seine Visage zu schlagen, als er mich leise warnte: Ich solle nicht auf den Gedanken verfallen, ihn an seinem Vorhaben zu hindern. Er habe genügend Mittel und Wege, mich für den Rest meines Lebens zum armen, verkrüppelten Mann zu machen.«

Polynices schwieg, und auch Gaius und Selenus schwiegen, so überrascht waren sie von dieser Wendung der Ereignisse im Hintergrund des Geschehens. Sie hatten es beide nicht für möglich gehalten, daß Symmachus einer so konsequenten Härte fähig war, und sie mußten sich beide eingestehen, daß sie ihn, was seine verbrecherische Energie anging, unterschätzt hatten.

Endlich sagte Gaius: »Und er machte schließlich seine Drohungen wahr, wie die Entführung der Pferde beweist. – Aber nun sage uns: Warum hast du nichts dagegen unternommen? Warum bist du nicht sogleich mit dieser Geschichte zu uns gekommen?«

»Ganz einfach! Es ging diesem Irren ja niemals um das Wohl und Wehe von Menschen! Es ging ihm nur darum, weiterhin seiner Leidenschaft frönen zu können: den Rennen! Also war auch Vibellia für ihn nur eine Figur auf dem Brett! Er gab mir am gleichen Tag, als die Pferde verschwunden waren, zu verstehen, daß er Vibellius, ihren Vater, töten lassen werde, wenn ich mit irgend jemandem darüber reden würde.«

»Verstehe«, sagte Gaius. »Aber wie kamt ihr beide in seine Gewalt? Wie kamt ihr vor allem in das steinerne Schiff auf der Tiberinsel?«

»Durch Fabius!«

»Fabius?«

»Ja. Wir hatten natürlich durch die Beobachtungen des kleinen Bruders von Titus Atilius mitbekommen, daß zwischen Fabius und euch anschei-

nend ein gutes Verhältnis bestand. Dabei hatte Symmachus sich den Fabius, der ja zu den Clienten des Vibellius gehörte, längst gekauft. Er bestellte uns auf die Tiberinsel, und wir vertrauten ihm, da wir meinten, er handle in geheimem Auftrag für euch.«
»Aber warum«, fragte Gaius, »wurde auf Tatianus der Anschlag verübt? Und von wem?«
Polynices erklärte es: »Das geht auf das Konto von Valerius! Er hatte mitbekommen, wie Tatianus dir den Zettel zuschob. Und Tatianus hatte ganz sicherlich vor, euch alles das zu erzählen, was ihr nun von mir erfahren habt. Tatianus ist mein bester Freund, er kennt und schätzt auch Vibellia und er hatte an unserem Benehmen gemerkt, daß uns etwas bedrückte. Schließlich machte ich ihm gegenüber Andeutungen. Den Rest hat er sich dann wohl selbst zurechtgelegt.«
»Aber Valerius! Warum wollte Valerius ihn umbringen?« fragte Selenus.
»Ich habe da eine Theorie«, sagte Polynices. »Ihr werdet im Laufe der Untersuchung herausfinden, ob sie stimmt: Ich nehme an, daß Valerius hin und wieder krumme Geschäfte gemacht hat, daß er von Leuten wie zum Beispiel dem völlig unerfahrenen Vibellius überhöhte Preise forderte, daß aber Symmachus davon Wind bekam. Wie auch immer, sie müssen sich schon lange kennen und sich gegenseitig belauert haben. So denke ich mir, daß Valerius von irgendwelchen Zeugen der Entführung...«
»...ich nehme an, von Asinius und Konsorten!« rief Gaius.
»...ja, daß er durch sie Wind bekommen hat und nun seinerseits den Symmachus erpreßte oder erpressen wollte, falls der das große Vermögen mit der Heirat Vibellias machen sollte. Also mußte Valerius ein Interesse daran haben, daß die schmutzigen Dinge nicht ans Licht kamen. So beauftragte er wohl auch Gladiatoren aus dem Umkreis von Carinnas, Tatianus zu ermorden.«
»Aus dem gleichen Grunde wird er wohl auch auf Alexander diese Meute gehetzt haben. Sag mal...«, überlegte Gaius, »...gehört zum Personal des Valerius ein Mann mit einem Vollbart?«
»Ja. Ein ebenso kräftiger wie hinterhältiger Bursche!«
Gaius nickte. »So wären diese Dinge klar.«
Da klopfte es, und Demetrios, der Sklave des Cornificius, kam zusammen mit seinem Herrn. Demetrios meldete, er habe den Valerius vom Circus weggehen sehen.

Gaius blieb sitzen.
Cornificius wurde sichtlich nervös und fragte seinen Freund: »Ja, willst du denn nichts unternehmen?«
»Ich? Nein.«
»Ja, warum denn das?«
»Weil *du* die Sache in die Hand nimmst! Herhören! Hiermit befiehlt dir der Curulische Aedil, den *Dominus factionis* der Roten, Lucius Valerius Flaccus, aufzuspüren, festzunehmen und in sicheren Gewahrsam zu bringen!«
Da hörte man von draußen Gepolter, schwere Schritte, Stöhnen... und dann ging die Tür auf, ein Mann wurde in den Raum gestoßen, nein, er wurde geradezu geworfen! Wie ein Sack ging er vor dem großen Eichentisch zu Boden und blieb wie tot liegen. Nur ein leichtes Röcheln verriet, daß er noch lebte.
Nun traten Alexander und Birria durch die Tür, bauten sich in einer herrlichen Haltung nebeneinander auf, rissen in absolutem Gleichmaß die Rechte nach oben, und dann tönte Alexander: »Alexandros und der edle Birria samt einem kaum noch Sterblichen wie befohlen! Ansonsten keine besonderen Vorkommnisse! Birria?!«
»So ist es! Es sei denn!«
»Was? Was denn noch?« fragte Cornificius und starrte in das geschwollene, zerhauene Gesicht des Liegenden: Es war Valerius Flaccus!
»Der Syrer namens Symmachus wartet im Atrium!«
»Nein!« rief Polynices.
»Aber ja!« beharrte Alexander, verließ den Raum, kehrte nach wenigen Augenblicken mit einem Seil zurück, an dem er so lange zog, bis der an den Händen gefesselte Symmachus ebenfalls im Raum stand.
»Willst du das nicht erklären?« befahl Gaius.
»Jawohl! Erklären!«
Es folgte eine sehr interessante Geschichte, die er unter Zuhilfenahme von Gesicht, Händen und Füßen zu einem überzeugenden Einmannstück gestaltete: Als sie im Hause des edlen Cornificius den Syrer bewacht hätten, seien abwechselnd Birria und er in das Zimmer gegangen, wo sie den Syrer an einer Säule festgebunden hätten. Als dann Birria wieder an der Reihe gewesen sei, habe der Syrer ihm erzählt, er müsse eine wichtige Botschaft an den *Dominus factionis* Valerius Flaccus schicken; er sei der Mann, der seine Unschuld beweisen könne. Dann habe er dem

Birria Geld gegeben und Berge von Gold versprochen, wenn er als freier Mann aus der Sache herauskäme. Birria habe natürlich mitgespielt und das Briefchen in Empfang genommen, »...dergestalt er es mir weiterhändigte, damit ich es dir allhier! Dem edlen Birria aber hat der Knabe verraten, daß der Valerius als solcher um diese Zeit nach einem solchen Brieflein in einem Löchlein in den Carceres suche. Also haben wir uns auf der Stelle alldahin beordert und kamen gerade zulinks...«
»...zurecht!« rief Cornificius und schüttelte den Kopf.
»Nein, Praefect! Zulinks! Wir kamen von links! Und hier sind die beiden nun: bescheiden, wie es sich gehört vor einem durchausigen Curulischen Aedilen! Birria?!«
»Sicher! So! Vollkommen!«
Gaius, Cornificius und Selenus warfen sich einen langen Blick zu. Dann sagte Gaius: »Das habt ihr hervorragend gemacht! Ich bin sehr zufrieden mit euch! Nehmt euch einige Mann als Begleitung mit und bringt die beiden in den Carcer Mamertinus!«
Die beiden grüßten und entfernten sich mit den Gefangenen, wobei es einige Mühe kostete, den Valerius wieder auf die Beine zu stellen und zum Gehen zu veranlassen. Als das nicht gelang, packte ihn Birria und hing ihn sich über die Schulter. »Geht schneller so!« grinste er breit und verschwand dann aus dem Raume.
»So«, meinte Gaius und gähnte, was die anderen ansteckte. »Die letzten Einzelheiten werden wir morgen klären. Da sind nämlich noch eine Menge Fragen offen: Welche Rolle spielte Decimus Aurelius?«
»Keine!« rief Cornificius. »Dazu ist er zu dumm!«
»Könnte stimmen«, meinte Selenus. »Aber wo sind die Pferde?«
Da ging die Tür auf, Alexander schaute noch einmal herein und sagte: »Fast vergessen, Herr! Dieser Fabius meinte, wenn wir die Pferde suchten, sollten wir in den Ställen des Symmachus in Ostia nachsehen. Aber sie seien auf einem Schiff!«
»Woher weißt du das?«
»Von diesem Knaben Fabius selbst eigenmündig.«
»Wieso erzählt er das denn?«
»Weil er den Symmachus nicht mag. Der hat ihm nämlich gefälschtes Geld gegeben.«
»Na, und du hast da doch sicher etwas nachgeholfen.«
»Etwas, Herr! Nur ganz etwas! Bin doch ein liebender Mensch!«

Und weg war er.
Dann gab Gaius Befehl, die Beobachtungsposten vom Gestüt des Aurelius und vom Hof des Asinius abzuziehen, und schickte die anwesenden Sklaven in die verschiedenen Häuser zum Schlafen, nachdem er ihnen gedankt und jedem hundert Sesterzen hatte auszahlen lassen.
Danach ließ er zur Abrundung des Tages noch einen Krug vom besten Chios holen, und während der nächsten halben Stunde kreisten ihre Gedanken und Gespräche immer wieder um dieses wohl einmalige Ereignis, daß jemand eine ganze Quadriga entführt hatte.
»Es ist eben eine Art von fanatischer Besessenheit!« sagte Selenus. »Man kann sie allenfalls vergleichen mit der Liebe.«
»...oder dem Haß!« rief Polynices.
»Ja, nun sag mal«, wollte Gaius wissen, und er meinte es trotz des jovialen Tons sehr ernst: »Wie geht das denn nun zwischen euch beiden weiter?«
Polynices wurde ernst und sagte leise: »Ich werde gleich morgen mit Decius Vibellius reden.«
»Das wäre dumm!« meinte Selenus und lächelte ihm zu. »Du solltest warten bis nach dem Rennen! Daß du der Sieger sein wirst, ist für mich klar. Und Sieger haben immer recht.«
»Das mag schon sein«, sagte Polynices leise, »da Tatianus nicht an den Start geht.« Er sagte es ohne jede Begeisterung.
»Aber du wirst gehen!« sagte Gaius. »Was die anderen Farben machen, kann dir gleichgültig sein. Sie werden schon Ersatz für Tatianus finden. Ich denke, morgen kannst du mit ihm sprechen.«
»Ist er denn hier im Hause?« rief Polynices überrascht.
Gaius nickte ihm lächelnd zu.
»Ja, beim Hercules! Und dann macht ihr einen solchen Krach!?«
Er hob die Hände, riß die Augen auf und reckte sich.
»Er hat recht«, sagte Selenus. »Gehen wir schlafen.«
Er und Atilius erhoben sich. Gaius verabschiedete Selenus, dankte ihm für seine Hilfe und sagte, er werde morgen im Laufe des Tages im Hause am Caelius hereinschauen, um dem Patron Bericht zu erstatten.
Dann nahm er den Titus Atilius, der den ganzen Abend über scheu geschwiegen hatte, beiseite, drückte ihm einen schweren Beutel mit Münzen in die Hand und sagte, als Titus das Geld nicht nehmen wollte: »Es ist für die Gesundheit deiner Mutter! – Ja, was ich dich fragen wollte:

Du hast doch nichts dagegen, daß ich deinen Bruder hier im Hause unterrichten lasse?«
»Aber nein, Aedil! Ich bin stolz darauf, daß er...«
»Schon gut, schon gut. Hättest du nicht Lust, als Wagenbauer und Stellmacher für mich zu arbeiten? Wir haben zahlreiche Güter und viele Wagen!«
»Herr, womit hätte ich das verdient?«
»Mit nichts! Außer mit deinem Fleiß!« Gaius klopfte ihm auf die Schulter. »Im übrigen brauchen wir vor Gericht deine Zeugenaussage. Gute Nacht, mein Lieber!«
Als er zurückkam, war Polynices ins Bad gegangen. Gaius warf sich auf seinen Stuhl, streckte die Beine von sich und verschränkte die Arme. So saßen sie eine ganze Weile und schwiegen.
Schließlich meinte Cornificius: »Ich gönn's ihm!«
»Wem? Dem Symmachus?«
»Dem auch! – Aber ich meine Polynices.«
»Du meinst das Rennen?«
»Nein, das Mädchen.«
»Wird er sie bekommen?«
»Ich denke, ja. Er sagte, daß er nach diesem Rennen, falls er gewinne, nicht mehr fahren werde.«
»Na, Geld hat er genug – oder?«
»*Ita'st!* Wahrscheinlich mehr als ich.«
»Hm...«
»Was heißt da schon wieder ,Hm'!?«
»Nichts.«
»Dann laß es bitte!«
»Zu Befehl! – Aber was will er danach machen?«
»Er züchtet Pferde.«
»Gefällt mir.« Gaius griff nach dem Becher, und sie tranken sich zu. »Ich glaube, man muß sich seinen Namen merken. Prosit!«
Er stand auf, reckte sich bis in die Finger- und Zehenspitzen und stieß jaulend die angehaltene Luft aus. Dann ging er zur Tür, drehte sich noch einmal um: »Noch Fragen?«
»Keine Fragen!«
»Na, dann eben nicht... Gute Nacht!«

Im Laufe des folgenden Tages wurden die vier Araberhengste an einer abseits gelegenen Stelle des Hafens von Ostia an Bord des letzten großen Seglers sichergestellt, der noch unter dem Namen des Syrers Symmachus lief. Sie waren – wer hätte es anders erwartet – in hervorragendem Zustand.
Unter den Gesellschaftern der *Factio rossata,* der roten Renngesellschaft, herrschte große Aufregung, als sich herumsprach, daß Valerius Flaccus, ihr *Dominus factionis,* festgenommen worden war.
Am Nachmittag erhielt der amtierende Consul Gaius Claudius Marcellus ein Schreiben des Curulischen Aedilen Gaius Volcatius Tullus; und als er es gelesen hatte, kam er nicht umhin, dem ihm unterstellten städtischen Magistrat ein paar anerkennende Zeilen zu senden. Darin hieß es:

> *...kann man nun davon ausgehen, daß gewisse Elemente, die die überkommene Ordnung der Spiele stören wollten, in ihre Grenzen gewiesen sind. Ich spreche dir, auch im Namen meines Kollegen, des Consuls Lucius Aemilius Paullus, meine Anerkennung aus...*

Nach der Lektüre zuckte es amüsiert um Gaius' Mundwinkel, und Cornificius hörte ihn sagen: »Schade, daß ich sein Gesicht beim Diktat des Schreibens nicht sehen konnte. Wir sollten uns diese Zeilen für Caesar aufheben. Das wird ihn immer mal wieder freuen.«

Drei Wochen später trat ein ordentliches Gericht zusammen, und die Urteile waren hart:

- Lucius Valerius Flaccus, *Dominus factionis* der Roten, wurde mit einer ungeheuren Geldstrafe belegt und des Landes für zehn Jahre verwiesen.
- Symmachus der Syrer hatte an Vibellius, Polynices und Titus Atilius große Summen als Wiedergutmachung zu zahlen. Er wurde, da man ihm einen Mord nicht direkt nachweisen konnte, auf Lebenszeit des Landes verwiesen.
- Asinius wurde wegen Mordes an seinem Schwager Porcianus zum Tode verurteilt und im Tullianum, der Todeskammer des Carcer Mamertinus, vom Henker erdrosselt.

– Decimus Aurelius wurde freigesprochen mangels Beweisen – gemäß der Formel *in dubio pro reo,* im Zweifel für den Angeklagten.

... und obwohl Polynices nur wenige Stunden Zeit zum Training hatte, gewann er das Hauptrennen und zwei kleinere an den *Ludi florales* mit souveränem Abstand vor seinen Verfolgern. Ob er allerdings seine Vibellia bekam, können wir hier noch nicht absehen. Vielleicht treffen wir die beiden irgendwann in einem anderen Zusammenhang wieder.

Anmerkungen

1 *Clivus Suburanus:* siehe hier wie auch bei allen anderen topographischen Angaben die Karten »Rom und Umgebung«, »Rom zur Zeit der Republik« und »Forum Romanum«, S. 189-191.

2 *Toga:* Obergewand aus Wollstoff. Die Toga war ein Kreissegment von mehr als drei Metern Länge. Die rechte Schulter blieb beim Drapieren des Tuches frei. Die Toga durfte nur von freien römischen Bürgern getragen werden. Sie war Fest- und offizielles Staatsgewand.

3 *Lentulus Vatia,* Besitzer einer Fechterschule, spielte schon während des Sklavenaufstandes unter der Führung von Spartacus (73-71 v. Chr.) eine Rolle. In Capua lagen die größten Gladiatorenschulen Italiens, die auch Rom immer wieder mit Schwertkämpfern versorgten.

4 siehe »Münzen«, S. 187.

5 *Censor:* siehe unter »Die Verfassung der Republik«, S. 451.

6 *Quaestur*: Amt des Quaestors; siehe auch unter »Die Verfassung der Republik«, S. 452.

7 *Insula:* Häuserblock.

8 *Subura:* dichtbevölkertes, von kleinen Gewerbetreibenden bewohntes und übel beleumundetes Viertel in der Nähe des Vinimals.

9 vgl. Band 3, Teil 2: *Attentat in Pompeii.*

10 *Charon:* Fährmann der Toten, der die Verstorbenen über den Acheron zum Hades übersetzt. Den Fährlohn, das *Charonsgeld,* legte man den Toten in Form einer Münze unter die Zunge.

11 *Tusculanum:* Landsitz der Volcatier in Tusculum. Tusculum (das heutige Frascati) war eine alte Latinerstadt auf den *Montes Tusculani,* den Tusculanischen Bergen, den nordwestlichen Ausläufern der Albaner Berge, in der Nähe der Via Latina.

12 *Meile:* siehe »Maße«, S. 186.

13 *Domus* (die Domus): römisches Stadthaus einer Familie.

14 *Praetor:* siehe »Die Verfassung der Republik«, S. 451.

15 *Consul*: siehe »Die Verfassung der Republik«, S. 451.

16 *Fuß*: siehe »Maße«, S. 186.

17 *Praefect:* allgemeiner römischer Amtstitel des militärischen und zivilen Dienstes.

18 *Tunica: ein* aus zwei Teilen genähtes Woll- oder Leinengewand mit kurzen Ärmeln (ursprünglich ärmellos). Sie war gegürtet und etwa knielang.

19 *Carceres:* siehe detaillierte Beschreibung auf Seite 387/388.

20 *Funalis:* von *Funis* = Seil, Strick. Die beiden äußeren Pferde liefen nur mit. Es erforderte großes Können, die *Funales* auf paralleler Linie mit den Zugtieren zu halten.

21 *Factio russata:* von russus = hellfleischrot, rot.

22 *Transtiberim:* Der Stadtteil auf dem rechten Tiberufer hieß Transtiberim, »Jenseits des Tibers«. Hier wohnten meist arme Handwerker, Kaufleute und Angehörige orientalischer und afrikanischer Völkerschaften.

23 *Sponsor:* Dieses Wort müßte eigentlich mit »der Gutsagende« (bei Gericht) oder mit »der, der sich verpflichtet hat« übersetzt werden. In diesem Falle ist »der Geldgeber« gemeint.

24 nach heutigem Geld wohl über 50 000 Euro; siehe auch »Münzen«, S. 187.

25 *Carcer Mamertinus:* Staatsgefängnis.

26 Loco gilt als einer der hervorragendsten Schuster Roms und ist mit Alexander befreundet, was nicht zuletzt auf der Tatsache beruht, daß Loco jahrelang in Caesars Zehnter gedient hat. Er spielt vor allen Dingen in Band 2, Teil 1: *Ich fordere Gerechtigkeit,* eine wichtige Rolle.

27 siehe »Antike Wasseruhr«, S. 454/455.

28 *Falerner:* häufig getrunkener Wein aus der Campania.

29 *Senator:* Angehöriger des Senats; siehe auch »Die Verfassung der Republik«, S. 450.

30 wörtlich: der »öffentlichen Sache«.

31 *Senat:* das offizielle Beratungsgremium des römischen Staates. Die Gesamtzahl der Mitglieder betrug zunächst 300, unter Sulla 600. Unter Caesar setzte sich der Senat zeitweilig aus 900 Mitgliedern zusammen. Voraussetzung für die Aufnahme in den Senat – die Zugehörigkeit endete erst mit dem Tod – war die Quaestur. Berufen wurden die Senatoren von den Censoren. Die Senatoren durften seit 218 v. Chr. Italien nicht verlassen und keinen Handel treiben (siehe auch »Die Verfassung der Republik«, S. 450).

32 vgl. Band 2, Teil 1: *Ich fordere Gerechtigkeit.*

33 das heutige Como.

34 *Proconsul:* Titel der Consuln, die nach Ablauf ihres Amtsjahres in Rom als Statthalter in eine Provinz gingen. Dort hatten sie neben der militärischen auch die oberste zivile Gewalt inne.

35 Der Karthager Mago verfaßte nach dem Ersten Punischen Krieg (264-241) zahlreiche Schriften über die Landwirtschaft.

36 von *porcus,* das Schwein.

37 Asinius von *asinus*, der Esel; *pulcher* heißt schön.

38 vgl. Band 2, Teil 1: *Ich fordere Gerechtigkeit.*

39 *Stadion:* siehe »Maße«, S. 186.

40 siehe »Tageseinteilung«, S. 188.

41 vgl. Band 3, Teil 1: *Alexander und die Gladiatoren.*

42 vgl. Band 2, Teil 1: *Ich fordere Gerechtigkeit.*

43 *Denar*: siehe »Münzen«, S. 187.

44 *As*: siehe »Münzen«, S. 187.

45 vgl. Band 3, Teil 1: *Alexander und die Gladiatoren.*

46 vgl. Band 2, Teil 2: *Skandal um Nausikaa.*

47 vgl. Band 1, Teil 1: *Mord auf der Via Appia.*

48 Wenn ein Römer durch die Anrede dem Gegenüber zu erkennen geben will, daß er ihn respektiert, etwa in dem Sinne, wie wir »Herr«, die Engländer »Sir« sagen, dann nennt er den Gentilnamen. Daneben gibt es sehr feine Abstufungen der Anredeformen, die uns heute, bedingt durch unser »Herr«, »Monsieur«, »Sir«, aber auch durch die andere Namensgebung, nicht mehr möglich sind. So kann etwa ein Bekannter Ciceros von diesem sagen: »Ich habe Marcus Cicero getroffen«, ein Freund dagegen: »Ich habe Marcus getroffen«, ein Fremder: »Ich habe Tullius Cicero getroffen.« Ähnlich ist es bei den Anredeformeln in Briefen.

49 *Alesia* (das heutige Alise-Sainte-Reine): Bei der Hauptstadt der Manubier fand im Jahre 52 v. Chr. die entscheidende Schlacht zwischen Galliern und Römern statt. Trotz des Eingreifens eines gallischen Entsatzheeres mußte sich der Arvernerfürst Vercingetorix dem römischen Heer unter Caesar geschlagen geben.

50 vgl. Band 3, Teil 2: *Attentat in Pompeii.*

51 vgl. Band 1, Teil 1: *Mord auf der Via Appia.*

52 Rom unterschied als erster Staat der Geschichte zwischen zivilem und strafrechtlichem Prozeß.

53 *Fischteichbesitzer:* abschätzige Bezeichnung, die erstmals Cicero gebrauchte, für alt- und neureiche Römer, die einen verschwenderischen luxuriösen Aufwand betrieben.

54 *Centurio:* Befehlshaber einer Hundertschaft in der römischen Armee.

55 *Legat:* ursprünglich Hilfsbeamter eines außerhalb Italiens tätigen höheren Magistrats; im Militärbereich Führungsgehilfe des Oberbefehlshabers und Kommandeur einer Legion.

56 *Pomerium:* die geheiligte Stadtgrenze Roms.

57 Der *Volkstribun (Tribunus plebis)* hatte die Interessen der *Plebs,* des Volkes also, gegenüber dem Staat zu wahren. Er besaß Vetorecht, was bedeutete, daß er gegen jede Entscheidung des Senats oder der Executivbeamten Einspruch einlegen konnte. Grundlage dieser außerordentlichen Machtfülle – er wurde, wie die Consuln und Praetoren, nur für ein Jahr gewählt - war seine persönliche Unverletzlichkeit.

58 vgl. Band 1, Teil 1: *Mord auf der Via Appia* und Band 3, Teil 1: *Alexander und die Gladiatoren.*

59 *Chios:* kostbarer Wein von der gleichnamigen Insel, die dicht vor der asiatischen Küste liegt.

60 etwa 24,30 Meter.

61 Bei der *Trireme* handelte es sich um ein Kriegsschiff mit drei übereinanderliegenden Ruderbänken.

62 *Nomenclator:* Sklave oder Freigelassener, der seinem Herrn bei dessen Gang durch die Stadt die Namen der Personen ins Ohr flüstert, die ihm begegnen und auf deren Bekanntschaft er vielleicht Wert legt. Hier ist das Wort in übertragenem Sinne gebraucht.

63 *Iupiter Iurarius:* der Beschützer der Eide. Sein Tempel stand an der Stelle der kleinen Kirche S. Giovanni Calibita auf der Nordseite der Insel. Dort wurde ein Mosaik mit dem Namen des Gottes gefunden.

64 Die Bogenschützen der Balearen waren berühmt für ihre Treffsicherheit.

Biographisches zu handelnden oder genannten Personen

In einem historischen Roman agieren nicht nur Personen, die durch die Überlieferung belegt sind, sondern auch solche, die der Phantasie des Autors entsprungen sind. Um den Leser, der vielleicht an anderer Stelle dem politischen Rahmengeschehen vertiefend nachgehen möchte, nicht irrezuführen, steht hinter den Namen der Personen *(h)* für »historisch«, *(f)* für »fiktiv«.

Alexander, Sohn des Alexander aus Theben (f): Bis zum Frühjahr 51 Sklave im Hause der Volcatier, aufgrund seiner Verdienste und Loyalität vom Patron Lucius Volcatius Tullus freigelassen. Er wohnt zusammen mit seiner Frau Melitta, einer ehemaligen Sklavin der Clodia, im Haus des Gaius Volcatius Tullus am Palatin. Alexander kam zusammen mit seinem Vater während des III. Mithridatischen Krieges (74-64) nach Rom. Wie andere griechische Gemeinden hatte sich Theben auf die Seite des romfeindlichen pontischen Königs Mithridates VI. Eupator geschlagen. Alexander ist um 83 v. Chr. geboren.

Archelaos (f): Sklave im Hause der Volcatier. Gaius bewahrte ihn im Zusammenhang mit den Recherchen zu einer Entführung (vgl. Band 1, Teil 1: *Mord auf der Via Appia*) vor dem Richtbeil. Archelaos wird im Laufe der Geschichte freigelassen.

Aurelius Serenus, P. (f): Römischer Ritter, reich begütert, der sein Vermögen durch Handelsgeschäfte mit den Ostprovinzen aufgebaut hat. Mehr zu seinem Vergnügen betreibt er eine edle Pferdezucht auf einem Gestüt bei Rom und widmet sich privatim forschend und schreibend Problemen der italienischen Landwirtschaft. Soziale Fragen der verarmten Landbewohner interessieren ihn nur im Zusammenhang mit seinen akademischen Interessen.

Cornificius, Q. (h): Er entstammt einer plebejischen Familie, die mehrfach im 1. Jahrhundert v. Chr. genannt wird. Sein Vater war 69 Volkstribun, 66 Praetor, bewarb sich als *Homo novus* für 63 erfolglos um das Consulat. Quintus Cornificius war Offizier in Diensten

Caesars, wahrscheinlich 45 Praetor. 44-42 in Africa Vetus in magistralen Aufgaben tätig; er fiel bei Utica.
Cornificius gehörte zum Dichterkreis der Neoteriker (Neutöner, wie Cicero sie nannte) um Catull, der ihm das Carmen 38 widmete. Er verfaßte galante Verse, war mit dem jungen Vergil befreundet.

Decius Vibellius (f): Römischer Bürger aus Capua. Sein Vorfahr ist wahrscheinlich als römischer Veteran nach den Kriegen gegen Hannibal in Capua angesiedelt worden. Decius versucht nun über seinen Sohn in Rom politisch Fuß zu fassen, was ihm, wie die Geschichte der Republik zeigt, sehr schwerfallen wird, da das Establishment nur selten einem Neuling, den man *Homo novus* nannte (neuer Mann), eine Chance gibt. Cicero war einer der wenigen, die dies schafften.

Polynices (h): Ein Polynices wird in dieser Zeit öfter als sehr erfolgreicher Fahrer genannt. Nach den Angaben hat er alles in allem mehrere hunderttausend Denare, also einige Millionen Euro nach heutigem Geldwert, bei zahlreichen Rennen als Preise gewonnen.

Selenus (f): Freigelassener und Privatsekretär des Lucius Volcatius Tullus; hochgebildeter, feinsinniger Grieche. Erzieher und Hauslehrer der Söhne des Volcatius. Treibt privat gelehrte Studien. Mit Ciceros Sekretär Tiro eng befreundet.

Volcatius Tullus, C. (h): Er entstammt einem Geschlecht des römischen Uradels, das seine Genealogie bis in etruskische Zeiten zurückverfolgen kann. Gaius war höherer Offizier (Legat) unter Caesar in Gallien und später im Bürgerkrieg. Im Jahre 53 v. Chr. wurde ihm das Kommando über die Wache an der Rheinbrücke bei Neuwied/Andernach (12 Cohorten = 7200 Mann) übertragen (vgl. Caesar, bell. Gall. VII, 29,3). Im Unterschied zu seinem Vater strebte er zunächst keine politische Laufbahn an. Die kargen Mitteilungen lassen annehmen, daß er zum Legaten befördert wurde. Erst im Jahre 48 wird er wieder von Caesar genannt (Caesar, bell. civ. 111,52,2), und man wird wieder die Stellung eines Legaten annehmen dürfen. Die Filiation zu Lucius Volcatius Tullus ist nicht gesichert, jedoch denkbar.

Volcatius, Tullus, L. (h): Consul im Jahr 66 v. Chr. Über sein Leben vor diesem Jahr ist wenig bekannt. Man nimmt an, daß er »suo anno« (wörtlich: »in seinem Jahr«), das heißt in dem von der Verfassung vorgeschriebenen Mindestalter von 43 Jahren, Consul wurde; demnach müßte er im Jahre 109 geboren sein. Freilich kann er auch einige Jahre älter sein.
In den folgenden Jahren ist er in der Politik nicht mehr führend hervorgetreten. Die Quellen schildern ihn als einen zurückhaltenden, friedliebenden, aufrechten und zugleich moralisch unbeugsamen Charakter, der zum Beispiel den Mut aufbrachte, dem Dictator Caesar in einer Senatssitzung des Jahres 46 die Stirn zu bieten. Wie lange er lebte, ist nicht bekannt.

Die Verfassung der Republik

Nach der Abschaffung des Königtums steht an der Spitze des Staates der oberste Jahresbeamte (Praetor maximus) als Inhaber des Imperiums (Amtsgewalt über Leben und Tod), später die beiden Consuln.

Senat, Volksvertretung und *Magistrat,* zwischen denen eine dauernde Spannung, aber auch ein Ausgleich der Kräfte besteht, sind die tragenden Pfeiler der römischen Republik.

Der *Senat* (300 Mitglieder) besteht aus den Häuptern der Geschlechter (Patres = Väter) und ehemaligen Consularbeamten (Consulares = gewesene Consuln), später wird er ergänzt durch Plebejer (Conscripti = Zugeschriebene). Aufgabe: Beratung der Magistrate (Senatus consultum = Senatsbeschluß); diese Ratschläge werden später bindende Befehle. Zustimmung zu den Volksbeschlüssen. Wahl eines Zwischenkönigs (Interrex) als Geschäftsführer für fünf Tage bei Vakanz des Consulats.

Die *Volksversammlungen:* Es führte zu weit, hier auf die Einzelheiten einzugehen, durch die sich die Curiatcomitien, Tributcomitien und Zenturiatcomitien unterscheiden. Sinn ist ursprünglich das Aufgebot des Volkes in Waffen in der Heeresversammlung. Die Einberufung erfolgt auf Befehl der Consuln auf dem Marsfeld. Aufgaben: Entscheidung über Krieg und Frieden; Wahl der obersten Beamten; Beschlußfassung über Gesetze; Strafjustiz über die Bürger der Stadt.

Der *Magistrat* (Beamte): Beschränkung der Amtszeit auf ein Jahr (Annuität) und Gleichstellung der beiden Amtsgenossen (Kollegialität) zur Sicherung gegen die Willkürherrschaft einzelner.

Consuln (Consules = Berater): Aufgaben: Kriegführung, Finanzwesen, Gerichtsbarkeit. In Notzeiten oder bei Versagen der Consuln wird ein Dictator ernannt, der eine unbeschränkte Herrschaft (Imperium) ohne Rechenschaftspflicht und Kollegen (im Höchstfall sechs Monate) ausübt. Er ernennt sich mit dem Reiteroberst (Magister equitum) einen Gehilfen und Stellvertreter.

Praetoren: Ab 241 v. Chr. gab es zwei Praetoren, die richterliche Funktionen ausübten, von denen der eine für Prozesse unter römischen Bürgern *(Praetor urbanus)*, der andere für solche zwischen römischen Bürgern und Fremden *(Praetor peregrinus)* zuständig war. Ihre Amtszeit betrug ein Jahr.

Censoren: Gewesene Consuln (Consulares) außerhalb der Ämterlaufbahn. Wahl alle fünf Jahre. Ab 443 für Sittenaufsicht (auch über Senatoren) und Vermögensverwaltung des Staates zuständig.

Aedilen: Es gab (ab 493) zwei plebejische und (ab 367) zwei curulische Aedilen, die ursprünglich nur Patrizier, später abwechselnd auch Plebejer waren. Zu ihren Pflichten gehörte die Sorge für die öffentlichen Gebäude, Straßen, Plätze, Bäder, Wasserleitungen; die Aufsicht über Sitten und Schenken; die Marktaufsicht (Aufsicht über Maße und Gewichte, Einschreiten gegen Wucher und Betrug); die Versorgung der Stadt Rom mit Lebensmitteln, besonders Getreide und Öl (Annonae); manchmal auch allgemeine Polizeiaufsicht; die Beaufsichtigung und Ausrichtung der öffentlichen Spiele; Fürsorge für die Tempel und die Durchführung der Kulte.

Quaestoren: Ab 447 unterstand ihnen die Verwaltung der Staatskasse. Waren sie mit einem der Consuln im Felde, dann auch die Kriegskasse.

Alle Ämter sind Ehrenämter (Honor). Die normale Reihenfolge der Ämterlaufbahn war: 1. Quaestur; 2. Aedilität; 3. Praetur; 4. Consulat. Die Festsetzung von Altersgrenzen (Consulat: 43 Jahre; Praetur: 41 Jahre) und Intervallen (zum Beispiel Consulat erst wieder nach zehn Jahren erreichbar) sollte Amtsmißbräuchen vorbeugen, doch wurden alle diese weisen Bestimmungen in den letzten Jahrzehnten der Republik nicht mehr eingehalten.

Dictator, Consuln und *Praetoren* besitzen unbeschränkte Amtsgewalt (Imperium). Die übrigen Beamten besitzen nur beschränkte Amtsgewalt (magistratus cum potestate). Die Amtsbefugnisse werden durch ihre Unterordnung unter das Gesetz (Gewohnheitsrecht) und durch das Interzessionsrecht (= Widerspruch eines Amtsinhabers gegen die Amtshandlung seines Kollegen) eingeschränkt.

Ostia – Stadt und Hafen

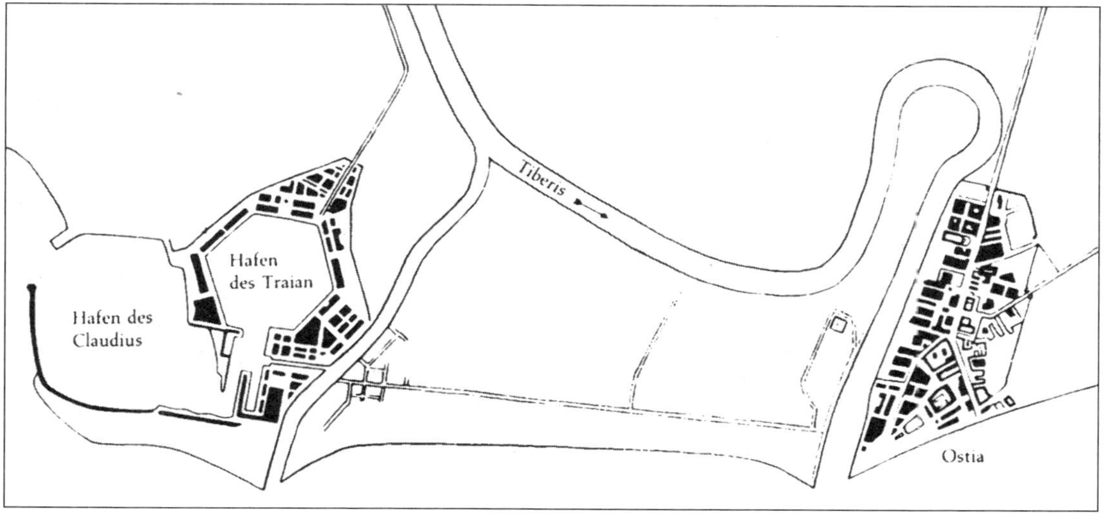

Antike Wasseruhr
nach Ktesibios mit gleichmäßigem Wassereinlauf

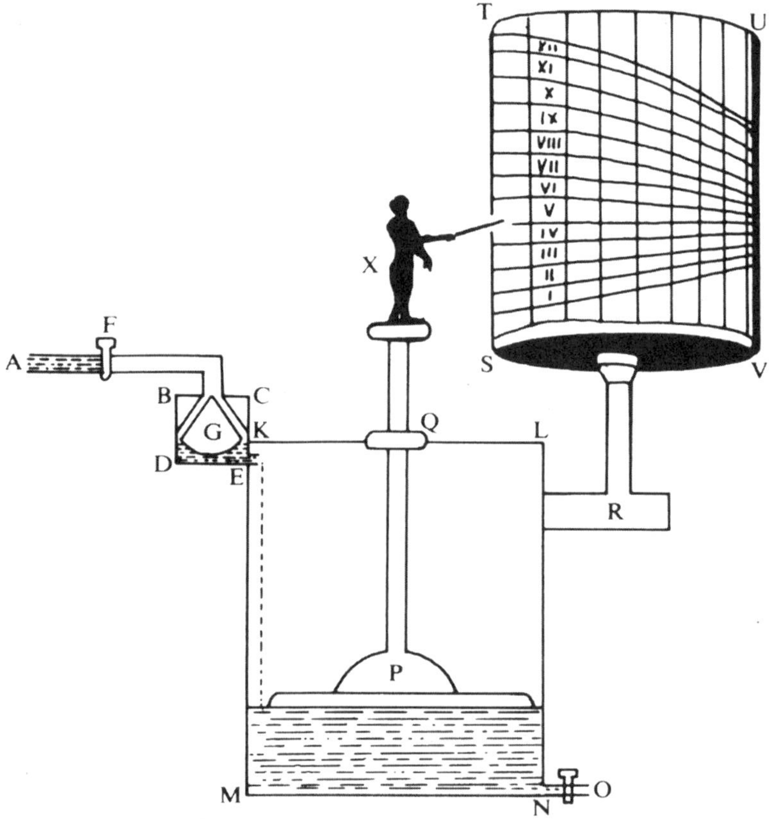

A	= Wasserzulauf	P	= Kolben, der auf dem Wasser schwimmt
F	= Absperrhahn		
BCDE	= Regulierbecken	Q	= Führung der Kolbenstange
KLMN	= Sammelbecken	STUV	= Zylinder mit Anzeige
O	= Auslauf mit Sperrhahn	R	= Gehäuse der Mechanik
G	= Schwimmer	X	= Figur mit Zeigestock

Die berühmte Wasseruhr des Ktesibios (Ingenieur im 3. Jahrhundert v. Chr. in Alexandria), die nach dem hydromechanischen Prinzip arbeitete: Das Wasser strömt aus der durch den Hahn F zu sperrenden Leitung A in das Regulierbecken BCDE und tritt bei E durch eine feine Rohre in das Sammelbecken KLMN ein. Ist der Druck in der Leitung A stark, so wird das Wasser in dem kleinen Becken BCDE nicht gänzlich durch die Öffnung bei E abgeführt, sondern staut sich und hebt den keilförmig nach oben zugespitzten Schwimmer G in die Höhe, so daß der Zufluß von oben abgeschnitten ist. Wenn das Wasser abgeflossen ist, fällt der Schwimmer und gibt die obere Einlauföffnung wieder frei. So füllt sich das Sammelbecken KLMN gleichmäßig und läßt über die Kolbenstange die äußere Anzeigefigur mit dem Zeigestock steigen. Diese zeigt die Stunden beim Emporsteigen an der Säule an. Hat die Figur 2 x 12 Tag- und Nachtstunden durchlaufen, so öffnet sich an der Schwimmerröhre ein Ventil (in der Zeichnung nicht sichtbar), wodurch das Wasser in ein Wasserrad abfließt, welches nun das Räderwerk zwingt, sich um einen gewissen Betrag zu drehen und den Zylinder um einen Tag weiterzurücken. Die Säule bewegt sich also in 365 Tagen einmal um ihre Achse.

Das Problem, die jahreszeitlich verschieden langen Stunden messen zu können, wurde auf zwei Arten gelöst: a) man ändert den Wasserzufluß je nach Jahreszeit; b) man gestaltet die Anzeigevorrichtung auf dem Zylinder veränderlich (vgl. die Zeichnung und auch die Tageseinteilung).

Wagenrennen (Zeichnung von H. Leutemann)

Römischer Wagenlenker. Statue im Museum des Vatikans

Circus Maximus (Zeichnung von G. Rehlender)

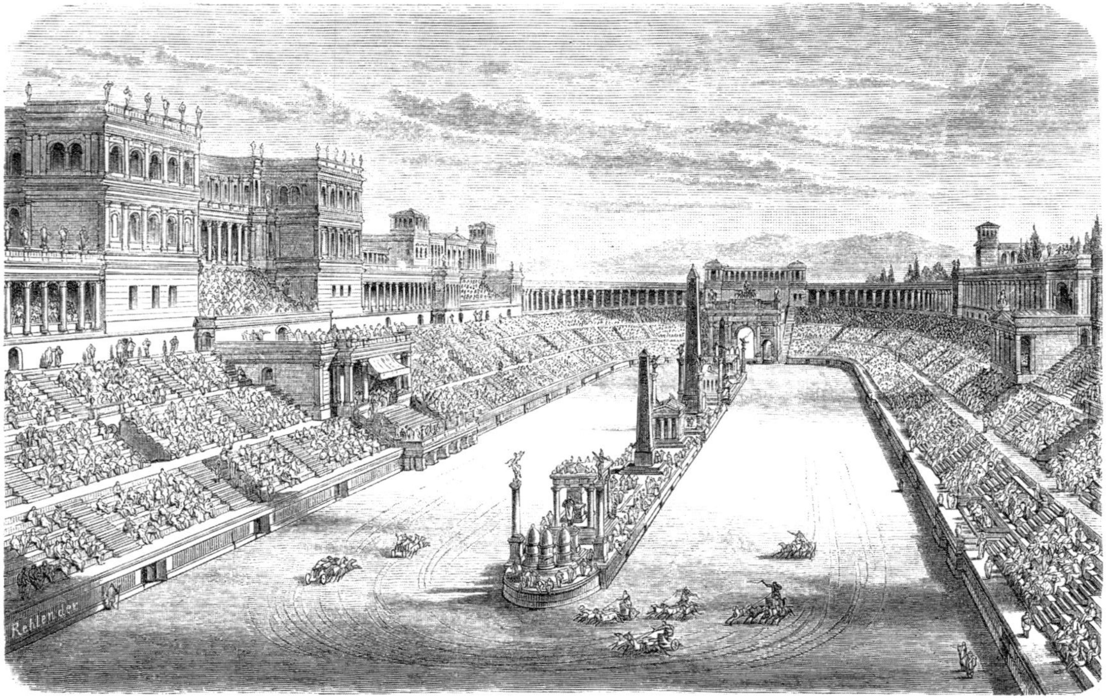

Die Ämilische Brücke und das Kapitol (Zeichnung von Rehlender)

Tempel der Eintracht (Nach Canina)

Das Arbeitszimmer eines Vornehmen (Von W. Claudius)

Empfang im Atrium

Rekonstruktion des Vestatempels am Forum
Nach Auer in „Denkschr. der Kais. Akademie d. Wiss. in Wien“

Hector der Molosser

Der vom Wolf stammende Haushund war bereits in der Frühzeit des Mittelmeerraumes in mehreren Rassen vertreten, die für bestimmte Zwecke gezüchtet wurden, z.B. Spitz, Schäferhund, Windhund, Dogge. Die Paarung von Wolf und Hündin wurde noch in der geschichtlicher Zeit betrieben. – Auf nahöstliche Einflüsse deutet die Doggenzucht, deren größter Vertreter der Molosserhund ist. Molosser, auch Epeiroten (nach Epeiros) genannt, waren riesige Jagdhunde, massig, wuchtig gebaut, mit großem Kopf, mächtigen Fängen, großen stehenden oder halbstehenden Ohren, stumpfer Nase und buschigem Schwanz.